David Shahar
Agent Seiner Majestät

David Shahar

AGENT SEINER MAJESTÄT

Athenäum

Titel der hebräischen Originalausgabe:
SÔKEN HÔD MALKÛTÔ

CIP-Kurztitelaufnahme der Deutschen Bibliothek

Shahar, David:
Agent Seiner Majestät: Roman / David Shahar. – Königstein/Ts.: Athenäum, 1984
 Einheitssacht.: Sôken Hôd malkûtô ⟨dt.⟩
ISBN 3-7610-8098-0

Deutsche Erstausgabe
© 1984 Athenäum Verlag GmbH, Königstein/Ts.
© 1979 by David Shahar
Alle Rechte vorbehalten
Ohne ausdrückliche Genehmigung des Verlages ist es auch nicht gestattet, das Buch oder Teile daraus auf fotomechanischem Weg (Fotokopie/Mikrokopie) zu vervielfältigen.
Umschlaggestaltung: Bine Cordes, Weyarn
Umschlagabbildung: dpa/B 2300, Nahost-Krieg/Golan-Höhen
Satz: Computersatz Bonn GmbH, Bonn
Druck und Bindung: Friedrich Pustet, Regensburg
Printed in Germany
 ISBN 3-7610-8098-0

Während die im Roman *Agent Seiner Majestät* beschriebenen Kriege, Situationen und Ereignisse authentisch sind und sich auf persönliche Erfahrungen des Autors stützen, sind die Helden des Romans erfundene Gestalten. Auch der Agent Seiner Majestät ist eine fiktive Gestalt: seine Persönlichkeit, sein wirklicher Name und seine Decknamen sind ein Produkt der Phantasie des Autors. Jede Ähnlichkeit zwischen ihm und einer lebenden Person ist rein zufällig.

Sollte jemand den gleichen Namen wie er tragen und ähnliche Erfahrungen gemacht haben, so ist es nur ein Zeichen dafür, daß seine Lebenswirklichkeit ungewöhnlicher war als die dichterische Fiktion.

Für Jakob Amrami, genannt Joël

Erster Teil

Tamara

KAPITEL 1

Heinrich Reinhold!
Plötzlich war mir sein Name wieder eingefallen. Ich erinnerte mich an Heinrich Reinhold im Zusammenhang mit dem Waffenstillstand nach dem Jom-Kippur-Krieg. Damals stand ich auf dem langen, schmalen Wüstenstreifen, der wie eine gelbe geradlinige Furche zwischen der Mittelmeerküste und dem weiß sich hindehnenden Schott von El Tina verläuft, und sich bis zum Suezkanal hinzieht. Vor mir, in Richtung auf Port Fuad und Port Said, lagen die ägyptischen Stellungen. Zwei Stunden lang – seit acht Uhr morgens – wartete ich bereits auf den weißen Jeep mit der UN-Flagge, der von ägyptischer Seite kommen sollte. Ich hatte den Auftrag, für die UN-Offiziere, die in der Kontrollzone ihre Beobachterposten errichten und für die Einhaltung der Waffenstillstandsbedingungen sorgen sollten, als Verbindungsmann und Dolmetscher zu arbeiten.

Am Ende der Straße, die wie ein schwarzer Strich durch den gelben Wüstenstreifen gezogen war, erhob sich die Befestigung, die dem massiven ägyptischen Angriff standgehalten hatte, die Festung »Budapest«: Ein schwarzer, verkohlter, aufgerissener, von Kugeln durchsiebter Hügel in einem Ring aus Asche, ragte sie aus der Sandebene heraus wie der Rest eines riesigen Scheiterhaufens, dessen Flammen, nachdem sie siebzehn Tage gelodert hatten, endlich erloschen waren. Ihre Ruine wuchs aus dem gelben Sand empor und starrte hinaus auf das blaue Meer. Vier gepanzerte Truppentransporter der Ägypter, Amphibienfahrzeuge, lagen an der Küste vor Anker. Daß es sich nur noch um Wracks handelte, merkte man nicht, da sie aufrecht im Wasser trieben, mit gelbbraunem Tarnanstrich versehen waren und die Geschoßeinschläge in der braunen Farbe verschwanden. Dagegen konnte man die

Schäden an den ägyptischen Fahrzeugen, die »Budapest« von der Landseite her angegriffen hatten, nicht übersehen. Das Niemandsland zwischen der Befestigung und den ägyptischen Stellungen war übersät mit zerschossenen Lastwagen und rußgeschwärzten Jeeps, ausgebrannten schweren Panzern und umgestürzten leichten Schützenpanzern. »Skelettzone« nannten die Soldaten dieses Niemandsland. Da sie aber erst vor einem Tag als Ablösung eingetroffen waren, konnte ich aus ihren Berichten nicht mehr entnehmen als aus dem Anblick der Fahrzeugwracks.

Wie mir ein Stabsoffizier berichtet hatte, bevor ich den Stützpunkt Balusa verließ, lagen nur dreiundzwanzig Jerusalemer Reservisten vom 68. Bataillon im Stützpunkt »Budapest«, als die ägyptischen Truppen an Jom Kippur, dem Versöhnungstag, uns überraschend angriffen. Um 14.45 Uhr, eine Dreiviertelstunde nach Beginn des Angriffs, stießen zwei Panzer vom 9. Bataillon, die zur regulären 14. Brigade gehörten, zu ihnen. Mit ihrer Hilfe sei es der Festung »Budapest« gelungen, die ägyptischen Angriffe abzuschlagen. Nach dem Eintreffen der beiden Panzer hatten ägyptische Kommandotrupps mit Panzerabwehrraketen vom Typ Sagger die rückwärtige Verbindung abgeschnitten. Dreiundzwanzig Reservisten und zwei Panzerbesatzungen hielten die Stellung allein – trotz schwerem Artilleriebeschuß und ständiger Bombenangriffe. Auf meiner Fahrt hierher war mir in dem weißen Salzsumpf von El Tina nichts Besonderes aufgefallen, kein Zeichen für einen ägyptischen Hinterhalt, der die Verbindung abgeschnitten hatte, und nichts erinnerte an die schweren Kämpfe, die tagelang getobt hatten, bevor zunächst die erste Blockade und dann auch die zweite Blockade durchbrochen waren. Ich hatte nur die weiße Fläche gesehen, die sich links neben der Straße hinzog und sich bis zum Horizont erstreckte. In Balusa hatte man mir Unterlagen mit Instruktionen für meine Unterredung mit den UN-Offizieren in die Hand gedrückt; wahrscheinlich hatte ich gerade darin geblättert, als das Fahrzeug die Stelle des Kampfes erreicht hatte.

Da sich der UN-Trupp verspätet hatte, ging ich die Straße zurück, um Spuren des ägyptischen Hinterhalts zu finden. Diesmal entdeckte ich sie sofort: Am Straßenrand waren in gleichmäßigen Abständen würfelförmige Schützenlöcher in den weißen Boden gegraben. Aus einem dieser Löcher ragte ein dünner schwarzer

Ast heraus. Im nächsten Schützenloch lag halb verschüttet ein Koppel; ich zog es hervor. Es war nagelneu, fünf Feldflaschen hingen daran, zwei waren sogar noch mit Wasser gefüllt. Der Ägypter hatte offensichtlich nur drei Flaschen leeren können. Neben dem Loch lag der dunkelgrüne Geschoßkasten einer Sagger-Rakete. Sie war also abgefeuert worden – wer weiß, wie viele von unseren Jungen ihr zum Opfer gefallen waren. Ich wußte nur, daß wir beim Durchbrechen dieser Blockade große Verluste erlitten hatten. Da lag nun der leere Geschoßkasten neben dem leeren Schützenloch. Als ich ihn aufhob, sah ich an der Innenwand die Bedienungsvorschriften für die Rakete in deutscher Sprache. »Wieso denn deutsch?« dachte ich. »Das ist doch eine russische Rakete – sie haben doch sonst nur russische Waffen!« Die Existenz eines östlichen kommunistischen Deutschland war mir in diesem Augenblick völlig entfallen; die deutsche Aufschrift bedeutete einen Schock für mich. Schon sechs Jahre zuvor, an einem anderen Ort, in einem anderen Krieg, hatte mich eine fremde Sprache schockiert: Im Sechstagekrieg war das gewesen, in der Schlacht um Jerusalem. Die Fallschirmjäger hatten gerade eine Höhe gestürmt, die »Munitionshügel« genannt wurde, und unsere Kompanie sollte die zweite Angriffswelle bilden. Als wir in einen Bunker eindrangen, sprangen mir plötzlich die Worte »US Army« ins Auge. Sie standen auf dem Koppel eines gefallenen jordanischen Soldaten – die gleichen Buchstaben wie auf meinem Koppel. Damals hatte mir das amerikanische Fabrikzeichen auf dem Koppel des jordanischen Soldaten Anlaß zum Lachen geboten – obwohl es wahrhaftig keinen Grund dafür gab; die deutschen Worte jedoch, die mir jetzt so unvermutet entgegensprangen, lösten ein beklemmendes Gefühl in mir aus, wirkten wie ein böses Omen aus einer anderen Welt.

Ich trat von dem Schützenloch zurück und wollte wieder auf die Straße zurückkehren; da wurde ich von einem verkohlten Ast in einem weiter entfernten Loch wie von einem geheimnisvollen Signal angezogen. Aus der Nähe sah ich, daß es sich nicht um einen Ast, sondern um den Arm eines Menschen handelte. Innerhalb einer Woche war er in der heißen, trockenen Wüstenluft – obwohl der Sommer längst vorbei war – eingeschrumpft und schwärzlich geworden wie der Arm einer Mumie. Neben dem Arm lag ein Stück Papier, die Seite einer arabischen Zeitung, ebenfalls halb im Sand begraben. In diesem Augenblick hielt auf der Straße ein Jeep. Der Mann am Steuer winkte mich mit seiner Mütze zu sich herüber. Es war kein weißer UN-Jeep, der von der ägyptischen Seite gekommen war, sondern einer unserer eigenen Jeeps aus Richtung Balusa. Ich wußte sofort, daß auf »höherer Ebene« irgend etwas schiefgegangen war. Und in der Tat verhielt es sich so. Als ich den Wagen erreichte, teilte mir der Mann am Steuer, ein älterer Reservist, mit, die UN-Offiziere seien zwar zur verabredeten Stunde eingetroffen, aber auf einer anderen Route; er solle mich zurückfahren, ein anderer Mann, der eigens aus Refidim gekommen sei, habe schon Verbindung zu ihnen aufgenommen. Man hatte also die Pläne geändert und meinen Auftrag rückgängig gemacht, bevor ich »Budapest« erreicht hatte. Ich sei wohl, so vermutete er, für einen anderen Sonderauftrag vorgesehen; auf dem kleinen Flughafen von Balusa soll ich die nächste Maschine nehmen und mich unverzüglich beim Generalstab melden.

Bevor ich wieder auf der Straße stand und mich in den Jeep setzte – gerade als ich zwischen den Schützenlöchern durch den Sand stapfte –, war mir Heinrich Reinhold eingefallen. Als der Fahrer des Jeeps seine ramponierte Mütze vom Kopf genommen und mir damit gewinkt hatte, groß und hager auf dem schwarzen Streifen im leeren Gelb der Wüste, da hatte ich ihn erkannt – es war Joël, er und kein anderer! Joël, der vor dreißig Jahren zu uns gekommen war, um Heinrich Reinhold zu besuchen.

Vor dreißig Jahren hatte ich Reinhold zum letztenmal gesehen. Vor dreißig Jahren, mitten im Zweiten Weltkrieg, hatte er in einem kleinen Raum auf unserem Hof in Jerusalem gewohnt. Ich war damals gerade in die höhere Schule gekommen, und Heinrich Reinhold war Soldat in der englischen Armee. Ich sah ihn täglich, bis er an die italienische Front versetzt wurde. Dort blieb er bis zum Kriegsende; auch auf Urlaub kam er nicht nach Hause. Erst nach seiner Entlassung aus dem Militärdienst kehrte er zurück und wohnte wieder in seinem Zimmer auf unserem Hof. In jener Zeit, kurz nach dem Krieg, pflegte ihn sein Freund Joël zu besuchen. Er war ungefähr so alt wie Reinhold, etwa zehn Jahre älter als ich. War Reinhold nicht zu Hause, dann wartete Joël im Hof, unterhielt sich mit der alten Dschamilla oder mit meiner Mutter und wurde so im Laufe der Zeit zu einem Freund der Familie. Auch später, nachdem Reinhold längst spurlos verschwunden war, als habe die Erde ihn verschluckt, war Joël weiter zu uns gekommen, und schließlich mietete er Reinholds Zimmer, nicht um darin zu wohnen, sondern um dort seine Bücher aufzubewahren.

Bei Joëls Anblick, der da unvermutet in der gelben Leere des knirschenden Wüstensands auftauchte wie eine Erscheinung aus der Vergangenheit, die begraben lag in den Tiefen der Zeit, unter den Schichten dieser dreißig Jahre, überflutete mich wie eine Woge das herrliche Gefühl der Erinnerung an einen der schönsten Tage meiner Kindheit: jenen Tag, an dem ich Heinrich Reinhold zum erstenmal gesehen hatte, als er kam, um den kleinen Raum in einer Ecke unseres Hofes zu mieten, der als Waschküche gedient hatte.

Ich weiß nicht, warum Joëls Anblick gerade die Erinnerung an diesen Tag in mir wachrief. Seine Besuche bei uns hatten erst nach dem Zweiten Weltkrieg begonnen, als Reinhold bereits aus der Armee entlassen war, in den schweren Tagen der Krankheit meines Vaters, von der dieser sich nicht mehr erholte. Vorher hatten wir Joël nie gesehen. Ehe Reinhold an die italienische Front versetzt wurde, hatten ihn andere Freunde gelegentlich besucht, und abends pflegte er nur mit Tamara Koren auszugehen. Als Reinhold den kleinen Raum auf unserem Hof bezog, kannten wir Joël noch nicht – und dennoch rief sein unerwarteter Anblick das Gefühl gerade jenes Tages in mir wach: eines herrlichen Frühlingstags, der die Seele erhebt und den Geist beschwingt. Wir wohnten damals am unteren Ende der Mamillastraße – der heutigen Agronstraße – nahe dem Jaffa-Tor und der Altstadtmauer. Von unserem Balkon aus sah man auf der einen Seite das Haus, in dem einst Theodor Herzl gewohnt hatte, als er sich in Jerusalem mit dem deutschen Kaiser traf, auf der anderen Seite erblickte man schwarzgewandete Nonnen mit großen, weißen Dreispitzhauben, die mit eiligen und doch würdevollen Schritten durch das Tor ihres Klosters aus und ein gingen. Niemals habe ich eine Nonne gesehen, die langsam ging. Stets eilten sie von einem Geheimnis zum anderen, ohne die Gäste des nahen arabischen Kaffeehauses auch nur eines Blickes zu würdigen. Am Eingang, unter einer grünen Markise, saßen ständig drei Männer auf Schemeln und rauchten ihre Wasserpfeifen. Sie gehörten zu dieser Straße wie das Klostergebäude oder die Straßenlaterne. Zu jeder Tages- und

Nachtstunde, wann immer ich auf den Balkon hinaustrat oder durchs Fenster schaute, sie waren ebenso sicher dort anzutreffen wie Löcher in einer Wand. Zuweilen blieb der Tamar-Hindi-Verkäufer mit seiner bunten, spitzen Mütze, vor dem Bauch das glänzende Kupferfaß mit dem Dattelwein, bei ihnen stehen und begann ein Gespräch mit den drei Effendis. Doch vergaß er dabei nie, in regelmäßigen Abständen mit metallischer Stimme, die aus der Tiefe des Fasses zu kommen schien, »Tamar-Hindi, Tamar-Hindi« zu rufen.

Im gleichen Augenblick, in dem ich Heinrich Reinhold zum erstenmal am Eingang zu unserem Hof erblickte, in der Uniform eines Sergeanten der Armee Seiner Majestät, den Tornister mit seinen gesamten Habseligkeiten über der Schulter, kam eine alte Nonne auf den Verkäufer des Tamar-Hindi zu, der sich beeilte, ihr den schäumenden, braunen, duftenden Dattelwein ins Glas zu gießen. Der Sergeant in seiner schmucken Uniform blieb stehen, und so standen wir nebeneinander und sahen der Nonne zu, die Tamar-Hindi trank. Sie stützte sich auf ihren Stock und leerte das Glas in einem einzigen langen Zug. Dann wischte sie sich die Lippen mit einem Tuch ab, das sie aus der Stoffülle ihres Habits hervorholte. Ich staunte: Diese alte Nonne, die in einer fernen, geheimnisvollen Welt lebte, die erhaben war über die lärmende, von Menschen wimmelnde Straße, über die Düfte gewürzter arabischer Speisen, die auf den Holzkohlenfeuern des Kaffeehauses in Pfannen und Töpfen brieten und brodelten, erhaben auch über das Geschrei der arabischen Händler und der armenischen Hausierer, über die borniertenen Beamten der englischen Mandatsverwaltung und über die irischen Polizisten, die stolz ihre Schnurrbärte zwirbelten – wie hatte sie nur aus solchen Höhen herabstürzen und der Versuchung des süßlichen Getränks erliegen können, wie kurz zuvor der fette Kutscher mit dem Tarbusch und der breiten Schärpe dort an der Straßenecke? Mit gemischten Gefühlen beobachtete ich die Gier, mit der sie ihr Glas austrank. Plötzlich war sie in meiner Achtung gesunken und zu einem gewöhnlichen Menschen geworden, ja vielleicht sogar weniger als das. Denn was dem gewöhnlichen Sterblichen gestattet war, blieb höheren Wesen untersagt – und in meinen Augen waren die Nonnen höhere Wesen. Und nun wischte sie sich mit ihrem Tuch auch noch den Schweiß aus dem Gesicht, der ihr in der glühenden Sonne nach dem raschen Trunk aus allen Poren gebrochen war, genau wie vorher dem Kutscher. Einen einzigen Unterschied gab es zwischen der Nonne und dem Kutscher, der mit zwei Frauen verheiratet war: Der Kutscher stieg auf den Bock seines schwarzlackierten Gefährts, innen mit rotem Samt bezogen, in dem er hohe Herren spazierenfuhr. Er ließ die Peitsche knallen und nahm die Zügel seiner beiden braunen Pferde auf. Die Nonne aber eilte behende, trotz ihres hohen Alters, auf das große eiserne Tor zu und erklomm die steilen Stufen zum Kloster mit seinen erhabenen Geheimnissen. Doch da sie durch ihr Verhalten zu einem ganz alltäglichen Menschen geworden war, stand sie mir jetzt näher. Die Gier, mit der sie getrunken hatte, genau wie der Kutscher, öffnete mir die Augen für die Mühen, mit denen sie zu kämpfen hatte, wenn sie aus den Niederungen des Lebens der gewöhnlichen Sterblichen die Höhen des Geheimnisses zu erklimmen trachtete. Ich empfand Mitleid mit ihr.

Was sie in meinen Augen noch mehr entschuldigte, war ihr hohes Alter. Die Jahre hatten ihr wohl das Recht verliehen, Dinge zu tun, die den jüngeren Nonnen strengstens verboten waren. Viel schlimmer wäre es sicher gewesen, wenn an ihrer Stelle die junge englische Nonne mit den schönen Augen, die erst seit kurzem im Kloster war, der Versuchung des Tamar-Hindi erlegen wäre. In dem halben Jahrhundert, das die alte Nonne im Kloster verbracht hatte, war ihr sicherlich Weisheit und Erhabenheit zuteil geworden, so daß sie wohl zu erkennen vermochte, daß zwischen der Welt des Kutschers und der Welt der jungen Nonne kein Unterschied bestand. Nur war aus ihrer Sicht diese Erkenntnis etwas völlig anderes, als was sie in den Augen der Novizin gewesen wäre.

»Sie ist genauso wie ich«, sagte der makellose Soldat mit den glänzenden Messingknöpfen, während ein Lächeln die Strenge seines Gesichtsausdrucks und die Müdigkeit seiner Züge milderte. »Ein Soldat auf Urlaub.«

Seine Bemerkung verblüffte mich. Erst Jahre später verstand ich sie. Damals konnte ich keine Ähnlichkeit zwischen dem Soldaten und der alten Nonne feststellen; das Leben eines Soldaten schien mir vielmehr im schärfsten Gegensatz zu dem eines Mönchs oder einer Nonne zu stehen. Ich hatte zwar schon allerhand darüber gehört, wie es beim Militär zuging, und hätte es also besser wissen müssen, aber stets fühlte ich mich beim Anblick eines Soldaten erhoben, ich spürte eine Fröhlichkeit, wie sie die Erfüllung eines Traums von Freiheit in einer Welt schenkt, in der man alle Abenteuer erlebt, die das Herz sich wünschen kann. Die Soldaten waren aus dem Kreis ausgebrochen, den die langweilige Arbeit in einem Büro und die kleinlichen Sorgen des grauen Alltags um einen schlossen – mich zum Beispiel bedrückte die Pflicht, jeden Morgen zur Schule gehen und nachmittags die Hausaufgaben machen zu müssen, und besonders setzte mir der Gedanke zu, daß auch mich nach Abschluß der Schulzeit nur eine langweilige Zukunft in einem Büro erwartete. Die Soldaten dagegen waren immer unterwegs oder kamen unvermutet von entfernten Orten zurück, die Cafés hallten von ihrem dröhnenden Gelächter wider, sie ließen ihren schrankenlosen Wünschen, die sie sich ungehindert erfüllen konnten, freien Lauf. Der Mönch schließt sich in den vier Wänden seiner kahlen Zelle ein und hält seine Leidenschaften hinter Schloß und Riegel. Der Soldat aber öffnet sein Herz jeder schönen Frau, die ihm im Autobus oder im Hotel begegnet. Dieses Gefühl der Freiheit, das ich jedesmal beim Anblick Heinrich Reinholds empfand, wurde auch nicht beeinträchtigt, wenn ich bedachte, daß ein Soldat von seinem Vorgesetzten völlig abhängig ist – ich hatte damals davon auch nur eine undeutliche Vorstellung, weil ich diese Abhängigkeit selbst noch nicht erlebt hatte. Ich harrte in froher Erwartung der wundervollsten Dinge, die jeden Augenblick geschehen konnten, nahm aber gleichzeitig mit vollem Bewußtsein die schlechten Nachrichten auf, die ununterbrochen aus der Sahara eintrafen: Die deutschen Truppen waren über die ägyptische Grenze vorgestoßen, die 8. britische Armee befand sich auf dem Rückzug. Wenn der Vormarsch der Deutschen nicht zum Stehen kam, waren wir alle verloren – die Deutschen würden die jüdische Bevölkerung Palästinas vernichten. Schon ging das Gerücht um, Professor Wertheimer, der unten im Kellergeschoß wohnte, trage seit zwei Wochen »für alle Fälle« eine Giftkapsel in der Innentasche seines Mantels. In drei Sekunden tötete sie einen Menschen. Professor Wertheimer hielt sie für den Augenblick bereit, in dem – Gott behüte! – die Deutschen Jerusalem erreichten. Er war vor Hitler durch ganz Europa und Nordafrika geflohen, Jerusalem war seine letzte Zuflucht. Jeden Morgen kam der Professor aus seinem Keller hervor und begab sich zur Arbeit, einen Koffer in der Hand, in dem sich Schnürsenkel, Kämme, Sonnenbrillen, Schuhcreme, Rasierseife und ähnliches befanden. Damit ging er von einem Café zum anderen und bot seine Ware mit der ernsten Miene eines Oberkellners feil, der in einem Luxushotel die erlesensten Gäste bedient. Nur trug er im Gegensatz zum Kellner einen abgetragenen, zerknitterten Anzug und eine Krawatte, die durch allzu langen Gebrauch eine undefinierbare Farbe angenommen hatte. Denselben Anzug hatte der Professor schon getragen, als er noch an der Universität Göttingen über altgermanische Götter, insbesondere über die Götter Westfalens, gelesen hatte, denn die Bräuche und Sagen dieses Landes, des alten Sachsen, waren sein Spezialgebiet. In diesem Anzug war er vor Hitler geflohen – sein Vater war Jude gewesen, nach den nationalsozialistischen Rassengesetzen galt also auch er als Jude –, und nun verkaufte er in dieser Aufmachung Schnürsenkel in Jerusalem.

Wenn also die schreckliche Nachricht eintreffen sollte, daß die Deutschen die britische Armee in Ägypten geschlagen und ihre Stoßtrupps auf ihrem Vormarsch nach Palästina bereits die Sinaiwüste erreicht hätten, wollte Professor Wertheimer die Giftkapsel aus der Innentasche seines Mantels holen – und in drei Sekunden würde alles vorbei sein.

Mich versetzten diese Gerüchte in große Aufregung, aber der Spannung, mit der ich den kommenden Dingen entgegensah, war keine Furcht beigemischt. Im Gegenteil, ich wünschte mir die Ereignisse herbei und war ganz sicher, daß alles ein gutes Ende nehmen würde. Abenteuerlust hatte mich gepackt, eine unbekümmerte Freude angesichts der Ereignisse. Sie glich dem berauschenden Freiheitsgefühl, das mich jedesmal überkam, wenn ich Sergeant Reinhold mit energischem Schritt den Hof betreten sah.

Der Sergeant erweckte diese Gefühle in mir, obgleich er stets sehr zurückhaltend war und einen ungemein gesitteten Eindruck machte. Weder die Kleidung noch die Gewohnheiten des Sergeanten gaben den geringsten Anlaß, ihn für draufgängerisch oder gar lasterhaft zu halten. Mir ist im Gegenteil nie jemand begegnet, der so peinlich auf tadellose Bügelfalten, glänzende Schuhe und saubere Fingernägel geachtet hätte. Wenn er sich vor dem Spiegel kämmte, pflegte er seinen Scheitel – er trug ihn rechts – mit größter Sorgfalt zu ziehen. Die Tolle seines glatten, blonden Haars rieb er mit Brillantine ein. Bevor er ausging, richtete er sich vor dem Spiegel zu voller Größe auf und überprüfte mit den tiefblauen Augen seine hochgewachsene Gestalt. Entdeckte er etwa einen losen Knopf, so nahm er selbst Nadel und Faden zur Hand und nähte ihn wieder fest. Doch dieser makellos gekleidete Sergeant war, wie ich später erfuhr, ein Mann von außerordentlichem Mut. Ich verstehe bis heute nicht, warum man nachlässige Kleidung und ungeputzte Schuhe, wirres Haar und schlechte Manieren für Zeichen von Mut und Tapferkeit hält.

Der Spiegel, in dem Sergeant Reinhold sich mit vorgestreckter Brust, eingezogenem Bauch und zusammengekniffenem linken Auge von allen Seiten betrachtete, war ein altes Stück, das mit seinem breiten, vergoldeten Holzrahmen und den geschnitzten hölzernen Beinen wie ein altmodischer, großer Schrank dastand. Einmal warf ich heimlich einen Blick hinter den Spiegel und entdeckte tatsächlich zwischen der Spiegelfläche und der Rückwand Geheimfächer. Doch sie waren verschlossen, und es gelang mir nicht, sie zu öffnen. Durfte man Dschamilla, der alten Araberin, die Reinhold den Spiegel verkauft hatte, Glauben schenken, so hatte er eine merkwürdige Geschichte. Dschamilla pflegte zu erzählen, daß der Spiegel einst dem türkischen Pascha gehört habe, dem Statthalter Jerusalems. Er habe im Schlafzimmer des Pascha gestanden, am Fuße seines Betts. Dort sei er Zeuge all dessen geworden, was sich auf dem Bett jenes Türken abgespielt habe und sei eines Tages – wohl vor Scham – zersprungen. Doch sei nicht die Oberfläche des Glases gesprungen – die sei heilgeblieben wie eh und je –, in seinem Inneren habe sich etwas gespalten, und seither ziehe sich ein schmaler, gerader Riß schräg von der rechten oberen Ecke zur linken unteren. Dieser Riß, ein Knick in der Spiegelebene sozusagen, war aus der Nähe kaum zu erkennen, er störte auch überhaupt nicht, trat man jedoch vier oder fünf Schritte zurück, so sah man plötzlich eine doppelte Welt, und der innere Knick lief als deutliche, scharfgezogene Trennlinie zwischen den Zwillingswelten der beiden gleichförmigen Dreiecke hindurch. Mit jedem Schritt aber, den man auf den Spiegel zutat, wurde diese Linie undeutlicher, die Doppelwelten flossen ineinander über, und aus nächster Nähe schließlich sah einem aus dem Spiegel nur noch eine einzige, viereckige Welt entgegen.

Viele Jahre später, als Sergeant Reinhold längst aus der ehemaligen Waschküche verschwunden war, fiel mir der alte Spiegel wieder ein, als ich Luftaufnahmen antiker Hügelstädte und archäologischer Ausgrabungen betrachtete: Die Umrisse der alten Gebäude, Mauern und Befestigungen, die im Hügel begraben lagen und aus der Nähe nicht zu sehen waren, zeichneten sich plötzlich scharf umgrenzt ab, sobald man im Flugzeug in großer Höhe über ihnen kreiste.

Und wie kam dieser Spiegel in den Besitz von Dschamilla, der alten, armen Araberin, die ihr Leben lang nur Dienerin war in fremden Häusern – ein so einzigartiger Spiegel, der schon dem türkischen Pascha, dem Statthalter von Jerusalem, gehört hatte, und zwar zu einer Zeit, als sie selbst noch nicht auf der Welt gewesen war? Dschamilla pflegte Sergeant Reinhold die Geschichte dieses Spiegels in allen Einzelheiten zu erzählen, wenn er abends aus dem King-David-Hotel nach Hause kam. Sergeant Reinhold war beim Vorstoß Rommels in der libyschen Wüste verwundet worden. Als man befürchten mußte, daß Rommels Panzertruppen bis Alexandria und Kairo vorstoßen könnten, evakuierten die Engländer ihre Verwundeten aus den ägyptischen Krankenhäusern, und mit vielen hundert anderen kam Reinhold nach Jerusalem ins Augusta-Victoria-Krankenhaus, das oben auf dem Ölberg unweit vom Skopusberg liegt. Nach seiner Genesung wurde er einer Abteilung des britischen Stabes zugewiesen, die im King-David-Hotel untergebracht war. Damals mietete er die Waschküche auf unserem Hof für die Stunden, die er nach dem Dienst frei hatte, solange er dem Stab zugeteilt blieb. Diese Freizeit nannte er »after duty«.

Abend für Abend erwartete ihn die alte Dschamilla am Eingang ihrer Kellerwohnung – sie lag den Kellerräumen, in denen damals Professor Wertheimer hauste, genau gegenüber –, und kaum hörte sie den Klang der genagelten Stiefelsohlen des Sergeanten auf dem Pflaster, da kam sie ihm schon mit lauten Salam-Rufen entgegen und lud ihn zu einer Tasse Kaffee ein. Er trank sie dann auf einem Schemel im Hofwinkel sitzend, während er gespannt ihren Geschichten von dem sonderbaren Spiegel lauschte, den er ihr abgekauft hatte. Zu meinem großen Erstaunen interessierte er sich allen Ernstes für jedes ihrer Worte, er hörte ihr mit einer Gewissenhaftigkeit zu, wie sie nur ein Deutscher aufbringen kann. Wenn er ein Wort oder einen Begriff nicht verstand, bat er mich um die Übersetzung und trug sie in ein kleines Vokabelheft ein, das er sich angelegt hatte, um die arabische Sprache zu erlernen. Im Gegensatz zu dem anderen Deutschen auf unserem Hof, jenem Professor Wertheimer, der sich zwar mit viel Mühe und Fleiß die Grundlagen des Hebräischen und Arabischen angeeignet hatte, aber taub geblieben war für die unterschiedlichen Sprachmelodien – auch das Englische, das er perfekt beherrschte, kam ihm nur mit einem schwer verständlichen deutschen Akzent über die Lippen –, lernte der elegante Sergeant nicht nur die fremden Sprachen gleichsam im Fluge, er beherrschte auch alle Nuancen der Aussprache und Intonation, ja sogar mundartliche Ausdrücke.

»Als der türkische Pascha nach Damaskus zog«, erzählte Dschamilla, »verkaufte er sein Haus an Rabbach Effendi al-Husseini, den Reichsten der Reichen, den höchsten der hohen Herren des Landes von Nablus bis Hebron. Mit seinem Haus verkaufte der Pascha auch alle Möbel und unter den Möbeln befand sich dieser Spiegel.«

»Und wie ist der Spiegel von Rabbach Effendi al-Husseini an Sie gekommen?« fragte Reinhold. Dschamilla verzog das runzelige Gesicht, bis es wie eine vertrocknete Feige aussah, und sagte: »Rabbach Effendi al-Husseini ließ sich im Haus des Paschas nieder und kaufte auch alle Häuser ringsum, bis sich das ganze Viertel um die Moschee von Scheich Dscharach in seinem Besitz befand. Meiner Mutter war es schon in ihrer Kindheit vergönnt gewesen, im Hause des Rabbach Effendi zu dienen. Er war nicht nur der höchste Herr des Landes und der Reichste unter allen, sondern auch der Weiseste ...«

»Der Weiseste!« wiederholte Sergeant Reinhold bewundernd, schlug die Beine übereinander und schickte sich an, einer Geschichte über die Weisheit des Rabbach Effendi zu lauschen. Im Laufe der Zeit hatte Reinhold gelernt, daß man bei der alten Dschamilla nicht auf kurze und bündige Antworten drängen durfte, sondern daß man sie auf ihre eigene Art erzählen lassen mußte, bis sich daraus die erwünschte Antwort ergab. Schon waren ihm ihre Geschichten ans Herz gewachsen, und nicht selten bat er sie, ihm die eine oder andere Geschichte abermals zu erzählen. Dann schrieb er sie in ein besonderes Heft, in dem er aufzeichnete, was er aus ihrem Munde vernommen hatte. Er schrieb sie auf englisch nieder, weil er damals nur englisch zu schreiben pflegte. Seiner deutschen Muttersprache bediente er sich nicht mehr, seit er vor Hitler geflohen war. Statt dessen benutzte er das Englische, das ihm seit seiner Kindheit in Deutschland geläufig und weit vertrauter als alle anderen Sprachen war, die er gelernt hatte. Später wollte er dann irgendwann zum Hebräischen übergehen; damals jedoch fiel es ihm noch schwer, sich schriftlich in dieser Sprache auszudrücken, weil er tagsüber im Hauptquartier nur mit englischen Soldaten verkehrte. Das schlechte Hebräisch eines deutschen Juden – das »Hebräisch eines Jecken«, wie er es nannte – wollte er aber nicht schreiben, das wäre unter seiner und unter der Würde der hebräischen Sprache gewesen. Wie alle, die ein ausgeprägtes Gefühl für die Feinheiten des sprachlichen Ausdrucks haben, maß auch er dem geschriebenen Wort ein besonderes Gewicht bei. Er wollte erst in den Geist des Hebräischen eindringen, seinen Sprachrhythmus kennenlernen, bevor er es wagen würde, in dieser Sprache zu schreiben.

Dschamillas Geschichten schrieb er wörtlich und in der Reihenfolge auf, wie er sie aus ihrem Munde gehört hatte. Die Geschichte des Rabbach Effendi war die erste: »Als Rabbach Effendi al-Husseini ein Mann in den besten Jahren und im Vollbesitz seiner Kräfte war, waren die Höhen des Ölbergs mit zahllosen Aprikosenbäumen bestanden, bis nach Bethanien hin, soweit das Auge reichte. Die Aprikosenbäume wurden später von den Heuschrecken zerstört und neue nicht mehr gepflanzt, weil die Türken, die damals im Land herrschten, auf jeden Obstbaum, der neu angepflanzt wurde, eine Steuer erhoben. Jahr um Jahr gab der Effendi zu Frühlingsbeginn in seinem Weinberg im Wadi Dschos ein großes Fest für seine Freunde und die Edlen des Landes. Unter den Gästen war auch Scheich Abu Al Hawa, der »Vater der Winde«, wie man ihn nannte, Vorstand des Dorfes A-Tur auf den Höhen des Ölbergs, wo Tag und Nacht heftige Winde wehen. Seinen Spitznamen, so sagt das Gerücht, habe er erhalten, weil seine wilden Lüste im ganzen Land bekannt waren, und er stöhnte und ächzte, wenn die Leidenschaft ihn überkam. Dieser Scheich nun brachte Rabbach Effendi zwei große Körbe voll Aprikosen, die ein Esel kaum zu schleppen vermochte. Rabbach Effendi dankte ihm herzlich, wandte sich an seine Gäste und fragte sie: »Da ich euch alle ehre und ihr mir lieb seid wie mein Augapfel – wie soll ich diese Aprikosen unter euch verteilen: nach der Gerechtigkeit Allahs, unseres Gottes im Himmel, oder nach menschlicher Gerechtigkeit aus Fleisch und Blut?«

»Nach göttlicher Gerechtigkeit!« verlangten die Gäste einstimmig.

Sofort begann Rabbach Effendi al-Husseini die Aprikosen an seine Gäste zu verteilen. Dem einen gab er eine ganze Schüssel voll, dessen Nachbarn dagegen nur eine einzige Aprikose; einem reichte er fünf, einem anderen dreißig, und so fuhr er fort in völliger Willkür, bis die überraschten Gäste – sie hatten bemerkt, daß zwei unter ihnen nicht einmal mit einer einzigen Aprikose bedacht worden waren – verwundert ausriefen: »Aber wir haben doch um göttliche Gerechtigkeit gebeten!« Da lächelte Rabbach Effendi al-Husseini und erwiderte mit ruhiger, würdevoller Stimme: »Ist es nicht Gottes Art, seine Gnade und seine Güter auf diese Weise zu verteilen?«

»Und dieser Rabbach Effendi al-Husseini, der den Spiegel vom türkischen Pascha gekauft hat, hat ihn also an Ihre Mutter weiterverkauft, die bei ihm im Hause diente?« fragte Sergeant Reinhold.

Die alte Dschamilla zwinkerte ein wenig mit den Augen, dann sagte sie: »Nein, so war es nicht. Rabbach Effendi al-Husseini war schon gestorben, als ich zur Welt kam. Er hat diesen Spiegel seinem Neffen hinterlassen, dem Ismael Bei al-Husseini. Nach dem Tod von Rabbach Effendi kam meine Mutter als Dienerin in das Haus von Ismael Bei. Auch er war, wie sein Onkel, ein hochgelehrter Mann. So gelehrt war er, daß der türkische Statthalter ihn zum obersten Leiter der Schulen des Landes ernannte.«

»Also hat Ismael Bei den Spiegel Ihrer Mutter verkauft?« sagte Reinhold, abermals auf seine Frage zurückkommend.

Doch die alte Dschamilla lächelte und antwortete: »Nein, ganz so war es nicht. Er hat ihn nicht verkauft, sondern geschenkt, nicht meiner Mutter, sondern mir. Meine Mutter war ja schon gestorben, und ich hatte ihre Stelle als Dienerin im Haus angetreten. Hätte der deutsche Kaiser vor vierundvierzig Jahren nicht Jerusalem besucht, so wäre die kleine Tochter des Ismael Bei nicht im Feuer umgekommen, und dieser Spiegel wäre nie in meinen Besitz gelangt!«

»Vor vierundvierzig Jahren hat der deutsche Kaiser Jerusalem besucht?« rief Sergeant Reinhold erstaunt aus und zog die Brauen hoch. Er kniff die Augen zusammen und rechnete schnell. »Schon 1898, sechzehn Jahre vor Ausbruch des Ersten Weltkriegs hat Kaiser Wilhelm dieses Land bereist?« Aus irgendeinem Grund überraschte ihn diese Tatsache, ja sie erschien ihm plötzlich so wichtig, daß er auf der Stelle einen Stift aus seiner Tasche zog und die Daten auf einer Zigarettenschachtel notierte. »Und wie geschah es«, wandte er sich dann wieder an Dschamilla, »daß die kleine Tochter des Ismael Bei im Feuer umgekommen ist und dieser Spiegel in Ihre Hände geriet?«

»Alles wegen des deutschen Kaisers«, sagte Dschamilla. »Wegen des deutschen Kaisers ist die kleine Rowada verbrannt, und wegen des deutschen Kaisers ist dieser Spiegel aus dem Hause des Ismael Bei al-Husseini in mein eigenes Haus gelangt.« Die Erinnerung an den Besuch des deutschen Kaisers, an die kleine brennende Rawada, an die Geschichte mit dem Spiegel versetzte die alte Dschamilla in höchste Erregung. Ihr vertrocknetes Gesicht wurde noch runzliger und zerknitterter, sie sprach mit zitternden Lippen und keuchender Stimme, als hätten die Ereignisse sich nicht vor vierundvierzig Jahren zugetragen, sondern in jüngster Vergangenheit: Als der deutsche Kaiser mit seiner Gemahlin und seinem Gefolge nach Jerusalem kam, errichtete man die Zelte für das Gefolge auf dem offenen Feld westlich der Stadtmauern, wo heute die Propheten- die Jaffastraße kreuzt. Dann schlug man das kaiserliche Lager auf den Höhen des Ölberges auf, an der Stelle, wo der Kaiser später die Kirche und das Augusta-Victoria-Krankenhaus erbauen ließ. Der Sultan sandte die herrlichsten Zelte, damit sein bester Freund, der Kaiser, sich wohl fühlte, und an seine türkischen Untertanen in Jerusalm ließ er den Befehl ergehen, Teppiche, Diwane und edle Möbelstücke aus ihren Häusern herbeizutragen, um den Aufenthalt des deutschen Herrschers so angenehm wie möglich zu gestalten. Ebenso trug der Sultan allen Stadtbewohnern auf, nachts Lichter in die Fenster und auf die Hausdächer zu stellen, damit die Stadt einen recht festlichen Anblick bot. Damals kannte man das Geheimnis des Stroms noch nicht, der in Drähten fließt und Glühbirnen zum Leuchten bringt, man mußte noch Kerzen anzünden, deren Flammen im Nachtwind flackerten. Den Schülerinnen der mohammedanischen Schule trug der Sultan auf, der deutschen Kaiserin eine schöne Handarbeit zu schenken, und sie stickten das Wappen des Sultans in herrlichen Farben mit feinster Seide und legten es in eine Schatulle aus edlem Olivenholz. Nun blieb nur noch das Mädchen zu wählen, das der Kaiserin das Geschenk überreichen durfte. Ismael Bei, der oberste Leiter aller Schulen im Lande, hatte bereits das beste und fleißigste Mädchen ausgewählt, aber dessen Eltern weigerten sich, ihm den Auftritt vor der Kaiserin zu gestatten. Sie fürchteten sich vor dem bösen Blick, dem Auge des Neids: Alle Mädchen und ihre Familien, ja alle Bürger der Stadt würden ihre Tochter beneiden und ihr aus Neid den bösen Blick wünschen. Als Ismael Bei ein anderes Mädchen wählen wollte, weigerten sich auch alle anderen Eltern – alle fürchteten sich vor dem bösen Blick. Er selbst, ein gebildeter Mann und vertraut mit den Erkenntnissen der modernen Wissenschaft, fürchtete den bösen Blick natürlich nicht. Er hatte eine kleine Tochter, Rawada, die ihm über alle Maßen lieb und teuer war. Es war ihm nicht eingefallen, seine eigene Tochter vor die Kaiserin treten zu lassen, doch nicht des bösen Blicks, sondern böser Zungen wegen. Es sollte von Rowada nicht heißen, die Wahl sei deshalb auf sie gefallen, weil sie die Tochter des Ismael Bei, nicht aber weil sie ein gutes und fleißiges Kind sei. Da ihm nun nichts anderes übrigblieb, entschloß er sich, seine kleine geliebte Rawada das Geschenk überreichen zu lassen. Sie war ein bildschönes Kind, und die Kaiserin fand großes Gefallen an ihr. Sie sprach freundlich mit Rawada, küßte sie auf die Wangen und gab ihr auch ein Geschenk – eine diamantenbesetzte Brosche, die wie der Adler im kaiserlichen Wappen aussah, und eine mit Seidenbändern umwundene Schachtel voll Süßigkeiten. Die kleine Rawada kehrte erregt und glücklich nach Hause und flatterte wie ein Schmetterling umher in ihrem weißen Batistkleidchen, das die untergehende Sonne rosa färbte. Auf dem Dach des Hauses zündete Dschamilla die Kerzen an zu Ehren der Gäste, wie es der Sultan angeordnet hatte. Die kleine Rawada erklomm die Stufen zum Dach, um ein wenig Luft zu schöpfen und die Lichter zu bewundern. Im gleichen Augenblick erhob sich ein kräftiger Ostwind und neigte die Flammen dem Kinde zu. Das Feuer erfaßte das weiße Kleid, es loderte auf und verwandelte das Mädchen in eine lebende Fackel. Die besten mohammedanischen, christlichen und jüdischen Ärzte kämpften um ihr Leben, selbst der Kaiser schickte seinen Hofarzt, aber alle ihre Künste nutzten der kleinen Rawada nicht mehr: Die ganze Nacht wand sie sich unter den gräßlichsten Schmerzen, und im Morgengrauen hauchte sie ihre Seele aus. »Sagt nie wieder«, sprach Ismael Bei zu den Ärzten, »es gäbe keinen bösen Blick oder es habe ihn nie gegeben – daß er ein Aberglaube sei ...«

Sitt Fatma, die Mutter des Mädchens, war untröstlich. Sie versuchte, sich in ihrem tiefen Schmerz die Augen auszustechen, und Dschamilla mußte Tag und Nacht bei ihr wachen, damit sie sich nichts antat. Vor dem großen alten Spiegel des türkischen Paschas hatte Sitt Fatma Rawada eigenhändig die Schleifchen des weißen Kleides und das rote Band in die Haare gebunden und sie mit Rosenwasser besprüht. Der Anblick des Mädchens in dem altertümlichen Spiegel hatte ihr das Herz bewegt wie der Anblick des Morgensterns am Himmel. Doch plötzlich hatte Sitt Fatma dunkles Grauen erfaßt: Im Spiegel, hinter dem Rücken ihrer Tochter, hatte sie das böse Auge mit durchdringendem Blick angestarrt. Sitt Fatmas Knie zitterten, und schwankend trat sie vom Spiegel zurück. Durch seine Oberfläche lief plötzlich ein Riß. In dem einen Teil des Spiegels sah Sitt Fatma sich selbst hinter ihrer Tochter stehen, wie sie ihr das rote Band ins Haar schlang, aus dem anderen aber starrte sie eine alte Hexe mit haßerfüllten Augen an. Seit der böse Blick ihre Tochter Rawada getötet hatte, fürchtete sich Sitt Fatma, in den Spiegel zu blicken, sie hatte sogar Angst, den Raum zu betreten, in dem er stand. »Ich schlage den verfluchten Spiegel in tausend Stücke«, sagte Dschamilla zu Sitt Fatma. »Dann brauchen Sie nicht mehr unter ihm zu leiden.«

»Nein, nein!« schrie Sitt Fatma auf. »Aus diesem fluchbeladenen Spiegel starrt der böse Blick. Schlägst du ihn in tausend Stücke, so werden tausend böse Blicke aus tausend Spiegeln starren!«

»Dann verkauf' ich ihn«, sagte Dschamilla. »Nein, nein«, erwiderte Sitt Fatma und weinte bitterlich. »Ich will kein Geld verdienen an dem bösen Blick. Nimm den Spiegel und schaff ihn fort aus dem Haus!«

So kam der Spiegel in die Waschküche am Rande des Hofes, und dort stand er vierundvierzig Jahre, das Spiegelglas der Wand zugekehrt, bis Sergeant Reinhold in den Raum einzog und ihn Dschamilla abkaufte. Sitt Fatma lag bereits seit dreißig Jahren unter der Erde an der Seite ihrer kleinen Tochter Rawada.

»Und Sie, Dschamilla«, fragte Sergeant Reinhold mit ernster, strenger Miene, »Sie fürchten sich nicht, am bösen Blick Geld zu verdienen?« Dschamilla, versunken in die Erinnerung an jenen großen, verhängnisvollen Tag, warf ihm aus ihrem faltigen, vertrockneten Gesicht einen schalkhaften Blick zu und sagte: »Nicht ich brauche mich zu fürchten, Sie müssen sich fürchten.« Reinhold runzelte die Stirn, als wundere er sich über ihre Antwort, und Dschamilla goß sich selbst und ihm noch eine Tasse Kaffee aus der alten Kanne ein. Auch diese hatte sie vor über vierzig Jahren von Sitt Fatma al-Husseini erhalten. »Und selbst Sie«, fügte sie hinzu, als wollte sie ihn beruhigen, falls sich Furcht in seinem Herzen regte, »selbst Sie brauchen keine Angst vor dem Spiegel zu haben!«

»Und warum nicht?« fragte er und bot ihr eine Players an. »Jetzt habe ich selbst Angst vor dem bösen Blick, vielleicht verbrenne auch ich bei lebendigem Leibe wie die arme Rowada vor vierundvierzig Jahren! Nehmen Sie den Spiegel wieder zurück, Dschamilla. Entfernen sie ihn sofort aus meinem Zimmer! Nehmen Sie den abscheulichen, fluchbeladenen Spiegel und geben Sie mir auf der Stelle meine gottgesegneten fünf Pfund zurück, die ich in bar für ihn bezahlt habe!« Wie in plötzlichem Schrecken war er vom Schemel aufgesprungen und hatte sich weggewandt, als wolle er den gefährdenden Spiegel kurzerhand aus seinem Wohnraum hinausbefördern. Dschamilla schmunzelte belustigt und wohlgefällig. Dieser englische Sergeant war zwar nicht weniger deutsch als Professor Wertheimer, auch sprach er Arabisch mit ägyptischem Akzent – er hatte sich ihn in den langen Monaten seines Dienstes in Ägypten und in der Arabischen Wüste zugelegt –, aber die Kunst des Feilschens hatte er gelernt, das mußte man ihm lassen, alle Finten des Handels beherrschte er. Sie wartete, bis er die Tür erreicht hatte, und als sie merkte, daß er ein wenig zögerte, rief sie ihm zu: »Ja, ja, geben Sie mir auf der Stelle den Spiegel zurück. Der englische Händler Spinney hat mir zehn Pfund für ihn geboten. Und wenn er schon von zehn gesprochen hat, zahlt er mir auch zwanzig, wenn nicht sogar fünfundzwanzig.«

»Aber Dschamilla, Dschamilla!« Kopfschüttelnd kehrte Reinhold zu seinem Schemel zurück und lächelte sie an wie einer, der beim Feilschen den kürzeren gezogen hat. »Sie sind gerissener als eine Schlange und schlauer als ein alter Fuchs! Gott hat keine

Wohnstatt in Ihrem Herzen, Dschamilla! Schämen Sie sich nicht, Dschamilla, fürchten Sie sich nicht vor Allah und Mohammed, dem Propheten? Wie konnten Sie es wagen, mich in die Falle des bösen Blicks zu locken! Wie konnten Sie sich für fünf Pfund mit Satan verbünden, um eine reine Seele ins Unglück zu stürzen?« Sogleich erstarb das Lächeln auf dem Gesicht der Alten. Das war jetzt kein Spiel mehr. Ihr Herz schlug wild. »Wir sind uns doch so nahe, lieb wie der jüngste meiner Söhne sind Sie mir, wie können Sie mir da mit solchen Worten das Herz brechen?« Fast versagte ihr die Stimme. »Ich habe Ihnen die Geschichte vom bösen Blick doch schon erzählt, als das Spiegelglas noch der Wand zugekehrt war. Sie waren es doch, der den Spiegel umdrehen wollte! Ich habe Sie doch immer wieder gewarnt, aber Sie wollten ihn unbedingt kaufen! Mit Gewalt haben Sie mir die Geldscheine in die Hand gedrückt, damit ich den Spiegel nicht zurückverlange, wenn Sie ausziehen.«

»Dschamilla«, rief Reinhold aus, »mein Augapfel, mein Herz!« Und zu meinem Erstaunen stand er auf, um sie auf die Stirn zu küssen. Man konnte ihm ansehen, wie leid es ihm tat, ihr versehentlich weh getan zu haben. »Aber warum regen Sie sich denn darüber auf? Wir treiben doch nur unsere Späße miteinander, flunkern uns nur gegenseitig etwas vor!« Seine Worte stimmten die Alte wieder versöhnlich, aber der böse Blick ließ ihr noch immer keine Ruhe. »Sie brauchen wirklich keine Angst zu haben«, sagte sie. »Der Spiegel wird Ihnen nichts zuleide tun. Als der Träger ihn auf seinen Rücken packte, um ihn aus Fatmas Zimmer zu entfernen und hier im Keller zu verstauen, sah Ismael Bei, wie ich mein Gesicht abwandte. ›Dschamilla‹, sagte er zu mir, ›fürchte dich nicht vor dem Spiegel. Nicht der Spiegel hat den bösen Blick, sondern dieser ist im menschlichen Neid begründet, im Spiegel sehen wir nur sein Bild. Es verhält sich genauso wie mit einem Kurzsichtigen, der den Zwirn einfädeln will und ohne Brille das Nadelöhr nicht sieht, dann eine Brille aufsetzt und keine Schwierigkeiten beim Einfädeln mehr hat. Dumm wäre der Kurzsichtige, der freudig ausrufen würde: Ich habe Nadel und Faden in meiner Brille gefunden! Der Kluge weiß, daß Nadel und Faden sich außerhalb der Brille befinden!‹«

Reinhold schlug sich aufs Knie, so angetan war er vom Brillengleichnis; und Dschamilla lächelte ihn an, froh darüber, ihn mit diesen Worten von seiner Angst vor dem Spiegel befreit zu haben, mit einer Geschichte, die sie vor vierundvierzig Jahren aus dem Munde des Ismael Bei vernommen hatte – Worte übrigens, die trotz ihrer Weisheit und ihres Gedankenreichtums Dschamillas eigene Zweifel durchaus nicht beseitigt hatten.

»Ismael Bei war ein kluger Mann«, sagte Sergeant Reinhold.

»Ja«, erwiderte Dschamilla. »Klug und gebildet war er wohl, er war ja auch der oberste Leiter aller Schulen im Lande. Aber Rawada, seine kleine, vielgeliebte Tochter, hat er der Grausamkeit des bösen Blicks ausgeliefert. Sitt Fatma, seine Frau, hat ihn im Spiegel gesehen.«

»Ausgeliefert?« fragte Reinhold. Sein vergnügtes Lächeln gefror, und über sein Gesicht breitete sich plötzlich eine graue Blässe. Es schien, als halte er den Atem an, um einen heftigen Schmerz zu unterdrücken; sekundenlang bedeckte er seine Augen mit der Hand. »Verzeihen Sie«, sagte er zu Dschamilla, »mir ist ein wenig schwindelig. Es ist wohl besser, ich lege mich hin.« Zu sich selbst flüsterte er auf deutsch: »Großer Gott! Wie hätte denn der Vater das Kind aus den Krallen der Mutter retten können?«

In den vier Jahren, in denen ihm die Waschküche auf unserem Hof als Unterkunft diente, war es das einzige Mal, daß ich ihn in einer solchen Verfassung sah – und auch damals gelang es ihm, sich zu beherrschen und seinen Schmerz nicht hinauszuschreien.

»Er leidet noch immer unter seiner Kopfverletzung«, jammerte die alte Dschamilla und wiegte ihren Oberkörper mitleidsvoll hin und her. Die Worte, die er in seiner Muttersprache geflüstert hatte, waren ihr unverständlich geblieben, doch auch ich, der sie verstanden hatte, wußte nicht, was sie mit seinem plötzlichen Schwindelgefühl oder mit den Geschichten der alten Araberin zu tun hatten. Erst ein halbes Jahr später, kurz bevor er an die Front zurückkehrte, diesmal nach Italien, um dort gegen die Deutschen zu kämpfen, erzählte er mir die Geschichte von dem Jungen und seiner Mutter. Da erinnerte ich mich dieser Worte wieder. Und als ich verstand, wie Reinhold Dschamillas Geschichte ausgelegt hatte, erschrak ich vor seiner abgrundtiefen Lebensangst: Der böse Blick der Mutter, Sitt Fatmas, sei es gewesen, in dessen Flammen Rawada ums Leben gekommen sei.

KAPITEL 2

Die Geschichte des »Tages der Farbstifte« hörte ich auf dem Hof, während ich das Jaffa-Tor zeichnete. Reinhold sollte am nächsten Morgen an die italienische Front gehen. Nachdem er seine Papiere geordnet, den Boden gescheuert, die Messingknöpfe und die Rangabzeichen seiner Uniform blankgeputzt hatte, setzte er sich am Eingang zur Waschküche auf den kleinen Schemel von Dschamilla und schlug sein Buch mit den Gedichten und Balladen von Rudyard Kipling auf. Er kannte sie seitenweise auswendig, und zuweilen, wenn er von seinen Gefühlen übermannt wurde, rezitierte er unversehens laut die »Mandalay«-Verse, die er besonders liebte.

Das Gedicht »Wenn« hatte er mit seiner klaren, energischen Schrift abgeschrieben und über das Kopfende seines Bettes gehängt – nicht nur wegen des poetischen Genusses, sondern auch weil diese Zeilen ihm Richtschnur waren und inneren Halt gaben. War einer seiner Träume wieder einmal an der Realität des Lebens zerbrochen, mußte er sich einen Herzenswunsch versagen, eine Hoffnung begraben – dann kehrte er immer zu diesen Versen zurück und schöpfte neuen Mut aus ihnen:

Wenn du ein Träumer sein kannst, doch mit Wissen,
Gedanken spinnst, doch freien Blick bewahrst –
Wenn du des Unglücks Bank, des Glückes Kissen
mit unbeirrter Seelenruhe paarst –
Wenn alles, was du je und je gewonnen,
auf einen Wurf geruhig gibst dahin –
Und wenn du gläubig deines Lebens Bronnen
zu neuem Werke weckst und Anbeginn –
... Dann bist du Mann. Was willst du mehr mein Sohn?

Doch an jenem Abend vor seiner Rückkehr an die Front schien er keine Lust zum Lesen zu haben. Er ließ seinen Blick wandern, bis er auf mir ruhen blieb. Als sich dieser versunkene und träumerische Blick unversehens voll Mitleid auf mich richtete, erkannte ich in ihm eine Angst, die mich erstarren ließ. Es war, als öffne sich plötzlich ein Abgrund hinter mir und spiegle sich in diesem Blick, ein Abgrund, von dem ich nichts wußte und in den ich zu stürzen drohte. Denselben Ausdruck hatte ich einst in den Augen meiner Mutter gesehen – ich lehnte damals an einem schief zur Seite geneigten alten Schrank, auf dem ein schwerer kupferner Krug stand. Plötzlich spürte ich einen heftigen Schlag auf den Kopf und lauwarm und widerwärtig lief mir Blut über das Gesicht. Für den Bruchteil einer Sekunde hatte ich das Gefühl, das Balkongeländer hinter mir würde nachgeben und ich in die Tiefe auf die Straße stürzen. Reinhold sah die Angst, die mich plötzlich erfüllte; ich mußte bleich geworden sein und war von meinem Stuhl aufgesprungen. Er legte mir die Hand auf die Schulter, betrachtete das Bild, das ich vom Jaffa-Tor angefertigt hatte, und meinte: »Du zeichnest gut, die Schattenverteilung ist richtig. Hier, im Licht Jerusalems sind die Übergänge zwischen Licht zu Schatten scharf. Schwarz grenzt an Weiß.« Und dann sagte er: »Komm, ich erzähl' dir, was einmal mit einem Jungen geschah, der gern zeichnete und malte.« Er wollte mir offensichtlich etwas über sich selbst erzählen, etwas, das sich wirklich zugetragen hatte, als er ein Junge in meinem Alter war. Das begriff ich sofort, obwohl er von diesem Jungen nur in der dritten Person sprach und ihn Josef nannte. Reinholds voller Vorname, das habe ich später erfahren, war übrigens Heinrich Josef. Dieser Josef wohnte im elegantesten Viertel Berlins, in einer Wohnung am Kurfürstendamm. Aber in der teuren Wohnung sah es traurig aus: Seine Mutter, eine schöne und verwöhnte Frau, war nicht imstande, den Haushalt zu führen, nachdem sie in der Wirtschaftskrise ihre Dienstmädchen hatte entlassen müssen und die Einkünfte von Tag zu Tag weniger wurden. Ständig herrschte schreckliche Unordnung im Haus: In allen Zimmern hing feuchte Wäsche zum Trocknen herum, auf den Tischen standen Reste von Mahlzeiten, schimmlig und verdorben, und mitten in diesem Durcheinander pflegte seine Mutter sich ins Schlafzimmer zurückzuziehen, ein nasses Tuch gegen die Migräne auf der Stirn. Er wollte keine

Freunde nach Hause bringen und hatte oft auch selbst keine Lust, heimzukommen – aber nicht aus Ekel vor der Unordnung, sondern weil es fortwährend Krach gab zwischen seinen Eltern. Wenn die Schulglocke zum letztenmal läutete und seine Mitschüler froh aus der Klasse stürmten, wurde Josef das Herz schwer. Er dachte daran, was jetzt zwischen seinen Eltern vorging, und besonders an das Kreischen seiner Mutter, das man schon unten im Erdgeschoß hörte, obwohl ihre Wohnung im dritten Stock lag. Immer war es seine Mutter, die plötzlich einen Streit begann. Der Vater schwieg zunächst oder verteidigte und entschuldigte sich. Doch manchmal brach er in wütendes Gebrüll aus, packte das, was ihm gerade in die Hand kam, eine Tasse, ein Buch oder eine Büchse, und warf es mit aller Kraft an die Wand. Zuweilen kippte er in seiner hilflosen Wut auch den Eßtisch um, so daß Suppenteller, Gläser und Besteck auf dem Fußboden zersplitterten und alles vor Nässe triefte. Je weniger Geld der Vater nach Hause brachte, desto häufiger wurden die Streitigkeiten und desto länger dauerten sie, oft bis in die Nacht hinein. Nicht selten wurde der Junge aus tiefstem Schlaf gerissen. Dann setzte er sich mit klopfendem Herzen und zitternden Knien auf den Rand seines Bettes und horchte ängstlich auf das Gebrüll und Gezeter und den Krach, wenn die Eltern sich im Schlafzimmer mit irgendwelchen Gegenständen bewarfen. Oft lief er auch vom Vater zur Mutter und von der Mutter zum Vater, faßte sie an den Kleidern und flehte sie weinend an: »Genug, genug, genug. Hört auf zu streiten, bitte schreit nicht mehr – seid wieder gut zueinander!« Es kam so weit, daß der Junge sich fürchtete, einzuschlafen. Er glaubte, nur er halte den Frieden im Haus aufrecht, und die schwarze Brandung würde alle Dämme einreißen, wenn er einschlief. Ruhe kehrte in die Wohnung erst wieder ein, als der Vater tagsüber nicht mehr nach Hause kam und auch in den Nächten fernzubleiben begann.

Eines Tages saß der Junge da und malte in dieser ungewöhnlichen Stille, die über den Zimmern lag, wenn der Vater nicht zu Hause war. Er arbeitete mit ein paar Farbstiften, seinen letzten. Schon lange wünschte er sich einen Tuschkasten und einen Zeichenblock – aber diesen Wunsch sprach er nicht aus. Das Geld reichte ja kaum zum Essen. Er erinnerte sich an eine Melodie aus den Tagen, als alles noch gut war, die Dienstmädchen den Haushalt führten und die Mutter sich hübsch machte, als ihre Augen noch leuchteten und der Vater oft sang. Es war die Melodie eines Liedes, das der Vater sehr gern hatte und das damals in allen Cafés zu hören war.

> Liebe war es nie, es war nur eine Liebelei ...
> Liebe war es nie, es war ein Scherz.

Das summte er vor sich hin, während er malte, und dazu träumte er einen schönen Traum, der ihm das Herz überfließen ließ: Seine Mutter tritt aus ihrem Zimmer, aufrecht und lächelnd, mit einem breitrandigen Hut, langen, fast bis zum Ellbogen reichenden Handschuhen und hochhackigen Schuhen. An ihrem Arm hängt die Handtasche, wie in den heiteren Tagen, als sie zu dritt spazierengingen. Da klingelt es an der Haustür, der Vater kommt nach Hause, strahlt freudig überrascht, sieht dem Jungen über die Schulter auf das Bild und sagt: »Sehr schön, sehr schön! Aber warum nimmst du keinen Tuschkasten oder Ölfarben?« Der Junge will antworten, daß er keinen Tuschkasten habe und an Ölfarben sei doch nicht einmal im Traum zu denken, weil sie so teuer seien, außerdem müßte ihm ein Lehrer erst beibringen, wie man sie benutze, auch das würde den Vater doch schrecklich viel Geld kosten. »So, so«, sagt der Vater in seinem Traum und zieht aus einer großen Aktentasche alles hervor: einen großen Zeichenblock, einen Tuschkasten und Pinsel. Mit zitternden Händen öffnet der Junge jedes Päckchen, alles ist in buntes Papier verpackt und mit Goldbändchen verschnürt. Da hört er, wie sich eine Tür in der Wohnung öffnet – die Schlafzimmertür ... und das Geräusch brachte ihn in die Wirklichkeit zurück zu den abgenutzten Farbstiftstummeln in seiner Hand. Er hatte nur noch fünf oder sechs davon. Wenn die Mutter ihm wenigstens eine Schachtel Farbstifte kaufen würde! Es mußten ja nicht vierundzwanzig sein, er wäre auch mit zwölf zufrieden gewesen, aber bei dem ständigen Krach mit dem Vater und der dauernden Geldnot konnte sie sich nicht um Farbstifte und andere Kindereien kümmern. Auch sich selbst vernachlässigte sie völlig, lief in einem alten, schlampigen Morgenrock herum, kümmerte sich kaum noch um den Haushalt, hatte dauernd Migräneanfälle und mußte sich mit einem feuchten Tuch auf der Stirn hinlegen.

Der Junge hob den Blick – und da stand seine Mutter, wie aus dem herrlichen Traum getreten, aus dem ihn das Geräusch gerissen hatte: Sie trug einen breitrandigen Hut, weiße Handschuhe und hochhackige Schuhe, ihren Mund umspielte ein geheimnisvolles Lächeln, das sein Herz wild schlagen ließ. Sie ging auf ihn zu und sagte mit fröhlicher Ungeduld: »Komm, mein Junge, wir gehen ein bißchen spazieren! Hast du nur so wenige Farbstifte? Wir gehen unterwegs in einen Laden und kaufen dir zwölf Stifte, nein nicht zwölf – wir kaufen dir die größte Schachtel, die es im Laden gibt, und dann läufst du ins Romanische Café und rufst den Vater heraus, wir gehen in den Zoo oder woandershin – wozu du gerade Lust hast!« Er sprang vom Stuhl, ließ vor Aufregung alle Blätter und Stifte auf den Boden fallen und ging mit seiner Mutter aus dem Haus. Die Wirklichkeit war noch viel schöner als alle seine Träume. »Aber Mama«, sagte er im Laden, als er sah, daß sie ihm wirklich die größte Schachtel mit Farbstiften kaufen wollte, »du gibst zuviel Geld für mich aus! Eine kleinere Schachtel reicht mir bestimmt.« Er fürchtete, seine Mutter würde dann ohne einen Pfennig dastehen, nur weil er malen wollte, aber sie lächelte übermütig, kaufte ihm noch einen großen Zeichenblock und einen Bleistiftspitzer, warf einen kurzen Blick auf die Uhr im Laden, und dann hüpften sie in ausgelassener Stimmung auf die Straße hinaus. Als sie am Romanischen Café angekommen waren, blieb seine Mutter draußen auf dem Bürgersteig stehen, versteckte sich hinter einer Litfaßsäule und sagte dem Jungen, er solle seinen Vater aufsuchen, ihm jedoch nicht verraten, daß auch sie hier sei – denn das sollte eine Überraschung für ihn sein. Der Junge lief ins Café und suchte den Vater unter den vielen Köpfen, die in Wolken von Zigarettenrauch steckten. Plötzlich entdeckte er ihn und flog auf ihn zu. Als der Vater seinen Blick von der Zeitung hob, leuchteten seine Augen auf. Er umarmte das Kind und küßte es vor allen Leuten immer auf die Wangen, und der Junge zeigte ihm die Farbstifte und rief: »Komm schnell, Vater«, und zog ihn hinter sich her. Als sie plötzlich die Mutter sahen – ein Mann in Uniform stand jetzt neben ihr, er trug eine Schirmmütze auf dem Kopf mit einem glänzenden Abzeichen aus Messing –, drang aus dem Mund seines Vaters nur ein schwaches Geräusch, wie das von knisterndem Papier. Er hielt den Atem an, und sein Gesicht wurde aschgrau.

Sekundenlang blieb er wie angewurzelt stehen, panische Angst in den Augen, dann wandte er sich um und lief ins Café zurück, wohl um durch die Küchentür zu entkommen. Aber schon am Eingang stieß er gegen einen Stuhl, stürzte, und sein Hut rollte auf die Straße hinaus. Der Uniformierte eilte auf ihn zu, packte ihn am Arm und drückte ihm einen braunen Umschlag in die Hand. Erst sehr viel später begriff der Junge, daß es ein Gerichtsdiener war, der dem Vater das Urteil aushändigte, worin ihm eine Gefängnisstrafe angedroht wurde, falls er seiner ihm angetrauten Frau nicht den Unterhalt zahle, den ihr das Gericht zugesprochen hatte. Damals schon empfand der Junge den doppelten Verrat seiner Mutter, und der Verrat an seinem Vater schien ihm unendlich viel schwerer zu wiegen als der an ihm selbst begangene.

Noch Jahre später, als der Junge längst zum Mann geworden war, zog sich sein Herz plötzlich zusammen, wenn er sich an den »Tag der Farbstifte« erinnerte, wie er ihn nannte. Aus seinem Mund kam dann ein unterdrücktes Stöhnen, und auf seinem Gesicht erschienen Schweißperlen. Im Laufe der Zeit traten die Einzelheiten dieses Tages in seiner Erinnerung immer deutlicher hervor. Er hatte damals sofort gespürt, daß seine Mutter etwas im Schilde führte und ihn, ihren Sohn, als Mittel zu einem hinterhältigen Zweck benutzen wollte. Aber er hatte mitgemacht, weil das verbotene Spiel ihn reizte, hauptsächlich aber wegen der Farbstifte, die ihm als Preis winkten, wenn er am Komplott der Mutter mitwirkte. Daß sie etwas vorhatte, war ihm schon in dem Augenblick bewußt geworden, als sie zurechtgemacht in der Tür erschien, bereit zum Spaziergang. Er hatte es aus der übertriebenen Freundlichkeit ihrer Stimme herausgehört, als sie sagte: »Komm, mein Junge, wir gehen ein bißchen spazieren« – wenn sie so lächelte und einen so schmelzenden Blick hatte, dann bedeutete es immer, daß sie etwas erreichen wollte. So sah sie aus, wenn sie ihre Freundinnen beschwindelte, einem Gläubiger gegenüber eine Ausrede gebrauchte oder auf einem Amt die Unwahrheit sagte. Daß etwas nicht stimmte, hatte er wohl gewußt – aber wie hätte er ahnen sollen, wer als Opfer ausersehen war und welches Ende das Spiel nehmen würde? Noch Jahre später verfolgte ihn der verstohlene Blick, den seine Mutter auf die Wanduhr hinter dem Ladentisch geworfen hatte, während der Verkäufer die Farbstifte einpackte, ein Blick, mit dem sie sich vergewissern wollte, daß noch genug Zeit blieb bis zu der Stunde, zu der sie sich mit dem Gerichtsdiener hinter der Litfaßsäule vor dem Café verabredet hatte. Ein kalter Blick war das gewesen, berechnend und ungeduldig, er hatte gar nicht zu der Fröhlichkeit gepaßt, die sie während des Spaziergangs zur Schau getragen hatte. Obwohl er natürlich nicht wußte, was dieser Blick bedeutete, hatte er ihm doch mißfallen. Er bedrohte das Glücksgefühl, das ihn erfüllte, so wie eine Nadel eine Drohung darstellt für eine bunte Seifenblase. Er tat, als habe er ihn nicht gesehen, wie er auch die Lügen seiner Mutter überhörte und verzieh. Diese Lügen waren ihm ein Greuel, aber die Mutter hatte stets eine überzeugende Ausrede bereit. In ihren Augen waren alle Menschen hinterhältige Schurken, die ihr auf die Schliche kommen wollten, um ihr eines Tages zu schaden. Als Kind hatte er ihr sogar den »Tag der Farbstifte« verziehen, aber je älter er wurde, je deutlicher die Bilder jenes Tages in seiner Erinnerung hervortraten, desto mehr Bitterkeit empfand er dieser Frau gegenüber, die das Leben ihres Sohnes vergiftet hatte, und gleichzeitig wuchs sein Mitleid mit dem verfolgten Vater, der den Sohn bis an sein Lebensende geliebt hatte und dem es niemals eingefallen wäre, ihn anzuklagen, weil er ihn der Justiz ausgeliefert hatte. Besonders ein Bild war es, das ihm jedesmal den Atem nahm, wenn es vor ihm aufstieg – das Bild seines Vaters, der zu fliehen versuchte und zwischen den Stühlen des Cafés zu Boden stürzte. Stets hatte sein Vater auf korrekte Kleidung geachtet, und je weniger er verdiente, je schlimmer die Szenen zu Hause wurden, je mehr ihn seine Gläubiger bedrängten, desto peinlicher war er um die Reinlichkeit seines letzten guten Anzugs bemüht, um den Glanz seiner Schuhe, um die tadellose Form seines Hutes. Am schlimmsten stand es um seine Socken. Seit die Dienstmädchen entlassen worden waren und es nur noch Zank und Streit gab, waren sie zerrissen, besonders an der Ferse und am großen Zeh. Wenn er ausging, achtete er jedesmal sorgfältig darauf, daß diese Löcher von den Schuhen verdeckt wurden. Als er auf der Flucht zurück ins Café gegen den Stuhl gestoßen war, rollte sein Hut auf den Fahrdamm, wo ihn ein Lastwagen zerquetschte; und als er dann gegen eine Tischkante rannte und stürzte, rutschte ihm der Schuh vom Fuß und entblößte den löchrigen Socken – vor den Gästen des Cafés, die ihm so wichtig waren und vor denen er mit seiner Kleidung und seinem Auftreten immer hatte Eindruck machen wollen. Eine elegante Dame begann beim Anblick des gestürzten Mannes zu kichern, und zwei feiste, stiernackige Männer – wie Metzger in Sonntagsanzügen sahen sie aus, die im Ersten Weltkrieg reich geworden waren – sprangen aus ihren Sesseln hoch und nahmen die Verfolgung auf, als sie sahen, daß ein Mann in Uniform mit einem Messingabzeichen auf der Schirmmütze hinter seinem Vater herrannte. Sie waren wie Hunde, die man auf einen Fliehenden gehetzt hatte, und auf ihren Lippen lag ein selbstzufriedener Ausdruck: die Genugtuung des anständigen Bürgers, der dem Poilizisten beim Ergreifen eines Diebes hilft. Und hätte sich der Gerichtsdiener ihnen nicht entgegengestellt, hätte er nicht gerufen: »Keine Gewalt – ich händige dem Angeklagten nur einen Gerichtsbeschluß in einer Zivilsache aus!«, so hätten sie ihn sicher von Herzen gern mit Fußtritten traktiert. »Wer eine solche Visage hat«, sagte einer der beiden, als sie sich wieder auf ihre Sessel fallen ließen, »gehört einfach ordentlich zusammengeschlagen und eingesperrt.«

*

Sergeant Reinhold brach die Erzählung vom »Tag der Farbstifte« ab, als Tamara Koren in einem langen schwarzen Abendkleid am Hoftor auftauchte. Ich hatte den Eindruck, daß er bei ihrem Anblick die Augenbrauen hob, um mir anzudeuten, er werde mir die Geschichte später zu Ende erzählen. Aber es kam nie zu dieser Fortsetzung, weder an jenem Abend noch drei Jahre später, als der Krieg zu Ende war und Reinhold nach seiner Entlassung aus der Armee wieder die ehemalige Waschküche hinten im Hof bezog. Als Reinhold beim Eintritt von Tamara Koren seine Erzählung unterbrach, hatte ich das Gefühl, daß er mit Absicht den Schluß hinausschob, weil es sich um das Schlimmste handelte, das einem Jungen widerfahren konnte. Bei meinem Anblick – konzentriert fertigte ich eine Zeichnung des Jaffa-Tors an – überkam ihn Rührung, denn er erinnerte sich an die eigene Kindheit, und die ganze Geschichte war gewissermaßen ein Bekenntnis, das Vermächtnis eines Mannes, der einen Weg einschlägt, von dem es kein Zurück mehr gibt. Hätte Reinhold gewußt, daß er den Krieg überleben und mich drei Jahre später wiedersehen würde, so hätte er mir die Geschichte vom »Tag der Farbstifte« wohl kaum erzählt.

Bevor Reinhold in die Waschküche einzog, hatte Tamara Koren unseren Hof nie betreten. Am Tag seines Einzugs sahen wir sie zum erstenmal, und von dem Augenblick an entrüstete sich mein Vater über ihre immer häufiger werdenden Besuche. Sie wußte natürlich nichts davon, konnte auch nicht ahnen, daß hinter der Gardine des gegenüberliegenden Fensters ein Angestellter ihres Mannes stand, der ihr auflauerte. Tamaras Mann war jener Daniel Koren, der ohne böse Absicht die Hoffnung meines Vaters – zwanzig Jahre war er seinen Pflichten gewissenhaft nachgekommen – zerstört hatte, zum Leiter der Bankfiliale aufzusteigen, in der er arbeitete. Vielleicht ohne genau zu wissen, was er tat, oder sogar gegen seinen eigenen Willen hatte Daniel Koren die Hoffnungen meines Vaters zunichte gemacht. Sein Vater, der alte Emanuel Koren, hatte ihn zum Leiter der Hauptstelle seiner Bank in der King-George-Straße befördert. Es ging das Gerücht um, daß Daniel Koren Schauspieler werden wollte. Die Rolle des Hamlet zu spielen – das war der Traum seines Lebens. »Den jungen Hamlet« nannte mein Vater ihn gewöhnlich; wenn er aber wütend von der Bank nach Hause kam, apostrophierte er ihn als das »Baby mit dem Schnurrbart«. Daniel Koren war damals neunundzwanzig oder dreißig Jahre alt und hatte tatsächlich ein richtiges Kindergesicht: dicke rote Backen, runde, himmelblaue Augen und einen blonden Haarkranz um den Ansatz seiner Glatze. Das pausbäckige Gesicht saß auf einem überdurchschnittlich langen Körper, stets in Anzüge aus feinstem englischen Stoff gehüllt. Diese erstklassigen Maßanzüge verliehen Daniel ein stattliches Aussehen und täuschten über die eckigen Schultern, die nach links hingen, und die etwas zu breiten Hüften, die nach rechts abfielen, hinweg. Aus der Ferne verlieh der dichte Schnurrbart, der die Oberlippe bedeckte, dieser eleganten Erscheinung eine gewisse Entschlossenheit und Tatkraft, aus der Nähe wirkte er jedoch eher irritierend und unnatürlich, wie ein falscher Bart, der das Gesicht eines braven kleinen Jungen verunstaltet. Seine Bewegungen waren unbeholfen, als habe er keine Kontrolle über seinen Körper. Goß er Kaffee ein, verfolgten ihn seine Gäste mit ängstlichen Blicken, da es immer so aussah, als würde die Tasse seiner schlaffen Hand entgleiten – aber wie durch ein Wunder blieb das

Unheil aus. Sein rundes Gesicht zeigte keine Regung, und man konnte wirklich nicht ahnen, daß hinter diesem ausdruckslosen Blick sich Ruhelosigkeit und der glühende Wunsch verbargen, Schauspieler zu werden. Über Daniel Korens kalten, gefühllosen Blick ärgerte sich mein Vater besonders. »Fischaugen hat er!« pflegte er zu sagen. Und je erregter mein Vater in den Ratssitzungen seine Pläne vortrug, desto glasiger wurde dieser Blick und desto mehr ereiferte sich mein Vater. Eine Eigenschaft allerdings hatte Daniel Koren, die meinen Vater zwar ärgerte, aber manchmal auch belustigte, ja sogar häufig derart erheiterte, daß er plötzlich laut auflachte, wenn er daran denken mußte: Daniel war außerordentlich geizig.

Daniel Koren, der Sohn des alten Millionärs Emanuel Koren, selbst schon reich und nach dem Tod seiner Tante Inhaber des Bankhauses, pflegte im Café darauf zu warten, daß sein Vater das Portemonnaie herauszog und den von ihm bestellten Tee bezahlte; desgleichen erwartete er, daß mein Vater die Rechnung bezahlte, wenn er ihn zu einer Besprechung ins Café bestellte, obwohl er wußte, daß die Unkosten von der Bank getragen wurden. Er dachte nicht im entferntesten daran, aus eigener Tasche zu bezahlen; er zog es vor, die Rechnung indirekt über einen Angestellten seiner Bank zu begleichen. Bot man ihm eine Zigarette an, so betrachtete er das schon als Reingewinn. Wenn er rauchen wollte, fuhr er nicht automatisch mit der Hand in die Tasche, um seine Zigaretten herauszuholen, sondern er beherrschte sich und wartete, bis mein Vater ihm eine Zigarette anbot. Andererseits war er durchaus imstande, viel Geld für einen neuen Schreibtisch auszugeben, der ihm nicht behagte, weil er den altgewohnten vermißte. Zuerst glaubte mein Vater, Sparsamkeit im kleinen und Verschwendungssucht im großen sei der Grund dafür, daß Daniel Koren seinen Angestellten wegen Kleinigkeiten das Leben schwer machte, größte Genauigkeit in der täglichen Büroroutine verlangte und eine Stenotypistin wegen eines falschen Zwischenraums auf einem Briefumschlag zum Weinen brachte. Im Laufe der Zeit fand er jedoch heraus, daß dieser Geiz weder mit Kleinlichkeit noch mit Verschwendungssucht etwas zu tun hatte, sondern mit dem, was hinter den ausdruckslosen himmelblauen Augen vor sich ging. Daniel Koren gab bedenkenlos Geld aus, wenn er überzeugt war, daß diese Ausgabe sich positiv für die Bank- und Geschäftsbeziehungen oder die Familie auswirkte. Ging es aber darum, sich einen persönlichen Wunsch zu erfüllen – und sei es auch nur eine Belanglosigkeit wie eine Zigarette –, dann wurde ihm die Hand schwer wie Blei, so daß er das Portemonnaie nicht aus der Tasche zu ziehen imstande war, als sei eine Ausgabe, die ihm ganz allein Vergnügen bereitete, ein Verbrechen, das es zu verhindern galt.

*

Mein Vater begriff sein Verhalten an dem Tag, als er, einer plötzlichen Eingebung folgend, die »Puppe aus Palermo« kaufte und damit Daniel Korens Gunst für immer erwarb. Der Bank gegenüber wohnte ein alter italienischer Jude namens Carlo Levi, der eine monatliche Rente aus Italien bezog. Ich weiß nicht, wer ihm diese Rente überwies, ob die italienische Regierung oder ein Verwandter. Jedenfalls blieb sie seit Ausbruch des Zweiten Weltkriegs aus, und zu allem Unglück drohte Carlo Levi auch noch die Gefahr, als Angehöriger eines feindlichen Staates verhaftet zu werden. Diese Gefahr wurde ihm bewußt, als er sich nach dem Ausbleiben der Rente auf Arbeitssuche begab und dazu alle möglichen Formulare ausfüllen mußte, auf denen Geburtsland und Staatsangehörigkeit anzugeben waren. Angehörige feindlicher Staaten hatten weitere zusätzliche Formulare auszufüllen. Levi nahm die Formulare zwar mit nach Hause, zerriß sie aber und warf sie in den Papierkorb. Von nun an mied er alle Behörden und ging auch jedem Polizisten aus dem Weg. Da er jetzt mittellos war, begann er, seine Wohnung zu durchforsten und alte Bücher und Kunstgegenstände zu verkaufen. So wurde er im Lauf der Zeit ein Trödler, der mit Kunstgegenständen und bibliophilen Büchern handelte.

Auch in der ersten schweren Zeit, als er keinen Pfennig mehr besaß und in seinem Haus von Zimmer zu Zimmer ging, um noch etwas zu finden, das er veräußern könne, wäre es ihm nie eingefallen, sein Puppentheater zu verkaufen. Er war schon immer ein leidenschaftlicher Sammler gewesen – vor allem in besseren Tagen in Italien. In seinem Keller befanden sich japanische und indische Puppen, javanische Stabpuppen, die Kasperlfiguren des englischen

Punch-and-Judy-Theaters und des französischen Grand Guignol sowie italienische Marionetten des sizilianischen und insbesondere des palermitanischen Puppentheaters. Aber am meisten liebte er »Mona«, die »Puppe aus Palermo«. Sie unterschied sich grundsätzlich von den übrigen sizilianischen Marionetten, die entweder Karl den Großen oder Ritter Roland und die Paladine darstellten, die gegen die bösen Sarazenen kämpften – also ausschließlich einem Repertoire von Kriegsstücken zuzuordnen sind. Der Zyklus, der die Heldentaten von Karl dem Großen und seinen Recken besang, dauerte ein halbes Jahr, und Abend für Abend bewunderten die Einwohner von Palermo die Heldentaten aus früheren Zeiten.

Als Carlo Levi noch in Palermo wohnte, entdeckte er zufällig zwei außergewöhnliche, einzigartige Marionetten, »Mona und Arturo«, deren Geschichte ihm aus einem Theaterstück des vorigen Jahrhunderts bekannt war. Ein Puppenmacher – ein gewisser Graziani – war einmal von der Tradition des sizialianischen Puppentheaters mit den Rittern und ihren fortwährenden Streitigkeiten abgewichen und hatte zu seinem eigenen Vergnügen ein Theaterstück über König Arturo verfaßt. König Arturo war trübsinnig und niedergeschlagen, die Ärzte wußten sich keinen Rat mehr, nicht einmal seine treuesten Freunde vermochten ihn aufzuheitern, auch der Hofnarr mit seinen Späßen fiel ihm lästig. Von Schwermut befallen, wollte der König schließlich seinem Leben ein Ende setzen. Eines Nachts verließ er heimlich den Palast und ging zu dem breiten Fluß, der mitten durch die Stadt fließt, um sich von der Brücke zu stürzen. Als er durch eine dunkle Seitengasse schlich, begegnete ihm die Dirne Mona. Nicht nur hinderte sie den König am Selbstmord, sie gab ihm auch die Lebensfreude wieder zurück. Leichten Herzens, Arm in Arm mit der Dirne Mona, kehrte Arturo wieder in seinen Palast zurück. Als die Höflinge sahen, wie glücklich Mona den König machte, begannen sie Ränke zu schmieden und beschlossen, Arturo umzubringen. Die Verschwörung kam Mona zu Ohren, und als sie begriff, daß der Adel ihretwegen dem König nach dem Leben trachtete, stürzte sie sich von den Zinnen des Palastes, um ihrem Geliebten das Leben zu retten.

Graziani soll sein Stück »Mona und Arturo« nur ein einziges Mal aufgeführt haben. Das Premierenpublikum war wütend und enttäuscht, da ihm nicht, wie erwartet, ein blutiger Ritterkampf, sondern die Geschichte einer Dirne geboten wurde, die ihr Leben dem Geliebten opferte. Die Zuschauer pfiffen und tobten und warfen Steine auf die Bühne. Ein Stein traf Graziani, der die Puppen an ihren Fäden führte, am rechten Auge, so daß er erblindete.

Nach dieser ersten und letzten Vorstellung versteckte Graziani Mona und Arturo und vertrat die Meinung, die beiden Marionetten seien verschwunden. Carlo Levi aber fand sie beide – in einem Bündel, zusammen mit Grazianis Manuskript – im Keller eines Hauses, das abgerissen werden sollte. Nach Aussage der Nachbarn soll in diesem Haus einst der englische Schriftsteller D. H. Lawrence gewohnt haben.

Mona und Arturo waren Levis Lieblingsmarionetten. Als er keinen Heller mehr besaß und Trödler geworden war, stieg er Abend für Abend in seinen Keller hinunter und gab sich vor dem Schlafengehen mit seinen Marionetten ab. Die alte Dschamilla, die manchmal bei ihm putzte und auch sonst nicht abgeneigt war, einen heimlichen Blick durch Schlüssellöcher und zwischen Jalousierillen zu werfen, erzählte, der »alte italienische Herr» ginge seit dem Versiegen der italienischen Rente nicht mehr allein schlafen, sondern nähme die Puppe Mona stets mit zu Bett. Einmal habe sie sogar beide, Mona und Arturo, dort entdeckt. Bevor er sich schlafen legte, pflegte Carlo Levi Grazianis Stück vor seinen wie das Theaterpublikum in Reih und Glied aufgestellten Marionetten aufzuführen. Während der Vorstellung legte er, wie Graziani, eine schwarze Binde über sein rechtes Auge.

Als er sich wieder einmal mit Mona ins Bett legte, entdeckte er in ihrer Leiste einen kleinen Zettel. Mit zitternden Händen zog er ihn hervor, schaltete noch einmal die Nachttischlampe ein, holte seine Brille aus der Schublade und las: »Italia! Cara Italia!« Mit klopfendem Herzen sprang Carlo Levi aus dem Bett, suchte fieberhaft Grazianis Manuskript, verglich dessen Handschrift mit der auf dem geheimnisvollen Zettel und stellte fest, daß sie nicht die gleiche war. Zu seinem Entsetzen erkannte er, daß die Handschrift seiner eigenen erstaunlich ähnelte. Wenn dieser Zettel einem Polizisten in die Hände fiel, würde man ihn vor Gericht stellen und behaupten, er habe ihn geschrieben, und darin einen schlagenden Beweis sehen, daß er seiner geliebten Heimat treu geblieben war – jenem Italien, das Jagdbomber gegen Tel Aviv ausgesandt hatte! Nicht nur der Treue zum Feindesland würden sie ihn bezichtigen, sondern gewiß auch der Spionage. Hinrichten würden sie ihn! Seine Knie zitterten, er sank kraftlos zu Boden, Tränen füllten seine Augen. Er weinte so bitterlich, wie er als kleiner Junge auf dem Schoß seiner Mutter geschluchzt hatte. Er kehrte, immer noch weinend, ins Bett zurück, umarmte Mona und flüsterte: »Mona, Mona, wie konntest du mir das antun? Jetzt werden sie mich deinetwegen als Spion hinrichten!«

»Ist es denn nicht wahr?« fragte Mona. »Ist Italien dir nicht teuer?«

»Natürlich stimmt es«, bekannte Carlo unter bitteren Tränen. »Natürlich lieb ich Italien, aber Italien liebt mich nicht. Mussolini liebt Italiens Juden nicht.«

»Auch Modigliani war ein italienischer Jude«, sagte Mona. »Und ein stolzer Jude. Der Bildhauer Jacques Lipchitz erzählt, daß Modigliani, obgleich schon schwach und schwindsüchtig, sich mit einer Gruppe von Royalisten zu schlagen begann, weil sie in einem Café antisemitische Äußerungen gemacht hatten. ›Ich bin Modigliani, ein jüdischer Maler!‹ rief er aus. Und auf dem Totenbett im Krankenhaus flüsterte er mit letzter Kraft: ›Italia! Cara Italia!‹ Warum durfte Modigliani, der sich in Paris niedergelassen hatte und dessen Mutter von Spinoza abstammte, sein Heimatland Italien lieben, und warum darfst du, Carlo Levi, gebürtig aus Livorno wie er und wohnhaft in Jerusalem, warum darfst du es nicht?«

»Mona, du verstehst nicht, worum es geht«, versuchte Carlo ihr begreiflich zu machen. »Jetzt ist Krieg, und Italien, mein Heimatland, hat mir den Krieg erklärt. Siehst du denn nicht ein, daß Italien jetzt Feindesland ist und daß man mich hinrichtet, wenn man diesen Zettel bei mir findet?«

Mona gab keine Antwort und lächelte nur vor sich hin. Carlo zog sie an seine Brust und sah sie mit liebevollem, ängstlichem Blick an; das Geheimnis ihres Lächelns aber konnte er nicht ergründen.

»Du liebst mich doch«, flüsterte Carlo ihr ins Ohr. »Du willst doch nicht, daß mir etwas zustößt. Wenn jemand den kompromittierenden Zettel entdeckt, werde ich sofort hingerichtet ...«

Eigentlich hatte er sagen wollen: »Dann stellen sie mich an die Wand und erschießen mich; ein Exekutionskommando wird mir gegenüberstehen, aber ich werde mir die Augen nicht verbinden lassen, sondern es erhobenen Hauptes anschauen!« Plötzlich stiegen Zweifel in ihm auf – wurden Spione erschossen oder erhängt? Während er darüber nachdachte und sich an Präzedenzfälle aus dem Ersten Weltkrieg zu erinnern versuchte – beispielsweise an die Ermordung Mata Haris –, lachte Mona plötzlich laut auf. Carlo stockte das Herz vor Schreck. »Mona wird mich verraten«, schoß es ihm plötzlich durch den Kopf. »Sie ist und bleibt eine Hure, und ich habe mein Leben lang ein Straßenmädchen geliebt!«

Die alte Wanduhr schlug drei Uhr, der Raum ertönte von den hellen Klängen, und von den Kristall- und Kupfergegenständen hallte das Echo wider. Carlo saß aufrecht im Bett, weinte und schlug sich mit der Hand gegen die Brust wie ein alter Jude in der Synagoge, der am Versöhnungstag seine Sünden bekennt. Ein Freund aus vergangenen Tagen fiel ihm ein, Alberto Morpurgo, der eine italienische Katholikin geheiratet hatte.

Dieser Alberto Morpurgo hatte Selbstmord begangen – fünf Jahre war es jetzt her –, aber bevor er ins Wasser ging, hatte er Carlo von den Szenen erzählt, die ihm seine Frau machte. »Weißt du, was sie mir schon beim ersten Streit gesagt hat, der zwischen uns entbrannt ist? Sie hat mir vorgeworfen, ein ›dreckiger Jude‹ zu sein!« – »Und ich bin nicht viel anders als Albertos Frau!« weinte Carlo. »Ich bin wie sie, beim ersten Streit mit Mona beschimpfe ich sie als Hure! Dabei hat Mona eine viel edlere Gesinnung als die meisten Ritter und Adligen, die ihr nicht das Wasser reichen können und es nicht einmal wert sind, ihr die Füße zu küssen. Sie hat sich um ihres Geliebten willen das Leben genommen, während seine guten Freunde aus dem Adel und Ritterstand ihm nach dem Leben trachteten!«

Im Aufruhr der Gefühle schloß er Mona in die Arme, drückte sie ans Herz, wiegte sie hin und her, küßte ihre Wangen und benetzte sie mit seinen Tränen, bis der Glockenschlag der Uhr das große Schweigen brach: vier Uhr. »Spione werden in dieser Morgenstunde hingerichtet«, murmelte Carlo, und wieder klopfte ihm das Herz, weil ihm mit einemmal deutlich wurde, was er schon immer geahnt hatte, aber nicht wahrhaben wollte: daß Monas große Liebe ja nicht ihm – Carlo Levi –, sondern König Arturo galt! Nicht Carlo Levi zuliebe hatte sich Mona das Leben genommen! Ihm gegenüber würde Mona sich wie eine Dirne verhalten und ihn dem erstbesten Polizisten, der ihr über den Weg lief, ausliefern. »Dein Leben lang hast du eine Dirne geliebt! Du hast es verdient, daß sie dich eigenhändig deinen Henkern ausliefert!«

»Aber ich liebe dich dennoch sehr«, flüsterte Carlo ihr zu. Mona sah ihn auf geheimnisvolle Weise mit einem rätselhaften Lächeln an, und wiederum wurde Carlo die Wahrheit der Aussage eines Dichters bewußt: Jeder Mensch tötet das, was er am meisten liebt – der Feigling mit Küssen, der Held mit dem Schwert.

»Ich bringe dich um«, sagte Carlo zu ihr, »begreifst du denn nicht, daß mir keine Wahl bleibt – daß ich dich töten muß?«

Er erhob sich vom Bett, ging zum Waschbecken, seifte sich ein, ließ kaltes Wasser über Nacken und Gesicht fließen und fühlte sich wieder rein. Dann zog er frische Unterwäsche an und den letzten guten Anzug, der ihm geblieben war, und stieg in den Keller, um das Schwert Karls des Großen zu holen. Der Kaiser saß noch immer an seinem Ehrenplatz in der ersten Reihe mitten unter dem Publikum, das gekommen war, um der Vorstellung von »Mona und Arturo« beizuwohnen. Mit gezücktem Schwert kehrte Carlo zu seinem Bett zurück und blickte lange Mona in die Augen, die still vor sich hin lächelte. Dann hob er den Arm zum entscheidenden Schlag – aber er brachte es nicht übers Herz, klirrend fiel das Schwert zu Boden. Carlo sank auf die Knie und küßte Monas Füße, weinte und bat sie um Verzeihung, dabei stieß er versehentlich mit dem Knie gegen das Schwert. Er schrie vor Schmerz auf, und zugleich überkam ihn maßlose Wut, er nahm das Schwert Karls des Großen und stieß es Mona in den Leib. Dann hüllte er sie in ein Tuch und legte sie in den Schrank zu dem anderen Trödelkram, den er verkaufen wollte.

※

Am nächsten Morgen kam Carlo Levi mit seiner schwarzen Ledertasche zu Daniel Koren, um ihm seine Waren anzubieten. Gewöhnlich kam er ein- oder zweimal im Monat zur Zeit der Teepause, also gegen zehn Uhr morgens, und begab sich geradewegs in Korens Büro. Diesmal aber war er schon um halb neun da, als die Bank eben geöffnet wurde. Unschlüssig blieb er am Eingang stehen. »Treten Sie näher, Herr Levi«, forderte mein Vater ihn auf, denn er hatte die Vorahnung, daß der Koffer diesmal etwas Besonderes barg. Außerdem befand sich mein Vater in einem Zustand höchster Erregung, weil ihm Daniel Koren kurz zuvor mitgeteilt hatte, er wolle sich freiwillig zur britischen Armee melden. »Der Herr Direktor ist schon da, er kann Sie sofort empfangen.«

Daniel Koren pflegte dem alten Italiener alle möglichen Kunstgegenstände und Antiquitäten abzukaufen, Geschenke für seine Frau Tamara. Sie schwärmte vor allem für Kristall- und Glaswaren aus Murano oder des französischen Kunsthandwerkers Gallé. Daniel selbst hatte nicht viel dafür übrig; gegen Kristall hatte er eine besondere Abneigung, die mit bedrückenden Kindheitserlebnissen zusammenhing. Sein Vater, der alte Emanuel Koren, der Gründer der Bank, war so sehr auf Kristallgegenstände versessen, daß er bei einem zerbrochenen Weinglas oder einer angeschlagenen Vase einen unbeherrschten Wutausbruch haben konnte. Der alte Koren verlor jedoch nicht die Beherrschung, wenn er selbst durch eine unvorsichtige Handbewegung bei einer hitzigen Auseinandersetzung ein wertvolles altes Stück vom Schrank stieß, so daß es in tausend Stücke zersprang. »Dieses verdammte Dienstmädchen«, schrie er dann. »Wieder hat sie die Vase um mindestens zehn Zentimeter verrückt!« Und am nächsten Tag wurde das Dienstmädchen entlassen, denn seiner Meinung nach war sie schuld, daß er die Vase zerbrochen hatte. Hätte sie an ihrem üblichen Platz gestanden, so wäre ihm dieses Mißgeschick nicht widerfahren, denn er wußte instinktiv – auch mit dem Rücken zum Schrank –, daß die Vase genau hinter ihm stand und er daher ungehindert mit den Armen herumfuchteln konnte. Daniel Koren hatte in seiner Jugend so viele Predigten über den Wert und die Zerbrechlichkeit von Kristallgegenständen hören müssen, daß schon ein warnender Blick seines Vaters genügte, damit er das Kristallglas, das er in der Hand hielt, zu Boden fallen ließ, was wiederum zur Folge hatte, daß sein Vater wie ein verwundeter Löwe brüllte.

Nach seiner Hochzeit mit Tamara war Daniel vom Regen in die Traufe geraten. Zuerst hatte er versucht, vorsichtig anzudeuten, daß er Kristallglas nicht allzusehr mochte, aber in ihrer Begeisterung für kostbare Glasgegenstände war sie taub gegen seine Andeutungen und wollte immer mehr davon haben. »Das kannst du ruhig zerbrechen«, pflegte er bei jedem neuen Stück, das er ihr schenkte, zu sagen. »Du weißt ja, daß ich mir nichts daraus mache.« Aber sie zerbrach nichts, und seitdem das strenge Auge seines Vaters nicht mehr über ihm wachte, fiel auch ihm nichts mehr aus der Hand. Obwohl er betonte, es sei ihm gleichgültig, wenn ein Glas in Scherben ging und er seine Frau beinahe anflehte, jeden Glasgegenstand möglichst gleich zu zerschlagen, zuckte er doch zusammen, wenn er das Klirren berstenden Kristalls hörte. Als einmal ein Lampenschirm von Gallé zu Boden fiel und zersprang, war er selbst überrascht über den Wutschrei, den er ausstieß. Es schien ihm, als zerbreche mit diesem Klirren alles Gute und Schöne in der Welt. »Alles, was ich an meinem Vater immer gehaßt habe, tritt nun auch bei mir zutage«, sagte er, sein eigenes Verhalten mißbilligend, kaufte aber weiterhin Geschenke für Tamara beim alten Italiener, ohne über den Preis zu verhandeln.

Wenn Carlo Levi kam, bat Daniel Koren meinen Vater in sein Zimmer, um sich von ihm bei der Wahl der Farben beraten zu lassen. Er hatte Schwierigkeiten, gewisse Farben auseinanderzuhalten, traute daher seinem eigenen Urteil nicht ganz und zog es vor, sich bei der Auswahl der Geschenke auf den erlesenen Geschmack meines Vaters zu verlassen, der für Farbnuancen sehr empfänglich war. »Wie geht's Ihnen heute früh?« fragte Daniel Koren den alten Carlo Levi und bedeutete meinem Vater, ebenfalls einzutreten. »Ich habe heute nacht nicht schlafen können«, sagte der alte Carlo. Er öffnete seine schwarze Tasche und holte statt der üblichen Kristallgegenstände eine Marionette mit traurigem Blick und geheimnisvollem Lächeln hervor.

Daniel Koren errötete. Langsam, fast ängstlich, streckte er die Hände aus und zog die Puppe sanft näher. Er betrachtete sie lange Zeit, doch in dem Augenblick, als er nach der Brieftasche greifen wollte, wich ihm alle Farbe aus dem Gesicht, und er drückte auf einen Knopf, um die Sekretärin hereinzurufen. Die Puppe entglitt seinen Händen, und mein Vater beeilte sich, sie aufzufangen. Er konnte seine Ungeduld und Wut kaum bezähmen und forderte ungehalten Carlo Levi auf, endlich zu gehen. Der alte Mann war aber so sehr in Gedanken versunken, daß er die plötzliche Veränderung im Verhalten des Bankdirektors gar nicht bemerkte. Mein

Vater, der die Puppe noch immer in der Hand hielt, führte ihn auf den Gang hinaus und ließ ihn auf einer Bank Platz nehmen. In diesem Augenblick kam ihm eine Erleuchtung: Er begriff, daß Daniel Koren nicht in der Lage war, einen inneren Widerstand zu überwinden. Er »konnte« die Puppe nicht kaufen, weil er sie sich so sehr wünschte. Da beschloß er, aktiv zu werden. Auf der Stelle kaufte er dem alten Mann die Marionette ab, und zwei Tage später – während der junge Direktor auf alle Schreibkräfte Terror ausübte – trat er in sein Zimmer und überreichte ihm Mona, die Puppe aus Palermo, »als Geschenk zum Jubiläum«. »Zu welchem Jubiläum?« fragte Daniel Koren mit feuerrotem Gesicht und nahm die Puppe zögernd und behutsam entgegen.

»Vor einem Jahr sind Sie Direktor dieser Zweigstelle geworden«, sagte mein Vater. »Seitdem Sie die Leitung übernommen haben, ist unser Umsatz um das Anderthalbfache gestiegen.«

Ein oder zwei Monate später wurde mein Vater stellvertretender Direktor und sechs Monate später, als Daniel Koren in die britische Armee eintrat, übernahm er zeitweilig die Geschäftsführung.

Daniel Koren nahm die Marionette nicht mit nach Hause. Er behielt sie im Büro und schloß sie in seinen Privatschrank ein. Beinahe jeden Tag zur Zeit der Teepause gegen zehn Uhr trug er seiner Sekretärin auf, in der nächsten halben Stunde niemanden vorzulassen und auch keine Telefongespräche durchzustellen. Dann schloß er die Tür ab, holte die Puppe aus Palermo hervor und spielte mit ihr. Es verstand sich von selbst, daß mein Vater das Geheimnis nie gelüftet hätte – Daniels flehender Blick war darum überflüssig gewesen. Die Angestellten hatten das Gerücht in Umlauf gebracht, der Direktor nähme während der Teepause hinter verschlossenen Türen alle möglichen privaten finanziellen Transaktionen und Geschäfte mit Schwarzgeld vor. Nicht nur vor den Angestellten der Bank hütete Daniel Koren sein Geheimnis, sondern insbesondere vor seiner Frau.

Am meisten fürchtete er ihren wissenden Blick, jeweils von einem distanzierten Lächeln begleitet. Dieser prüfende, ein wenig abschätzige Blick hatte ihn zum erstenmal vor ihrer Hochzeit auf einer Gesellschaft durchbohrt, an der die leitenden Angestellten der Bank teilnahmen. Angeregt und in bester Laune hatte er sich über einen Vertrag unterhalten, den die Bank mit dem britischen

Heereslieferanten im Nahen Osten abgeschlossen hatte – das Geschäft sollte eine halbe Million abwerfen, eine gewaltige Summe in jenen Jahren –, als er plötzlich ihren Blick bemerkte, der zu sagen schien: »Denen kannst du vielleicht etwas vormachen, aber mir nicht. Ich habe dich durchschaut, ich weiß, wieviel du wert bist.« In dieser Richtung hatte sie sich zwar noch nie geäußert, nur mit diesem Blick hatte sie ihm zu verstehen gegeben, daß sie ihn in ihrem Innersten verachtete. Als er sie dann nach Hause begleitete, hatte er sich ein Herz gefaßt und sie fast gleichgültig gefragt, weshalb sie denn gelächelt habe, als er sich über das Geschäft mit dem britischen Heereslieferanten unterhielt. »Gelächelt?« fragte sie. »Ich kann mich gar nicht daran erinnern. Wahrscheinlich habe ich an etwas ganz anderes gedacht.«

»Aber du hast mich doch mit einem so merkwürdigen Blick angesehen, so kritisch, so forschend ...« Nachdem er tief Luft geholt hatte, fügte er mit zitternder Stimme hinzu: »... so anklagend.« Sie lächelte wieder und machte eine wegwerfende Handbewegung, so als wolle sie sagen, das sei alles nur Einbildung. Diese ausweichende Antwort hatte aber Daniel in seinen Zweifeln nur noch bestärkt. Nachts konnte er nicht schlafen. Sobald er die Augen schloß, stand Tamara vor ihm. Ihr Blick schien zu sagen: »Glaubst du etwa, daß ich dein Geheimnis nicht kenne?«

»Welches Geheimnis?« rief Daniel und riß die Augen wieder auf. »Was meinst du denn?« Sie aber lächelte verächtlich: »Stell dich nicht so dumm! Du weißt ganz genau, was ich meine. Ich kenne dein schändliches Geheimnis.« – »Aber was ist denn mein schändliches Geheimnis?« Daniel spürte, wie er in der Dunkelheit feuerrot wurde, wie seine Wangen und Ohren zu glühen begannen. Tamara wußte, daß er an dem großen Geschäft mit der Armee überhaupt keinen Anteil gehabt hatte und daß jedes seiner Worte in der Gesellschaft nur das leere Geschwätz eines Menschen war, der sich mit fremden Federn schmückt, mit den Heldentaten anderer prahlt, die er selbst nie zu vollbringen imstande wäre. Insgeheim war er wegen des Risikos entschieden gegen das Geschäft; er hatte schon große Verluste vorausgesehen, ja sogar den Bankrott der Bank. Bei den Verhandlungen hatte er nur geschwiegen, weil er ein Feigling war, der sich vor jeder Auseinandersetzung mit den übrigen Mitgliedern des Direktoriums fürchtete. Es stellte sich ohnehin später heraus, daß die anderen recht gehabt hatten und nicht er, und daß seine Einwände nur seine Inkompetenz bewiesen hatten. Dies ließ sich auch am Erfolg seiner heimlichen Privatinvestitionen ablesen – trotz sorgfältiger Marktanalyse verlor er dabei stets Geld, das heißt nicht das Geld, das er verdient hatte, sondern das Vermögen, das er von seiner Tante geerbt hatte. »Was ist eigentlich dabei, wenn ich kein Finanzgenie bin, was ist denn daran so schändlich?« fragte er Tamara, die ihn mit ihrem anklagenden Blick ansah. Dabei wußte er, daß sie recht hatte, daß er auf großem Fuße lebte und den vornehmen Herrn spielte, der sich jeglichen Luxus leisten konnte, nicht weil er sonderlich klug oder geschickt war, sondern weil er es einem Vater zu verdanken hatte und den Direktoren, die ihn beim Aufbau des Bankhauses unterstützten. Er selbst wäre nicht nur unfähig gewesen, Tamara mit jenem Luxus zu umgeben, den sie so sehr liebte, es war auch höchst zweifelhaft, ob er überhaupt in der Lage gewesen wäre, sein Leben zu fristen. Vermutlich wäre er immer ein kleiner, unscheinbarer Angestellter geblieben, den Tamara keines Blickes gewürdigt hätte.

»Aber es gibt doch noch andere wichtige, verlockende Werte – das Theater zum Beispiel ...«, sprach Daniel Koren in eigener Sache – und hörte gleichzeitig Tamaras Stimme ein wenig zu laut aus »Macbeth« zitieren:

»ein armer Komödiant, der spreizt und knirscht sein
Stündchen auf der Bühn', und dann nicht mehr vernommen wird ...«

Daniel wußte sehr wohl, daß sie recht hatte, und er verstand auch ihre Beweggründe. Eine Frau, besonders eine Frau wie Tamara, brauchte einen Mann, der dem Lebenskampf nicht auswich, sondern sich ihm mutig stellte. Nur wer in diesem Kampf Sieger blieb, nur wer seiner Frau erlaubte, auf großem Fuß zu leben, hatte das Recht, sich abends nach den ernsten Tagesgeschäften mit reinem Gewissen zu entspannen, sich zu vergnügen und sich seinen Spielen zu widmen. Als Kind hatte ihm niemand das Recht streitig gemacht, auf Kosten seines Vaters in einer Welt des Spiels und der Tagträume zu leben. Aber nun war er Leiter der Hauptstelle der Bank! Mit welchem Blick hätte Tamara ihn gemessen, wenn sie ihn in seinem Büro beim Spiel mit einer Marionette ertappt hätte?

Daniel Koren trug immer den Schlüssel des Schrankes bei sich, in dem er zusammen mit seinen persönlichen Unterlagen die Puppe aus Palermo aufbewahrte. Als er sich freiwillig zur britischen Armee meldete und alle Dokumente und Schlüssel meinem Vater übergab – der, wie gesagt, für die Dauer von Daniels Abwesenheit die Geschäftsführung übernommen hatte –, fügte er wie beiläufig hinzu: »Den Schlüssel für meinen Privatschrank behalte ich. In ihm befindet sich nichts, was mit der Bank zu tun hätte. Er enthält nur meine ... persönlichen Papiere.« Und dabei errötete er bis in die Haarwurzeln.

Jahre später, bereits im Ruhestand, erzählte mir mein Vater, daß ihm damals, als Daniel Koren den Schlüssel zu seinem Schrank aus dem Bund gelöst und schamrot in die Tasche gesteckt hatte, die Ritter aus dem Mittelalter eingefallen seien, die ihren Frauen Keuschheitsgürtel anlegten, bevor sie zum Kreuzzug aufbrachen. Und als Daniel prüfend an der Schranktür rüttelte, um sich zu vergewissern, daß die Puppe aus Palermo sicher aufbewahrt sei, habe er an Richard Löwenherz gedacht, der den Keuschheitsgürtel seiner Frau untersuchte, um unbesorgt in den heiligen Krieg ziehen zu können. Meinem Vater schien dieser Vergleich einleuchtend. Ihn beschäftigte lediglich die Frage, ob man im Mittelalter tatsächlich Keuschheitsgürtel benutzt hatte und wie jene eisenumgürteten Frauen die lange Abwesenheit ihrer Männer überstanden hatten, ohne sich durch das rostige Metall alle denkbaren Infektionen zuzuziehen. Die Puppe aus Palermo könne von Glück sagen – ging es ihm damals durch den Kopf –, daß sie nicht aus Fleisch und Blut sei.

*

Daniel Koren hatte sich freiwillig zur britischen Armee gemeldet. Er wurde gerade zu dem Zeitpunkt nach Ägypten geschickt, als Rommels Großoffensive im Gange war. Erst jetzt, bei der Beschreibung dieser Ereignisse, wird mir bewußt, daß diese Tage des Entsetzens – es fehlte nicht viel, so hätte Rommel, der schon auf ägyptischem Boden stand, die englische Armee geschlagen, unser Land überfallen und uns alle vernichtet – die schönsten im Leben meines Vaters waren, die Tage, in denen er richtig auflebte. Und das war kein Zufall, sondern die unmittelbare Folge der entsetzlichen Angst, der drohenden Zerstörungsgefahr durch die heranrückenden Panzerkolonnen Rommels – wenn die Gefahr nicht so ungeheuer groß gewesen wäre, hätte sich Daniel Koren nicht freiwillig gemeldet und infolgedessen hätte mein Vater nicht die geringste Aussicht gehabt, zeitweilig die Geschäftsführung der Hauptstelle zu übernehmen.

Mein Vater war damals fast sechzig Jahre alt und begann unter Alterserscheinungen zu leiden, war mal müde und erschöpft, mal voll Energie und hektischer Betriebsamkeit. Die bevorstehende Pensionierung raubte ihm nachts den Schlaf, und er versuchte dem Unausweichlichen auf alle erdenkliche Weise zuvorzukommen. Wenn ihm Daniel Koren ganz besonders zusetzte, glich mein Vater einem Pulverfaß, das jeden Augenblick zu explodieren drohte. Dann schwor er bei allem, was ihm heilig war, vorzeitig in den Ruhestand zu gehen, um »mit eigenen Mitteln von vorn zu beginnen und dem ›Baby mit dem Schnurrbart‹ zu zeigen, wie man Geschäfte macht«. Als das Afrikacorps immer weiter vorrückte, wurde der Eintritt jüdischer Soldaten in die britische Armee auch in der Bank zum Tagesgespräch, und plötzlich waren die Krankheiten und Depressionen meines Vaters verschwunden, von einer vorzeitigen Pensionierung war nicht mehr die Rede. Als Daniel einrückte, begann für meinen Vater die glücklichste Zeit seines Lebens. Plötzlich entdeckte er bisher ungeahnte Energiereserven: Morgens erschien er bereits vor den Putzfrauen in der Bank, und häufig saß er noch lange nach Büroschluß da, in seine Akten vertieft. Die Gewinne der Bank schnellten in die Höhe, rascher als mein Vater dies in seinen kühnsten Träumen zu hoffen gewagt hatte, und wenn das auch in erster Linie auf die englischen Kriegsanstrengungen zurückzuführen war, so hat doch ohne Zweifel das späte Aufblühen meines Vaters nicht wenig zu den geglückten Transaktionen der Bank beigetragen.

Daß jemand plötzlich aufblüht, wenn ein Lebenstraum in Erfüllung geht, den er beinahe schon aufgegeben hatte, ist mehr als verständlich. Kaum begreiflich aber schien das Verhalten meines Vaters in den Tagen zuvor – von jenem Augenblick an, in dem Daniel Koren sich freiwillig zum Militärdienst entschloß, bis zu der Stunde, in der er meinem Vater seinen Schlüsselbund mit Ausnahme eines Schlüssels aushändigte.

Mein Vater, der ein politisch interessierter Mann war, trat leidenschaftlich für den Eintritt in die britische Armee ein. Man darf das keinesfalls als Kriegsbegeisterung eines Mannes ansehen, der, selbst für den Kriegsdienst zu alt, bedenkenlos junge Männer – solange es sich nicht um seine eigenen Söhne oder um nahe Verwandte handelt – in den Krieg schickt. Er selbst hatte sich im Ersten Weltkrieg freiwillig zur jüdischen Legion in der britischen Armee gemeldet und wäre auch jetzt bereit gewesen einzurükken – vor allem immer dann, wenn der junge Herr Direktor ihm das Leben erschwerte –, da er keine Chance eines beruflichen Aufstiegs mehr sah. Der Eintritt in die britische Armee war für ihn ein Gebot der Stunde, weil er sich der Gefahr durchaus bewußt war, die Rommels Vormarsch für uns alle darstellte, und weil er in der britischen Nation – der wir die Balfour-Erklärung aus dem Ersten Weltkrieg verdanken und die in jener Phase des Krieges als einzige Nation der Welt den Kampf gegen Hitler fortsetzte – den großen Beschützer des jüdischen Volkes sah. Deshalb ergriff er für jeden Angestellten Partei, der einrücken wollte, und setzte sich in den Vorstandssitzungen dafür ein, daß ihre Arbeitsplätze erhalten und ihre Rechte gewahrt blieben, bis Rommel die ägyptische Grenze erreichte und der junge Direktor – der damals neunundzwanzig Jahre alte Daniel Koren – seine Absicht, in den Krieg zu ziehen, anzudeuten begann.

Als sich das Gerücht verstärkte, hatte mein Vater die glänzende Idee, ihm die Puppe aus Palermo zu schenken, und in dem Augenblick, als Daniels Entschluß feststand, änderte mein Vater seine Haltung. Hatte er eben noch begeistert zugestimmt, so drückte er jetzt seine Ablehnung aus, nicht etwa gegen die Meldung von Freiwilligen – dies sah er nach wie vor als notwendige, ja heilige Pflicht an –, sondern nur dagegen, daß auch Daniel Koren sich freiwillig meldete. Das durfte Daniel seiner Meinung nach keinesfalls tun, und noch in der letzten Vorstandssitzung, als er von seinem Entschluß nicht mehr abzubringen war, er schon alle Papiere eingereicht hatte und nur noch auf seinen Einberufungsbefehl wartete, betonte mein Vater, Daniel müsse unbedingt auf seinem Posten als Direktor der Jerusalemer Hauptstelle bleiben, weil er hier Volk und Land unendlich viel größere Dienste leisten könne als im Felde: Ein Finanzmann seines Formats – so sagte mein Vater mit dem ihm eigenen Enthusiasmus – müsse jetzt am Aufbau moderner Industriewerke mitwirken, die in diesen schweren Zeiten von Engländern und Juden gleichermaßen benötigt würden. Jeder junge Mann könne ein Gewehr in die Hand nehmen, selbst der größte Trottel – aber nicht jeder könne mit den Offizieren des britischen Oberkommandos Verhandlungen führen und die Kriegsindustrie aufbauen, angefangen von der Reparatur nicht mehr funktionsfähiger Waffen bis zur Herstellung von Zelten und Decken für die Soldaten.

Da es ihm nicht gelang, Daniel umzustimmen, machte er einen letzten Versuch und wandte sich heimlich an den alten Koren. Dieser hörte ihm aufmerksam zu und schien tief beeindruckt von der Haltung und den Argumenten meines Vaters. Als Koren bekannte, er selbst habe seinem Sohn ähnliches gesagt, nun aber sei es zu spät, ging mein Vater so weit, dem alten Herrn anzudeuten, er möge seine Beziehungen zur englischen Heeresleitung ins Spiel bringen und Daniels Meldung heimlich rückgängig machen. Diesem Vorschlag pflichtete Emanuel Koren jedoch nicht bei. Obwohl er diesen Plan weder für durchführbar noch für wünschenswert hielt, dankte er meinem Vater auf das herzlichste für seine Bemühungen und sagte ihm volle Unterstützung bei den schweren und wichtigen Aufgaben zu, die er nun aufgrund von Daniels Einberufung übernehmen müsse. »Es ist heutzutage nicht leicht, treue Freunde zu haben, wie Sie es sind. Ich habe gar nicht gewußt, daß mein Sohn Daniel Ihnen so viel bedeutet.«

Rührung überkam meinen Vater, und in der darauffolgenden Nacht fand er keinen Schlaf. Da tat er etwas, worauf er nur äußerst selten in Zeiten der Not oder großer Gefahr zurückgriff – ein Überbleibsel kindlichen Aberglaubens: Mit geschlossenen Augen öffnete er die Bibel und las den Vers, auf den seine Finger zufällig deuteten. Die Verse sollten ihm helfen, eine schwere Aufgabe zu lösen, einen Weg zu zeigen oder die Zukunft zu entziffern, und fast immer erlebte er dabei eine angenehme Überraschung. Diesmal aber erschreckte ihn der Vers, den er las: »... nimm Isaak, deinen einzigen Sohn, den du lieb hast, und geh hin in das Land Morija und opfere ihn dort zum Brandopfer auf einem Berg, den ich dir zeigen werde.« Schon immer hatte beim Lesen dieser Stelle ein Schauer meinen Vater ergriffen, die Opferung Isaaks hatte ihm Abraham verhaßt gemacht. Für Wutausbrüche hatte er zur Not noch Verständnis, pflegte er zu sagen, unverzeihlich aber seien für ihn alle Grausamkeiten Kindern gegenüber, besonders von den Eltern begangene Kindesmißhandlungen. Der Vater – mehr noch als die Mutter – müsse das größte Mitgefühl für seine Kinder zeigen. Wenn Abraham fähig war, seinen Sohn zu opfern – und sei es auch auf göttlichen Befehl –, so wohnte Gott nicht in seinem Herzen.

Völlig entmutigt schlug mein Vater die Bibel wieder zu und stellte sie in den Schrank zurück, ohne, entgegen seiner Gewohnheit, über eine wohlwollende Auslegung des Verses nachzudenken. Erst als er sich eine zweite Tasse Kaffee eingegossen hatte, kam ihm eine Erleuchtung. Er fühlte sich wie einer, der aus einem Alptraum erwacht und erleichtert feststellt, daß niemand ihn mit haßerfüllten Augen verfolgt. Zunächst einmal war Daniel ja nicht sein Sohn, sondern der des alten Emanuel Koren. Und ebenso wie Isaak am Leben geblieben war, so würde auch Daniel gesund aus dem Krieg heimkehren. Die Gefahren, die ihm bevorstanden, konnten mit der Lebensbedrohung Isaaks in keiner Weise verglichen werden: Niemand lauerte Daniel auf, wollte ausgerechnet ihn unter den zahllosen Soldaten in der libyschen Wüste umbringen, während Abraham mit Absicht Isaak, seinen einzigen Sohn, den er über alles liebte, opfern wollte. Und wenn es Isaak gelungen war, der schrecklichen Gefahr zu entrinnen, die ihm vom eigenen Vater drohte, so würde Daniel Gelegenheit haben, sich der viel allgemeineren Gefahr zu entziehen, die ihm von einem fernen Feind drohte!

Dennoch hatte mein Vater ein ungutes Gefühl bei diesem Bibelvers. Warum mußte der Widder sterben, damit Isaak am Leben blieb? Warum mußte das Glück des einen mit dem Leid des anderen erkauft werden? Warum war Leben nicht ohne Opfer möglich? Solche und ähnliche beklemmende Fragen stellte er sich des öfteren – bis Daniel ihm die Dokumente und die Bankschlüssel überreichte. Nun verbot ihm die Vernunft, müßigen Spekulationen nachzuhängen; mit größtem Eifer vertiefte sich mein Vater in die Bankgeschäfte, seine finstere, unfreundliche Miene hellte sich auf, und sogar die Falten um seine Mundwinkel schienen sich zu glätten. Eine erstaunliche Energie ging nun von ihm aus.

KAPITEL 3

Einen Monat, nachdem Daniel Koren sich zur britischen Armee freiwillig gemeldet und den Schlüssel des Schrankes, in dem die Puppe aus Palermo aufbewahrt war, in eine seiner Taschen versteckt hatte, kehrte Sergeant Reinhold mit einer Kopfverletzung aus der Wüste nach Jerusalem zurück. Zuerst hatte er im Lazarett von Fajid, am Ufer des Suezkanals, gelegen. Als Rommel aber seinen Truppen den Befehl zum Vormarsch erteilte und die Verwundeten aus Ägypten evakuiert wurden, kam Reinhold nach Jerusalem ins Augusta-Victoria-Hospital, das eine große neurochirurgische Abteilung besaß. Seine Kopfverletzung war nicht gefährlich, einige Granatsplitter hatten die Schädelkapsel gestreift, waren aber nicht ins Gehirn gedrungen. Trotzdem hatte ihn der Chefarzt, Major Kramer, ein Jude aus Liverpool, zur weiteren Beobachtung in die neurochirurgische Abteilung überwiesen, für den Fall, daß nachträglich Komplikationen eintreten würden.

»Ein schöner Tag!« dachte Reinhold, als er am ersten Morgen im Krankenhaus die Augen aufschlug und auf die Mauern der Altstadt, das Kidron-Tal, die Hänge von Gethsemane und die Zwiebeltürme der russischen Magdalenenkirche hinabsah. Zu seiner eigenen Verwunderung begann er plötzlich eine Melodie vor sich hinzusummen:

»Liebe war es nicht, es war nur eine Liebelei,
Liebe war es nicht, es war nur ein Scherz.«

»Weshalb fällt mir plötzlich diese Melodie ein?« fragte er sich, weil er gerne den Grund seiner plötzlichen Freude gewußt hätte, denn seit seiner Verwundung war er immer in einem Zustand tiefer Niedergeschlagenheit, nicht etwa wegen der Schmerzen, die ihn vor allem nachts quälten, oder der Krankenhausatmosphäre, sondern wegen eines Gefühls innerer Beschämung und ohnmächtigen Zorns über die Umstände, unter denen er verwundet worden war. »Wie ein Narr habe ich mich benommen, wie ein Vollidiot. Idiot, Idiot, Idiot!« beschimpfte er sich selbst, sobald er erwachte und sich an alles erinnerte. Vor Wut hätte er am liebsten seinen Kopf gegen die Wand geschlagen, seinen verbundenen Kopf, den er kaum von einer Seite auf die andere drehen konnte. Wenn er nur in der Schlacht verwundet worden wäre, bei einem wilden Schußwechsel, oder während er eine Handgranate warf. Es hatte sich bei einem Luftangriff ereignet, während er mit seinem Jeep auf dem Weg zum Kino war, in dem ein neuer Film – *Vom Winde verweht* – gezeigt wurde, der in aller Munde war. Seitdem er eingerückt und in der arabischen Wüste stationiert war, träumte er davon, mit einer Kommandoeinheit hinter den feindlichen Linien gegen den Stab des deutschen Afrikakorps in Tripolis eingesetzt zu werden. Es gab dort einen Stabsoffizier namens Ernst Schilling, und Reinholds großer Ehrgeiz war es, diesen Schilling aus Rommels Hauptquartier in die Hände zu bekommen. Er war durchaus nicht sicher, ob es sich bei dem Stabsoffizier um jenen Schilling handelte, an den er sich aus Kindheitstagen erinnerte. Was er über ihn in Erfahrung gebracht hatte, deutete eher darauf hin, daß zwischen den beiden Personen keinerlei Beziehung bestand: Jener Offizier war ein junger Mann, während der andere Schilling schon mindestens sechzig Jahre alt sein mußte. Wie dem auch sei, der ihm aus seiner Kindheit bekannte Ernst Schilling war jener Gerichtsdiener, der seinen Vater bis ins Romanische Café verfolgt hatte.

Wenn er ehrlich war, hätte er lieber diesen Schilling als Rommel gefangengenommen. In letzter Zeit hatte es fast den Anschein, als öffne sich ihm ein Weg für seine Rachepläne. Nach zahlreichen Gesuchen und einem Gespräch mit dem Adjutanten hatte man ihm versprochen, seinen Antrag an das Hauptquartier weiterzuleiten. Man hatte durchblicken lassen, daß er mit einer positiven Entscheidung rechnen könne. Da seine Muttersprache deutsch war, würde er in der Uniform eines deutschen Offiziers hinter den feindlichen Linien weniger auffallen. Aber noch während er ungeduldig auf die Antwort aus dem Hauptquartier wartete, erhielt er plötzlich den Befehl, zu seiner Einheit nach Fajid zurückzukehren, um eine soeben aus Palästina eingetroffene Rekrutenkompanie auszubilden. Reinhold war außer sich vor Wut, er rannte von einem Offizier zum anderen, schickte Briefe ab – aber ohne Erfolg – er mußte nach Fajid zurückkehren. Sein einziger Trost war der Gedanke, daß eine Nachricht vom Hauptquartier ihn gegebenenfalls überall erreichen würde, und darum beschloß er, weiterhin Briefe an das Oberkommando des Hauptquartiers zu adressieren, um nicht in Vergessenheit zu geraten.

Kurz nach der Übernahme der Rekrutenkompanie fuhr Reinhold eines Abends mit dem Jeep zur Baracke, die als Kino fungierte. Auf dem Weg bemerkte er zwei Flugzeuge über sich, und er setzte die Fahrt langsamer fort, um sie besser beobachten zu können. Im gleichen Augenblick heulten die Sirenen auf – Fliegeralarm! »Das müssen deutsche Flugzeuge sein!« dachte er, aber anstatt den Jeep anzuhalten, herauszuspringen und in einem der Bunker am Rand der Straße in Deckung zu gehen, blieb er am Steuer sitzen und betrachtete mit einer gewissen technischen Neugier und wachsendem Interesse die Flugzeuge. die über dem Lager kreisten – er wollte wissen, um welche Flugzeugtypen es sich handelte und genauer sehen, wie sie zum Sturzflug ansetzten. Das Flugzeug, aus dem auf ihn geschossen wurde, hatte Reinhold gar nicht bemerkt, ebensowenig wie die Fahrzeugkolonne, die zwei- oder dreihundert Meter hinter ihm zum Stehen kam, und deren Besatzung hinaussprang, um hinter den Sanddünen Deckung zu suchen. Im Jeep hatte er auf dem Beifahrersitz eine Maschinenpistole liegen. Als er verwundet im Lazarett lag, geriet er noch jeden Morgen beim Aufwachen über sich selbst in Wut, weil er sie nicht ergriffen und wenigstens eine Salve auf die Flugzeuge abgefeuert hatte. Dabei wußte er, daß er das ganze Magazin seiner Maschinenpistole hätte leerschießen können, ohne den Flugzeugen Schaden zuzufügen, und dennoch: Wenn er schon gegen sämtliche Regeln gehandelt und sich wie ein Vollidiot benommen hatte, der zusehen wollte, wie die Kampfflieger zum Sturzflug ansetzten, dann hätte er zumindest eine einzige Salve auf sie abfeuern sollen! Wären die Granatsplitter mit einem nur geringfügig anderen Winkel aufgetroffen und ins Gehirn gedrungen, so wäre er auf der Stelle tot gewesen und hätte nicht einmal die Zeit gehabt, einen Schuß abzufeuern. Dieser Gedanke ging ihm nicht aus dem Sinn und schlug sich ihm auf den Magen, so daß er nichts essen konnte. Dann und wann würgte er einen Löffel Suppe herunter, um zu vermeiden, daß die Krankenschwester ihn wie einen Säugling fütterte oder ihn künstlich ernähren ließ.

»Vielleicht fühle ich mich jetzt so wohl, weil ich nicht mehr diesen schrecklichen Sand sehe«, dachte er und blickte durchs Fenster auf die Hänge des Ölbergs hinaus. »Vielleicht war es nur der eintönige Sand von Fajid, der mich verrückt gemacht hat.« In Fajid war der gelbe Sand allgegenwärtig, selbst wenn draußen kein Sandsturm tobte: im Tee und in der Suppe, in jeder Falte der Uniform. Als er im Jerusalemer Hospital die Augen aufschlug, ihm plötzlich das Lied aus seiner Kindheit einfiel und er die reine Bergluft einatmete, in die sich der süße Duft der Jasminbüsche entlang der Mauer mischte, verspürte er auf einmal einen starken Hunger.

Reinhold blickte um sich und sah, daß alle anderen Verwundeten schliefen. Nirgends war eine Schwester zu sehen. Er drückte lange auf die Klingel an seinem Bett und nahm sich vor, sich bei der Schwester zu beschweren, weil es nicht genug zu essen gab und die Mahlzeiten nie pünktlich gebracht wurden. Auf sein stürmisches Klingeln erschien hingegen der Chefarzt, Major Kramer, gefolgt von einer Schwester, die ein Tischchen mit Flaschen und Instrumenten vor sich herschob. »Fühlen Sie sich wieder schwindlig?« fragte der Arzt besorgt. »Oder ist Ihnen übel?«

»Nein«, antwortete Reinhold, ich bin hungrig. Hier läßt man die Kriegsversehrten ja verhungern.«

»Ausgezeichnet, ausgezeichnet!« rief der Arzt, und sein Gesicht leuchtete auf. »Sie werden rascher gesund, als ich gehofft habe, Sergeant Reinhold, ihr Zustand ist ganz ausgezeichnet!« Und er wies die Schwester an, ihn von nun an volle Mahlzeiten einnehmen zu lassen. Nach dem Mittagessen sank Reinhold in tiefen Schlaf, und als er die Augen zum zweitenmal aufschlug, füllte die Abendsonne schon das Zimmer mit ihrem milden Licht. Durch das Fenster waren die Mauern der Altstadt zu sehen, und die Kuppel der Omar-Moschee war von goldenem Licht umflutet. Eine Frau in einem breitrandigen, weißen Strohhut mit hellblauem Band und einem hellblauen, hautengen Seidenkleid ging auf hohen Absätzen zwischen den beiden Bettreihen hindurch, an den Verwundeten vorbei, die bei ihrem Eintritt verstummten und ihr mit unverhohlener Neugier nachsahen. Sie blieb vor Bett 27 stehen – Reinholds Bett. Ihm fiel gerade ein, wie merkwürdig es doch war, daß er mit siebenundzwanzig Jahren am 27. des Monats verwundet worden war und jetzt in Bett 27 lag.

»Sie sind Henry Reinhold«, sagte die Dame zu ihm. Sie sagte Henry (wie er bei der Armee genannt wurde), nicht Heinrich. »Ich habe mich sehr gefreut, von Major Kramer zu hören, daß es Ihnen besser geht. Ich bin schon einmal hier gewesen, aber da haben Sie gerade geschlafen, und ich wollte Sie nicht wecken.«

»He, Mensch! So biete der Dame doch einen Stuhl an, was liegst du denn da wie ein Stück Holz?« rief der Verwundete im Bett neben Reinhold, ein Australier namens Johnny Malone, ein verrückter Kerl, der sich ständig anlegte und Ärzte und Schwestern anschrie, aber auch sofort einsprang, wo Hilfe nötig war.

Reinhold deutete auf einen Stuhl neben seinem Bett und lächelte, sagte aber kein Wort. Daß sie gerade jetzt erschienen war, wo das Lied aus seinen Kindheitstagen noch in ihm nachklang, gab ihm das Gefühl, er träume denselben Traum ein zweites Mal und diese Frau mit dem breitrandigen Hut und dem geheimnisvollen Lächeln sei ihm schon einmal erschienen, auf die gleiche befremdliche Art, als ob eine Vision körperlich Gestalt annehme, die sein Herz schneller pochen ließ.

»Ich bin Tamara«, sagte sie und ließ sich mit einem Lächeln auf dem Stuhl nieder. »Tamara Koren, Daniels Frau. Er hat mir geschrieben, Sie seien verwundet worden und man habe Sie nach Jerusalem in dieses Krankenhaus verlegt. Er hat mir auch erzählt, wie gut Sie zu ihm waren und was für ein großartiger Mensch Sie sind. Ich soll für Sie tun, was ich kann, soll Sie wie ein Familienmitglied behandeln, als seien Sie sein älterer Bruder. Nein, nein, strengen Sie sich bitte nicht an! Wenn Ihnen das Sprechen noch schwerfällt, lassen Sie es bitte sein. Reden werde ich, Sie merken ja, ich tue es gern ... Aber ich sehe, Sie liegen nicht bequem, das Kissen ist doch viel zu niedrig.« Und während sie noch sprach, hob sie mit der einen Hand behutsam seinen Kopf an und richtete das Kissen mit der anderen.

»Danke, vielen Dank«, sagte Reinhold endlich und errötete verlegen – zum einen, weil sie seinen Kopf in die Hände genommen hatte, als sei er ein hilfloses Kind, und zum anderen, weil ihm der Name Daniel Koren nichts sagte und ihn auch an keines der vielen Gesichter erinnerte, die er in den letzten anderthalb

Jahren – zunächst im Land selbst und dann in Ägypten – gesehen hatte. Bei der Vorstellung, er könne durch seine Verletzung das Gedächtnis verloren haben, sein Zustand sei viel ernster als er glaube und Major Kramer verheimliche ihm den Ernst der Lage, um ihn nicht aufzuregen, überkam ihn panische Angst. Er glaubte schon, den fragenden Blick der Besucherin auf sich gerichtet zu fühlen, den Blick, mit dem die meisten Besucher Kopfverletzte ansahen, wohl wissend, daß eine Kopfverletzung häufig geistige Verwirrung zur Folge haben kann. Aber der Name Daniel Koren sagte ihm einfach nichts. »Bemühen Sie sich nicht. Ich kann mein Kissen wirklich allein richten. Ich bin nicht schwer verwundet.« Während er sprach, empfand er plötzlich ein wunderbares Gefühl der Erleichterung. »Aber natürlich«, schoß es ihm durch den Kopf, »sie ist die Frau des Rekruten vom dritten Zug!« Und voller Freude darüber, daß sein Gedächtnis offenbar nicht beeinträchtigt war, sprang er aus dem Bett und sagte zu ihr: »Kommen Sie, wir setzen uns auf die Veranda. Wir können auch ein bißchen im Garten spazierengehen. Sie sehen ja, bei mir ist alles in Ordnung!«

»Nein, nein! Sie dürfen sich nicht anstrengen«, erwiderte sie. Insgeheim war er froh darüber, denn von dem schnellen Aufstehen zitterten ihm die Knie.

»So, so«, dachte Reinhold, setzte sich rasch nieder und warf Tamara einen verstohlenen Blick zu. »Das also ist Daniel Korens Frau.« Nach den Erzählungen ihres Mannes hatte er sie sich ganz anders vorgestellt.

»Ihr Mann ist prächtig, ein großartiger Kerl!« sagte er. Obgleich Daniel zwei Jahre älter war als er und ihn um mindestens fünf Zentimeter überragte, einen üppigen Schnurrbart hatte und Familienvater war, schien er Reinhold bei der ersten Begegnung nicht nur jünger zu sein, sondern auch seines Rates und seines Schutzes zu bedürfen. Seinem Ausbilder gegenüber hatte sich Daniel stets wie ein braver kleiner Schüler verhalten, der eifrig den Anweisungen des Lehrers folgt, und zwar nicht nur, weil er keine andere Wahl hatte als zu gehorchen, sondern weil er mit beinahe kindlicher Naivität von Reinholds Stärke, Klugheit, Wissen und Aufrichtigkeit überzeugt war. Während eines Orientierungsmarsches im Gelände hatte Reinhold einmal den Eindruck gehabt, Daniel würde sich sogar von einem Felsen in den Abgrund stürzen, wenn er ihm diesen Befehl gäbe, nicht etwa, weil Daniel ein Narr war – vermutlich war er intelligenter als die meisten anderen Rekruten der Kompanie – und auch nicht, weil er Selbstmordgedanken hegte, sondern einfach, weil er auf die guten Absichten und die geheimen Kräfte seines Ausbilders vertraute. Wenn dieser einen Befehl erteilte, dann war er sicher völlig gefahrlos, mochte es auch auf den ersten Blick anders erscheinen. Diese plötzliche Erkenntnis traf Reinhold wie ein Schlag; abrupt packte er Daniel, der vor ihm marschierte, bei der Schulter. »Achtung!« rief er ihm zu. »Hinter diesem Felsen ist ein Abgrund!« Er nahm sich insgeheim vor, auf den Jungen aufzupassen, damit er keine Dummheiten machte.

Während seiner dienstfreien Zeit pflegte Daniel von seiner Frau zu sprechen, von Tamara. »Sie können sich nicht vorstellen, was für eine wunderbare Frau sie ist«, sagte er. »Sie ist eine ungewöhnliche Persönlichkeit.« Und da meistens Männer, die den Charakter und die Intelligenz einer Frau besonders hervorheben, damit nicht selten von der Tatsache ablenken wollen, daß ihre äußere Erscheinung nicht sonderlich attraktiv ist, fügte Daniel schnell hinzu: »Tamara ist eine sehr schöne Frau«, sie sieht aus wie Rita Hayworth.« Und als Beweis holte er aus seiner Tasche ihr Bild hervor, das er immer bei sich trug. Obwohl er schon seit sieben Jahren mit ihr verheiratet war, schien er immer noch nicht begreifen zu können, daß Tamara ausgerechnet ihn unter allen Männern gewählt hatte. Seine Liebe war derart groß, daß er sich nicht einmal würdig fühlte, ihr die Füße zu küssen. Das hatte er eigentlich ausdrücken wollen, als er an einem Abend erklärt hatte, er sei bereit, jeden Preis zu zahlen und jedes Opfer zu bringen, um das wunderbare Gefühl zu erhalten, mit dem er jeden Morgen die Augen öffnete und sich sagen durfte: »Diese außergewöhnliche Frau ist mit mir verheiratet!«

Und Daniel zahlte zweifellos einen hohen Preis für seine alles überwältigende Liebe. Gutmütige, ehrliche, verantwortungsbewußte Männer wie er zahlten immer doppelt und dreifach. Welcher Art dieser Preis war, welches Opfer Daniels Frau von ihrem Mann verlangte, das wurde Reinhold erst am Abend vor seiner Verwundung klar. In der mit Soldaten aller Streitkräfte und Nationalitäten überfüllten Kantine – Engländern, Australiern, Neuseeländern, Indern und Afrikanern –, in der es nach Zigarettenqualm, Schweiß, schalem Bier und Erbrochenem roch – ein schottischer Soldat hatte sich übergeben und war neben dem Schanktisch zusammengesunken –, sprach Daniel Koren über das Theater, das Rampenlicht, die großen Schauspieler, über Hamlet und Shakespeare. Allmählich, durch Alkoholdunst und Zigarettenqualm tat sich vor Reinholds Augen Daniel Korens ehrgeiziges Ziel auf: Dieser bescheidene und willfährige Mann wollte nichts Geringeres als der Shakespeare des zwanzigsten Jahrhunderts werden! Er wünschte seinem großen Vorbild in jeder Beziehung nachzueifern, wollte die größten, erschütterndsten und poetischsten, menschlichsten und erhabensten Stücke schreiben – und überdies ein großer Schauspieler sein. Die »dramatischsten« Rollen wollte er, wie einst Shakespeare, selber spielen.

Hätte Daniel den Entschluß gefaßt, Junggeselle zu bleiben und sein Leben und Schicksal selbst zu verantworten, er würde keine Sekunde gezögert haben, sich mit Leib und Seele dem Theater zu verschreiben. Er hätte ein eigenes Schauspielhaus gegründet und dort die von ihm selbst geschriebenen Stücke aufgeführt, auch wenn er mühseligst sein Dasein hätte fristen müssen. Er habe bereits begonnen, seinen großen Traum zu verwirklichen, schon in großen Zügen das Drama vor sich gesehen, das er schreiben wollte – aber dann war Tamara in sein Leben getreten, und sie sei nun seine große Leidenschaft. Sein Traum habe sich verflüchtigt oder, besser gesagt, er habe eingesehen, daß er nicht erfüllt werden könne, weil er von einem moralischen Standpunkt aus nicht realisierbar sei. Natürlich dürfe er das eigene Leben aufs Spiel setzen, sozusagen das Leben gegen die Kunst ausspielen, und wenn sich herausstellte, daß alle Mühe vergebens und er weder ein Shakespeare noch ein Laurence Olivier sei, dann habe er eben nichts als das eigene Leben verloren! Aber da er jetzt verheiratet sei und die Verantwortung für dieses wunderbare Geschöpf trage, müsse er in erster Linie an seine Frau denken, sein Gewissen lasse es nicht zu, ihr Leben seinen Träumen zu opfern, um so weniger, als sie selbst hochfliegende Träume habe und eine Frau mit großer Durchsetzungskraft und Phantasie sei.

Tamara malte, schrieb Gedichte und tanzte – aber nicht Gesellschaftstänze, Volkstänze oder Ballett, es handelte sich bei ihr um »Bewegung« oder, wie sie es nannte, »schöpferische Bewegung« – ein Ineinanderfließen von Körper und Geist, eine Geistigkeit, die sich in den Bewegungen des Körpers ausdrückte, Schmerzen heilte und die Körperfunktionen mit den Wünschen der Seele in Einklang brachte und philosophische, ja metaphysische Bedeutung hatte: Diese »schöpferische Bewegung« versetzte Tamara in einen Zustand reiner Meditation, in dem sie das »Wesen der Dinge« zu sehen meinte und sich ihr der Weg öffnete, den menschlichen Geist mit dem des Universums zu vereinen. Eine solche Frau schien einen Mann zu brauchen, der mit beiden Füßen auf der Erde stand, der sich ihrer annahm und die Kümmernisse des Alltags von ihr fernhielt.

»Mit anderen Worten einen Ehemann, der seine eigenen Ambitionen zugunsten seiner Frau aufgibt und noch dazu reichlich Geld verdient, damit sie ihre Höhenflüge nicht mit leerem Magen antreten muß«, hatte Reinhold das Geständnis Daniel Korens ärgerlich unterbrochen. »Verraten Sie mir noch, wie verdienen Sie eigentlich das viele Geld, das Ihre Frau benötigt?« Daniel machte auf ihn durchaus nicht den Eindruck eines reichen Mannes, er warf auch in der Kantine nicht mit seinem Rekrutensold um sich, und selbst die Zahl der Zigaretten, die er sich täglich leistete, war genau bemessen. Alles in allem sah er nicht wie ein Großverdiener aus, aber vielleicht war dieser bescheidene und sensible Mann, der es fertigbrachte, überall auf dem Weg zu stolpern und zu fallen, sich den Schädel an jedem Felsen einzurennen und nach fünfzig Schritten in der Wüste sich nicht mehr zu orientieren, trotzdem ein Finanzgenie.

»Ich habe mich auf Investmentgeschäfte spezialisiert, im Handel und besonders in der Industrie«, sagte Daniel, dem der leicht verärgerte Ton in Reinholds Stimme entgangen war. Offenbar in Gedanken bei seiner Frau, wünschte er sich zwar Reinholds Rat, aber nicht in finanziellen Fragen. Daniel strich sich über den Schnurrbart und schwieg plötzlich. In der Kantine war es mittlerweile noch lauter geworden. Vier Militärpolizisten entfernten gerade den bewußtlosen Schotten und nahmen gleich zwei australische Soldaten mit, die mit den Fäusten aufeinander losgegangen waren. Daniel jedoch bemerkte von alledem nichts. Er trommelte mit den Fingern auf die Tischplatte und fragte plötzlich: »Meinen Sie, daß man Liebe und sexuelles Verlangen voneinander trennen kann? Ist es möglich, eine Frau zu lieben, eine andere aber zu begehren? Könnten Sie es?«

»Aber natürlich!« rief Reinhold aus. »Ich habe nie die Frauen geliebt, die ich begehrt habe. Von Prostituierten ganz zu schweigen.«

Reinhold übertrieb ein wenig, sowohl was die Trennung zwischen Liebe und sexuellem Verlangen als auch die Prostituierten betraf, deren Dienste er jedoch, um der Wahrheit die Ehre zu geben, gewöhnlich nicht in Anspruch nahm, denn er fand überall Mädchen, die unentgeltlich und gern mit ihm ins Bett gingen. Er übertrieb aber auch, weil er auf Daniel und auf das, was sich hinter diesen Vertraulichkeiten verbarg, zornig war. Er hatte Mitleid mit diesem großen Jungen, der ihm plötzlich wie ein Bruder, ja beinahe wie ein Sohn erschien.

»Mir ist es aber nicht möglich, Liebe und sexuelles Verlangen voneinander zu trennen. Mit einer Frau, die ich nicht liebe, kann ich nicht schlafen«, sagte Daniel. »Ich kann an keine andere Frau denken, ich kann keine andere Frau begehren!«

»Dann sollten Sie mit keiner anderen Frau schlafen. Wer verlangt denn von Ihnen, daß Sie mit anderen Frauen ins Bett gehen?«

»Sie verlangt es«, erwiderte Daniel.

Im ersten Augenblick verstand Reinhold den Sinn dieser unerwarteten Antwort nicht. Er glaubte, Daniel spreche von irgendeiner Frau, die ihn verführen wollte. Erst als ihm Daniel seine Ehe schilderte, begriff Reinhold, daß der junge Mann von seiner eigenen Frau gesprochen hatte, die ihn drängte, mit anderen Frauen zu schlafen, um sein sexuelles Bedürfnis zu stillen. Diese Frau, die Rita Hayworth so ähnlich sah, deren Gebärden, Bewegungen und Blicke die heftigsten Leidenschaften zu entfesseln vermochten, brauchte die sexuelle Begegnung offenbar nicht. Daniel erzählte, daß sie vor der Hochzeit und auch kurze Zeit danach mit ihm geschlafen und er ein paarmal den Eindruck gehabt habe, sie finde Spaß daran, aber bald habe sie jedes Interesse verloren und beinahe Ekel vor dem Geschlechtsverkehr empfunden. Das hätte ihn zutiefst verletzen müssen – wäre Tamara nicht eine so außergewöhnliche Persönlichkeit. So flüchtete er sich in den Gedanken, sie sei über jedes sinnliche Verlangen erhaben. Kein Wunder, daß eine Frau, die malte, Gedichte schrieb, sozusagen auf der Suche nach dem »Universalgeist«, der Quintessenz des »kosmischen Geistes« war, sich in höheren geistigen Sphären bewegte und Abscheu vor fleischlichen Genüssen empfand. Von ihrer hohen Warte aus konnte Fleischeslust wirklich Ekel erregen! Dennoch erkannte sie, daß Daniel Anrecht auf die Befriedigung seiner sexuellen Bedürfnisse hatte, die in ihr Widerwillen erregten. Da sie ihn aber liebte und unter keinen Umständen wollte, daß er ihretwegen darauf verzichtete, stellte sie ihm frei, die Erfüllung seiner Lust bei anderen Frauen zu suchen. Eine Frau, die sich derart zurücknahm und Eifersucht nicht kannte, war eine große Ausnahme. Doch gerade ihre Großzügigkeit sei es, die ihn belaste. Wäre er fähig gewesen, Liebe und Leidenschaft voneinander zu trennen, er hätte die Freiheit genießen können, die seine Frau ihm gewährte. Wie die Dinge aber nun einmal lagen, sei ihm diese Freiheit zur Last geworden, ja er empfinde sie als Höllenqual.

Bei diesen Worten richtete Daniel einen fragenden Blick auf Reinhold, als liege sein Schicksal in dessen Hand, und als warte er nur darauf, daß Reinhold ihn erlöse. Doch Reinhold schwieg.

Da er bei der Schilderung von Daniels Ehe in Zorn geraten war, befürchtete Reinhold nun Dinge zu sagen, die, anstatt Gutes zu bewirken, Daniel nur verletzen würden. »Wir müssen nun zurückkehren«, sagte er und erhob sich, ohne auf Daniel weiter einzugehen. Die letzten Soldaten verließen die Kantine, und die Bar hatte schon geschlossen. Doch Daniel blieb sitzen. Reinhold legte eine Hand auf seine Schulter und sagte, diesmal im Befehlston: »Los! Jetzt gehen wir!«

»Sie können sich nicht vorstellen, wie das ist«, sagte Daniel, ohne aufzustehen, indem er starr auf die Tischplatte blickte. »Sie liegt neben mir im Bett, trägt nichts unter ihrem Nachthemd, und jede Bewegung von ihr versetzt mich in einen Erregungszustand. Mal spüre ich ihre Brustspitzen, mal berührt mich ihr Knie, und ich darf sie nicht anfassen, weil Sex sie anwidert! Und in ihrer Güte erlaubt sie mir das zu tun, was ich will, obwohl es sie anekelt.« Reinhold bemerkte mit Entsetzen, daß Daniels hellblaue Kinderaugen sich mit Tränen füllten, die langsam auf seinen Schnurrbart herunterliefen. Seine Lippen zitterten. »Morgen spreche ich mit ihm«, dachte Reinhold, »wenn er ruhiger ist und ich nicht mehr so aufgebracht bin. Vielleicht kann ich ihm sogar einige Ratschläge geben.«

Nachdem er Daniel zu seinem Zelt begleitet hatte, kam er müde und zerschlagen im Offiziersquartier an, konnte aber lange nicht einschlafen. Er fühlte die unabwendbare, ja fast heilige Verpflichtung, Daniel aus seiner »Hölle« zu befreien. Aber wie konnte man in solchen Dingen einen Rat geben, vor allem wenn es sich um einen Verliebten handelte? Solange Daniel seine Frau liebte, würde er keinen Rat befolgen, und wäre er noch so überzeugend. Jeder von uns ist ein Gefangener seiner selbst, seines Körpers, seiner Natur, seiner Gefühle, einem Schiff gleich, das auf dem nächtlichen Ozean seine Bahn zieht und nur Signale an andere Schiffe aussenden kann, die auf der gleichen Route fahren.

Es war durchaus denkbar, daß Daniel bereits am nächsten Morgen seine Offenheit bereute, sich vorwarf, wie ein Idiot gehandelt zu haben, sich seiner Tränen schämte und also den Mann meiden würde, dem er seine Schwäche gezeigt und sein beschämendes Geheimnis anvertraut hatte. Vielleicht war es besser, die Angelegenheit auf sich beruhen zu lassen und so zu tun, als sei nichts geschehen.

Reinhold würde auf dieses Thema nicht mehr zurückkommen, wenn Daniel seine Offenheit bereute. Sollte er aber das Gespräch fortsetzen wollen, würde er ihm seine Meinung offen sagen und ihn nach bestem Wissen und Gewissen beraten. Diese Hilfe durfte er ihm nicht vorenthalten. Man warf ja auch einen Rettungsring aus, wenn der Ertrinkende gar nicht danach greifen, sondern Selbstmord begehen wollte. Daniel suchte instinktiv eine Befreiung aus seiner »absonderlichen Hölle« und rief doch laut um Hilfe.

Am nächsten Morgen öffnete Reinhold die Augen in dem tröstlichen Bewußtsein, alles sei nur ein böser Traum gewesen. An Einzelheiten erinnerte er sich nicht mehr, es hatte sich um einen langen, verworrenen Traum gehandelt, dessen letzte Szene zu einem Alptraum geworden war. Ein kleiner Junge stand auf der Brücke und beobachtete die Schiffe auf dem Fluß. Ein Segelboot glitt vorbei. Plötzlich stieg ein großer Mann auf den Mast, ergriff das Brückengeländer, zog sich hinauf und verfolgte das Kind. Es wollte fliehen, aber der Riese hielt es fest, ließ es nicht mehr los; zweifelsohne wollte er es ins Wasser werfen. Reinhold rannte herbei, um das Kind zu retten, er wußte aber, daß er dem Riesen nicht gewachsen war und es ihm kaum gelingen würde, das Kind aus seinen Händen zu befreien. Dennoch nahm er den Kampf mit dem Riesen auf, aber dieser war viel größer und stärker als er.

Reinhold spürte, wie er unter dem Gewicht dieses Körpers zu ersticken drohte. Mit der einen Hand schüttelte der Riese den Jungen, mit der anderen begann er, ihm das Gesicht zu häuten – und schaudernd sah Reinhold, daß die Züge seines Vaters zum Vorschein kamen.

Bei der Morgenwäsche begegnete er Daniel, der gut gelaunt schien und die *Ungarische Rhapsodie pfiff*. Sie verabredeten sich für neun Uhr abends im Gemeinschaftsraum. Reinhold hatte keinen Dienst, weil für seine Rekruten ein ganztägiger Sanitätskurs angesetzt war. Gewöhnlich wurde dieser Kurs von einem englischen Arzt abgehalten, heute aber vertrat ihn die Operationsschwester, eine hübsche Engländerin namens Mary. Nach dem Frühstück und der morgendlichen Routineinspektion begleitete er sie in den Vortragssaal. Aufgeregt erzählte sie: »Im Camp gibt es heute einen phantastischen Film, *Vom Winde verweht*. Sie müssen ihn sich unbedingt ansehen. Sie haben heute doch keinen Dienst, lassen Sie sich den Film nicht entgehen.«

»Oberleutnant Mary Brown«, erwiderte er lachend, »ich verspreche feierlich, daß ich ihn nicht versäumen werde.« Er beschloß, in die Nachmittagsvorstellung zu gehen, um abends rechtzeitig im Gemeinschaftsraum zu sein. »Ich werde Daniel offen meine Meinung sagen, ich werde ihm nichts ersparen. Er ist doch kein Kind mehr! Wenn ihm nicht rechtzeitig die Augen geöffnet werden, ist er verloren.« Als er den Jeep startete, fiel ihm wieder sein Traum ein, und ein beklemmendes Gefühl überkam ihn, das gleiche Angstgefühl, das ihn ergriffen hatte, als die Züge seines Vaters unter der Haut des Kindes sichtbar geworden waren. Er spürte, daß sein Vater ihm ein sorgsam gehütetes Geheimnis anvertrauen wollte. Aber es war schon zu spät. Reinhold wollte die Erinnerung an den Traum loswerden, sich von der Beklemmung befreien, an etwas Schönes denken – an das Gesicht der Oberschwester Mary Brown –, aber es gelang ihm nicht. Statt dessen fiel ihm nur eine Szene zwischen seinen Eltern ein: Seine Mutter hatte einen hysterischen Anfall, überschüttete seinen Vater mit den gröbsten Beleidigungen, benutzte die vulgärsten Schimpfworte, die er je gehört hatte – er hatte nicht geahnt, daß sie diese überhaupt kannte –, sein Vater aber schwieg und hielt sich mit aller Kraft zurück, um sie nicht zu schlagen. Als er sich schließlich nicht mehr beherrschen konnte, holte er einen großen weißen

Porzellankrug aus dem Schrank und schleuderte ihn zu Boden; dann setzte er seinen Hut auf und rannte aus dem Haus. Bevor er die Tür ins Schloß warf, wandte er sich seinem Sohn zu, und mit zornigem, flackerndem Blick beschwor er ihn: »Heirate nie! Hörst du, geh zu Dirnen, aber heirate nie!«

Der Lärm der Flugzeuge erlöste ihn aus seinen Ängsten. Er hob den Blick und sah zwei Kampfflugzeuge, die am hellen Wüstenhimmel kreisten und zum Sturzflug ansetzten. Während er sie interessiert beobachtete, trafen ihn die Splitter.

»Das also ist sie«, dachte Reinhold und warf Tamara einen verstohlenen Blick zu, »das ist Daniel Korens Frau.« Er hatte sie sich anders vorgestellt, was ihr Mann von ihr erzählt hatte, entsprach keineswegs dem Bild jener Frau, die an seinem Bett saß.

»Ihr Mann ist ein netter Kerl«, sagte er und fügte hinzu, »ein Mann, der Gold wert ist.«

Tamara lächelte. Sie errötete ein wenig, und ihre dunkelblauen Augen blickten nervös und verlegen, als sei sie ein wohlerzogenes kleines Mädchen, das schamhaft die Lider senkt, wenn es gelobt wird. »Sie sieht überhaupt nicht wie Rita Hayworth aus«, dachte Reinhold. »Ihr Gesicht hat einen völlig anderen Schnitt, auch ihre Figur ist anders. Nur das Haar ist ähnlich, diese dichten Strähnen mit dem Goldschimmer.« Tamara hatte eine gute Figur, wenn auch die Hüften – von denen ein unwiderstehlicher Reiz ausging – ein wenig zu ausladend für ihre schlanke Taille waren. Ihr Busen war nicht sehr üppig, dafür aber fest und wohlgeformt und erregte Reinhold. »Auch das ist gut«, dachte er. »Breite Hüften, eine schlanke Taille und feste, kleine Brüste. Eine bemerkenswerte Frau.« Sekundenlang fürchtete er, sie könne größer sein als er, aber er erinnerte sich dann gleich, daß ihm dies wohl aufgefallen wäre, als er aufgestanden war. »Und wenn sie wirklich größer wäre, würde es auch nicht schlimm sein«, dachte er. Ein dumpfer Schmerz stach plötzlich in seinen Schläfen und nahm ihm den Atem. »Wieso sollte mich das stören?« fragte er sich.

Tamara warf einen Blick auf ihre Armbanduhr und sagte: »Die Besuchszeit ist vorbei.« – »Sie können ruhig noch bleiben. Hier ist man nicht so streng«, erwiderte Reinhold. – »Ein langer Besuch ermüdet den Patienten«, entgegnete Tamara. Wieder flackerten ihre Augen, als sie lächelnd hinzufügte: »Die Lider fallen Ihnen ja schon zu. Sie brauchen Ruhe, ich will Ihnen nicht lästig fallen.« Als sie sich erhob und ihm die Hand zum Abschied reichte, hüllte ihn der Duft ihres zarten, erfrischenden Parfüms ein. Der dumpfe Schmerz in seinen Schläfen verschwand. Er blickte ihrer stolz aufgerichteten Gestalt, ihrem geschmeidigen Körper, ihrem wiegenden Schritt nach und lächelte still vor sich hin.

*

»Und wenn sie nicht wiederkommt?« Plötzlich richtete er sich im Bett auf und blickte um sich, als habe er etwas Bedeutendes und Dringendes vergessen, das keinen Aufschub duldete. Für einen Augenblick war er versucht, ihr nachzueilen, sie aufzuhalten, »um ihr offen zu sagen, was er ihr zu sagen hatte«, aber diese wichtige Mitteilung blieb in seinem Inneren verschlossen. Schwäche überwältigte ihn, und er fiel auf sein Kissen zurück.

Nach dem Abendessen fühlte er sich wieder kräftig und beschloß, endlich den Brief an den Adjutanten des britischen Hauptquartiers in Kairo zu schreiben. Seit seiner Verwundung peinigte ihn dieser Gedanke: Vielleicht hatte man inzwischen seine Akte geschlossen und sein Gesuch bereits abgelehnt! Er setzte sich auf und holte Papier und Füller aus seinem Nachtschränkchen. Das Datum schrieb er an den oberen Rand und darunter ganz automatisch den Namen »Tamara«. So wie der Name da stand, gefiel er ihm, und er schrieb weiter: »Liebe Tamara.« Still lächelte er vor sich hin und ergänzte: »Meine liebe Tamara.« Plötzlich hatte er das Gefühl, sein Nachbar zur Linken, der Australier Johnny Malone, wolle ihm über die Schulter auf das Papier blicken. Er zerriß den Bogen schnell in kleine Stücke und warf ihn in den Papierkorb. Johnnys Zwinkern, das ihn sonst erheitert hatte, ärgerte ihn mit einemmal, weil er ihm frech nachspionierte und spöttisch, fast schadenfroh seine tiefsten Geheimnisse auszuspähen versuchte. »Aber er weiß doch gar nichts«, beruhigte Reinhold sich, fauchte Malone aber gleichzeitig an: »Was gibt es denn zu stieren? Das hier geht dich gar nichts an!« Der Australier hatte zwar gesehen, daß eine attraktive Frau Reinhold besucht hatte, aber, wenn er sich überhaupt Gedanken über die Sache machte, empfand er vielleicht nur Neid!

Reinhold nahm einen zweiten Bogen und setzte abermals das

Datum an den oberen Rand. Statt jedoch an den Adjutanten in Kairo zu schreiben, malte er in Großbuchstaben die Worte: »MIR PASSIERT SO ETWAS NICHT« auf das Papier; darunter schrieb er zwei Zeilen aus Kiplings Gedicht: »*Wenn klar du bleiben kannst, wenn rings die Menge, verwirrt im Geiste, dich den Wirren heißt...*«

»Was Daniel widerfahren ist, wird mir nicht passieren, schwor sich Reinhold. Die »absonderliche Hölle«, von der Daniel gesprochen hatte und die nichts anderes war als die mißglückte oder schwierige Beziehung zweier Menschen, war durch Tamaras Besuch für ihn greifbare Wirklichkeit geworden, und Daniels Schilderung gewann Leben: »Da liegt sie neben mir im Bett, trägt nichts unter ihrem Nachthemd, und jede Bewegung von ihr versetzt mich in einen Erregungszustand. Mal spüre ich ihre Brustspitzen, mal berührt mich ihr Knie, und ich darf sie nicht anfassen, weil Sex sie anwidert.« Während Reinhold im Geiste Tamaras Knie vor sich sah, ihre prallen Oberschenkel seinen zitternden Körper berühren fühlte und daran dachte, wie ihre Hände flink das Kissen am Kopfende seines Bettes geordnet hatten, fiel ihm plötzlich Sylvia Brook ein. Er hatte sie im Büro eines Armeecamps bei Alexandria kennengelernt und sie an einem seiner dienstfreien Tage zu einem Spaziergang und anschließenden Essen in ein griechisches Restaurant eingeladen. Sylvia war Engländerin und aus bestem Hause – ihr Vater war ein angesehener Rechtsanwalt in London –, sie hatte in Oxford Archäologie studiert und lebte seit geraumer Zeit in Ägypten. Obwohl sie viele Freunde und Bekannte hatte, wirkte sie bedrückt und einsam. Ungewollt, mehr durch seinen Optimismus, hatte er sie häufig schon zu herzlichem Lachen gebracht. wobei ihr Gesicht das maskenhafte Lächeln konventioneller Höflichkeit, das sie stets vor anderen zur Schau trug, verlor. Beim Essen hatte sie ihm erzählt, daß sie ein sechsjähriges Kind von einem Inder habe, der sie verlassen habe, als sie im achten Monat schwanger war.

»Und Sie lieben ihn noch immer?« fragte Reinhold.

»Nein«, antwortete Sylvia, »ich habe ihn nie geliebt.«

»Und trotzdem haben Sie ein Kind von ihm.« Diese Bemerkung war ihm herausgeplatzt, er hatte sie bereut, bevor er sie zu Ende gesprochen hatte.

»Ja«, hatte sie gesagt und gleich darauf mit überraschender Offenheit hinzugefügt: »Er war der erste Mann in meinem Leben, der mir Wärme und Zärtlichkeit gab. Der erste Mann, der mich wie eine Frau behandelt hat.«

Nach dem Essen lud Sylvia ihn auf ein Glas Whisky in ihre Wohnung ein, und während sie ihm eingoß, erzählte sie ihm von ihrer großen Liebe zu der amerikanischen Schriftstellerin Elizabeth Start. Im ersten Augenblick glaubte Reinhold, sie spreche von der großen Anziehung, die ihr literarisches Werk auf sie ausübe, bald aber stellte sich heraus, daß Sylvias anfängliche Verehrung der Kunst schon längst sich in Verehrung der Künstlerin umgewandelt hatte und daß sie von Zeit zu Zeit das Bett mit ihr teilte. Seit zwei oder drei Jahren lebte sie in ständiger, gespannter Erwartung eines Telefonanrufes, obwohl sie sehr wohl wußte, daß sie weder die einzige noch wichtigste Freundin der Schriftstellerin war. Selbst das dämpfte ihre Begeisterung nicht, wenn das Telefon nach Wochen oder Monaten endlich wieder klingelte. Während Reinhold ihr geduldig zuhörte, wartete er auf einen günstigen Augenblick, um sich verabschieden zu können, ohne ihre Gefühle zu verletzen. Ihre Geständnisse waren ihm peinlich. Als er sich schließlich erhob, fragte sie unvermittelt: »Was halten Sie jetzt von mir?«

»Ich kann mir kein Urteil erlauben«, antwortete er. »Ich selbst habe keine homosexuellen Neigungen, kann also nicht nachvollziehen, wie man das eigene Geschlecht anziehend zu finden vermag. Aber Anklagen oder Urteile scheinen mir fehl am Platz.« Als er schon an der Tür stand und erwog, ob er sich mit einem freundschaftlichen Kuß verabschieden und eine weitere Verabredung mit Sylvia treffen sollte, murmelte sie plötzlich mit zitternder Stimme: »Sie sind ein merkwürdiger Mensch ... Wenn Männer hören, daß ich lesbisch bin, werden sie gewöhnlich handgreiflich, es erregt sie ... als wollten sie ihre Männlichkeit unter Beweis stellen.«

»Bei mir verhält es sich genau umgekehrt«, erwiderte Reinhold, froh über die unverhoffte Gelegenheit, sich aus der Affäre ziehen zu können. »Seitdem Sie von Ihrer lesbischen Veranlagung gesprochen haben, weiß ich, daß ich keine Aussichten bei Ihnen habe. Meine Leidenschaft für Sie ist wie verschwunden – gestorben, nicht mehr vorhanden.«

»Was hat das alles mit Tamara zu tun? Was verbindet Sylvia

und Tamara?« dachte Reinhold. Er versuchte, nicht mehr an Sylvia zu denken, vielmehr sich auf die wichtigen Dinge zu konzentrieren, die er Tamara sagen mußte. Aber in dem Augenblick, als er ihren Schenkel berührt hatte, während ihre Hände ihm das Kissen richteten, hatte er alles vergessen. Mit einemmal fiel es ihm wieder ein. »Weder die eine noch die andere braucht einen Mann. Vielleicht liegt hier ein Zusammenhang.« Doch beruhigte ihn dieser Gedanke nicht, er erregte ihn nur noch mehr.

»Was Daniel widerfahren ist, passiert mir nicht.« Er las noch einmal die Großbuchstaben auf dem Blatt Papier und wußte, daß Tamaras Widerwille gegen alles Sexuelle ihn nicht daran hindern konnte, sie zu begehren. Er hatte Sylvia belogen, als er davon sprach, wie rasch seine Leidenschaft verflogen sei, bewußt hatte er gelogen, froh darüber, sich damit aus der Affäre ziehen zu können, ohne sie zu kränken. Sie hatte ihn nicht im geringsten angezogen, auch nicht, bevor sie ihm von ihrer großen Liebe zu der amerikanischen Schriftstellerin erzählt hatte. Als ihr Gespräch in dem griechischen Restaurant intimer geworden und Sylvia ihm unwillkürlich nähergerückt war, fühlte er sich eher unangenehm berührt und hatte sofort versucht, Abstand zu halten. Zu beinahe philosophischen Betrachtungen sah er sich durch seine instinktive Abneigung angeregt: Er hatte über die sexuelle Anziehung nachzudenken begonnen, über das Wesen des Weiblichen und dessen Ausstrahlung, die weit über eine bloße Faszination durch den weiblichen Körper hinausreichte. Hätte er Sylvia begehrt, würden all ihre Erzählungen ihn nicht davon abgehalten haben, sie zu berühren und ihre Formen unter seinen Händen zu spüren. Als sich Sylvia in ihrem Zimmer, das Whiskyglas in der Hand, mit übereinandergeschlagenen Beinen auf der Couch niedergelassen hatte, waren ihre Knie unter dem hochgeschobenen Rock sichtbar geworden. Jeder Körper, der nicht reizt, dachte er, ist ekelhaft. Hingegen hatte die einfache Berührung von Tamaras Schenkel genügt, ihn in einen Erregungszustand zu versetzen. Ohne zu überlegen, ohne sich um die hin und her eilenden Schwestern und die Patienten links und rechts von ihm zu kümmern, war seine Hand unter ihr Kleid geglitten und hatte das zarte und zugleich feste Fleisch ihres wohlriechenden Körpers berührt. In jenem Augenblick hatte ihm der Name Daniel Koren noch nichts gesagt. Er verspürte plötzlich keine Müdigkeit mehr, blieb aber liegen, damit sie sich tiefer über ihn beugte, seinen Kopf hielt und sein Kissen ordnete, während er seine Hand über ihren Oberschenkel gleiten ließ und unter ihren hautengen Schlüpfer fuhr.

Als habe sie nichts bemerkt, hatte sich dann Tamara wieder hingesetzt, und erst in diesem Augenblick hatte sich Reinhold an Daniel Koren erinnert – und in seiner augenblicklichen Verwirrung hatte er etwas Dummes gesagt: »Bemühen Sie sich nicht, ich kann mein Kissen allein aufrichten. Ich bin nicht schwer verwundet.«

Die Angst, die ihn erfüllt hatte, als Tamara sich erhob, um zu gehen, die Furcht, daß sie vielleicht nicht wiederkäme, hatte ihn daran gehindert, den Brief an den Adjutanten in Kairo zu schreiben; nun schlug sie in zornige Selbstvorwürfe um, die ihm in der Nacht den Schlaf raubten. Als die Nachtschwester sah, wie er sich ruhelos in seinem Bett hin und her wälzte, verordnete sie ihm eine Schlaftablette. Beim Aufwachen am nächsten Morgen, noch benommen vom Schlafmittel und mit einem schlechten Geschmack im Mund, sagte er sich: »Ich bin kein Mensch. Ich bin ein Schuft!« Er verachtete sich, fand keine Entschuldigung für sein Verhalten, nichts, was ihn auch nur ansatzweise hätte rechtfertigen können. Auf seine Unwissenheit konnte er sich keineswegs herausreden. Er hatte sehr wohl gewußt, wer Tamara war. Daniel hatte ihm im einzelnen erzählt, was es hieß, mit ihr verheiratet zu sein. »Das hätte dir als Warnung dienen sollen!« Warum versuchte er nur, an Daniels Hölle teilzuhaben? Und selbst wenn es sich nicht um Daniels Frau gehandelt hätte – war ein solches Benehmen erlaubt? Eine Frau, die sich mit hochgeistiger Literatur, Malerei und Tanz befaßte, hatte in ihrer Hochherzigkeit einen fremden Mann im Krankenhaus besucht – und wie begegnete ihr dieser Mann? Er griff mit seinen Händen unter ihren Rock, während sie um ihn bemüht war, ihm das Kissen aufzuschütteln. Wäre sie nicht so wohlerzogen und feinsinnig gewesen, sie hätte ihn gewiß auf der Stelle geohrfeigt; doch zart, voller Rücksicht und Taktgefühl, hatte sie ihm diese öffentliche Erniedrigung ersparen wollen und so getan, als sei nichts geschehen. Um ihn vor den Schwestern, den Ärzten und anderen Patienten nicht bloßzustellen, hatte sie einfach darüber hinweggesehen. Er war nicht einmal wert, ihr die Füße zu küssen! Ein abscheulicher Mensch war er – ein Schuft! Sie würde ihn bestimmt nie wieder besuchen.

Vielleicht war es auch besser so. Es wäre richtiger, sie käme nicht wieder, denn wie sollte er ihr in die Augen sehen können? Sollte er Entschuldigungen stammeln, sie auf Knien um Verzeihung bitten? Es wäre in der Tat besser, sie käme nie mehr. Er würde ihr einen kurzen Entschuldigungsbrief schreiben und sein Verhalten auf »Sinnesverwirrung als Folge seiner Verletzung« zurückführen. Diese Erklärung mußte sie akzeptieren. In ähnlichen Fällen war bereits Trunkenheit ein ausreichender Entschuldigungsgrund, er galt vor Gericht als mildernder Umstand. »Sinnesverwirrung als Folge einer Kopfverletzung« war natürlich noch besser!

Als die Besuchsstunde näherrückte, überfiel ihn eine quälende Unruhe, und als die große Wanduhr über dem Eingang zur Station vier Uhr zeigte und er Tamara nicht unter den Besuchern entdeckte, fühlte er sich so erschöpft, daß ihm die Lider zufielen und ein bleierner Schlaf ihn überwältigte. Das war immer so bei ihm: Wenn er sich in einer ausweglosen Situation befand, schlief er einfach ein. Als sich seine Augen schlossen, entschwand Tamara völlig aus seinen Gedanken. Er sah nur noch die runde Wanduhr vor sich, die in ihm beklemmende Kindheitserinnerungen wachrief. Erschrocken riß er die Augen auf, glaubte, er hätte den Wecker überhört und werde nun zu spät zur Schule kommen – und blickte in Tamaras dunkelblaue Augen, die ihn unter langen schwarzen Wimpern anstrahlten. Als sie so aufrecht dasaß, mit übereinandergeschlagenen Beinen, ihrem geheimnisvollen Lächeln und ihren reizvollen Grübchen in den Wangen, vergaß er alles, was er ihr hatte sagen wollen, alles Wichtige und Dringende, das keinen Aufschub geduldet hatte. Statt sich zu entschuldigen und damit jede mögliche weitere Vertraulichkeit zu unterbinden, sagte er nur: »Das war Liebe auf den ersten Blick« – im gleichen drängenden feurigen Ton, den er bei jeder Frau anwandte, die ihm gefiel. Gewohnheit und Erfahrung hatten ihn gelehrt, bei schönen und selbstsicheren Frauen, die davon ausgingen, daß alle Männer, denen sie begegneten, mit ihnen ins Bett gehen wollten, von Liebe und Seele zu reden. Den ausgesprochen intellektuell wirkenden Frauen dagegen, die sensibler, verletzlicher und auch unsicherer in ihrer Weiblichkeit waren, pflegte er ganz offen zu gestehen, daß er sie begehrte.

»Heute nacht habe ich von deinen Bildern geträumt«, log er

und freute sich über diesen glänzenden Einfall: Die Herzen dieser Malerinnen und Dichterinnen gewann man am schnellsten, wenn man ihre Werke lobte. Aus irgendeinem Grund war er überzeugt, daß ihre Bilder und Gedichte keinen besonders hohen künstlerischen Wert hatten, dennoch rief er mit Emphase aus: »Ich muß deine Bilder unbedingt sehen – schwöre mir, daß du sie mir zeigen wirst!«

»Aber wie kann man denn von Bildern träumen, die man nicht gesehen hat?« rief sie überrascht aus: »Hat Daniel von meinen Bildern gesprochen?«

»Nein. Er hat mir nur erzählt, daß du malst und dichtest und Bewegungsübungen machst, eine Art Tanz.« Bei der Erwähnung von Daniels Namen verdüsterte sich sekundenlang Reinholds Miene, aber dann fuhr er fort: »Ich habe von einem geschlossenen Raum geträumt, deine Bilder hingen an allen Wänden, ich erinnere mich an keine Einzelheiten, weiß nur noch, daß sie ein herrliches Gefühl von Wärme in mir hervorriefen und ich den Eindruck hatte, nun endlich in die Seele meiner Tamara eingedrungen zu sein!«

Einen Augenblick war er verunsichert; er befürchtete, sie habe seine letzte Bemerkung ironisch aufgefaßt. Er warf ihr einen verstohlenen Blick zu. Erleichtert stellte er fest, daß sie lächelte und ihre Augen leuchteten – ein Zeichen dafür, daß sie derartige Äußerungen mit Wohlgefallen entgegennahm.

Dieses offensichtliche Entzücken erregte ihn genauso wie die Berührung ihres Oberschenkels am Tag zuvor. Den gefaßten Vorsätzen zum Trotz, beinahe ohne dessen gewahr zu sein, was er tat, begann er plötzlich ihr Bein zu streicheln; dann bat er sie flehentlich: »Tamara, richte mir bitte wieder das Kissen wie gestern!« Dann ließ er sich zurückfallen und schloß die Augen. Er spürte noch den sanften Druck ihrer Finger auf seiner Hand – dann überfiel ihn bleierne Schwere. Mit einer großen Anstrengung öffnete er ein wenig später die Augen und sah Tamara von ihrem Stuhl aufstehen, sich geheimnisvoll lächelnd abwenden und auf den Tisch der diensthabenden Schwester zugehen. »All meine Chancen sind vertan!« dachte Reinhold. Sein Herz begann wild zu schlagen. Tamara flüsterte der Schwester etwas zu; die nickte und erhob sich dienststeifrig. »Gleich kommt sie her und gibt mir in Tamaras Auftrag eine Ohrfeige«, dachte er und sah sie ängstlich an – er kam sich vor wie in der Schule, wenn der Lehrer wütend die tobende Klasse verließ, um den Direktor herbeizuholen, damit wieder Ruhe eintrete. Reinhold hatte zwar bisher noch niemals eine Ohrfeige bekommen, aber jetzt schien dies unausweichlich zu sein. Tamara kam mit ihrem wiegenden Gang zurück und sagte mit einem sanften Lächeln: »Es ist alles in Ordnung, Henry. Du bist müde und überreizt. Du brauchst unbedingt Ruhe. Jetzt kannst du die Augen schließen und ungestört schlafen.«

»Aus!« murmelte Reinhold. Mit wachsender Unruhe beobachtete er, wie die Schwester einen Pfleger herbeirief und mit seiner Hilfe einen Wandschirm neben seinem Bett aufstellte. So pflegte man Schwerverwundete von den anderen Kranken zu trennen. Tamara hatte wohl seinen erschrockenen Blick wahrgenommen, denn sie beschwichtigte ihn mit beruhigenden Worten: »Du brauchst keine Angst zu haben, Henry! Ich habe der Schwester gesagt, daß du Ruhe brauchst, und sie gebeten, dich in der nächsten Stunde unter keinen Umständen zu stören.« Nachdem der Wandschirm aufgestellt worden war und die Schwester und der Pfleger sich zurückgezogen hatten, näherte sich Tamara seinem Bett und sagte: »Jetzt kannst du ungestört schlafen.« Doch er verstand noch immer nicht, was sie vorhatte. In beinahe kindlicher Folgsamkeit schloß er die Augen, spürte plötzlich ihren Atem auf seinem Gesicht, den zarten, erfrischenden Duft ihres Körpers, der sich mit ihrem Parfüm mischte und ihn einhüllte. Mit einer Hand streichelte er ihren Kopf, und während er sie küßte, fuhr er mit der anderen Hand unter ihren Rock. Er spürte, daß sie mit gespreizten Beinen über ihm kniete. Als er ihren Oberschenkel entlangtastete, stellte er mit größter Verwunderung fest, daß er ihr den Schlüpfer nicht abzustreifen brauchte, denn dieser hatte in der Mitte eine Öffnung, die es seinen Fingern bequem ermöglichte, ihre Schamlippen zu berühren. Bald atmete sie schwer und keuchend, die Berührung sichtlich genießend. Er öffnete die Augen und sah, daß sie mit geschlossenen Lidern und vor Erregung geröteten Wangen sich rittlings auf ihm bewegte und dabei leidenschaftlich stöhnte. Dieses Stöhnen ließ ihn wieder zu sich kommen. Mit heftigen Küssen erstickte er ihre Laute, immer drängender streichelte und liebkoste er sie, bis sie den Höhepunkt ihrer Lust erreicht hatte und schwer auf ihn niedersank.

Wer hätte gedacht, daß Tamara so rasch die Erfüllung finden würde? Diese Frau mit der kosmischen Seele, der die Begierde fremd war und die der Geschlechtsverkehr anwiderte, hatte schon bei den ersten Berührungen seiner Hand vor Lust gestöhnt. Und welche List sie angewandt hatte! Mit welcher Unschuldsmiene sie sich von der Schwester einen Wandschirm erbeten hatte! Auch Reinhold war darauf hereingefallen. Und wann und wie hatte sie den Schlitz in der Mitte des Schlüpfers gemacht, um ihm unnötige Mühe zu ersparen? Hatte sie ihn mit den Händen aufgerissen oder eine Schere dazu gebraucht? Dieser Gedanke quälte ihn derart, daß er plötzlich ihren Rock hob. Das, was sich seinen Augen bot, erfüllte ihn mit größter Verwunderung und mit ungestümer Freude. Der winzige Schlüpfer aus durchsichtiger Seide, der das dunkle Dreieck ihrer Schamhaare knapp bedeckte, hatte in der Mitte eine herzförmige Öffnung. Der Schlüpfer war violett, die mit schwarzer Spitze umrahmte Öffnung faßte ihre granatfarben leuchtende, samtweiche Lusthöhle ein. Solche Schlüpfer kannte er nur von den Auslagen eines leicht anrüchigen Wäschegeschäfts in einer bestimmten Gasse von Alexandrien; ein einziges Mal hatte er in einem Etablissement von Kairo, in einem den reichen Gästen von Heliopolis vorbehaltenen Privatklub, eine Edelnutte einen ähnlichen Schlüpfer tragen sehen.

Während er wegen seines unwürdigen Verhaltens vor Scham in die Erde versinken wollte, zerbrach sie sich den Kopf darüber, welchen Schlüpfer sie bei ihrem nächsten Besuch anziehen sollte in Anbetracht des Erfolgs der jetzigen Erfahrung. Er war von der Idee so entzückt, daß er sie bat, sich mit hochgeschobenem Rock auf den Stuhl zu setzen und ihm noch einmal den entzückenden Anblick zu gewähren. Sie aber tat ein übriges, legte ihr linkes Bein auf sein Kissen, beugte sich ein wenig zur Seite, schob ihre rechte Hand unter die Decke, suchte zwischen seinen Beinen und schloß ihre Finger um sein Glied. »Was bin ich doch für eine schreckliche Egoistin«, flüsterte sie. »Ich habe dich ja ganz vergessen.« Von neuem setzte sie sich rittlings auf ihn, diesmal allerdings unter der Decke, aber als sie seine Hand gerade zur herzförmigen Öffnung führen wollte, ertönte das Klingelzeichen, das das Ende der Besuchszeit ankündigte. »Macht nichts«, flüsterte sie Reinhold zu. »Ich habe die Schwester gebeten, dafür zu sorgen, daß du eine Stunde lang nicht gestört wirst. Du kannst ganz schnell in mich eindringen; heute besteht keine Gefahr, es sind meine sicheren Tage!« Aber Reinhold wand sich plötzlich unter ihr hervor und flüsterte: »Setz dich sofort auf den Stuhl! Der Arzt ist gekommen.« Kaum hatte Tamara sich wieder gesetzt, als der Kopf des Arztes über dem Wandschirm erschien.

»Gut daß Sie kommen, Major Kramer!« rief Tamara freudig aus, als habe sie nur auf ihn gewartet. »Die hat Nerven«, dachte Reinhold. Schweiß lief ihm über das gerötete Gesicht, und sein Herz schlug wild. Wenn der Arzt ihn jetzt etwas fragte, würde er bestimmt nur stammeln. »Ich habe Sie schon gesucht, konnte Sie aber nirgends finden«, fuhr Tamara fort. »Ich wollte Sie um Erlaubnis bitten, Sergeant Reinhold täglich für ein paar Stunden zu uns nach Hause bringen zu dürfen. Ich hole ihn selbstverständlich mit dem Wagen ab und fahre ihn auch wieder zurück. Ich werde dafür sorgen, daß er sich bei uns zu Hause ausruhen kann. Hier ist es doch sehr unruhig, ein paar Stunden Ruhe am Tag werden ihm sicherlich gut tun.«

Der Arzt warf einen besorgten Blick auf das erhitzte Gesicht des Mannes, der Ruhe und Abgeschiedenheit brauchte, kontrollierte die Fiebertabelle am Fußende des Bettes und sagte: »Ihre Idee ist nicht schlecht, aber einige Tage müssen wir noch abwarten, um Komplikationen zu vermeiden. Die Wunden heilen gut. Seit einer Woche hat er kein Fieber mehr, und die Infektionsgefahr ist gebannt. Außer den üblichen Routineuntersuchungen braucht er weder besondere Pflege noch eine Diät zu befolgen.«

»Ich begleite Frau Koren zum Ausgang«, sagte Reinhold etwas zögernd.

»Aber nur bis zum Gartentor«, sagte Major Kramer. »Und vergessen Sie Ihren Morgenmantel nicht.«

Kaum hatte der Arzt den Raum verlassen, war Tamara schon wieder bereit, zu ihm ins Bett zu schlüpfen. Aber Reinhold weigerte sich diesmal. Es war ihm zu riskant, denn bald würde das Abendessen verteilt werden, und er legte keinen großen Wert darauf, daß neugierige Köpfe über dem Wandschirm erschienen. Er zog seinen Schlafrock an und verließ mit Tamara den Krankensaal. Aber anstatt zum Tor führte er sie zu einer abgelegenen Stelle an der Gartenmauer, von der aus man auf Jerusalem, auf den Ölberg, auf Gethsemane und den Kidron, das Absalom-Denkmal, die Mauer des Tempelberges, die goldene Kuppel der Omar-

Moschee, auf alle Dächer und Zinnen der Stadt hinunterblicken konnte. Der Duft des alten Feigenbaums, dessen Krone die Mauer überragte, mischte sich mit dem muffigen Geruch der Schaf- und Rinderherden und dem Duft der Fladenbrote, die in El Tur, dem nahe gelegenen Araberdorf, gebacken wurden. Tamara wollte ihn zu sich an den Fuß des Feigenbaumes ziehen, aber er schien etwas anderes vorzuhaben. Auch in diesem Winkel des Gartens konnten sie von den Kranken oder dem Krankenhauspersonal überrascht werden. Er suchte also einen Platz, von dem aus er alles überblikken, aber selbst nicht gesehen werden konnte. Geschah etwas Unvorhergesehenes, mußte er auf jeden Fall Herr der Lage bleiben. Tamara, die sich am Fuß des Feigenbaums auf die Knie hatte fallen lassen, umschlang seine Hüften und ließ ihre Zungenspitze an seinem Glied entlanggleiten. Auch das hatte er eigentlich nicht geplant, aber als er die erregende Berührung spürte, zog er ihren Kopf an sich, streichelte ihr gewelltes Haar und flüsterte:»Tamara, das ist doch nicht angenehm für dich. Ich habe mich ja noch nicht gewaschen, und ich habe damit schon ... dein Herz berührt!«

Tamara warf den Kopf zurück und lachte derart schallend und erfrischend, daß ein Araber, der auf seinem Esel vorbeiritt, einen Blick über die Mauer am Wegesrand zu werfen wagte, aber der Feigenbaum versperrte ihm die Sicht.

»Eben erst war dein Glied in meinem Herzen, nun werde ich es in den Mund nehmen. Ich werde den Geschmack meines Herzens kennenlernen!«

Reinhold war sehr auf Sauberkeit bedacht. Wenn er einen so großen Wert auf Reinlichkeit legte – vor allem was die »lebenswichtigen Punkte« wie Gesicht, Achselhöhlen, Unterleib anbelangte –, damit er »allzeit bereit sei«, so geschah es zweifelsohne, weil er besonders empfindlich auf Gerüche seiner Partnerinnen reagierte. Wenn sich eine Frau nicht sorgfältig gewaschen hatte, stieß sie ihn sofort ab, auch wenn sie einen verführerischen Körper hatte. Nichts ekelte ihn mehr an, als wenn eine Frau ungepflegt und unsauber war. Was die Reinlichkeit betraf, so hatte er beobachtet, daß die Araberinnen in Ägypten sich auch nach Verrichtung ihrer Notdurft mit Wasser wuschen – eine Gepflogenheit, die er weit höher schätzte als den europäischen Gebrauch des Papiers. Dagegen hatte er sich oft mit Mädchen aus besserem

Haus, die in höherer Position in der Armee dienten, oder mit Studentinnen der hebräischen Universität auf dem Skopus-Berg verabredet und mit Entsetzen festgestellt, daß sie sich weder gewaschen noch ihre Unterwäsche gewechselt hatten. Es war mehr der Körpergeruch als das Aussehen von Sylvia Brook gewesen, der ihn abgestoßen hatte. Vielleicht wollte sie sich damit gegen die bürgerlichen Konventionen auflehnen, vielleicht folgte sie der progressiven Ideologie vom »natürlichen Verhalten«, oder sie war einfach so sehr mit der Entfaltung ihres Geistes beschäftigt, daß sie die niedrigen Gebote der Körperpflege nicht achtete. Was immer der Grund gewesen sein mochte, Körperpflege jedenfalls war nicht Sylvias starke Seite. Reinhold kannte ihren säuerlichen Körpergeruch in der Hitze Alexandrias zur Genüge. Und selbst wenn sie sich zweimal gewaschen hatte – einmal im Meer und einmal unter der Dusche –, behielt sie dennoch einen gewissen, kaum merkbaren Körpergeruch zurück, der ihn abstieß. Es war sehr bedauerlich, denn er hatte viele Gemeinsamkeiten mit Sylvia; sie verstanden sich prächtig. »Schade, daß sich diese Seele einen solchen Körper ausgesucht hat«, dachte er bei jedem Treffen, wenn er den Duft ihrer Seele mit dem Geruch ihres Körpers verglich. In dem gleichen Maße, in dem ihr Geist rein, lebendig und erfrischend auf ihn wirkte, schien ihm ihr Körper moderig zu riechen, als würde er sich in seine chemischen Bestandteile zersetzen.

Tamaras Körpergeruch hingegen hatte ihn vom ersten Augenblick an gefesselt. War es bei Sylvia die Seele gewesen, so war es bei Tamara der Körper: Von ihm ging ein frischer Duft aus, der mit Chanel Nr. 5, dem Parfüm, das sie bevorzugte, harmonierte. Einen Augenblick lang hatte er befürchtet, es sei ihr unangenehm, »den Geschmack ihres Herzens kennenzulernen«, und sie tue es nur, um ihm einen Gefallen zu erweisen und ihm nun auch Vergnügen zu bereiten, nachdem er vorher ihre Begierde gestillt hatte. Aber als Tamara sagte: »Komm in meinen Mund, halte dich nicht zurück. Ich fürchte mich vor nichts«, da wußte er, daß auch sie ihren Spaß daran hatte.

Reinhold sah auf ihr üppig fallendes, duftendes Haar, auf die langen Wimpern der mandelförmigen Augen, die zuckenden, zarten Nasenflügel, die Spitzen ihrer kleinen harten Brüste hinunter, und sein Verlangen nach ihren reifen Formen unterhalb der Taille steigerte sich. Er führte Tamara zu einer Bank in der Ecke der

Gartenmauer. Er brauchte kein Wort zu sagen, sie wußte, was der sanfte Druck seiner Finger bedeutete. Sie warf ihm einen schelmischen Blick zu, der ihr volles Einverständnis ausdrückte, kniete dann auf der Bank nieder und senkte den Kopf. Zärtlich streichelte, drückte und küßte er die ihm dargebotenen Rundungen. Tamara hielt die Augen geschlossen, gab sich völlig dem Lustgefühl hin, das er bei ihr erzeugte, das sie mit »innerem Licht«, mit »einem Feuerball« erfüllte und mit blendender Helligkeit überflutete, die den Rest der Welt verschwinden ließ. Reinhold war sich hingegen selbst im Augenblick der höchsten Lust auch der äußeren Welt bewußt, begierig beide Welten gleichzeitig zu genießen. »Wie wunderbar«, dachte er und meinte damit außer der körperlichen Befriedigung auch den Blick hinüber zum Turm auf dem Berg Zion jenseits der Gartenmauer, auf die Schafherde, die von der Weide heimkehrte, den Jeep, der den Abhang emporkroch, um den bereits am Tor wartenden Dr. Kramer abzuholen. Niemand, der ihn in der Ecke der Gartenmauer stehen sah, konnte ahnen, daß er Gefallen fand an Tamaras üppigen Rundungen und den Höhepunkt der Lust erreichte.

»Es wird sich früher oder später herumsprechen«, sagte er beunruhigt zu sich selbst. Tamara, die sich, mit »innerem Licht« erfüllt, unter seinen Berührungen wand, stöhnte immer lauter. Reinhold hatte den Eindruck, daß die Laute, die sie ausstieß, die leuchtende Abenddämmerung zerrissen, und er wunderte sich, daß Dr. Kramer nichts zu hören schien. Hastig schloß Reinhold seinen Morgenmantel, setzte sich auf die Bank und zog Tamara an sich. Sie legte den Kopf auf seine Schulter und umarmte ihn fest, machte aber gar keine Anstalten, den Rock herunterzuziehen und die Beine zu schließen. Wäre er nicht besorgt gewesen, daß gleich alle Welt von ihrem Geheimnis wissen würde, hätte Reinhold sich bestimmt diesen Wonnen weiter hingegeben, aber um nicht kompromittiert zu werden, forderte er sie nun entschieden auf, sich aufrecht zu setzen.

Als Tamara weggegangen war, rief er sich jede Einzelheit wieder ins Gedächtnis. In der Erinnerung schien ihm das empfundene Glück noch größer und Tamara dafür geschaffen zu sein, seine geheimsten Wünsche zu erfüllen. Ihre Haut war zart und weich wie Samt, ihr Blick einladend und verführerisch; von einem Augenblick zum anderen konnte sie die reservierte Haltung einer anständigen Frau aufgeben und nur ihrem animalischen Instinkt, der Befriedigung ihrer Lust leben. Während er noch ihre Lustschreie zu hören glaubte, mußte er plötzlich daran denken, daß Tamara nicht aufgehört oder zu fliehen versucht hätte, wenn plötzlich ein Vulkan in ihrer unmittelbaren Nähe ausgebrochen wäre. In ihre »innere Helligkeit« versunken, hätte sie sich von der glühenden Lava wie ehemals die Bewohner von Pompeji bedecken lassen. In ferner Zukunft würden Menschen einer anderen Welt kommen und seinen Samen auf der Felswand als Einschub in Form eines kleinen, grauweißen Dreiecks betrachten können, dessen Spitze in eine tiefe, vertikale Spalte lief, die das rote Gestein von oben nach unten durchzog.

*

Erst vier Tage später – da die Ergebnisse der Untersuchungen zufriedenstellend waren – gestattete Dr. Kramer Tamara, den Genesenden zu sich nach Hause zu bringen, allerdings für höchstens drei Stunden am Vormittag. Tamara wohnte in Talbieh, hinter dem Terra-Sancta-Kloster. Als Reinhold das Haus betrat, glaubte er, seinen Augen nicht zu trauen: Er befand sich nicht in einer für Jerusalem typischen Wohnung eines jungen Ehepaars, sondern in einem der eleganten Häuser, wie sie ihm aus seiner Kindheit als Wohnsitz reicher jüdischer Berliner Familien vertraut waren. Er hätte sogar anzugeben vermocht, wo der Flügel oder die Vitrine mit dem Meißner Porzellan stehen mußte. Entgegen der landesüblichen Sitte waren die Räume mit Parkettfußböden ausgestattet, und überall standen Gläser aus Murano oder von Gallé. So hatte er sich Daniel Korens Wohnung wahrhaftig nicht vorgestellt. Daniel – an ihn hatte er in den vergangenen sechs Tagen, an denen Tamara ihn täglich besucht und sich mit ihm in der Abendkühle im Garten ergangen hatte, nicht mehr gedacht, bis zu dem Augenblick, als sie die Tür ihrer blauen Limousine vor ihm geöffnet hatte: »Steig ein, Henry!« Wer hätte gedacht, daß dieser schüchterne Daniel Koren ein solches Auto besaß! Und dann dieses Haus! Seinesgleichen hatte er in Jerusalem nicht gesehen, er hatte es für Tamara gebaut, und dafür alle seine Träume vom Theater aufgegeben. Hier stimmte doch etwas nicht. Seitdem Reinhold diese

Wohnung betreten hatte, fühlte er sich bedrückt, eine nagende Frage drängte sich ihm auf. »Warum denn ausgerechnet Möbel vom Kurfürstendamm?« fragte er Tamara. Eigentlich hatte er etwas ganz anderes fragen wollen, das mit dem Rätsel zusammenhing, das ihn beschäftigte, aber anstatt den Stier bei den Hörnern zu packen, hatte er zu ungelegener Zeit diese Frage gestellt. Er hatte nicht die Absicht gehabt, Tamara zu kränken – vielleicht hatte sie diese Möbel ausgesucht. Sie waren keineswegs häßlich, und wenn ihn diese Umgebung bedrückte, so geschah es aus anderen als aus ästhetischen Gründen.

»Das sind die Möbel von Tante Frieda«, sagte Tamara und ließ einen kritischen, jedoch Beistimmung ausdrückenden Blick über die Einrichtung gleiten. »Das Haus hat uns Daniels Vater zur Hochzeit geschenkt. Daniel wollte neue Möbel kaufen, aber ich war dagegen. Im Keller standen die Möbel von Tante Frieda, Daniel wollte sie unbedingt loswerden, zum halben Preis wollte er sie verkaufen, er hätte sie schon fast einem Altwarenhändler geschenkt, nur damit sie aus dem Haus wären. Ich weiß gar nicht, was er damals hatte – solche Möbel! Aber ich habe es ihm nicht erlaubt, ich wußte ja, daß es nur eine Laune von ihm war, und ich habe natürlich recht behalten. Jetzt mag er sie eigentlich recht gern und versteht selbst nicht mehr, warum er sie früher loswerden wollte.«

»Und was ist mit Tante Frieda?« fragte Reinhold, der die Schlußfolgerung gezogen hatte, sie sei nach Amerika ausgewandert. Tamara brach in schallendes Lachen aus. Nun löste sich endlich die Spannung.

»Tante Frieda ist im Jenseits«, sagte Tamara. »Das ist doch die berühmte Tante, die Daniel den Anteil an der Bank hinterlassen hat.«

Erst jetzt ging Reinhold die Verbindung zwischen Daniel Koren und dem bekannten Bankhaus auf. Das hätte er eigentlich gleich damals in Fajid merken müssen – nicht nur wegen Namen und Beruf des Rekruten Koren, sondern auch wegen seiner Ähnlichkeit mit dem alten Millionär, dessen Bild in allen Zeitungen erschienen war, als er achtzig wurde. Wie hatte gerade Reinhold, der seit der Schulzeit für seine Talente als Detektiv bekannt war, für seine Fähigkeit, Zusammenhänge zwischen Personen und Ereignissen zu ahnen, das übersehen können? Nicht einmal beim

Anblick des blauen Autos oder beim Betreten der Wohnung hatte er diesen Zusammenhang geahnt. Bei einem Lehrgang für Geheimdienstler wäre er durchgefallen! Zu seiner Entschuldigung konnte er nur vorbringen, daß ihm Daniels so schmerzliches wie ehrliches Geständnis den Blick verstellt hatte, aber das war noch keine Erklärung dafür, daß er sich Daniel ganz alleine auf der Welt – ohne Vater und Mutter, ohne Bruder und Schwester – und ohne einen Groschen in der Tasche vorgestellt hatte.

Die Entdeckung, daß dieser einsame, anscheinend mittellose Mann in Wirklichkeit der Sohn des Millionärs Emanuel Koren war, bedeutete für Reinhold in gewisser Weise eine Erleichterung, weckte zugleich aber wieder Mitleid in ihm mit Daniel. Plötzlich war ihm, als entdecke er einen tieferen Schmerz als jenen, der das Geständnis in der Kantine enthüllt hatte. »Jedes Opfer, das ich bringe, ist nichts im Vergleich zu dem Gefühl, mit dem ich jeden Morgen die Augen öffne und mir sage: ›Das ist meine Frau!‹«

Daniels Frau stützte ihn nun leicht am Ellbogen und führte ihn behutsam zum Sessel, wie eine Krankenschwester, die einem Schwerverwundeten bei seinen ersten Gehversuchen beisteht. »Und so viel Besorgtheit«, dachte Reinhold mit heiterem Spott, »nachdem ich schon im Stehen mit ihr geschlafen habe.« In der letzten Woche waren sie jeden Tag im Garten spazierengegangen. Aus Furcht, ertappt zu werden, hatten sie immer im Stehen Geschlechtsverkehr gehabt. Als sie eines Tages rittlings auf der Bank auf ihm saß, hatte er sich erhoben und sie in dieser Haltung bis zur Mauer getragen. »Wie reitet man auf dem ›königlichen Zepter‹?« hatte er sie gefragt. Das war der Name, den Tamara seinem Glied gegeben hatte. Trotz der Hemmungslosigkeit, mit der sie sich hingab, kam nie ein obszönes Wort über ihre Lippen. »Ich fühle mich wie im siebenten Himmel«, hatte sie mit geschlossenen Augen geflüstert, »der göttliche Überfluß berauscht mich.« Und um diesen »göttlichen Überfluß« besser genießen zu können, hatte sie sich noch wilder und leidenschaftlicher bewegt, ohne Rücksicht darauf zu nehmen, ob die Beine des Genesenden diese Last zu tragen vermochten. Und jetzt hatte sie in ihrer Wohnung plötzlich Angst, er könne den Sessel nicht erreichen!

Als sie beim Lehnstuhl angelangt waren, wandte Reinhold sich um, faßte Tamara um die Taille und hob sie mit beiden Armen hoch. Zu seinem Erstaunen zuckte sie zusammen und sagte ihm ängstlich und verärgert zugleich: »Henry, hör auf! Laß mich sofort herunter, was fällt dir denn ein! Bist du verrückt geworden? Jeden Augenblick kann Charlotte hereinkommen.« Kaum hatte Reinhold Tamara wieder auf den Boden gestellt und im Sessel Platz genommen, da trat das Dienstmädchen tatsächlich ein.

»Das Bett ist hergerichtet«, sagte Charlotte. Aus dem darauf folgenden kurzen Gespräch entnahm Reinhold, weshalb Tamara ihn so besorgt gestützt hatte und erschrocken war, als er sie emporhob. Sie hatte Charlotte und all ihren Freunden erklärt, daß der Verletzte körperlich und geistig völlig erschöpft sei und die Ärzte ihm absolute Ruhe in einer Privatwohnung verordnet hätten – und zwar entweder bei Verwandten oder Freunden, um die Gefahr möglicher Komplikationen zu bannen, die oft nach Kopfverletzungen eintreten. Mehr noch, sie hatte das Dienstmädchen und Deborah, Daniels Schwester, gebeten, bei ihr zu übernachten, sollte sie plötzlich Hilfe benötigen.

»Sie ist mit allen Wassern gewaschen«, dachte Reinhold und freute sich schon auf die ihm bevorstehenden Wonnen. Wer würde schließlich wagen, Verleumdungen über eine barmherzige Frau zu verbreiten, die einen geschwächten und geistesverwirrten Kriegsversehrten in ihre Wohnung aufnahm?

»Stell den Tee und das Gebäck ans Bett und geh sofort auf die Bank. Und dann holst du Giddi im Kindergarten ab«, befahl Tamara dem Dienstmädchen.

»Nein, nein«, rief Reinhold plötzlich und bat Charlotte, ihm den Tee im Sessel im Wohnzimmer zu servieren und mit ihnen eine Tasse Tee zu trinken.

Es wäre Reinhold nie eingefallen, Charlotte zum Tee einzuladen, wenn Tamara sie nicht so herablassend behandelt hätte und mit einem aufgesetzten Lächeln und gekünstelter Stimme näselnd gesprochen hätte. Unter der Tünche von Höflichkeit erschien nun eine herrische, gereizte Tamara. Reinhold begehrte sie in diesem Augenblick nicht. Er hatte es auf einmal nicht mehr eilig, mit Tamara allein gelassen zu werden, im Gegenteil, er wünschte, daß Charlotte noch bleiben möge, um Tamaras Pläne zu vereiteln.

Reinhold hätte eigentlich kaum sagen können, weshalb er sich über Tamaras Verhalten ärgerte und plötzlich als Verfechter sozialer Gerechtigkeit auftrat, obwohl er nicht einmal genau wußte, ob Charlotte Unrecht geschehen war. Tamaras Ton hatte ihm mißfallen, und er vermutete, daß Charlotte nun gekränkt war, auch wenn sie, ohne zu widersprechen, den Auftrag ausführte. Vermutlich war es ihr sogar peinlich, daß er sich eingemischt hatte, und er machte sie völlig verlegen, als er zum zweitenmal seine Einladung wiederholte, mit ihm und Tamara eine Tasse Tee zu trinken.

Tamara sah ihn erstaunt an. »Was reden Sie denn da, Henry!« sagte sie unwillig, und zum erstenmal spürte er ihre herrische Ungeduld auch ihm gegenüber. »Charlotte muß noch zur Bank und Giddi abgeholt werden.«

»Also gut, dann soll sie eben zur Bank gehen«, sagte Reinhold. Vielleicht hat Charlotte auch etwas Privates zu erledigen, dachte er. Vielleicht läuft sie nicht nur für Tamara durch die Stadt. »Aber den Tee trinke ich hier.«

»In Ihrem Zustand wäre es besser, Sie gingen ins Bett, aber wenn Sie unbedingt hier Tee trinken möchten, bitte. Vor allen Dingen dürfen Sie sich nicht aufregen«, erwiderte Tamara. Nun klang ihre Stimme wieder liebenswürdig, sie hatte ihren Zorn überwunden und eingesehen, daß sie Reinhold in diesem Punkt nachgeben mußte. »Charlotte, servier also bitte den Tee hier, und dann geh schnell zur Bank. Wir haben schon genug Zeit vergeudet.«

»Was bin ich doch für ein undankbarer Mensch«, dachte Reinhold und versuchte, seinen Ärger zu unterdrücken. Alle Soldaten waren in Ehrfurcht erstarrt, als diese schöne Dame ihn in ihrem blauen Wagen abgeholt hatte, und Johnny Malone hatte sogar gesagt: »Du hast mehr Glück als Verstand. Du bist sie doch nicht wert. Los, sag ihr, sie soll mich auch mitnehmen!« Dabei wären bestimmt alle vor Neid geplatzt, wenn sie gewußt hätten, was sich hinter dem Wandschirm und auf der Gartenbank zugetragen hatte!

Nun wandte er sich dem zu, was ihm auf einem Silbertablett angeboten wurde. »Übrigens echt Silber«, dachte er. »Nicht nur das Tablett, sondern auch die Zuckerdose und die Löffel.« Und dann wollte er die schöne Frau im blauen Seidenkleid genießen und ihr nicht im Namen einer unwichtigen Gerechtigkeit den Krieg erklären. »Vielleicht ist das die wahre Gerechtigkeit«, wie eine plötzliche Erleuchtung überkam ihn dieser Gedanke, freudige Erregung erfüllte ihn, die nervöse Spannung, die sich, wie ihm erst jetzt bewußt wurde, von Tamara auf ihn übertragen hatte, verschwand völlig. »Vielleicht ist gerade das die Rache, die ausgleichende Gerechtigkeit!«

Ohne den Tee getrunken zu haben, erhob er sich und wollte unverzüglich ausgleichende Gerechtigkeit üben. Tamara aber stieß seine Hand ärgerlich zurück. »Ich will nichts von dir wissen«, sagte sie böse. »Du hast alles verderben wollen...« Wäre er nicht so heiter und erleichtert gewesen, hätte er ihr jetzt ins Gesicht gesagt, was er von ihr hielt. Aber da er in Gedanken bereits in den ihm bevorstehenden Genüssen schwelgte, beschloß er, sie gewissermaßen mit ihren eigenen Waffen, mit ihrer eigenen blumigen Redeweise zu schlagen und ihr das zu sagen, was sie hören wollte. Eindringlich und liebevoll bestritt er, daß er die Absicht gehabt hätte, ihre Pläne zu durchkreuzen. Nur seien Erregung und Glück – Glück, das seine Seele nicht zu fassen vermochte – so groß gewesen, daß er den Kopf verloren und Charlotte aufgefordert hatte, sich zu setzen. Er brachte noch einiges über Seelenverwandtschaft vor und zog sie dabei an sich. »Und jetzt, Tamara«, flüsterte er ihr zu, »mach mich glücklich!« Und er fuhr dabei mit seiner Hand unter ihren Rock.

»Geh in dein Zimmer, die zweite Tür rechts. Das Bett ist gemacht, ich komme gleich«, sagte Tamara und ging hinaus.

Reinhold trat vom Wohnzimmer – einem riesigen Raum, dessen eine Wand aus einem gläsernen Bogen bestand, mit Blick auf die Kiefern des Gartens durch die bezeichnete Tür und fand sich in einem winzigen, dunklen Zimmer. Die Jalousie des kleinen Fensters war herabgelassen, die Vorhänge zugezogen. Er stieß gegen einen Stuhl, dann gegen einen Tisch und suchte tastend nach dem Lichtschalter. Der Raum, eigentlich nur ein Alkoven, in dem eine Couch, ein Tisch, ein Stuhl und ein Bücherregal standen, war also Daniels Arbeitszimmer. Wäre das Zimmer nicht so entsetzlich eng gewesen, hätte er in dieser Nische gut arbeiten können. Aber wer war überhaupt auf den Gedanken gekommen, in diesem Riesenhaus ein so winziges Arbeitszimmer zu bauen? Daß Tamara für die Inneneinrichtung und die Aufteilung der Räume verantwortlich war, sollte er bald erfahren. Auf dem Schreibtisch stand eine Vergrößerung des Porträtfotos, das Daniel ihm damals in der Kantine gezeigt hatte, um ihn von der Ähnlichkeit zwischen Tamara und Rita Hayworth zu überzeugen. Reinhold betrachtete das Foto eingehend, konnte aber beim besten Willen keine Ähnlichkeit mit der Schauspielerin feststellen. Er sah nur, daß Tamara in Wirklichkeit viel hübscher war als auf dem Bild. Die Aufnahme gab weder ihren verführerischen Blick noch den Zauber ihres Lächelns wieder, vielmehr lag auf ihrem Gesicht jenes eisige, künstliche Lächeln, mit dem sie sich während des Wortwechsels mit Charlotte als herrschsüchtiges Wesen offenbart hatte. Er stellte das Bild zurück und nahm ein Buch aus dem Regal. Überrascht entdeckte er, daß es sich um ein englisches Buch über das Bankwesen handelte. Er stellte es wieder zurück und sah nun, daß dieses Fach nur Literatur über Finanz- und Wirtschaftsfragen enthielt. »Was ist daran das Besondere?« dachte er. »Schließlich ist es sein Beruf!« Dennoch erwartete er, wenigstens auf dem nächsten Regalbrett andere Bücher vorzufinden, aber auch hier standen nur Werke mit Gleichungen und Tabellen, Diagrammen und Zahlen. Die Bücher, nach denen er suchte, standen vielleicht noch weiter oben, aber er kam nicht weiter: Hinter ihm raschelte Seide, und eine Hand griff nach ihm. Als er sich drehte, verschlug es ihm fast den Atem: Tamara hatte das Haar hochgesteckt und mit langen Nadeln befestigt, die Augen schwarz umrandet und die Wangen weiß und rot geschminkt wie die einer japanischen Schauspielerin. Sie war in einen Kimono gehüllt, dessen breiter Gürtel im Rücken zu einer Schleife gebunden war, die wie ein Riesenschmetterling wirkte.

Reinhold atmete tief den frischen Duft ihres Körpers ein und sagte: »Tamara, laß uns in einen Raum mit einem großen Spiegel gehen.«
»Wozu brauchen wir einen Spiegel, Henry?«
»Weil ich alles sehen will. Ich will sehen, wie das ›königliche Zepter‹ in deine Seele eindringt.«
»Aber das hemmt mich doch«, sagte Tamara und zog ihn hinter sich her ins Schlafzimmer. »Das wird mich sicher einschüchtern.«
»Im Spiegel des Frisiertisches konnte man die eine Ecke des französischen Ehebetts sehen. Er wies sie an, sich dorthin zu legen, drehte sich um und betrachtete das Bild in dem schräg nach hinten geneigten Spiegel. Er sah Tamaras zurückgeworfenen Kopf, und zwischen den Hügeln ihrer Brüste hindurch erblickte er am Kopfende des Ehebetts ein Foto – den Kopf eines jungen

Mannes und den einer jungen Frau, die aneinandergelehnt waren: Daniels Hochzeitsbild im Silberrahmen. Reinhold kniete vor ihr nieder, vergrub seinen Kopf zwischen ihren Beinen und bedeckte sie mit Küssen. »Die Seele des Fleisches«, sagte er zu sich selbst, und vom Verlangen besessen, sie ganz kennenzulernen und zu verstehen, wie ein Wissenschaftler, der eine neue Substanz erforscht, streichelte, liebkoste, biß er sie, bedeckte er sie mit wilden Küssen, versuchte ihren Körper mit den Fingern, den Lippen, den Zähnen zu entdecken, weil er ergründen wollte, worin sich dieses »Fleisch« von dem aller anderen Frauen unterschied, die er bisher gekannt hatte. Keine Frau hatte ihn so erregt. »Die Seele ihres Fleisches ruft mich.« Woher kam ihm dieser merkwürdige Gedanke, der das Bild eines mutwilligen Geistes, eines Dschinns aus Tausendundeiner Nacht, heraufbeschwor, der sich Tamaras Leib als Wohnstatt ausgesucht hatte? Dieser kleine Geist schien durch ihren Leib hindurchzustrahlen, leuchtete aus ihrer duftenden Haut, bebte aus jeder ihrer Bewegungen. Im leidenschaftlichen Rhythmus ihrer Bewegungen hatte sich die japanische Frisur aufgelöst, und die wellige Mähne bedeckte nun ihr Gesicht. Diesmal versuchte Reinhold nicht, ihr Stöhnen zu ersticken. Durch das Fenster konnte man auf die Tannen im Garten und auf die Mauer blicken, die das Grundstück abgrenzte. Die Nachbarn waren zu weit weg und darum nicht gefährlich. »Hör auf, hör auf!« flüsterte sie. Er stand auf, und Tamara sank vor ihm auf die Knie. Reinhold streichelte ihr Haar und wandte seinen Blick wieder dem Spiegel zu. Er sah, wie sie das »königliche Zepter« mit den Händen zum Mund führte, als wollte sie Flöte spielen. »Ein Spiegel hat etwas Magisches an sich«, sagte er zu Tamara. Das Spiegelbild erregte ihn mehr als die Wirklichkeit. Der Spiegel gab zwar das Bild der äußeren Wirklichkeit wieder, dennoch hatte das Bild den Zauber einer anderen Welt, leuchtete voll geheimnisvoller Bedeutung. Im Spiegel sah er ihren zarten Hals, ihr feines Profil, ihre geschwungenen Lippen und ihren sanft geöffneten Mund, der ihn gleich aufnehmen würde, und plötzlich überkam ihn die törichte Angst, daß diese samtweiche Haut durch die Haare auf seinen Beinen aufgerauht würde. Er setzte sich aufs Bett, streifte ihr den Kimono ab. Sie richtete sich im Sitzen auf, streckte den Rücken durch, machte ein Hohlkreuz, und Reinhold legte beide Hände um ihren Rücken und zog sie gewaltsam an sich. Und im

Spiegel sah er oberhalb von Tamaras Pofalte Daniels Hochzeitsfoto.

»Man hätte dieses Bild zur Wand drehen oder mit einem weißen Tuch bedecken müssen«, dachte Reinhold. Er erinnerte sich an einen Beileidsbesuch in einem Haus, in dem man alle Spiegel und Bilder mit einem weißen Tuch verhängt hatte. Damals war er sechs oder sieben Jahre alt. Sein Vetter war gestorben, und er hatte seinen Vater begleitet, der der trauernden Familie einen Besuch abstattete. Sein Vetter hieß wie er Josef Heinrich Reinhold, wurde aber Josef gerufen, während man ihn Heinrich nannte. Josef, ein Jahr älter als er, war an Gehirnhautentzündung gestorben. Die weißen Tücher über den Spiegeln hatten ihn beängstigt; sie erschienen ihm wie Blinde, die ihn aus blicklosen Augen anstarrten, mit einem weißen Flecken dort, wo sonst die Pupille war. Er wollte den Zipfel eines Tuches heben und heimlich einen Blick in den Spiegel tun, doch bei dem Gedanken, daß ihm vielleicht sein toter Vetter aus dem Spiegel entgegenblicken könnte, wurde seine Angst noch größer. Und nun, zwanzig Jahre später, drängte sich ihm wieder die Frage auf: Warum hatte seine Tante alle Spiegel verhängt? Gewiß hatte das etwas mit dem Tod des Kindes zu tun, vielleicht mit der Seele des Jungen, die den Körper verlassen hatte und nun durchs Haus schwebte. Sollten die Tücher verhindern, daß die schwebende Seele im Spiegel sah, was im Haus geschah? Doch wenn die Seele in den Spiegeln alles hätte sehen können, warum sah sie es dann nicht auch ohne Spiegel? Vielleicht aber waren die Spiegel nicht vor den Blicken der Seele verhängt, sondern im Gegenteil vor den Blicken der Lebenden im Haus? Fürchtete die Tante, die Lebenden könnten im Spiegel plötzlich den toten Jungen entdecken, das Bild seiner körperlosen Seele? Aber körperlose Seelen warfen weder einen Schatten, noch hatten sie ein Spiegelbild – so wenigstens hatte er es in einem Buch gelesen, das vom Seelenleben nach dem Tod erzählte. Darin wurde auch die alte Geschichte von dem Ritter erwähnt, der nach seinem Tod seine Feinde noch verfolgte, weil er nicht begriff, daß diese Feinde ihn schon umgebracht hatten. Wie konnte ein Mensch überhaupt wissen, ob die Seele seinen Körper verlassen hatte? Wenn jemand also in der Sonne stand und bemerkte, daß er keinen Schatten warf, oder in einen Spiegel blickte und kein Spiegelbild entdeckte, sondern nur den Stuhl, auf dem er saß, und das

Bett hinter dem Stuhl sah, hieß es, daß er tot war und seine Handlungen in der Welt der Materie keine Bedeutung hatten. Wenn es sich so verhielt, hatte man vielleicht in jenem Trauerhaus die Spiegel wegen der Seele des toten Jungen verhängt, um ihm den Schock der Entdeckung zu ersparen, daß er nicht mehr unter den Lebenden weilte?

»Bleib bei mir«, sagte ihm nun Tamara, und Reinhold hob sie hoch, ohne sich von ihr zu trennen, und legte sich auf Daniels Ehebett auf den Rücken. In der überschwenglichen Sprechweise, die er nur erträglich fand, wenn sie sich liebten, weil sie die Würze des sinnlichen Genusses war, flüsterte er ihr zu: »Fühlst du, Tamara, wie der ›göttliche Überfluß‹ dein Herz erfüllt und du dich auf den Flügeln des Geistes zum Himmel erhebst?« Und mit seiner ganzen Kraft drang er in sie ein. Da fiel ihm ein lateinischer Vers aus Martials Epigrammen ein:

Masturbantur Phrygii post ostia serui
Hectoreo quotiens sederat uxor equo ...

Die phrygischen Sklaven masturbierten hinter verschlossenen Türen,
während Hektors Frau rittlings auf ihrem Gatten saß ...

Und sie sahen nichts! Sie wußten nur Bescheid, weil sie das Knarren des Bettes und das Stöhnen der Frau hörten! Was wäre aus diesen Unglückseligen geworden, wenn sich die Tür plötzlich geöffnet hätte? Sie hätten den Verstand verloren, Hektor umgebracht, um seine Stelle einzunehmen, sich gegenseitig niedergemetzelt, um die Frau zu besitzen! Im Sturm der Leidenschaft hätten sie nicht bemerkt, daß ihr die langen Haare ins Gesicht fielen und sie sich in wilder Lust nach hinten wölbte.

»Und nun dreh dich um«, sagte er ihr, und bei diesem umgekehrten Ritt – ähnlich einem Pferd, das sich aufbäumt, um seinen Reiter aus dem Sattel zu heben – hatte er sie umgekippt, so daß er jetzt nicht mehr das Pferd, sondern der Reiter war. Sie lag der Breite nach auf dem Bett ausgestreckt, ihre Haare fielen auf den Fußboden hinunter, mit den Nägeln klammerte sie sich an der Bettkante fest. Reinhold hielt sich nun nicht mehr zurück, riß sie an sich, zog sich aber, trotz der Heftigkeit seiner Umarmung, im letzten Augenblick zurück.

Seitdem sie ihm zugeflüstert hatte: »Bleib bei mir«, hatte er gewußt, daß es so kommen würde. Bei allen Frauen hatte er das bisher so gehalten, auch wenn sie ihm versichert hatten, es könne »nichts passieren«. Im Grunde waren sie doch alle auf der Suche nach einem Ehemann, mochten sie es noch so leidenschaftlich aus ideologischen Gründen abstreiten. Tamara war die erste Frau in seinem Leben, die weder ledig, geschieden noch verwitwet war. Während der ersten Woche im Lazarett war er sicher gewesen, daß sie alles tun würde, um eine Schwangerschaft zu verhindern, vor allem da ihr Mann inzwischen im belagerten Tobruk eingeschlossen war. Reiner Zufall. Daniel war für einen an Ruhr erkrankten Fahrer eingesprungen, hatte einen Lkw mit Verpflegung nach Tobruk gefahren und sollte sofort wieder zurückkommen. Doch ehe es dazu kam, hatte Rommel die Stadt eingeschlossen, und niemand wußte, wann der Durchbruch gelingen und Daniel einen – wenn auch kurzen – Heimaturlaub erhalten würde. Inzwischen waren aber zehn Tage vergangen, und Reinhold fand, daß Tamara allen Grund habe, vorsichtig zu sein. Wie sonderbar sie sich doch benahm! Eine Frau, die alles bis ins kleinste Detail plante, die so sehr auf ihren guten Ruf bedacht war, daß sie ihr Dienstmädchen und ihre Schwägerin gebeten hatte, bei ihr zu übernachten, solange er in ihrem Haus wohnte, obwohl sie ihn für einen hilflosen Kriegsversehrten ausgegeben hatte, der infolge einer Kopfverletzung an Gedächtnisschwäche litt – und diese Frau, die vor seinem Besuch die raffiniertesten Vorkehrungen getroffen hatte, kümmerte sich leichtsinnigerweise nicht um die einfachsten Verhütungsmaßnahmen und drängte auch ihn, jede Vorsicht beiseite zu lassen. Schon im Lazarett war ihm dieser Widerspruch in Tamaras Wesen aufgefallen. Als er ihr einmal auf dem Weg zum Ausgang unbesonnen den Arm um die Taille gelegt hatte, war sie empört gewesen: »Was fällt dir denn ein! Vor allen Leuten!« Andererseits hatte er sie fast gewaltsam aus seinem Bett entfernen müssen, als er hinter dem Wandschirm die Stimme von Dr. Kramer gehört hatte. Dieser hätte allerdings nicht nur Reinholds Arm um Tamaras Taille gesehen, sondern noch einiges mehr!

»Jetzt zeige ich dir, was du damals geträumt hast«, verkündete Tamara ihm mit leuchtenden Augen. »Und du sagst mir, was schöner ist – die Wirklichkeit oder dein Traum.« Reinhold schloß einen Augenblick die Lider und überlegte, was er darauf antworten sollte. Er träumte viel, manche Träume kehrten auch immer wieder, und er erinnerte sich gut daran. Daß er Tamara aber jemals einen Traum erzählt hätte, schien ihm unglaubwürdig, er fühlte sich im Augenblick auch keineswegs zu Gesprächen darüber aufgelegt. Kaum hatten sie ihr Liebesspiel beendet, war ihm der Brief eingefallen, der schon vor einer Woche nach Kairo hätte abgehen müssen und den er völlig vergessen hatte. Am liebsten wäre er sofort ins Lazarett zurückgefahren, um ihn zu schreiben und die erforderlichen ärztlichen Atteste beizufügen, aber er bezwang seine Ungeduld, um Tamara nicht zu verletzen. Er tröstete sich mit dem Gedanken, daß Dr. Kramer vielleicht gar nicht so schnell bereit war, die fraglichen Atteste auszustellen. Eines war jedenfalls klar: Sein Aufenthalt im Lazarett war die günstigste Gelegenheit, von einer Einheit zur anderen versetzt zu werden. Wenn man ihn im Hauptquartier anforderte, konnte ihn sein Kompaniechef nicht zwingen, wieder als Ausbildungsoffizier nach Fajid zurückzukehren. »Ich werde den Brief gleich morgen früh schreiben«, dachte Reinhold, und obgleich er sich Tamaras Umarmung eigentlich hatte entziehen wollen, zog er sie jetzt fester an sich. Er spürte, daß ihr Liebesverlangen noch nicht gesättigt war, und gerade das verstärkte seinen Wunsch, sich ihr zu entziehen. Schon suchte er nach einem Vorwand, um mit geheucheltem Bedauern das Bett verlassen zu können, da stand Tamara auf und zog ihn hinter sich her. Sie müsse ihm etwas zeigen, das er im Traum gesehen habe. »Großartig«, rief er und folgte ihr durch das Wohnzimmer zu einer Seitentür, die zu einer Wendeltreppe führte. Als er hinunterstieg, wurde ihm schwindlig. Unversehens stand er vor einer stählernen Tür, ähnlich der Panzertür eines Banktresors. »Hier also hütet sie ihre Schätze«, dachte Reinhold. Die Geschichte von Ali Baba und den vierzig Räubern fiel ihm ein. Gleich würde Tamara sagen: »Sesam, öffne dich!« Die stählerne Tür würde sich öffnen und das große Geheimnis enthüllen. Aber er trat nicht in eine dunkle Höhle, sondern in einen großen, lichterfüllten Raum, durch dessen Fenster man auf ein Tal blickte – da das Haus an einem Abhang stand, konnte das Sonnenlicht ungehindert eindringen. Der Raum erstreckte sich über die gesamte Länge des Erdgeschosses, ruhte auf zwei Säulenreihen und war durch eine hölzerne Schiebetür in zwei Hälften geteilt.

Was sich hinter der Trennwand befand, konnte Reinhold nicht sehen, vor ihm aber lag ein großzügig ausgestattetes Atelier für Töpfer- und Keramikarbeiten. In einer Ecke standen ein riesiger elektrischer Brennofen, eine Töpferscheibe und allerlei Geräte zwischen Arbeitsplatten auf Holzböcken. Auf Regalen und Tischen, die die ganze Wand einnahmen, befanden sich kleine Tonstatuen, farbig bemalte Teller, Schüsseln und Kacheln. So sehr sich Reinhold auch bemühte, konnte er sich beim besten Willen nicht an einen Traum mit einer Töpferwerkstatt erinnern.

Tamara zog ihn zu den Regalen mit der Ausstellungsware, und erst vor einem Emailleteller fiel ihm wieder ein, daß er Tamara bei ihrem zweiten Besuch im Lazarett erzählt hatte, er habe von ihren Bildern geträumt. Das also waren ihre Werke! Daniel hatte dieses Keramikatelier nie erwähnt, nur von ihrer Malerei und Bildhauerei gesprochen. Hätte Reinhold anstatt der Teller und Schüsseln Zeichnungen und Ölgemälde gesehen, wo wäre ihm sein angeblicher Traum sofort wieder eingefallen. Übrigens gab es tatsächlich ein paar Ölbilder, Aquarelle und Zeichnungen an den Wänden, aber sie waren so nichtssagend, oberflächlich und langweilig, daß er sie in einem Schaufenster oder einer Ausstellung überhaupt nicht beachtet hätte. Hier, unter Tamaras forschendem Blick, mußte er in ergriffenem Schweigen verharren. Dabei suchte er im Geist fieberhaft nach Worten, mit denen er seiner Bewunderung glaubwürdig Ausdruck verleihen konnte. Je länger er jedoch ihre Werke betrachtete, desto weniger war er geneigt, etwas Lobendes zu sagen. Zu seinem Schrecken spürte er, wie ein längst vertrauter Schmerz in ihm aufstieg – quälend wie Zahnschmerzen, aber mit dumpfer Wut gepaart. Ihre »Kunst« war nicht nur langweilig und fade, sie war schlecht – in jeder Hinsicht. Ihre Bilder und Keramiken ließen den elementarsten Farbensinn vermissen, weder von Harmonie noch von Gestaltung konnte die Rede sein, ja, Tamara beherrschte nicht einmal die einfachsten Grundregeln des Handwerks.

»Nun gut, sie ist eben unbegabt. Ist das ein Grund, so wütend zu sein?« dachte Reinhold. »Hätte ich ihr meinen Traum nicht vorgeschwindelt, wäre sie nie auf den Gedanken gekommen, mich hierher zu führen, und wir wären im Bett ganz einfach glücklich gewesen. Ich war es, der gelogen hat, und nun muß ich eben weiterlügen, muß ihr sagen, daß ich hingerissen bin, tief bewegt von ihrer Kunst, und dann nimmt auch das hier ein gutes Ende – in der erhabenen Sphäre des Geistes!« Während er sich selbst so zu beschwichtigen suchte, wurde ihm plötzlich überraschend bewußt, wieviel Wahrheit seine erste Lüge enthalten hatte: In Anbetracht dieser armseligen Kunsterzeugnisse erinnerte er sich an alle Einzelheiten ihres zweiten Besuchs im Krankenhaus. Natürlich hatte er gelogen, als er sagte: »Heute nacht habe ich von deinen Bildern geträumt.« Aber als sie mit übergeschlagenen Beinen vor ihm saß, ihre verführerischen blauen Augen sah und ihr einen Traum zu schildern begann, den er nicht geträumt hatte, war das, was er erzählte, wiederum doch wahr. Es war ein Traum aus fernen Kindertagen, an den er sich beim Anblick dieser schönen, leidenschaftlichen Frau erinnerte: Er hatte damals tatsächlich lange Zeit in einem Raum voller Bilder verweilt, die ihn mit großer Freude und Begeisterung erfüllt hatten. Am liebsten hätte er nur in der Welt leben wollen, die jene Bilder darstellten, und als er damals im Lazarett Tamara angesehen hatte, war sie ihm ebenso reizvoll erschienen wie die längst versunkene Welt dieser Gemälde. Nun kam Reinhold sich vor wie Ali Baba. Er hatte »Sesam öffne dich!« gesagt, und der Stein hatte die Höhle freigegeben, aber statt der Schätze und funkelnden Edelsteine hatte er nur wertlosen Tand vorgefunden.

Aber welchen Zusammenhang gibt es zwischen diesem Tand und Tamaras Innenleben?« fragte sich Reinhold, wohl wissend, daß kein Zusammenhang bestand. Nur bei großen Künstlern, die ihre eigene Welt in sich trugen und fähig waren, dieser Welt Ausdruck zu verleihen, war eine Einheit von Seele und Werk vorhanden. Oft stimmte die Hülle mit dem Inhalt nicht überein – wie beispielsweise beim tauben, nörgelnden Beethoven, der die Welt mit seiner erhabenen Musik bereichert hat. Und warum gerade Beethoven? In diesem Augenblick vernahm er Vivaldis Concerto für Oboe und Streicher. Die Klänge kamen aus dem einsamen Haus unten im Tal. Die Schallplatte schien verkratzt zu sein, dennoch wurde Reinhold von der Musik ergriffen, die das Gefühl der Sehnsucht vermittelte. Über Vivaldi und sein Leben wußte er nichts. Ihm war die Taubheit Beethovens eingefallen, weil er davon überzeugt war, daß auch Vivaldis Leben nichts anderes war als ein Briefumschlag – eine Hülle, die etwas Kostbares umschloß und zerrissen worden war. Aber Tamara war weder Beethoven noch Vivaldi, weder van Gogh noch Vermeer und niemand stellte hohe künstlerische Ansprüche an sie. Es war schließlich anerkennenswert, daß Tamara ihre eigene Persönlichkeit bewahrt hatte und sich nicht wie viele andere Frauen ihres Standes mit Kartenspiel und Cocktailpartys begnügte, sondern sich auch für Malerei, Töpferei, Bildhauerei und Tanz interessierte. Sie versuchte, wenn auch ohne großen Erfolg, dem, was sie in ihrem Inneren bewegte, Gestalt zu verleihen. Es gab wirklich keinen Zusammenhang zwischen ihren dilettantischen Kunsterzeugnissen und ihrem Innenleben, das weder fade noch langweilig war; sie besaß lediglich nicht die Fähigkeit, es künstlerisch auszudrücken. Darin unterschied sie sich nicht von Tausenden anderer Menschen, die schlecht und recht Gedichte schrieben und Farbe auf Leinwand kleeksten. Aber aus einem unerklärlichen Grund verursachten ihre geistlosen Arbeiten ihm einen physischen Schmerz, gepaart mit dumpfer Wut, die es ihm schwermachte, ihr etwas Freundliches zu sagen.

»Ergreifend«, sagte er, als die ferne Musik verstummte und ihm bewußt wurde, daß er Tamaras erwartungsvollem Blick nicht länger ausweichen durfte. »Wie ein Strom der Sehnsucht, der sich mühsam durch rostige Gitterstäbe seinen Weg bahnt.« Bewegt und entzückt nahm Tamara sein Gesicht in beide Hände und küßte ihn so lange und leidenschaftlich, daß er zu ersticken glaubt. »Genau das habe ich beim Malen empfunden, ich konnte es nur nicht so ausdrücken«, sagte sie. »Jetzt werde ich diese neuen Arbeiten ›Sehnsucht hinter rostigen Gitterstäben‹ nennen!« Sie trat an einen der Tische heran und stellte mit strengem Blick einige der Schüsseln um. Van Gogh hätte ein Bild kaum kritischer prüfen können! Leider hatte aber van Gogh kein so großes Atelier. »Aber Tamara kann nichts dafür. Es ist nicht ihre Schuld, wenn van Gogh kein lichtdurchflutetes Atelier hatte.« Erneut mußte Reinhold gegen die aufsteigende Wut ankämpfen.

»Sag mal Tamara«, sagte er plötzlich sehr laut, »warum ist Daniels Arbeitszimmer so klein?« Er hatte nicht die Absicht gehabt, laut zu werden. Die Frage hatte sich ihm wie von selbst aufgedrängt, aber nun war ihm leichter ums Herz. Er wußte plötzlich, was ihn seit dem Betreten ihres Ateliers gestört hatte: nicht der Anblick ihrer »Arbeiten«, wie sie ihre Produkte mit dem Stolz einer Modern-Art-Galeriebesitzerin nannte. Er hatte ja gewußt, daß er hier weder van Gogh noch Suzanne Valadon noch Marie

Laurencin entdecken würde; dieser riesige Raum, der in so krassem Gegensatz zu Daniels Arbeitskämmerchen stand, hatte seinen Unmut hervorgerufen.

Erstaunt und erschrocken wandte sich Tamara um; ihre Lider zuckten nervös. Reinhold wußte nicht recht, ob sie im nächsten Augenblick in Tränen ausbrechen oder mit dem »Kunstwerk«, das sie eben in der Hand hielt, nach ihm werfen würde. Er betrachtete ängstlich die Tonfigur, weil er befürchtete, daß sie bald an seinem Kopf zerschellen würde. Schließlich aber stellte Tamara die Tonfigur, wenn auch mit zitternden Fingern, auf den Tisch zurück. Wer hätte gedacht, daß die kaltblütige Tamara, die nicht mit der Wimper gezuckt hatte, als Dr. Kramer im Krankenzimmer erschienen war, durch eine so lächerliche Frage aus der Fassung geraten würde! Die sonst stolze, souveräne Frau glich in ihrer Verwirrung plötzlich einem kleinen Mädchen, das den Tränen nahe ist und Reinhold, der den Anblick eines traurigen Kindes nicht ertragen konnte, hätte sich seiner unbedachten Worte wegen am liebsten die Zunge abgebissen – wenn ihm an diesem kleinen Mädchen nicht etwas mißfallen hätte: Trotz ihrer Verwirrung und ihres nervösen Lidzuckens waren ihre Lippen zusammengepreßt und trotzig verzogen, wie bei einem verwöhnten Kind, das auch nicht die leiseste Kritik verträgt, obwohl es weiß, daß es im Unrecht ist.

»Hat Daniel etwa gewagt, sich über sein Arbeitszimmer bei dir zu beschweren, mich dir gegenüber zu kritisieren? Das ist eine Frechheit!«

»Nein, nein, um Gottes willen«, fiel ihr Reinhold erschrocken ins Wort, bestrebt, Daniel vor Tamara in Schutz zu nehmen. »Er hat nie ein böses Wort über dich gesagt, im Gegenteil, er ist sehr stolz auf dich. Er meint, du sähest aus wie Rita Hayworth. Er sei nicht würdig, dir die Füße zu küssen. Kein Opfer sei für ihn zu groß; er ist beglückt, wenn er morgens die Augen öffnet und voller Stolz sich selbst sagen darf: ›Diese außergewöhnliche Frau ist meine Frau.‹ Die Frage nach dem Arbeitszimmer habe ich gestellt, ohne jegliche Beeinflussung durch Daniel ...«

Noch während er sprach, spürte Reinhold, daß diese Verteidigungsrede Tamaras Zorn gegen den unschuldigen Daniel nicht abschwächte, sondern nur noch schürte.

»Ach so!« rief Tamara triumphierend. »Opfer bringt er für

mich! Und welche Opfer, wenn man fragen darf? Als ich das Haus einrichtete, hat Daniel nicht einmal von einem Arbeitszimmer geträumt – wozu braucht er überhaupt eines? Er hat doch sein Büro in der Bank. Dort kann er sich jedes Zimmer aussuchen, das er will! Die ganze Bank ist sein Arbeitszimmer. Nach Hause kommt er doch, um sich auszuruhen. Obwohl ein Arbeitszimmer für ihn überhaupt nicht vorgesehen war, habe ich ihm im letzten Augenblick einen Teil des Kinderzimmers und des Wohnzimmers geopfert, damit auch er ein kleines Büro bekommt – und jetzt wagt er, sich zu beklagen!«

Das verlegene, gekränkte Kind hatte sich in eine keifende Frau verwandelt. Ihre Stimme bebte vor Wut. Vor langer Zeit war Reinhold auf dem Heimweg von der Schule eine Katze über den Weg gelaufen, die fauchend und mit gesträubtem Fell hinter einer anderen Katze herjagte. Vor Angst hatte er weiche Knie bekommen, auch wenn er nicht der Gegenstand ihrer Wut war. Auch jetzt spürte er ein ähnliches Zittern und dachte, wie gut es doch sei, daß dieser Wutanfall nicht ihm galt. »Und wenn er wenigstens teilweise doch mir gilt?« fragte er sich. Bei dem Gedanken, daß seine Beine nicht nachgegeben hatten, als er Tamara von der Gartenbank zur Mauer getragen hatte, konnte er ein Lächeln nicht unterdrücken.

»Du hast für Daniel zwei Quadratmeter eures Wohnzimmers und er hat für dich all seine Jugendträume geopfert«, sagte Reinhold, weniger um diesen sonderbaren Disput fortzusetzen, als um sie zu provozieren. Er wollte ihre und seine eigene Reaktion testen: Was würde geschehen, wenn Tamaras Wut sich plötzlich nur gegen ihn richtete? Nie im Leben hatte er den Wunsch verspürt, einen Schwächeren oder gar eine Frau zu schlagen. Jetzt aber bemerkte er mit Entsetzen, daß er Tamara mit Vergnügen geohrfeigt hätte, als Strafe für das, was sie ihrem Mann angetan hatte. Er fragte sich auch, warum es als unfein galt, jemanden zu schlagen, wenn man Menschen aber ungestraft mit Worten verletzen durfte. War denn ein Kinnhaken ärger als ein Wort, das die Seele vergiftete? Verbal fühlte er sich Tamara nicht unterlegen. Er war sicher, daß ihr die schlagfertige Antwort nicht lag. Aber er hatte rasch gelernt, daß es sinnlos war, mit Tamara zu rechten: Sie würde doch immer das tun, was sie wollte und dafür eine Begründung finden, und alle Gegenargumente würden sie nur wütend machen und in ihrer Meinung bestärken. Wäre er ihr Mann, würde er sie schlagen? Er war immer noch der Meinung, daß er seine Hand nie gegen eine Frau erheben würde.

»Daniel hat mir all seine Jugendträume geopfert?« Tamara wiederholte seine Worte mit sich hysterisch überschlagender Stimme. Ihre Finger krampften sich um die Tonfigur, dann schleuderte sie diese plötzlich zu Boden. »Auch gut«, dachte Reinhold. »Die törichte Diskussion hat doch ihr Gutes gehabt: ein Stück weniger in ihrer Sammlung!« Dem Zeitgeschmack folgend hatten Tamaras Tonfiguren gesichtslose Köpfe, die wie ein überflüssiger Fortsatz des Körpers wirkten. Und wenn sie nicht gesichtslos waren, dann hatten sie Mongolengesichter und den Körper von sich in Schmerzen windenden Urmenschen. Reinhold hatte plötzlich das Gefühl, einer Komödie beizuwohnen, in der der Liebhaber für die Rechte des Ehemanns eintritt, nachdem er ihm in seinem eigenen Ehebett Hörner aufgesetzt hat – nur konnte er darüber nicht recht lachen, denn er selbst spielte ja die Rolle des Liebhabers. »Ich bin der Traum seines Lebens gewesen«, zeterte Tamara, »und jetzt, da ich ihn tatsächlich geheiratet habe, wagt dieser Mann von Opfern zu sprechen! Wenn jemand hier ein Opfer gebracht hat, dann bin ich es – mich selbst habe ich zum Opfer gebracht, als ich ihn heiratete!«

Reinhold schwieg. Darauf war er bisher noch nicht gekommen. Zum erstenmal während dieser merkwürdigen Szene wurde ihm die Gelegenheit geboten, die Dinge mit Tamaras Augen zu sehen. »Ich habe etwas ganz anderes gemeint«, sagte er leise, als versuche er, sich selbst über etwas klar zu werden. »Ich habe Daniels großen Traum gemeint, Theaterstücke zu schreiben. In diesem großen Haus hat er doch nicht einmal einen Platz, an dem er davon träumen kann, wenn er aus der Bank kommt. Diesen Traum hat er für dich aufgegeben...«

Tamara blickte ihn durchdringend an. Plötzlich, ganz unvermittelt, brach sie in schallendes Gelächter aus, das Reinhold beinahe angesteckt hätte. »Was für eine Komödie!« rief sie aus, als setze sie Reinholds Gedankengang von vorhin fort, nur meinte sie natürlich eine ganz andere Komödie. »Ich bin also schuld daran, daß Daniel Koren nicht William Shakespeare ist! Ich habe ihn dazu gezwungen, keine genialen Schauspiele mehr zu schreiben, die ihm vor unserer Hochzeit doch nur so aus der Feder geflossen

sind! Alle seine Ophelien und Othellos hat er Tamara geopfert, in einem kleinen Zimmer habe ich sein großes Talent erstickt!«
»Da hat sie natürlich auch recht«, dachte Reinhold. Aus irgendeinem Grund kamen ihm nun die Erinnerungen von Kiki in den Sinn, einem Mädchen, das völlig mittelos nach Paris gekommen war und sich den nicht weniger armen Malern vom Montparnasse als Modell zur Verfügung gestellt hatte. In ihrem Buch berichtete sie, wie sie den Maler Chaim Soutine kennengelernt hatte. In einer Winternacht, als es heftig schneite – sie und ihre Freundin hatten nicht einmal mehr genug Geld für das billigste Hotel –, fiel ihr ein Russe ein, der jüdische Maler Chaim Soutine, der eine Mansarde bewohnte. Kurz nach Mitternacht suchten sie ihn auf. Da er weder Kohlen noch Brennholz hatte, steckte er alles in den Ofen, was sich verbrennen ließ, um seine Gäste zu wärmen: alte Kleider, Holzleisten und auch das eine oder andere Bild. Diese verschneite Winternacht rief Reinhold die Erinnerung an eine andere Geschichte wach: Der französische Dichter Blaise Cendrars hatte sich im Ersten Weltkrieg zur Fremdenlegion gemeldet. Er war ein französischer Dichter – warum war er denn nicht wie die anderen jungen Franzosen eingezogen worden? Reinhold erinnerte sich, daß Cendrars die Schweizer Staatsbürgerschaft hatte, daher konnte er nicht wie die Franzosen in die Armee einberufen werden. In einer Winternacht, als er mit leerem Magen durch die verschneiten Straßen von New York streifte, hatte er sein erstes Gedicht »Les Pâques à New York« geschrieben. Später hatte er die rechte Hand verloren, eine Hand, die er bei Bedarf auch für andere Zwecke einsetzte. Cendrars hatte einmal im Café Closerie des Lilas Rainer Maria Rilke eine Ohrfeige versetzt, weil er sich vor allen Leuten über ein armes Mädchen in rüder Weise lustig gemacht hatte. Rilke wollte seinen Hund auf ihn hetzen, aber Blaise Cendrars ließ sich nicht einschüchtern... Mit Entsetzen bemerkte Reinhold, daß er schon wieder daran dachte, Tamara zu ohrfeigen.

Es war heiß im Atelier. Er spürte die Schweißtropfen, die sich unter seinem Kopfverband bildeten, und wunderte sich, daß er dennoch immerzu nur an arme Künstler in kalten Winternächten dachte. Natürlich hätte er Tamara mit gleicher Münze heimzahlen können – Daniel sei wohl kein Shakespeare, sie aber auch kein Rembrandt und trotzdem beanspruchte sie das ganze Erdgeschoß als Atelier. Vielleicht hatte sie Daniel nur deshalb geheiratet, damit sie neben allem anderen Luxus auch dieses Atelier bekam. Je kleiner das Talent, desto aufwendiger die technischen Hilfsmittel! Und war kein Talent vorhanden, so mußte man eben über ein ganzes Haus herrschen, und diese Herrschaft ließ sich nicht teilen. In diesem Haus durfte also nur Tamara ihre schöpferischen Talente entfalten, sie duldete keine Konkurrenz neben sich! Reinhold zog es vor zu schweigen. Die Diskussion hatte sich schon zu lange hingezogen. Plötzlich fragte er: »Wann hat Dr. Kramer eigentlich gesagt, daß ich wieder im Krankenhaus sein muß?« Er fühlte sich müde und wollte zurückfahren. Sein Zuhause war im Augenblick das Lazarett.

Der alte Schmerz hatte sich pochend gemeldet, als Reinhold »Ali Babas Höhle« betreten hatte. Nun zog er sich wie ein eiserner Ring um sein Herz zusammen. »Alles, nur das nicht«, bat Reinhold inständig. Hätte seine Wunde am Kopf wieder zu bluten oder zu schmerzen begonnen, so wäre er erleichtert gewesen. Aber dieser andere Schmerz, der zwar nicht am »Tag der Farbstifte« begonnen hatte, sondern erst viel später, nach dem Abitur, als er beschlossen hatte, Maler zu werden, war viel schrecklicher. Nichts bedeutete ihm mehr als Malen und Zeichnen. Er hatte sich sogar um ein Stipendium an der Akademie der schönen Künste beworben und wartete auf die offizielle Einladung, eine Auswahl seiner Arbeiten vorzulegen. Er zweifelte keinen Augenblick daran, daß er das Stipendium bekommen würde, und er malte Tag und Nacht, wobei er Ölfarben bevorzugte. Eines Tages hatte er sich vor den Spiegel gesetzt und angefangen, ein Selbstbildnis zu malen. Ohne eine Skizze anzufertigen, hatte er die Farben gemischt und mit sicheren Pinselstrichen soeben zu arbeiten begonnen, als es plötzlich an der Tür klingelte. Er hatte die Vorahnung, es sei der Briefträger mit der lang ersehnten Nachricht. Mit der Palette in der Hand sprang er auf. Er nahm den Briefumschlag entgegen, der Briefträger beugte sich vor, um einen Blick auf das Bild zu werfen, das auf der Staffelei entstand. Reinhold mochte es nicht, wenn man ihm über die Schulter sah. Auch seinen engsten Freunden zeigte er niemals unfertige Bilder, sondern drehte sie immer zur Wand, wenn sie zu Besuch kamen. Hätte er dem Briefträger nicht mit einem so strahlenden Gesicht die Tür geöffnet, wäre der Mann wahrscheinlich gar nicht näher getreten, um das

Bild anzusehen. Im Spiegel sah Reinhold, wie das kupferne Dienstabzeichen auf der Schirmmütze des Briefträgers seinem Selbstbildnis gefährlich nahe kam. In einem Anfall von Jähzorn schrie er ihn an: »Es ist verboten, sich das Bild anzusehen!« Der Briefträger wich mit einem Satz vor dem Mann zurück, der ihn kurz zuvor noch so freundlich empfangen hatte, froh, seine Runde rasch beenden zu können. In der einen Hand die Palette, in der anderen Hand den Brief, wollte Reinhold in seinem Zorn die Tür hinter dem fliehenden Briefträger mit einem Tritt zuschlagen. Da aber sein Blick die ganze Zeit auf den Spiegel gerichtet war, hatte er mit dem Fuß in diese Richtung gezielt und also nicht gegen die Tür, sondern gegen die Beine des Tisches getreten. Er schlug mit den Rippen gegen die Tischkante, und der scharfe Schmerz nahm ihm den Atem. Er stürzte und fiel mit dem Gesicht auf die Palette, die er noch in der Hand hielt. Einen Augenblick glaubte er, in dem Gemisch aus Öl und Terpentin ersticken zu müssen. Erst nachdem er sich übergeben hatte, fühlte er sich wieder wohl. Als er aufgestanden war, um den Wasserhahn zu erreichen, hatte sich ihm das Bild eines jungen Hundes aufgedrängt, den man mit der Nase in den eigenen Kot stößt, damit er lernt, seine Notdurft nicht im Zimmer zu verrichten. Aber während auch der besterzogene Hund dennoch irgendwo seine Notdurft weiterhin verrichten wird, mußte Reinhold die Malerei vollständig aufgeben, denn der Geruch von Ölfarben verursachte ihm seither Übelkeit. Zuerst versuchte er es noch einige Male, aber außer dem Brechreiz stellten sich noch asthmatische Anfälle ein, die oft Tage dauerten. Beim letzten Versuch, den er am Vorabend der Aufnahmeprüfung unternahm, glaubte er, ersticken zu müssen. Die asthmatischen Anfälle hörten erst auf, als er eingesehen hatte, daß er einen anderen Beruf wählen mußte. Er gab die Malerei auf und wandte sich dem Sprachstudium zu. Und jetzt, nach so vielen Jahren, spürte er auf einmal wieder den Schmerz am Rand der Rippen und den alten Brechreiz. Mit dem Schmerz überfiel ihn eine Sehnsucht nach der Unschuld der Kindheit, nach den Tagen, an denen er am Eßtisch gesessen und gezeichnet hatte. Merkwürdigerweise empfand er auch das Bedürfnis, sich bei dem Briefträger zu entschuldigen.

»Wann hat Dr. Kramer gesagt, daß ich wieder zurück sein muß?« fragte er noch einmal. Beim erstenmal hatte Tamara nicht geantwortet. Nun aber war ihre Wut verflogen. Ängstlich betrachtete sie Reinholds weißes Gesicht, über das der Schweiß perlte. »Wir haben noch mindestens anderthalb Stunden Zeit«, sagte sie. »Komm, leg dich oben noch ein bißchen hin. Ich sehe, daß du müde bist von all den Anstrengungen« – und dabei lächelte und zwinkerte sie ihm zu – »du kannst dich in das große Bett in unserem Schlafzimmer legen. Daniels Arbeitszimmer ist nichts für dich. Du kannst noch mindestens eine Stunde ruhen.«

»Nein, nein«, sagte Reinhold. »Ich muß unbedingt sofort ins Lazarett zurück. Mir ist eben eingefallen, daß ich noch ein paar wichtige Formulare ausfüllen muß. Außerdem habe ich Schmerzen. Wenn gleich beim erstenmal etwas nicht in Ordnung ist, bekomme ich keinen Ausgang mehr...« Er wollte so rasch wie möglich weg und hielt es nicht für erforderlich, ihr zu erklären, daß die Formulare mit einem Gesuch um Versetzung zu einer anderen Einheit zusammenhingen. Er wollte so dringend fort von Tamara und von diesem Haus, daß er erwog, ein Taxi zu bestellen oder zu Fuß zur nächsten Autobushaltestelle zu gehen, sollte Tamara ihn nicht auf der Stelle ins Lazarett zurückbringen wollen. Aber das war nicht nötig. Die Schmerzen, über die er klagte, überzeugten sie von der Dringlichkeit. »Ich bin schuld daran«, sagte sie im Wagen auf der Rückfahrt. »Solche Anstrengungen hätte ich dir nicht zumuten dürfen. Auch ein kerngesunder Mann hätte dabei zusammenbrechen können. Aber wenn die heilige Flamme in mir lodert, vergesse ich alles, dann bin ich blind für die ganze Welt. Und du erweckst in mir Leidenschaften, die ich nie zuvor gekannt habe. Ich kannte dieses herrliche Gefühl bisher nicht, ich wußte nicht, daß es möglich ist, zum siebenten Himmel aufzusteigen und einen »berstenden Feuerball« in sich zu spüren...«

»Göttliche Flamme« ... »siebenter Himmel« ... »berstender Feuerball« ... Reinhold hörte sich wortlos diese schwülstigen Ausdrücke an, rümpfte die Nase und verzog spöttisch den Mund. Tamara warf ihm einen besorgten Blick zu. »Hast du Schmerzen?« fragte sie. »Ich sehe, daß du leidest. Halte nichts vor mir geheim, sag mir die Wahrheit, hast du Schmerzen?«

»Ich schwöre dir« – Reinhold freute sich, ausnahmsweise die Wahrheit sagen zu können –, »daß ich im Augenblick keine Schmerzen habe.« Je mehr sie sich dem Krankenhaus näherten, desto besser fühlte er sich. Bald würde er von ihrer Gegenwart befreit sein und ihre überschwenglichen Reden nicht mehr hören müssen. Er konnte sich des Eindrucks nicht erwehren, sie habe sich auf Samtpfoten ihm genähert, um ihn in ihre Fänge zu bekommen, in einen goldenen Käfig zu sperren und den Käfig an einem Haken in ihrem Atelier aufzuhängen. Jetzt, da er sich wieder frei fühlte, machte ihm ihre Redeweise sogar Spaß – und noch mehr Spaß bereitete ihm der Gedanke, daß er ihr Haus nie wieder betreten würde.

KAPITEL 4

Reinhold legte sich in sein Krankenbett, fest entschlossen, nie wieder dieses Haus zu betreten. Er sank sofort in einen tiefen, traumlosen Schlaf. Nach etwa drei Stunden wurde er zum Abendessen geweckt; er fühlte sich aber nicht ausgeruht und hätte bis zum nächsten Morgen weiterschlafen können. Er kämpfte jedoch gegen die Müdigkeit an, weil er mit vollem Magen noch besser zu schlafen hoffte. Erstaunt dachte er nun über die Erstickungsangst und die Unruhe nach, die ihn beim Anblick des Bettes in Daniels Arbeitszimmer und verstärkt in Tamaras Atelier befallen hatten – dort war er sich tatsächlich wie ein gefangener Vogel vorgekommen: Tamaras ausgeklügelte Pläne zielten doch alle darauf ab, ihn auf »unauffällige, natürliche« Weise in ihr Hauswesen zu integrieren. Sie hatte weit vorausgeplant, zum Abendessen hatte sie sogar Daniels Vater und Daniels Schwester Deborah eingeladen, die in dem Raum neben Daniels Arbeitszimmer übernachten sollte. Wäre Daniel nicht im belagerten Tobruk eingeschlossen gewesen und hätte er sich für ein paar Tage beurlauben lassen können, gewiß wäre Tamara höchst erfreut gewesen. Eine perfekte Familienidylle. Den dreijährigen Giddi hatte sie ja schon ins Lazarett mitgebracht, »damit er dem verwundeten Onkel Henry guten Tag sagte«. Wie sehr Reinhold den Ausdruck »Onkel« verabscheute! Warum mußten Frauen mit Stil wie Tamara ihren Kindern immer ihre Liebhaber und Bekannten als Onkel aufdrängen? Ein Kind empfand deren Gegenwart wahrscheinlich noch bedrückender als die eines richtigen Onkels. Eigentlich hätte er für das hervorragende Organisationstalent dankbar sein sollen, das es ihr ermöglichte, ihn ganz offen und im besten Einvernehmen mit der Familie ihres Mannes zu treffen. Statt dessen war die ganze Situation zu einer unerträglichen Last für ihn geworden. Anstatt die doppelte Freiheit des Liebhabers und des Familienfreundes zu genießen, der sich der Fürsorge und der Zuneigung der vereinten Familie erfreuen durfte, fühlte er sich beengt. Aufgrund dieser Beklemmung war er plötzlich aufgestanden. Er hatte nur noch den Wunsch davonzulaufen, weil er sich vorstellte, Giddi könne jeden Augenblick mit seiner Kindergartentasche ins Schlafzimmer hereinstürmen, obwohl er aus dem Gespräch zwischen Tamara und Charlotte entnommen hatte, daß der Kleine erst in anderthalb Stunden nach Hause kommen würde. Eigentlich hätte er genügend Zeit gehabt, sich wieder in den »verwundeten Onkel Henry« zu verwandeln. Doch im Geist malte er sich schon aus, weshalb der Junge früher als gewöhnlich nach Hause hätte kommen können: eine Kindergärtnerin war wegen Krankheit ausgefallen, dem Jungen war es plötzlich schlecht geworden... Doch wäre Giddi unerwartet ins Schlafzimmer gekommen, was ginge Reinhold das eigentlich an? Warum sollte er sich um Tamaras Gefühle und den möglichen Schock des Kindes kümmern? Das war schließlich Tamaras Angelegenheit. Wenn sie keine Hemmungen hatte, in dieser kompromittierenden Haltung auf dem Bett liegen zu bleiben, brauchte er sich doch keine Gedanken darüber zu machen, was geschah, wenn ihr Sohn wider Erwarten früh zurückkam. Und dennoch tat er es. Auf einmal wurde ihm noch einiges andere bewußt, das ihm an Tamara mißfiel: Es war vor allem ihr Verhältnis zu ihrem Sohn. Als Giddi mit ihr ins Lazarett gekommen war, hatte Reinhold geglaubt, diesmal müsse er sich mit dem Anblick der bekleideten Tamara begnügen. Aber Tamara hatte bereits alles geplant. Sie setzte den Kleinen ins Lesezimmer des Krankenhauses vor einen Stoß Comics und erklärte ihm, sie müsse mit Onkel Henry für eine Viertelstunde, allerhöchstens eine halbe Stunde, zum Arzt gehen. »Bleib hier sitzen«, hatte sie ihm eingeschärft. »Vielleicht sind wir schon früher zurück, und wenn wir dich dann nicht finden, machen wir uns schreckliche Sorgen. Sei also lieb, und bleib still sitzen, bis wir wieder zurück sind.« Dann hatte sie Reinhold zugezwinkert und war ihm in den Garten vorausgelaufen. Es war der Tag, als er sie zur Gartenmauer getragen und gefragt hatte: »Wie reitet man auf dem königlichen Zepter?« »Es ist göttlich«, hatte sie geantwortet.

Als sie später ins Lesezimmer zurückgekommen waren, hatte das Kind Reißaus genommen. Reinhold war zu Tode erschrokken. Er befürchtete, der Junge sei auf einen Stuhl gestiegen, um aus dem Fenster zu schauen, habe alles gesehen und sich aus dem Fenster gestürzt. In größter Panik war er zum Fenster gelaufen, um nachzusehen, ob unten zwischen den Bäumen eine kleine Kinderleiche lag. Aber vom Fenster aus konnte man gar nicht in den Garten sehen, sondern nur auf die Mauer eines hohen Nebengebäudes. In einer Ecke des Leseraums saßen zwei Neuseeländer, die Domino spielten. Auf Reinholds Frage sagten sie, sie seien gerade gekommen, es sei aber kein Kind im Zimmer gewesen. Von der Eingangshalle des Lazaretts führte ein schmaler Weg zu einem Tor, das dem Araberdorf El Tur genau gegenüberlag. Reinhold lief die Treppe hinunter, vielleicht war der Junge ins Dorf gegangen! Sowohl die britischen als auch alle anderen alliierten Truppen, die in Ägypten stationiert waren, hatten strengsten Befehl, in Kairo und Alexandrien die dunklen Seitengassen zu meiden, weil sie dort allzuschnell von arabischen Nationalisten erdolcht werden konnten, die Hitlers Sieg herbeiwünschten. Rommel war bei ihnen so beliebt, daß sie ihm den Spitznamen »Abu Ali« verliehen hatten. Um einen müden Soldaten, der sich auf Stadturlaub befand, zu locken, lächelten sie ihn freundlich an, schmeichelten ihm und luden ihn ein, auf »Abu Alis« Wohl zu trinken. War er dann betrunken, zogen sie ihn in eine Seitengasse und stachen ihn nieder – nachdem er arglos auf das Wohl des Feindes und auf seinen eigenen Tod getrunken hatte. Und wenn schon die Wüstenveteranen gewarnt werden mußten, um so gefährlicher war es für einen kleinen jüdischen Jungen, durch die dunklen Gassen eines arabischen Dorfes zu irren, das auf Rommels Sieg wartet!

Als er das Tor erreichte, begegnete er einem Araber, der auf einem Esel ritt. Reinhold wollte ihn schon fragen, ob er einen kleinen jüdischen Jungen gesehen habe, als er sich an das Gesicht erinnerte: Es war der Mann mit dem Turban, der versucht hatte, über die Mauer in den Garten zu schauen, als Tamara bei den Worten: »Vorher war es in meinem Herzen, nun wird es in meinem Mund sein« laut aufgelacht hatte. Die hohe Mauer und das Laubwerk des Feigenbaums hatten ihm bestimmt die Sicht genommen, dennoch war Reinhold verlegen, und er kehrte ins Lesezimmer zurück. Plötzlich wurde die Tür aufgerissen, und Giddi stürzte herein, aufgeregt und mit glühenden Wangen, mit einem blauroten Ball in den Händen. »Schau, Mama, was mir Johnny Malone gekauft hat!« sagte er freudig und fügte hinzu: »Ich habe ihm gleich gesagt, daß ich pünktlich wieder das sein muß. Es ist doch noch keine halbe Stunde vergangen?«

»Nein noch nicht«, rief Reinhold, froh darüber, daß nichts Schlimmes vorgefallen war. »Du bist ein braver Junge und ganz pünktlich!« Es war wirklich noch keine halbe Stunde vergangen, stellte er mit einem Blick auf die Uhr fest. Der verrückte Australier hatte jedoch Zeit genug gehabt, um Giddi im Laden am Krankenhaustor einen Ball zu kaufen und mit ihm eine Weile Fußball zu spielen. Reinhold hätte das Kind vor Freude hochheben und auf die glühenden Wangen küssen wollen, er hielt sich aber zurück, um sich dem Jungen nicht schon bei der ersten Begegnung aufzudrängen. Tamaras Reaktion fand er allerdings befremdlich. Gewiß hatte auch sie sich Sorgen um das Kind gemacht und war jetzt erleichtert. Sie hatte aber kein Lächeln für ihn übrig, sondern schalt ihn mit strengem Gesicht, weil er ungehorsam gewesen war und ihr Kummer bereitet hatte. Sie wirkte gereizt und unbeherrscht. Auch vorher schon, als sie noch gute Laune und keinen Grund hatte, auf Giddi böse zu sein, war sie ihrem Sohn gegenüber weder liebevoll noch zärtlich gewesen. Während sie Reinhold bei jeder Gelegenheit mit Küssen überschüttete, zeigte sie ihrem Sohn gegenüber nicht die geringste Zärtlichkeit. Nur ein einziges Mal hatte Reinhold Tamara ihren Sohn küssen sehen, und der Anblick war noch peinlicher gewesen, als die Schärfe, mit der sie ihn jetzt für seinen Ungehorsam bestrafte. Sie hatte die Wange des Jungen nur soeben gestreift, als erfülle sie mechanisch eine lästige Pflicht.

Mit derselben nervösen Ungeduld behandelte Tamara nicht nur ihren Sohn, sondern auch das Personal. Am schlimmsten war es während der Mahlzeiten: Verschütteter Wein oder ein zu Boden gefallener Löffel ließen sie vom Stuhl auffahren, als bringe der kleine Zwischenfall ihre wohlgeordnete Welt durcheinander, und wenn ein Gast sich um eine halbe Stunde verspätete, fuhr sie ihn ärgerlich an, auch wenn es sich um eine hochgestellte Persönlichkeit handelte. Sie schmollte wie ein verzogenes Kind und erwartete, daß ihre Gäste sie unterhielten, ohne sich selbst auch nur die geringste Mühe zu geben, den Abend angenehm zu gestalten, als sei es selbstverständlich, daß sich alles nur um sie drehte. Merkwürdigerweise blieben ihr Pflichtgefühl und ihr Verantwortungsbewußtsein von diesen Launen unberührt, ob es sich um ihre Rolle als musterhafte Hausfrau oder um die Erfüllung ihrer Pflichten im Krieg handelte. Im jüdischen Untergrund, der Haganah, hatte sie gelernt, mit Mauser- und Parabellum-Pistolen, englischen, italienischen und kanadischen Gewehren umzugehen. Außerdem war sie Vorsitzende des Jerusalemer Soldatenhilfswerks und betreute die Offiziere, die in die Stadt kamen. Über diese Aufgaben sprach sie in einem ernsten und gewichtigen Ton, wie eben eine Dame von Welt, was schon schlimm genug war. Was Reinhold aber vollends rasend machte, waren ihre Gespräche über Malerei und Bildhauerei, Gebiete, in denen sie nicht nur in ihren eigenen Augen, sondern auch im Bekanntenkreis als Expertin galt. Sobald sie sich über Kunst unterhielt, nahm das nervöse Hochziehen der Augenbrauen sogleich eine tiefere Bedeutung an, schürzte sie genießerisch die Lippen wie ein Weinkenner, der die Qualität eines neuen Jahrgangs beurteilen soll. Sie kannte alle einschlägigen Fachausdrücke und ließ sie geschickt einfließen. Noch überraschender aber war, wie sie ihr Urteil jeweils der Meinung der Kritiker anzupassen wußte. Sie war so überzeugend, daß selbst Reinhold nicht zu sagen vermochte, ob sie ihr eigenes Urteil aussprach, wenn sie sich über ein Kunstwerk äußerte, oder nur das Echo der Kunstkritiker war. Manchmal glaubte er, daß sie den geometrisch-geistlosen Stil der Linien und Farben, dessen kalte Sachlichkeit ihn an Daniels Erzählungen von Tamaras Verhalten im Bett erinnerte, tatsächlich bewunderte – aber da er sie ja auch von einer viel leidenschaftlicheren Seite kannte, war er sich dessen doch wiederum nicht so sicher. Unbegreiflich blieb ihm auch, weshalb sie sich ausgerechnet auf Malerei spezialisiert hatte. Hätte sie mit hochgezogenen Augenbrauen, geschürzten Lippen und besserwisserischem Ton über etwas anderes gesprochen, wäre sein Ärger nicht in Haß umgeschlagen.

Entschlossen, Tamaras Haus nie wieder zu betreten, setzte Reinhold sich endlich hin, um den wichtigen Brief zu schreiben. Ihm fiel ein, daß er außerdem zwei weitere Briefe schreiben mußte, einen an Captain John Haselden und den anderen an Major Geoffrey Keyes, dem Kommandanten der Einheit, zu der er versetzt werden wollte. Reinhold hatte John Haselden in Alexandrien bei Sylvia Brook kennengelernt. Er hatte ihn auf den Gedanken gebracht, sich versetzen zu lassen. »Wir brauchen Leute wie Sie«, hatte Haselden zu ihm gesagt, »mutige Männer, die die deutsche Sprache beherrschen und hinter Rommels Linien arbeiten können. Deutsch ist doch Ihre Muttersprache – schreiben Sie also ein Gesuch, und ich werde es befürworten.« Erst jetzt wurde Reinhold bewußt, wie eilig dieser Brief war. Ohne Haseldens Befürwortung würde sein Gesuch einfach im Papierkorb landen. Er durfte keine Zeit mehr verlieren. Haselden sprach arabisch, und schon damals bei Sylvia hatte Reinhold vermutet, daß er früher oder später als Araber getarnt in die Beduinenzelte gehen würde, um die für die Kommandounternehmungen erforderlichen Informationen zu sammeln. »Vielleicht reitet er schon längst auf einem Kamel um Rommels Hauptquartier herum, das Gesicht unter einer Keffieh verborgen«, dachte Reinhold und schrieb den Brief ohne große Hoffnung. Und wenn Keyes keinen Brief bekam, wußte er ja gar nicht, wer Reinhold war, wenn ihm endlich das Gesuch zur Entscheidung vorgelegt wurde.

Am nächsten Tag, als er seine drei Briefe geschrieben hatte, ging er damit ins Verwaltungsbüro, sah aber, daß die Post bereits abgeholt worden war. Seine Briefe lagen im leeren Briefkasten wie verlassene Waisenkinder, und der Gedanke, daß sie erst in vierundzwanzig Stunden befördert werden würden, brachte ihm wieder ihre Dringlichkeit zum Bewußtsein. »Ich habe eine glänzende Idee«, sagte er und beschloß, sie Tamara mitzugeben, wenn sie ihn besuchen kam. Er würde sie bitten, sie als Eilbriefe mit der Zivilpost zu schicken, so kamen sie schneller ans Ziel, und auch Tamaras Aufenthalt würde sich verkürzen, weil sie vor Dienstschluß noch zum Hauptpostamt mußte. Als er ihr die Bedeutung der Briefe erklärte, wurde sie blaß, und ihre Lider zuckten heftig. »Glaubst du vielleicht wirklich, daß ich dir noch bei deinen verrückten Ideen helfe?« fragte sie. »Es ist Wahnsinn... hier alles zu verlassen, das Lazarett... Jerusalem... um eine Einheit zu erreichen und Rommel aus dem Hinterhalt zu überfallen!«

»Ich werde mich mit Ernst Schilling begnügen«, sagte Reinhold.

»Wer ist denn Ernst Schilling?«

»Einer von Rommels Stabsoffizieren.«

»Und was willst du von ihm?«

»Ihn umbringen.«

»Und warum gerade ihn?«
Reinhold bedauerte schon, Ernst Schilling erwähnt zu haben. Er hatte nicht die geringste Lust, Tamara etwas über sich zu erzählen oder gar zu erwähnen, was sich am »Tag der Farbstifte« zugetragen hatte. Sie würde ihn ohnehin für verrückt halten, wenn sie erfuhr, daß Rommels Stabsoffizier mit dem Gerichtsdiener im Vorkriegsberlin nur den Namen gemein hatte.
»Der Mann ist am Tod meines Vaters schuld«, sagte er, selbst erstaunt darüber, daß er an diese Lüge zu glauben begann, die doch nur dazu diente, die Diskussion abzukürzen.
Tamara senkte den Kopf und betrachtete ihre Fingernägel. Als sie den Blick wieder hob, zuckten ihre Lider nicht mehr. Sie sah Reinhold mit einer solchen Zärtlichkeit an, daß sein Herz wild zu schlagen begann und er sich Vorwürfe machte, so schlecht über sie gedacht zu haben. »Du hast recht«, sagte sie mit ruhiger Stimme.
»Ich gehe sofort und schicke sie als Eilbriefe ab.«
»Halt, halt«, rief Reinhold ihr nach, als sie schon aufgestanden war und dem Ausgang zustrebte. »Wir haben noch Zeit, die Post schließt erst um sechs...«
»Vielleicht komme ich nachher wieder«, sagte sie und lächelte ihm zu. Reinhold wollte ihr noch sagen, sie solle sich beeilen und unbedingt wiederkommen, auch wenn die Besuchszeit schon zu Ende war, der Posten kannte sie ja und würde sie durchlassen – aber er besann sich im letzten Augenblick und winkte ihr nur stumm zu. Er fürchtete, die Stimme könnte ihm versagen, wenn er jetzt auch nur ein Wort sprach.
Tamara kam an diesem Nachmittag nicht wieder. Obwohl er ungeduldig auf ihre Rückkehr wartete, war er erleichtert, als er ans Telefon gerufen wurde. Bevor er ihre Stimme hörte, wußte er, daß es Tamara war, die für heute absagte, weil es zu spät war und Giddi schon auf sie wartete. »Jetzt kannst du ruhig schlafen«, sagte sie. »Deine Briefe sind schon unterwegs. Ich habe sie geküßt, bevor ich sie abgeschickt habe, und mir gewünscht, daß alle unsere Träume wahr werden!«
Diese liebevollen Worte beschämten ihn. Er war vor allem deshalb erleichtert, daß sie nicht mehr kommen konnte, weil er sich nicht der Gefahr aussetzte, sich ihr anzuvertrauen. Schon die Erwähnung des Namens Ernst Schilling fand er unverzeihlich, noch

mehr aber bereute er, eine Anspielung auf seinen Vater gemacht zu haben. Das kam ihm wie eine Entweihung vor, als habe er etwas sehr Persönliches einem unzuverlässigen Menschen anvertraut. Er nahm sich vor, nicht einmal in einem Augenblick der Schwäche Tamara sein Herz auszuschütten.
»Warum mißtraue ich ihr so?« fragte er sich, als er nach dem Anruf wieder in sein Bett zurückkehrte. Obwohl sie bereit war, alles für ihn zu tun, wollte er ihr nichts anvertrauen, nicht einmal, daß er an der Kunstakademie hatte studieren wollen, obwohl seine Bekannten das längst wußten. Reinhold erinnerte sich, daß er Sylvia völlig unbefangen vom »Tag der Farbstifte«, von den Asthmaanfällen und der Aufnahmeprüfung an der Akademie erzählt hatte, ohne es einen Augenblick bereut zu haben. Sie saßen damals nebeneinander auf dem Ledersofa; während er erzählte, rückte Sylvia immer näher und suchte mit ihrer Hand nach der seinen. Um sie nicht zu kränken, erwiderte er ihren leichten Fingerdruck, obwohl ihm schon diese Berührung unangenehm war. Es wäre für ihn unerträglich gewesen, wenn Sylvia eine intimere Annäherung gesucht hätte. Er kannte ihre Figur, weil er sie im Badeanzug gesehen hatte, aber ihre weiblichen Rundungen erregten ihn nicht. Es bestand eine Art Seelenverwandtschaft zwischen ihnen, darum konnte er sich selbst nicht erklären, warum ihr Körper ihn abstieß. Manchmal machte er ihre etwas rauhe, behaarte Haut für diese Abneigung verantwortlich; manchmal waren es – trotz sorgfältiger Körperpflege – ihr Körpergeruch und ihr Atem, die ihn zurückweichen ließen. Es gelang ihm auf jeden Fall nicht, die wahre Ursache seiner physischen Abscheu zu entdecken. Sylvia offenbarte er seine größten Geheimnisse, während er Tamara – die er unbesorgt sein »Zepter« in den Mund hatte nehmen lassen – nicht einmal die harmlosesten Ereignisse aus seinem Leben preiszugeben vermochte. »Um Gottes willen«, dachte er plötzlich und konnte nur mit Mühe das Lachen unterdrücken, »sie hätte mir das ›Zepter‹ einfach abbeißen können! Wie konnte ich nur so unvorsichtig sein! Was hätte ich getan, wenn sie aus Wut oder in einem Anfall von Wahnsinn – oder einfach in einer verrückten Laune – mit ihren kräftigen, schönen Zähnen zugebissen hätte?«
Er erinnerte sich an den Zirkusdompteur, der seinen Kopf zwischen die Kiefer eines wilden Tieres steckte, oder an Martials Löwen, der in der Arena ein Kaninchen in seinen Rachen hüpfen

und dann unversehrt wieder herauskommen ließ, und er nahm sich vor, in Zukunft »vorsichtiger« zu sein. Aber er wußte, daß er diesem Vorsatz wieder untreu werden würde. Er war sicher, daß ihm von Tamaras kräftigen, weißen Zähnen keine Gefahr drohte, aber sein Instinkt warnte ihn, ihr sein Inneres zu offenbaren. Da er nun wußte, daß die wichtigen Briefe per Eilboten aufgegeben worden waren, und da Tamara nicht da war, um ihn zu verwirren, überkam Reinhold eine große Erleichterung. Er schloß die Augen und fiel in tiefen Schlaf.

*

Am nächsten Morgen rief Tamara an, um ihren Besuch für den Nachmittag abzusagen, weil das Soldatenhilfswerk eine dringende Sitzung anberaumt hatte. Reinhold hatte sich schon damit abgefunden, sie nicht zu sehen, als ihm eine Krankenschwester am Nachmittag überraschend einen Blumenstrauß ans Bett brachte. Es waren rote Nelken, und auf der beigefügten Karte teilte ihm Tamara mit, sie müsse mit führenden Komiteemitgliedern aus Jerusalem, Tel Aviv und Haifa eine zweiwöchige Inspektionsreise unternehmen, um die in der Etappe eingerichteten Klubs und Unterkünfte für Soldaten zu begutachten. Die Karte endete mit den rot geschriebenen Worten: »Mein liebster Henry, ich gehöre Dir mit meinem ganzen für Dich geöffneten Herzen«, verziert mit der Zeichnung eines Herzens. Reinhold blickte nach allen Seiten, um sich zu vergewissern, daß ihn niemand beobachtete, und küßte diese Zeilen, gerührt und erregt zugleich wegen der geheimen Bedeutung des »für ihn geöffneten Herzens«, das sich ihm das erste Mal im Schutz des Wandschirms dargeboten hatte.

Als er am nächsten Tag wieder einen Blumenstrauß erhielt, sah er sich nicht mehr vorsichtig um, bevor er die Karte küßte. Es war ihm gleichgültig, ob Johnny Malone ihm dabei zusah. Auf der Karte stand, daß sie im Blumengeschäft vierzehn Sträuße vorbestellt habe – einen für jeden Tag ihrer Reise. Sie hoffe, man werde ihren Auftrag gewißenhaft ausführen. Jedenfalls sollte Henry von ihrer Absicht wissen.

In den nächsten beiden Wochen trafen die Blumensträuße täglich ein, pünktlich zur Besuchszeit. Am ersten Tag hatte Reinhold sich keinen Zwang angetan, den Kopf in den Strauß gesteckt und seinen Tränen der Rührung freien Lauf gelassen. Hatte er zunächst befürchtet, nicht Herr der Einsamkeit werden zu können, so fühlte er sich nun wohlbehütet wie in einer Wiege, umgeben von einer schützenden Mauer, die ihn besser abschirmte als die sich selbst auferlegte Selbstbeherrschung. Er erinnerte sich an den Ausdruck in Tamaras Augen, als er den Namen Ernst Schillings erwähnt hatte, des Mannes, der seinen Vater auf dem Gewissen hatte, und die Liebe, die dieser Blick verströmt hatte, ließ sein Herz überfließen. Am liebsten wäre er aus dem Bett gesprungen und hätte alle Menschen umarmt, auch die alte Dschamilla, die den Boden schrubbte. Dieser Blick sagte, daß ihm Tamara alles verzeihen würde, sogar seine bösen, stillschweigenden Unterstellungen. Nun hatte er keine Angst mehr, offen mit ihr zu reden, er sehnte sich vielmehr danach, ihr seine verborgensten Gedanken anzuvertrauen. Es belastete ihn jedoch, daß dreizehn Tage ihn noch von Tamara trennten. Wie eine Wüste lagen diese zwei Wochen vor ihm, und die vierzehn Blumensträuße waren wie vierzehn Oasen. Von Oase zu Oase löschte er seinen Durst mit der Erinnerung an jedes Lächeln, das sie ihm geschenkt hatte, an jedes Wort, jeden leidenschaftlichen Blick. Oft fragte er sich, woraus die anderen Soldaten, die die Liebe einer Frau wie Tamara nicht kannten, die Kraft schöpften, um in der Wüste auszuharren, und er empfand tiefes Mitleid mit ihnen.

An dem Tag, an dem Tamara zurückkehren sollte, wartete er im Lesezimmer auf sie. Auf das Kissen seines Bettes hatte er einen Zettel und daneben die schönste Nelke aus dem letzten Strauß gelegt. Am Morgen hatte Dr. Kramer ihn gründlich untersucht und war sehr zufrieden, daß die Kopfwunde so gut heilte und sein Allgemeinzustand sich gebessert hatte. Sollte er in der kommenden Woche keinen Rückfall erleiden (»Rückfall« war das Lieblingswort des Arztes), so würde er dafür sorgen, Reinhold bis zur endgültigen Entlassung in einem Erholungsheim unterzubringen. »Und dort, mein junger Freund«, hatte der Arzt gesagt, »können Sie sich endlich ungestört amüsieren.« Dabei hatte er ihm auf die Schulter geklopft und ihm hinter seinen dicken Brillengläsern zugezwinkert. Reinhold spürte, daß er bis an die Haarwurzeln errötete. Nach einigen gemurmelten Dankesworten hatte er eilig das Arztzimmer verlassen, wie ein Kind, das man beim Naschen ertappt hat und merkt, daß man ihm nicht nur verziehen hat, sondern seinen Fehler wohlwollend beurteilt.

Hatte der Arzt gesehen, was hinter dem Wandschirm geschehen war, oder sagte er ähnliches zu allen Soldaten, die er auf Erholungsurlaub schickte? Reinhold merkte auf jeden Fall, daß ihm der Arzt wohlgesonnen war. Dabei erinnerte er sich an das erste Mal, als er mit Tamara in den Garten gegangen war: Zunächst hatten sie sich unter dem Feigenbaum geliebt (ihr Kopf lag auf den Wurzeln des Baumes, ihr Haar bewegte sich in dichten Wellen im Rhythmus der leidenschaftlichen Bewegungen, als er plötzlich glaubte, eine Zeremonie zu Ehren von Baal und Astarte zu feiern, sah den göttlichen Atem in den knorrigen Stamm dringen und die toten Wurzeln sich in Frauenhaar verwandeln, während die reifen Feigen ihr rosiges Fleisch entblößten), dann hatte er sie bis zum Andenkenladen beim Tor begleitet. Der alte Araber saß auf der Schwelle und rauchte seine Wasserpfeife. Sie grüßten und fragten, wie es ihm ginge, er antwortete mit dem üblichen Segen, sah sie eindringlich an und lächelte. »Ich weiß nichts vom Geheimnis eures Lebens«, sagte er, »und was nicht geheim ist, kenne ich auch nicht. Aber ihr wißt doch, daß alles Leben Geheimnis ist und der Tod nur eines der Geheimnisse des Lebens. Ich sehe, daß ihr beide glücklich seid, denn die Strahlen eures Glücks lassen die Steine auf dem Weg aufleuchten!« Die Herzlichkeit des Arztes nach der letzten Visite schien die Geschichte des alten Arabers zu bestätigen und ihr Allgemeingültigkeit zu verleihen. Die »Strahlen des Glücks«, die von den Liebenden ausgingen, übertrugen sich auch auf ihre Umgebung. Reinhold wußte als Liebender und Geliebter damals selbst noch nicht, wie glücklich er eigentlich war. Er hatte den Laden betreten, um Tamara ein kleines Andenken zu kaufen. Als er aber die Hand in die Tasche des Morgenmantels steckte, stellte er zu seinem Entsetzen fest, daß er seinen Geldbeutel in der Schublade des Nachttisches vergessen hatte. Tamara lächelte, bezahlte das Andenken und sagte, das sei doch kein Grund zur Aufregung, und er versprach, ihr das Geld am nächsten Tag zurückzugeben. Am nächsten Tag hatte Tamara ihm ein in farbiges Papier eingeschlagenes Paket überreicht – »ein kleines Geschenk für meinen großen Henry«, einen prächtigen Morgenmantel. Auf der Station wollte Reinhold ihn nicht tragen, um zu vermeiden, daß sich alle Kameraden vor Bewunderung pfeifend um ihn scharten. Aber an diesem Tag hatte er ihn nach vierzehn Tagen sehnsüchtigen Wartens zu Ehren Tamaras angezogen. Erst im Lesezimmer bemerkte er, daß etwas in der Tasche seines Morgenmantels lag. Er fuhr mit der Hand hinein und zog ein nagelneues, prall gefülltes Lederportemonnaie heraus. Unter den knisternden neuen Geldscheinen (der Kassierer der Bank mußte eigens für Tamara ein neues Paket aufgebrochen haben) fand sich ein Zettel: »Zum Andenken an die Strahlen des Glücks, die Deine leere Tasche füllten.« Auf dem niedrigen Tisch neben dem Sessel lag ein Briefblock mit der Aufschrift: »Soldat – vergiß nicht zu schreiben. Zu Hause macht man sich Sorgen um dich!« Reinhold schlug den Block auf und begann den Kidron und die Mauer Jerusalems zu skizzieren. »Das ist der richtige Ort«, sagte er sich, seiner Eingebung folgend und darauf vertrauend, daß jeder Stimmung der ihr angemessene Ort entspricht. Fieberhaft zeichnete er, riß ein Blatt nach dem anderen vom Block, der nüchterne Bleistiftstrich schien ihm für die Fülle der Bilder, die sich ihm aufdrängten, nicht aussagekräftig genug. Hätte er über Ölfarben verfügt, hätte er sie großzügig mit breitem Pinsel aufgetragen. Die Erinnerung an die Ölfarben und ihren Geruch verursachte ihm keine Übelkeit. »Ich bin ja im Lazarett«, dachte er, und sollte ich Atembeschwerden bekommen, so wird mir Dr. Kramer etwas verordnen.« Plötzlich hatte er den wunderlichen Einfall, in die Stadt zu fahren, Ölfarben, Leinwand und hundert Pinsel zu kaufen, um ein Bild zu malen, bevor Tamara kam. Er hatte schließlich genug Geld! Wenn er ein Taxi nahm und den Fahrer während der Einkäufe warten ließ, blieb ihm noch genug Zeit!

»Verrückt«, dachte er, sprang aufgeregt vom Stuhl, warf einen Blick auf die Uhr und erschrak zutiefst. Die Besuchszeit war längst vorbei, aber Tamara war nicht gekommen. Reinhold ging eilig in sein Zimmer zurück. Schon von der Tür aus sah er, daß der Zettel noch immer auf seinem Kissen lag. Die rote Nelke daneben sah wie ein Blutstropfen aus. Sofort machte er kehrt und lief zum Ausgang. »Bin gleich wieder da«, rief er dem Posten zu, der ihn daran erinnerte, daß in einer Viertelstunde das Abendessen verteilt wurde. »Warum müssen wir so früh essen?« rief Reinhold und eilte ins Freie.

Am Tor stiegen eben zwei Ärzte der Augenklinik aus einem

Taxi. Reinhold sprang in den Wagen. »Schnell«, rief er dem Fahrer zu. »Ich habe es eilig. Die Adresse sage ich Ihnen unterwegs.« Er fürchtete, einer der Ärzte würde ihn nach dem Passierschein fragen. Doch die beiden beobachteten ihn nicht, sie schienen es ebenso eilig zu haben wie er. Am oberen Ende der Straße, die zu Tamaras Haus führte, ließ er den Fahrer halten und bat ihn zu warten. Als er eben den Fahrdamm überqueren wollte, sah er einen Jeep aus der umgekehrten Richtung kommen. Hinter dem Fahrer saß ein geschniegelter, selbstzufriedener Oberst. Reinhold fühlte sich von seinem Anblick abgestoßen, hätte aber nicht sagen könne, weshalb. »Dämlicher Stabsoffizier«, dachte er. »Aufgeblasener Kerl! Der Teufel soll dich holen!« Aber er wurde das Bild dieses aufgeblasenen Kerls nicht los, auch als der Jeep bereits hinter dem Hügel verschwunden war. Als er am Straßenrand stand, hatte sich sein Blick mit dem des Obersten gekreuzt. Für den Bruchteil einer Sekunge hatte Reinhold geglaubt, die wäßrigen blauen Augen sähen ihn prüfend, mit feindseliger Neugier an. »Er hat vielleicht erwartet, daß ich ihn grüße«, dachte Reinhold. »Diesen Kerlen ist der Dienstgrad wichtiger als alles andere.« Aber das konnte doch nicht sein: Reinhold trug ja keine Uniform, sondern einen eleganten seidenen Morgenmantel. »Wahrscheinlich hat er mich deswegen so neugierig betrachtet«, überlegte er. Vermutlich mußte man kein engstirniger, eitler Oberst sein, um sich über einen Mann zu wundern, der im Pyjama, mit Hausschuhen, Morgenmantel und Kopfverband über die Straße lief.

Reinhold klingelte zweimal an der Eingangstür zu Tamaras Haus, aber alles blieb still. Erst beim dritten Klingeln hörte er schlurfende Schritte, und die Tür öffnete sich ein wenig. Durch einen schmalen Spalt sah er die kleinen, mißtrauischen Augen Charlottes, die ihn unwillig anstarrten.

»Ist Tamara zu Hause?« fragte er und fügte schnell hinzu: »Sie hätte heute zurückkommen sollen.«

»Frau Koren ist nicht zu Hause«, sagte Charlotte, anscheinend nicht gewillt, ihn hereinzubitten. »Sie hat vor einer Viertelstunde angerufen und gesagt, sie komme erst morgen zurück, gegen acht Uhr abends, vielleicht auch später. Sie hatten eine Reifenpanne auf dem Weg von Tiberias und müssen in Afula übernachten.«

»Ach so, vielen Dank«, sagte Reinhold und wußte nicht, warum er es plötzlich so eilig hatte, wieder ins Taxi zu steigen und ins

Lazarett zurückzufahren. Eine fieberhafte Unruhe hatte ihn ergriffen. Als er vor seinem Bett stand, stellte sich heraus, daß seine Eile nicht unbegründet war. Auf dem Kissen neben seinem eigenen Zettel und der roten Nelke lag eine Nachricht von Oberschwester Clara: Frau Koren habe aus Afula angerufen, sie habe eine Panne und werde erst morgen zurückkehren. Auf dem Nachttisch stand das Tablett mit dem Abendessen, doch Reinhold konnte nichts zu sich nehmen. Stehend trank er einen Schluck inzwischen kalt gewordenen Tee. Obwohl er jetzt eigentlich beruhigt sein sollte, weil Tamara nichts zugestoßen war und er sie bald wiedersehen würde, wich die merkwürdige Unruhe nicht von ihm. Er trank den schalen Tee aus und ging ins Lesezimmer. Auf dem Tisch lagen noch immer der aufgeschlagene Briefblock und die Blätter, die er herausgerissen hatte. In seinem Ungestüm hatte er die Skizzen für jedermann sichtbar auf dem Tisch liegen lassen – er, der früher seine Bilder der Wand zugekehrt und den armen Briefträger hinausgeworfen hatte, der einen Blick auf sein Gemälde zu werfen gewagt hatte. Mechanisch setzte er sich, sammelte die Blätter und stopfte sie in die Tasche seines Morgenmantels. Seine Hand stieß auf das pralle Portemonnaie. Er sprang wieder auf; er hatte ja genügend Geld, konnte mit einem Taxi nach Afula fahren! Wenn er sofort losfuhr, würde er noch vor Mitternacht an Ort und Stelle sein. Zwar befand sich Tamara dort in Begleitung bedeutender Leute und angesehener alter Damen, und sein nächtliches Auftauchen könnte selbst eine so erfindungsreiche Frau wie sie in Verlegenheit bringen, aber schließlich war es nicht diese Erwägung, die ihn zögern ließ. Ihm fiel ein, daß er ihre Adresse ja nicht kannte. Er war bereit, in allen Hotels von Afula nach ihr zu fragen, ja von Haus zu Haus zu gehen, wenn es sein mußte, aber es bestand die Gefahr, daß Tamara inzwischen nach Jerusalem zurückkehrte und ihn im Augusta-Victoria-Krankenhaus aufsuchte.

Gewiß hatte Tamara vorhin am Telefon der Oberschwester ihre Adresse nicht hinterlassen, sonst hätte Schwester Clara, die die Gewißenhaftigkeit selbst war, diese zweifellos aufgeschrieben. Um sich zu vergewissern, lief Reinhold dennoch zum Zimmer der Oberschwester hinunter.

Schwester Clara war nicht da. Im Licht der Tischlampe erkannte Reinhold die rosigen vollen Wangen von Schwester Mildred, die offensichtlich Nachtdienst hatte. Sie las die ärztlichen Anweisungen für die Versorgung der Patienten. Mildred erklärte, die Oberschwester sei vor einer halben Stunde weggefahren, für eine Woche zu ihrer älteren Schwester, die in Nazareth Äbtissin in einem Kloster war. »Das ist ein merkwürdiger Zeitvertreib«, sagte Mildred schelmisch lächelnd. »Wenn Sie mir versprechen, artig zu sein und mich nicht zu stören, dürfen Sie sich setzen. Wir trinken Tee, sobald ich fertig bin.«

Reinhold setzte sich ihr gegenüber. Noch immer spürte er den unbestimmten Wunsch, irgend etwas zu tun – nur wußte er nicht, was. Als der Name Nazareth gefallen war, hatte sich sein Herz zusammengezogen. Afula lag ja auf dem Weg dorthin! Vor einer halben Stunde hätte er mit Schwester Clara fahren können, aber das hätte auch nichts geändert. Selbst wenn die Oberschwester ihn ohne ärztliche Genehmigung mitgenommen hätte, kannte er Tamaras Adresse ja nicht. »Ich darf doch hier rauchen?« fragte Reinhold und nahm, ohne eine Antwort abzuwarten, eine Zigarette aus der Schachtel, die auf dem Tisch lag. Auf der ganzen Station war das Rauchen verboten.

»Ihnen sei es erlaubt«, sagte Mildred, und wieder lächelte sie schelmisch. Reinhold wunderte sich, warum er keine Lust verspürte, ihre üppigen festen Brüste zu streicheln. Er hatte nur den einen Wunsch, Tamara in den Armen zu halten, ihren Atem auf seiner Brust zu spüren; er wolte das Licht ihrer Augen und die Grübchen in ihren Wangen sehen – und zwar sofort.

Zweimal hatte er Mildred gestreichelt, unmittelbar nachdem er Tamara vom Garten zum Ausgangstor begleitet hatte. Auf dem Rückweg ins Lazarett hatte er gesehen, wie Mildred sich vornüberbeugte, um im Werkzeugschuppen etwas zu suchen. Wortlos war er auf sie zugegangen, hatte von hinten ihre Brüste umfaßt und sie an sich gedrückt. »Sergeant Reinhold«, hatte Mildred gesagt, ohne sich umzudrehen, »wenn Sie nicht sofort aufhören, schneide ich Ihnen Ihren Mannesstolz mit dieser Gartenschere ab!« Sie hielt eine riesige Schere in die Höhe, die so verrostet war, daß sie sich nicht öffnen ließ.

»Das würden Sie mir doch nicht antun«, sagte Reinhold, »Sie wissen doch, daß ich Sie liebe!« Und zum Beweis, daß er sie nicht nur begehrte, gab er ihr einen väterlichen Kuß auf die Stirn. Trotz ihrer schroffen Umgangsformen und ihrer scharfen Zunge hatte sie auch Vorzüge, und Reinhold wußte die Sorgfalt zu würdigen, mit der sie sich die Hände wusch. Morgens hatte er oft nach dem Duschen eine Erektion: Als er eines Tages aus dem Bad zurückkam, begegnete er auf dem Weg zu seinem Zimmer Mildred, die das Geschirr spülte. Er hatte ihre Hand genommen, als wolle er sie zum Gruß schütteln, und sie über sein steifes Glied geführt. Sie hatte ihre Hand zurückgezogen und ihn gerügt: »Was für eine Frechheit – und ich habe schmutzige Hände!« – »Sehen Sie doch, wie er vor Ihnen strammsteht«, hatte Reinhold darauf erwidert. »Und Sie wollen ihm nicht einmal guten Morgen sagen?« Er dachte, damit sei die Angelegenheit vergessen. Mildred hatte sich aber tatsächlich die Hände mit Seife gewaschen, sich vorsichtig umgesehen, ihn dann in eine Nische gezogen, mit beiden Händen unter seinen Morgenmantel gegriffen und sein Glied so geschickt gestreichelt, daß er gleich Erfüllung fand.

»So und jetzt seien Sie brav«, hatte sie damals gesagt, »und gehen Sie gleich wieder ins Bett, ohne noch weitere Dummheiten zu machen.« Sie glaubte, Reinholds Kopfverletzung sei schuld an seinem ungewöhnlich starken sexuellen Verlangen. Kopfverletzungen konnten alle möglichen Folgen haben, im Sexualbereich zum Beispiel zu zeitweiliger Impotenz führen, in ganz seltenen Fällen aber auch – und das war anscheinend bei Reinhold der Fall – zu höherer Erregbarkeit. Reinhold hörte sich ihre medizinischen Erklärungen mit ernstem Gesichtsausdruck an. Sie mochten sogar richtig sein – nur waren bei ihm diese Symptome schon vor der Verwundung aufgetreten: Er war von jeher stets bereit gewesen, mit jeder Frau zu schlafen, die ihm über den Weg lief, wenn sie nicht allzu unansehnlich war. Aber er ließ Mildred in dem Glauben, sein besonders starkes Verlangen sei eine Folge seiner Kopfverletzung.

Da es sich also bei Reinhold um ein Krankheitssymptom handelte, floß das Herz der handfesten Schwester Mildred vor Mitleid über. Seit seiner Verwundung hatte Reinhold nach und nach fast unbegrenzte Tyrannei derer kennengelernt, die imstande waren, Mitleid zu erregen, um es dann für ihre eigenen Zwecke auszunützen. Er selbst hatte nie an das Mitleid einer Frau appelliert und verachtete Männer, die sich so verhielten. Er behandelte Mildred daher wie alle anderen Frauen, aber sie betrachtete ihn ihrerseits immer noch als Opfer seiner Kopfverletzung. Sobald sie sein erigiertes Glied sah, überkam sie heißes Mitleid mit ihrem »armen Waisenkind«, und sie stürzte sich mit zärtlichen Küssen darauf. Mildred sah sich dabei eher in der Rolle einer barmherzigen Schwester, deren heilige Pflicht es war, Reinholds Symptome zu behandeln, was natürlich den Vorteil hatte, daß sie die ganze Befriedigung wohl getaner Pflicht empfand, ohne je von schlechtem Gewissen geplagt zu werden. Wenn sie ihm wieder einmal »geholfen« hatte, pflegte sie liebevoll zu lächeln und ihm zu sagen: »Nun gehen Sie schön schlafen, und lassen Sie mich mit Ihrem Unsinn in Ruhe!« Aber obwohl sie doch offensichtlich nur ihre Pflicht tat, achtete sie darauf, sich nicht überraschen zu lassen, und ließ ihn die meisten »Sonderbehandlungen« in der Nische der Schwesternküche zuteil werden, wenn sie Nachtdienst hatte.

Im Schein der Lampe sah Mildred jetzt reizender aus denn je, und dennoch spürte Reinhold kein Verlangen nach ihr. Im Gegenteil, er fürchtete außerstande zu sein, auf sie einzugehen, wenn sie ihn plötzlich mit ihrer Leidenschaft bedrängen sollte. Er würde sie vielleicht sogar wegstoßen, so sehr drängte es ihn, Tamara zu finden, bevor es zu spät war. Trotz dieser Unrast war er noch imstande, einigermaßen klar zu denken und zu begreifen, daß er eigentlich nichts anderes tun könne, als geduldig auf Tamaras Rückkehr zu warten, aber auch diese Einsicht beruhigte ihn nicht. »Was zum Teufel ist denn los mit mir?« fragte er sich, zog nervös an seiner Zigarette und zerknüllte die Zeichnungen in der Tasche seines Morgenmantels. Plötzlich holte er sie heraus, zerriß sie in kleine Fetzen und warf sie wütend in den Papierkorb unter dem Tisch.

»Seien Sie nicht so ungeduldig«, sagte Mildred und lächelte schelmisch. »Ich habe Ihnen doch versprochen, daß wir nachher Tee trinken, wenn Sie artig sind. In zwanzig Minuten, höchstens einer halben Stunde bin ich fertig.« Sie pflegte ihm »danach« eine Tasse Tee zu bringen, sobald er wieder im Bett lag; »Tee« war also eine Art Codewort für ihre Liebesspiele. Als Reinhold bewußt wurde, daß Mildred seine Unruhe auf sich selbst bezog, konnte er seiner Unrast nicht mehr Einhalt gebieten.

Plötzlich mußte er an das denken, was Levitzky ihm einmal gesagt hatte. Levitzky war ein bekannter Rechtsanwalt, mit einer Kanzlei auf der Ben-Yehuda-Straße in Jerusalem – bekannt nicht nur als Jurist, sondern auch als Don Juan. Einmal hatte Reinhold den Rechtsanwalt in Begleitung einer wenig reizvollen jungen Dame getroffen, nachdem er ihn kurz zuvor Arm in Arm mit einer stadtbekannten Schönheit gesehen hatte. Reinhold hatte sich darüber gewundert und ihn bei nächster Gelegenheit gefragt, »wie können Sie mit einer so häßlichen Frau schlafen, wenn Sie vorher mit einer solchen Schönheit das Bett geteilt haben?«

»Hören Sie, junger Freund«, hatte der weißhaarige Rechtsanwalt geantwortet, während er ihm väterlich den Arm um die Schultern legte, »ein richtiger Bulle nimmt jede Kuh. Wissen Sie, was man mit dem Bullen macht, wenn er wählerisch wird und bei der einen oder anderen die Nase rümpft? Ab ins Schlachthaus mit ihm!« rief der berühmte Rechtsanwalt so laut, als spreche er vor dem Obersten Gerichtshof, um zu verkünden, daß die Kraft seiner Lenden noch nicht versiegt sei und er trotz des weißen Haares noch längst nicht auf die Schlachtbank geführt werden müßte.

Reinhold hatte die Äußerung Levitzkys – übrigens eines Mannes, der sich durch guten Geschmack und umfassende Bildung auszeichnete – als vulgär empfunden, weil sie den Mann zum bloßen Zuchtbullen degradierte. Aber jetzt erkannte Reinhold, daß die Worte des Anwalts auch ein Körnchen Wahrheit enthielten. Statt den Bullen zu verachten, empfand er Mitleid mit ihm. Er sah im Geist die unschuldigen Augen des Bullen, der sich unsterblich in eine einzige Kuh verliebt hatte und nun langsam zum Schlachthaus trottete, ohne zu ahnen, daß er das Opfer seiner Liebe wurde. Damals, als Reinhold innerlich noch frei war, stand ihm die Welt offen. Kaum hatte er sich von Tamara verabschiedet, schon konnte er sich Mildred zuwenden. Aber wenn sich jetzt, nach vierzehn Tagen Enthaltsamkeit nicht irgendeine häßliche Frau, sondern die durchaus ansehnliche Mildred ihm zuwandte, geriet er in Panik und wollte fort, um Tamara zu suchen! Wenn sie ihm gestattet hätte, in ihrer Abwesenheit in ihrem Bett zu schlafen, seinen Kopf auf ihr Kissen zu legen und sich mit ihrer Decke zuzudecken!

Bei diesem Gedanken wurde ihm leichter. Auf einmal fiel ihm auch ein (etwa mit der gespannten Erregung, die einen Wissenschaftler überfällt, wenn er eine wichtige Entdeckung macht), wann das große, stille Glücksgefühl, mit dem er Tamara im Lesezimmer erwartet hatte, verschwunden war: Nicht die zufällige Begegnung mit dem aufgeblasenen Offizier hatte ihm die Laune verdorben (obwohl auch diese ihm einen bitteren Nachgeschmack hinterlassen hatte), sondern Charlottes mißtrauischer Blick durch den Türspalt.

Das war die Niedertracht eines armseligen Wesens, einer geborenen Sklavenseele! Tamara hatte ihr ausdrücklich aufgetragen, ihm, Reinhold, ein Bett im Hause zu richten, er hatte sie freundlich, ja geradezu herzlich behandelt und ihretwegen beinahe mit Tamara gestritten – und was tat Charlotte zum Dank? Nicht nur das eigens für ihn überzogene Bett verweigerte sie ihm, sie bot ihm nicht einmal eine Tasse Tee an. Sie hatte ihn nicht einmal über die Schwelle des Hauses treten lassen! Durch den engen Türspalt hatte sie ihn mit finsterer Miene angestarrt und ihm die Tür vor der Nase zugeschlagen, als sei er ein Hausierer oder Bettler.

»Sie wird für ihr Verhalten noch büßen!« nahm sich Reinhold vor, und er spürte, daß die Spannung in seinem Innern sich löste. Während er sich über Charlotte ärgerte, fiel ihm ein, was er noch unternehmen könnte, und zwar sofort: Es war durchaus denkbar, daß Tamara ihre Adresse oder wenigstens eine Telefonnummer bei Charlotte hinterlassen hatte!

»Mildred, Liebste, Beste – bitten Sie die Vermittlung, mich mit dieser Nummer zu verbinden – er schrieb Tamaras Telefonnummer auf –, dann lasse ich Sie endgültig in Frieden!« Auf der Station für Kopfverletzte durften die Patienten nicht direkt durchwählen. Vielleicht galt diese Vorschrift auch für alle anderen Stationen, aber bei dem Gedanken, daß er Mildreds Beistand benötigte um Tamara anzurufen, hatte er plötzlich einen derart absurden Einfall, daß er laut auflachte und Mildred ihn erstaunt anblickte und mit ihrer Arbeit innehielt. Vielleicht hatte Charlotte, nach allem, was ihr Tamara über ihn erzählt hatte, einfach Angst gehabt, ihn eintreten zu lassen, und sich gefürchtet, mit dem gefährlichen Kranken allein zu bleiben? Ein Kopfverletzter, so dachte sie wohl, konnte sich jeden Augenblick in einen tobenden Irren verwandeln!

Das mußte es wohl gewesen sein! Nichts als die Hysterie einer alten Jungfer! Denn am Telefon, da sie sich offensichtlich vor dem Irren sicher fühlte, klang Charlottes Stimme nicht nur höflich, sondern geradezu freundlich. Sie entschuldigte sich sogar, ihn nicht ins Haus gelassen zu haben, aber Tamara habe ihr ausdrücklich untersagt, Fremden in ihrer Abwesenheit Zutritt zu gewähren. Die Ausrede war zwar ziemlich fadenscheinig, er war ja schließlich kein Fremder – im Haus stand auf Anweisung von Frau Koren ein Bett für ihn bereit –, aber Charlottes Entschuldigungen beschwichtigten seinen aufsteigenden Ärger. Nein, Tamara habe keine Adresse hinterlassen, zur Zeit des Telefongesprächs habe sie selbst noch nicht gewußt, wo sie übernachten würde, man habe sogar auf eine Mitfahrgelegenheit nach Haifa gehofft, wo es leichter sei, eine anständige Unterkunft zu finden.

Allmählich ließ die unerträgliche Spannung in seinem Inneren nach. Natürlich, »ein anständiges Hotel«, da konnte man sich auf Tamara verlassen, sie würde schon für Bequemlichkeit sorgen! O, Tamara, meine liebe Tamara!

»War das nicht die Telefonnummer von dieser Dame...von der Frau Ihres besten Freundes?« fragte Mildred, als er den Hörer aufgelegt hatte.

Reinhold sah sie einen Augenblick lang starr an. Er begriff nicht gleich, von welchem besten Freund sie sprach. Als ihm schließlich Daniel einfiel, schien er ihm wie ein Wesen aus einer anderen Welt, das mit seiner Beziehung zu Tamara nicht das geringste zu tun hatte.

Mildred lächelte, und dieses Lächeln barg alles mögliche: leisen Spott, augenzwinkerndes Verständnis, vielleicht sogar ein wenig Eifersucht. Denn wenn Mildred sich auch aus reiner Nächstenliebe und Barmherzigkeit seiner sexuellen Nöte annahm, so war ihr weibliche Eifersucht doch nicht fremd. Reinhold wußte aus Erfahrung, daß man bei einer Frau am schnellsten zum Ziel kam, wenn man sie eifersüchtig machte – ein erprobtes, altes Mittel, nur wünschte er im Augenblick durchaus nicht, Mildreds Eifersucht zu erregen.

»Ja«, sagte er nach kurzem Schweigen. »Ich bin nicht nur der beste Freund ihres Mannes, ich bin auch sein Vorgesetzter als Ausbildungsoffizier und sein Vertrauter. Ich bin der einzige Mensch auf der Welt, dem Daniel Koren völlig vertraut!«

Reinhold hatte sehr langsam und bedächtig gesprochen, gar nicht spöttisch oder provozierend. Es war die wahrheitsgetreue Aufzählung von Fakten, und dabei empfand er kein Schuldgefühl. Im Gegenteil, er fühlte sich im Recht, weil er liebte und weil Tamara ihn liebte und ihm gehörte; alles andere befand sich außerhalb dieses magischen Kreises.

Das Lächeln um Mildreds Lippen erstarrte. Sie wollte etwas sagen, aber sie brachte nur einen erstickten Laut heraus.
»Jetzt sehen Sie, mit wem Sie die Ehre haben«, sagte er, und auch in diesen Worten lag keine Herausforderung. »Verachten Sie mich?« Er erhob sich, um in sein Bett zurückzukehren. Mildreds Lippen zitterten; gleich würde sie in Tränen ausbrechen. Doch dann gewann sie ihre Fassung wieder. Im Lampenlicht schimmerte eine einzige Träne in ihren Augen. Sie erhob sich, schob den Stuhl zurück, legte den Kopf an seine Brust und umschlang ihn mit beiden Armen. »Sie leiden«, flüsterte sie. »Gewissensqualen sind die schlimmsten. Aber man geht geläutert aus ihnen hervor.«

»Mein Gewissen quält mich durchaus nicht«, flüsterte er ihr ins Ohr, »und mit der Läuterung ist es auch nicht weit her.« Die Erregung, die er durch die Berührung ihres warmen Körpers empfand, beeinträchtigte seine Liebe zu Tamara. Doch Mildred schien gar nicht zugehört zu haben. Sie ließ sich auf die Knie nieder, nahm sein Glied in beide Hände und strich sich damit über Gesicht, Hals und Augen. Erst dann küßte sie es. Er glaubte, sie würde ihn nun wieder in eine Nische der Küche ziehen, doch diesmal ging sie nur zur Tür und schloß ab. Dann hob sie – was sie noch nie getan hatte – ihr Kleid hoch und schob sein Glied in ihren Schoß. In seiner Verwirrung gelang es ihm nicht, sich rechtzeitig zurückzuziehen, aber Mildred flüsterte ihm ins Ohr: »Mach dir keine Sorgen, Liebling! Ich bin voriges Jahr operiert worden«.

Nachdem sie die Tür wieder geöffnet hatte, trat Reinhold an den Tisch und nahm eine zweite Zigarette. Er wollte sie in die Küche begleiten, um den Tee vorzubereiten, aber sie wehrte ab. »Nein, nein«, sagte sie, »sei vernünftig und wasch dich, bevor du dich hinlegst...Ich bring dir den Tee ans Bett.«

»Du bist ausnehmend fürsorglich«, sagte er und küßte sie auf die Stirn, bevor er zu seinem Bett zurückkehrte. Mildred strahlte Güte, Reinheit, ja sogar Unschuld aus. Das Leben hatte sie nicht verdorben, nicht einmal verbittert war sie. Reinhold fiel ein arabischer Satz ein, den er in Kairo gehört hatte: »Die Welt ist Gift, und tropfenweise vergiftet sie die Seele des Menschen.« Was immer Mildred mit Reinhold trieb, ihre Seele blieb rein und unschuldig, so unglaublich das auch klingen mochte.

Am nächsten Morgen, als Reinhold aus dem Bad zurückkam, entdeckte er auf seinem Frühstückstablett ein Telegramm. Er stürzte sich nicht sofort darauf, sondern blieb einen Augenblick stehen und atmete tief durch. Was sollte er tun, wenn Tamara ankündigte, daß sich ihre Heimkehr noch einmal verzögerte? »Ich stehe auf und fahre zu ihr«, dachte er entschlossen. Wenn er auch nicht wußte, wo er sie suchen sollte, war er doch überzeugt, daß er sie finden würde, koste es, was es wolle. Dann öffnete er das Telegramm – und er schrie triumphierend auf. Das Telegramm war nicht von Tamara. Nach seiner Entlassung aus dem Lazarett habe er sich unverzüglich in Jerusalem beim Hauptquartier der Streitkräfte Seiner Majestät zu melden. Er werde dann die Papiere für die Versetzung zu seiner neuen Einheit erhalten. »Tamara, liebste Tamara, dies alles verdanke ich dir«, murmelte er vor sich hin und merkte, daß er Tamaras sentimentale Ausdrucksweise übernommen hatte. Aber im Überschwang seiner Freude störte ihn das nicht. »Ich werde sicher auch bald Verse über die berstende Sonne, den siebenten Himmel und göttliche Gefühle schreiben...«, dachte er.

Es waren erst vierzehn Tage vergangen, seitdem Tamara die Briefe abgeschickt hatte, und schon war die Antwort eingetroffen, und zwar nicht einfach eine allgemein gehaltene formelle Antwort des Inhalts: »Wir werden Ihr Gesuch wohlwollend behandeln...«, sondern eine positive Antwort, die besagte, daß er der neuen Einheit schon zugeteilt war. Was ihm vor seiner Verwundung trotz monatelangen Vorsprechens nicht gelungen war, hatte Tamara kraft ihrer Liebe in zwei Wochen erreicht: der Ausdruck ihrer Augen, als er von seinem Vater gesprochen hatte... ihre Stimme am Telefon... »ich habe die Briefe per Eilboten aufgegeben und sie geküßt, damit sich all unsere Träume verwirklichen...« Er hätte ein Gedicht schreiben können, das so anfing: »Ich beneide den Brief, den Tamara geküßt«, aber er wollte in diesem Augenblick kein Gedicht schreiben, sondern Tamaras Gesicht skizzieren. Doch als er die Papierserviette unter der Teetasse hervorgezogen und den ersten kräftigen Strich gemacht hatte, wurde ihm bewußt, daß Tamaras Bild vor seinen Augen verschwamm. Es war ihm immer so leicht gefallen, sich ihr Gesicht vorzustellen. Doch gerade jetzt, wo sein Gefühl für sie tiefer schien als je zuvor, flackerten ihre Züge wie hinter einem dünnen

Schleier, der im Wind flatterte und gelegentlich das eine oder andere Detail, ihren Hals, ihr Ohrläppchen, ein lächelndes Auge dem Blick freigab, aber alles verschwand sogleich wieder, und das geliebte Antlitz blieb verschwommen und unscharf.

Reinhold zerriß die Serviette in kleine Fetzen, um die Spuren der mißlungenen Skizze zu vernichten, und setzte sich hin, um zu frühstücken. Alle Versuche, den Schleier von Tamaras Antlitz zu entfernen, schlugen fehl. Plötzlich fiel ihm der Briefträger ein, der ihm seinerzeit die Nachricht von der Kunstakademie gebracht hatte. Er stand ihm deutlich vor Augen: Er sah sogar auf dem fliehenden Kinn ein dunkles Muttermal, aus dem ein paar Haare sprossen. Nie zuvor war ihm das aufgefallen. »Der Teufel soll ihn holen!« dachte Reinhold. Bei dem Gedanken an die merkwürdigen Streiche, die das Schicksal ihm gerade in dem Augenblick spielen konnte, als sein sehnlichster Wunsch in Erfüllung ging – zum Beispiel konnte das Schicksal Tamaras Rückkehr so lange hinauszögern, bis er schon bei seiner neuen Einheit war, um ihn begreifen zu lassen, es sei unmöglich, alles auf einmal zu bekommen –, mußte er vor sich hinlächeln. Du wolltest zu einer Kommandotruppe versetzt werden? Also gut, aber du wirst Tamara nicht wiedersehen!

»Ich will aber beides – Tamara und das Kommando«, gab Reinhold dem Schicksal trotzig zur Antwort und überlegte, was er tun sollte, falls er vor Tamaras Rückkehr an die Front müßte. Er wäre schließlich nicht der erste Soldat, der sich unerlaubt von der Truppe entfernte – dafür gab es höchstens vierzehn Tage Arrest. War Tamara die paar Tage nicht wert?

Aber darum ging es ja gar nicht. Etwas ganz anderes beschäftigte ihn. Er verdankte es Tamara, daß sein größter Wunsch in Erfüllung gegangen war, und doch ergriff ihn nun die dumpfe Angst, daß er dafür einen hohen Preis zu zahlen hätte. Er wußte, daß seine Furcht unbegründet war, Tamara würde Himmel und Hölle in Bewegung setzen, um so schnell wie möglich zu ihm zu kommen, und außerdem mußte er sich ja erst nach der Entlassung aus dem Lazarett im Hauptquartier melden. Dann kamen noch, auf ausdrückliche Weisung von Dr. Kramer, die zwei Wochen im Erholungsheim. Es bestand also überhaupt kein Grund, sich unerlaubt von der Truppe zu entfernen, um Tamara zu sehen. Dennoch – wie nach einem Traum, den man beim Erwachen vergessen hat und der doch einen bitteren Nachgeschmack hinterläßt – konnte er das Gefühl nicht loswerden, er müsse den höchsten Preis bezahlen.

Reinhold schob das Frühstückstablett fort, ohne das lauwarme hartgekochte Ei angerührt zu haben. Er beschloß, in die Küche zu gehen und sich dort heißen Tee zu holen; alles, was ans Bett gebracht wurde, war immer lauwarm, obwohl die Küche gar nicht so weit entfernt war. Das unbestimmte Angstgefühl beruhte wahrscheinlich nur auf der alten Vorstellung vom Neid der Götter oder der Furcht vor dem bösen Blick. An den Türpfosten ägyptischer Häuser hatte er die »Chamsia« gesehen – eine gemalte oder kupferne Hand, die vor dem bösen Blick schützen soll. Die fünf gespreizten Finger sollen den Satan abwehren und ihm befehlen: »Bleib stehen. Bis hierher und nicht weiter. Du wirst uns nichts antun können.« An der Küchentür begegnete er Dschamilla, die ihrer Tochter beim Abspülen half. Angeblich war sie hundert Jahre alt, aber genau wußte sie es wohl selbst nicht. Jedenfalls war auch ihre Tochter schon nicht mehr die jüngste, sondern mindestens fünfundsechzig. Niemand bat Dschamilla um Hilfe, am allerwenigsten ihre eigene Tochter, aber sie wollte sich noch nützlich erweisen und führte das, was man ihr auftrug, gewissenhaft aus. Die Frauen in der Küche, zumeist junge Araberinnen, waren in einer lebhaften Unterhaltung begriffen. Dschamilla wandte sich an Reinhold: »Sagen Sie, das ist doch unmöglich, oder?« – »Was ist unmöglich?« fragte Reinhold. Die anderen lachten verlegen, sie hatten wohl über Frauenangelegenheiten gesprochen, die einen Mann nichts angingen. Dschamillas Tochter versuchte, ihre Mutter zum Schweigen zu bringen. »Laß sein«, rief sie, »wir plappern zuviel und haben schon eine Menge Unsinn von uns gegeben.« »Also«, sagte die Alte unbeirrt und faßte ihre Frage in ein Gleichnis: »Sie gehen in ein Geschäft und wollen etwas kaufen, sagen wir eine Bluse. Im Laden gibt es die verschiedensten Blusen in den verschiedensten Farben – rot, blau, grün, gelb und braun. Man kann nicht alle Farben aufzählen, es gibt ja zu viele. Die Farben sind alle sehr schön, aber man kann sie nicht alle auf einmal tragen. Das ist doch unmöglich, oder? Junge Gazellen haben große Augen, die ganze Welt wollen sie auf einmal verschlingen. Aber so ist es nun einmal – solange man nichts gekauft hat, kann man unter allen Farben wählen, hat man sich jedoch entschieden und die blaue Bluse genommen, bezahlt und angezogen, so geht man in Blau, und alle anderen Farben sind für einen gestorben.«

»Aber natürlich haben Sie recht, Dschamilla«, sagte Reinhold und dachte im stillen: »Man muß immer wählen.« Hätte er jetzt die Wahl, so würde er die ganze Welt aufgeben und Tamara folgen. Das hatte mit freier Wahl oder mit Entscheidung nichts zu tun: Er mußte so handeln, weil er nicht anders konnte.

Er ließ sich viel Zeit mit dem Tee und benutzte die Gelegenheit, in der Küche heimlich eine Zigarette zu rauchen. Dann ging er über den Flur zurück, an dem das Zimmer der Oberschwester lag. Er wollte fragen, ob eine Nachricht für ihn eingetroffen sei, damit er »das Schlimmste« sofort erfuhr. Bis zur Besuchszeit fehlten noch acht Stunden, und je früher er das Schlimmste erfuhr, dest kürzer war die nutzlose Vorfreude. Das Wissen um etwas war sonst auch schon ein Heilmittel, zumindest der Beginn der Heilung. Er wußte zwar noch nicht, welches das Heilmittel sein würde, eines aber stand fest: Er mußte sofort zu ihr fahren.

Mildred hatte ihre Nachtschicht beendet und schlief nun in ihrem Zimmer. An der Tür der Oberschwester stand ein Arzt und schalt die diensthabende Schwester: »Sie können alle von Mildred lernen«, rief er. »Genauigkeit in kleinsten Dingen, Verantwortungsbewußtsein, Pflichtgefühl... Und sehen Sie, wie sie die Karteikarten der Patienten ausfüllt? Es würde ihr nicht einfallen, sich mitten in der Arbeitszeit so zu benehmen wie Sie...«

»Wenn der wüßte«, dachte Reinhold und fragte sich, ob der Arzt in der Lage wäre, Mildreds hingebungsvolles Pflichtbewußtsein noch mehr zu schätzen.

Reinhold zog sich schnell zurück, bevor der Arzt sich umdrehte. Es wäre ihm peinlich gewesen, wenn die Krankenschwester gemerkt hätte, daß er die Schelte des Arztes mitangehört hatte. Er würde in einer halben Stunde wiederkommen. In der Zwischenzeit konnte er seine Suche nach Tamara planen.

Das aber war nicht mehr nötig. Tamara saß an seinem Bett und wartete auf ihn. Sie war unmittelbar nach ihrer Rückkehr aus Jerusalem zu ihm gekommen. Schon von der Tür aus sah er sie auf dem Stuhl aufrecht sitzen und in einer Illustrierten blättern. Gerührt blieb er stehen: Er hatte nicht mehr gewußt, daß sie so zauberhaft war. Und wie sonnengebräunt sie war! Anscheinend hatte sie in diesen vierzehn Tagen Zeit gefunden, sich in die Sonne zu legen. Ihre Haut leuchtete in sanftem Gold, und das blaue ärmellose, tief ausgeschnittene Sommerkleid enthüllte die ganze Schönheit ihres Körpers. Das üppige Haar war hochgesteckt und gab den schlanken Hals und die Schultern frei. Reinhold blieb wie angewurzelt stehen, der Traum war endlich Wirklichkeit geworden. Neben ihm, in der Nische mit dem Waschbecken, hing ein Spiegel. Er betrachtete sein Spiegelbild: Ein blasser, junger Mann mit dunklen Ringen unter den Augen sah ihm entgegen. Er war so bleich, als würde er jeden Augenblick zusammenbrechen. Die tiefe Bräune, die er in der Wüste erworben hatte, war verschwunden. »Warum ausgerechnet du?« fragte Reinhold sein Spiegelbild. »Es gibt viel wertvollere, bedeutendere, besser aussehende Männer als du – weshalb also ausgerechnet du?«

KAPITEL 5

Reinhold erlebte eine lustige Überraschung, als er nach Verlassen des Lazaretts den Dienst antrat: Oberschwester Clara stand im Verdacht, für die Italiener zu spionieren! Wer hätte gedacht, daß diese vertrocknete alte Jungfer, die pedantisch die Anweisungen der Ärzte befolgte, Tag und Nacht mit Falkenaugen über Ordnung und Sauberkeit wachte und das Krankenhaus nur verließ, um ihre Schwester im Kloster zu besuchen, die gleiche Rolle spielte wie Bauchtänzerinnen und Verführerinnen etwa in der Art der Mata Hari? Als er dann die Akte bearbeitete, fiel ihm ein, daß sie bei seiner Aufnahme ins Augusta-Victoria-Krankenhaus mit einem großen schwarzen Heft in der Hand auf ihn zugekommen war und ihn über die genauen Umstände seiner Verwundung ausgefragt hatte. In der Auffassung, das gehöre zu ihren Aufgaben, hatte er ihr nichts verschwiegen. Eine weniger amüsante Überraschung war für ihn die Entdeckung, daß das italienische Spionagenetz im Nahen Osten weit besser organisiert war als das deutsche, obwohl Graziani eine Niederlage nach der anderen einstecken mußte, während Rommel fortwährend siegte.

Die Spionageabwehr, der Reinhold zugeteilt worden war, war ebenso wie das britische Hauptquartier im King-David-Hotel untergebracht. Ihr unterstand auch die Einheit, mit der John Haselden hinter den deutschen Linien operierte und zu der Reinhold sich hatte versetzen lassen. Nach seiner Entlassung aus dem Krankenhaus hatte er sich fieberhaft überlegt, wie er es bewerkstelligen könne, noch ein paar Tage in Jerusalem und bei Tamara zu bleiben, ehe er nach Kufra abgestellt wurde. Als er sich aber im King-David-Hotel meldete, merkte er sofort, daß niemand es eilig hatte, ihn in die Wüste zu schicken. Sofern man ihm überhaupt Beachtung schenkte, schien man im Gegenteil daran interessiert zu sein, ihn in Jerusalem im Hauptquartier festzunageln. Das erste Gespräch führte er mit einem gewissen Captain Sperling, einem hageren Engländer mit Hängeschultern und Brille, der wie ein bedrückter Buchhalter aussah, dem man die Verantwortung für eine schlecht geführte Firma aufgebürdet hat und der vergebens versucht, den Konkurs abzuwenden. Reinhold wußte vom ersten Augenblick an, daß Sperling nicht seine Wellenlänge hatte. Sperling hatte sich ihm gegenüber ausgesprochen kühl verhalten, und Reinhold war überzeugt, daß er ihn so schnell wie möglich wieder loswerden wollte, wahrscheinlich hätte er ihn am liebsten sofort nach Sidi-Barani geschickt oder gleich hinter die deutschen Linien oder zum Teufel. Er war daher sehr überrascht, als das Gegenteil eintrat und Sperling ihm nicht nur mehr und mehr Verantwortung übertrug, sondern ihm auch das Zimmer neben seinem Büro zuteilte. Erst sehr viel später wurde Reinhold klar, wie sehr er sich getäuscht hatte. Aber zu diesem Zeitpunkt erschien Reinhold dieses erste Gespräch schon in einem ganz anderen Licht.

Vielleicht war auch das King-David-Hotel daran schuld, daß das Gespräch so unglücklich verlief: Die imposante Eingangshalle, die palmenbestandene Veranda an der Rückseite mit dem Blick auf die Mauern der Altstadt – das alles hatte ihn verwirrt. Anstatt sich zu überlegen, worüber er mit seinem neuen Vorgesetzten sprechen sollte, hatte er unentwegt an Tamara denken müssen. Nachdem er die Posten am Eingang passiert und bei zwei Stabsfeldwebeln in zwei verschiedenen Zimmern im Erdgeschoß Formulare ausgefüllt hatte, mußte er warten, bis Captain Sperling Zeit hatte und ihn rufen ließ. Eine Trennwand teilte die Eingangshalle: Nur ein Flügel des Hotels war für das Hauptquartier beschlagnahmt worden, der andere wurde noch von privaten Gästen bewohnt. Reinhold ließ sich in einen Sessel fallen und blickte auf die Veranda hinaus. Der zivile Flügel befand sich auf der linken Seite. Durch das breite Fenster sah er dort Oberkellner in weißen Hemden, mit schwarzer Fliege und sudanesische Diener in ihren weißen, wallenden Gewändern mit dem roten Fez das Mittagessen servieren, und er dachte, wie angenehm es sein müßte, in Tamaras Gesellschaft dort zu verweilen. Er träumte von Flitterwochen mit Tamara und fing an, Luftschlösser zu bauen: Er sah sie in einem weißen Brautkleid an seinem Arm die Halle betreten.

Die Hotelangestellten starrten ihr nach, bis sie in den rechten Seitengang einbog, der zur Hochzeitssuite führte.

In den Blicken der Kellner las er – unter der berufsmäßigen Höflichkeit – die erstaunte Frage: »Warum hat sie gerade ihn auserkoren?« Es war aber nicht die Verwunderung des Hotelpersonals, die diesem Tagtraum plötzlich ein Ende setzte, sondern sozusagen ein topographisches Detail. Der zivile Flügel des Hotels befand sich links vom Eingang, also hätte sich auch Tamara nach links wenden müssen. In seinem Tagtraum aber ging sie nach rechts – als liege das Brautgemach in den Amtsräumen des Stabschefs. Er versuchte, den Traum noch einmal abrollen und Tamara nach links abbiegen zu lassen, aber es gelang ihm nicht. Was sich ereignet hatte, ließ sich nicht mehr rückgängig machen, weder in Wirklichkeit noch im Traum, aber Reinhold wollte das nicht wahrhaben. Hätte Tamara das Hotel betreten, dachte er, und sich nach rechts gewandt, so hätte ein Auge oder eine Kamera die Rechtswendung festgehalten, und nichts könnte diese Tatsache aus der Welt schaffen. Aber es ging ja nicht um Tamaras wirkliches Leben und um das, was sie wollte, nicht einmal um sein eigenes Leben. Er hatte im Halbschlaf eine Vision gehabt, und es müßte ihm doch gelingen – so versuchte er sich selbst zu überzeugen –, seinen Traum zu korrigieren, wie ein Regisseur, der seine Regieanweisungen ändert. Endlich gelang es ihm, aber dem Bild fehlte plötzlich die Lebensnähe, die Wahrheit des ursprünglichen Traumbildes. »In Wirklichkeit hätte ich sie doch in die andere Richtung führen können«, dachte Reinhold, stand auf und lief in der Halle auf und ab, die sich inzwischen mit Soldaten aller Nationalitäten gefüllt hatte. »In Wirklichkeit hätte ich zu ihr gesagt: ›Tamara, du gehst in die falsche Richtung, unser Zimmer liegt links‹, dann wäre auf die Rechtswendung die Linkswendung erfolgt, und das eine Faktum wäre genauso wirklich gewesen wie das andere. Mit anderen Worten und im Widerspruch zu dem, was phantasielose Narren glaubten: Über die Realität hatte man weit mehr Macht als über die Träume. Wen er eigentlich mit den phantasielosen Narren gemeint hatte, auf die er plötzlich so wütend war, hätte er nicht sagen können. Er wunderte sich, daß er links und rechts in seinen Träumen so viel Wichtigkeit beimaß. »Worüber rege ich mich eigentlich so auf?« fragte er sich. »Was wäre schließlich schon dabei, wenn ich mit ihr in das Empfangsbüro des Stabschefs gegangen wäre? Hätte ich weiter geträumt, wäre aus seinen Amtsräumen vielleicht doch noch ein Brautgemach geworden!« Dagegen sprach allerdings, daß Tamaras Rechtswendung den Strom der Bilder zum Versiegen gebracht hat. Sogar in seinen Tagträumen war ihm der Weg ins Brautgemach versperrt. Damals, als er noch gemalt hatte, hatte er ähnliches erlebt. Beim Malen wie bei seinen Tagträumen hatte er dem Gesichtswinkel, aus dem man die Dinge sah, und die Richtung, in die sie sich bewegten, eine außerordentliche, ihm selbst unverständliche Bedeutung beigemessen. »Die Richtung, in die sich die Dinge bewegen«, wiederholte Reinhold. Der Gedanke schien ihm plötzlich aus vielerlei Gründen wichtig, gab ihm das Gefühl, kurz vor einer bedeutsamen Entdeckung zu stehen – doch statt dessen erlebte er eine tiefe Enttäuschung: Ein Soldat, der eben hereingekommen war, setzte sich in den Sessel, in dem Reinhold seinen Flitterwochentraum geträumt hatte, streckte die Beine weit von sich und ließ die Hände über die Lehne baumeln.

Natürlich wußte Reinhold, daß er kein Anrecht auf diesen Sessel hatte; da er aufgestanden war, konnte sich jeder x-beliebige darauf niederlassen. Dennoch verdüsterte sich sein Gesicht, als er sich in einen anderen Sessel setzte. Er ärgerte sich nicht nur darüber, daß ein anderer auf seinem Sessel saß, sondern vor allem über den Soldaten, der sich dort breit machte: Es war der Schotte, der sich in der Kantine von Fajid betrunken neben dem Schanktisch übergeben hatte und von zwei Militärpolizisten hinausgetragen worden war, während Daniel ihm zum erstenmal von seiner Frau Tamara erzählte. Daniel hatte ihm damals gerade gesagt, daß jedes Opfer, das er trug, von dem erhebenden Gefühl wettgemacht würde, daß eben *diese* Frau seine Frau sei! Reinhold hatte ihm zugehört und dabei bemerkt, daß die beiden Militärpolizisten die Handbewegungen des betrunkenen Schotten falsch gedeutet hatten. Dem Schotten war sehr schlecht, er mußte sich fortwährend übergeben, taumelte hin und her und fiel schließlich auf die Knie. Als sie ihn hochzogen, hob er beide Hände, wie ein müder kleiner Junge, der dem Vater die Arme um den Hals legen will. Die Militärpolizisten aber glaubten, er wolle ihnen die Zähne einschlagen und boxten ihn unentwegt in den Magen, während sie ihn hinausschleiften. Vielleicht hatten sie die Handbewegung gar nicht falsch ausgelegt, sondern nur die Gelegenheit benutzt, über einen Schwächeren herzufallen. Dieser Anblick bedrückte Reinhold und machte ihn Daniel gegenüber noch gereizter, weil er sich von seiner Frau so viel gefallen ließ. Der Kopf des Schotten, der plötzlich über der Sessellehne auftauchte, erschien Reinhold wie ein böses Vorzeichen. »Ausgerechnet er – und dazu in Tamaras Sessel!« Reinhold wußte wohl, daß diese zufällige Begegnung überhaupt keine Bedeutung für sein Leben hatte und daß seine wirren Gedankengänge nur die Folge seiner inneren Anspannung waren. Er sollte sich auf das Gespräch mit seinem neuen Chef vorbereiten und wäre doch am liebsten weggelaufen, geradewegs zu Tamara. Dennoch konnte er sich des Eindrucks nicht erwehren, ein Hauch aus einer anderen Welt habe ihn gestreift, es sei etwas sehr Merkwürdiges geschehen, das den Strom der Zeit nicht in der gewohnten Richtung fließen ließ. War man denn überhaupt sicher, daß die Zeit nur von der Vergangenheit über die Gegenwart in die Zukunft fließt?

Das Gefühl, daß der Mann vor ihm nur eine Erscheinung sei, ein Geist aus einer anderen Welt, der sich gerade hier und jetzt als schottischer Soldat in diesem Sessel materialisiert hatte, war so stark, daß er näher trat, um den Soldaten anzurühren. Von der Nähe sah der Schotte gewöhnlich und brutal aus. Schon der Geruch nach kaltem Schweiß ließ keinen Zweifel über seine physische Existenz zu, und Reinhold zog sich rasch zurück. Er wäre nicht erstaunt gewesen, wenn der Schotte aufgestanden wäre und einen betrunkenen Soldaten ebenso verprügelt hätte wie es die Militärpolizisten mit ihm getan hatten, als er betrunken war.

Wer sich an die Vergangenheit nicht erinnert, ist dazu verdammt, sie noch einmal zu durchleben. Reinhold wußte zwar nicht mehr, wo er diesen Satz gelesen hatte und von wem er stammte, aber er war ihm plötzlich beim Anblick des schottischen Soldaten wieder eingefallen. Hätte das Schicksal aber diesen Satz wirklich beweisen wollen, hätte es nicht den Schotten, sondern Sylvia Brook herbeizaubern sollen, dachte Reinhold. Reinhold hätte sie um Verzeihung gebeten, daß er damals, in dem griechischen Lokal in Alexandrien so spöttisch gelächelt hatte, als sie ihm erzählte, wie sehnsüchtig sie darauf warte, die geliebte Stimme von Elizabeth Start zu hören, und sei es nur am Telefon.

Vielleicht hatte Sylvia sein Lächeln gar nicht bemerkt, und die Entschuldigung war daher überflüssig, und selbst wenn es ihr aufgefallen war, hätte es sie gewiß nicht besonders gekränkt, denn sie waren es gewohnt, einander nicht nur spöttisch anzulächeln, sondern regelrechte Wortgefechte zu liefern, wobei sich Sylvia besonders hervortat, ohne es böse zu meinen. Trotzdem fühlte er die Verpflichtung, sich für das Spötteln zu entschuldigen, das ihr wahrscheinlich entgangen war. Säße sie jetzt in diesem Sessel, hätte er ihr gesagt, daß er jetzt begriff, was es hieß, viele Monate warten zu müssen. Er hielt es nicht einmal vierzehn Tage ohne Tamara aus, und jetzt stand ihm eine monatelange Trennung bevor. Wenn er nach vielen Monaten auf Urlaub zu einem Stützpunkt in die Wüste zurückkehren würde, hätte er nicht einmal die Möglichkeit, Tamaras Stimme am Telefon zu hören. Wer weiß, wie lange der Krieg noch dauern und ob er sie überhaupt wiedersehen würde!

Damals wußte Reinhold noch nicht, daß man es im Hauptquartier nicht eilig hatte, ihn in die Wüste zu schicken. Als Captain Sperling ihn endlich rufen ließ, stand er noch ganz unter dem Eindruck seines Tagtraumes und der Überraschung, den Schotten wiedergesehen zu haben. Daher fiel es ihm schwer, die richtigen Worte zu finden, besonders da Sperling gleich zu Anfang das Gespräch in eine Art Sackgasse lenkte, aus der Reinhold nicht wieder herausfand.

Auf dem Schreibtisch lag der Text des Tagesbefehls von General Claude Auchinlek, dem Oberbefehlshaber der britischen Streitkräfte im Nahen Osten. Captain Sperling sah, daß Reinhold einen Blick aufs Blatt warf und sagte: »Setzen Sie sich und lesen Sie es in aller Ruhe durch. Wir haben Zeit.«

Reinhold dankte ihm und nahm Platz. Während er las, merkte er, daß Captain Sperling ihn durch seine dicken, etwas beschlagenen Brillengläser beobachtete.

An alle Kommandeure und Stabschefs.
Hauptquartier. Britische Truppen in Ägypten.
Streitkräfte im Nahen Osten.

Es besteht die Gefahr, daß unser Freund Rommel für die Truppe zu einer Art Schreckgespenst wird. Jedenfalls wird viel zuviel über ihn geredet. Dabei ist er keineswegs ein Übermensch, wenn auch nicht in Abrede gestellt wer-

den kann, daß er fähig und energisch ist. Selbst wenn er ein Übermensch wäre, sollten unsere Soldaten ihm keine übernatürlichen Kräfte zuschreiben.

Ich bitte der Vorstellung mit aller Entschiedenheit entgegenzutreten, Rommel sei mehr als eben ein deutscher General. Dabei ist von entscheidender Bedeutung, daß wir nicht immer von Rommel sprechen, wenn vom Feind in Libyen die Rede ist. Es muß »die Deutschen« heißen oder »die Achsenmächte« oder einfach »der Feind«, ohne daß Rommels Name ständig genannt wird. Diesem Befehl ist unverzüglich Folge zu leisten, die Kommandeure sind nachdrücklich darauf hinzuweisen, daß die Angelegenheit von hoher psychologischer Bedeutung ist.

(gez.)
C. J. Auchinlek
Oberbefehlshaber der
Streitkräfte im Nahen Osten.

»Können Sie das ins Deutsche übersetzen?« fragte Sperling, als Reinhold die Lektüre beendet hatte.

»Selbstverständlich«, erwiderte Reinhold. »Deutsch ist meine Muttersprache.«

Sperling brummelte vor sich hin und blätterte in Reinholds Akten. »Natürlich«, sagte er, ohne aufzublicken, »Sie sind ja in Berlin geboren...« Er schloß die Akte und räusperte sich. »Sie sind aufgrund höchster Empfehlungen zur Spionageabwehr gekommen«, sagte er und begann mit einem Vortrag über die Aufgaben der Einheit, sprach von der Schweigepflicht, der Loyalität, der Ehre – Sätze, die Reinhold erwartet hatte. Unerwartet war nur der Ton, in dem Sperling all das vorbrachte: als wolle er sich dafür entschuldigen, daß er Reinhold einige persönliche Fragen stellen müsse, wie sie die Einstellungsroutine vorschrieb. Er sprach geradezu respektvoll. Reinhold meinte zuerst, die merkwürdige Achtung Sperlings rühre daher, daß er von so ausgezeichneten Offizieren wie John Haselden und Geoffrey Keyes empfohlen worden sei, merkte aber bald, daß er sich geirrt hatte. Sperlings Respekt galt der Tatsache, daß er deutscher Abstammung war. »Er hat Respekt vor mir«, dachte Reinhold erstaunt, »weil Rommel siegt, nicht weil mich Haselden empfohlen hat!«

Während seines Dienstes bei verschiedenen Einheiten hatten ihm oft einfache englische Soldaten das Kompliment gemacht: »Du bist wirklich wie einer von uns«, weil er blond und breitschultrig war, blaue Augen hatte und hart zuschlagen konnte. Deshalb sah man ihm auch nach, daß er ein »Deutscher« war. Hier aber saß ihm ein Captain gegenüber, der in ihm gerade umgekehrt den Vertreter der Nation respektierte, die einen Rommel hervorgebracht hatte. Als Sperling zum dritten- oder viertenmal seine Abstammung erwähnte, unterbrach ihn Reinhold: »Ich bin kein Deutscher. Ich bin Jude!«

Sperling wurde einen Augenblick lang verlegen und betonte sofort, daß niemand an Reinholds Loyalität wegen seiner deutschen Abstammung zweifelte; er sei ja auch aufgrund von Empfehlungen »von höchster Stelle« angenommen worden.

»Wenn Sie von uns Juden sprechen«, sagte Reinhold, »sollten Sie die umgekehrte Frage stellen: Verhält sich unsere Heimat uns gegenüber loyal? Wir haben Deutschland geliebt, aber Deutschland hat uns nicht geliebt. Wir waren Deutschlands treue Söhne, aber es hat uns verraten. Mein Gesuch, in der Kommandoeinheit zu dienen, hat persönliche Gründe. Ich habe eine alte Rechnung zu begleichen...«

Reinhold hatte nicht vorgehabt, so zu reden, andererseits war ihm völlig gleichgültig, was in Sperlings Kopf vorging. Diese Worte waren ihm wie von selbst über die Lippen gekommen, und schon sah er sich am Rande eines Abgrundes, in den er durchaus nicht stürzen wollte.

Allgemeine Phrasen über »Identität«, »Heimat«, »jüdisches Schicksal« waren ihm verhaßt. Er hatte auch nicht die Absicht, Sperling einen Vortrag über die Judenfrage zu halten, sondern sein Judentum erwähnt, weil der Engländer Rommels brillante Kriegführung so offensichtlich bewunderte. Der Satz »Ich bin kein Deutscher, ich bin Jude« war ihm entfahren, weil er an seinen Vater gedacht hatte, der Jude gewesen war und den er über alles geliebt hatte. Das ging ihn aber ganz allein an und er wünschte nicht darüber zu sprechen, schon gar nicht mit Captain Sperling. Ließ sich das Thema »Identität« aus irgendeinem Grund nicht umgehen, so verwirrte sich dieses sehr persönliche Problem für Reinhold derart, daß er dann keinen Ausweg aus dem Labyrinth mehr fand. Diese Verwirrung hatte bei seiner Ankunft in

Palästina ihren Höhepunkt erreicht: Am Tag vor seiner Einberufung war er zum Oberrabbinat gebeten worden, weil er Trauzeuge bei der Hochzeit eines Freundes sein sollte. Es stellte sich heraus, daß er in den Augen der Rabbiner nicht dazu berechtigt war. Wohl bestand kein Zweifel am Judentum seines Vaters, es ließ sich aber nicht feststellen, ob auch seine Mutter, die »deutscher Abstammung« war, bei ihrer Heirat zum jüdischen Glauben übergetreten sei. Da also seine Mutter möglicherweise keine Jüdin gewesen war – so wurde ihm im Rabbinat erklärt –, sei auch er kein Jude, obwohl er der Sohn eines Juden war, er sich selbst als Jude fühlte und das Hitlerregime ihn wegen seiner Glaubenszugehörigkeit vernichten wollte. Er sei kein Jude, solange er nicht nach orthodoxem jüdischem Gesetz zum Judentum übertrat. Doch Reinhold empfand durchaus kein Bedürfnis, offiziell zum Judentum überzutreten, es störte ihn nicht im mindesten, daß er vor dem Gesetz kein Jude war, denn seinem Empfinden nach war es eine Privatangelegenheit zwischen ihm und seinem Vater, und was die »Problematik der Identität« betraf, so verstand er überhaupt nicht, wie sich jemand mit so abstrakten Begriffen wie »Nation«, »Religion« oder »Ideologie« zu identifizieren vermochte. Er konnte sich nur mit Menschen identifizieren, die so fühlten und dachten wie er und ihm wohlgesonnen waren. Alles andere – sein derzeitiger Aufenthaltsort und die Angaben in seinem Paß – interessierten ihn herzlich wenig. Sylvia zum Beispiel, die Engländerin war, stand ihm viel näher als diese Rabbiner, die Juden wie er waren, und mit John Haselden verband ihn wesentlich mehr als mit den meisten Juden, die er in Jerusalem kennengelernt hatte. Und Haselden war kein Jude. Er war ebensowenig ein »richtiger« Engländer wie Reinhold ein »richtiger« Jude war. Sein Vater stammte aus England, seine Mutter aus Griechenland, er selbst war in Ägypten geboren und aufgewachsen und hatte zeit seines Lebens dort gelebt. Arabisch beherrschte er besser als die meisten Ägypter.

»Was die Kommandoeinheit betrifft«, sagte Sperling, nachdem er sich mehrmals geräuspert, die Akte auf- und zugeschlagen und seine Brille geputzt hatte, »so hat das noch Zeit. Im Augenblick wäre ich Ihnen dankbar, wenn Sie den Tagesbefehl des Oberbefehlshabers ins Deutsche übersetzen würden. Ein ungewöhnlicher Tagesbefehl... sehr klug vom psychologischen Standpunkt aus...

was halten Sie davon? Ich meine... Sie können die Dinge doch sozusagen auch von der anderen Seite aus beurteilen?«

»Ich glaube, es handelt sich hier um den Neid der Generäle«, sagte Reinhold. »Wenn Rommel diesen Tagesbefehl in die Hände bekäme, wäre er wahrscheinlich stolzer darauf als auf alle seine Orden und Auszeichnungen.«

»Sperlings Gesichtsausdruck verfinsterte sich. Ohne auf Reinholds Worte einzugehen, drückte er ihm ein Bündel deutscher und italienischer Tagesbefehle in die Hand, die Reinhold ins Englische übersetzen sollte. Reinhold bestand die erste Prüfung – die Übersetzung ins Deutsche – mit Leichtigkeit und erfolgreicher, als er ahnen konnte. Er wußte nicht, daß Sperling schon eine deutsche Übersetzung des Tagesbefehls vorlag – einer der Stabsoffiziere des Afrika-Korps hatte sie für Rommel angefertigt, und ein Exemplar des deutschen Textes war einer Einheit des britischen Nachrichtendienstes in die Hände gefallen. Als Sperling die beiden Übersetzungen verglich, stellte er fest, daß sie fast identisch waren. Daraufhin übergab er Reinhold sofort das Dossier von Schwester Clara, die unter Spionageverdacht stand.

Als Reinhold mit der Akte auf den Flur hinaustrat, stieß er mit Jake Easonsmith zusammen. Er war soeben im Direktflug aus der Sahara eingetroffen. Aus seinem sonnengebräunten Gesicht, dem lockigen Haar und dem sieben Monate alten Bart, der ihm in der libyschen Wüste, weit hinter den deutschen Linien gewachsen war, lag noch der weiße Sandstaub. Er war einer der tapfersten Offiziere der Kommandoeinheiten und stand nicht nur bei seinen Soldaten, sondern auch beim Stamm der Senussi in hohem Ansehen, der ihm die Ehrenbezeichnung »Held der Wüste« verliehen hatte. Easonsmith war kein Berufssoldat, sondern ein etwa dreißigjähriger einfacher Weinhändler aus Bristol, der sich bei Kriegsausbruch zum Militär gemeldet hatte. Als er an die Wüstenfront verlegt worden war, hatte er sich freiwillig zu den Einheiten gemeldet, die hinter den deutschen Linien operierten. Der ruhige, bescheidene, schweigsame Mann erwies sich rasch als glänzender Offizier. Selbst Haselden, der ein erfahrener Afrikakämpfer war und auf jeden Neuling ironisch herabzublicken pflegte, sprach nur mit dem größten Respekt von ihm und sagte, er sei ein Phänomen, »irgendwie unheimlich«. Auch Reinhold, der noch nie ein Wort mit ihm gewechselt hatte, hatte daraus geschlossen, daß

Easonsmith in Wirklichkeit außergewöhnliche Fähigkeiten besitzen müsse.

Easonsmith war geradewegs aus der Wüste gekommen, um einen dringenden Auftrag zu erfüllen. Angetan von der unerwarteten Begegnung, war Reinhold fest davon überzeugt, daß der Generalstabschef persönlich Easonsmith den gebührenden Empfang bereiten würde. Er war daher höchst erstaunt, daß die Offiziere und Unteroffiziere, die auf dem Flur hin und her eilten, keinerlei Notiz von dem Mann nahmen, der in der Wüste legendären Ruf genoß. Auch erschien weder der Generalstabschef noch sonst jemand, um Easonsmith zu empfangen. Dieser ging auf Reinhold zu und fragte mit verlegenem Lächeln, wo sich das Büro des Truppenkoordinators befinde. Reinhold legte Claras Akte hin, um ihm beim Suchen behilflich zu sein.

Sperling hatte sein Büro schon verlassen, und als sie in den anderen Zimmern auf der Etage nachfragten, stellten sie fest, daß keiner seinen Namen und seine Einheit kannte.

»Seitdem das Hauptquartier von Kairo nach Jerusalem verlegt worden ist, komme ich mir vor wie ein Waisenkind, das nach einem Vater sucht«, sagte Easonsmith gelassen lächelnd. Schließlich fanden sie den Truppenkoordinator Morgan, einen Mann mit ausdruckslosem Gesicht und überhöhtem Selbstbewußtsein, auf einer anderen Etage. Auch er hatte noch nie etwas von Easonsmith gehört und zeigte sich höchst ungehalten über die Frechheit dieses Kerls mit dem staubigen Bart, der plötzlich vom Himmel fiel und es wagte, ihn beim wichtigen Geschäft des Kriegführens zu stören.

»Ein großer Teil der Akten aus Kairo ist noch nicht eingetroffen«, sagte er in einem Ton, der von vornherein jede Unterhaltung unmöglich machte. »Was schon vorliegt, konnte noch nicht gesichtet werden.«

Reinhold kehrte bedrückt in sein Büro zurück. Er fühlte sich persönlich betroffen durch den frechen Empfang, den der arrogante Morgan Easonsmith bereitet hatte, der aber lächelnd und gelassen seine Angelegenheit vorgetragen hatte, ohne sich um das ungehörige Benehmen Morgans zu kümmern. Obgleich Reinhold die Angelegenheit nichts anging, bedrückte es ihn, daß er nicht eingegriffen hatte. Zugleich beunruhigte ihn der Gedanke, daß er gewisse Dinge über die Akten, die angeblich noch in Kairo waren, hätte wissen müssen – aber was er hätte wissen müssen, war ihm völlig unklar. Es war also sinnlos, darüber nachzudenken. Darum vertiefte er sich verbissen in die Akte von Oberschwester Clara.

*

Daß Oberschwester Clara für die Italiener spionierte, wurde Reinhold schon bei der ersten flüchtigen Durchsicht der deutsch und italienisch geschriebenen Dokumente klar. Je weiter er las, desto eindeutiger wurde das Beweismaterial. Er entdeckte auch, daß Claras Beziehungen zu dem italienischen Kontaktmann Gino Piatti, der im Eden, einem römischen Luxushotel, wohnte, keineswegs rein dienstlicher Natur waren. Unter der Korrespondenz befand sich auch ein persönlicher Brief von Piatti, der Clara über das Kloster erreicht hatte und die überschwenglichsten Liebesbeteuerungen enthielt. »Sieh mal einer an«, dachte Reinhold, »da schickt ein junger, schnurrbärtiger Mann Liebesbriefe an eine säuerliche alte Jungfrau, die dreißig Jahre älter ist als er.« Seine Einstellung Clara gegenüber wandelte sich mit einem Schlag: Sie spionierte nicht um des schnöden Mammons willen, nicht um Geld, das sie mit dem krankhaften Geiz alter Frauen in einer Schweizer Bank anhäufte, auch nicht aus politischem Fanatismus, sondern aus Liebe. Mit seinen schwülstigen Beteuerungen hatte der schnurrbärtige Schönling die längst verblaßten Träume ihrer Jugend geweckt. Sie arbeitete umsonst für ihn, mit der grenzenlosen Hingabe einer romantischen jungen Seele, die an einen alternden Körper gefesselt war. Und alle Gefahren, die mit der Spionagetätigkeit verbunden waren, ließen die Flammen ihrer Leidenschaft um so höher schlagen.

Im gleichen Brief berichtet Gino, er fühle sich geehrt, weil Rommel ihn im Hotel persönlich nach den derzeitigen Theateraufführungen in Rom gefragt habe. Rommel hatte seinen Geburtstag, den 15. November, in Rom verbracht, zusammen mit seiner Frau, die eigens aus Deutschland gekommen war. Zunächst schenkte Reinhold diesen Einzelheiten keinerlei Beachtung, vielleicht, weil sie so offen mitgeteilt wurden; Gino hatte auch gar nicht versucht, sie zu verschlüsseln, nur mit den Namen »Rommel« und »Romulus« hatte er, mythologischen Reminiszenzen folgend, ein Wortspiel getrieben: »Romulus«, schrieb er, »von der Wölfin gesäugt, hat sich in einen Wüstenfuchs verwandelt und kommt in die von ihm gegründete, nach ihm benannte Stadt zurück, um seinen Geburtstag zu feiern.« Erst beim zweiten Lesen erkannte Reinhold die Bedeutung dieser Nachricht und stellte fest, daß Eitelkeit auch einen erfahrenen Agenten verleiten konnte, die Regeln der Vorsicht außer acht zu lassen. Schlagartig wurden Reinhold die Möglichkeiten bewußt, die in dieser kleinen Entdeckung verborgen waren. Gino Piatti konnte eine Nachrichtenquelle allerersten Ranges werden.

Reinhold nahm den Brief und eilte in Sperlings Zimmer. »Rommel hat seinen Geburtstag in Rom verbracht!« rief er schon an der Tür. Sperlings Augen zwinkerten müde hinter den dicken Brillengläsern. »Und auch seine Frau war in Rom, sie haben im Eden gewohnt«, unterbrach ihn Sperling. »Rommel ist schon Anfang November aus der Cyrenaika nach Rom geflogen, und nicht zu seinem Vergnügen. Seine Frau hat sich die Stadt allein angesehen und ist auch allein ins Theater gegangen. Er hatte andere Dinge im Kopf als seinen Geburtstag. Rommel war in Rom, weil er die Genehmigung einholen wollte, Tobruk anzugreifen. Er hat seine Zeit damit verbracht, den Verbindungsoffizier Rintelen anzuschreien und den deutschen Generalstab ans Telefon zu bekommen. Wenn einer meiner beiden erlauchten Chefs sich gelegentlich die Mühe machen wollte, nur einmal einen Blick in meine Berichte zu werfen, ehe sie in die Ablage wandern, und wenn dann ein Wunder geschähe und sie einige Erkenntnisse auswerten und die Informationen rechtzeitig an die richtigen Leute weitergeben würden, dann ließen sich vielleicht die dümmsten Fehler vermeiden, oder wenigstens brauchten ein paar unserer besten Leute nicht zu sterben, die Rommel in der Cyrenaika gesucht haben, während er in Rom war!«

»Wer sind ›unsere besten Leute‹?« fragte Reinhold erregt. »Wer ist gefallen?« Haselden fiel ihm als erster ein. Aber Sperling hatte sich in hilflose Wut geredet; er wollte jetzt nicht in Details gehen, vielleicht wußte er auch nicht so genau Bescheid. »Suchen Sie in der Ablage bei Morgan«, sagte er. »Vielleicht finden Sie etwas.«

»Dazu brauche ich eine schriftliche Vollmacht«, sagte Reinhold. Sich an Morgan wenden zu müssen, war kein erfreulicher Gedanke. Zu seinem Erstaunen behandelte dieser ihn jedoch wesentlich besser als vorher Jake Easonsmith. Ohne einen Blick auf die Vollmacht zu werfen, schickte er Reinhold sofort ins Archiv. »Dabei bin ich nur ein einfacher Unteroffizier, der zufällig dem Hauptquartier zugeteilt worden ist«, dachte Reinhold. »Auch beim Militär kommt es darauf an, am richtigen Platz zu stehen.« Da fiel ihm seine Malerei wieder ein. Auch dafür rannte er oft lange hin und her, bis er den richtigen Platz gefunden hatte, die richtige Stimmung, das Sujet mit der richtigen Perspektive. Wenn man zur nächsten Umgebung des Kommandeurs gehörte, und sei es auch nur als Fahrer, dann hatte man schneller Zugang zu ihm als hohe Offiziere, die weit weg stationiert waren. Das lag in der Natur der Dinge – man mußte es nur auszunutzen verstehen. Reinhold vertiefte sich in seine Nachforschungen. Über der fieberhaften Suche vergaß er sogar das Mittagessen. Als die anderen Soldaten aus dem Speisesaal zurückkamen, verzichteten sie auf das übliche Spiel mit Streichholzschachteln und erboten sich, ihm zu helfen. Um Viertel vor fünf, kurz vor Feierabend, warf Morgan einen kurzen Blick ins Archiv. Als er sah, daß seine Leute noch beschäftigt waren, statt wie sonst bereits mit zugeknöpften Uniformjacken, die Mützen auf dem Kopf, herumzustehen, um sofort auszugehen, sobald er den Raum verlassen hatte, stieg Reinhold in seiner Achtung. Kurz darauf wurde er zum Feldwebel befördert.

Am ersten Tag tappte Reinhold im Archiv völlig im dunkeln. Er fand nicht einmal einen Hinweis darüber, wo er mit der Suche nach Einzelheiten über jenen Einsatz in der Cyrenaika beginnen sollte, von dem Sperling in Andeutungen gesprochen hatte. Zufällig fiel sein Blick auf eine Akte des italienischen Generalstabschefs Graf Ugo Cavallero. Er schlug sie sofort auf und begann zu lesen. Die Vorstellung, sich durch die Lektüre ein Bild von der Persönlichkeit und den Methoden des feindlichen Heerführers machen zu können, fand Reinhold faszinierend – ganz abgesehen davon, daß man einen Blick ins Privatleben jener Männer werfen konnte, die über den Verlauf des Zweiten Weltkriegs zu entscheiden hatten. Er begriff nicht, daß die Soldaten, die hier Zugang zu den bestgehüteten Geheimnissen des Krieges hatten, nicht das geringste Interesse für die Akten zeigten, die durch ihre Hände gingen, sondern jede Gelegenheit wahrnahmen, um sich mit Münz- und Streichholzschachtelspielen zu vergnügen.

»General Graf Ugo Cavallero, dem Italiens Armee untersteht«, las Reinhold, »ist nichts als ein gerissener Händler, der es verstanden hat, Mussolinis Herz für sich zu gewinnen. Er ist jeder Lüge, Intrige und Gemeinheit fähig und muß daher ständig von uns beobachtet werden. Er kann uns große Schwierigkeiten bereiten... Unter den vielen verlogenen Individuen, die einem täglich begegnen, ist es Cavallero, der mit Leichtigkeit den Sieg davonträgt... Sein künstlicher, heuchlerischer, serviler Optimismus war heute wieder unerträglich... Ein schamloser Lügner... Er würde sich auch vor öffentlichen Bedürfnisanstalten verbeugen, wenn ihm das nützlich wäre... Ein gefährlicher Clown, der bereit ist, würdelos jeder Laune der Deutschen nachzugeben... Ein Dienstbote der Deutschen... Er betrügt den Duce bewußt...« In so »liebenswürdiger« Weise beschrieb der italienische Außenminister Graf Ciano seinen Freund, den italienischen Generalstabschef. Sofort schlug Reinhold nach, was Mussolini selbst über den Mann dachte, den er im entscheidenden Augenblick auf den entscheidenden Posten gesetzt hatte – vielleicht hatte Mussolini Eigenschaften in Cavallero entdeckt, die dem Außenminister entgangen waren, weil er eifersüchtig oder neidisch war? »Als Mensch, als Soldat und Offizier«, sagte Mussolini über Cavallero, »ist er, was Weitsicht, Kompetenz, Integrität, Mut und Loyalität anbelangt, ebenso zu verachten wie die übrigen lächerlichen Generäle, von denen ich umgeben bin. Sie alle sind schlechter als die armen Soldaten, die ihnen unterstellt sind...«

Wie alle Soldaten, die im Wüstenkrieg eingesetzt waren, hatte auch Reinhold keine allzu hohe Meinung vom italienischen Offizier, aber er hätte nicht geglaubt, daß es so schlimm sei. Er besorgte sich gleich auch die Akten über die oberste deutsche Heeresleitung. Feldmarschall Keitel, dem unter anderem auch Rommel unterstand, schnitt dort nicht besser ab, wenn auch aus anderen Gründen als sein italienischer Kollege: Während Cavallero als hinterlistiger Schurke geschildert wurde, galt Keitel einfach als Dummkopf. Fürst Bismarck nannte ihn einen »Trottel«, Ulrich von Hassell bezeichnete ihn als »dumm, engstirnig... politisch völlig ahnungslos... der Partei sklavisch ergeben...«, und Hitler selbst, der ihn ins Oberkommando der Wehrmacht berufen hatte, nannte den ihm völlig ergebenen Mann einen »Menschen mit dem Verstand eines Platzanweisers im Kino...«

»Und in den Händen solcher Menschen – eines gefährlichen Clowns auf der einen Seite und eines sklavischen Dummkopfs auf der anderen – liegt also die Kriegführung und die Entscheidung über Leben und Tod, nicht nur, was mich und Haselden betrifft, sondern auch Rommel, der in den Augen der englischen Soldaten ein Übermensch ist!« dachte Reinhold.

Dieser Gedanke erfüllte ihn mit einer Art verwegener Freude – aber gleichzeitig spürte er, wie sich ein Abgrund in seinem Inneren auftat. Während er die Akten studierte, fragte er sich, weshalb diese Entdeckungen ihn so aufregten. Das alles war doch ganz folgerichtig, konnte gar nicht anders sein!

Wenn sich das Volk der Dichter und Denker einen Hitler zum Führer gewählt hatte und ihm blind folgte, konnte man von diesem despotischen und wahnsinnigen Mörder dann erwarten, daß er gerade die besten, verantwortungsbewußten Männer aussuchte, um seine Befehle ausführen zu lassen? Es verstand sich von selbst, daß der größte Tyrann den ergebensten Sklaven zum Oberkommandierenden seines Heeres wählte – und dennoch lehnte sich Reinhold gegen diese Schlußfolgerungen auf.

Hätte er gelesen, daß irgendein Ministerpräsident ein schamloser Schurke und Lügner sei, wäre er nicht verwundert gewesen: In jedem Politiker, ob bedeutend oder unbedeutend, steckte ein Clown, »ein armer Komödiant, der spreizt und knirscht sein Stündchen auf der Bühn'«. Warum sollte es bei einem Generalstabschef anders sein?

Obwohl Reinhold sich nüchtern und klarsichtig glaubte, hielt er immer noch an der kindlichen Vorstellung vom ritterlichen Heerführer fest, am Traum vom Helden, der für die Geliebte, für die Schwachen und Unterdrückten in den Krieg zieht und bereit ist, für seine Lieben und den Gott der Gerchtigkeit zu sterben. Und wie sehr wünschte sich der noch unerfahrene junge Ritter, den Führer aller tapferen Ritter anbeten zu dürfen! Wäre er nicht tapferer, reiner, gerechter, großzügiger gewesen als alle anderen, wie hätte er je ihr Anführer werden können? Mit diesem unerschütterlichen Glauben an seinen Heerführer konnte der soeben zum Ritter Geschlagene in den Krieg ziehen, beseelt von dem Wunsch, seines großen Vorbilds würdig zu sein. Und wenn es dem blutjungen Ritter gelingt, lebend aus dem Krieg zurückzukehren, verwirklicht sich sein Traum: ihm wird dann ein Orden überreicht, und das Lob seines Vaterlandes ist ihm gewiß. Aber nicht der von ihm abgöttisch verehrte Heerführer oder einer seiner Recken hält die Lobrede auf ihn: Ein gefährlicher Clown spricht ihm seinen Dank aus, und ein Scharlatan, der sich auch vor öffentlichen Bedürfnisanstalten verbeugen würde, überreicht ihm den Orden.

»Also geht es doch nur um den Orden«, dachte Reinhold. »Nein, nicht um den Orden an sich, sondern um den Mann, der ihn dir verleiht. Du bist nur bereit, eine Auszeichnung von Gott oder zumindest von einem seiner Stellvertreter entgegenzunehmen.« Und Reinhold fühlte, wie ihn der Gedanke befreite – nicht von seinem Kindheitstraum, sondern von der harten Wirklichkeit, die ihn umgab.

Vielleicht war es ein gesunder Instinkt, dachte er, daß diese Soldaten lieber mit Münzen und Streichholzschachteln spielten, als in den Akten der Halbgötter herumzustöbern, die über Leben und Tod entschieden. Natürlich wurden sie durch ihre Spielchen nicht klüger, aber dafür schliefen sie nachts friedlicher. Außerdem betrafen diese Akten nicht sie, sondern ihre Feinde. Schließlich war es ja Rommels Sache, und nicht ihre: Sollte doch Rommel sich über die Götterbande Sorgen machen, die seinen Himmel erobert hatte!

*

Es war verhältnismäßig einfach gewesen, Einzelheiten über die Offiziere des feindlichen Oberkommandos zu erfahren. Reinhold hatte aber die größten Schwierigkeiten, die einzelnen Phasen der kleinen, fast unbedeutenden Kommandooperation zu rekonstruieren, die ihn interessierte. Eine der Hauptschwierigkeiten lag darin, daß die wenigen Männer, die an der Aktion teilgenommen hatten, zu verschiedenen Truppengattungen gehörten: Zur Marine, zu den Kommandotruppen und zu den in der Wüste kämpfenden Spezialeinheiten. Je länger und eifriger Reinhold suchte, desto mehr schien ihm alles unwirklich zu sein, besonders und gerade, weil er nach etwas ganz Konkretem suchte – nach einer Kampfhandlung, die erst vor kurzem stattgefunden hatte und bei der es Verwundete und Tote gegeben hatte. Es war wohl eine

Nacht- und Nebelaktion gewesen; manchmal hatte er den Eindruck, doch einen Schritt weiterzukommen, denn die kurzen, trockenen, schon vergilbten Berichte, die er in Händen hielt, waren jetzt wirklicher als die Schüsse jener Wüstennacht.

Reinhold wollte vor allem wissen, was mit John Haselden geschehen war, und so begann er zunächst nach ihm zu suchen. Mitte Oktober hatte ein U-Boot, von Alexandrien kommend, Haselden an der Küste der Cyrenaika abgesetzt, ungefähr dreihundert Kilometer hinter den deutschen Linien, in der Nähe von Beda Littoria, eines kleinen Dorfes sizilianischer Siedler. Zwei Wochen blieb Haselden bei den Arabern in der Cyrenaika und erkundete die Routen, die von der Küste zur Siedlung führten. In der Polizeiwache des kleinen Dorfes hatte Rommel seine vorgeschobene Befehlsstelle eingerichtet. Haselden traf die Vorbereitungen für den Überfall, bei dem in der Nacht vom 17. November, der Nacht von Auchinleks großer Offensive, Rommel getötet werden sollte. Die Information über Rommels Befehlsstelle in der »Prefettura« stammte von Haseldens arabischen Spitzeln, wurde aber von anderer Seite bezweifelt: »Popski«, der berühmte Peniakoff, der mit seiner Einheit, der sogenannten »Privatarmee Popskis« in der libyschen Wüste weit hinter den feindlichen Linien operierte, vertrat in seinem Bericht die Meinung, Rommel habe dieses Gebäude nie benutzt. Aber aus einem deutschen Dokument, von dem zu Rommels Stab gehörenden General Fritz Bayerlein unterzeichnet, ging hervor, daß Haselden recht gehabt hatte. Das Polizeiquartiert war tatsächlich Rommels Befehlsstelle gewesen, er selbst hatte das Obergeschoß, seine Adjutanten das Erdgeschoß bewohnt. Haselden hatte sich allerdings im Zeitpunkt geirrt. Während er in der zweiten Oktoberhälfte seine Aufmerksamkeit immer noch auf Beda Littoria konzentrierte, befand sich Rommels Hauptquartier schon zweihundert Kilometer weiter östlich von Casa Bianca in dem Gebiet von Ain Rasala, nahe Gambut. Er wußte nicht, daß in der »Prefettura« jetzt Rommels Generalquartiermeister Ernst Schilling saß.

Eine Einheit der in der Wüste stationierten Truppen brachte Haselden in einem Patrouillenwagen über das Sandmeer im Süden zu der Front nach Ägypten und schleuste ihn auf dem gleichen Weg zehn Tage später wieder in die Cyrenaika ein. In der Nacht des 14. November erwartete Haselden an der Küste das U-Boot

Torbay, das, von Ägypten kommend, eine Kommandoeinheit unter der Führung von Major Geoffrey Keyes an Land gehen ließ. Haselden zeigte den Leuten den Weg und erklärte ihnen das Gelände. Damit war seine Aufgabe beendet, und auch diesmal kehrte er durch das Sandmeer nach Ägypten zurück.

Am 17. November um Mitternacht erreichte Major Keyes gemeinsam mit Captain Campbell und Sergeant Terry die »Prefettura« von Beda Littoria und erteilte dem Posten auf deutsch den Befehl, das Tor zu öffnen. Keyes kannte zwar die Parole nicht, aber der Posten öffnete ihnen trotzdem, weil er sie für deutsche Soldaten hielt, die sich in der Wüste verirrt hatten. Als der Posten mißtrauisch wurde, da die drei Männer weder deutsche noch englische Rangabzeichen trugen, wurde er niedergeschossen. Das Kommando drang ins Innere des Hauses vor. Am Treppenabsatz des ersten Stocks erschienen, aufgeschreckt durch die Schüsse, zwei deutsche Offiziere. Sie wurden ebenfalls niedergeschossen. Im gleichen Augenblick ging das Licht im ganzen Haus aus, und mit der Dunkelheit trat die Stille wieder ein; Keyes begann das Erdgeschoß zu durchsuchen. Der erste Raum war leer, aber im zweiten befanden sich einige Deutsche. Er warf die Tür ins Schloß, riß sie aber gleich wieder auf, damit Campbell eine Handgranate hineinschleudern konnte. Auch die Deutschen eröffneten jetzt das Feuer. Keyes wurde tödlich getroffen, Campbell verwundet, Sergeant Terry konnte entkommen. Ernst Schilling war nicht unter den vier Deutschen, die bei dem Angriff ums Leben kamen. Rommel befand sich zu dieser Zeit auf dem Flug von Rom nach Tripolis.

Haselden fiel später bei einem Überfall auf Tobruk, den er selbst leitete. Die Fahrer der drei mit achtzig Soldaten besetzten Lastwagen waren deutschsprechende Juden in der Uniform des Afrika-Korps. Sie brachten ihre Fahrzeuge ohne Schwierigkeiten durch die deutschen Straßensperren und kamen auch nach Tobruk – aber nicht wieder heraus. Haselden und alle seine Männer kamen bei dem Überfall ums Leben, bis auf zwei Männer einer Nachrichtengruppe, die sich im Schutz der Dunkelheit retten konnten. Bei der späteren Lagebesprechung wurde nicht klar, wo Haselden sie mit ihren Funkgeräten postiert hatte, aber es stand außer Zweifel, daß sie an den eigentlichen Kampfhandlungen in Tobruk nicht teilgenommen hatten.

Wäre Reinhold bereits aufgrund seines ersten Gesuchs zu Keyes' Kommandotruppe versetzt worden, so wäre er mit Sicherheit ebenfalls ums Leben gekommen, spätestens in Tobruk, wo die Einheit völlig aufgerieben wurde. Dennoch bedauerte Reinhold, nicht dabei gewesen zu sein – wenigstens beim letzten Einsatz – in Tobruk. »Wenn ich dabei gewesen wäre, hätten die Dinge einen anderen Lauf genommen. Ich wäre nicht gefallen, Haselden auch nicht, die ganze Aktion wäre erfolgreicher gewesen.« Es war aber nicht diese Vorstellung, die seine Nerven aufs äußerste anspannte und ihn nicht schlafen ließ: Seit seiner Verwundung hatte in seinem Leben gewissermaßen eine zeitliche Verschiebung stattgefunden, die Nahtstellen paßten sozusagen nicht mehr aneinander. Keyes war bei dem mißglückten Attentat auf Rommel gefallen, zu dem Zeitpunkt also, als Reinhold schon Ausbildungsoffizier war und täglich auf Antwort aus Kairo wartete. Aber Reinholds Gesuch hatte Keyes wahrscheinlich gar nicht mehr erreicht, vermutlich war er schon auf dem Weg nach Beda Littoria gewesen. Haselden war schon zwei Wochen vor Keyes durch das Sandmeer und den Djebel Achdar dort angekommen. Vor und nach seiner Verwundung hatte Reinhold also Antworten auf Briefe erwartet, die vielleicht nie in die Hände der Adressaten gelangt waren. Als Antwort hatte er damals auch lediglich Vordrucke des Regimentsadjutanten erhalten, in denen ihm die »Weiterleitung der Eingabe an die kompetente Instanz« zugesagt worden war.

Gab es bei den ersten, vor seiner Verwundung abgefaßten Gesuchen noch Zweifel darüber, ob sie die Adressaten erreicht hatten, so waren seine späteren Gesuche aus dem Augusta-Victoria-Krankenhaus mit Sicherheit an Tote gerichtet: Haselden und seine achtzig Mann waren wenige Tage zuvor in Tobruk gefallen, und Keyes lag damals schon seit vielen Monaten neben vier Deutschen auf dem kleinen Friedhof von Beda Littoria. Rommel hatte selbst Befehl gegeben, den Mann, der ihn hatte umbringen wollen, mit allen militärischen Ehren zu bestatten! Er hatte seinen Feldgeistlichen Rudolf Dalmrath nach Beda Littoria geschickt, damit Keyes ein christliches Begräbnis erhielt. Aber ein Wolkenbruch hatte die Wadis in reißende Ströme verwandelt, der Geistliche war sechsunddreißig Stunden auf überschwemmten Straßen und auf dem unwegsamen Terrain von Ain Rasala gefahren und erst zehn Minuten vor dem Begräbnis eingetroffen. Ein Offizier des deutschen Generalstabes hatte Kränze niedergelegt. Drei Ehrensalven waren abgefeuert worden. Man hatte sogar Zypressen um das Grab gepflanzt. Generalquartiermeister Ernst Schilling, dessen Befehlsstelle man irrtümlich überfallen hatte, verfaßte eigenhändig einen detaillierten Bericht, aus dem Rommel ersehen konnte, daß alles befehlsgemäß ausgeführt worden war. Haselden, der nicht versucht hatte, Rommel umzubringen, und anderswo gefallen war, wurde in einem Massengrab bestattet.

Nun erst erfaßte Reinhold, was sich aus den Sterbedaten von Keyes und Haselden ergab: Da er die letzten Briefe, die Tamara per Eilboten mit der Zivilpost abgeschickt hatte, nach dem Tod der beiden geschrieben hatte, konnte er der Spionageabwehr nur aufgrund seines ersten Schreibens zugeteilt worden sein, das er vor seiner Verwundung an Haselden gerichtet hatte. Also mußte Haselden diesen Brief doch noch erhalten und sofort mit seiner Empfehlung weitergeleitet haben. Und diese Empfehlung hatte noch nach seinem Tod genutzt. Daß es noch einige Monate gedauert hatte, bis Reinholds Gesuch positiv beschieden worden war, lag an den kriegsbedingten Verzögerungen im Postverkehr. Als Sperling gesagt hatte: »Sie sind aufgrund von Empfehlungen von höchster Stelle angenommen worden«, hatte er sicher Haselden damit gemeint.

Natürlich war es im Grunde gleichgültig, ob Haselden seine Empfehlung nach Reinholds erstem oder letztem Gesuch geschrieben hatte – und dennoch war er enttäuscht, weil es nicht Tamara gewesen war, die seine Versetzung bewirkt hatte. Die von Tamara abgeschickten Briefe, alle ihre Wünsche und Küsse hatten nur Reinholds eigenes erregtes Herz beglückt und das Herz des toten John Haselden nicht mehr gerührt. Doch hatte dies alles nur für die Lebenden – für Tamara und ihn – Bedeutung. Diese Briefe vermochten nicht die Toten zu beeindrucken, es war ihnen genauso gleichgültig wie die Bestattung, die man ihnen hatte zuteil werden lassen – das Massengrab für Haselden, die Zypressen um Keyes' Grab.

KAPITEL 6

Der unermüdliche Eifer, den er bei diesen eher privaten Recherchen zeigte, trug Reinhold schließlich die Beförderung zum Stabsfeldwebel ein. Major Morgan hatte ihn zur Beförderung vorgeschlagen und stellte ihm auch ein Arbeitszimmer im Archiv mit Schreibtisch und eigenem Telefon zur Verfügung. Bisher hatte er mit drei anderen Unteroffizieren in einem kleinen Zimmer gearbeitet, in dem es nur zwei Schreibtische gab. Von seiner Versetzung zu der Kommandoeinheit hinter den feindlichen Linien hatte Reinhold seit seiner ersten Begegnung mit Sperling nie wieder gesprochen. Sperling war sein unmittelbarer Vorgesetzter und würde gewiß wieder darauf zurückkommen, wenn er es für richtig hielt. Reinhold wunderte sich auch nicht mehr darüber, daß niemand es eilig zu haben schien, ihn in die Wüste zu schicken. Hauptmann Sperling und Major Morgan waren freundlich zu ihm, und die Arbeit begann ihn zu interessieren, da ihm die Nachuntersuchung der Aktivitäten eines ganzen deutschen Spionagerings übertragen worden war. Hinter die feindlichen Linien zu gehen, erschien ihm schon nahezu absurd, und bei der Vorstellung, Sperling könne ihm im nächsten Augenblick mitteilen, daß er zu einer Kommandoeinheit abgestellt würde, war er keineswegs glücklich. Im Gegenteil, da er jetzt so zufrieden mit seiner Arbeit und glücklich mit Tamara war, würde es ihm nicht passen, wenn sich jemand an sein Gesuch erinnerte. Es wurde ihm allmählich zur Gewißheit, daß er nie mehr zurückkehren würde, wenn er jetzt hinter die feindlichen Linien gehen würde, nicht nur weil Haselden und Keyes dort umgebracht worden waren, sondern weil irgendein böser Geist ihm kein Glück auf Erden gönnte. Wenig Beachtung schenkte er auch dem letzten Tagesbefehl, der es palästinensischen Juden in der Armee Seiner britischen Majestät gestattete, ohne die Zustimmung ihrer vorgesetzten Offiziere einzuholen, direkt in die neu formierte Jüdische Brigade einzutreten. Die Brigade sollte in Kürze zur italienischen Front gehen, aber Reinhold lag der Gedanke fern, sich freiwillig zu melden.

»Jetzt ist es also so weit!« schoß es ihm durch den Kopf, als das Telefon klingelte. Doch nicht Sperling, sondern Morgan war am Apparat. Er informierte ihn persönlich, daß Oberstleutnant Drake in etwa einer Stunde auf Inspektion kommen würde, und bat ihn, dafür zu sorgen, daß im Archiv »alles glatt lief«. Reinhold atmete erleichtert auf und machte sich sofort an die Arbeit. Er wußte genau, was Morgan andeuten wollte, verteilte Akten auf den Schreibtischen und ließ seine Gehilfen ausgefallene Informationen suchen. Sie mußten den Eindruck erwecken, unter der Arbeit zusammenzubrechen. Reinhold hatte Drake bisher noch nicht gesehen und wußte nicht das geringste über ihn, vermutete aber, daß dieses Theater nicht seinetwegen aufgezogen wurde. Morgan war es, der diese Show nötig hatte – je träger er war, um so mehr lag ihm daran, seine Leute »in einer gesunden Arbeitsatmosphäre« vorzuzeigen, wenn hohe Offiziere zur Inspektion kamen.

Oberstleutnant Drake beehrte das Archiv nur mit einem sehr flüchtigen Besuch. Er wechselte ein paar Worte mit dem Empfangsbeamten im Vorraum und eilte dann, ohne einen Blick nach links oder rechts zu werfen oder auf Morgans Erklärungen zu achten, durch den Archivsaal. Reinhold hatte nicht einmal Gelegenheit zu salutieren. Drake und Morgan verschwanden in Sperlings Zimmer, bevor Reinhold sich von seiner Überraschung erholen konnte: Oberstleutnant Drake war der geschniegelte, selbstzufriedene Offizier, den Reinhold damals getroffen hatte, als er aus dem Lazarett fortgelaufen war, um Tamara zu suchen.

Drake war mit seinem Jeep an ihm vorbeigefahren – aber obwohl das alles nur wenige Augenblicke gedauert hatte, stand die Szene in allen Einzelheiten klar vor Reinholds Auge: Der Jeep kam von Tamaras Haus, als Reinhold gerade in Pyjama und Morgenmantel aus dem Taxi stieg und die Straße überqueren wollte. Der Oberstleutnant hatte ihm einen feindseligen Blick zugeworfen. Die kurze Begegnung hatte er in unangenehmer Erinnerung, und nun begann sein Herz wild zu schlagen: »So muß sich eine Maus in der Falle fühlen«, dachte er, ohne richtig zu wissen, wovor er sich eigentlich fürchtete. Schließlich hatte Drake doch keinen direkten Kontakt mit den zahlreichen Feldwebeln, von denen es nur so wimmelte! Drake kannte wahrscheinlich nicht einmal ihre Namen, und solange Sperling sein unmittelbarer Vorgesetzter war und Morgan aus der Ferne alles überwachte, hatte Reinhold nichts zu befürchten. Er hätte sich keine angenehmeren Vorgesetzten wünschen können. Sperling war ein hervorragender Könner, von dem Reinhold täglich neue Lösungsmöglichkeiten für das gigantische Puzzle lernte, an dem sie beide so leidenschaftlich interessiert waren, und Morgan mischte sich nicht ein. Er war mit allem zufrieden, solange man ihn nicht an der Bar störte. Seit einiger Zeit war die Bar im Zivilflügel des King-David-Hotels Morgans beliebtester Aufenthaltsort, und es kam nicht selten vor, daß er sich vollaufen ließ. Nichts auf der Welt schien er mehr zu fürchten als den Anblick der Büros, für die er verantwortlich war. Er brauchte seinen ganzen Mut, um kurz vor Feierabend einen Blick durch die Tür zu werfen und die magische Formel zu murmeln: »Gute Arbeitsatmosphäre... sehr schön, sehr schön... weitermachen!« Ein Vorgesetzter wie Morgan, sagte Sperling einmal zu Reinhold, sei immer noch besser als die hohen Tiere von der betriebsamen Sorte, »er läßt uns wenigstens in Ruhe und richtet keinen Schaden an«. Ob Drake ebenfalls zu den hohen Tieren gehörte, die sich – so Sperling – wie Elefanten im Porzellanladen aufführten, oder zu den Vorgesetzten von der Sorte Morgans, hätte Reinhold nicht sagen können.

Was wußte er schon von ihm? Vielleicht war er ein großartiger Mensch, vielleicht verbarg sich hinter der hochmütigen Maske eine außergewöhnliche Persönlichkeit? Reinhold versuchte sich selbst gut zuzureden – aber die Begegnung hatte ihm einen bitteren Nachgeschmack hinterlassen.

Als Reinhold am Abend nach der Inspektion Tamara im Café Atara traf, um mit ihr den *Dibbuk* im Edison-Theater anzusehen, hatte er nicht die Absicht, von Drakes Besuch zu erzählen, wie er überhaupt nur wenig über seine Arbeit in der Spionageabwehr sprach, zum einen wegen der offiziellen Schweigepflicht, zum anderen auch, um überflüssige Streitigkeiten zu vermeiden. Immer wieder ergab sich die Situation, daß er nicht weitererzählen durfte, und zweifellos sagte dann seine Geliebte beleidigt: »Wenn du mich wirklich liebst, dann würdest du mir alles erzählen... Du weißt doch, daß du dich auf mich verlassen kannst...« Deshalb pflegte er über seinen Arbeitstag summarisch zu berichten: »Es war langweilig, wie immer«; und er war ihr dankbar dafür, daß sie sich damit begnügte. Aber die Sache mit dem Oberstleutnant ließ ihm keine Ruhe. Als Reinhold das Café betrat und sich an seinem Stammplatz in der Ecke gegenüber dem Eingang niederlassen wollte, um Tamara beim Hereinkommen zu sehen, fand er dort alle drei Tische besetzt. Mehrere Soldaten hatten dort Platz genommen. So blieb ihm nichts anderes übrig, als nach hinten zu gehen und sich an einen Tisch zu setzen, von dem aus er wohl die Soldaten, jedoch nicht die Eingangstüre beobachten konnte. Ein blutjunger Soldat – so jung, daß die Uniform die Kindlichkeit seiner Gesichtszüge noch unterstrich und ihm das Aussehen eines Gymnasiasten verlieh, der sich für eine Schüleraufführung als Soldat verkleidet hat – saß dort mit seinen Kameraden und trank Bier. Bei seinem Anblick zog sich Reinhold plötzlich das Herz zusammen. Die Unschuld des Jungen machte ihn betroffen. Zudem glaubte er, ihm schon einmal begegnet zu sein, aber wo und wann? Entgegen seiner Gewohnheit gab er sich keine Mühe zu überlegen, wo er ihn gesehen haben könnte. Er war sogar froh, Zivil zu tragen – als Mitglied der Spionageabwehr genoß er dieses Privileg; er durfte auch sein Gesicht hinter einer Zeitung verbergen, wenn er unerkannt bleiben wollte.

Plötzlich errötete der junge Soldat, erhob sich und machte mit der Hand eine verlegene Geste, eine Mischung aus militärischem Gruß und Winken. Reinhold konnte von seinem Platz aus nicht erkennen, wem diese Handbewegung galt. Da die anderen Soldaten nicht grüßten, sondern nur die Augen aufrissen, konnte es sich wohl nicht um einen Offizier, sondern um eine höchst attraktive Person handeln. »Wahrscheinlich ein hübsches Mädchen, das er kennengelernt hat«, dachte Reinhold und bedauerte den jungen Mann wegen seiner offensichtlichen Verlegenheit. Gleich darauf sah er, daß das hübsche Mädchen Tamara war. Auf hochhackigen Schuhen kam sie mit ihrem wiegenden Gang näher und beglückte den errötenden jungen Mann mit einem reservierten Lächeln. Reinhold kannte dieses Lächeln nur allzu gut – so pflegte sie nur mit Menschen untergeordneter Position umzugehen, auf deren Dienste sie aber nicht verzichten konnte. Einerseits freute sich Reinhold, daß diese schöne Frau nach ihm Ausschau hielt; andererseits ärgerte er sich über die arrogante Höflichkeit, mit der Tamara auf den verlegenen Gruß des errötenden jungen Mannes reagiert hatte.

»Wer ist denn der junge Mann?« fragte er, nachdem sie neben ihm Platz genommen hatte. »Ich glaube, daß ich ihn schon einmal irgendwo gesehen habe.« Eigentlich hatte er ihr sagen wollen, sie hätte ruhig etwas freundlicher zu ihm sein können, aber er hielt sich zurück, weil er den Abend nicht verderben wollte. Aus Erfahrung wußte er, wie sehr eine derartige Bemerkung sie verstimmen konnte. Im Café Atara hatten sie sich schon einmal gestritten, weil er sie gebeten hatte, sich in einem freundlicheren Ton an die Kellnerin zu wenden.

»Welcher junge Mann?« fragte sie, und ihre Stimme klang gereizt. Er merkte, daß sie es auf einen Streit ankommen lassen würde, mochte er noch so behutsam vorgehen. Nicht zufällig hatte ihn der Anblick des jungen Mannes so melancholisch gestimmt.

»Der da in der Ecke, der aufgestanden ist und dich begrüßt hat«, sagte Reinhold, schon bereit zu glauben, er habe sich getäuscht. Vielleicht hatte das Winken doch nicht ihr gegolten. Da Tamara öfter vor sich hinlächelte, wenn ihr irgend etwas einfiel, konnte es sich wirklich um einen merkwürdigen Zufall handeln.

»Ach, Nelson«, sagte Tamara. »Aber du mußt ihn doch kennen, er ist doch Willys Fahrer!«

Dr. Kramers Vorname war William, seine Kollegen nannten ihn aber Willy. Damals, als Tamara Dr. Kramer in Reinholds Gegenwart in ihre Villa zu einem Abendessen für Offiziere eingeladen hatte, war es Reinhold entgangen, daß auch sie ihn so anredete. Es war ihm auch noch nie zu Ohren gekommen, daß der Arzt einen eigenen Fahrer hätte. Er wurde morgens und abends in einem Dienstwagen abgeholt, der von ständig wechselnden Fahrern – palästinensischen Juden – gefahren wurde, und keiner von diesen hieß Nelson.

»Willys Fahrer«, wiederholte Reinhold im Geist, sah auf die karierte Tischdecke nieder und lächelte vor sich hin. Dann hob er den Blick und sagte: »Die Ohrringe stehen dir gut.« An ihren Ohrläppchen hingen kleine goldene Halbmonde, die bei jeder Bewegung hin und her schwangen. »Sie unterstreichen die Linie deines Halses, deine Wangenknochen, dein Kinn... Was möchtest du trinken?« Er winkte die Kellnerin herbei, fest entschlossen, jede Auseinandersetzung zu vermeiden, obwohl er das Gefühl hatte, daß Tamara ihm nur einen kleinen Teil der Wahrheit gesagt hatte, eine unbedeutende Einzelheit, die stimmen mochte, die aber nicht das Wesentliche war. »Welcher junge Mann?« Schon ihre Gegenfrage verriet, wie ungehalten sie war – eine beleidigte Frau, die grundlos von einem Mann ins Kreuzverhör genommen wurde, der kein Recht darauf hatte. Aber Reinhold hatte sie gar nicht verhört, sondern sie nur gefragt; es war ihm überhaupt nicht in den Sinn gekommen, sie auf zweideutige Weise mit diesem jungen Soldaten in Verbindung zu bringen, im Gegenteil, er hatte sie eigentlich darauf aufmerksam machen wollen, daß sie etwas freundlicher zu ihm hätte sein können, aber sogar auf diese Bemerkung hatte er verzichtet, um sie nicht unnötig zu verärgern. Mit gespielter Unschuld hatte sie: »Ach, Nelson!« gesagt, und in dem beschwichtigenden Ton einer Kindergartenschwester, die ein störrisches Kind zur Einsicht bringen will, hatte sie hinzugefügt: »Aber du mußt ihn doch kennen, er ist doch Willys Fahrer.« Der Name Nelson war zwar noch niemals gefallen, auch wer Willy war, blieb ungewiß, aber wenn Nelson Willys Fahrer war, wurde alles auf der Stelle klar, hatte seine Ordnung und konnte ihm also nicht schaden.

Als die Lichter im Kino erloschen und der Vorhang sich über dem Bühnenbild des *Dibbuk* hob, bat Reinhold Tamara um Entschuldigung. Er sagte, er wolle ins Foyer gehen, um eine Zigarette zu rauchen. Der melodramatische Stil des damaligen hebräischen Theaters gefiel ihm nicht. Tamara wußte ohnehin, daß er früher oder später aufstand, um ins Foyer zu gehen und dort zu warten, bis die Vorstellung zu Ende war. Aber diesmal ging er nicht ins Foyer, sondern auf die Toilette. Erst als er sich dort gesetzt und den Kopf in die Hände gestützt hatte, begann er am ganzen Körper zu zittern. Bis zu diesem Augenblick war es ihm gelungen, Haltung zu bewahren und seine Rolle zu Ende zu spielen; er hatte weder erkennen lassen, was in seinem Innern vorging, noch hatte sein Arm gezittert, als Tamara sich auf dem Weg vom Café zum Theater bei ihm einhängte. Auch seine Stimme hatte ihn nicht verraten, als er sich mit ihr ernsthaft darüber unterhalten hatte, ob sie sich die Ohrläppchen stechen lassen sollte oder nicht. Es war ihr sehnlichster Wunsch, sich die Ohrläppchen durchstechen zu lassen, um schwere Ohrgehänge wie die Araberinnen tragen zu können. Tamara zögerte nur, weil diese Mode in Europa als primitiv und gewöhnlich galt. Auf dem Weg zum Kino hatte Reinhold diese Frage ruhig mit ihr erörtert und triftige Gründe dafür gefunden, weshalb sie doch das tun sollte, wonach es sie verlangte. Die Mode wechselte doch ständig, nach einiger Zeit würde Unmodernes wieder modern, vielleicht würde man es schon in ein paar Jahren in Europa wieder befürworten, sich die Ohrläppchen durchstechen zu lassen. Er wies auch auf die Vorteile hin: Sie würde sozusagen drei Fliegen auf einen Schlag erlegen, sie würde origineller aussehen, exotischer wirken und sofort für alle als Künstlerin erkennbar sein. Seine Argumente hatten sie so überzeugt, daß sie ihn nicht wie sonst drängte, wieder in den Saal zurückzukommen, sobald er die Zigarette zu Ende geraucht habe. »Bleib so lange am Buffet, wie du möchtest, Liebling«, hatte sie geflüstert. »Ich weiß, du kannst unser Theater nicht ertragen, und ich möchte dich zu nichts zwingen.«

Nachdem die Kellnerin Kaffee und Mohnkuchen serviert und Tamara aufgeatmet hatte, weil es so einfach gewesen war, ihn durch das Glitzern neuer Ohrringe von seinen unangenehmen Fragen abzubringen, war Reinhold eingefallen, wo er Willys Fahrer Nelson schon einmal gesehen hatte: als er aus dem Krankenhaus weggelaufen war, um Tamara zu suchen. Vor Tamaras Haus hatte er den Taxifahrer halten lassen und ihn gebeten zu warten. Er war ausgestiegen – in Pyjama und Morgenmantel. Oberstleutnant Drake hatte ihn aus dem vorbeifahrenden Jeep angestarrt, und dieser junge Mann, Nelson, war der Fahrer des Jeeps. Der widerliche Drake hieß also William mit Vornamen, und da er ein guter Freund von Tamara war, nannte sie ihn natürlich Willy! Nelson war »Willys Fahrer«, und dieser Willy, ein guter Freund von Tamara, war ganz zufällig Reinholds Befehlshaber.

Auf dem Weg vom Café ins Theater, während er mit Tamara das Für und Wider des Ohrläppchendurchstechens erwog, war jener Tag in allen Einzelheiten wie ein Film vor seinem geistigen Auge abgerollt. Seitdem sie »Willys Fahrer« erwähnt hatte, sah er alles in einem neuen, schrecklichen Licht. Plötzlich ging ihm ein Licht auf: Er war damals genau in dem Augenblick mit dem Taxi angekommen, als Drake Tamaras Haus verließ. »Willy« mußte länger als vorgesehen bei ihr geblieben sein; deshalb war sie auch nicht mehr zur Besuchszeit ins Krankenhaus gekommen. Damit, daß Reinhold das Krankenhaus verlassen und sie zu Hause aufsuchen könnte, hatte sie überhaupt nicht gerechnet. Und als er an der Tür klingelte und Charlotte ihn durch den Spion erkannt hatte, war sie erschrocken zu Tamara gelaufen, die sofort die Geschichte mit der Panne in Afula erfunden und Oberschwester Clara eiligst angerufen hatte, um eine Nachricht für ihn zu hinterlassen. Deshalb hatte es so lange gedauert, bis die Tür geöffnet worden war... deshalb Charlottes feindseliger Blick... Der Oberstleutnant war vermutlich nicht nur darüber erstaunt gewesen, einen Mann im Pyjama und mit Kopfverband auf der Straße zu sehen, sondern er hatte ihn bestimmt auch mit Neugier gemustert und dabei gedacht: »Das ist also der Mann, von dem Tamara erzählt hat, dieser Sergeant, der in meine Abteilung kommen soll, damit er nicht hinter den deutschen Linien den Helden spielt.« Kein Wunder, daß dieser Willy so selbstzufrieden und aufgeblasen war wie ein Truthahn – schließlich hatte er eben vierzehn vergnügte Tage mit Tamara hinter sich, am See Genezareth und am Mittelmeer, natürlich nur zum Besten des Soldatenhilfswerks! Aber mehr als an Charlottes und Willys Blick mußte Reinhold an den Blick denken, mit dem Tamara ihn vor ihrer »Inspektionsreise« angesehen hatte. Er machte ihm mehr zu schaffen als alles andere. Mit wieviel Liebe hatte sie Reinholds Briefe an Haselden und Keyes entgegengenommen und gesagt: »Du hast recht, ich gebe sie sofort als Eilbriefe auf.« Und während ihr Blick noch von Liebe überströmte, hatte sie schon längst beschlossen, diese Briefe in Fetzen zu zerreißen und »Onkel Willy« zu bitten – bestimmt nannte ihn Giddi so –, für den unglücklichen Feldwebel Reinhold, der noch unter den Folgen seiner Kopfverletzung litt, in Jerusalem sofort einen Posten zu beschaffen.

An jenem Tag war sie nicht mehr ins Krankenhaus gekommen, weil sie es eilig hatte, »Onkel Willy« zu finden: Sie hatte nicht vom Postamt aus angerufen, auch nicht von zu Hause, sondern vom Büro des Oberstleutnants. Und als sie geflüstert hatte: »Deine Briefe sind schon unterwegs, und ich habe sie geküßt, bevor ich sie abgeschickt habe, und mir gewünscht, daß alle unsere Träume wahr werden«, saß Tamara längst auf »Onkel Willys« Schoß und spürte seinen fetten Bauch. »Onkel Willy«, ein vollendeter Gentleman, hatte sein Versprechen gehalten und entsprechende Anweisungen gegeben – die »erstklassigen Empfehlungen«, von denen Sperling gesprochen hatte, waren nicht vom bereits toten Haselden, sondern vom quicklebendigen Vorgesetzten, von Oberstleutnant William Drake höchstpersönlich gekommen. Also hatte er es doch Tamara zu verdanken, daß er der Spionageabwehr zugeteilt worden war! Und er hatte sich so eifrig bemüht, das Gebot der Schweigepflicht nicht zu verletzen und etwas über seine Arbeit verlauten zu lassen!

Erschrocken spürte Reinhold plötzlich, daß ihm Tränen über die Wangen liefen. Da saß er auf der Toilette, zitterte und weinte – die Situation erschien ihm unaussprechlich absurd und grotesk: Tamara saß oben, sah sich eine erhabene Tragödie an und ahnte nicht, daß sich die wahre Tragödie in einer schäbigen Toilette abspielte und daß sich alles um sie drehte!

»Sie darf nie etwas davon erfahren«, dachte er, während er sich die Nase putzte und die Augen trocknete. »Sie darf nicht wissen, was sich hier abgespielt hat.« Am meisten fürchtete er, sie könnte die Tränenspuren entdecken, und legte sich schon eine passende Ausrede zurecht, Zigarettenrauch oder die Auspuffgase eines Lastwagens, vielleicht auch der Staub vom Putz, der von der Decke gefallen war. Eine winzige Kleinigkeit mußte er noch von ihr erfahren, um die Geschichte zu vervollständigen. Aber das konnte er nur, wenn er sich völlig in der Gewalt hatte und kaltblütig seine Rolle spielte. Gab er sich die geringste Blöße, war er zornig, ärgerlich oder mißvergnügt, wäre alle Mühe umsonst. Sie würde alle möglichen Geschichten erfinden, um ihn zu beruhigen – oder ihn noch mehr zu reizen –, nur die Wahrheit würde sie nicht sagen.

Eigentlich war es nur eine unwesentliche Kleinigkeit, die nichts änderte. Aber er mußte es einfach wissen: Wann hatte Tamara seine Briefe zerrissen? Er vermutete, daß sie bereits dazu entschlossen gewesen war, als sie ihn im Lazarett so liebevoll angesehen hatte – aber wann hatte sie diesen Entschluß in die Tat umgesetzt? Gleich nach dem Verlassen des Krankenhauses? Oder hatte sie die Briefe in die Handtasche gesteckt und sie erst im Zimmer von Drake zerrissen? Hatte sie sie vorher gelesen und dem Oberstleutnant gezeigt? Oder hatte sie die Briefe gar nicht zerrissen, sondern sie in eine Schublade in ihrem Atelier zwischen Skizzen und Farbtuben gelegt? Plötzlich gewann dieser nebensächliche Umstand eine ungeheure Bedeutung, ja eine Schlüsselposition für ihn: Entdeckte er, daß sie ihn nicht belogen, sondern seine Briefe mit Eilpost tatsächlich abgeschickt und vorher geküßt und gesegnet hatte, dann würde das Bild, das vor seinem geistigen Auge stand, wie ein nächtlicher Spuk in der Morgensonne verschwinden, und er konnte vor ihr auf die Knie fallen und sie wegen seiner Verdächtigungen um Verzeihung bitten – natürlich nur in Gedanken. In Wirklichkeit würde er ihr sofort ein Geschenk um den ganzen Sold kaufen, den man ihm nach dem Lazarettaufenthalt ausbezahlt hatte. Was sollte er ihr kaufen? Goldene Ohrringe! Im Geist sah er sich schon beim Juwelier die schönsten, diamantbesetzten Ohrringe auswählen.

Als er sich Hände und Gesicht wusch, war er beruhigt, daß man seinen Augen das Weinen nicht anmerkte. Wohl war sein Gesicht etwas gerötet und seine Augen glänzten mehr als sonst, aber niemand wäre auf den Gedanken gekommen, daß er geweint hätte. Man hätte vielleicht annehmen können, daß er ein Gläschen über den Durst getrunken hätte. Dennoch wusch er sich noch einmal das Gesicht, ging dann hinaus ins Foyer, bestellte sich am Buffet einen türkischen Kaffee und begann eine längere Unterhaltung mit der Bedienung und dem Portier. Die Theatervorstellung näherte sich ihrem Ende. Die Angst, die ihn eben noch gequält hatte, wich der Vorfreude auf den Augenblick, in dem Tamara aus dem Theater kommen würde. Erneut schlug sein Herz höher, als er die hochgewachsene, gutaussehende Frau sich den Weg durch die Menge bahnen sah. Tamara sprach lebhaft mit einem älteren Herrn, vermutlich einem leitenden Bankangestellten. Der Gedanke, sie verabrede sich mit diesem Alten, gab ihm einen Stich ins Herz. »Ich muß endlich mit diesen schrecklichen Verdächtigungen aufhören«, dachte er, »sonst werde ich verrückt.« Die Unterhaltung mit dem älteren Herrn hatte nur zwei oder drei Minuten gedauert, aber in dieser kurzen Zeitspanne hatte Reinhold geglaubt, in einen tiefen Abgrund zu stürzen. Wenn er sich von diesem Strudel des Mißtrauens mitreißen ließ, würde er wahnsinnig. Auf Schritt und Tritt begegnete Tamara Männern, die alle nur auf einen Wink von ihr zu warten schienen – wenn er so weitermachte, sich in diese fixe Idee verrannte, würde er keine ruhige Minute mehr haben. Die alten Märchen mit ihren schönen Prinzessinnen, die in Türmen im Waldesdickicht eingesperrt wurden, hatten also doch einen Wahrheitskern. Wer die Macht hatte, schloß sein

Dornröschen ein, und wer sie nicht hatte, träumte wenigstens davon. Würde auch er, wenn er ein König wäre, Tamara in seinem Palast einsperren? Aber wozu eigentlich? Kaum war die Prinzessin eingesperrt, tauchten auch schon die Prinzen, Helden oder Zauberer auf, die alle Hindernisse überwanden und die Schöne befreiten. Und wie war das mit den Keuschheitsgürteln im Mittelalter – waren sie denn wirkungsvoller als der einsame Turm oder der Eunuch als Wächter? Die Seele einer Frau ließ sich nicht einsperren, und wenn Tamaras Seele entfliehen wollte, halfen weder Keuschheitsgürtel noch Türme noch Eunuchen.

Plötzlich hatte er eine Vision: Er sah, wie Tamara aus der Menge gewissermaßen herausgesogen wurde und sich in der Brusttasche seiner Jacke zusammenfaltete. Die Männer um sie herum ahnten nicht, daß es völlig sinnlos war, ihr schöne Augen zu machen und sich in Positur zu werfen. Nur er konnte ihr Leben einhauchen, sie war nichts, wenn er es nicht wollte.

»Das wäre schön«, dachte Reinhold. »Nur ist sie nicht in meiner Hand, sondern ich in ihrer.« Wenn sie sich jetzt – wie im Märchen – in eine abscheuliche Hexe, in ein dürres altes Weib oder eine ganz gewöhnliche, langweilige Frau verwandelt hätte, wäre er erleichtert gewesen und aus der Sklaverei in die Freiheit entlassen worden! Vielleicht hätte er sogar eine Art rachsüchtiger Genugtuung empfunden.

Tamara war in Hochstimmung. Die Vorstellung schien sie aufgewühlt zu haben, außerdem war sie fest entschlossen, sich die Ohrläppchen durchstechen zu lassen. Sie gingen ins Café Paramount und bestellten etwas zu trinken. Mit leuchtenden Augen legte sie Reinhold die Gründe dar, die für das Durchstechen der Ohrläppchen sprachen – es waren seine eigenen Argumente. In ihrer Vorfreude verhielt sie sich wie ein Schulmädchen, das ihren Aufsatz, der ein reines Plagiat ist, für eine schöpferische Arbeit hält. Sie beugte sich zu ihm hinüber und küßte ihn, unbekümmert um die anderen Leute. In diesem Augenblick hatte Reinhold das Gefühl, daß auch ihre raffinierten Intrigen unschuldig seien. Sie besaß die Unschuld einer Katze, die zum Milchkrug schleicht. Und wie eine Katze wartete sie, daß man ihr jeden Wunsch erfüllte. »Schade«, sagte sie, »daß die Geschäfte schon geschlossen sind, sonst würde ich in die Altstadt fahren und mir die Ohrläppchen durchstechen lassen. Dort gibt es ausgezeichnete Spezialisten, die einem auch gleich die Ohrringe einsetzen!«

Es war Tamara nicht aufgefallen, daß Reinhold geweint hatte. Sie hatte vielmehr den Eindruck, er sei bester Laune und habe sich bestens mit der Bedienung und dem Portier unterhalten, während sie sich in das ernste Stück vertieft hatte.

»Während ich mich unterhielt«, sagte Reinhold lächelnd, »dachte ich mir: ›Ein Glück, daß ich jetzt hier bin – in Jerusalem, bei meiner Tamara. Wie gut, daß du meine Anweisung mißachtet und die blöden Briefe nicht abgeschickt hast! Wie klug von dir, sie gleich zu zerreißen und Willy zu bitten, mir einen Posten in Jerusalem zu verschaffen.‹« Er wunderte sich selbst darüber, daß es ihm gelang, dies so gelassen und distanziert vorzubringen und dabei zu überlegen, wie er das Verhör fortsetzen sollte. Die Wiedersehensfreude in Tamaras Augen hatte seinen dringenden Wunsch nach Aufklärung verdrängt. Ihre freudige Erregung, die Küsse, die sie ihm vor aller Augen gab, die kindliche Ungeduld, mit der sie am liebsten gleich in die Altstadt gefahren wäre, ihre leuchtenden Augen, das alles bezauberte ihn und ließ alles, was er noch kurz zuvor gefühlt hatte, quälend und beschämend erscheinen. Er kam sich jetzt vor wie einer, der vorsichtig mit der Zunge einen schmerzenden Zahn befühlt, nachdem der Schmerz nachgelassen hat: Vielleicht geschah ein Wunder, vielleicht war der Zahn gesund und würde nie wieder weh tun! Aber hinter der Hoffnung auf ein Wunder verbarg sich die Angst vor größerem Schmerz.

Tamara warf ihm einen fragenden Blick zu.

»Ja, ja«, wiederholte er lächelnd, »ich weiß alles, habe es vom ersten Augenblick an gewußt. Ich bin dir überhaupt nicht böse, im Gegenteil, ich bin dir dankbar. Du weißt ja gar nicht, wie glücklich du mich damit gemacht hast.« Nun verfiel er in ihre blumige Sprechweise: »Du mußt vom heiligen Geist heimgesucht worden sein, als du die Briefe zerrissen und Willy aufgesucht hast.«

Die Härte wich aus ihrem Blick. Sie beugte sich zu ihm hinüber und gab ihm einen langen Kuß. Plötzlich war sie wieder heiter und ausgelassen. »Und ich habe befürchtet, du würdest wütend werden, wenn du es erfährst«, sagte sie. »Willy hat mir ja schwören müssen, dir nie etwas zu verraten. Ich habe ihm gedroht, ich würde mich sonst nie wieder mit ihm treffen...«

»Du siehst ja, er hat sich wie ein vollendeter Gentleman benommen«, sagte Reinhold. Eine weitere Einzelheit wurde ihm klar, an die er noch gar nicht gedacht hatte. »Um dir zu beweisen, wie sehr er dich liebt und daß er dir jeden Wunsch von den Augen abliest, hat er mich nicht nur in seine Abteilung versetzt, ich bin sogar zum Stabsfeldwebel befördert worden.«
Ein liebevolles Lächeln erhellte Tamaras Gesicht. Reinhold mußte sich beherrschen, um nicht wie ein kleines Kind zu weinen. Er verschluckte sich am Whisky, hustete, sein Gesicht rötete sich, Tränen traten ihm in die Augen. Tamara klopfte ihm besorgt auf den Rücken.

»Schon gut«, murmelte er, »ist ja schon vorbei... Aber warum hast du solche Angst gehabt, Willy würde etwas sagen? Du hast es mir doch selbst schon erzählt.«

»Was habe ich dir erzählt? Wann habe ich dir das erzählt?« fragte Tamara, ihre Stimme klang nicht mißtrauisch, sondern nur erstaunt und neugierig. Sie hatte ihm selbstverständlich nie etwas erzählt, das Verhör war völlig überflüssig, aber Reinhold konnte einfach nicht aufhören, obwohl er merkte, daß er den Bogen überspannte.

»Damals, als ich in die Waschküche der alten Dschamilla eingezogen bin und du zum erstenmal gekommen bist. Ich habe zu dir gesagt wie froh ich sei, einen Posten in Jerusalem zu haben, und dann hast du mir erzählt, daß du die Briefe gleich am Ausgang des Krankenhauses zerrissen hast.«

»Merkwürdig«, sagte Tamara nachdenklich. »Ich erinnere mich gar nicht. Ich hätte schwören können, daß mir nie ein Wort über die Lippen gekommen ist... Es war übrigens auch gar nicht so. Auf dem Gang vor deiner Station wollte ich die Briefe wirklich gleich zerreißen und in einen der Abfalleimer werfen. Ein Pfleger schob sie gerade auf einem Wägelchen der Chirurgie-Station heraus, das er neben den Toiletten stehen ließ. Ich hatte die Briefe schon aus der Tasche geholt, aber als ich den Deckel eines Abfalleimers hob, wäre ich fast in Ohnmacht gefallen: Zwischen den blutigen Verbänden und der gebrauchten Watte lag dort eine amputierte Hand! Alle Abfalleimer waren voll abgesägter Knochen und amputierter Glieder, und ich mußte an die jungen Männer denken, die verstümmelt im Krankenhaus lagen. Es war einfach fürchterlich... Da habe ich die Briefe wieder eingesteckt und bin gleich zu Willy gefahren. Er war so nett zu mir... Du kannst dir ja vorstellen, in welchem Zustand ich dort angekommen bin! Geradezu hysterisch. Dann habe ich die Briefe zerrissen und in den Papierkorb geworfen. Vorher habe ich sie wirklich geküßt und den Wunsch ausgesprochen, daß sich unsere Träume verwirklichen. Willy hat natürlich gesehen, in welchem Zustand ich war, und mir versprochen, alles zu tun, und das hat er dann auch gehalten... Du hast ja keine Ahnung, wie nett und lustig er sein kann! Nach ein paar Minuten hatte ich die amputierten Arme und Beine vergessen und habe mich halb tot gelacht...«

»Natürlich habe ich keine Ahnung«, sagte Reinhold. »Glaubst du etwa, ein Oberstleutnant beim Geheimdienst läuft herum und bringt seine Leute zum Lachen?« Er bestellte sich noch einen Whisky mit Soda, da er spürte, daß der Schüttelfrost wiederkam. »Noch ein Glas wird mir guttun«, dachte er.

»Manchmal frage ich mich, was die Offiziere sagen würden, die aufspringen und grüßen, wenn er vorbeigeht, wenn sie ihn einmal so erleben würden wie ich? Als er merkte, wie aufgeregt ich war, hat er mir seine Ballerinanummer vorgemacht. In Uniform sieht er ja noch ganz passabel aus, und man denkt weiß Gott, was dahinter steckt, aber wenn man dann seine dürren Beine – ganz weiß und borstig wie ein gerupftes Huhn –, seinen dicken Bauch und die grauen Haare auf der Brust sieht... und wie er sich dann ein weißes Tuch als Rock um die Hüften drapiert und wie eine Ballerina posiert – ich sage dir, du stirbst vor Lachen. So etwas habe ich noch nicht erlebt. Er färbt sich übrigens die Haare und auch den Schnurrbart, aber dieser alte Mann mit den gefärbten Haaren und den falschen Zähnen kann plötzlich wie ein kleines Kind kuscheln, das um die Liebe der Mutter bettelt, und plötzlich wird aus dem zahnlosen Baby ein lieber alter Papa, der dir jeden Wunsch erfüllt. Du hast ja keine Ahnung, wie er mich verwöhnt. Ich weiß, das klingt schrecklich egoistisch, aber es ist einfach ein herrliches Gefühl, wenn man weiß, daß da ein reizender alter Mann ist, der alles für dich täte... Ich meine natürlich nicht, daß er auf allen vieren vor mir herumkriecht, um den Boden zu küssen, auf dem ich gegangen bin. Davon habe ich ja nichts. Am Anfang habe ich mich sogar gefürchtet und ihn angeschrien und gesagt, wenn er sich weiter wie ein Verrückter aufführt, dann ist es aus zwischen uns. Später habe ich mich dann daran gewöhnt.

Er hat mir erklärt, daß er das für sein Seelenheil braucht, deshalb muß ich ihn auch schlagen, und ausgerechnet mit einem Besenstiel! Ich schlage ihn natürlich nicht richtig – ich bringe es nicht übers Herz –, aber das ist auch gar nicht nötig, einige Schläge auf seinen mageren Hintern genügen. Hauptsache es ist ein Besenstiel... nein, was ich eigentlich sagen wollte, ist etwas anderes: Er hat viele wichtige Dinge für mich getan. Er zerreißt sich förmlich – glaub nur nicht, daß er ein schwachsinniger Trottel ist! Das Theater macht er nur für mich allein, sonst ist er ein Mann mit einem großartigen Verstand und hat eine Menge für uns getan, für das Komitee und überhaupt... das kannst du dir gar nicht vorstellen...«

»Also hör mal!« rief Reinhold mit funkelnden Augen, »man hätte nicht mich zur Geheimhaltung verpflichten müssen, sondern dich! Was ich weiß, ist ja lächerlich im Vergleich zu deinen Kenntnissen, die reinste Kinderei...« Und nun brachen beide in so lautes Gelächter aus, daß die Leute die Köpfe nach ihnen umdrehten. Sie wurden plötzlich ungeheuer ausgelassen, sie tranken und lachten, fanden alles komisch – die lange Nase des Kellners, den schiefen Mund der Kassiererin, ein Bild der Schweizer Berge, das neben ihnen an der Wand hing. Auf dem Heimweg saß Reinhold am Steuer. Er spürte den dumpfen Wunsch, Gas zu geben und zum Toten Meer zu fahren, er stellte sich genau vor, wie er das Gaspedal ganz durchdrückte und wie die Limousine den Hügel hinabschoß und im Toten Meer versank. Nur eines störte ihn an diesem Bild: Im Toten Meer konnte man wegen des extrem hohen Salzgehalts sehr schwer untergehen, und auch wenn der Wagen sinken sollte, würde Tamara sich bestimmt befreien und an die Oberfläche schwimmen und er selbst würde doch sicher neben ihr dahintreiben! Außerdem gefiel ihm diese Art von Tod nicht. Ihre Beziehung mußte unter anderen Umständen und an einem anderen Ort enden.

Die Straßen waren menschenleer. Nur die Augen der streunenden Katzen leuchteten gelegentlich im Scheinwerferlicht auf. Als sie den Hof erreichten, war es halb vier. Tamara wollte noch mitgehen, aber Reinhold meinte, sie sei doch schon zu müde. Er hatte ja recht, denn sie mußte noch nach Hause fahren, bevor Giddi aufwachte. All das sagte er ihr beim Aussteigen, aber er dachte an etwas ganz anderes: Er wollte sofort etwas erledigen, solange er sich noch auf den Beinen halten konnte. Er winkte ihr vom Hoftor aus zu und tat, als trete er ein. Als nur noch das Motorengeräusch in der Morgenstille zu hören war, machte er sich auf den Weg, in Richtung King-David-Hotel.

*

Er zitterte am ganzen Körper vor Müdigkeit, aber er konnte durchaus klar denken. Obwohl Tag und Nacht Betrieb herrschte, sah ihn der Posten beim Eingang mißtrauisch an und prüfte eingehend seine Papiere.
»Welcher Offizier hat heute nacht Dienst?« fragte Reinhold.
»Hauptmann Sperling.«
»Ausgezeichnet.« Reinhold ging in sein Büro und holte den Tagesbefehl hervor, den er bisher nicht weiter beachtet hatte. In ihm war die Rede von der Aufstellung einer Jüdischen Brigade. Um aufgenommen zu werden, brauchte man weder Empfehlungen noch Beziehungen, und was noch wichtiger war, niemand konnte ihm den Eintritt in die Brigade verwehren. Reinhold setzte sich hin und füllt das Formular für die Freiwilligen aus. Da die drei Infanterieregimenter der Brigade bereits von Alexandrien nach Italien unterwegs waren, bat er Sperling schriftlich, ihm eine Sondergenehmigung zu erteilen, damit er so rasch wie möglich nach Ägypten ausreisen und sich dort den letzten Einheiten anschließen konnte, die auf die Überfahrt nach Italien warteten. Nachdem er alles Nötige erledigt hatte, ging er auf die hintere Veranda hinaus und ließ sich in einen Korbstuhl fallen. Am Himmel zeigte sich über den Bergen von Moab schon ein heller Streifen und kündigte den Morgen an. »Wie still die Sonne aufgeht!« dachte Reinhold. »Und wie alt und ehrwürdig die Berge von Moab im ersten Morgenlicht aussehen und doch so neu und frisch, als seien sie eben erst erschaffen worden...« Ihm fielen die Augen zu. Als die ersten Strahlen auf seinen geschlossenen Lidern spielten, murmelte er vor sich hin: »Das wird mir noch leid tun... das kann nicht gut ausgehen... das nimmt ein furchtbares Ende.« Aber obwohl er wußte, daß alles ein schlechtes Ende nehmen würde, weitete sich sein Herz, als er im Traum seine Mutter mit einem breitrandigen Hut, langen Handschuhen, die fast bis an die Ellbogen

reichten, Schuhen mit hohen Absätzen und Handtasche aufrecht und lächelnd auf ihn zukommen sah. Um ihren Mund spielte ein geheimnisvolles Lächeln, als sie mit fröhlicher Ungeduld zu ihm sagte: »Komm, mein Junge, wir gehen ein bißchen spazieren.«

Zweiter Teil

Das King-David-Hotel

KAPITEL 1

Ohne den Jom-Kippur-Krieg wäre die Geschichte mit Heinrich Reinhold nie wieder aufgerollt worden. Wahrscheinlich hatte auch Joël sie schon vergessen, und es wäre ihm nie eingefallen, mir alle Einzelheiten zu erzählen, die mir entgangen waren, als Reinhold damals, vor dreißig Jahren, während des Zweiten Weltkriegs bei uns wohnte.

Ich erwähnte bereits, daß ich plötzlich wieder an Reinhold denken mußte, als Joël mich am ersten Tag des Waffenstillstands, nach der Ablösung unserer Leute durch die UN-Truppen, mit seinem Jeep abholte und nach Balusa zum Flugplatz brachte. Er gab mir eine Bordkarte für eine Maschine und trug mir auf, mich im Hauptquartier zu melden. Dort sollte ich über meinen nächsten Sondereinsatz unterrichtet werden, bei dem es offenbar wieder um irgendeine ausländische Persönlichkeit ging. Soviel hatte Joël dem Anruf entnommen, den man im Verwaltungsbüro empfangen hatte, aber er kannte keine Einzelheiten. Die sollte ich im Hauptquartier erfahren. Er erkannte mich zwar nicht sofort – damals war ich ja noch ein Kind und er ein »Erwachsener« von etwa fünfundzwanzig Jahren –, aber er warf mir während der Fahrt immer wieder einen Seitenblick zu, als versuchte er, sich an etwas zu erinnern. Ich setzte eine gleichgültige Miene auf und wartete ab, ob er sich von selbst an mich erinnern würde. Erst als er meinte, er müsse mich schon irgendwo gesehen haben, sagte ich ihm, daß er vor dreißig Jahren, bald nach Reinholds plötzlichem Verschwinden, die Waschküche im Hof unseres Hauses gemietet hatte.

Reinhold hatte einmal, seiner Gewohnheit entsprechend, die Miete im voraus bezahlt und war anschließend verschwunden. Er kam einfach nicht wieder, verlangte das Geld nicht zurück und holte auch seine Sachen nicht ab.»Als ob sich die Erde aufgetan und ihn mit Haut und Haaren verschlungen hätte«, sagte meine Mutter.»Wir werden seine Sachen im Keller aufbewahren müssen, besonders den alten Spiegel, den er von Dschamilla gekauft hat. Wie kann man einen solchen Spiegel zurücklassen? So etwas wird schließlich gar nicht mehr hergestellt, und selbst damals, zur Zeit der Besetzung durch die Türken, war der Spiegel einmalig, außergewöhnlich! Es handelt sich nicht einfach um einen alten Spiegel. Er hat auch historischen Wert, denn er gehörte dem Pascha, der in Jerusalem regierte! Einen solchen Spiegel läßt man doch nicht so einfach zurück. Eines Tages wird er ihn sicher abholen, das sage ich dir...« Meine Mutter wollte sich einfach nicht damit abfinden, daß Reinhold verschwunden war. Sie rechnete täglich mit seiner Rückkehr, weil sie davon ausging, daß er wenigstens den wertvollen Spiegel abholen würde, wenn es ihm schon nicht darum ging, sich nach einem gemütlichen Plauderstündchen wie ein richtiger Gentleman von ihr zu verabschieden. Vielleicht – dieser Gedanke kam mir allerdings erst neulich – hoffte sie deshalb so sehr auf Reinholds »unmittelbar bevorstehende« Rückkehr, weil sein Verschwinden so kurz nach dem Tod meines Vaters erfolgte. Die Toten scheiden aus dieser Welt und kreuzen nie wieder unseren Weg, aber sollen etwa auch die Lebenden nicht mehr zu uns zurückkehren?

Am meisten vermißte ihn natürlich die alte Dschamilla. Abends ging sie manchmal zum Hoftor und sah prüfend die Gesichter der Vorübergehenden an, bevor sie sich hinsetzte und allein ihren Kaffe schlürfte, den Blick auf den leeren Stuhl drüben auf der anderen Seite des Tischchens gerichtet, bis ihr die Augen zufielen. Ihr Kinn sank müde auf die Brust, und ihr verwittertes, zerknittertes Gesicht wirkte wie Pergament, aus dem alle Farbe und alles Leben seit Jahrhunderten gewichen war. Mich hatte schon mehr als einmal der Gedanke erschreckt, die alte Frau dort auf ihrem Stuhl könnte tot sein – bis mir dann beim Näherkommen ihr lautes, gleichmäßiges Schnarchen verriet, daß ihre letzte Stunde noch nicht geschlagen hatte. Genau wie meine Mutter knüpfte auch Dschamilla ihre Hoffnung auf Reinholds Rückkehr an den alten Spiegel; allerdings waren ihre Gründe von denen meiner Mutter so himmelweit entfernt wie der Osten vom Westen. Dschamilla behauptete, Reinhold sei von einem bösen Geist besessen gewesen, einem Dschinn, der ihn auf Abwege führte. Das hatte sie von dem Augenblick an gespürt, als er bei Kriegsende in Italien aus der Armee entlassen worden und heimgekehrt war. Er hatte sich verändert. Das Gesicht trug noch die Züge von Reinholds Gesicht, aber was dahinter kochte und brodelte, das war das Machwerk des Teufels! Eines Abends spähte sie durch das Fenster und sah ihn starr, wie verhext, vor dem Spiegel stehen; und der Spiegel war es auch, der den Dschinn auf ihn angesetzt hatte! In jener Nacht konnte sie nicht schlafen und stand auf, um ein Glas Milch zu trinken. Während sie im Dunkeln nach der Milchkanne tastete, sah sie Licht in Reinholds Zimmer. Sie trat näher an ihr Fenster und beobachtete, daß sich Reinholds Tür öffnete und ein abessinischer Mönch mit einem pechschwarzen Gewand, das der Farbe seines Gesichts in nichts nachstand, eintrat. Was hatte ein abessinischer Mönch mitten in der Nacht in Reinholds Zimmer zu suchen? Dschamilla setzte sich ans Fenster und wartete auf das Kommende. Als der Tag anbrach, verließ Reinhold sein Zimmer und schloß die Tür ab. Kaum war er fort, eilte sie hinüber, weil sie sehen wollte, was der abessinische Mönch, der mitten in der Nacht gekommen und jetzt eingeschlossen war, bis zu Reinholds Rückkehr in dem Zimmer treiben mochte. Ihre Enttäuschung war jedoch groß: Das Zimmer war leer – weit und breit war kein abessinischer Mönch zu sehen. Nur der fluchbeladene Spiegel stand dort in seiner Ecke. Ihr Herz klopfte wild. Sie beschloß, Reinhold am Abend zu fragen, was das alles zu bedeuten hatte, aber im letzten Augenblick verließ sie der Mut. Sie schob die Frage von Tag zu Tag, von Woche zu Woche auf, bis sie eines Nachts, als sie sich wie gewohnt ein Glas Milch holte, einen Fremden in Reinholds Zimmer eintreten und das Licht anschalten sah. Diesmal war es ein sudanesischer Kellner aus dem King-David-Hotel mit rotem Fez und weißem Gewand. Wiederum blieb sie daher an ihrem Fenster sitzen, um abzuwarten, was nun geschehen würde. Auch diesmal tauchte Reinhold morgens auf und schloß seine Tür ab; wieder spähte sie durchs Fenster und sah, daß das Zimmer leer war. Der sudanesische Kellner hatte sich genau wie zuvor der abessinische Priester in Luft aufgelöst. Diesmal aber konnte sie ihr Geheimnis nicht länger für sich behalten. Als Reinhold nach Hause kam, erzählte sie ihm alles, was sie gesehen hatte.

Reinhold erbleichte. Er fuhr sich mit der Hand über die Augen, sah sich um, vergewisserte sich, daß niemand sie belauschte und flüsterte ihr ins Ohr: »Dschamilla, Sie sind nun Zeugin eines großen und schrecklichen Geheimnisses geworden. Was Sie gesehen haben, ist das Werk jenes Teufels, der in dem fluchbeladenen Spiegel wohnt, den Sie selbst mir für fünf Pfund verkauft haben.«

»In dem fluchbeladenen Spiegel«, wiederholte Dschamilla zitternd. Ihr Gefühl hatte ihr ohnehin schon gesagt, daß alles nur das Werk des Spiegel-Dschinn war, und nun erzitterte sie bei dem Gedanken, daß sie Reinhold durch den Verkauf des Spiegels so großen Kummer verursacht hatte.

»Als ich, ohne an Körper und Seele Schaden genommen zu haben, aus dem Krieg zurückkam«, fuhr Reinhold fort, nachdem er sich vergewissert hatte, daß niemand hinter dem hohen Wasserbehälter in der Hofecke versteckt war, »schaute ich in den Spiegel, und ein unbeschreibliches Glücksgefühl überkam mich: Ich war unversehrt aus Italien, Österreich, Frankreich, Holland und Belgien zurückgekehrt, und ich war schließlich jung, gesund und sah gut aus. Ja, ja, Dschamilla, ich will Ihnen nichts verheimlichen, ich war mit mir selbst sehr zufrieden. Mein Hochmut brachte mich dazu, dem Spiegel die Zunge herauszustrecken! In meiner Überheblichkeit ging ich noch weiter und forderte den Spiegel heraus, indem ich sagte: ›Spiegel, wo bleibt nun die Macht deines bösen Blicks? Jenes bösen Blicks, der einst Herrscher und Könige in die Knie zwang, angefangen vom deutschen Kaiser bis hin zum türkischen Sultan? Du hast deine Kraft verloren, mein Geliebter, deine Macht ist dahin! Du bist so schlapp wie der Lappen, mit dem man den Boden wischt, gerade gut genug, um von Weibern mit bloßen Füßen getreten zu werden.‹ Und ich hörte nicht auf, den Spiegel in dieser Art zu verspotten, bis mir plötzlich ein abessinischer Mönch aus dem Spiegel entgegensah! Hochmütig streckte ich dem Mönch die Zunge heraus, doch dann gefror mir das Blut in den Adern: Der Mönch streckte mir ebenfalls die Zunge heraus! Ich streckte die Hand aus, um ihn zu berühren, und er hob die Hand, um mich zu berühren. Und dann erkannte ich, daß ich selbst jener abessinische Mönch war! Der Spiegel hatte mich in einen abessinischen Mönch verwandelt, in einen jener Eunuchen, die schon im zarten Kindesalter kastriert worden sind. Lähmendes Entsetzen befiel mich. Ich stürzte vor dem Spiegel zu

Boden, stieß einen markerschütternden Schrei aus und flehte ihn an, mir meine Gestalt wiederzugeben – sonst würde ich lieber auf der Stelle sterben. Da vernahm ich eine Stimme, die mir ins Ohr flüsterte: ›Deine Seele wird nicht eher in deinen Körper zurückkehren und du wirst erst dann deine Kraft wiedererlangen, wenn du für deine Sünden gebüßt hast. Geh auf den Berg in der Wüste, der sich über Nebi-Moussa erhebt, bete dort und bitte um Vergebung der Sünden, die du in deinem Stolz und in deiner Überheblichkeit begangen hast; und wenn der Morgen dämmert, dann komm zu mir zurück. Wenn ich sehe, daß du wahrhaft reumütig bist, so werde ich dir deinen Körper und die Manneskraft zurückgeben.‹ Seit jenem Augenblick bin ich – Dschamilla, ich schwöre es – ein Sklave des Dschinn, der in dem Spiegel haust. Wann immer er meint, ich sei trotzig oder rebellisch, dann verwandelt er meine Gestalt. Seine Launen kennen keine Grenzen – wenn er es wünscht, bin ich ein abessinischer Mönch oder ein sudanesischer Kellner. Wenn Sie also, Dschamilla, plötzlich einen abessinischen Mönch oder einen sudanesischen Kellner erblicken sollten, der mein Zimmer verläßt, dann sagen Sie sich einfach: ›Das ist nur Reinhold.‹ Ich bitte Sie, nichts zu unternehmen! Nähern Sie sich ihm nicht, grüßen Sie ihn nicht, tun Sie nichts, schwören Sie mir das bei Ihrer unsterblichen Seele. Denn Sie müssen wissen: Wenn jemand versucht, das Vorhaben des Dschinn zu vereiteln, dann könnte dieser sich an mir rächen, indem er mich – Gott bewahre – in ein Tier oder in einen Vogel der Lüfte verwandelt.«

Dschamilla hörte Reinhold zu, und ihr Herz pochte genauso wild wie an jenem Schreckenstag vor fünfzig Jahren, als der Spiegel-Dschinn mit seinem bösen Blick die kleine Rawada verbrannt hatte. Sie wußte nur zu genau, daß es keine leere Drohung war, die der Spiegel Reinhold ins Ohr geflüstert hatte. Es lag wirklich in der Macht des Dschinn – verflucht sei sein Name –, Reinhold in ein Tier oder einen Vogel zu verwandeln; das war auch dem Sohn von Scheich Abu Jussuf widerfahren, der den Beinamen »Vater des Stiers« trug und zu dessen Ehre das Dorf oberhalb der Bahnstation »Abu Tor« hieß. Alle Welt wußte, wie sich das damals zugetragen hatte: Scheich Abu Jussuf heiratete die Tochter seines Onkels, die sehr jung und sehr schön war. Doch ihr Herz war weniger schön als ihr Antlitz, denn es beherbergte böse und häßliche Gedanken, und sie gebar ihrem Gemahl keine Kinder.

Da sie selbst nicht empfangen konnte, führte sie ihrem Mann ihre Dienerin zu, damit diese ihm an ihrer Stelle Kinder gebären sollte. Die Dienerin schenkte dem Scheich einen hübschen Knaben, Josef, der von allen geliebt wurde. Und der Scheich liebte Josef, seinen einzigen Sohn, mehr noch als das eigene Leben. Eines Tages – der Knabe war nun ein Jüngling von etwa fünfzehn Jahren – mußte der Scheich eine Reise nach Damaskus antreten, um seinen Anteil an einer Erbschaft in Empfang zu nehmen, über die vor den Gerichten gestritten worden war. Er wollte seinen einzigen Sohn Josef mitnehmen, da er den Gedanken an eine Trennung nicht ertrug. Doch seine böse Frau sagte zu ihm: »Nimm das Kind nicht mit, ich bitte dich darum, denn die Reise birgt vielerlei Gefahren, und überall auf dem Weg ins ferne Damaskus lauern Diebe und Mörder aus allen möglichen Stämmen. Laß den Knaben hier bei mir, er soll in guter Obhut sein.« Der Scheich gewährte ihr die Bitte, zumal er wußte, daß es für den Jungen besser war, zu Hause zu bleiben und nicht den Gefahren der Straße ausgesetzt zu sein. Dann reiste er ab. Doch während er in Damaskus weilte, verwandelte die böse Frau ihre Dienerin in eine Kuh und ihren Sohn Josef in ein Kalb.

Als der Scheich nach Hause zurückkehrte und seinen Sohn nicht mehr fand, stieß er einen furchtbaren Schrei aus. Sein böses Weib erzählte ihm mit falschen Tränen in den Augen, sein Sohn sei an Cholera gestorben, zusammen mit seiner Mutter. Der Scheich fand keinen Trost und lag den ganzen Tag weinend und trauernd auf dem Bett.

Ein Jahr verstrich. Dann kam zur Zeit des Opferfestes der Vetter des Scheichs, der große Scheich Abu Daoud, der die Teilung der Erbschaft vorgenommen hatte – aus Damaskus zu Besuch. Scheich Abu Jussuf nahm all seine Kräfte zusammen und erhob sich, um seinen Gast würdig zu empfangen. Er befahl, ein Kalb zu schlachten, und die Hirten brachten ihm das schönste Kalb – es war kein anderes als sein Sohn Josef. Der Scheich schwang das Messer und wollte dem Kalb gerade den tödlichen Stoß versetzen, als es plötzlich begann, sich an ihn zu drängen und herzzerreißend zu muhen. Das Kalb erregte das Mitleid des Scheichs, der dem Hirten befahl, es wegzubringen und ihm statt dessen eine Kuh zu holen. Seine Frau schrie ihn an: »Du mußt dieses Kalb heute opfern, denn heute ist ein heiliger, ein gesegneter Tag, da wir den großen Scheich von Damaskus begrüßen dürfen. Da ziemt es sich, ein Tier zu opfern, das unschuldig und makellos ist. Du weißt doch genau, daß es in unserer Herde kein anderes Kalb gibt, das so schön und fett ist wie dieses!« Der Scheich zögerte, und seine Frau drängte noch mehr: »Wenn du dieses Kalb nicht opfern willst, werde ich dein Haus verlassen und nicht länger deine Ehefrau sein, so wie du nicht länger mein Ehemann sein wirst!«

Doch der Scheich brachte es nicht übers Herz, das Kalb zu töten, das sich an ihn schmiegte und ihm die Hand leckte. Er sah seiner Frau in die Augen und sagte: »Laß uns wieder ins Haus gehen und das Kalb in einer Stunde oder in zwei Stunden schlachten, wenn unser Zorn verraucht ist und unsere Herzen frei sind von bösen Gedanken, denn es wäre unrecht, das Kalb am Tag des Opferfestes und der Ankunft des Scheichs von Damaskus zu schlachten, wenn wir nur Zorn und Groll in unseren Herzen hegen.« Und er gab dem Hirten ein Zeichen, er solle das Kalb an einen sicheren Ort bringen und ein anderes als Opfertier auswählen. Der Hirte nahm das Kalb mit sich nach Hause. Seine Tochter wurde verlegen, fing an zu lachen und bedeckte ihr errötendes Gesicht mit den Händen. »Vater«, rief sie, »bin ich in deinen Augen von so geringem Wert, daß du fremde Männer zu mir bringst?« Der Hirte war über die Worte seiner Tochter sehr verwundert und fragte: »Wo sind denn die fremden Männer, die ich mitgebracht haben soll?« Seine Tochter antwortete: »Nun, dieses Kalb, das du da führst, ist der Sohn des Scheichs, der schöne junge Josef, der von der Frau seines Vaters verhext und aus Eifersucht in ein Kalb verwandelt worden ist.« Die Tochter des Hirten konnte nämlich hinter der Hülle des Körpers die Seele sehen und hatte schon als Kind von einer alten Frau die Kunst der Hexerei erlernt. Der Hirte beeilte sich, dem Scheich die Worte seiner Tochter mitzuteilen. Der Scheich war trunken vor Freude. Als er die Hütte des Hirten betrat, drängte sich das Kalb an ihn, und der Scheich sagte zur Tochter des Hirten: »Wenn es dir gelingt, meinen Sohn zu retten, werde ich dich und deinen Vater mit allem belohnen, was ich an Gold und an Vieh besitze.«

Das junge Mädchen lächelte und erwiderte: »Ehrwürdiger Scheich, gepriesen sei dein Name, mein Gebieter. Ich wünsche mir kein Gold, sondern nur zweierlei: zum einen, daß du mich mit deinem Sohn vermählst, und zum anderen, daß du mir gestattest, die Frau zu verhexen, die ihn verzaubert hat. Ich will ihre Seele in den Körper eines Krokodils verbannen – denn wer könnte sonst vor ihren Ränken sicher sein?« Der Scheich stimmte zu und versprach ihr als Mitgift alle Rinder und Schafe, die ihr Vater für ihn hütete. Nur eine kleine Änderung der zweiten Bedingung forderte er: Sie sollte seine Frau nicht in ein Krokodil, sondern in eine Gazelle verwandeln. Wenn sie schon ihrer Bosheit wegen dazu verurteilt war, in ein Tier verwandelt zu werden, so sollte sie nach seinem Willen doch wenigstens eine schöne Gazelle und nicht ein häßliches Krokodil werden. So wandte die Tochter des Hirten ihren Zauber an, verwandelte die Frau in eine Gazelle und den Sohn des Scheichs in seine eigentliche Gestalt, die eines jungen Mannes, und sie wurde seine Frau. Und wenn Frauen die Fähigkeit haben, Menschen zu verhexen und sie in Krokodile oder Kälber zu verwandeln, dann sollte es wohl für den Spiegel-Dschinn nicht schwer sein, Reinhold in ein Tier oder in einen Vogel zu verwandeln.

Seitdem Reinhold ihr das Geheimnis des Spiegel-Dschinn anvertraut hatte, der Gewalt über ihn besaß, sorgte sich Dschamilla um ihn und spähte aus ihrem Fenster, um zu sehen, was in der Finsternis vorging – bis er verschwand. Erst nachträglich fiel Dschamilla ein, daß sie am Abend seines Verschwindens im letzten Schein der untergehenden Sonne eine Taube und einen Raben beobachtet hatte, die Seite an Seite über das Dach des Hauses flogen, bis sich ihre Wege trennten – die Taube wandte sich in weitem Bogen nach Osten, der Rabe flog nach Westen. Es kam ihr seltsam vor, da Tauben gewöhnlich nicht neben Raben zu fliegen pflegen, aber ein Zusammenhang mit den Künsten des Spiegel-Dschinn fiel ihr erst auf, nachdem Reinhold verschwunden war. Viel zu spät erkannte sie, daß es Reinholds Seele gewesen war, die über das Dach flog, nachdem sie vom listigen Dschinn gespalten worden war: den weißen, unschuldigen Teil hatte er in eine Taube verwandelt, den schwarzen in einen Raben. Hätte sie das rechtzeitig erkannt, so wäre es ihr vielleicht noch gelungen, die Zauberworte zu murmeln, die sie als Kind gelernt hatte, geheimnisvolle Zutaten in ein Glas Wasser zu schütten und das Wasser dann in die Richtung der fliegenden Vögel auszugießen, auf daß sie wohlbehalten wiederkehrten, damit sich die beiden gespaltenen Hälften der Seele hätten wiedervereinen und in Reinholds Körper zurückkehren können...

Jeden Abend ging Dschamilla zum Hoftor hinaus und blickte nach allen Seiten, aber Reinhold kam nicht wieder, und Joël mietete das Zimmer, um seine Bücher dort unterzubringen. Als ich Joël daran erinnerte, wie wir uns kennengelernt hatten, erhellte ein Lächeln sein Gesicht, und allmählich gab er sich Erinnerungen an meine Mutter und an Dschamilla hin. Er war tief bewegt. Zu meiner Verwunderung erinnerte er sich an Dinge, die ich längst vergessen hatte – an unseren Spaziergang nach Katamon zum Beispiel, als ich mich auf einen Stein setzte, um das Kloster St. Simon zu malen, oder an den nach Yemin Mosche, von wo aus ich die Rückseite des King-David-Hotels gezeichnet hatte. Während er alten Erinnerungen nachhing, traf das Flugzeug ein, eine Militärtransportmaschine. Doch erst nachdem ich zusammen mit anderen Soldaten an Bord gegangen war, Platz genommen und mich angeschnallt hatte, fiel mir ein, daß ich vergessen hatte, Joël nach Reinholds Verbleib zu fragen. Die Maschine stieg in flachem Winkel auf und flog sehr niedrig die Dünen an der Küste entlang. Direkt unter uns lag das Meer. Der Pilot wollte so den ägyptischen Granaten von der anderen Seite des Suezkanals ausweichen, die immer noch auf unsere Flugzeuge angesetzt waren. Denn wenn auch soeben die Einstellung der Feindseligkeiten bekanntgegeben worden war, schlugen doch entlang der gesamten Frontlinie vereinzelt immer noch ägyptische Granaten ein. Wie hatte ich nur vergessen können, mich nach Reinhold zu erkundigen? Mein Bedauern verwandelte sich in einen geradezu archaischen Schmerz darüber – ich hatte versäumt, Wichtiges zu tun und diese einzigartige Gelegenheit ungenützt verstreichen lassen. Wer weiß, vielleicht hatte ich Joël zum letztenmal gesehen!

Mit diesen bedrückenden Gedanken schlief ich ein. Ich erwachte erst, als die Maschine auf dem Militärflughafen neben dem Flugplatz von Lydda zur Landung ansetzte. Obwohl ich nicht an Reinhold dachte, während ich mich um die Weiterfahrt zum Hauptquartier bemühte, wuchs das beklemmende Gefühl, bis es mich wie ein undurchdringlicher Nebel einhüllte.

*

Am Abend erreichte ich das Hauptquartier. Am Tor sah ich einen Strom von Soldaten und Fahrzeugen. Ich beschloß einfach hineinzugehen, ohne die Kontrolle abzuwarten. Wider Erwarten gelang es mir ohne größere Umstände: Der Posten hielt es nicht für nötig, die Vorschrift einzuhalten und telefonisch nachzufragen, ob ich erwartet wurde, er überprüfte nicht einmal meine Papiere. Trotz der Verdunkelung fand ich ohne Mühe meinen Weg – mit Hilfe der abgeblendeten Scheinwerfer der vorbeifahrenden Autor und des grellen Lichtscheins, der plötzlich in das Dunkel fiel und ebenso rasch wieder verlöschte, wenn die Türen zu den Baracken an beiden Seiten der Straße wieder geschlossen wurden. In der Dienststelle begrüßten mich die Stiefelsohlen von zwei Soldaten, die ihre Stühle gegen die Wand gelehnt und die Füße auf dem Metalltisch in der Ecke gelegt hatten. Später erfuhr ich, daß es sich um Fahrer handelte, die aus Kampfeinheiten entlassen worden waren. Der eine war hager und drahtig, der andere dick und schwerfällig. Soldaten, Unteroffiziere und Offiziere gingen geschäftig ein und aus. Die Mädchen, die sich zum Militärdienst verpflichtet hatten, versuchten, die Fragen, die man an sie stellte, zu beantworten und das Telefon zu bedienen, während sie sich gleichzeitig der plumpen Annäherungsversuche und anzüglichen Bemerkungen der beiden Fahrer mit den ausgestreckten Beinen erwehren mußten. Durch eine halboffene Tür sah man Feldbetten mit Decken und Toilettenartikeln; auf der anderen Seite kamen aus einer Durchreiche in der Wand, hinter der das Oberkommando in einem abgeschlossenen Raum verhandelte, laufend Notizen für die Chefsekretärin, begleitet von den knappen Anweisungen einer rauhen Stimme.

Ich überreichte meine Papiere dem Mädchen am vordersten Schreibtisch. Sie hatte am meisten unter den Anzüglichkeiten der beiden Fahrer zu leiden, nicht nur, weil sie ihnen am nächsten saß, sondern auch weil sie die hübscheste im ganzen Raum war. Sie bat mich, das Ende der Besprechung abzuwarten, und deutete auf die Bank vor dem Büro des Kommandeurs, auf der bereits zwei Stabsfeldwebel und zwei Kriegsberichterstatter saßen.

Die beiden Fahrer waren noch sehr jung und sahen aus, als seien sie erst vor kurzem eingezogen worden. Der eine, Albert, wirkte unausgeglichen, launisch und jähzornig; der andere, Mosche, schien ihm völlig ergeben; er hing förmlich an den Lippen

seines Freundes und quittierte seine Witzeleien mit lautem, dümmlichem Gelächter. Ich setzte mich neben die Kriegsberichterstatter und bewunderte die Geduld und Höflichkeit, mit der die junge Stenotypistin nicht nur Alberts lautstarke, geschmacklose Anzüglichkeiten, sondern auch seine Hände abwehrte. Alberts Gesichtsausdruck wechselte dauernd zwischen falscher, einschmeichelnder Unterwürfigkeit, offener Feindseligkeit, erwartungsvoller Begierde und finsterem Haß.
Die Besprechung im Büro des Kommandeurs dauerte länger als erwartet. Die beiden Kriegsberichterstatter blätterten in den Zeitungen, die auf dem gegenüberliegenden Tisch und auf dem Fußboden herumlagen. Überall sah ich Zeitungen. Ich griff nach einer Seite, die dem neben mir sitzenden Korrespondenten heruntergefallen war, und warf einen Blick auf den Artikel, über den sie offenbar diskutierten – eine lange Abhandlung von Professor Isaac Kalmon über Demokratie und Wohlfahrtsstaat. »Ich begreife nicht, worauf er hinauswill«, sagte der, dem das Blatt heruntergefallen war. »Glaubt er eigentlich, daß die Leute, die Verstand und nichts dagegen haben, hart zu arbeiten, sich abplagen sollen, damit ein Haufen unbegabter Faulenzer es sich gutgehen läßt, glaubt er, daß ein intelligenter Mensch die Interessen der Dummköpfe vertreten soll? Das nennt er Moral. Eine seltsame Moral, muß ich sagen!« – »Ganz so drückt er es nicht aus«, entgegnete der jüngere Kriegsberichterstatter. Mich befiel eine plötzliche Müdigkeit, denn dieser Art von Diskussionen, dieses ewigen Wiederkauens abgedroschener Ansichten, die immer so vorgebracht wurden, als handle es sich um die neuesten brillanten Erkenntnisse, war ich schon seit Jahren überdrüssig. Ich schloß die Augen, die Zeitungsseite glitt mir aus der Hand. Trotz des Tohuwabohus ringsum schlief ich ein – vielleicht nur für einen Augenblick, doch in diesen Sekunden hatte ich einen langen, verwickelten Traum, der mit einem wundersamen Gefühl begann und als beklemmender Alptraum endete.

Ich stand neben einer Reihe Zypressen hinter einer steinernen Mauer, die ein Haus mit Ziegeldach umgab. Die Mauer hatte ich im Rücken, vor mir das Haus. Die Haustür war bogenförmig gerundet, und der Halbkreis über den geschlossenen Türflügeln war mit bunten Glasscheiben geschmückt. Die Sonne war gerade untergegangen, der Himmel noch hell, doch breitete sich schon allmählich die Dunkelheit aus. Im Haus ging ein Licht an und strahlte durch das Azurblau, Orange, Gelb und Rot des bunten Glases; der Zauber des sanften Lichts außerhalb des Hauses und der strahlenden Helligkeit, die sich hinter den finsteren, nackten Mauern verbarg, nahm mich gefangen. Die Klänge einer Melodie, die ich vor Jahren liebte, wehten vom Haus herüber. Ein englisches Lied, das grüne Wiesen und die Kindheit besang und mich mit Sehnsucht erfüllte. Der Text schien mir jedoch irgendwie verändert. Ich hörte aufmerksam zu und fing einige hebräische Worte auf: »Straße im Schatten« und »deine Lippen« – mehr verstand ich nicht. Ich sagte zu mir: »Aber die Melodie bleibt für immer...« Da ging die Tür auf, und mein Vater trat heraus mit der Geige unter dem Kinn und dem Geigenbogen in der Hand. Er spielte nicht weiter, sondern deutete mit dem Bogen auf irgend etwas. Er erzählte mir, daß Onkel Chaim in meiner Kindheit die Violine immer im Sitzen spielte und gegen den Bauch stützte. Mein Vater und sein älterer Bruder Chaim waren Autodidakten, sie hatten nur nach dem Gehör spielen gelernt. In dem damals noch von den Türken besetzten Jerusalem durften Cheder- und Jeschiwa-Studenten weder Geige noch ein anderes Instrument spielen. Das galt nicht nur als würdelos und lächerlich, sondern sogar als Sünde. Später nahm mein Vater Geigenunterricht, aber mein Onkel spielte weiter so, wie er es als Kind gelernt hatte, wenn er der türkischen Militärkapelle zuhörte. Die beiden Brüder machten dann an den Feiertagen die Runde bei allen Verwandten und spielten ihnen auf, um sich etwas Taschengeld zu verdienen.

Onkel Chaim lernte ich aber nie kennen, denn er wanderte vor meiner Geburt nach Amerika aus. »Spiel weiter, Vater«, sagte ich in meinem Traum, weil ich bedauerte, daß die geliebte Melodie plötzlich abgebrochen war. Mein Vater zeigte immer noch mit dem Bogen auf das Eingangstor, wo ein braunes Pferd mit glänzendem Fell und herrlicher Mähne stand. Als Kind hatte mein Vater mich einmal auf ein braunes Pferd gesetzt und dadurch Todesängste in mir erweckt, da ich das Gefühl hatte, von einem schwankenden Turm jederzeit in einen gähnenden Abgrund zu stürzen. Die Höhe des Pferdes erschreckte mich jetzt nicht mehr, aber mir kam doch der Gedanke, daß ich mit Hilfe eines Hockers leichter aufsteigen könnte. Mein Vater las meine Gedanken, bückte sich und legte mir die Geige zu Füßen. »Was tust du da,

Vater?« fragte ich, und mein Herz verkrampfte sich vor Angst um die wunderschöne Geige. Beim Aufsteigen spürte ich, daß die Geige unter meinen Reitstiefeln mit Sporen zersplitterte. »Ich hätte sie ausziehen sollen«, sagte ich mir. »Ich brauche doch keine Reitstiefel. Ich muß nirgendwohin, und wenn ich wirklich Lust hätte, ein wenig zu reiten, könnte ich das auch in gewöhnlichen Schuhen oder barfuß tun. Warum habe ich Reitstiefel mit Sporen angezogen? Aber auch wenn ich barfuß auf das Pferd gestiegen wäre, hätte die Geige das Gewicht meines Körpers nicht ausgehalten. Eigentlich hätte ich die Geige zum Aufsteigen gar nicht gebraucht, ich hätte ebensogut nach dem Sattel greifen und hinaufspringen können. Macht nichts«, versuchte ich mein schlechtes Gewissen zu beruhigen. »Mein Vater ist seit fünfundzwanzig Jahren tot, und die Geige war ohnehin kaputt. Die Saiten waren alle schon längst vor seinem Tod gerissen.« Ich drängte das Pferd zum Hauseingang, um einen Blick durch das bogenförmige Fenster mit bunten Scheiben werfen zu können. Ich wußte, daß sie im Haus war. Seitdem ich sie verlassen hatte, saß Barbara dort und wartete auf mich. Die liebe, gute, zärtliche Barbara. Ich hatte sie verlassen, weil sie so hilflos und so sehr von mir abhängig war. Ausgerechnet von mir, der ich nicht wußte, wie ich für mich selbst sorgen, wovon ich das nächste Essen kaufen, wo ich die nächste Nacht schlafen sollte! Wie sollte ich da die Verantwortung für dieses kostbare Geschöpf, für Barbaras Leben, übernehmen? Das Pferd wurde unruhig, und ich riß an den Zügeln, um zu verhindern, daß es mit dem Kopf gegen die bunten Glasscheiben stieß. Ich warf einen Blick hinein und sah Barbara am Tisch sitzen. Sie las beim Schein der großen alten Öllampe, die mir geleuchtet hatte, als ich in meiner Kindheit an langen Winterabenden zeichnete. Sie hob den Kopf und lächelte mir zu. Aber auf einmal erschrak Barbara. Sie erstarrte und zeigte dann in die Richtung, aus der Gefahr drohte. »Sie kommen!« rief sie. »Die Barbaren kommen. Schnell ins Haus, und verschließ die Tür! Schieb den Tisch vor, wir müssen ihnen den Eingang versperren!« Hinter mir erhob sich drohendes Geschrei. Ich sah mich um und erblickte eine wütende Menschenmenge, die sich gerade Einlaß verschaffen wollte. »Komm schnell herein und verriegle die Tür!« rief Barbara, aber meine Kräfte erlahmten, und ich konnte keinen einzigen Schritt tun. Plötzlich war das Pferd verschwunden. Ich stand ohne Hose und Unterhose vor der verschlossenen Tür, während die drohende Menschenmenge immer näher rückte. Ich bückte mich, um meine staubige Soldatenmütze aufzuheben und mich damit zu bedecken, aber auch sie war weg. »Die Geige!« rief ich. »Die Geige, die auf der Erde liegt... damit kann ich meine Scham verhüllen!« Ich kroch auf dem Boden herum und tastete im Dunkeln nach der Geige. Die Menschenmenge war bereits durch die Mauer eingedrungen und trampelte über mich hinweg. Ich erstickte fast. Ein Soldat auf meinem Rücken stampfte mit seinen Stiefelsohlen mein Gesicht in den Staub. Ich wand mich am Boden, versuchte verzweifelt, den Stiefelsohlen auszuweichen, die mich zermalmten – und dann öffnete ich die Augen, da ein Uniformmantel vom Garderobenständer auf meinen Kopf gefallen war.

»Entschuldigen Sie«, sagte die hübsche Stenotypistin lächelnd. Der Mantel gehörte offenbar ihr, denn sie war aufgestanden, um ihn aufzuheben. Sie sah sich um, fand aber keinen geeigneten Platz dafür, hängte ihn über ihre Stuhllehne und setzte sich wieder. In dieser Sekunde ging die Bürotür des Kommandeurs auf. Hinter den Offizieren tauchte das Gesicht des Kommandeurs auf. Sein Blick fiel auf die Stiefelsohlen auf dem Tisch ihm gegenüber. »Raus!« brüllte er mit heiserer Stimme. »Ich habe euch doch gesagt, daß ihr hier nichts zu suchen habt! Wenn ich euch noch einmal hier sehe, bringe ich euch vors Kriegsgericht!« Die beiden Soldaten erhoben sich betont langsam und schlurften hinaus, wobei sie vor sich hin brummten. »An der Front fallen eure Kameraden!« schrie er ihnen nach. »Und ihr wagt es, mit euren Beschwerden und Forderungen hierherzukommen!« Als ich an der Reihe war, erklärte mir der Kommandeur, daß ich zur Begleitung »einer wichtigen amerikanischen Persönlichkeit« eingeteilt worden sei – eines Journalisten und Redners, der großen Einfluß auf die öffentliche Meinung hatte und gewissen Kreisen des US-Außenministeriums nahestand. Dieser Mann – ein gewisser Abie Driesel – war bereits an der Nordfront gewesen und wurde gerade per Hubschrauber von den Golanhöhen direkt an die Südfront geflogen. Ich sollte mich am nächsten Tag mit ihm in Refidim treffen, ihn bei der Besichtigung der ägyptischen Front begleiten und für ihn bei den Interviews mit Soldaten dolmetschen. Der Kommandeur hatte nur die Zeit, mir eine flüchtige Einführung zu geben, wie ich mich in Gegenwart des wichtigen Amerikaners verhalten sollte. Für weitere Einzelheiten schob er mir eine Broschüre mit Informationen über die israelischen Verteidigungskräfte hin und fügte hinzu, der Flugplan sei den Fahrern bekannt, die mich und alle anderen, die auch nach Refidim mußten, zum Flugplatz bringen würden.

Am nächsten Morgen sagte Mosche zu mir: »Der Schlag soll den Kommandeur, diesen Hurensohn treffen, er behandelt uns wie den letzten Dreck.« Wir fuhren in zwei Wagen los – zwei Kriegsberichterstatter, zwei Fotografen, zwei Verbindungsoffiziere und ich. Mosche und Albert brachten uns zum Militärflugplatz. Ich war froh, daß ich in Mosche und nicht in Alberts Wagen saß, der am Morgen noch dermaßen gereizt war, daß er beim Zurücksetzen über die Bordsteinkante fuhr und gegen einen Eukalyptusbaum stieß – eine ohnmächtige Wut gegen seinen ungerechten Vorgesetzten erfüllte ihn. »Ein richtiger Hurensohn ist unser Chef«, wiederholte Mosche. Fragen Sie doch Albert, er wird Ihnen sagen, was für ein Schweinehund er ist – der Teufel soll ihn holen.« Mosche fand keine passenden Worte für die Niedertracht des Kommandeurs. Er konnte auch nicht genau sagen, worin die Ungerechtigkeit bestand, mit der sie behandelt worden waren. Erst nachdem wir bereits die Vororte von Tel Aviv hinter uns hatten und auf dem Weg nach Lydda waren, gelang es mir, durch geduldige Fragen zu erfahren, daß er ihnen nach einer anstrengenden Fahrt zu den Golanhöhen und zurück weder eine Ruhepause noch eine Befreiung vom Wachdienst zugestanden hatte. Eigentlich hätte der Kommandeur – zumindest nach ihrer Meinung – ihre Namen schon lange vorher von der Wachliste streichen müssen. Mosche erzählte mir außerdem, daß er sie keineswegs unterstützt hatte, was persönliche Vergünstigungen, Benzingutscheine und Eintrittskarten betraf, aber Genaueres konnte ich nicht in Erfahrung bringen, weil er sich nicht klar genug auszudrücken vermochte; zum andern fehlte Albert, der ihn immer wieder aufstachelte. Wenn Albert nicht dabei war, schien Mosche weniger mit seinem Schicksal zu hadern. Ab und zu sang er sogar vor sich hin und verblüffte mich mit seiner Fistelstimme, die an einen Koloratursopran erinnerte. Aber sobald Albert auftauchte, spiegelte Mosche getreulich jene Nuance der rasch wechselnden Stimmungen und Ausbrüche seines Idols wider. Er veränderte sogar seine Gesten und seine Stimmlage und paßte sich vollends dem aufgeregten und gereizten Albert an. Als wir uns Lydda näherten, war Mosche vollkommen ruhig geworden. Seine Fistelstimme verstummte, und er saß so versunken hinter dem Steuer, daß ich schon glaubte, er döse mit offenen Augen vor sich hin wie ein Zugpferd, das seinen Weg genau kennt. Gleich hinter Tel Aviv hatten wir Alberts Wagen aus den Augen verloren, und an der Einfahrt zum Militärflugplatz war nicht daran zu denken, ihn wiederzufinden. Es wimmelte hier von Fahrzeugen und Uniformierten, als ob ganze Bataillone hereinströmten. Als wir vor dem Einfahrtstor anhielten, tat es mir leid, daß Albert nicht zur Stelle war: Mosche, der sich träge und verschlafen vom Fahrersitz hochstemmte, war bestimmt nicht in der Lage, den Mann ausfindig zu machen, der die Flugkarten ausstellen und uns in die richtige Maschine setzen konnte. Flugzeuge starteten nach Refidim und Ofira, nach Fajid und Balusa, und Luftwaffenangehörige der verschiedensten Einheiten rannten anscheinend planlos durch die Gegend. Wir sollten uns bei einem gewissen Sergeant Loschik melden, der am Abend zuvor die telefonische Anweisung erhalten hatte, unseren Flug nach Refidim zu organisieren. Aber wie sollten wir Loschik ausfindig machen? Mir war sofort klar, daß ich die Sache nicht dem verschlafenen Mosche überlassen konnte. »Geh logisch und mit System vor!« befahl ich mir im stillen und sagte Mosche und den anderen unserer Gruppe, sie sollten in einer Ecke der Halle auf mich warten, bis ich Loschik gefunden hätte.

Ich bahnte mir einen Weg durch die Masse, rannte von einem Schalter zum anderen, aber niemand konnte mir eine genaue Auskunft geben. Drei der für die Organisation zuständigen Offiziere hatten den Namen Loschik noch nie gehört, und die beiden anderen – alte Hasen – kannten ihn zwar und hatten ihn zufällig am Vortag gesehen, vermuteten jedoch, daß er jetzt am Schalter für den Abflug nach Refidim oder Balusa war, wo ich mich gerade vergeblich nach ihm erkundigt hatte. Ich fragte nach dem verantwortlichen Chef, erreichte ihn aber nicht. Als ich der Vorzimmerdame mein Anliegen erklärte, nahm sie für eine Sekunde den Telefonhörer vom Ohr und sagte: »Loschik ist heute bei der Buskolonne eingeteilt.« Hinter mir standen Soldaten in der Schlange, die sich ebenfalls nicht auskannten. Sie schoben mich aus dem Zimmer, und ich machte mich auf die Suche nach der Buskolonne. Ich fand zwar Busse, die Soldaten zum Rollfeld brachten, aber keine Buskolonne. Die Wagen waren vollbesetzt mit Soldaten in feldmarschmäßiger Ausrüstung, die Fahrer warteten nur auf das Startzeichen. Ich fragte einen Mann, der mit dem Rücken an einem leeren Öltank lehnte, nach der Buskolonne. Ein blasses, verschwitztes Gesicht starrte mich verständnislos an. Ich wiederholte: »Die Buskolonne!« und fügte in einem letzten Versuch, mich verständlich zu machen, hinzu: »Ich suche Loschiks Kolonne.« Aber er wurde dadurch offenbar nur noch verwirrter. Anscheinend war der Mann vor Schwäche und Erschöpfung zusammengebrochen. Er war ein Reservist, fünfunddreißig oder vierzig Jahre alt, groß, hager und sehr kurzsichtig. Hinter den dicken Brillengläsern blinzelten seine Augen wie zwei verwaschene kleine Punkte. Als ich näherkam, fiel mir ein, daß ich ihn aus Jerusalem kannte, er hatte irgend etwas mit Musik zu tun – mit der Akademie, der Musikhochschule oder dem Orchester der »Stimme Israels«. »Eigentlich braucht er dringend einen Arzt«, dachte ich, »und da komme ich und belästige ihn mit Fragen nach der Buskolonne und nach Loschik.« Wenn in der Nähe eine Wasserleitung gewesen wäre, hätte ich ihn hingeführt und seinen Kopf unter das kalte Wasser gehalten, aber da ich weit und breit keinen Wasserhahn entdecken konnte, sagte ich: »Setzen Sie sich dort drüben in den Schatten, ich hole Ihnen Wasser.« Er gehorchte sofort, und ich machte mich eilig auf die Suche nach Wasser. »In den Toiletten muß doch Wasser sein«, sagte ich mir und begann zu suchen.

Hastig schob ich mich durch die Soldaten hindurch und ging auf die Wand mit den Schaltern zu, wo ich aus irgendwelchen Gründen auch die Toiletten vermutete. Auf halbem Weg blieb ich stehen und sagte mir: »Augenblick – und wenn die Toiletten nun genau auf der entgegengesetzten Seite sind? Ich muß jemanden fragen!« Ich wandte mich an den nächstbesten Soldaten, der gerade gierig aus seiner Feldflasche trank. »Hören Sie«, sagte ich, »da draußen ist einer ohnmächtig geworden, falls Sie noch einen Schluck Wasser übrig haben...« – »Aber sicher«, antwortete er. »Die zweite Flasche ist noch voll.« Und zu zweit drängten wir uns wieder nach draußen. Als wir den Öltank erreichten, war der Reservist verschwunden. Die besetzten Busse waren abgefahren, drei andere standen jetzt da. Aus dem dritten Bus, der gerade angehalten hatte, sprang ein Mann heraus, lehnte sich an den Öltank, zog einige Listen aus der Tasche und begann darin zu blättern. »Ist Ihnen hier jemand aufgefallen, der krank aussah?« fragte ich ihn. »Ein großer magerer Mann mit Brille?« Er schüttelte den Kopf und schrieb einige Zahlen in die Spalte mit der Überschrift »Nr. der Einheit«. Mir fiel auf, wie sorgfältig er Ziffern und Buchstaben malte. »Er ist wahrscheinlich längst an Bord«, sagte der Soldat mit der Feldflasche freundlich zu mir, und wir gingen wieder hinein. Je trockener mein Mund und meine Kehle wurden, um so mehr schwitzte ich. Durch den Schweiß, der mir in die Augen rann, sah ich die Halle nur noch verschwommen, und sie begann zu schwanken. Ich wollte gerade um einen Schluck Wasser für mich selbst bitten, aber da hatte die Menge den Besitzer der Feldflasche schon wieder aufgesogen, und ich geriet in eine Gruppe von Reservisten, die keinerlei Gepäck bei sich hatten, auch keine Feldflaschen. Flüchtig fiel mir die Kantine ein, aber diesen Gedanken gab ich sofort wieder auf, als ich die Soldatenschlange sah. Draußen, neben dem schattenspendenden Öltank, war ein Graben voll Dornengestrüpp und Abfall, und ich stellte mir plötzlich vor, daß der arme Reservist von vorhin ohnmächtig geworden und mit dem Gesicht in den Müll gefallen sein könnte. Während ich mir meinen Weg zu der Ecke der Halle bahnte, in der Mosche und die anderen auf mich warteten, bekam ich plötzlich Angst um ihn und wäre am liebsten hinausgerannt, um ihn aus dem Dreck zu ziehen. Mein gesunder Menschenverstand sagte mir zwar, daß ich ihn bestimmt gesehen hätte, falls er in den Graben gefallen wäre, doch das schlechte Gewissen blieb. Aber schließlich war ich nicht hierher beordert worden, um nach verschwundenen Ohnmächtigen zu suchen oder Erste Hilfe zu leisten. Im Augenblick mußte ich vielmehr Loschniks Buskolonne finden, oder besser gesagt Loschnik selbst, denn die Kolonne ohne ihn nützte mir wenig. Wenn ich Loschik erst einmal gefunden hatte, konnte er mir ein Flugticket für die Maschine nach Refidim ausstellen. Mit dieser lächerlichen Aufgabe war ich nicht fertiggeworden – das mußte ich mir eingestehen.

Als ich Mosche am Boden auf dem Rücken liegend erblickte, die Mütze übers Gesicht gezogen und friedlich schnarchend, atmete ich erleichtert auf. Es war nicht meine Aufgabe, Loschik ausfindig zu machen! Niemand hatte mir diesen Befehl – weder direkt noch indirekt – erteilt. Das ganze Durcheinander ging mich nicht das geringste an, hier auf dem Militärflugplatz trug ich keinerlei Verantwortung. Ich ließ mich neben den ausgestreckten Beinen Mosches niederfallen und griff nach einer Wasserflasche, die aus einem der vielen an der Wand aufgereihten Tornister ragte. Dabei stieß ich ihn ohne Absicht an, er fuhr hoch und schaute mich mit verschlafenem Blick an. »Nicht trinken«, sagte er. »Das Wasser taugt nichts.« Er suchte unter dem Haufen Mäntel herum, der ihm als Kopfkissen diente, und brachte eine Flasche Cola zum Vorschein. »Da«, sagte er. »Trinken Sie.« Unter der Bank stand eine Menge leerer Flaschen in einer Reihe. Daraus schloß ich, daß jeder in unserer Gruppe bereits seinen Anteil erhalten und alles bis auf den letzten Tropfen ausgetrunken hatte. Nachdem ich auch meine Flasche geleert und sie neben die anderen gestellt hatte, zog ich eine Packung Poyals hervor und bot Mosche eine Zigarette an. Beim Anblick der billigen, schlechten Zigaretten runzelte er die Stirn und verzog angewidert das Gesicht. Als ich mir gerade eine Zigarette anzünden wollte, warf er mir eine Packung Times in den Schoß, die ebenfalls aus der Schatztruhe in den unergründlichen Tiefen des Mantelberges stammte. »Nehmen Sie ruhig die ganze Packung«, sagte er. »Wir haben so viel wir wollen.« Mit einem blitzblanken Feuerzeug zündete er mir die Zigarette an und bemerkte: »Funktioniert elektronisch.«

Die erfolgreiche Anwendung der Elektronik schien Mosche zu beflügeln, jedenfalls erhob er sich und summte mit seiner hohen Fistelstimme eine Melodie. Während er sich reckte, rutschte ihm das Hemd aus der Hose, und sein hervorstehender Nabel starrte wie ein staunendes braunes Auge die fremde Welt an. Ich wunderte mich, daß dieser junge Mann – er war nicht einmal zwanzig Jahre alt – einen so dicken Bauch hatte, der dem Buddhas in nichts nachstand. Auf meinem Schreibtisch steht ein kleiner holzgeschnitzter Buddha neben anderen kleinen fernöstlichen Götterfiguren. Das soll jedoch nicht heißen, daß ich dem Zwang erliege, kleine Statuen verehrungswürdiger Gestalten auf meinen Tisch zu stellen, und daß ich Buddha für besonders verehrungswürdig halte oder eine Vorliebe für fernöstliche Skulpturen habe, sondern das ist nur eine Folge der internationalen politischen Umwälzungen. Beispielsweise war ich vor etwa zehn Jahren in Paris, als Präsident de Gaulle beschloß, die diplomatischen Beziehungen zum kommunistischen China wiederaufzunehmen. Als Sympathiebezeigung war u. a. ein Schiff mit äußerst preisgünstiger chinesischer Ware in einem französischen Hafen eingelaufen. Als Fracht führte das Schiff auch schöne Möbel. Besonders gut gefiel mir eine geschnitzte Truhe aus dunkelrotem Holz, die mit Gestalten, Tieren und Vögeln verziert war. In meiner Kindheit hatte ich von einer solchen Truhe geträumt, um meine Schätze zu verbergen, aber von meinem Taschengeld konnte ich sie mir nicht leisten. Als Ersatz dafür kaufte ich mir damals einige kleine Gegenstände: geschnitzte gabelförmige Holzstäbchen – mit denen sich die Chinesen, wie mich die reizende französische Verkäuferin belehrte, den Rücken in den Badehäusern zu kratzen pflegen – und einen kleinen holzgeschnitzten Buddha. Als ich einige Jahre später nach Paris zurückkehrte, ging ich zu den Galeries Lafayettes und konnte mich davon überzeugen, daß die moderne Technik bis ins chinesische Hinterland vorgedrungen war: Holzstäbchen, kleine Zepter und Buddhafiguren waren nun aus Holzimitation, aus Kunststoff. Die Berührung der Gegenstände aus diesem billigen Ersatzmaterial erfüllte mich mit Ekel und Wehmut zugleich, denn mir wurde bewußt, daß alles vergänglich ist. »Aber was geht mich das im Grunde an?« dachte ich, ohne meinen Blick von Mosches Nabel abzuwenden. »Die Chinesen können ruhig das tun, was sie wollen, und Buddha auf dem größten Platz von Shangai das größte Plastik-Denkmal der Welt errichten. Und warum denn eigentlich Buddha? Warum nicht riesige Statuen von Marx, Lenin, Tschu En-lai oder Mao oder irgendeines anderen ›Erleuchteten‹, der nach der jeweiligen Staatsordnung gerade ›en vogue‹ ist? Und wenn die letzte Stunde schlagen und das Volksgericht dazu aufgerufen wird, der Masse die Sünden des betreffenden ›Heiligen‹ bekanntzugeben, wird es ein Kinderspiel sein, ihn zum Flammentod zu verurteilen und daraus die größte Fackel der Menschheit zu machen. Wenn das Endziel der modernen Technik darin besteht, uns das Leben zu erleichtern, so wird nur ein leichter Druck auf das elektronische Feuerzeug, worüber Mosche, der Fahrer, so stolz ist, reichen, um...« – aber zurück zu seinem Bauchnabel, der aus seinem halboffenen Hemd hervortrat, während er die Arme ausstreckte und sich mit einem zufriedenen Lächeln rekelte, das ihn dem kleinen Buddha in den Galeries Lafayette gleichen ließ. Zwischen dem Nirwana des jungen Fahrers und dem des alten Buddha gab es nur den Glauben desjenigen, der bei Betrachtung der kleinen Statue sich den mühevollen Weg vorstellte, den seinerzeit Buddha gehen mußte, als er im Alter des dicken Mosche aufgebrochen war, um seinen von Unglück und Leid heimgesuchten Brüdern beizustehen, lange bevor er sich mit dem Nimbus der Glückseligkeit umgab.

Als er sich den Schlaf aus den Gliedern geschüttelt hatte, knöpfte Mosche sich das Hemd zu, zog die Hose hoch, stampfte ein paarmal auf und ging einfach weg; auch wir erhoben uns und gingen ihm nach. Er trat bestimmt auf, wie ein Mann, der genau weiß, was er will, aber seine Augen wirkten immer noch glasig und verschlafen. Er führte uns zum Ausgang, zu den neuangekommenen Bussen, die sich inzwischen gefüllt hatten und auf das Zeichen zur Abfahrt warteten, und steuerte genau den Öltank an, bei dem ich schon zweimal gewesen war. Jetzt war niemand da; Mosche blieb einfach stehen. Er schaute sich vorsichtig um, kratzte sich am Kopf, popelte in der Nase, ging bis zum Graben vor, machte die Beine auseinander und pinkelte. Erneut überfiel mich eine innere Unruhe, aber bevor ich mich vergewissern konnte, daß kein ohnmächtiger Reservist im Graben läge, stellte ich mich mit den anderen in die Reihe. Es war klar, daß niemand in den Graben gefallen sein konnte, aber bevor ich mein Geschäft erledigte, tastete ich mit dem Fuß den Boden ab. Als letzter schloß ich mir die Hose und folgte der Schlange, die sich hinter Mosche gebildet hatte. Plötzlich bekam ich eine Erleuchtung: Ich hatte Loschik nicht gefunden, weil ich den Hinweis wörtlich genommen hatte. Bei dem Wort »Kolonne« war vor meinem geistigen Auge das Bild einer griechischen oder römischen Säule mit Kapitel entstanden. Antike Säulen zogen mich stets an – sei es, daß es sich um ägyptische, persische oder griechische Säulen handelte –, aber ich kannte mich am besten in der griechischen Kunst mit ihren drei Stilrichtungen aus, und ich bevorzugte den ionischen Baustil. Beim Anblick der Busse, die in der sengenden Sonne standen, hatte sich das Bild des griechischen Marmors verflüchtigt, und als Ersatz dafür war ich auf die Suche nach einer farblosen Betonsäule gegangen, einer dieser Säulen, die ich so sehr haßte. Beton ist tot, »lebt« nicht wie Stein. Am meisten verabscheue ich Beton als dekoratives Element bei Steinbauten.

Ich hatte alles wörtlich genommen, während mit »Kolonne« ganz einfach die Omnibusse gemeint waren, die bei dem Öltank warteten. Loschik war also der Mann, der die Liste in der Hand hielt! Ich hatte ihn gefunden und dann wieder aus den Augen verloren, nur weil ich nicht wußte, daß er es war! Nun wurde mir klar, daß Loschik mit seiner Liste früher oder später doch wieder auftauchen würde, wenn wir nur lange genug warteten. Aber in der Zwischenzeit hatte ich bereits Mosche das Führungsrecht abgetreten, der mit einem tranceähnlichen Ausdruck auf dem Gesicht und mit weit aufgerissenen Augen voranging. Die anderen folgten ihm schweigend wie einem Mondsüchtigen auf dem Dachfirst. Wie der Schlafwandler Mosche muß seinerzeit Mattéo Maximoff die Straßen eines armen Viertels von Marseille nach seiner Tante durchsucht haben. Mattéo Maximoff ist ein französischsprachiger Zigeunerschriftsteller. Er hat mir viel über seine frühe Kindheit und Jugend erzählt. Erst mit sechzehn Jahren, als er infolge einer Schlägerei in einem Pariser Gefängnis saß, lernte Mattéo lesen. Eines Tages erzählte ihm ein Zigeuner auf dem Pariser Flohmarkt, sein Onkel, der sein Lager in Marseille aufgeschlagen hatte, sei schwer erkrankt und ringe mit dem Tod. Er beschloß, sofort dorthin zu fahren. Als er in den Nachtzug stieg, hatte er jedoch die Vorahnung, daß sein Onkel bereits gestorben sei. Er war noch nie in Marseille gewesen und wußte auch nicht, wo er ihn aufsuchen sollte; automatisch führten ihn aber seine Beine vom Bahnhof aus durch ein Gewirr von Straßen zu seiner trauernden Tante. »Wie hast du denn das Haus gefunden?« hatte ich ihn gefragt. »Wie erklärst du dir das?«

»Nun würde ich es nicht mehr finden«, antwortete mir Mattéo, »weil ich nicht mehr den sechsten Sinn habe, aber damals sagte mir mein Instinkt, wo meine Sippschaft ihr Lager aufgeschlagen hatte. Es war ein besonderer Geruch, das Aussehen der Häuser und der Einwohner, die Luft... Seitdem ich lesen und schreiben gelernt habe, hat auch mein Gedächtnis nachgelassen. Vorher vergaß ich nichts; Gesichter prägten sich mir unauslöschlich ein, auch wenn ich sie nur flüchtig im Profil gesehen hatte. Als ich einmal auf dem Flohmarkt Kessel flickte, versetzte ich einen vornehmen Franzosen in Erstaunen mit der Frage: ›Wie geht es der Nachtigall, die Sie vor vier Jahren in Cordoba gekauft haben?‹ Weder hatte er die Nachtigall bei mir gekauft noch hatte ich je ein

Wort mit ihm gesprochen. Er war mir lediglich in einer Vogelhandlung aufgefallen... Mit zunehmendem Alter stumpfen gewöhnlich die Sinne ab, aber bei mir schwanden diese Fähigkeiten der Wahrnehmung ganz abrupt in dem Augenblick, als ich lesen und schreiben lernte.«
Unglücklicherweise konnte Mosche bereits lesen und schreiben. Auf der Reise nach Lydda hatte er laut die Slogans der Werbeplakate am Wegesrand vorgelesen: Staatslotterie... Wohltätigkeitslotterie... und eigenhändig seine Arbeitskarte ausgefüllt und mit seiner Unterschrift versehen, was bedeutete, daß seine Sinne abgestumpft waren und er uns nicht unbedingt zu Loschik führen würde. Es blieb zu hoffen, daß sie trotz der sich anbahnenden Abstumpfung noch eine gewisse Schärfe hatten, da Mosche sehr wenig von seinem erworbenen Wissen Gebrauch machte: Am Vortag hatte er beispielsweise die Zeitung in der Hand gehalten, es aber vorgezogen, die Nachrichten aus Alberts Mund zu erfahren. Ein weiterer Beweis dafür, daß Mosches Sinne noch nicht abgestumpft waren: die Coca-Cola-Flaschen und die Times, die er mitten im Gewühl verteilt hatte. Trotz meiner Bemühungen, logisch zu denken, hatte ich nicht einmal einen Wasserhahn gefunden – ganz zu schweigen von einem kühlen Getränk –, während der faule Mosche mit seinem verschlafenen Blick und seinen trägen Bewegungen mit der größten Selbstverständlichkeit an jeden von uns eine Flasche Cola und ein Päckchen Times verteilte! Einem Mann, der im Besitz dieser verborgenen Fähigkeiten war, konnte das gleiche wie Mattéo Maximoff in Marseille gelingen. Ich hielt mich dicht hinter Mosche. Er führte unsere kleine Schar durch die Menschenmenge, und ich wartete mit angehaltenem Atem auf den erlösenden Augenblick, wo die unsichtbaren Wellen ihn zu einem Soldaten leiten würden, zu dem er sagen konnte: »Sie sind Loschik!« Zu meiner Erwartung gesellte sich die wachsende Angst, ich könnte Mosche, unseren Anführer, aus den Augen verlieren und dann selbst hilflos in der Menge verlorengehen. Mir fiel der Bibelvers ein: »Und die Menschen, die da in Finsternis wandelten, sahen ein helles Licht.« Mir wurde plötzlich klar, daß die Völker, die seit dem Anbeginn der Zeiten ihre Führer die »Erleuchteten« genannt hatten, sich nicht in großen Worten ergingen, sondern die schlichte Wahrheit sagten. »Ich werde mich im Finstern verirren!« Das kindliche Grauen von einst

durchbrach plötzlich die Mauer des Vergessens, hinter der ich mich viele Jahre verschanzt hatte, und überfiel mich mit atemberaubender Wucht. Plötzlich sah ich ganz klar und deutlich eine Szene aus der Kindheit vor mir, als ich mich im Alter von drei Jahren einmal abends verirrt hatte. Wir wohnten damals in einem Haus mit einem Ziegeldach und Zypressen entlang der Außenmauer. Das Haus stand etwas abseits auf einer Wiese, die im Osten an das Araberviertel von Scheich Dscherrah und Naschaschibi grenzte; im Nordwesten führte eine ungepflasterte Straße zu dem Dorf Nabi Samuel, und hinter uns erstreckte sich fächerförmig das Judenviertel. Der Boden des Hauses war mit großen rechteckigen, rötlich geäderten Steinen ausgelegt, die Zimmerdecken waren gewölbt. Auch der Eingang war gewölbt, und über der Tür war ein Oberlicht aus farbigem Glas. Ich spielte bei Sonnenuntergang draußen im Hof, als ich plötzlich die Lichter im Haus aufflammen sah. Durch das Bogenfenster über der Haustür fielen blaue, gelbe und rote Strahlen der untergehenden Sonne und dem farbigen Licht, das aus dem Inneren drang. Die Dunkelheit hatte sich bereits auf die Brombeersträucher und Steine am Wegesrand gesenkt, auf den Berggipfeln und auf dem Minarett der fernen Moschee von Nabi Samuel funkelten noch die letzten Lichtstrahlen. Plötzlich umgab mich finstere Nacht, und ich drehte mich nach dem warmen Licht um, das das Haus erhellte. Lähmendes Entsetzen befiel mich, als ich anstelle der bunten Lichter nur eine schwarze dunkle Wand vor mir sah. Ich war in Dunkelheit eingehüllt. In meiner Angst begann ich zu laufen, ohne auf die Dornen und Steine zu achten, an die mein Fuß stieß. Ich fiel hin, kam wieder auf die Beine und rannte zwischen Sträuchern und Steinen weiter, bis ich in der Ferne, jenseits eines Hügels, den Widerschein eines Feuers und sprühende Funken erblickte. »Jetzt bin ich bald wieder zu Hause«, dachte ich, doch bald schwand meine Hoffnung und wich tödlichem Schrecken, als ich sah, daß das Haus in Flammen stand. Der Lichtschein und die Funken stammten von Flammenzungen, die der Wind hochpeitschte, und ich konnte bereits das Prasseln des brennenden Holzes hören. Der Wind trug mir arabische Wörter zu, dann wirbelten die Hufe laut schreiender Esel eine Staubwolke auf. Eine Eselherde mit einem Maultier an der Spitze lief auf das Lagerfeuer zu. Mit einemmal erklangen die melancholischen Töne einer Flöte und brachen unvermittelt wieder ab. Ein alter Araber saß im Schneidersitz am Boden und schneuzte sich geräuschvoll. Jahre später pflegte meine Mutter noch zu erzählen, daß Dr. Wallenstein bei seinem gewohnten Abendspaziergang mich auf dem Pfad zum Araberdorf Beth Iksa vor den heranstürmenden Eseln gerettet und auf dem Esel eines alten Arabers nach Hause gebracht hatte. Beim Anblick meiner zerrissenen Kleidung und der zerkratzten, blutigen Beine war meine Mutter fast in Ohnmacht gefallen. Ich konnte mich beim besten Willen weder an Dr. Wallenstein noch an den Esel erinnern, der mich nach Hause trug. Die Szene, sonst klar und deutlich bis in die letzte Einzelheit, bis hin zum Knistern der Flammen, dem Prasseln des Holzes und dem Geruch des Araberdorfes, endete mit dem alten Araber, der im Feuerschein auf dem Boden saß und sich schneuzte.

Wir näherten uns der Halle, vor der sich die nach Schweiß riechende Menschenmenge drängte. Auf der einen Seite sah ich den Wagen, mit dem wir gefahren waren, auf der anderen die Eingangshalle. Ich wußte nicht, wohin wir uns wenden würden. Plötzlich tauchte der Mann mit der Einsatzliste auf und bewegte sich auf den Öltank zu. Ich zeigte sofort in seine Richtung und rief: »Dort ist er!« Mosche wandte sich an ihn: »Sind Sie Loschik?« »Richtig«, antwortete Loschik und blätterte seine Papiere durch. »Aber in Ihrer Gruppe fehlen drei Mann.« Mosche erklärte: »Sie sind mit einem anderen Fahrer gekommen, mit meinem Freund Albert. Albert hat überall nach Ihnen gesucht, aber als er Sie nicht finden konnte, ist er wieder zurückgefahren, um eine Kleinigkeit zu essen.«

KAPITEL 2

Als ich in der Maschine saß, atmete ich erleichtert auf. Wie die Ruhe nach dem Sturm kehrte langsam Ordnung ein. Ich hatte mich bereits mit allen Vorschriften und Verboten abgefunden: mit dem Anlegen der Sicherheitsgurte während des ganzen Fluges, dem Verbot, die Toilette zu benutzen, ja sogar mit dem Rauchverbot, und wenn ich jetzt dennoch mit dem Piloten im Cockpit nach Herzenslust rauchte, so lag es nur daran, daß alle offenbar einem Kriegsberichterstatter außerordentliche Bedeutung beimaßen. Ich brauchte mich nur vor dem Anlegen des Gurtes in meinem Sitz vorzubeugen, schon eilte der Steward herbei und erkundigte sich, ob ich etwas brauchte. Er nahm natürlich an, ich würde eine Reportage über diesen Flug schreiben. Als ich ihm mitteilte, daß ich gern den Piloten interviewen wollte, deutete er auf das Cockpit und antwortete: »Gehen Sie bitte nach vorn.«

Der Pilot hieß Louis Samuelson. Es stellte sich heraus, daß er der älteste jüdische Pilot der Welt war. Seit mehreren Jahren im Ruhestand, hatte er sich gleich am ersten Kriegstag – am Jom Kippur – freiwillig zum Dienst gemeldet. Im Zweiten Weltkrieg war er Kampfflieger in der US-Luftwaffe gewesen. Er hatte blaue, leuchtende Augen und schon silberne Fäden im spärlichen Haar. Seinen Stolz darüber, daß er die riesige Maschine meistern und auf diese Weise seinem bedrängten Volk nützlich sein konnte – wenn schon nicht mehr als Kampfflieger, so doch wenigstens als Pilot eines Militärtransporters –, konnte er nicht verhehlen. Vor genau fünfundzwanzig Jahren hatte er sich zum erstenmal freiwillig gemeldet, um dem jüdischen Volk zu Hilfe zu kommen, und zwar beim Ausbruch des Unabhängigkeitskrieges. Damals war er fünfunddreißig Jahre und hatte die Hälfte seines Lebenswegs bereits hinter sich. Er zitierte die Eingangsverse von Dantes *Göttli-*

cher Komödie: »Da ich die Hälfte meines Lebenswegs zurückgelegt, fand ich verloren mich in dunklem Walde.« – »Ich bin ein Pilot«, sagte Louis achselzuckend. »Ich lese keine Romane, von Literatur verstehe ich nichts, ich habe keine Ahnung, wer Dante war. Aber diese Worte habe ich mir gemerkt. Ich hörte sie nicht in einem dunklen Wald, sondern von einer Frau in einer Millionärsvilla in Beverly Hills an dem Abend, als die Briten sich aus Palästina zurückzogen und die Araber einmarschierten, um das Land untereinander aufzuteilen, bevor die Juden eine Chance hatten, ihren eigenen kleinen Staat zu gründen. Es war im Mai 1948, und ich fand mich plötzlich in einem dunklen Wald wieder – und sie war es, die mich da hineinstieß. Eigentlich hat sie gar nichts getan. Es war die Begegnung mit ihr, die mich in den dunklen Wald hineinstieß. Ja, diese Frau... Sie hatte eine solche Ausstrahlung, ein Funkeln in den Augen! Sie war Russin. Ihre Eltern, Adlige, waren beim Ausbruch der Revolution aus St. Petersburg geflohen... Diese russische Fürstin hatte etwas Wildes an sich...«

Louis Samuelson verstummte und starrte durch die Frontscheibe auf einen fernen Punkt zwischen Himmel und Erde. Wir überflogen die Sinaiküste oberhalb der Lagune von Bardawil. Man sah die Küste und den dünnen Landfinger rings um die kleine Lagune, die dem Meer abgerungen worden war. Wie schon auf anderen Flügen kam mir das Antlitz der Erde willkürlich und bedeutungslos vor: hier Flußvertiefungen und Erhebungen von Bergen, die sich übereinandertürmten, dort eine gelbe Sandwüste, die sich längs des blauen Meers erstreckte, ohne einen ersichtlichen Hinweis darauf, warum alles so und nicht anders war. Tief unter uns stiegen aus unerklärlichen Gründen Staubsäulen auf, die einander ostwärts jagten, und ich sagte mir, daß hier das Blau des Meeres und das Gelb der Wüste sehr wohl eine bestimmte Bedeutung hatten. Plötzlich erschien mir die Erdkugel wie der Kopf eines Urmenschen, der in den Gebirgsketten und Wüsten, in der Kälte und in der Wärme, seine Stimmungen und Launen in Zeit und Raum widerspiegelte: hier das Aufflackern von Leidenschaften, dort distanzierte Kühle, hier von bösen Geistern aufgewühlte Tiefen, dort herrliche Ausblicke, von frischen Winden blank gefegt. Wer – so sagte ich zu mir selbst – mit eigenen Augen sehen will, wie plötzlich aus dem einen oder anderen Grund Wut in ihm aufsteigt, der sollte einmal über den Krater eines feuerspeienden Vulkans fliegen. Aber was bedeutete die gelbe Wüste, die sich unter uns dahinzog? Und warum hätte ich es in diesem Augenblick vorgezogen, über einen dunklen Wald oder Urwald zu fliegen? Louis erzählte weiter von der russischen Fürstin, während er das Flugzeug in eine weite Linkskurve zog und die schwarze Linie der Küstenstraße allmählich verschwand. »Du hast in diesem schrecklichen Krieg mit den Japanern schon oft genug dein Leben aufs Spiel gesetzt«, hatte sie damals, vor fünfundzwanzig Jahren, zu ihm gesagt. »Fordere das Schicksal nicht heraus, nachdem du diesen Krieg heil überstanden hast. Du bist kein Kind mehr und hast bereits die Hälfte deines Lebensweges zurückgelegt, wie Dante sagt. Es wird höchste Zeit, daß du dich allmählich wie ein Erwachsener benimmst und aufhörst, dein Leben leichtfertig zu riskieren.« Bei diesen Worten war Louis plötzlich klar geworden, daß er sich freiwillig melden mußte, daß es für einen erwachsenen Mann nichts Wichtigeres zu tun gab. Sie war die Privatsekretärin des Millionärs Joseph Orwell, dem unter anderem die Luftfrachtgesellschaft gehörte, bei der Louis etwa drei Jahre nach seiner Entlassung aus der US-Luftwaffe zu arbeiten begonnen hatte. Eines Tages war Louis ins Hauptbüro zitiert worden und hatte zu seiner Überraschung erfahren, daß Joseph Orwell ihn persönlich zu sprechen wünschte. Über eine Stunde erkundigte sich Orwell über seine Vergangenheit und seine Kindheit und stellte ihm Fragen, die ihn an die des Militärpsychologen bei seiner Aufnahme in die US-Luftwaffe erinnerten. Am Schluß der Unterhaltung schickte Orwell Louis zu seiner Privatsekretärin, die ihm Anweisungen für einen Sonderauftrag geben sollte. Damit waren eine Beförderung und eine Gehaltserhöhung verbunden. Auf diese Weise hatte er die russische Fürstin kennengelernt.

Sie hieß Paulina. Sie teilte Louis mit, er sei zum Kapitän einer großen Transportmaschine befördert worden; dann überreichte sie ihm die Ernennungsurkunde und andere Dokumente und drückte ihm unvermittelt zwei Küsse auf die Wangen. So sahen die Artigkeiten dieser russischen Aristokratentochter aus! Louis war wie vom Donner gerührt, er zitterte am ganzen Körper und konnte sich kaum auf den Beinen halten. Nicht einmal vor einem Feindflug gegen die Japaner hatte er so gezittert. Paulina erklärte ihm, die Maschine sei an eine italienische Gesellschaft verkauft worden. Louis sollte sie über New York und Paris nach Rom fliegen, den neuen Eigentümern übergeben und dann seine Mannschaft zurückschicken. Er selbst sollte dem neuen Eigentümer in Rom einen Monat lang als Ausbilder für die italienische Mannschaft zur Verfügung stehen. Die Maschine war ursprünglich als Langstreckenbomber gebaut worden, aber der Krieg war zu Ende gegangen, ehe sie eingesetzt werden konnte. Orwell hatte der US-Luftwaffe diese Flugzeuge abgekauft und sie zu Frachttransportern umgebaut.

Den ganzen Monat lang fühlte sich Louis durch unerwartete Aufträge der Italiener unter Druck gesetzt, er hatte den Eindruck, sich – wie Dante sagt – in einem dunklen Wald verirrt zu haben, und das einzige Licht, das er sehen konnte, war das Funkeln in Paulinas Augen. Er wußte natürlich, daß er bei ihr keine Chancen hatte. Die Tochter russischer Aristokraten im Exil, die als Privatsekretärin eines gutaussehenden jungen Millionärs arbeitete, dazu eine verheiratete Frau mit Kindern, würde sich ganz bestimmt nicht mit einem Piloten ihres Chefs einlassen. Wie konnte er sich mit Joseph Orwell messen? Gerüchteweise war ihm zu Ohren gekommen, daß der Millionär ein Verhältnis mit seiner Sekretärin haben sollte, aber – wenn es auch nicht erwiesen war –, wie sollte er Chef und Ehemann verdrängen? Trotzdem mußte er an sie denken, trotz aller Vernunftgründe und der Überraschungen, die er in Italien erlebte und die sein ganzes Leben veränderten.

In Rom blieb er keinen Tag länger als unbedingt nötig. Er hatte zwar noch eine Woche Urlaub und bisher keine Zeit gefunden, sich die Stadt anzusehen, aber trotzdem eilte er zurück, um der Sekretärin seines Vorgesetzten ausführlich Bericht zu erstatten. Er hatte ihr tatsächlich eine Menge Interessantes mitzuteilen. Die italienische Gesellschaft hatte die Maschine benutzt, um den Juden in Palästina Waffen und Munition zu liefern, und schließlich wurde auch die Maschine selbst den Juden übergeben. Sie sollte als Bomber wieder ihrem ursprünglichen Zweck zugeführt werden. Die Briten zogen sich aus Palästina zurück, und die Juden kämpften um ihr Leben, als die arabischen Staaten von allen Seiten in das Land einfielen.

Als Louis nach Kalifornien zurückkehrte, verabredete die Sekretärin sich mit ihm nicht in ihrem Büro, sondern in der Privatvilla ihres Chefs in Beverly Hills. Auch Orwell sollte ursprünglich am Gespräch teilnehmen, aber er war durch dringende Geschäfte aufgehalten worden, und so war Louis mit Paulina allein. Sie hörte ihm aufmerksam zu und sagte dann: »Was die Italiener mit ihren Flugzeugen machen, ist ihre eigene Angelegenheit. Wir sind nicht für das verantwortlich, was unsere Kunden mit der Ware anstellen, die wir ihnen liefern. Es wäre trotzdem besser, wenn Sie bei den Kollegen nichts von dem erwähnen würden, was Sie gesehen haben. Ich verlasse mich darauf, daß Sie vernünftig genug sind, zu keinem Menschen etwas von dem verlauten zu lassen... was sich hier abgespielt hat.« Sie begleitete ihre Worte mit einem Lächeln und einem verstohlenen Zwinkern. Louis wäre bereit gewesen, auf die Knie zu fallen und ihr die Füße zu küssen. Die US-Regierung hatte ein Embargo gegen alle Waffengeschäfte mit dem Nahen Osten verfügt; Orwells Firma hatte mit dem Verkauf der Maschine an die Italiener zwar nicht gesetzwidrig gehandelt, aber es lag im Interesse der Firma, über Einzelheiten der Transaktion zu schweigen – das wollte Paulina wohl mit ihrem Lächeln und dem Augenzwinkern ausdrücken. Dennoch geriet Louis in eine solche Erregung, daß er bereit war, ihr jeden Wunsch zu erfüllen und auch sein Leben für sie einzusetzen. Wenn sie ihm in diesem Augenblick befohlen hätte, zum Weißen Haus zu fliegen und eine Bombe abzuwerfen, hätte er es ihr zuliebe getan. »Was den Krieg im Nahen Osten betrifft... so ist das der Befreiungskrieg der Juden«, fügte Paulina hinzu, als wollte sie eine Sache, die unter Umständen nicht ganz korrekt erscheinen mochte, moralisch gutheißen. Ihre Worte versetzten ihm einen Stich: In Italien hatte ihn sein Gewissen förmlich dazu getrieben, zurückzufliegen und Tel Aviv so schnell wie möglich zu erreichen, um dort seinen jüdischen Brüdern in ihrer Bedrängnis zu helfen. Daß er es nicht getan hatte, lag nicht daran, daß er, wie er vor sich selbst entschuldigend behauptete, in die Vereinigten Staaten zurückkehren mußte, »um alles zu erledigen«. Der wahre Grund war, daß er Paulina so schnell wie möglich wiedersehen wollte, denn ihre funkelnden Augen verfolgten ihn auf Schritt und Tritt. Als sie nun diese verhängnisvollen Worte sprach, wurde ihm mit einemmal klar, daß er von ihr abhängig war und daß es um seinen eigenen Befreiungskrieg ging. Wenn er nicht jetzt seinen privaten Kampf durchstand, würde er für den Rest seines Lebens ein Sklave sein, verloren und ohne eigenen Willen. Um sie nicht ansehen zu müssen, betrachtete er seine Schuhspitzen (sie waren keineswegs sauber – eigentlich hätte er sich mit so schmutzigen Schuhen nicht trauen dürfen, Orwells Haus zu betreten) und erklärte ihr, er habe sich bereits entschlossen, sich freiwillig zu melden. »Sie sind doch kein Kind mehr«, sagte sie daraufhin. »Sie haben die Hälfte Ihres Lebenswegs zurückgelegt, wie Dante sagt. Es wird höchste Zeit, daß Sie sich allmählich wie ein Erwachsener benehmen und aufhören, Ihr Leben aufs Spiel zu setzen.« In diesem Augenblick wurde ihm bewußt, daß er auf der Stelle seinen privaten Befreiungskrieg führen mußte, zumal ihre Stimme und ihre Augen so viel Wärme ausstrahlten. Es waren die Augen einer liebenden Frau, und ihre Stimme zitterte sogar ein wenig vor Erregung. Er wußte, daß er sofort gehen mußte, wenn er nicht vor Beginn des Kampfes unterliegen wollte. Als er schon an der Tür war, verstand Paulina, daß es ihm ernst war. Sie schlang ihre Arme um seinen Hals und küßte ihn auf den Mund. »Ich begleite Sie zum Tor«, sagte sie und nahm seinen Arm. Wie ein Schlafwandler ging er neben ihr her. Mit Tränen in den Augen sagte sie ihm: »Verzeihen Sie mir. Ich weiß selbst nicht, warum ich so durcheinander bin. Wahrscheinlich weckt das alles in mir eine Erinnerung.« Sie warnte ihn vor »Dummheiten« und verwegenen Taten. Wie in Trance stieg er in seinen Wagen und murmelte vor sich hin: »Die Hälfte des Lebenswegs...« Sein Herz war so schwer und kalt wie ein Stein. Die ganze Welt erschien ihm plötzlich leer, und er hatte den Eindruck, im Krieg gefallen und schon tot zu sein, obwohl er den Sieg errungen hatte. Nicht einmal dieser Gedanke erschreckte ihn. Alles war ihm gleichgültig. Erst ein Jahr später, als der Unabhängigkeitskrieg schon vorüber war und er eine neue Pilotengeneration für die israelische Luftwaffe ausbildete, besorgte er sich Dantes Buch.

»Ich habe versucht, die *Göttliche Komödie* zu lesen«, sagte Louis nach einer langen Pause, während er die Vorbereitungen für die Landung traf und sie Instrumente überprüfte. »Aber nach fünf oder sechs Strophen begann es mich zu langweilen, und ich habe aufgehört. Ich glaube, Dichtung ist nichts für mich! Ich will damit sagen: Ich spürte schon, daß sich etwas in meinem tiefsten Inneren regte, aber um das zu ergründen, hätte ich mich selbst ändern müssen, und das wollte ich nicht. Ich möchte Pilot bleiben!«

Wir schwiegen betreten.

»Es ist ganz einfach«, sagte Louis mehr zu sich selbst, »fliegen ist eine einfache Sache. So, gleich landen wir.«

»Für einen Piloten ist es einfach«, entgegnete ich und fragte ihn nach dem Ausbildungsstand unserer Piloten.

»Seit Jahren erzähle ich unseren Ausbildern und allen, die mir zuhören wollen, daß an unsere Kampfpiloten zu hohe Anforderungen gestellt werden.«

»Das ist doch sicher eher ein Vorteil als ein Nachteil«, bemerkte ich. »Natürlich ist das ein Vorteil«, sagte Louis. »Aber es kostet uns zuviel. Jedes Jahr gehen uns einige sehr gute Piloten verloren, weil wir nur die allerbesten auswählen.« Mir fiel in diesem Augenblick ein bemerkenswerter Unterschied zwischen diesem Krieg und allen vorhergehenden ein: Von offizieller Seite wurde die Anzahl unserer abgeschossenen Flugzeuge verschwiegen. Sie fielen ferngelenkten Raketen zum Opfer und nicht feindlichen Piloten, die den unseren weit unterlegen waren.

»Ja, dieser Krieg...«, murmelte Louis. Damit war die Unterhaltung beendet. Ich wollte ihn noch nach der russischen Fürstin fragen, aber es wäre nicht richtig gewesen, mehr von ihm erfahren zu wollen, wenn er nicht von sich aus den Wunsch zu weiteren Offenbarungen verspürte. Die Maschine setzte zur Landung an; durch das Fenster sah ich Scharen von Soldaten, die mit ihrem Marschgepäck auf den Rückflug warteten. Auf der anderen Seite standen hinter einem Zaun Lastwagen und Jeeps, bereit, die Neuangekommenen abzuholen. Der Steward öffnete die Tür, und als ich mich meiner Gruppe zum Aussteigen wieder anschließen wollte, winkte mich Louis plötzlich zu sich. »Warten Sie in der Kantine auf mich«, sagte er. »Wir können noch einen Kaffee zusammen trinken. Ich habe bis zum nächsten Start eine halbe Stunde Pause.«

Er saß mit dem Rücken zur Halle, in der sich staubige Khakiuniformen drängten, lächelte vor sich hin, fuhr sich mit der Hand über die geröteten Augen und begann dann mit den Fingern leise auf die Tischplatte zu trommeln.

»Sagen Sie mal – glauben Kriegsberichterstatter eigentlich an das Übersinnliche? An Wahrsager, Séancen und Geister?«

»Also, was die Kriegsberichterstatter betrifft...«, begann ich, aber dann führte ich den Satz nicht zu Ende, weil ich es nur meinen Achselklappen zu verdanken hatte, daß ich überhaupt hier neben ihm saß. Ich räusperte mich, suchte nach einer passenden Antwort, aber das war für ihn schon Antwort genug. Die Falten auf seiner Stirn vertieften sich, und er sagte: »Hören Sie, was diesen Krieg angeht, könnte ich Ihnen etwas erzählen, allerdings unter der Bedingung, daß Sie kein Wort darüber veröffentlichen. Ich möchte auf keinen Fall vor aller Welt als Verrückter oder als publicitysüchtiger Angeber dastehen, der sich unbedingt in den Vordergrund spielen will. Dieser Krieg kam für uns alle völlig überraschend, angefangen vom Chef des Geheimdienstes bis zu Golda Meir und Yigal Allon, der in ihrer Abwesenheit stellvertretender Ministerpräsident war. Nur ich war nicht überrascht. Ich wußte, daß der Krieg ausbrechen würde, und zwar am Nachmittag des Jom Kippur. Das alles erfuhr ich einen Tag vor Kriegsausbruch.«

Es war Freitag. Louis fuhr am frühen Morgen nach Jerusalem, um bei der Bank Geld ins Ausland zu überweisen. Danach wollte er gleich wieder zurück nach Tel Aviv. Da er das Geschäft viel schneller abwickelte als erwartet, setzte er sich auf einen Espresso ins Café Atara, bevor er die Rückfahrt antrat. Durch das Fenster hinter der Theke sah er einen Souvenirladen mit Antiquitäten und orientalischem Schmuck. Entgegen seiner Gewohnheit verspürte er den Drang, in den Laden zu gehen, um ein großes Kupfertablett, das im Schaufenster lag, aus der Nähe zu betrachten. Er betrat also das Geschäft und sah, daß dieses mit Arabesken verzierte Kupfertablett als Platte eines niedrigen orientalischen Tischchens diente, dessen hölzerne Beine zusammengeklappt werden konnten. Louis war der einzige Kunde im Laden, die beiden Besitzer standen untätig herum, und dennoch herrschte eine eigenartige Spannung. Der alte Mann drängte den jüngeren: »Beeile dich doch! Heute ist der Vorabend von Jom Kippur, der morgen mit dem Sabbat zusammenfällt.«

Louis fragte nicht einmal nach dem Preis, sondern sagte nur, er wolle den »arabischen Kaffeetisch« kaufen; er bezahlte in bar, ohne zu feilschen. Dann verstaute er das zusammengeklappte Untergestell und die Platte sorgfältig im Kofferraum seines Wagens und fuhr in Richtung Norden. Kaum hatte er die Stadt verlassen, bog er nach Osten zum Berg Skopus ab, er fuhr an der Universität vorbei und hielt vor einer langen, hohen Steinmauer, die ein großes Gebäude mit einem Turm umgab, das seiner Ansicht nach ein christliches Kloster war. Er stieg aus und vergewisserte sich – entgegen seiner Gewohnheit –, daß der Wagen abgeschlossen war, »damit das Tablett nicht gestohlen wird«, wie er zu sich selbst sagte. Dann ging er die Mauer entlang bis zu einem Feigenbaum. Hier setzte er sich nieder und genoß den Ausblick auf die Mauern der Altstadt und die Omar-Moschee, die Türme, Kuppeln und Dächer. Plötzlich schwanden seine Kräfte, er fühlte sich einer Ohnmacht nahe, er spürte etwas Feuchtes auf seinen Wangen, und bei der Erinnerung an seine Verwundung im Pazifik durch eine Granate erstarrte ihm das Blut in den Adern. Damals hatte er gar nicht bemerkt, daß er getroffen war, bis er die Feuchtigkeit an seinen Beinen gespürt hatte und plötzlich sah, daß seine Hose blutgetränkt war. Jetzt fuhr er sich mit der Hand über die Wange, aber die Tropfen waren durchsichtig klar, als habe das Blut seine Farbe verloren. Nun erst begriff er, daß sein Gesicht mit Tränen überströmt war. Diese Erkenntnis beruhigte ihn keineswegs. Genau wie vor dreißig Jahren beim Anblick des Blutes, das aus der Wunde strömte, redete er sich ein, daß er etwas unternehmen, einen Druckverband anlegen müsse, wenn er nicht sterben wollte.

Ein arabischer Fremdenführer an der Spitze einer Gruppe amerikanischer Touristen kam eben den Berg herauf, und als Louis den Namen »Augusta-Victoria« auffing, drängte sich ihm eine Erinnerung aus der Vergangenheit auf, die so schmerzlich war wie das Aufbrechen einer längst verheilten Wunde: Als er damals in Beverly Hills wieder abfahren wollte, hatte Paulina noch gesagt: »Vor vielen Jahren habe ich eine Pilgerfahrt nach Jerusalem gemacht und von einem Hügel auf die Stadt hinuntergeblickt. Das Gebäude hieß Augusta-Victoria. Es war das wunderbarste Erlebnis, das ich je hatte. Sollten Sie jemals nach Jerusalem kommen, dann steigen Sie auf den Berg Skopus zum Augusta-Victoria, blikken Sie auf die Stadt hinunter... und schicken Sie mir eine Ansichtskarte, falls Sie sich dann noch an mich erinnern.« Bei diesem Namen, den er in all den Jahren vollkommen vergessen hatte, fiel ihm auch ein, daß sie damals bei ihrem letzten Zusammentreffen an einem niedrigen orientalischen Kaffeetisch gesessen hatten, der eigentlich nur ein Kupfertablett mit eingravierten Arabesken auf dünnen Holzbeinen war. Damals hatte er vermutet, es stamme aus Indochina oder Japan wie all die anderen orientalischen

Kunstgegenstände, die gerade Kalifornien überschwemmten. Und wieder hatte er das Gefühl, sich in einem dunklen Wald verirrt zu haben, nur Paulinas Augen leuchteten ihm in der Finsternis. Nur war seine Sehnsucht nach ihr jetzt noch übermächtiger und schmerzlicher als seinerzeit vor dem Abflug nach Rom.

»Ich muß aufhören zu weinen, ehe es zu spät ist«, befahl er sich, und genau wie an jenem Abend vor fünfundzwanzig Jahren war er sich seiner Sache ganz sicher, als habe er erneut ein Zeichen aus einer anderen Welt erhalten. Nur verkündete das Zeichen diesmal nicht Tod, sondern Neugeburt, als sollten diese Tränen und dieser Schmerz eine Wandlung in seiner Seele bewirken, als seien sie so notwendig wie Blut und Schmerzen bei einer Geburt, die neues Leben hervorbringt. Er wußte, daß er sofort nach Los Angeles fliegen und Paulina suchen mußte. Louis lief geradewegs zu seinem Wagen und dachte dabei: »Ja, wir haben wieder Krieg.« Es überkam ihn das gleiche Gefühl wie damals, als er Paulina erklärt hatte, nichts könne ihn davon abhalten, sich freiwillig zum Kriegsdienst zu melden. Die Worte des alten Antiquitätenhändlers zu dem jüngeren – »Beeile dich doch! Heute ist der Vorabend von Jom Kippur, der morgen mit dem Sabbath zusammenfällt« – verrieten ihm plötzlich, daß am nächsten Tag der Krieg ausbrechen würde. Er war darum nicht überrascht, als am folgenden Nachmittag um zwei Uhr die Sirenen zu heulen begannen.

*

Als Louis aufstand, um seinen nächsten Pilotenauftrag zu erfüllen, blieb ich am Tisch sitzen. Die Soldaten, die in einer langen Reihe auf der Rollbahn gewartet hatten, waren schon in die Maschine gestiegen. In der grellen Wüstensonne sah ich den alten Piloten im Flugzeug verschwinden, dann schloß sich hinter ihm die Tür. Der silbrig schimmernde Riesenvogel zwischen der endlosen Weite von Sand und Himmel reflektierte grelle Lichtblitze, dann erzitterte er unter der gewaltigen Kraft der angelassenen Motoren; der rostige Stacheldrahtzaun, der Sand von Sand trennte, bog sich im Strom der glühendheißen Luft aus den Triebwerken. Ein junger Soldat mit einem Transistorradio setzte sich auf den Stuhl, den Louis kurz vorher verlassen hatte, und das Chanson von Gilbert Bécaud übertönte den Lärm der startenden Maschine.

> »*Quand il est mort le poète*
> *Tous ses amis pleuraient*
> *Quand il est mort le poète*
> *Le monde entier pleurait*...«

Diese Welt, die ihre Dichter ehrte und ihren Tod beweinte, existierte jetzt leider nicht mehr. Heutzutage wissen nicht einmal die engsten Freunde eines Dichters, daß er ein Dichter ist, und was »die ganze Welt« anbelangt – so wird diese Welt einfach nicht eher ruhen, als bis die schöpferische Kraft und der letzte Hauch Poesie in der Seele des letzten noch lebenden Dichters versiegt sind.

»Abgenutzte Klischees«, sagte ich zu mir selbst, »Banalitäten über ein banales, sentimentales Chanson. Dennoch hatte mich ein Gefühl wehmutsvoller Trauer befallen, als der Pilot im Cockpit verschwunden war. Mir gelang es, die Tränen zu unterdrücken, aber die Traurigkeit wich nicht von mir, ich hatte das Gefühl, alles zu verlieren, was mir einmal lieb und wert gewesen war, all die Kindheitsträume, die sich einer nach dem anderen verflüchtigt hatten. Es war das Gefühl eines unersetzlichen Verlustes: Bei meiner Begegnung mit Joël hatte ich versäumt zu fragen, was aus Reinhold geworden war, nachdem er aus dem Hof unseres Hauses verschwunden war. Aber auch wenn Louis nicht zufällig das Krankenhaus »Augusta-Victoria« erwähnt hätte, wäre wahrscheinlich Reinholds Bild in meiner Erinnerung emporgestiegen. Sie gehörten beide zur Generation der Kriegsteilnehmer des Zweiten Weltkriegs, und Louis' Sprechweise, gewisse Gesten und das selbstgefällige Lächeln, das immer dann auf seinen Lippen erschien, wenn er etwas sagte, das für ihn von entscheidender Wichtigkeit war, erinnerten mich an Reinhold.

»Ich hätte niemals so wie er gehandelt«, dachte ich, als die Maschine nur noch ein glitzernder Punkt am Himmel war. »Ich wäre nie in der Lage gewesen, das fertigzubringen, was Louis tat.« Ein junger Mann mit krummen Beinen ging durch die Kantine, sah sich nach links und rechts um, bis sein Blick auf meine Achselklappen fiel. »Sie müssen der Kriegsberichterstatter sein, der dem amerikanischen Journalisten zugeteilt worden ist«, sagte er. Ich stand sofort auf und folgte ihm. Er war der Fahrer, der mich abholen sollte; von diesem Augenblick an wußte ich, daß ich mich ganz auf meine Aufgabe konzentrieren und meine Tagträume verdrängen mußte. Sekundenlang geriet ich in Panik, weil ich befürchtete, den Zeitplan für Abie Driesels Besichtigung der Südfront verloren zu haben, aber auf dem Weg zum Dienstwagen fand ich ihn in meiner hinteren Hosentasche. Abie Driesel wartete nicht im Auto. Auch der Fahrer hatte ihn noch nicht gesehen und wußte nichts über ihn. Er war lediglich angewiesen worden, zum Flugplatz zu fahren, den »zur Begleitung des amerikanischen Journalisten abkommandierten Kriegsberichterstatter« abzuholen und mit ihm sofort zum Brigadekommandeur zurückzukehren. Aber nicht einmal der Kommandeur hatte diese wichtige Persönlichkeit bisher gesehen. Er sagte mir, er habe telefonisch erfahren, Abie Driesel sei nicht wie vorgesehen von den Golanhöhen direkt zum Sinai gekommen, sondern habe seine Meinung geändert und sei nach Tel Aviv gefahren. Er würde erst am nächsten Tag mit der Abendmaschine um achtzehn Uhr eintreffen. »Die Nordfront muß für ihn zu anstrengend gewesen sein«, erklärte der Kommandeur entschuldigend. »Deshalb braucht er zwei Tage Ruhe in seinem Hotel in Tel Aviv. Inzwischen erhalten Sie hier von meiner Sekretärin entsprechende Anweisungen hinsichtlich Ihrer Unterbringung und so weiter.«

Zorn stieg in mir auf. Bis zu diesem Augenblick hatte ich keine Veranlassung gehabt, Abie Driesel die Verantwortung für mein Versäumnis aufzubürden. Nun fand ich es durchaus berechtigt, ihm die Schuld zuzuschreiben; seinetwegen hatte Joël den Befehl erhalten, sich nicht zu lange aufzuhalten und mich mit der nächsten Maschine sofort zum Hauptquartier zurückfliegen zu lassen. Wäre ich nicht so gehetzt worden, hätte ich in Ruhe Joël nach Reinhold fragen können. Es sah so aus, als hielte ich den Gang der Dinge auf, wenn ich nicht sofort das Hauptquartier erreichte, als hinge von der Erfüllung meines Auftrags das Schicksal der gesamten ägyptischen Front ab. Es mutete fast wie ein Verbrechen an, wenn ich Zeit verschwendete, während Abie Driesel sich die Freiheit herausnahm, seine Meinung zu ändern und es sich zwei Tage im Luxushotel in Tel Aviv bequem machte!

In diesem Augenblick wäre ich am liebsten mit dem Hubschrauber direkt nach Tel Aviv geflogen, auf dem Dach des Hotels gelandet, hätte die Tür seines Zimmers eingeschlagen und Abie Driesel zwei Fausthiebe versetzt. Das Lächeln der Sekretärin, die meiner ohnmächtigen Wut gewahr wurde, ließ mich jedoch plötzlich erkennen, welchem Irrtum ich unterlag, wie sehr mein Mißgeschick mein Urteil trübte. Ich war einem Mann böse, der mir einen so großen Gefallen tat! Als die Sekretärin mir den Schlüssel des für mich reservierten Zimmers übergab, sagte sie lächelnd: »Warum sind Sie denn so verärgert? Sie können doch bis übermorgen abend um achtzehn Uhr frei über Ihre Zeit verfügen. Wenn Sie nach Hause möchten, kann ich Ihnen sogar einen Rückflug buchen. Es ist nur wichtig, daß Sie sich zur verabredeten Zeit einfinden!«

Abie Driesel erwies mir also einen großen Gefallen. Natürlich hatte er nicht die Absicht, mir einen Gefallen zu tun. Er wußte nicht einmal, wer sein Verbindungsoffizier an der Südfront war, und auch ich hatte zwar vom Hauptquartier viel über seinen Einfluß in den Vereinigten Staaten erfahren, aber nicht die geringste Ahnung über seine menschlichen Qualitäten. Dennoch war ich ihm dafür dankbar, daß er sich ein wenig erholen wollte. Dank der Schwäche, die ihn überkommen hatte, erfuhr ich am Abend von Joël alle Einzelheiten, die das Geheimnis von Reinholds Verschwinden betrafen. Kaum war mir bewußt geworden, daß ich zwei Tage frei hatte, weil sich Abie Driesel im klimatisierten Zimmer eines Hotels in Tel Aviv von den bisherigen Anstrengungen erholte, da entwickelte ich schon eine fieberhafte Aktivität. Zunächst bat ich die Sekretärin des Kommandeurs, mich mit dem Verwaltungsbüro der Garnison von Balusa zu verbinden. Joël war diesem Büro von dem Tag an zugewiesen worden, als er sich freiwillig gemeldet hatte; er wurde immer dort eingesetzt, wo Not am Mann war. Auf der Fahrt im Jeep zum Flugplatz hatte er mir zu verstehen gegeben, daß er nicht nur für die Büroarbeit zuständig war, sondern auch schon die Ambulanz und einen schweren Lastwagen mit Nachschub und Munition für ein Bataillon gefahren hatte. Er war sogar einmal unter Beschuß geraten, als er ein Raupenfahrzeug steuerte, das eigentlich Verwundete abtransportieren sollte, aber mitten in die Truppen geriet, die an der Straße zum Stützpunkt »Budapest« die ägyptischen Linien durchbrochen hatten. Niemand ahnte wohl, daß dieser große, schlanke, kräftig gebaute Mann fast sechzig Jahre alt war, sonst wäre er nicht zu derartigen Einsätzen abkommandiert worden. Aber im Verwaltungsbüro würde bestimmt bekannt sein, wo er sich gerade befand, und ich hatte ja genügend Zeit zur Verfügung, um an jeden beliebigen Ort der Sinaihalbinsel zu gelangen. Dann stellte sich heraus, daß alles viel einfacher war, als ich gedacht hatte. Von der Verwaltung hörte ich, daß er gerade in Balusa Dienst bei der Sanitätseinheit hatte. Kaum war ich ins Freie getreten, um mich nach einer günstigen Fahrgelegenheit umzusehen, da rief mich die Sekretärin noch einmal hinein: »Warten Sie einen Augenblick. Wenn Sie nach Balusa wollen, können Sie in einer halben Stunde mit dem Chauffeuer fahren, der die Post für Balusa abholt.« So kam ich noch vor Sonnenuntergang in Balusa an und hatte sogar Zeit, mit Joël in der Kantine zu Abend zu essen, bevor wir in die Sanitätsbaracke hinübergingen.

KAPITEL 3

Wir saßen an die Tür des Bunkers gelehnt und betrachteten den Sonnenuntergang. Die Sonne war schon untergegangen, und der silberne Mond stand am Himmel.
»Ich bin Reinhold zufällig nach seiner Entlassung aus der britischen Armee begegnet; es war Ende 1945 oder Anfang 1946, ungefähr sechs Monate nach Kriegsende.« So begann Joël zu erzählen. Plötzlich wurde mir bewußt, daß Joël im Grunde ein Fremder für mich war: Ich wußte nichts über ihn, und dennoch hatte ich mich sehr gefreut, ihn wiederzusehen, als hätte ich nach langer Zeit einen älteren Bruder oder einen sehr guten Freund getroffen. Und wie bei guten alten Freunden kam unsere Unterhaltung auch sofort in Fluß, als hätten wir uns erst vor ein oder zwei Tagen zuletzt gesehen und nicht vor fünfundzwanzig Jahren. Eigentlich hatten wir auch uns bisher – auch als Joël Reinholds Zimmer als Lager für seine Bücher gemietet hatte – wenig unterhalten, obwohl er stets willkommen bei uns war. Meine Mutter, die seine guten Umgangsformen bewunderte, mochte ihn besonders gern. Sie pflegte zu sagen: »Heutzutage kann man lange suchen, bis man einen so höflichen jungen Mann findet! Selbst die alten Männer sind nicht mehr höflich, und bei Joël ist das gute Benehmen Zeichen einer gewissen Ritterlichkeit, wie in guten alten Zeiten.« Joël war in meinen Augen damals alles andere als jung. Er war um die dreißig und handelte mit Büchern, vor allem mit seltenen Erstausgaben. Ich glaube, daß er sich auch hin und wieder aus Liebhaberei mit dem Nachdruck seltener alter Werke befaßte, die er dann in einem uralten, kleinen schwarzen Morris, aus dem ständig Rauch hervorquoll und der die erschreckendsten Geräusche von sich gab, direkt von der Druckerei in Reinholds Zimmer brachte (so nannten wir es immer noch, auch als Reinhold schon

längst verschwunden war). Joël war wirklich sehr zuvorkommend und hilfsbereit, insbesondere gegenüber Frauen und Kindern. Aber mehr noch als durch gelegentliche Handreichungen – wie das Tragen der Heizölkanne oder des Waschzubers – eroberte er sich das Herz meiner Mutter durch das, was sie sein »moralisches Verhalten« nannte. Sie sagte häufig: »Joël benimmt sich wie ein Mann, der Achtung vor sich selbst hat.« Damit meinte sie, daß er niemals ein Mädchen in das Bücherlager mitnahm, obgleich ein Bett darin stand, das er zuweilen benutzte, wenn er bis spät in die Nacht arbeitete. »Und was das anbelangt«, fügte sie meist hinzu, indem sie den Blick senkte und ihre Fingernägel betrachtete, »so muß ich leider sagen, daß Reinhold, unser früherer Mieter, nicht so ganz comme-il-faut war.«

Sein Benehmen hatte meiner Mutter oft unerklärliche Angst eingeflößt. Bevor er an die italienische Front ging, war Tamara die einzige Frau, die er mitbrachte; aber gerade Tamara – obwohl sie nicht ahnte, daß wir nicht nur über sie Bescheid wußten, sondern daß im Haus sogar ein Angestellter der Bank ihres Mannes lebte – hatte bei meiner Mutter eine seltsame Angst ausgelöst. »Die Dame in Violett wird uns noch allesamt zugrunde richten. Sie wird dieses Haus ins Verderben stürzen, wie alle *femmes fatales* in der Geschichte. Die Menschheitsgeschichte ist voll von *femmes fatales* wie Kleopatra, Theodora, Agnès Sorel, Madame de Pompadour! Ihretwegen werden wir kümmerlich unser Dasein fristen. Und ich werde – in meinem Alter! – gezwungen sein, in fremden Haushalten zu helfen, um den alten Narren – in diesem Fall meinen Vater – zu ernähren, der nur Stielaugen machen und sein loses Mundwerk nicht halten kann!« Wir durften Tamara nicht beim Namen nennen. Sie war die »Dame in Violett«, weil meine Mutter sie zuerst in einem engen, violetten Kleid gesehen hatte, das für sie das »typische Kleid einer Dirne war. »Nur Dirnen tragen so enge und auffällige Kleider. Welche anständige Frau käme denn auf die Idee, ausgerechnet ein solches Violett zu tragen! Violett ist eine aufreizende Farbe, die Farbe der Prostitution!« Am meisten fürchtete sich meine Mutter vor Vaters »losem Mundwerk«: Wenn er in der Bank auch nur eine einzige Bemerkung über das Verhalten von Tamara Koren fallenließ, die ihren Mann hinterging, während er an der Belagerung von Tobruk teilnahm, würde der alte Koren ihn auf der Stelle entlassen. Möglicherweise verklagte er ihn sogar wegen Verleumdung seiner geliebten Schwiegertochter, der treuen Gemahlin seines einzigen Sohnes, und wenn der alte Bankier meinen Vater verklagte, waren wir verloren! Denn was in aller Welt sollte mein Vater zu seiner Verteidigung vorbringen? »Nun frage ich dich, wem werden die Richter eher glauben? Dem Bankier, um dessen Gunst sie sich bemühen, oder einem seiner Angestellten! Oder wenn es dem alten Narren – so nannte sie meinen Vater, wenn er einen Blick durch das Fenster von Reinholds Zimmer wagte – plötzlich einfiele, das, was sich da abspielte, zu fotografieren? Nicht einmal dann würde der Richter die Fotos als Beweis gelten lassen! Er würde sie als Fälschungen, als Fotomontagen hinstellen... und dann würde man meinen Vater doppelt bestrafen, wegen Verleumdung und wegen Fälschung! Wenn der alte Narr aber seine Stellung verloren hatte – wer sollte dann für die Gerichtskosten, die Anwaltskosten – diese Blutsauger! –, die doppelte Strafe für Verleumdung und Fälschung aufkommen! »Ich muß dann als Putzfrau arbeiten! Und selbst wenn ich alle Straßen Jerusalems kehren wollte, würde das Geld niemals reichen, um die Anwälte des alten Millionärs zu bezahlen, geschweige denn alles andere!« Sie sah sich schon Tag und Nacht über den Besen gebeugt »die Straßen Jerusalems fegen«. Ich weiß auch nicht, warum gerade diese Vorstellung sie dermaßen quälte. Vielleicht lag es daran, daß sie immer behauptet hatte, die Straßen der Heiligen Stadt seien schmutziger als die jeder anderen Stadt, und zwar um so schmutziger, je heiliger die Gegend wurde.

Natürlich konnte meine Mutter nicht verhindern, daß die »Dame in Violett« Reinhold besuchte; so gab es nur eine Möglichkeit, das Verderben von der Familie abzuwenden – man mußte sie völlig ignorieren. Wenn wir vermieden, ihren Namen auszusprechen und ihr Kommen und Gehen zu beachten, konnten wir uns vielleicht vor der Katastrophe retten. Vor allem durfte der »alte Narr» sie nicht sehen; denn wenn er sie nicht Reinholds Zimmer betreten sah, konnte er in der Bank keinen Klatsch verbreiten, und wenn er sie nicht ins Gerede brachte, hatte der alte Millionär keine Veranlassung, ihn wegen Verleumdung gerichtlich zu belangen und ihn fristlos zu entlassen, und wenn mein Vater seine Stellung behielt, dann brauchte meine Mutter nicht die Straßen Jerusalems zu fegen.

Wenn mein Vater nicht vom Fenster wich, konnte das nur bedeuten, daß die »Dame in Violett« angekommen war. Meine Mutter zerrte ihn dann sofort weg, zog die Vorhänge zu und sagte: »Leise! Kein Lärm!« Mir ist unklar, wie und warum Geräusche im Haus für uns eine erhöhte Gefahr bedeuten konnten, aber für sie stand fest: Solange in Reinholds Zimmer die violette Gefahr lauerte, hatten wir uns im Haus still zu verhalten. Deshalb war ich nicht nur verwundert, sondern regelrecht erschrocken, als ausgerechnet meine Mutter einmal einen fürchterlichen Krach machte, während die violette Gefahr in unserem Hof stand.

Nachdem es uns gelungen war, eine Zeitlang – ich weiß nicht mehr, ob es sich um Tage oder Wochen handelte – die Aufmerksamkeit meines Vaters von Reinholds Besuch abzulenken, so daß die Gefahr gebannt zu sein schien, stieg meine Mutter eines Tages zum Dachboden hinauf, um den großen Waschkübel zu holen. Als sie die Bodentür öffnete, sah sie den »alten Narren« in einem abgewetzten Ledersessel sitzen, den er an das runde Dachfenster gezogen hatte, um mit einem Fernrohr Einblick in Reinholds Zimmer haben zu können. Das Fernrohr brachte Mutter bis zur Weißglut. Sie fiel über ihn her, um es ihm zu entreißen, während der auf frischer Tat Ertappte, bei seiner Lieblingsbeschäftigung gestört, sich mit allen Kräften daran klammerte. Schließlich fiel das Fernrohr durch das Dachfenster und landete auf dem Hof genau zu Füßen von Tamara Koren, die soeben aus Reinholds Zimmer gekommen war. Während des Kampfes um das Fernrohr hatte meine Mutter nicht darauf geachtet, was draußen auf dem Hof vorging, aber als sie dessen gewahr wurde, rannte sie, so schnell sie konnte, um das Fernrohr aufzuheben – »bevor es der alte Narr erwischt, der das wenige Geld, das uns zur Verfügung steht, für Fernrohre verschwendet«. Im Hof stand sie plötzlich der »Dame in Violett« und Reinhold gegenüber. Was nun folgte, entsetzte mich nicht minder als das Geschrei auf dem Dachboden: Auf einmal entspannten sich ihre Gesichtszüge, ein liebenswürdiges Lächeln erschien auf ihrem Gesicht, und sie lud Reinhold »mit der Dame« zu einer Tasse Kaffee ein. Dann bückte sie sich rasch, hob das Fernrohr auf, steckte es in die Tasche ihrer Schürze und wiederholte die Einladung noch herzlicher als zuvor. Reinhold tat, als sei er so sehr in Eile, daß er weder Zeit für eine Vorstellung noch für ein paar verbindliche Worte fand, während Tamara voll Verachtung und unverhohlenem Ärger die Augen zusammenkniff und die Mundwinkel herabzog. Meine Mutter drängte ihn aber immer noch, »mit der Dame« einzutreten. Vorher hatte sie nicht einmal von fern einen Blick auf sie zu werfen gewagt, und nun stand sie der »Gefahr« unmittelbar gegenüber und bat sie auch noch, ins Haus zu kommen!

Nachdem Reinhold an die italienische Front gegangen war, verschwand die violette Gefahr; sie kam auch nicht wieder in unser Haus, als er aus dem Krieg zurückkam; dafür aber erschienen andere Gefahren in sämtlichen Farben des Regenbogens. Meine Mutter sagte, daß sie alle wie Prostituierte aussahen, eine schlimmer als die andere. »Wie die billigsten Huren!« Mit den Farben der Kleider änderte sich auch die Art unserer Gefährdung. Nun war die Familie nicht mehr von Arbeitslosigkeit und Verleumdungsklagen bedroht, sondern von Geschlechtskrankheiten, gewalttätigen Zuhältern, Raub, ja sogar Mord. Meinem Vater wurden nun noch weitaus strengere Verhaltensmaßregeln auferlegt als in den Zeiten der violetten Gefahr: Es war ihm nicht nur verboten, das Kommen und Gehen der Damen zu beobachten, er durfte das Zimmer auch dann nicht betreten, wenn Reinhold allein war.

Meine Mutter stellte die unglaublichen Gefahren so überzeugend dar, daß sich mein Vater tatsächlich fürchtete, in Reinholds Zimmer zu gehen, selbst wenn niemand da war. Bis heute weiß ich nicht, ob tatsächlich billige Huren zu Reinhold kamen. Auch meine Mutter hatte keinerlei Beweis dafür; aber da sie in ihren Augen alle ohne Ausnahme das älteste Gewerbe der Welt trieben, mußten sie ganz einfach geschlechtskrank sein, und nach ihrer Überzeugung konnten sie alle anderen durch eine Berührung mit der Hand, einen Hauch oder vielleicht schon durch die bloße Gegenwart anstecken. Ihre Warnungen, Verbote und Befehle untermauerte sie mit schaurigen Geschichten, die ihr zu Ohren gekommen waren. So hatte beispielsweise Dschamillas Enkelin Medizin an der amerikanischen Universität in Beirut studiert, um sich als staatlich geprüfte Krankenschwester zur Oberschwester emporzuarbeiten. Kaum waren sechs Monate vergangen, da hatte sie sich schon eine Geschlechtskrankheit geholt – und nicht nur sie, sondern eine ganze Gruppe von Schwesternschülerinnen, durchweg »sehr brave Mädchen«, sogar Jungfrauen. Was stellte sich am

Ende heraus? Die umfangreichen Ermittlungen ergaben, daß vor dem Tor der Universität ein Straßenhändler Äpfel und Obstsäfte verkaufte, und dieser Händler hatte Syphilis. Um seinen Äpfeln mehr Glanz zu verleihen, pflegte er darauf zu spucken und sie am Hemdsärmel blankzureiben. Mit seinem Speichel übertrug dieser heruntergekommene Mensch seine Krankheit auf die braven keuschen Mädchen! »Genauso wird es auch dem alten Narren ergehen«, folgerte meine Mutter. Eine dieser Huren würde vermutlich Reinhold als Geschenk einen Apfel mitbringen und ihn in die Obstschale legen. Mein Vater würde dann wie üblich zu Reinhold hinüberrennen, gedankenlos in die Obstschale greifen, in den Apfel beißen und sich anstecken. Und nicht genug damit – hinter der Gefahr der Damen, die dem ältesten Gewerbe der Welt nachgingen, lauerte die Bedrohung durch Zuhälter. Um die Gefahr zu unterstreichen, bescherte der Himmel meiner Mutter gerade rechtzeitig ein Beispiel – das Mißgeschick, das einem entfernten Verwandten von ihr, einem gewissen Simon Abramov, in Paris widerfahren war. Dieser etwa zweiundachtzigjährige Mann, der mit Diamanten und Edelsteinen handelte, hatte außer Frau und Kindern auch erwachsene Enkelkinder. Trotz seines hohen Alters suchte er täglich sein Büro im Obergeschoß eines Gebäudes an der Rue Montmartre auf. Eines Tages fand man Abramov tot in seinem Büro; aus Schubladen und Schränken waren sämtliche Diamanten und Edelsteine gestohlen, und er selbst lag ausgestreckt über dem Schreibtisch, den Schädel mit einem Hammer eingeschlagen. Man stand vor einem Rätsel, denn grundsätzlich durfte niemand sein Büro ohne vorherige Vereinbarung und telefonische Anmeldung betreten; bevor er die Tür öffnete, pflegte er sich außerdem durch das Gucklock zu vergewissern, daß es sich wirklich um den erwarteten Besucher handelte, und dann gab es noch eine Sicherheitskette für den Fall, daß er es sich anders überlegt haben sollte. Die Polizei konnte dieses Geheimnis nicht enthüllen, was aber der Concierge mühelos gelang. Sie verriet, daß in letzter Zeit ein etwa achtzehnjähriges »Straßenmädchen« regelmäßig Abramov nach Vereinbarung in seinem Büro besuchte. Es stellte sich heraus, daß sie auch am fraglichen Tag zur verabredeten Zeit erschienen war und er freudig die Tür geöffnet hatte, ohne zu ahnen, daß sich dahinter ihr Zuhälter versteckte. Der Zuhälter wollte den alten Mann offenbar nur berauben; er hatte nicht damit gerechnet, daß Abramov Widerstand leisten oder schon an einem Hammerschlag auf den Kopf sterben würde.

Sämtliche Pariser Zeitungen berichteten von dem Mord, und einer unserer Verwandten hatte sich die Mühe gemacht, uns *France Soir* zu schicken; die Zeitung beschrieb nicht nur bis in alle Einzelheiten, was geschehen war, sondern veröffentlichte auch noch Bilder des Ermordeten und der ausgeraubten Schränke. Meine Mutter war außer sich vor Aufregung. Ihre Gedanken kreisten ständig um diese Geschichte, ihre schlimmsten Befürchtungen hatten sich bewahrheitet: Eine dieser Damen würde mit ihrem Zuhälter erscheinen. Anstatt wie geplant, einen Raub zu verüben, würde dieser aber aus Versehen einen Mord begehen. Daß Reinhold kein reicher alter Diamantenhändler, sondern ein junger, mittelloser Soldat war, der – wie meine Mutter selbst es ausdrückte – nichts auf der ganzen Welt besaß außer einem gesprungenen alten Spiegel aus der Zeit der Türkenherrschaft, vermochte sie nicht zu beruhigen. Im Gegenteil – dadurch wurde alles noch schlimmer. Die Zuhälter wußten sehr wohl, daß es bei einem Soldaten, der erst kürzlich seinen Dienst quittiert und noch keine feste Anstellung gefunden hatte, nichts zu stehlen gab, aber wenn eine der Dirnen, die für diese Zuhälter arbeitete, zufällig meinen Vater, den »alten Narren«, erblicken sollte, der mit den Augen jede Frau verschlang und den man leicht beeinflussen konnte, dann würde sie sich sofort für unser Haus interessieren und ihrem Zuhälter weiß Gott was erzählen. Kurzum, sie fürchtete, das Schicksal des alten Simon Abramov teilen zu müssen – und das alles nur wegen ihres geheimen Notgroschens in der Matratze.

Meine Mutter hatte nie Vertrauen zu Banken und Bankiers gehabt – »glattzüngige Gauner, die anderer Leute Geld raffen, ihren Profit machen und dann, wenn man das Geld einmal zurückhaben will, plötzlich Konkurs anmelden, so daß man gegen diese Lumpen überhaupt nichts unternehmen kann!« Ihre Ängste erhielten neue Nahrung und wurden noch größer, als mein Vater eines Tages seine Beförderung zum Geschäftsführer der Hauptniederlassung erhielt. Wenn einer wie er Geschäftsführer werden konnte, dann hieß es, daß ihr Geld nicht nur Gaunern in die Hände fiel, sondern auch senilen Männern mit verwirrtem Geist, die sich selbst Schwierigkeiten bereiteten, indem sie in ihrem Leichtsinn jedem Weiberrock nachrannten. Deshalb deponierte meine Mutter ihre Ersparnisse nicht bei der Bank, sondern versteckte sie in der Matratze, auf der sie schlief – und auch nicht in Form von Banknoten, denn sie hatte wenig Vertrauen in diese »Papierfetzen aus der Druckerpresse der Regierung«. Sie kaufte Goldmünzen mit dem Konterfei des Königs von England, und wenn ihre Ersparnisse sich auf zehn Sovereigns beliefen, nähte sie diese in ein kleines Säckchen ein und steckte es zu den übrigen Säckchen in die Matratze. Erst dann konnte sie ruhig schlafen – sah man von ihren Sorgen wegen der Frauen ab, die Reinholds Zimmer belagerten. Eine dieser Frauen würde über kurz oder lang meinen Vater geschickt für sich zu gewinnen verstehen, ihm das Geheimnis der Matratze entlocken und ihren Zuhälter auf uns hetzen, genauso wie es Simon Abramov ergangen war. Mein Vater betrachtete diese Manie als Beweis für die »primitive Denkweise« seiner Frau. Er hatte es längst aufgegeben, ihr die Dynamik der modernen Geldwirtschaft und den sich daraus ergebenden Wertzuwachs zu erläutern, und sich mit der Tatsache abgefunden, daß man eine »primitive Denkweise« eben nicht durch logische Erklärungen ändern konnte. Die Befürchtungen meiner Mutter hinsichtlich der Frauen, die Reinholds Zimmer belagerten, waren in den Augen meines Vaters ebenfalls ein Zeichen für ihre »primitive Denkweise«, und auch auf diesem Gebiet fruchteten seine Erklärungen über das dynamische Verhalten der modernen, emanzipierten Frau nichts. Die Angst wich von ihr erst, als Reinhold verschwand.

Als Joël das Zimmer mietete, atmete meine Mutter erleichtert auf, auch wenn sie sich ab und zu nach dem jungen Mann sehnte, der so plötzlich verschwunden war, und sie sich sehr gefreut hätte, wenn er plötzlich wieder aufgetaucht wäre, um »eine Tasse Tee mit ihr zu trinken, sein Geld zurückzufordern und seinen alten Spiegel abzuholen«. Wie gesagt, Joël brachte keine Mädchen mit, und meine Mutter konnte während der gesamten Dauer dieses Mietverhältnisses – fast bis zur Gründung des Staates Israel – »leichten Herzens« auf ihrer Matratze mit dem geheimen Schatz schlafen.

Gerade damals war es besonders wichtig, sich nicht zusätzlich mit Kleinigkeiten zu belasten, und zwar nicht nur wegen des in der Matratze versteckten Goldes. Es war die Zeit des Aufstands der Irgun Zewai Leumi gegen die britische Mandatsregierung in

Palästina. Bombenanschläge, Schießereien, Durchsuchungen, Verhaftungen, Ausgangssperren und Hinrichtungen waren an der Tagesordnung. Der erste schwere Schlag war für meine Mutter noch vor Joëls Ankunft, kurz vor Reinholds Verschwinden, die Sprengung des King-David-Hotels, damals Sitz der britischen Zivilverwaltung und Hauptquartier der Königlichen Streitkräfte im Nahen Osten. Das Hotel lag nur wenige Straßen von unserem Hof entfernt, die Explosion erschütterte unser Haus bis in die Grundfesten, die Fensterscheiben zersprangen, und das Fernrohr flog vom Fensterbrett vor die Füße meiner Mutter, die benommen dastand und keinen Laut hervorbrachte. Der sehnlichste Wunsch aller Juden – nicht nur der Untergrundkämpfer – war für sie ein Alptraum, der nun Wirklichkeit zu werden drohte. Meine Mutter hatte nicht das geringste Interesse daran, sich gegen die britische Regierung aufzulehnen, im Gegenteil: Soweit sie sich überhaupt für irgendeine Form von Regierung interessierte, betete sie für den Schutz des Britischen Empire. »Warum« - so fragte sie sich laut bei jeder Bombenexplosion, die die Stille zerriß – »riskieren unsere jungen Männer ihr Leben? Warum setzten sie sich dem Risiko aus, zu Krüppeln geschossen zu werden, bei den Vergeltungsschlägen zu fallen und sich von Exekutionskommandos hinrichten zu lassen? Nur damit die Briten abzogen! Und welchen Vorteil hätten wir davon? Wenn uns die Araber schlagen sollten, wäre es das Ende, sie würden uns niedermetzeln wie die Juden in Hebron und Safed. Und für die Juden, die das Massaker überlebten, würde das Leben unter arabischer Herrschaft auch kein Honiglecken sein! Sollte es uns jedoch gelingen, die Araber zu schlagen, so würden wir einen jüdischen Staat errichten, und in diesem Falle konnte man mit Sicherheit damit rechnen, daß Rabbi Blothe sich an die Spitze stellen und diesen Staat nach seinen eigenen wirren Vorstellungen lenken würde. Lohnt es sich wirklich, sich verwunden, töten oder hinrichten zu lassen, nur damit an die Stelle des Königs von England die wahnwitzige religiöse Tyrannei von Rabbi Amram Blothe tritt?«

Für meine Mutter gab es keinen hassenswerteren Menschen auf der Welt als Rabbi Amram Blothe; seit ihrer Jugend war er ein Alptraum für sie, besser gesagt, seitdem sie mit siebzehn Jahren in Jerusalem eingetroffen war. Allein der Name Jerusalem hatte in ihr Träume von König David und König Salomon, von Makkabäerkönigen und vieltürmigen Palästen, von pulsierendem Leben der orientalischen Höfe wachgerufen; der Anblick der Mauern der Altstadt und des Turms Davids beim Erwachen am ersten Morgen nach ihrer Ankunft hatte sie zutiefst gerührt. Sie hatte ihr Leben lang eine heimliche Sehnsucht nach dem Hehren und Majestätischen, auch wenn niemand vermutet hätte, daß diese verwelkte, mißtrauische alte Frau, die ständig geplagt war von Alltagssorgen um ihre Gesundheit, ihren Lebensunterhalt und ihre Sicherheit, Träume von edlen Prinzen auf feurigen Araberhengsten in ihrem Inneren hegte – aber kehren wir zu Rabbi Amram Blothe zurück. Doch an diesem ersten Morgen in Jerusalem zog sie ihr weißes Kleid an, packte Obst und ein paar Brote in einen geflochtenen Korb und nahm sich vor, einmal um die Altstadtmauer herumzuwandern. Plötzlich fiel ein junger Mann mit wildwucherndem Bart und langem Haar über sie her, flatterte wie ein Rabe mit den Ärmeln seines schwarzen Gewandes und kreischte: »Hure, Hure!« Es war Amram Blothe, der künftige Anführer der Ultra-Orthodoxen von Jerusalem. Wie in einem Alptraum sah sie sich auf einmal von Männern in schwarzen Gewändern und von kreischenden Frauen mit enganliegenden schwarzen Turbanen auf den geschorenen Schädeln umringt. Erst viel später wurde ihr bewußt, welches Verbrechen sie begangen hatte: Sie trug ein ärmelloses Kleid und kurze weiße Söckchen anstelle langer schwarzer Strümpfe. Ein britischer Polizist, der zufällig durch das orthodoxe Judenviertel kam, rettete sie vor dem Zorn des Rabbi Blothe und seiner Jünger, und von dem Augenblick an fühlte sie sich nur dann sicher und beschützt, wenn Vertreter britischen Rechts und britischer Ordnung in der Nähe waren. Immer wieder fragte sie mit bitterem Lächeln: »Wenn die Briten wirklich gehen, wer soll mich dann vor Rabbi Amram Blothe beschützen?« Bis zu dem Augenblick, als sie Rabbi Blothe und seinen Gefolgsleuten in die Hände fiel, hatte sie sich nicht vorstellen können, daß es noch Juden gab, die sich genauso kleideten und benahmen wie ihre Vorfahren in polnischen Kleinstädten vor hundert Jahren, und ganz sicher wäre sie niemals auf den Gedanken gekommen, ihnen ausgerechnet hier in Jerusalem zu begegnen. Ihr Großvater – er kam aus einer kleinen osteuropäischen Stadt – hatte ihr erzählt, daß er in seiner Schulzeit vor der ganzen Klasse vom Rabbiner mit einem Lederriemen geschlagen worden sei, weil er gerne malte. Jüdische Kinder durften aber weder malen noch die Natur betrachten, geschweige denn, sich an ihrer Schönheit erfreuen. Wer die Schönheit dieser Welt genoß, verlor seinen Anspruch auf einen Platz im Paradies und kam in die Hölle. Den Worten ihres Großvaters hatte meine Mutter entnommen, daß diese schrecklichen religiösen Zwangsvorstellungen nichts weiter waren als Abwehrstoffe, die der bereits kranke und vom Tode bedrohte Organismus des Judentums ausschied. Kehrten wir erst einmal ins Land unserer Väter zurück, würden wir wieder die Souveränität der Vergangenheit, der Tage König Salomons und des Hohen Liedes zurückerlangen. Aber anstelle eines edlen Prinzen aus dem Hause David lief ihr bei ihrer Ankunft in Jerusalem Rabbi Amram Blothe über den Weg. Sie bangte nicht so sehr um ihr Leben, sondern befürchtete vielmehr, daß dieser schwarze Rabe sie in den Morast zurückstoßen könnte, dem ihr Großvater als Junge entronnen war. Auf der Suche nach dem heimlichen Königreich ihres Herzens war sie nach Jerusalem gekommen, doch sie fand dort die Zuckungen einer Krankheit, die längst hätte überwunden sein müssen.

Meine Versuche, meiner Mutter mit schlichter Logik zu beweisen, daß Rabbi Blothe mit Sicherheit nie maßgeblichen Einfluß auf die Politik habe, ließen sie nicht von ihrem Standpunkt abweichen. Die Tatsachen, die jeder kannte, konnten ihre Furcht nicht zerstreuen. Es handelte sich bei Rabbi Blothe und seinen Gefolgsleuten in Wahrheit nur um eine verschwindend kleine Minderheit, noch dazu ohne jeden politischen Ehrgeiz. Diese Gruppe war schon aus Überzeugung gegen alle Politik und glaubte, der Zionismus verhindere die Wiederkehr des Messias. Die Wunde, die meiner Mutter vor vierzig Jahren geschlagen worden war, reichte jedoch zu tief. Bei allen Diskussionen merkte ich, daß ich mit meinen Argumenten gegen eine Wand stieß; enttäuscht und von hilfloser Wut erfüllt, gelangte ich zu dem gleichen Schluß wie mein seliger Vater, als er ihr die moderne Geldwirtschaft hatte erklären wollen – nämlich, daß sie nicht logisch zu denken vermochte und sie in einer Welt kindischer Vorstellungen lebte. Es war aussichtslos, mit verstandesmäßigen Argumenten gegen sie anzugehen.

Ich schämte mich jedesmal, wenn meine Mutter ihre politischen Ansichten in Gegenwart anderer, insbesondere meiner Klassenkameraden, kundtat. Ich weiß noch genau, wie peinlich es mir war, wenn sie Äußerungen der Art fallen ließ wie: »Also, was mich betrifft, so bete ich für nichts inniger als für den Fortbestand des Britischen Empire«, oder wenn sie behauptete, die armen Arglosen, die im Empire für ihre Befreiung vom britischen Joch kämpften, töteten aus eigenem Antrieb jene Freiheit, für die sie kämpften, indem sie die großzügige, liberale Herrschaft eines aufgeklärten fernen Königs gegen die Sklaverei eines einheimischen Kleintyrannen tauschen wollten. Wenn sie von »Königen« und »Königreichen« redete, wurde ich unruhig. Wer spricht denn im 20. Jahrhundert noch von Königen, vom Hof und von Etikette? Und wer außer meiner Mutter wäre auf den Wahnsinnsgedanken verfallen, der jüdische Staat solle nach seiner Gründung von der königlichen Dynastie des Hauses David regiert werden? Sie sprach zwar nie darüber, aber ich wußte nur zu gut, daß sie sich insgeheim selbst für einen Sproß vom Stamme Jesse, für eine Prinzessin von königlichem Blut hielt. Und sie wußte auch, daß wir alle in die Hände eines wahnsinnigen Tyrannen fallen würden, der uns mit Hilfe einer Bande geistig umnachteter Rabbiner durch religiösen Terror beherrschen würde, falls das Königreich David nicht wiedererrichtet würde.

Der einzige Mensch, der ihr damals zustimmte, war zu meiner Überraschung Joël. Obwohl er Rabbi Amram Blothe nicht im geringsten fürchtete und zum Thema des Königreichs David nicht viel vorzubringen hatte, betete auch er für die Sicherheit des Britischen Empire. Er wollte in Ruhe gelassen werden, um unbehelligt seine seltenen Bücher zu kaufen und zu verkaufen. Seiner Meinung nach würde das Land auseinanderfallen, sobald die Briten abzogen. In seiner ruhigen, jedes Wort abwägenden Art erklärte er, in unserem Zeitalter hätten kleine Staaten keine Überlebenschance. Die Freiheit, die all die kleinen Hähne von ihren Misthaufenkönigreichen aus krähend verkündeten, sei nichts weiter als Einbildung und Täuschung. Die Großmächte regierten sie weiter wie bisher, nur ein wenig subtiler, ohne Soldaten und Kolonialbeamte. Sollten die Briten das Land verlassen, wäre es vorbei mit Gesetz und Ordnung, und in dem nachfolgenden Chaos müsse unsere Wirtschaft zugrunde gehen; darum ziehe er es vor, weiter mit seltenen Büchern zu handeln. Gegen die Anwesenheit britischer Soldaten hatte er nichts einzuwenden, denn gerade mit den britischen Beamten machte er seine besten Geschäfte, indem er sie mit Büchern von Archäologen und Entdeckern des 19. Jahrhunderts versorgte.

Joël gewann das Herz meiner Mutter nicht nur mit den Ansichten, die er vertrat, sondern auch mit seinem Äußeren. Im Gegensatz zu vielen anderen jungen Männern, Idealisten mit wildem Blick, die in zerknitterten Khaki-Shorts und staubigen Sandalen herumliefen, sah Joël mit seiner englischen Krawatte und seinem Anzug aus englischem Stoff und nach englischem Schnitt wie ein hoher britischer Beamter aus. Seine bloße Erscheinung übte auf meine Mutter die Wirkung eines Beruhigungsmittels aus: In ihren Augen war er der letzte starke Pfeiler einer zusammenbrechenden Welt. Ich erinnere mich an schreckliche Tage mit Bombenangriffen, Durchsuchungen und Verhaftungen, als sie am Tor stand und unruhig auf Joëls Ankunft wartete. Manchmal nahm sie einen kleinen Stuhl und wartete im Hof sitzend auf ihn, wie Dschamilla in längst vergangenen Tagen auf Reinhold zu warten pflegte. Ihre Augen leuchteten auf, als sie ihn kommen sah, und ohne daß er davon wußte, verteidigte sie ihn gegen die scharfen Zungen der argwöhnischen Nachbarn, die darauf anspielten – und einmal sogar ohne Umschweife forderten –, daß sie ihm den Mietvertrag für die Waschküche kündigen sollte, weil er ein britischer Spion sei. Alle Hofbewohner würden eines Tages seinetwegen eine Menge Unannehmlichkeiten haben. Der Lebensmittelhändler sagte, er habe Joël mit eigenen Augen in einem Café zusammen mit Beamten des Landeskriminalamts gesehen – mit den gemeinen Hunden, die unsere Jungen gefangengenommen und nach Eritrea ins Lager verbannt hatten. »Und wer weiß, was er ihnen erzählt hat, was sie zusammen angestellt haben«, fügte der Lebensmittelhändler im Flüsterton hinzu, indem er sie vorwurfsvoll ansah. Aber meine Mutter fiel ihm mit einer wegwerfenden Handbewegung ins Wort. »Wagen Sie es ja nicht, böse Gerüchte über Leute zu verbreiten, die zehnmal besser sind als Sie! Sie sind ja nicht einmal wert, ihm die Füße zu küssen! Er ist keine Gefahr für uns, ganz im Gegenteil, er beschützt uns vor der Gefahr!«

Seitdem hatte es der Lebensmittelhändler nie mehr gewagt, auch nur eine Anspielung auf Joël zu machen, oder besser gesagt, es erübrigte sich bald. Wenige Tage nach diesem Wortwechsel fand meine Mutter eine Nachricht von Joël im Briefkasten: Zu seinem lebhaften Bedauern müsse er ihr mitteilen, daß er den Mietvertrag nicht verlängern könne, da er sein Geschäft nach Tel Aviv verlege. An den Rand der getippten Mitteilung hatte er handschriftlich gekritzelt: »Vielen Dank für alles, in der Hoffnung auf ein Wiedersehen.«

Meine Mutter blieb erstarrt stehen, bleich und zitternd wie an dem Tag, als das King-David-Hotel gesprengt worden war. Dann saß sie lange Zeit in der Küche, stützte den Kopf in die Hände und wischte sich gelegentlich die Nase am Saum ihrer Schürze ab. Erst am nächsten Tag kam ihre Wut auf den Mann, »der uns im kritischen Augenblick im Stich ließ«, voll zum Ausbruch. Ich weiß bis heute nicht, wie sie es fertigbrachte, bei Joël von »Im-Stich-lassen« zu reden, aber immerhin war es richtig, daß er Reinholds Zimmer zu einem kritischen Zeitpunkt räumte – es war der Vorabend des britischen Abzugs, und die Kämpfe des Unabhängigkeitskrieges waren schon in vollem Gang. Eines Tages kam ihr nach einem erneuten Ausbruch hilfloser Wut gegen Joël (diesmal nannte sie ihn einen »Kapitän, der als erster sein sinkendes Schiff verlassen hat«) plötzlich die seltsame Idee, zu packen und nach Tel Aviv überzusiedeln. Über diese Möglichkeit grübelte sie so lange nach, bis es zu spät war, etwas zu unternehmen – die Straße nach Tel Aviv war bereits blockiert, die Belagerung Jerusalems hatte begonnen. Joël sahen wir nie wieder, auch nicht nach der Aufhebung der Blockade Jerusalems und dem Ende des Befreiungskriegs. Trotz der Randnotiz auf seiner Kündigung kam er niemals zu Besuch, und meine Mutter sah ihn bis zu ihrem Tode nur noch einmal – genauer gesagt, sie sah unter höchst merkwürdigen Umständen sein Foto.

Als sie eines Tages vom Markt nach Hause kam und ein neu erstandenes Kopftuch aus dem Zeitungspapier wickelte – nach dem Krieg wurde an allem gespart –, erkannte sie plötzlich Joël auf einem Foto. Ihre Hände begannen zu zittern, und voller Unruhe rief sie mich, ich solle rasch kommen und ihr vorlesen, was die Zeitung über Joël schrieb. Sie war viel zu aufgeregt, um nach ihrer Brille zu suchen, und außerdem machten wir uns dauernd Sorgen um Freunde und Bekannte, die wir eine Zeitlang nicht gesehen hatten: Für die Gefallenen des Befreiungskriegs wurden noch immer Gedenkgottesdienste abgehalten.

Der Artikel, einer der ersten Beiträge über die Untergrundor-

ganisation der Irgun Zewai Leumi und der Stern-Gruppe, enthüllte die Identität von Mitgliedern des Irgun-Oberkommandos aus der Zeit des Aufstands gegen die Briten. Unter dem Foto von Menachem Begin, damals Chef des Oberkommandos, erschienen nebeneinander Bilder von Landau, Livni, Amizur, Tehori, Grossbart, Paglin und Joël. Während Joël meine Mutter tröstete und führenden Mitgliedern der britischen Mandatsregierung seltene Ausgaben verkaufte, leitete er gleichzeitig den Geheimdienst des Untergrund-Oberkommandos! Aus dem Zeitungsartikel erfuhren wir, daß Joël nicht »sein Geschäft nach Tel Aviv« verlegt hatte, sondern nach Italien und Frankreich gereist war, um Waffen und Munition für die Irgun zu besorgen. Er hatte die Waffen bei einzelnen Zellen der französischen Résistance gekauft, die während der deutschen Besetzung gegen die Nazis gekämpft hatten – Gaullisten, Kommunisten und sogar italienische Gruppen. Dabei mußte ihn jemand verraten haben, denn er wurde verhaftet und für einige Zeit in die Santé, das berühmte Pariser Gefängnis, gesperrt. Während ich meiner Mutter den Artikel vorlas, stieß ich auf den Namen eines Franzosen, der Joël geholfen hatte, von einer kommunistischen Zelle in einem Dorf ungefähr hundert Kilometer außerhalb von Paris Waffen zu kaufen. Das Zentralkomitee der Kommunistischen Partei in Paris hatte sich damals geweigert, Waffen an die jüdische Untergrundbewegung zu verkaufen, aber dieser in der Partei sehr einflußreiche Franzose unterstützte Joël trotzdem. Er veranlaßte den Chef der Provinzzelle, Joël Waffen und Munition zu überlassen, die britische Flugzeuge während der deutschen Besetzung mit Fallschirmen abgeworfen hatten...
Der Name dieses Franzosen war Jean-Paul Sartre. Ich hatte ihn noch nie zuvor gehört und sprach ihn wie »Sarter« aus.
»Nicht Sarter, sondern Sartre«, verbesserte mich meine Mutter.
»Wer ist dieser Sartre?« fragte ich.
»Ein französischer Schriftsteller«, sagte sie. »Einer von den jungen Autoren, die in Paris alles auf den Kopf stellen. Lies weiter.«
Ich las zu Ende und wiederholte dann die Abschnitte, die sie beim erstenmal nicht ganz verstanden hatte, insbesondere über die Zeit, in der Joël unser Mieter gewesen war. Dabei fragte ich mich, woher meine Mutter die Namen französischer Schriftsteller

kennen mochte, die in Paris »alles auf den Kopf stellten«. Ich hatte niemals erlebt, daß sie einen Roman las, obwohl mir mein Vater erzählt hatte, er sei ganz überrascht gewesen, kurz nach der Hochzeit ein paar schmale Bändchen von Baudelaire und Verlaine bei ihr entdeckt zu haben. Aber schon damals hatte sie behauptet, nicht mehr an Dichtung interessiert zu sein; sie gehöre sozusagen zu ihrer »Vorgeschichte«, also in jene Zeit, als sie auszog, um an der alten Stadtmauer König David zu suchen und statt dessen auf Rabbi Amram Blothe stieß. Wenn ich sie beim Lesen eines Buches ertappte, dann handelte es bestimmt von Gesundheitsfragen: welche Nahrungsmittel und Lebensgewohnheiten zuträglich waren und welche nicht. Und wenn sie mir eine Zeitung unter die Nase hielt, wollte sie mir nur »schwarz auf weiß« dartun, wie recht sie mit ihren Warnungen vor den unterschiedlichsten Gefahren hatte – dem Rauchen, »solchen« Frauen oder der allergrößten Gefahr, die uns drohte, wenn – Gott behüte! – die Briten einst unser Land verlassen sollten. In diesem Fall war es von vornherein klar, daß wir nicht nur gegen die Araber unseres Landes, sondern auch gegen die arabischen Staaten ringsum und darüber hinaus gegen die gesamte arabische Welt vom Atlantischen bis zum Indischen Ozean würden kämpfen müssen. Wer sich von den realen Gefahren des Daseins so bedroht fühlt, kann sich nicht den Luxus leisten, auf den Schwingen dichterischer Phantasie davonzuschweben. Und dann aus heiterem Himmel auf einmal Jean-Paul Sartre!

Noch erstaunter war ich über ihre Reaktion auf die Enthüllungen in der Zeitung. Ehrlich gesagt hatte ich Angst. Je weiter ich las, desto mehr fürchtete ich den Wutausbruch, der einfach kommen mußte. Ich konnte mir nicht vorstellen, daß jemand bei der plötzlichen Entdeckung, er sei von Freunden zum Narren gehalten worden, gleichmütig bleiben kann, und ich erwartete auf keinen Fall, daß meine Mutter, das argwöhnischste und verletzlichste Geschöpf dieser Erde, eine solche Entdeckung schweigend hinnehmen würde. Konnte sie Joël jemals verzeihen, daß er sie zwei Jahre lang irregeführt und sich insgeheim über ihre Gefühle und Ansichten lustig gemacht hatte? Doch der erwartete Ausbruch blieb aus. Sie stand mit leerem Gesichtsausdruck auf und nahm die Zeitung, ohne ein Wort zu sagen. Dann strich sie das Blatt sorgfältig glatt und hob es in dem alten Fotoalbum auf.

Einige Zeit später hörte ich, daß sie sich mit dem Lebensmittelhändler über den Aufstand gegen die britische Mandatsregierung unterhielt, »als sie einen der Spitzenmänner der Irgun in ihrem Haus versteckt hatte«. Damals drohte den Mitgliedern der Irgun nicht nur lebenslängliche Freiheitsstrafe, sondern sogar der Tod durch den Strang. »Und er soll am Halse aufgehängt werden, bis der Tod eintritt«, hatte der Richter als Urteilsspruch verkündet, als jene zwölf jungen Männer zum Tode verurteilt wurden; wer sie in irgendeiner Weise unterstützt hatte, mußte selbst mit härtester Bestrafung rechnen. Und nicht genug damit – unser Haus war auch noch als Versteck für Waffen, Munition und antibritisches Propagandamaterial benutzt worden. Wäre es jemals zu einer Hausdurchsuchung gekommen – selbst in Joëls Abwesenheit –, so hätte die britische Geheimpolizei unter den Bücherstapeln und hinter dem alten türkischen Spiegel Pistolen, Sprengstoff, Granaten, Munition und Flugblätter entdeckt, die zum Aufstand aufriefen. Das alles hätte bestimmt ausgereicht, um meine Mutter bis zum Ende ihrer Tage ins Gefängnis zu bringen. Abschließend sagte sie zu dem Kaufmann, der vor Verblüffung mit den Augen rollte: »Und Sie hatten in Ihrer Bosheit und Dummheit auch noch die Dreistigkeit, mir vorzuwerfen, daß ich einen britischen Spion beherberge!«

Ich tat, als hätte ich überhaupt nichts gehört. Ich wollte sie nicht in Verlegenheit bringen, aber meine Gegenwart störte sie offenbar keineswegs. Später, als der Kaufmann die Geschichte von der unbekannten Heldin in der ganzen Nachbarschaft verbreitet hatte, rief sie mich sogar als Zeugen an, der diese oder jene Einzelheit bestätigen sollte, ohne im geringsten zu befürchten, ich könnte die Wahrheit sagen – und zwar, daß der betreffende Untergrundkämpfer nur deshalb in unserem Hause wohnte, weil es ihm gelungen war, meine Mutter zu täuschen, wie er auch den Kaufmann und die britischen Polizeiorgane getäuscht hatte, und daß unsere Waschküche im Hof einzig und allein deshalb als Geheimdepot für Waffen und antibritische Propaganda diente, weil es meiner Mutter niemals in den Sinn gekommen wäre, daß jemand Waffen dort versteckt haben könnte. Ich nickte, brummte zustimmend, ergänzte manchmal sogar die gewünschten Details und verbarg dabei so gut es ging meine Verlegenheit und wachsende Besorgnis wegen ihres seltsamen Geredes und ihres wunderlichen Benehmens. Als wir einmal allein zu Hause waren, fragte ich mich sogar, wer von uns beiden mehr phantasierte – sie oder ich. Sie sprach so natürlich, mit einer so kindlichen Unbefangenheit über die »gute alte Zeit«, daß ich an meinem eigenen Gedächtnis zu zweifeln begann. Vielleicht war all das, was ich über ihr Verhalten und ihre Ideen in Erinnerung hatte, nichts weiter als eine Verzerrung ihres wahren Charakters! Vielleicht stimmte bei mir etwas nicht, oder ich hatte etwas falsch beobachtet oder gehört, nicht ganz begriffen, es unabsichtlich verfälscht. Vielleicht offenbarte sich mir die ganze Wahrheit über meine Mutter erst jetzt! Aber es waren nicht diese Untergrund- und Widerstandsgeschichten, die eine unerklärliche Furcht in mir aufsteigen ließen. Später habe ich oft genug erlebt, wie sich viele meiner Landsleute in heldenhafte ehemalige Widerstandskämpfer verwandelten, und es handelte sich nicht etwa um Tagträumer, sondern um praktisch denkende Realisten, die es verstanden, jede Situation zu ihren Gunsten auszunutzen und ihre Meinung – wie auch ihre Biographie – dem jeweiligen Gebot der Stunde und dem Zeitgeist anzupassen. So hatte sich beispielsweise unser Lebensmittelhändler noch auf seine alten Tage den Ruf eingehandelt, er habe heldenmütig sein Leben riskiert, um die Irgun-Befehlshaber mit Nahrungsmitteln und einer Unterkunft zu versorgen. Nein, meine Furcht gründete sich auf etwas Undefinierbares, das meine Mutter wie eine Aura aus einer anderen Welt umgab.

Manchmal hielt sie mit verträumten Augen inne und begann nach einem Augenblick des Schweigens mit ganz langsamen Bewegungen den Tisch abzuwischen und die Brosamen aufzulesen, um das alte Fotoalbum auf den Tisch legen zu können. Dann nahm sie den Zeitungsausschnitt heraus, las ihn immer wieder und betrachtete das Foto mit einem starren, geistesabwesenden Blick. Ihre Bewegungen muteten schlafwandlerisch an. Zuweilen ging sie auch hinunter in »das gewisse Zimmer« und begann in allen Ecken und hinter dem Spiegel nach irgend etwas aus der »alten Zeit« zu suchen. Dann verspürte ich eine dumpfe Angst, aber viel schlimmer war das Entsetzen, das mich befiel, als ich einmal Reinholds Zimmer betrat und sie dabei ertappte, wie sie sich vor dem alten Spiegel das Gesicht anmalte. Sie saß da in dem längst nicht mehr benutzten Zimmer, das bis auf den Spiegel, einige zerbrochene Stühle, einen wackeligen Korbtisch und ein nacktes Bettgestell mit rostigen Federn leer war, und umrandete sich die Augen mit einem Kajalstift. Das Haar hatte sie sich bereits früher mit Henna rot gefärbt, und sie trug ein langes violettes Kleid aus glänzendem Stoff mit weiten Ärmeln und einer Schleppe. Vom Orangerot der Haare und den hellblau geschminkten Augenlidern stach das Gesicht ab, das von einer erschreckenden Blässe war und einer Gipsmaske glich. Wäre von ihr nicht etwas Unheimliches ausgegangen – die Aura einer Lilith, die aus dem Dunkel tritt –, hätte man sie vielleicht für eine Schauspielerin gehalten, die eine heruntergekommene alte Straßendirne spielte. Bei ihrem Anblick hätte ich am liebsten geweint, doch sie selbst wirkte keineswegs traurig. Im Gegenteil, eine hektische Fröhlichkeit ging von ihr aus. So vergnügt hatte ich sie seit Jahren nicht mehr gesehen. Sie summte sogar ein Lied, während sie mit feuchten Fingern die Brauen glättete und ein paar widerspenstige Härchen von der Nasenwurzel zupfte. Es war ein altes Lied, das ich schon kannte, und mein Herz zog sich zusammen, als es mir wieder einfiel – es war Reinholds Lieblingslied:

»Liebe war es nie, es war nur eine Liebelei,
Liebe war es nie, es war nur ein Scherz...«

In dieser verrückten Aufmachung stellte sich meine Mutter dann ans Fenster und beobachtete das Leben und Treiben auf der Straße. Manchmal hielt sie einen alten Gedichtband in der Hand und blätterte darin, doch es war ihr anzumerken, daß ihre Gedanken in die Ferne abschweiften. Ab und zu ergänzte sie ihr phantastisches Kostüm durch allerlei Schmuck: Ohrringe, Halsketten, Armbänder und eine Art Diadem, das sie selbst aus bunten Glasperlen aufgefädelt hatte. So stand sie stundenlang da, mit dem Diadem auf dem Kopf und der Schleppe, die ihr auf die Füße fiel, und durch den Vorhang beobachtete sie, was draußen vor sich ging. »Willst du dich nicht lieber hinsetzen?« schlug ich ihr einmal vor, als ich es nicht mehr ertragen konnte, sie wie ein Gespenst hinter dem Vorhang stehen zu sehen. »Tun dir die Füße nicht weh?« Aber sie rührte sich nicht. Ich dachte schon, meine Worte hätten sie gar nicht erreicht, weil sie zu tief in ihren Träumen versunken war, da drehte sie sich plötzlich um und fragte: »Warum bist du so blaß? Wovor hast du solche Angst?«

Ihre unerwartete Frage traf den Kern der Sache. Ich muß wohl noch blasser geworden sein. Spürte sie meine Ängste und Befürchtungen?
»Angst? Wovon redest du da? Wovor sollte ich Angst haben?«
»Du hast Angst«, unterbrach sie mein Gestammel. »Natürlich hast du Angst. Du fürchtest dich vor der ganzen Welt.« Und wie im Selbstgespräch fügte sie hinzu: »Sei nicht wie einer von diesen Sklaven.« Dann kehrte sie ans Fenster zurück, und während sie auf die Menschen hinuntersah, leuchtete in ihren Augen etwas Fremdes, Wildes auf.

Ich dachte, sie sei müde und wolle sich ausruhen, aber sie ging in die Küche und machte sich dort eifrig zu schaffen. Dann kam sie mit einem Korb zurück, in dem Früchte und belegte Brote lagen, und einer Flasche mit einer hellen Flüssigkeit und ging auf die Haustür zu. »Wohin gehst du?« fragte ich so beiläufig wie möglich, während mein Herz wild klopfte.

»Ich gehe nur ein wenig spazieren«, antwortete sie, aber in diesen alltäglichen Worten schwangen Klänge aus einer anderen Welt mit.

»Ich begleite dich!« sagte ich bestimmt.

Sie hielt mich mit einer Handbewegung zurück. »Keine Angst!« sagte sie, und plötzlich entdeckte ich ein listiges Zwinkern in ihren Augen. »Mir stößt nichts zu. Ich bin alt genug, um auf mich selbst aufzupassen, und es wird höchste Zeit, daß ich das tue, was ich immer schon tun wollte.«

Ich überlegte, ob ich ihr nicht nachschleichen und mich dann irgendwo wie zufällig zu ihr gesellen sollte. Ich ließ sie gehen und schloß die Tür hinter ihr, aber als ich mein Auge ans Guckloch legen wollte, flog die Tür plötzlich wieder auf, und sie stand vor mir. »Das hätte ich beinahe vergessen«, sagte sie mit demselben Augenzwinkern wie vorhin. »Du mußt in vierzig Minuten den Backofen ausschalten, sonst verbrennt der Kuchen.«

»Vom Fenster aus sah ich die funkelnden Glasperlen des Diadems auf ihrem kupferroten Haar und den geflochtenen Korb sowie ihre Hand, die elegant die Schleppe hochraffte. Zu meiner Erleichterung lachte oder spottete niemand über sie. Alle waren zu sehr mit ihren eigenen Sorgen beschäftigt, als daß sie ihre Aufmerksamkeit der majestätischen Gestalt zugewandt hätten, die an ihnen vorbeischritt. Nur zwei Mädchen blieben stehen, starrten sie erstaunt an und fingen dann an zu kichern. Ich beruhigte mich und verließ das Fenster; sie war ohnehin schon um die nächste Ecke verschwunden. Bis zum Ausschalten des Backofens wollte ich lesen – ich las gerade John Stuart Mills »Über die Freiheit«, worüber ich ein Referat halten sollte. Unmittelbar nach der Gründung des Staates Israel dürstete es alle Philosophiestudenten nach Freiheit. Plötzlich sprang ich hoch, weil mir ein entsetzlicher Gedanke kam: Was geschah, wenn sie die Grenze überschritt? Die Grenze verlief damals nur fünfhundert Meter von unserem Haus entfernt am unteren Ende der Mamillastraße. Dahinter erstreckte sich das Niemandsland bis hin zum Jaffa-Tor. Die Altstadtmauer gehörte zu Jordanien, und im Davidsturm hielten die Posten der Arabischen Liga Wache. Überall im Niemandsland lagen Minen – ihre und unsere –, und von Zeit zu Zeit erschreckte uns nachts ein gewaltiger Donnerschlag, wenn eine Mine – gewöhnlich durch einen streunenden Hund entzündet – explodierte. Die Männer der Arabischen Liga schossen auf jeden, der versuchte, das Niemandsland zu überqueren. Ich überließ den Kuchen seinem Schicksal und rannte meiner Mutter nach.

Ich fand sie auf einem kleinen Hügel hinter dem King-David-Hotel. Sie betrachtete die Altstadtmauer, den Berg Zion und den Davidsturm. Wenige Meter vor ihr teilte ein Stacheldrahtzaun das Hinnomtal, und eine Tafel warnte: Vorsicht Minen – Landesgrenze! Das Niemandsland stand in voller Blüte; die wild wachsenden Blumen hatten hier eine sichere Heimstatt gefunden; purpurne und weiße Anemonen, wilde Orchideen und Iris blühten üppig zwischen Stacheldraht, Minen, rostigen Konservendosen und Ziegelsteinen. Sie saß da, aß ein belegtes Brötchen und sah aus der Entfernung – ich stand an einer Ecke der Hotelmauer – wie ein junges Mädchen aus einer längst vergangenen Zeit aus. Sie hatte gar nicht versucht, die Grenze zu überschreiten, und ich konnte also beruhigt nach Hause zurückkehren, um gerade noch rechtzeitig den Backofen auszuschalten.

Von da an konnte ich sie unbesorgt ihren täglichen Spaziergang machen lassen; sie versuchte nicht, die Grenze zu überschreiten, ging ihren eigenen Weg, ohne sich um die anderen Passanten zu kümmern. Etwas Merkwürdiges war ihr widerfahren. Solange sie ihre Träume nicht offenbarte, konnte sie sich unter die Leute mischen, sah genauso aus wie sie, erledigte rasch und energisch ihre Arbeit und lebte dabei beständig in der Angst vor der Welt, in der sie lebte. Aber sobald ihre Träume für alle Welt sichtbar wurden, schwand ihre Angst, obgleich sie vor der Wirklichkeit floh und sich in die Welt ihrer Träume zurückzog. Erhaben über die Realität des Alltags, genoß sie ihre Freiheit. Ihr Herz strömte vor Fröhlichkeit über, oft summte sie Melodien oder sang laut vor sich hin. Der Welt schien sie so weit entrückt, daß es unter ihrer Würde gewesen wäre, selbst als Prinzessin dort zu leben.

Nur einmal stieg sie in die Niederungen des Alltags hinunter, aber diesem Versuch gebot ich rasch Einhalt. Sie stand wie gewohnt hinter dem Vorhang und beobachtete das Treiben auf der Straße. Wie gewohnt verkaufte ein kleiner Junge auf dem Bürgersteig vor dem Haus Zeitungen. Plötzlich tauchte auf der anderen Straßenseite ein anderer Junge mit einem Bündel Zeitungen auf und rief laut die Schlagzeilen aus. »Unser« Zeitungsverkäufer, der das Gewohnheitsrecht besaß, schritt unverzüglich zur Tat. Er fiel über den Eindringling her, und bei der Auseinandersetzung flogen die Zeitungen nach allen Richtungen. Obgleich unser Junge Mut bewies und zudem im Recht war, schien er zu unterliegen – sein Gegner war stärker und offenbar auch wesentlich älter –, als die Rauferei schlagartig von einem klingenden Regen von Goldmünzen, der sich über ihre Köpfe ergoß, unterbrochen wurde. Mit königlicher Geste und einem Schrei, der dem Siegesgebrüll einer Löwin glich, warf meine Mutter mit vollen Händen Sovereigns aus dem Fenster, während in ihren Augen ein wildes, fremdartiges Licht schimmerte.

»Du bist wahnsinnig. Was machst du da?« schrie ich und entriß ihr den kleinen Beutel, bevor sie ihn völlig ausleeren konnte. Ich schob ihn in meine Tasche und stürzte auf die Straße hinunter, in der Hoffnung, noch etwas zu retten, aber ich kam zu spät. Die beiden Jungen hatten bereits die Beute an sich gerissen und waren in verschiedenen Richtungen geflohen; möglicherweise hatte auch der eine oder andere Zuschauer ebenfalls von dem Goldsegen profitiert, geblieben war jedenfalls keiner, um das zu bezeugen. Es gelang mir nicht, eine einzige Goldmünze wiederzufinden. Darum beschloß ich, keine kostbare Zeit mehr zu verschwenden und nach Hause zurückzulaufen, um das restliche Gold aus der Matratze zu holen und vor meiner Mutter zu verstecken.

In meiner Hast, die verbliebenen Geldbeutel in Sicherheit zu bringen, riß ich die Matratze einfach auf, so daß das Stroh herumflog und sich überall auf dem Fußboden ausbreitete. Ich verschloß die Beutel in meiner Schreibtischschublade, versteckte den Schlüssel in der Hosentasche und kehrte in das Zimmer zurück, um das Stroh zusammenzukehren, das entsetzlich staubte.

Meine Mutter saß in ihrem Sessel am Fenster mit gerötetem und schweißbedecktem Gesicht. Sie rang nach Luft, weil der aufgewirbelte Staub ihr den Atem nahm; rasch holte ich ein Glas Wasser und öffnete das Fenster. Dann legte sie sich auf das Sofa und kühlte Stirn und Nacken mit einem feuchten Handtuch. Ich wollte schon einen Arzt herbeiholen, als sie plötzlich vom Sofa aufsprang. Ein paar Takte aus der »Ungarischen Rhapsodie« pfeifend, ging sie ins Badezimmer. Ich befürchtete, sie könne im Bad ausrutschen und sich ein Bein brechen oder an der Steckdose einen Schlag bekommen. Badezimmer sind nun einmal gefährlich, sagte ich mir, besonders für ältere Leute – um wieviel mehr also für meine Mutter in ihrer gegenwärtigen Verfassung, so kurz nach einem Anfall! Sie hätte ja auch versuchen können, sich umzubringen, und im Geiste sah ich, wie sie die Wanne mit heißem Wasser füllte, sich hineinlegte, die Pulsadern aufschnitt, die Augen schloß und mit einem Lächeln in das vom Blut gerötete Wasser sank, während – Tropfen für Tropfen – das Leben aus ihr heraussickerte.

Ich weiß nicht, weshalb ich solche Angst hatte und warum ich so sicher war, sie würde gerade auf diese Weise Selbstmord begehen. Vielleicht hatte sie selbst mir einmal von einer berühmten Gestalt der Weltgeschichte erzählt, die sie bewunderte und die auf diese »leichteste und angenehmste« Art ihr Leben beendet hatte. Unter den gegebenen Umständen betrachtete ich den Selbstmord als die selbstverständliche Folge ihres Anfalls. Nach dem Goldregen mußte Blut fließen, weil irgendeine Leidenschaft sie dazu trieb, ihre Lebensader zu durchtrennen.

Das Gurgeln der Wasserhähne hörte plötzlich auf. Ich rief: »Mutter, geht es dir gut?«

»Nein, mir geht es nicht gut!« antwortete sie hinter der Tür. »Ich bin verrückt! Wie kannst du erwarten, daß es einer Verrückten, die Gold auf die Straße wirft, im Badezimmer plötzlich gut geht?«

»Mutter, es tut mir leid! Verzeih mir, Mutter! Ich habe es nicht so gemeint, ich schwöre dir, daß ich es nicht so gemeint habe! Ich wollte dich wirklich nicht kränken. Mutter, ich bitte dich nur, mach keine Dummheiten im Bad!« Damit wollte ich natürlich sagen: »Schneide dir nicht die Pulsadern auf.« Sie wußte nur zu gut, daß ich an ihrer Geistesverfassung zweifelte, aber es war das erste – und einzige – Mal, daß ich es ausgesprochen hatte, noch dazu auf so beleidigende Weise. Falls die »innere Logik des Anfalls« noch nicht ausreichte, ihr »das Messer ins Herz zu stoßen«, mußte die Kränkung sie dazu treiben – und sie war durchaus imstande, sich umzubringen, um mich zu bestrafen!

»Ja, ich werde etwas Unüberlegtes tun«, hörte ich sie mit matter Stimme sagen. Ich trommelte gegen die Tür und versuchte, sie aufzubrechen.

»Hör mit dem Klopfen auf!« befahl sie mit bestimmter Stimme, und ich gehorchte sofort. »Du schlägst ja die Tür ein. Warum machst du dir um mich plötzlich solche Sorgen? Warum bin ich für dich auf einmal so wichtig? Du schämst dich wegen deiner verrückten Mutter! Du hast dich immer für mich geschämt. Du fürchtetest, die anderen könnten sagen, daß du nach mir gerätst – wenn die Mutter verrückt ist, kann der Sohn auch nicht normal sein! Du betest darum, daß sich die Erde auftun und mich verschlingen möge! Du kannst es nicht erwarten, daß ich endlich tot und begraben bin, damit für dich die Demütigungen aufhören!«

Ihre Stimme hatte jedoch einen Ton, der mich beruhigte. Es war nicht die erstaunliche Rückkehr zu völliger Klarheit – ich atte schon mehrfach erlebt, daß sie sich äußerst exzentrisch benahm, während sich in ihren Worten eine scharfe und subtile, wenn auch eigenwillige Logik offenbarte –, sondern die unverkennbare Fröhlichkeit in ihrer Stimme, die bewirkte, daß meine Angst verschwand. Wer so viel Lebensfreude ausstrahlt, begeht keinen Selbstmord. Das unterdrückte Kichern schwoll zu lautem Lachen an. Frisch gebadet und strahlender Laune erschien sie und ging in die Küche, um ihren »Picknickkorb« für den »täglichen Spaziergang« zu holen. In diesem Augenblick wurde mir bewußt, daß sie verrückter war, als ich angenommen hatte. Ihre freudige Erregung erschien mir unter den gegebenen Umständen als Zeichen eines Irrsinns, der viel tiefer saß als der Wunsch, ihrem Leben ein Ende zu setzen – falls sie einen solchen Wunsch jemals gehegt hatte.

Diese wilde Lebensfreude schien mir im Widerspruch zur »Logik des Anfalls« und dem Regen von Goldmünzen zu stehen, der sich aus dem offenen Fenster ergossen hatte.

Dieser Gedanke zählt wie der Aufschrei: »Bist du wahnsinnig! Was machst du da?« und mein Benehmen an diesem Tag zu meinen traurigsten, beschämendsten Erinnerungen. Erst nach ihrem Tod erkannte ich, daß ich mich wirklich niederträchtig und verachtenswert verhalten hatte und blind gegenüber einer sich befreienden menschlichen Seele gewesen war.

Sie blieb nicht länger als gewöhnlich aus und erwähnte nach ihrer Rückkehr mit keinem Wort, was geschehen war; als sie auch an den folgenden Tagen nicht darauf zu sprechen kam, hielt ich die Geschichte für abgeschlossen. Ich neigte sogar zu der Annahme, daß sie selbst von all dem, was vorgefallen war, nichts mehr wußte, denn sie war ja nicht ganz bei Sinnen gewesen. Jedoch irrte ich mich auch in diesem Punkt. Als sich der Todestag meines Vaters zum erstenmal jährte, räumte sie plötzlich Reinholds Zimmer auf. Sie fegte und schrubbte den Boden, holte mit einem langen Besen die Spinnweben aus den Ecken und putzte den alten Spiegel. Dann ließ sie sich erschöpft in den Korbsessel sinken. Von diesem Platz aus schnitt der Sprung im Spiegel ihr Gesicht in zwei Teile – ein Auge war wie vor Entsetzen weit aufgerissen, mit dem anderen schien sie zu blinzeln.

»Das ist es!« sagte sie. »Davon hängt alles andere ab.«

»Wovon?« fragte ich. »Von dem Sprung im Spiegel.« Sie stand auf, trat an den Spiegel und fuhr mit dem Zeigefinger langsam den Sprung entlang, der von der rechten oberen in die linke untere Ecke verlief. »Dieser Sprung trennt Himmel und Hölle.« Ganz langsam, den Blick starr auf den Spiegel gerichtet, ging sie rückwärts und beobachtete dabei fasziniert, wie ihr Spiegelbild durch den Sprung immer deutlicher geteilt wurde, bis sie ihren Korbsessel wieder erreicht hatte. Sie holte einen kleinen Schlüssel aus ihrer Schürzentasche hervor und hielt ihn mir hin, ohne den Blick vom Spiegel zu wenden. Ich nahm den Schlüssel.

»Öffne die Schublade an der Seite des Spiegels«, sagte sie. »Du wirst zwei Sovereigns darin finden.«

Während ich ihrem Wunsch nachkam, schauderte es mich, als habe mich mit kaltem Hauch ein Geist angerührt, der hinter dem Spiegel lauerte.

»Diese Sovereigns gehören Reinhold«, sagte sie. »Ich habe sie von dem Mietbetrag gekauft, den er mir im voraus bezahlt hatte. Es ist sinnlos, Banknoten aufzubewahren. Bis du ihn wiedersiehst, wären sie wertlose Papierfetzen, und du mußt ihm sein Geld im vollen Wert zurückzahlen.«

»Und wenn ich ihn nie mehr wiedersehe?«

»Du wirst ihn wiedersehen«, antwortete sie mit Nachdruck. »Die Erde hat ihn sicher nicht verschlungen. Er lebt, und du wirst ihm sein Eigentum zurückgeben – den Spiegel und die Sovereigns!«

»In Ordnung«, antwortete ich. »Du kannst beruhigt schlafen. Sollte ich ihn jemals wiedersehen, werde ich ihm seinen Spiegel und die beiden Sovereigns in der Schublade wiedergeben, das verspreche ich dir.«

»Das versprichst du mir, damit ich ruhig schlafen kann, ist es so?« In ihrer Stimme klang Herausforderung mit. Im Spiegel blitzte in ihrem Auge auf der oberen Seite des Sprungs ein boshaftes Funkeln auf, während das andere sich in nachdenklicher Trauer verengte. »Und was ist, wenn ich jetzt überhaupt nicht mehr schlafen will!« fuhr sie, ihrem Spiegelbild zugewandt, fort. »Ich habe genug geschlafen. Mein ganzes Leben habe ich verschlafen und versäumt, das zu tun, was eigentlich nötig gewesen wäre. Ich habe keine Zeit mehr zu verlieren. Ich muß nun handeln.«

»Ich sagte nicht, daß du schlafengehen sollst. Ich wollte damit nur ausdrücken, daß du dich auf mich verlassen kannst.«

»Wunderbar!« rief sie aus und erhob sich aus dem Sessel. Wieder war diese seltsame Heiterkeit in ihrer Stimme und ihren Bewegungen. »Du versprichst mir also, daß du alles tun wirst, was ich dir sage?«

»Selbstverständlich. Hast du je daran gezweifelt?«

»Wenn das so ist«, sagte sie und hielt mir die offene Hand hin, »dann gib mir auf der Stelle die vierzig Sovereigns zurück, die du mir gewaltsam abgenommen hast. In der Matratze lagen noch vier Säcke mir je zehn Sovereigns. Die zwei Sovereigns, die noch in dem Säckchen waren, das du mir aus der Hand gerissen hast, darfst du behalten. Warum wirst du plötzlich so blaß? Fällt es dir so schwer, deiner Mutter das zurückzugeben, was du ihr gestohlen hast?«

»Ich habe nichts gestohlen.« Hilflose Wut stieg in mir auf bei

237

dieser boshaften Unterstellung. »In deinem eigenen Interesse habe ich das Gold gerettet, damit dir diese vierzig Sovereigns erhalten bleiben und du sie nicht in einem Anfall von Wahnsinn wieder mit eigenen Händen aus dem Fenster wirfst.«

»So. In einem Anfall von Wahnsinn.« Sie hielt den Blick auf ihr Spiegelbild gerichtet. Zu meiner Erleichterung klang ihre Stimme nicht zornig, ja nicht einmal gekränkt. Im Gegenteil, sie wiederholte meine Worte ruhig und bedächtig, während sie sich noch einmal dem Spiegel näherte und die Veränderungen ihres Gesichts zu beiden Seiten des Sprungs beobachtete. »So, das nennst du also Wahnsinn – wenn ich zwei hungernden Kindern, die darum kämpfen, Zeitungen verkaufen zu können, Geld gebe! Wenn ich das Geld beispielsweise Rabbi Amram Blothe gestiftet hätte, damit er auf Flugblättern den Staat Israel angreift, weil dieser die Ankunft des Messias verzögert und das Judentum vernichtet hat – das wäre kein Wahnsinn, sondern sogar eine gute Tat. Der Name der edlen Spenderin würde in eine Marmortafel eingemeißelt, die dann ihren Platz in der Synagoge hätte!« Während des Sprechens mußte sie furchtbar lachen, und ich überlegte, wie ich ihr erklären sollte, daß es überhaupt nicht um das Geld ging, sondern um etwas völlig anderes. Ich kam mir schrecklich hilflos vor. »Die Frage ist doch, was du gibst und wieviel, und insbesondere, auf welche Art und Weise du das tust... sich einfach ans Fenster stellen und eine Handvoll Goldstücke auf die Straße hinunterwerfen...«

Mein klägliches Gestammel verstummte, und ich glaube, daß sie nicht einmal zugehört hatte. Sie stand vor dem Spiegel und steckte ihre rotgefärbten Locken hoch. Dann legte sie den Kopf kokett zur Seite und ließ ihr Haar wie eine Kaskade auf die Schultern herabfallen. »Nun, worauf wartest du noch? Bring mir sofort die Münzen. Nein«, befahl sie, als ich mich zum Gehen wandte, »warte! Erst bringst du mir die Matratze herunter – die neue, nicht die, die du aufgeschlitzt hast – und legst sie da aufs Bett. Decken und Bettlaken hole ich mir selbst. Von jetzt an werde ich hier schlafen. Das wird nun mein Atelier werden.«

Als ich mit der Matratze zurückkam, begutachtete sie gerade ihr »Atelier«, schritt die Länge und Breite von Wand zu Wand ab und beobachtete aus allen Zimmerecken aufmerksam, in welchem Winkel das Licht durch Fenster und Tür hereinfiel. »Leg die

Goldmünzen in die rechte Schublade des Spiegels«, sagte sie ohne den Kopf zu wenden, und ich gehorchte unverzüglich. Obwohl sie knappe, sachliche Befehle erteilte, wirkte sie wie eine Schlafwandlerin. Dann stand sie auf und verließ mit hoheitsvollem Gebaren das Zimmer, um das Nötige für die Arbeit in ihrem »Atelier« zu kaufen: Staffelei, Ölfarben, Leinwand, Pinsel und Papier – all das bezahlte sie mit den Sovereigns aus der rechten Schublade.

»Wann hast du eigentlich malen gelernt?« fragte ich sie. Ich wußte zwar, daß sie in ihrer Jugend gern Gedichte von Baudelaire und Verlaine gelesen hatte, aber auch mein Vater hatte nie eine Andeutung über die künstlerischen Fähigkeiten seiner Frau fallenlassen.

»Was gibt es da zu lernen?« fragte sie. »Entweder man kann es, oder man kann es nicht.« Mit Kohle skizzierte sie Joseph in der Grube, in die seine Brüder ihn geworfen hatten. Nach kurzem Schweigen fügte sie, mehr zu sich selbst, hinzu: »Dieses Zimmer ist voll davon!« Obgleich sie in ihre Arbeit vertieft schien, merkte sie doch, daß mein Blick rasch über die kahlen Wände glitt, und sie lächelte vor sich hin.

»Siehst du ihn denn nicht?« Diesmal wandte sie sich mit flakkerndem Blick zu mir, als wolle sie sich vergewissern, ob ich ihn sehen konnte. »Wen?« fragte ich. »Meinst du den Sprung im Spiegel?«

»Wenn du ihn nicht sehen kannst, ist es ohnehin gleichgültig. Wenn das eigene Leben leer ist, sieht man auch draußen nur Leere. Wenn in einem selbst Langeweile ist, neigt man zur Behauptung, die ganze Welt sei langweilig! Setz dich doch hin und schreib einen Aufsatz über die Leere des Lebens und eine Abhandlung über die Unvergänglichkeit der Langeweile!« Nun bebte ihre Stimme vor Zorn, obwohl ich sie weder beleidigt noch ihre Worte mit einem Achselzucken abgetan hatte. Ganz im Gegenteil, ich versuchte ernsthaft zu begreifen, auf wen und worauf sie anspielte.

Ich vergeude nur meinen Atem!« rief sie und machte eine wegwerfende Handbewegung. Ihre Augen funkelten in hilfloser Wut. Sie stand vor einer Mauer von Verständnislosigkeit und versuchte vergeblich, jemandem die Schönheit der Schattierungen von Grün und Rot zu erklären, um am Ende festzustellen – was sie von

Anfang an hätte wissen müssen –, daß der andere von Geburt an farbenblind war.

»Wenn du mir nur genau sagen könntest, was du siehst oder was du meinst, wenn du sagst, das Zimmer sei voll...« Ich versuchte, mich zu verteidigen und sie zu besänftigen, aber damit goß ich nur Öl ins Feuer. Ihre Wut – die sich vor allem gegen sie selbst richtete, weil sie versucht hatte, über solche Dinge mit einem Menschen zu reden, der innen leer und nach außen hin frivol war – verschlug ihr die Stimme, und über ihre Lippen kam nur noch ein atemloses, keuchendes Pfeifen. Mit einer Handbewegung wies sie mich hinaus, und erst nachdem ich das Zimmer verlassen hatte, schrie sie mir nach: »Halluzinationen! Halluzinationen! Jetzt kannst du wieder ruhig schlafen, ohne Bedenken und Zweifel. Deine Mutter ist verrückt – brauchst du sonst noch einen Beweis dafür? Sie hat Halluzinationen! Das ist etwas anderes, als nur Münzen aus dem Fenster zu werfen...« Ihr Ärger dauerte jedoch nicht lange, und zu meiner Überraschung hörte ich sie wenige Minuten später die alte Melodie:

»Liebe war es nie, es war nur eine Liebelei...«

vor sich hinsummen, während sie sich ganz der Schaffensfreude hingab und das Bild Josephs in der Grube mit ein paar Strichen vollendete. Dennoch mied ich sorgfältig Reinholds Zimmer, vor allem dann, wenn sie sich dort aufhielt, und ich betrat es nur, wenn sie mich rief, damit ich ihr beim Verrücken des Bettgestells half, oder wenn ihr ein gerade vollendetes Bild besonders gut gefiel und sie es mir zu zeigen wünschte. Ihre Bilder griffen ohne Ausnahme biblische Themen auf: Samson und Dalilah, David und Goliath, David und Bethseba, David, harfespielend vor Saul, Joseph und seine Brüder oder Joseph und Potiphars Weib. Sie erinnerten mich an die Bilder, die ich als Kind gezeichnet hatte, aber meine Bilder – unter dem Einfluß von Doré und anderen Bibel-Illustratoren entstanden – waren vermutlich weniger naiv als ihre. Was sie malte, kam mir schrecklich primitiv und wirr vor, und ich betete insgeheim, sie möge niemals auf den Gedanken verfallen, eine Ausstellung zu veranstalten. Was mich am meisten beunruhigte, war jedoch die Tatsache, daß ihr eigenes Gesicht immer wieder in den Bildern auftauchte, als Dalilah, Bethseba, Tamar und Ers Frau. All diese Bilder hatte sie vor dem Spiegel sitzend gemalt, und auf einigen war sogar der Sprung im Glas sichtbar, der ihr Gesicht in zwei Hälften teilte. Allmählich zeigten nicht nur die Heldinnen, sondern auch die Helden der biblischen Geschichten die Züge ihres eigenen Gesichts. Als mir das auffiel und ich die neuen Bilder mit den früheren verglich, entdeckte ich, daß schon auf dem allerersten Bild Joseph ihr glich, nur war sie damals noch nicht fähig gewesen, ihre eigenen Züge wirklichkeitsgetreu darzustellen. Ich betrachtete das Bild eingehender und sah, daß es mit »Joseph, Fürst von Pithom« signiert war, und darüber hatte sie drei Sterne über einer Mondsichel gezeichnet. Diese Signatur und dieses Symbol tauchten auf allen Bildern auf, mit denen sie zufrieden war.

»Warum ausgerechnet Joseph, Fürst von Pithom?« fragte ich. Wenn sie als Pseudonym einen männlichen und nicht einen weiblichen Namen auswählte – so dachte ich –, hätte es der eines ihrer Lieblingskönige sein müssen, wie Saul, David oder Alexander Jannai, der große Makkabäer. Mit verträumtem Blick schaute sie durch mich hindurch.

»Weil Joseph es gemalt hat.«

»Welcher Joseph?« fragte ich erstaunt.

»Joseph, Fürst von Pithom und Ramses«, antwortete sie, sah lächelnd in den Spiegel und ordnete mit einer koketten Handbewegung ihr gefärbtes Haar.

»Und ich habe bis jetzt geglaubt, du selbst hast die Bilder gemalt!« Ich wollte nicht grausam sein oder sie provozieren, aber eine innere Stimme flüsterte mir zu: »Jetzt oder nie!« Wenn ich sie nicht jetzt zu einer Konfrontation mit der Wirklichkeit zwang, zwischen einer realen Gestalt und einem Pseudonym zu unterscheiden – kurzum, wenn ich sie nicht zur Wirklichkeit zurückführte –, war sie für immer verloren.

»Ich weiß«, sagte sie, setzte sich mit dem Rücken zu mir auf den Stuhl und ließ den Kopf sinken. Sie schien in sich zusammenzufallen wie ein verängstigtes Kind, das ein Geständnis ablegt. »Und du bist nicht der einzige, der so denkt. Alle denken so. Aber in Wirklichkeit bin nicht ich es – er ist es. Er sagt mir: Nimm den Stift in die Hand und zeichne. Er führt mir die Hand und malt damit auf dem leeren Blatt. Ich bin froh, daß ich ihn habe. Ohne ihn wäre ich verloren.« Und als wolle sie vor aller

Welt die Wahrheit bekennen, nahm sie einen Pinsel und malte das Symbol des zunehmenden Mondes mit den drei Sternen in scharlachroter Farbe an die Tür. Darunter schrieb sie in Großbuchstaben den Namen und den vollen Titel: »Joseph, Fürst von Pithom und Ramses.« Als der unaussprechliche Name leuchtendrot an der Tür stand, kehrte ihre gute Laune wieder zurück, und sie summte:

> Liebe war es nicht, es war nur eine Liebelei,
> Liebe war es nicht, es war nur ein Scherz...

Dann begab sie sich wieder an die Staffelei.

Ich wagte es nicht, die Buchstaben auszulöschen, aber tagelang zerbrach ich mir den Kopf darüber, ob ich nicht etwas verwischen sollte. Wenn ich nach Hause kam und die Schrift mir scharlachrot entgegensprang, klopfte mein Herz, als halte mir plötzlich jemand eine »letzte Mahnung« hin, die ich in einer Schublade vergessen hatte. Ich weiß auch nicht, warum mir Joseph, Fürst von Pithom, solche Angst einjagte. Jedenfalls wartete ich begierig auf eine Gelegenheit, den Namen von der Tür zu tilgen – aber ich wußte, daß eine solche Gelegenheit niemals kommen würde, solange meine Mutter am Leben war.

Erst nach ihrem Tod durfte ich es wagen, seinen Namen auszulöschen – aber da war es unwichtig geworden. Ich sagte mir zwar ein- oder zweimal, daß die Tür unbedingt neu gestrichen werden müßte, unternahm aber nichts. Die Furcht war ganz von mir gewichen, und wenn ich je daran dachte, empfand ich nur noch Verwunderung. Ich verstand nicht mehr, warum ich unbedingt den Namen hatte tilgen wollen, der mir inzwischen ans Herz gewachsen war. Kam ich nach Hause, so freute ich mich, wenn mir auf dem Hof die Buchstaben entgegenleuchteten, und als ich merkte, daß Sterne und Buchstaben allmählich verblaßten und an den Rändern abzublättern begannen, nahm ich rote Farbe und besserte sie aus. Bis zum heutigen Tag kann man unter den drei Sternen und dem aufgehenden Mond an der Tür zu Reinholds Zimmer die Inschrift lesen: »Joseph, Fürst von Pithom und Ramses.«

KAPITEL 4

Wir saßen mit dem Rücken zur Sanitätsbaracke und betrachteten den Horizont jenseits des Schutzwalls aus Sand. Die Sonne war eben untergegangen, und der Mond erhellte die Dunkelheit, die sich plötzlich herabgesenkt hatte.
»Zum erstenmal traf ich Reinhold nach seiner Entlassung aus der britischen Armee. Das war Ende 1945 oder Anfang 1946, jedenfalls ungefähr ein halbes Jahr nach dem Zweiten Weltkrieg«, begann Joël. »Es war in der Redaktion der *Palestine Post*. Dort hatte ich zwei Kontaktleute: einen Korrektor namens Menachem und die Direktionssekretärin Judy. Natürlich wußten die beiden nichts voneinander. Mindestens einmal in der Woche hatte ich geschäftlich dort zu tun – ich brachte Inserate oder Artikel über seltene Ausgaben –, und bei dieser Gelegenheit gab ich Anweisungen weiter, teilweise verschlüsselt in Anzeigen – und erhielt Informationen, insbesondere von Judy, die durch ihre Tätigkeit Kontakt zu hohen britischen Beamten und Offizieren hatte, und ließ, wenn es in unserem Interesse lag, auch gewisse Informationen durchsickern. An dem bewußten Tag sah ich Reinhold mit ein paar anderen im Wartezimmer sitzen. Man sah auf den ersten Blick, daß diese jungen Männer vor kurzem aus dem Wehrdienst entlassen worden waren und daß sie den Chefredakteur sprechen wollten, um irgendeinen Job bei der Zeitung zu bekommen. Ja, so fing das alles an... Es endete damit, daß Reinhold durch mich in die Irgun angenommen wurde, und das war der schlimmste Fehler, der mir jemals unterlaufen ist. Ein Fehler war es in jeder Hinsicht, besonders aber vom menschlichen Gesichtspunkt aus. Es war der einzige Fall, in dem mich Gefühl und Menschenkenntnis dermaßen jämmerlich im Stich gelassen haben: Ich war es, der ihn anwarb und forderte – nachdem wir das King-David-Hotel in die

Luft gesprengt hatten –, daß er vor Gericht gestellt und zum Tode verurteilt werden sollte. Ich war auch derjenige, der das Todesurteil zusammen mit den entsprechenden Informationen über seinen Aufenthaltsort an die Leute weiterreichte, die ihn umbringen sollten...«

So also hatte alles begonnen. Etwa einen Monat vorher war Reinhold aus der Jüdischen Brigade entlassen worden und auf Arbeitssuche gegangen. Er war mit Gershon Agronski, dem Gründer und Herausgeber der *Palestine Post* verabredet, der nach der Gründung des Staates Israel seinen Namen in Agron und den seiner Zeitung in *Jerusalem Post* änderte und zum Bürgermeister von Jerusalem gewählt wurde.

Als Reinhold die Stufen zur Redaktion der *Palestine Post* in der Hasolelstraße hinaufstieg, stand ihm plötzlich Johnny Malone gegenüber, der Australier, der im Augusta-Victoria-Krankenhaus im Nachbarbett gelegen hatte und dann aus seinem Leben verschwunden war. Reinhold erfuhr, daß Malone nach Ägypten geschickt worden war. Dort hatte er ein Mädchen aus Jerusalem kennengelernt, das als medizinisches Hilfspersonal arbeitete. Sie hatten dann geheiratet und sich in Jerusalem niedergelassen. Nach seiner Entlassung aus dem Militärdienst wollte er versuchen, als Sportlehrer bei der *Palestine Post* unterzukommen. Reinhold selbst hätte lieber beim Feuilleton gearbeitet, traute sich aber aus irgendwelchen Gründen nicht, das Johnny gegenüber zu erwähnen und murmelte statt dessen etwas von »Nachrichtenredaktion«.

Zuerst hielt Joël weder den einen noch den anderen für Juden – einen Australier und einen Engländer dachte er –, aber als er seine Unterredung mit Judy beendet hatte und gerade gehen wollte, hörte er zufällig ein Gespräch der beiden mit und stellte plötzlich fest, daß der vermeintliche Engländer weder Engländer noch Jude, sondern ein echter Jerusalemer war. »Das ist genau der Mann, den wir brauchen«, sagte sich Joël. Anstatt zu gehen, setzte er sich auf die Bank neben die Arbeitsuchenden und tat, als suche er in seiner Aktenmappe irgendein wichtiges Dokument. Englischsprechende Rekruten, die wie Engländer aussahen, konnte man immer brauchen, besonders jetzt, da das Oberkommando der Irgun plante, den britischen Zerstörer zu versenken, der im Hafen von Haifa vor Anker gegangen war. Joël hatte bereits alle erforderlichen Papiere besorgt, um Männer und Sprengstoff ins Hafengebiet einzuschleusen, und was er jetzt brauchte, war nur noch ein geeigneter Mann für die Rolle eines britischen Marineoffiziers, der als Aufsichtsbeamter eine Gruppe einheimischer Arbeiter in einem britischen Dienstfahrzeug abholen und zum Schiff fahren sollte. Sobald Joël sich des Namens vergewissert hatte, ging er zu Judys Schreibtisch hinüber und flüsterte ihr zu, sie solle die Unterlagen »des Burschen namens Henry« nicht gleich an Agronski weiterleiten, sondern ihm selbst vorher Gelegenheit geben, die Bewerbung und den Lebenslauf genau zu prüfen. »Das kann zumindest nichts schaden«, sagte sich Joël, doch zugleich hegte er insgeheim Zweifel. Einen Augenblick lang schien ihm die Idee undurchführbar, ja sogar gefährlich – aber seine Skepsis schwand, nachdem er Einblick in die Unterlagen genommen hatte. Die Lebensgeschichte dieses Jungen, der 1916 in Berlin geboren und als Zwanzigjähriger aus Hitlerdeutschland nach Palästina geflüchtet war, beeindruckte ihn sehr. In allererster Linie war er sehr davon angetan, daß Reinholds Name in Meldungen lobend erwähnt wurde, weil er beim Kampf gegen deutsche Fallschirmjäger in Italien Einfallsreichtum und Tapferkeit bewiesen hatte, die weit über das Maß bloßer Pflichterfüllung hinausgingen: Er hatte seine gesamte Einheit gerettet, die am Ufer des Sanio unter schwerem Beschuß lag, sich dann an den deutschen Posten vorbeigeschlichen und die bereits gerichteten polnischen Geschütze an den Flanken auf ein anderes Ziel eingestellt. Des weiteren beeindruckten ihn Reinholds Sprachkenntnisse. Reinhold hatte das Studium der Kunstgeschichte aufgegeben und sich statt dessen mit Sprachwissenschaft befaßt. Er beherrschte – das war für Joël besonders wichtig – fließend Englisch und Arabisch.

Als Joël die Unterlagen zurückgab, bat er Judy, sich für eine möglichst rasche Anstellung von Henry Reinhold bei der Zeitung einzusetzen. Inzwischen schickte er einen seiner Männer zu Reinhold, mit dem Auftrag, ihn nach Möglichkeit anzuwerben. Reinhold war sofort einverstanden und erklärte zur Überraschung Joëls und dessen Abgesandten, er hätte ohnehin den Kontakt zu ihnen von sich aus aufnehmen wollen. Schon nach drei Monaten sprach Joël persönlich mit ihm – nach ungewöhnlich kurzer Zeit, denn normalerweise verging weitaus mehr Zeit, bevor sich einer der Führer der Untergrundbewegung einem neuen Mann zu erkennen gab. Im allgemeinen kannte ein Neuling nur seinen unmittelbaren Vorgesetzten und einige wenige Leute, mit denen er geschult wurde. Reinhold machte rasch Karriere und unterrichtete schon bald nicht nur die unteren Dienstgrade, sondern auch die höheren Vorgesetzten in den neuen Methoden der Sabotage, des Minenlegens und des Feldeinsatzes. Er zeichnete sich bei jedem ihm übertragenen Auftrag aus, so auch beim ersten Sabotageakt, an dem er beteiligt war, der Sprengung der Eisenbahnlinie nördlich von Neharia. Das einzige, was man Reinhold vorwerfen konnte, war eine gewisse Ungeselligkeit. Auf geselligen Umgang legte er keinen Wert, nahm an Diskussionen nicht teil, hatte keine Freunde, erfand stets Ausreden, um politische Schulungsabende vorzeitig zu verlassen, und erschien nur, wenn es wirklich notwendig war. Einer seiner Vorgesetzten bemerkte: »Er ist nicht einer von uns«, und alle Männer, die mit ihm im Einsatz waren, sagten übereinstimmend, er sei »verschlossen und seltsam«. Das erste Gespräch zwischen Joël und Reinhold fand am Vorabend der geplanten Operation gegen den britischen Zerstörer im Hafen von Haifa statt.

Die übrigen Männer – etwa fünfzehn Untergrundkämpfer aus allen Landesteilen – schliefen bereits. Es war nach Mitternacht, und Joël arbeitete immer noch: Für den kommenden Tag stellte er die zahlreichen erforderlichen Genehmigungen aus: eine Genehmigung für Tieftauchen in einer Sicherheitszone; die Befugnis, die Fässer mit dem darin versteckten Dynamit in den Hafen einlaufen zu lassen, ein Marine-Soldbuch mit allen notwendigen Stempeln und Vermerken für Reinhold. Als er einmal den Kopf vom Schreibtisch hob, sah er, daß Reinhold wach war. Er lag auf dem Rücken, die Hände im Nacken verschränkt, und starrte das Bild auf der gegenüberliegenden Wand an. Kurz vor Morgengrauen, als Joël mit seiner Arbeit fertig wurde, stellte er erstaunt fest, daß Reinhold schon aufgestanden war und die Uniform angezogen hatte.

»Ich habe meine Arbeit erledigt« sagte Joël, »ich kann jetzt schlafen, so lange ich will. Aber Ihr Dienst beginnt erst in fünf Stunden, und wenn ich mich nicht irre, haben Sie die ganze Nacht kein Auge zugetan. Sollten Sie nicht doch versuchen, noch ein wenig zu schlafen, und sei es nur für ein oder zwei Stunden?«

Joël hatte nicht die Absicht, sich hinzulegen, er wollte die Operation vom Fenster des Zimmers aus beobachten, weil er von hier aus einen guten Überblick über die Bucht und den britischen Zerstörer hatte. Er wollte nur, daß Reinhold sich entspannte, da er aus eigener Erfahrung wußte, daß selbst erfahrene Untergrundkämpfer vor einem Einsatz nicht schlafen konnten. Aber Reinholds Schlaflosigkeit hatte mit dem Anschlag auf den Zerstörer nichts zu tun.

»Ich möchte ja gern schlafen«, sagte er. »Aber es geht einfach nicht. Ich bin nämlich allergisch gegen den Geruch von Ölfarbe. Die ganze Nacht warte ich schon darauf, hier rauszukommen.«

Die Männer, die zum Einsatz vorgesehen waren, durften sich vom Sammelplatz nicht mehr entfernen.

»Das hätten Sie mir gleich sagen sollen«, antwortete Joël. »Ich hätte Ihnen erlaubt, woanders zu schlafen.« Ihm war der Geruch nicht einmal aufgefallen. Sie traten auf den Balkon hinaus und betrachteten die Bucht.

»Hier muß ein Maler wohnen«, sagte Reinhold.

»Ja, eine Malerin«, sagte Joël. »Zur Zeit hält sie sich in Jerusalem auf. Eine seltsame Frau, blond, mit vorstehenden wäßrigblauen Augen. Sie kann aus der Hand lesen. Als sie einmal die Hand eines jungen Mannes las, der sich nichts sehnlicher wünschte, als Schriftsteller zu werden, weigerte sie sich, ihre Ansicht zu äußern. Da der Mann aber nicht an Chiromantie glaubte und folglich keine Angst hatte, forderte er sie auf, ihm ohne Vorbehalt die Zukunft vorauszusagen. Sie eröffnete ihm, daß er Selbstmord begehen werde. Er brach in schallendes Gelächter aus, aber sie sagte: ›Das ist nicht zum Lachen! Mein Vater hatte genau dieselben Linien, und er hat auch Selbstmord begangen.‹«

»Was ist aus dem Mann geworden?« fragte Reinhold.

»Er ist quicklebendig«, antwortete Joël. »Er freut sich seines Lebens. Wenn mich meine Menschenkenntnis nicht ganz im Stich läßt, dann möchte ich sagen, daß er überhaupt nicht der Typ des Selbstmörders ist.«

»Und der Traum seines Lebens?« fragte Reinhold. »Hat er ernsthaft versucht, Schriftsteller zu werden?«

»Ich glaube«, antwortete Joël. »Wenn ich mich recht erinnere, habe ich einmal einen Artikel von ihm in der Literaturbeilage einer Zeitung gesehen, aber ich habe ihn nicht gelesen.«

Zwei Kanonenrohre an Deck des Zerstörers glänzten in der frühen Morgensonne.

»Kein Wunder, daß er sich seines Lebens freut«, sagte Reinhold. Er knöpfte seine Uniform zu wie ein Kapitän, der sein Schiff genau inspiziert, bevor es ausläuft. »Wenn ich das getan hätte, was ich eigentlich hätte tun sollen, dann würde ich jetzt nicht hier stehen.«
»Wo wären Sie dann?«
»Ich weiß es nicht. Irgendwo. In meinem Zimmer.«
»Und was täten Sie?«
»Ich würde malen.«
»Und warum tun Sie nicht das, was Sie eigentlich sollten?« fragte Joël und bedauerte die Frage sofort, weil ihm Reinholds Allergie gegen Farben einfiel.
»Weil ich nicht kann«, sagte Reinhold. Joël wurde plötzlich von der beängstigenden Vorstellung gequält, daß Reinhold durchaus imstande wäre, sich selbst mitsamt dem Zerstörer in die Luft zu sprengen und mit dem Schiff unterzugehen. »Ein Mann wie er wäre verrückt genug, es auf eigene Faust mit dem gesamten britischen Empire aufzunehmen...«, dachte Joël.
Aber Reinhold sprengte sich nicht in die Luft und ging auch nicht mit dem Zerstörer unter, denn das Dynamit gelangte nicht einmal in die Nähe des Schiffes. Als Joël etwa vier Stunden später mit seinem Fernglas auf dem Balkon stand, sah er plötzlich, daß der Zerstörer den Anker eingeholt hatte und Kurs auf das offene Meer nahm. Das Floß mit Reinhold, den Tauchern und dem Dynamit schien sich immer mehr vom Schiff zu entfernen. Niemand hatte natürlich ahnen können, daß der Zerstörer aufgrund geänderter Pläne genau in dem Augenblick ablegen würde, als er hochgejagt werden sollte.
Aber diese seltsame Begegnung blieb in Joëls Erinnerung haften, und er dachte sofort an Reinhold, als endgültig über den kühnen Plan entschieden wurde, das britische Oberkommando im King-David-Hotel in die Luft zu sprengen. Der Plan selbst war nicht neu. Bei den Zusammenkünften des Oberkommandos war immer wieder die Rede davon gewesen, man hatte sogar mehrere Vorschläge zu seiner Durchführung gemacht, aber der Plan war oft verworfen und alles auf die lange Bank geschoben worden, bis die Sache auf einmal dringlich wurde: Das King-David-Hotel mußte sofort gesprengt werden, und es war eine Ironie des Schicksals, daß nun ausgerechnet von der Jewish Agency und den

»offiziellen Stellen« des Jischuw Druck ausgeübt wurde – genau von den Gruppen, die sich immer am entschiedensten gegen alle Untergrundanschläge auf die Briten ausgesprochen hatten. Nach den Ereignissen des »Schwarzen Samstags« – der Verhaftung der Jischuw-Führer, der Beschlagnahme von Waffen in den Kibbuzim und Massenverhaftungen im ganzen Lande – verlangte man nach einem groß angelegten Gegenschlag. Dringend wurde die Angelegenheit dadurch, daß die Briten bei einer überraschend durchgeführten Razzia in den Gebäuden der Jewish Agency Geheimdokumente sichergestellt hatten, aus denen hervorging, daß es Verbindungen zwischen der Agency und den Untergrundorganisationen gab. Alle diese Dokumente waren ins King David-Hotel gebracht worden, und es war unbedingt erforderlich, daß sie vernichtet wurden, um zu vermeiden, daß die Engländer sie auswerteten.

Das Hotel war das bestbewachte Gebäude im ganzen Land, und abgesehen von den zahlreichen Soldaten, die immer ihren Dienst versahen, vom Stacheldrahtverhau und von den Minen, die den Bau umgaben, hatte sich auf dem freien Platz zwischen dem Hotel und der Altstadtmauer ein ganzes Armeelager ausgebreitet. Man beriet über die unterschiedlichsten Pläne. Zuletzt einigte man sich darauf, daß das Dynamit durch den Lieferanteneingang ins Hotel gebracht werden sollte, und zwar zum Zeitpunkt der Lebensmittellieferungen. Die Männer mit dem Dynamit sollten sich als Araber und sudanesische Kellner verkleiden, die Lebensmittelkisten und Milchkannen in die Küche brachten. Unermüdlich war Joël unterwegs, um das Gebäude zu erkunden, um festzustellen, wann die Lieferungen eintrafen, wohin die Milchkannen mit dem Sprengstoff gebracht werden sollten, um das Hauptquartier in die Luft zu sprengen, den zivilen Sektor des Gebäudes aber nicht zu beschädigen, wo die Männer stationiert werden sollten, die den Auftrag hatten, die Posten auszuschalten, für den Fall, daß sie irgendeinen Verdacht schöpften. Joël hatte einen Passierschein auch für den militärischen Sektor des Gebäudes, weil er sich dort mit den Stabsoffizieren traf, die sich für seine alten Bücher und seltenen Ausgaben interessierten.

Im Keller des militärischen Trakts war »La Régence« untergebracht, ein elegantes Restaurant mit gedämpftem Licht und mächtigen quadratischen Säulen zwischen den Tischen, so daß keiner sich den Blicken der am Nachbartisch sitzenden Gäste ausgesetzt fühlte. Die Milchkannen mit dem Sprengstoff sollten neben diesen Säulen abgestellt werden, die das Fundament des gesamten Flügels bildeten. Am Vorabend des Unternehmens kam Joël zu einer letzten Kontrolle und setzte sich mit dem Rücken gegen eine der Säulen. Um Mitternacht mußte er an einer Sitzung des Oberkommandos in Tel Aviv teilnehmen, und auch die Männer, die am nächsten Tag an der Operation beteiligt waren, hatten Befehl, sich unmittelbar nach den letzten Vorbereitungen in Richtung Tel Aviv abzusetzen, damit sie nicht infolge der Ausgangssperre, die mit Sicherheit nach der Explosion über ganz Jerusalem verhängt werden würde, in der Falle saßen. Joël hatte dem Plan noch ein Detail hinzufügen wollen, bevor er ihn endgültig genehmigte, aber beim Betreten des Restaurants war dieses Detail seinem Gedächtnis entfallen. Trotz heftigen Bemühens kam es ihm nicht mehr in den Sinn, und es beunruhigte ihn sehr, da er das Gefühl hatte, möglicherweise etwas Entscheidendes übersehen zu haben. Er machte sich deshalb bereits Sorgen um das Gelingen der gesamten Operation, als er zufällig die Unterhaltung vom Nebentisch hinter der Säule hörte. Zwei Männer und eine Frau waren in ein Gespräch vertieft.

»Die ganze Sache war ein großer Erfolg«, sagte einer der Männer. Von der Antwort der Frau verstand er nur den Namen »Henry«, aber das genügte, um Joël das vergessene Detail wieder in die Erinnerung zu rufen. Reinhold sollte bei dem Unternehmen eine Schlüsselrolle spielen. Das Jerusalemer Ortskommando hatte die für den Einsatz vorgesehenen Männer unter denjenigen ausgewählt, die sich bei dieser Art von Operation bereits bewährt hatten, und Reinhold nicht berücksichtigt. Nachdem Joël ihn auch auf die Liste gesetzt hatte, lehnte er sich voll Zuversicht gegen die Säule. Wenn Reinhold zu den Köpfen des Unternehmens gehörte, so dachte er, war kein Fehlschlag zu befürchten, selbst dann nicht, wenn sich unerwartete Schwierigkeiten ergeben sollten.

Die Operation verlief erfolgreich. Sie gelang sogar über Erwarten gut: Die Briten weigerten sich einfach zu glauben, daß ihr Hauptquartier bereits vermint war und im nächsten Augenblick in die Luft fliegen sollte. Die Einsatzgruppe drang so schnell und geräuschlos in das Hotel ein, daß die anderen fünf Mann, die sie gegenüber dem Eingang zur Küche erwarteten, den Anschluß verpaßten und an der Operation überhaupt nicht teilnahmen. Die Einsatzgruppe – der Chef, sein Stellvertreter Reinhold (auf Joëls Weisung im letzten Augenblick dazu abgestellt) und vier weitere Männer – traf in einem Lieferwagen mit sieben Milchkannen voll Dynamit ein und brachte sofort das ganze Kellergeschoß unter ihre Kontrolle. Sie trieben die Leute in den Küchen zusammen und sperrten die Zugänge zu Türen und Aufzügen. Zu diesem Zeitpunkt sollten die fünf Mann, die als arabische Träger verkleidet in der gegenüberliegenden Tankstelle warteten, in Aktion treten. Sie sollten die Milchkannen von dem Lieferwagen abladen und sie den Flur entlang zu den Säulen im »La Régence« schleppen. Aber da sie nicht merkten, daß sich die Einsatzgruppe bereits im Gebäude befand, glaubten sie, die Operation sei abgesagt worden, und liefen weg. Als sie nicht auftauchten, beeilten sich Reinhold und der Kommandant, die Kannen selbst auszuladen. Jede Kanne enthielt fünfzig Kilogramm Dynamit und mußte von zwei Mann getragen werden. Sie luden also die Milchkannen ab und brachten sie an Ort und Stelle, während die übrigen vier Mann in der Küche Wache hielten. Als die Kannen neben den Säulen standen, wurden die Zündschnüre und Sprengkapseln angebracht und die Zeitzünder auf eine halbe Stunde eingestellt. Dann zogen sich die Männer der Einsatzgruppe zurück und wiesen die in der Küche Eingeschlossenen an, in fünf Minuten den Raum zu verlassen – es sollte sich später herausstellen, daß es die einzigen Menschen waren, die heil aus dem Gebäude herauskamen. Als die Einsatzgruppe die Allee erreichte, die zum YMCA führt, gab der Chef den zwei dort wartenden weiblichen Verbindungsoffizieren, Sara und Adina, den Befehl, die Redaktion der *Palestine Post*, das Sekretariat der britischen Mandatsregierung und das französische Konsulat gegenüber dem King-David-Hotel anzurufen und die Mitteilung durchzugeben, Regierungssitz und Armeehauptquartier würden gesprengt werden und seien unverzüglich zu evakuieren. Den französischen Konsulatsangestellten wurde angeraten, wegen der bevorstehenden Detonation sämtliche Fenster zu öffnen. Die beiden Frauen hatten die Meldung, die ihnen Avinoam, der Ortskommandant von Jerusalem, auf hebräisch und englisch durchgegeben hatte, auswendig gelernt.

Sara und Adina erledigten ihren Auftrag, aber die Büros wurden nicht geräumt. John Shaw, der Staatssekretär der Mandatsregierung, hielt den Anruf für einen üblen Scherz. Seines Erachtens war es vollkommen unmöglich, in das Gebäude einzudringen. Keiner der Posten hatte etwas Verdächtiges bemerkt. Taylor, der Sicherheitsbeamte, war nicht so vertrauensselig und bemühte sich, Shaw zu einer Evakuierung des Gebäudes zu bewegen, damit er es durchsuchen lassen konnte, doch davon wollte Shaw nichts wissen. »Ich bin nicht hierhergekommen, um von den Juden Befehle entgegenzunehmen«, antwortete er wütend, »sondern um ihnen Befehle zu erteilen!« Shaw verließ das Hotel, um auswärtigen Geschäften nachzugehen, und Taylor überprüfte nun trotzdem, ob es eine Möglichkeit gab, von der Rückseite her ins Gebäude einzudringen. Eine Viertelstunde später wurde der gesamte rechte Flügel von der Explosion zerstört.

Der Schriftsteller Lawrence Durrell, der damals zufällig in Jerusalem war, sagte zu Taylor: »Das King-David-Hotel wird nie mehr das sein, was es einmal war.« Darauf antwortete Taylor: »Das ganze Land wird nie mehr das sein, was es war.«

Nach der Explosion wurde Reinhold das Kommando für den nächsten Anschlag in Jerusalem übertragen – die Sprengung des Bahnhofs. Joël, der gerade Geheiminformationen in Tel Aviv sammelte, hatte von ihm seit ein paar Wochen nichts mehr gehört, als er zu seiner Verwunderung plötzlich den Befehl erhielt, unverzüglich nach Jerusalem zu kommen und zu Untersuchungen über Jannaïs Verschwinden – Jannaï war Reinholds Deckname – anzustellen. »Er hat uns im Stich gelassen«, sagte der Ortkommandant zu Joël, als dieser eintraf. Joël erfuhr, daß Jannaï zur Sprengung des Bahnhofs, dem ersten Einsatz, den er selbständig leiten sollte, einfach nicht erschienen war. Vierundzwanzig Stunden vor dem angesetzten Termin war er verschwunden, und man mußte einen anderen Mann mit der Aufgabe betrauen. Jannaï ließ sich also nicht blicken, aber dafür gab es einen unerwarteten britischen Hinterhalt. Der einzige, der den Engländern alles verraten haben konnte, war Jannaï. Auch die an dem Anschlag Beteiligten selbst hatten Ziel und Zeitpunkt erst am Sammelpunkt erfahren, und danach durfte keiner mehr die Gruppe verlassen, bis sie gemeinsam zu dem Überfall aufbrachen. Nur Jannaï hatte Bescheid gewußt – und er war auch untergetaucht.

Joël begann sofort Nachforschungen anzustellen, um den Ursachen von Jannaïs Verschwinden auf die Spur zu kommen, und im

Verlauf seiner Ermittlungen mietete er Reinholds Zimmer in unserem Haus als »Bücherlager«.

Während Joël Reinhold suchte, verurteilten die Briten Meir Feinstein zum Tode durch den Strang. Er war einer der Männer, die bei dem Bahnhofsattentat in den britischen Hinterhalt geraten waren; er war verwundet worden, und der rechte Arm mußte ihm amputiert werden. Die Briten steckten ihn in die rote Uniform der zum Tode Verurteilten und sperrten ihn mit Mosche Barasani, einem Untergrundkämpfer der Stern-Gruppe, in die Todeszelle. Die beiden Männer beschlossen, sich selbst in die Luft zu sprengen und ihre Henker mit in den Tod zu nehmen, wenn diese sie zum Galgen führen wollten. Durch Klopfzeichen und andere vorher abgesprochene Signale unterrichteten sie die Mitgefangenen in den Nachbarzellen, die zu lebenslänglicher Haft verurteilt worden waren. Sie ersuchten sie, ihnen zwei Handgranaten in die Todeszelle zu schmuggeln, aber das erwies sich als langwieriges Unterfangen. Meir Feinstein bat immer wieder darum, ihm das »Geschenk« – den Sprengstoff – rasch zukommen zu lassen. Er befürchtete, man könne ihn zur Hinrichtung ins Gefängnis von Akko verlegen und am selben Galgen wie seine Vorgänger aufhängen, bevor seine Freunde das »Geschenk« besorgen konnten.

Es gab nur eine Möglichkeit, die Handgranaten in die Todeszelle zu schmuggeln: mit dem Essen, das dreimal täglich ausgegeben wurde. Da die britischen Wachposten jede Apfelsine und jeden Laib Brot aufschnitten, bevor sie diese den Gefangenen weitergaben, gingen ihre Freunde dazu über, ihnen bereits aufgeschnittene Apfelsinen zu schicken. Sie schnitten sie aber von Tag zu Tag weniger tief ein, und schließlich ritzten sie nur noch die Schalen ein. So wurden nach und nach Sprengladungen und Sprengzünder von draußen eingeschmuggelt; einer der Gefangenen, der in der Küche arbeitete, bekam den Auftrag, die Handgranaten zusammenzubauen und sie in zwei ausgehöhlten Apfelsinen in die Todeszelle einzuschmuggeln. Als das »Geschenk« schließlich fertig war, schob er die beiden Apfelsinen heimlich auf das Tablett mit dem Essen für die Todeskandidaten.

Der für die Todeszelle verantwortliche Posten war ein englischer Polizei-Sergeant namens Churchill, ein freundlicher, warmherziger Mann, der mit dem berühmten Staatsmann natürlich nicht verwandt war. Er hielt sich zwar genau an die Vorschriften, aber sonst tat er alles, was in seiner Macht stand – wenig genug unter diesen Umständen –, um seinen Schutzbefohlenen das Leben so leicht wie möglich zu machen. Der Gefangene, der die Handgranaten zusammengebaut hatte, beobachtete mit angehaltenem Atem, wie Churchill das Tablett vom Tisch nahm, um es in die Todeszelle zu tragen. Zusammen mit zwei anderen Gefangenen, die ebenfalls in der Küche arbeiteten und über das »Geschenk« Bescheid wußten, wartete er bangen Herzens auf die Rückkehr Churchills – die letzte Kontrolle erfolgte nämlich nicht in der Küche, sondern unmittelbar vor der Zellentür.

Meir Feinstein und Mosche Barazani erhielten das »Geschenk«, aber nun tauchte eine neue Schwierigkeit auf, und zwar in Gestalt des Gefängnisrabbis, der die zum Tode Verurteilten regelmäßig einmal in der Woche morgens besuchte. Eines Abends wurde er überraschend in die Zelle der Verurteilten beordert, um ihnen letzten Trost zu spenden: Die Gefängnisbehörde hatte beschlossen, das Urteil am nächsten Tag, in der Morgendämmerung zu vollstrecken. Der Rabbi kam um achtzehn Uhr. Als er sich verabschiedete, versprach er, um vier Uhr morgens zurückzukehren, um Feinstein und Barasani in ihrer letzten Stunde beizustehen. Vergeblich versuchten sie ihn davon abzuhalten – aber er bestand darauf. Die beiden Todeskandidaten hätten dem Rabbi in ihren Plan eingeweiht, wenn ihnen seine Haltung nicht so gut bekannt gewesen wäre. Bei seinen wöchentlichen Besuchen hatten sie ihn oft nach seiner eigenen Meinung und nach der Einstellung des Judentums zum Selbstmord befragt und ebenso um seine Ansicht über Samsons Opfertod gemeinsam mit den Philistern. Der Rabbi pflegte dann stets vertraute Verse wie »Das Heil des Herrn kommt in einem einzigen Augenblick« oder »Selbst wenn des Schwertes Schneide den Rücken eines Mannes berührt, möge er nicht verzweifeln« zu zitieren. Er hatte sich bemüht, sie zu überzeugen, daß es strengstens verboten sei, dem eigenen Leben ein Ende zu setzen, und daß er mit allen ihm zur Verfügung stehenden Mitteln ihr Vorhaben vereiteln würde. Weihten sie ihn ein, würde er ihren Plan durchkreuzen, weihten sie ihn nicht ein, mußte er zusammen mit ihren Henkern sterben. Also beschlossen die beiden Todeskandidaten, auf ihre Rache an den Henkern zu verzichten und nur sich selbst umzubringen. In dieser Nacht um 23.33 Uhr umarmten die beiden Männer einander und zündeten die Handgranaten mit dem Streichholz an, das sie für ihre letzte Zigarette bekommen hatten. Der einarmige Meir umarmte Mosche, und Mosche hielt die Granaten. Als die Posten hereinstürzten, fanden sie in einer Ecke der Zelle eine abgerissene Hand, die noch eine Granate festhielt. Der Gefängnisarzt stellte in beiden Fällen als Todesursache Zertrümmerung des Brustkorbs und Zerreißung des Herzens fest. Über die Stadt wurde eine Ausgangssperre verhängt, um Unruhen bei der Beerdigung zu verhindern.

In derselben Nacht, als Meir Feinstein und Mosche Barazani sich in der Todeszelle in die Luft sprengten, entdeckte Joël kurz vor Mitternacht die erste Spur. Er hatte seine Untersuchung mit einer genauen Rekonstruktion des Anschlags auf das King-David-Hotel begonnen. Die Aussagen der Beteiligten, vor allem des Chefs des Unternehmens, dessen Deckname »Gideon« war, lieferten Joël gewisse Anhaltspunkte. Als Reinhold von seinem Zimmer abgeholt wurde und unterwegs im Wagen erfuhr, er solle an einem »Großeinsatz« teilnehmen, bat er den Fahrer, in einer Straße hinter dem Kloster Terra Sancta anzuhalten, um »einem Freund einige Papiere zu hinterlegen«. Die Bitte wurde ihm erfüllt. Zu diesem Zeitpunkt wußte Reinhold noch nicht, um welchen Einsatz es sich handelte. Erst am Treffpunkt, der Synagoge in der Haturimstraße, wurde ihm – ebenso wie den anderen Beteiligten – der Plan erläutert. Nachdem die Einzelheiten besprochen und die Aufgaben verteilt waren, bat Reinhold um die Erlaubnis, den Raum zu verlassen, um den Freund anzurufen, dem er seine Papiere anvertraut hatte. Diesmal lehnte Avinoam seine Bitte ab, obwohl er keinen Verdacht geschöpft hatte. Über den Verlauf der Operation selbst erfuhr Joël von Gideon: »Während wir den Keller besetzten, kam Jannaï aufgeregt zu mir und meldete, ein Trupp Soldaten aus dem Camp sei auf dem Weg zum Hotel. Ich ging sofort zum Eingang, wo ich einen Mann mit einer Pistole zurückgelassen hatte, und gab ihm eine Maschinenpistole. Ich sah keine anrückenden Soldaten und ließ das Unternehmen wie geplant weiterlaufen, ohne mich um Jannaïs Warnung zu kümmern. Ich nahm an, daß er Angst hatte. Also bedeutete ich ihm, in meiner Nähe zu bleiben.« Die Männer sollten sich sofort nach dem Rückzug zerstreuen und verschiedene Wege nach Giwat-Schaul einschlagen. Von dort aus sollten sie zu Fuß die Hauptstraße hinuntergehen und in den nächsten Bus nach Tel Aviv oder Jaffa steigen. Zum letztenmal sah der Chef des Unternehmens Jannaï in Jerusalem in der Allee, in der das YMCA-Gebäude steht, als er den beiden dort wartenden weiblichen Verbindungsoffizieren den Befehl erteilt hatte, die Meldung telefonisch durchzugeben. Jannaï traf mit fünf oder sechs Stunden Verspätung in Tel Aviv ein, und als man ihn nach dem Grund für diese Verzögerung fragte, erklärte er, daß er in eine der Straßensperren geraten sei, die von der britischen Polizei nach der Explosion rund um den Tatort errichtet worden waren. Er erzählte, er sei zusammen mit anderen Verdächtigen zur Polizeiwache in die Altstadt gebracht worden. Es sei ihm aber gelungen, jeden Verdacht von sich zu weisen und sei freigelassen worden, als er ihnen den Namen eines hohen britischen Geheimdienstoffiziers, dem er im Zweiten Weltkrieg unterstellt war, genannte habe.

Nachdem Joël Reinholds Zimmer in unserem Haus gemietet und durchsucht hatte, war ihm vollkommen klar, daß Reinhold ein Verräter war und sich nicht nur abgesetzt hatte. Mit seinen Beweisen in der Hand fuhr er zu einer Beratung des Oberkommandos nach Tel Aviv und forderte das Todesurteil für Jannaï. In einem vertrockneten Strauß roter Nelken, die in einer Keramikvase auf dem Tisch standen, hatte er ein Glückwunschschreiben anläßlich der »Geburtstagsfeier« gefunden, unterschrieben mit »Maria«. Die Glückwünsche waren auf einen Bogen geschrieben, auf dessen Rückseite deutlich der Briefkopf des Oberkommandos des britischen Geheimdienstes für den Nahen Osten zu erkennen war. Das Datum der »Geburtstagsfeier« stimmte mit dem Tag des vereitelten Anschlags auf den Bahnhof überein, als an Reinholds Stelle britische Soldaten erschienen waren. Es war der 30. Oktober, während Reinhold am 7. Juli Geburtstag hatte, wie Joël aus den bei der *Palestine Post* eingereichten Bewerbungsunterlagen wußte. Der Ausdruck »Geburtstagsfeier« verblüffte Joël so sehr, daß er darüber laut lachen mußte. Im Untergrund wurde für Operation gegen die Briten die Codebezeichnung »Geburtstagsfeier« verwendet, und die Beteiligten waren die »Geburtstagsgäste«. Nun sah er, daß der britische Geheimdienst dieselbe Codebezeichnung verwendete! Vielleicht stammte der Vorschlag sogar von Reinhold. Ein weiteres Detail dieses Glückwunschschreibens, das Joël so sehr belustigte, war die Tatsache, daß Reinhold offenbar nicht beim Geheimdienst der Polizei beschäftigt war, der sich üblicherweise mit der Irgun befaßte, sondern beim »Militärischen Geheimdienst«, einer Abteilung, die angeblich nicht gegen örtliche Untergrundorganisationen eingesetzt wurde, sondern sich um den Einfluß der Großmächte im Nahen Osten kümmerte. Chef dieser Abteilung war einer der ranghöchsten Nahostkenner, Oberst William Drake, der während des Krieges in der Spionageabwehr gegen die Deutschen, später gegen die Franzosen und nun gegen die Russen und die einheimischen Kommunisten eingesetzt war. Die Briten waren also noch gerissener als er gedacht hatte! Während des Krieges hatte Jannaï eine Zeitlang für diese Abteilung gearbeitet, und nun stellte sich heraus, daß er dieser Abteilung offenbar immer noch angehörte. Als er seinem Anwerber gesagt hatte, er hätte ohnehin Kontakt aufnehmen wollen, auch wenn man nicht auf ihn zugekommen wäre, sprach er die Wahrheit, wenn auch nicht die ganze Wahrheit. Der Geheimdienst suchte damals bereits nach einem Weg, ihn in die Irgun einzuschleusen, und ein absurder Zufall wollte es, daß Joël selbst ihn Oberst Drake, diesem schlauen alten Fuchs, in die Hände gespielt hatte. Das Gefühl, das Joël an jenem Morgen überkommen hatte, als der britische Zerstörer versenkt werden sollte – das Gefühl, daß Reinhold zu allem fähig sei –, kam der Wahrheit näher, als Joël damals hatte ahnen können. Seinerzeit hatte er Reinhold für verrückt genug gehalten, es auf eigene Faust mit dem ganzen Britischen Empire aufzunehmen. Er hatte jedoch nie vermutet, daß er ein Doppelagent sein könnte. In einem Geheimfach an der Seite des alten Spiegels fand Joël eine Reihe weiterer Nachrichten, mit »Maria«, »Mary« oder »Martha« unterschrieben. Einer dieser Notizzettel steckte noch im Umschlag, und aus dem Stempel ging hervor, daß er per Feldpost vom King-David-Hotel abgeschickt worden war. Alle Aufzeichnungen bezogen sich auf vereinbarte oder aus irgendwelchen Gründen nicht zustande gekommene Treffen. An eine Nachricht war ein Foto festgeklammert, das Joëls Herz schneller schlagen ließ – jetzt mußte er Jannaï sofort ausfindig machen, bevor er noch größeren Schaden anrichtete. Das Bild zeigte ein Baby in einem Kinderwagen, und auf der Rückseite stand von weiblicher Hand geschrieben: »Ich bin zwei Jahre alt. Wie gefalle ich dir?« Im Hintergrund, genau hinter dem Kopf des Kindes, war das Gebäude des Edison-Theaters mit Plakaten zu erkennen, die die Premiere des Stücks *Dibbuk* ankündigten. Im hinteren Keller des Edison-Theaters war ein geheimes Waffendepot der Irgun untergebracht, von dem Jannaï wußte. Um zu vermeiden, daß die Briten in den Besitz der Waffen kamen, erteilte Joël den Befehl, sie sofort aus dem Versteck zu entfernen. Ein anderer Ort, der Jannaï ebenfalls bekannt war – das Zimmer von Avinoam in Kyriat-Schemuel –, war von Beamten in Zivil bereits nach Waffen durchsucht worden. Glücklicherweise hatte Avinoam sie rechtzeitig bemerkt und war durch ein Fenster entkommen. Auf der Flucht bemerkte er eine Gestalt, die geduckt zum Kloster Terra Sancta rannte. Obwohl er nur den Rücken des Mannes gesehen hatte, war er davon überzeugt, daß es sich um Jannaï handelte. Joëls schlimmste Befürchtung war, daß Jannaï die Briten bei der Identifizierung aller ihm bekannten Befehlshaber und Mitglieder der Irgun unterstützen würde. Die Briten pflegten ihre Informanten in gepanzerten Fahrzeugen zu verbergen, wenn die Vernehmung auf offener Straße stattfand, hinter einer Mauer oder einem Wandschirm, wenn die Verdächtigen zum Polizeirevier geführt wurden, damit sie nicht erkennen konnten, wer sie verraten hatte.

Die Untersuchung des Anschlags auf das King-David-Hotel ergab, daß Jannaï versucht hatte, das Hauptquartier des britischen Geheimdienstes rechtzeitig zu warnen. Nachdem dieser Versuch fehlgeschlagen war, hatte er vorgetäuscht, sie seien von britischen Soldaten aus dem benachbarten Camp eingeschlossen worden. Als er keine andere Wahl mehr hatte, als seinen Auftrag zu erfüllen, war er, nachdem sich die anderen zerstreut hatten, in das Gebäude zurückgekehrt und hatte sich dort – vermutlich in der Halle – etwa eine Viertelstunde aufgehalten. Unmittelbar vor der Explosion war er dann aus dem Gebäude gerannt. In dem nun folgenden Durcheinander wurden auf ihn einige Schüsse abgegeben, dann hielt ihn die Polizeistreife an und brachte ihn zur Vernehmung mit auf die Wache. Man hatte ihn dort – wie er ja selbst in Tel Aviv berichtet hatte – erst freigelassen, als er der Polizei den Namen eines hohen Offiziers – William Drake – genannt hatte, der im Krieg sein Vorgesetzter war.

Der Hinweis, der Joël viel rascher als erhofft zur Entdeckung von Reinholds Versteck führte, war der »Freund«, der hinter dem Kloster Terra Sancta wohnte und bei dem Reinhold vor dem Anschlag des King-David-Hotels »seine Papiere« hinterlegt hatte.

Hinter dem Klostergebäude gab es nur ein einziges Haus, eine Villa, die Daniel Koren, dem Direktor der Hauptniederlassung der Bank Koren gehörte, die ihren Sitz in der King-George-Straße hatte. Als Joël erfuhr, daß es sich um denselben Koren handelte, der seinerzeit zusammen mit Reinhold in Ägypten gedient hatte, beschloß er, ihn unter dem Vorwand einer Kapitalanlage aufzusuchen. In der Bank teilte man ihm jedoch mit, der Geschäftsführer befinde sich in Haifa, um zwei neue Zweigstellen zu eröffnen, und er werde frühestens in einem Monat zurückerwartet. Joël hatte außerdem den Briefträger des Terra-Sancta-Gebäudes, der ebenfalls der Irgun angehörte, angewiesen, täglich eine Aufstellung der Post anzufertigen, die Daniel Koren erhielt. An dem Tag, als er nach Haifa fahren wollte, stellte er fest, daß er gar nicht mehr mit Daniel Koren zu sprechen brauchte. Einer der Briefe, an das Dienstmädchen adressiert, stammte von Reinhold. Es war ein Luftpostbrief aus Belgien, geschrieben auf Briefpapier des Hotel Royal in Brüssel. Nun war alles klar: Die Briten hatten Reinhold unverzüglich außer Landes geschafft und auf diese Weise – falls das überhaupt noch nötig war – einen weiteren Beweis für seinen Verrat geliefert. Joël hatte keine Zeit zu verlieren. Reinhold konnte schon in der nächsten Stunde das Hotel verlassen und damit für den Untergrund unerreichbar werden. Er telegrafierte an Eliahu Lankin in Paris, der damals für alle Operationen der Irgun in Westeuropa verantwortlich war, und befahl ihm, Jannaï sofort abzufangen und zu liquidieren. Er schickte Lankin die Anschrift und ein Foto des Verräters sowie Einzelheiten über die gegen ihn erhobenen Vorwürfe. Nachdem die europäische Seite der Angelegenheit erledigt war, setzte Joël seine Ermittlungen im eigenen Land fort. Er beauftragte einige Leute, Auskünfte über Daniel Koren und Korens Dienstmädchen Charlotte einzuholen. Obwohl sie weder mit der Irgun noch mit Reinholds Verrat etwas zu tun hatten, hielt Joël es doch für besser, sie im Auge zu behalten, vor allem für den Fall, daß es Reinhold noch einmal gelingen sollte, ihm zu entwischen.

Wie bereits angenommen, wurde Joël bestätigt, daß Daniel Koren, der seit sechs Monaten vorwiegend in Haifa lebte, überhaupt nichts mit der ganzen Angelegenheit zu tun und sich in keiner Weise politisch betätigt hatte. Durch die Überwachung in Haifa kam allerdings ein merkwürdiges Detail zutage, das jedoch für

Joëls Ermittlungen nicht von Bedeutung war: Daniel Koren gehörte unter dem Namen Dennis Soie einer Truppe junger Schauspieler an, die ein Puppentheater für Erwachsene ins Leben rufen wollten, in dem Schauspieler und Marionetten nebeneinander auftreten sollten. Er investierte hohe Geldbeträge in dieses Theaterexperiment, ohne daß einer seiner Schauspielerkollegen argwöhnte, daß Dennis Soie ein Deckname war und keiner seiner Angestellten ahnte, was er in seiner Freizeit tat. Es war klar: Wenn jemand mit Reinhold unter einer Decke steckte, dann war es nicht Daniel Koren, sondern Charlotte. Doch als Joël einen Mann auf sie ansetzte, war es schon zu spät. Das neue Hausmädchen, das die Tür öffnete, kannte nicht einmal Charlottes Namen. Dann trat Tamara Koren selbst in Erscheinung und erklärte, Charlotte sei plötzlich verschwunden und habe einige wertvolle Gegenstände mitgenommen, weswegen sie bereits Anzeige erstattet habe.

Die Tatsache, daß Charlotte in einen Diebstahl verwickelt war, bestärkte Joëls Verdacht, daß es sich bei ihr nicht um eine britische Geheimagentin handelte und daß auch sie von Reinholds heimlichen Umtrieben keine Ahnung hatte. Aber gerade durch ihre Unwissenheit war sie für Reinhold so wertvoll gewesen. Wie der Brief bewies, hatte er die Verbindung über sie aufrechterhalten. Nun, da Charlotte untergetaucht war, riß für Joël der dünne Faden, der in Jerusalem zu Jannaï geführt hatte; aber während er noch diese kleine Panne beklagte, erreichte ihn aus Paris die Meldung eines wirklich ungeheuren Fehlschlags.

Eliahu Lankin, der aus Paris über die Aktivitäten der Irgun in Westeuropa Bericht erstattete, drückte in dem Schreiben sein persönliches Bedauern für das Mißlingen des Unternehmens aus. Nach Erhalt der Anweisungen aus Jerusalem hatte er sich mit Motti Schweitzer, dem für die Tätigkeit der Irgun in Belgien verantwortlichen Mann, in Verbindung gesetzt und ihm die Ausführung der Operation übertragen. Nach dem gemeinsam ausgearbeiteten Plan sollte Motti Jannaï ausfindig machen, ihn entführen und ihn mit Hilfe der Brüder Alex und George Gur-Arjeh in ein Waldstück außerhalb Brüssels bringen. Dort sollte er ihn vernehmen und anschließend liquidieren. Motti Schweitzer brauchte kein Foto, weil er Reinhold persönlich kannte. Sie hatten zusammen in der Jüdischen Brigade gedient. Er kehrte nach Brüssel zurück, wo er gerade eine Gedenkfeier zu Ehren der von den Briten erhängten Irgun-Mitglieder im Café de la Paix vorbereitete. Nach der Feier wollte er sofort Reinholds Fährte aufnehmen, aber er lief ihm zufällig über den Weg, bevor die Kundgebung begann. Als Motti Schweitzer vor dem Café de la Paix aus der Straßenbahn stieg, sah er Reinhold durch eine andere Tür ebenfalls aus der Straßenbahn aussteigen und nahm seine Verfolgung auf. Reinhold betrat eine Bar und suchte sich an der Theke einen Platz, von dem aus er das Café de la Paix beobachten konnte, das sich allmählich zu füllen begann. Als das Lokal voll war und die Veranstaltung schon begonnen hatte, überquerte Jannaï die Straße, betrat das Café und nahm ganz hinten Platz. Alex Gur-Arjeh hatte von Motti die Anweisung erhalten, sich neben Jannaï zu setzen, ihn in ein Gespräch zu verwickeln und ein Treffen mit ihm zu verabreden.

Auf dem Podium befand sich auch Dr. Unitchman, der Chef der Einheit, zu der Ben Josef, das erste Opfer der Briten, gehört hatte. Reinhold wendete keinen Blick von ihm ab. Alex, der sich neben Reinhold setzte, stellte sich als Unitchmans Assistent vor.

»Das trifft sich gut«, sagte Reinhold geistesabwesend. »Ich möchte ihn gleich nach der Versammlung sprechen.«

»Das ist unmöglich«, antwortete Alex Gur-Arjeh. »Aber Sie können mit ihm einen Termin vereinbaren.«

»Geben Sie ihm diesen Zettel, dann wird er mich sofort empfangen«, sagte Reinhold. Alex machte sich auf den Weg und gab Motti, der in einer dunklen Ecke hinter dem Podium wartete, ein Zeichen. Er zeigte ihm die Nachricht: Jannaï sei gerade aus Jerusalem angekommen und müsse Unitchman in einer dringenden Angelegenheit, die Irgun betreffend, sprechen. Motti Schweitzer fügte eine eigene Mitteilung an Unitchman hinzu, der sich einverstanden erklärte, am folgenden Tag um drei Uhr ein Gespräch mit Reinhold zu führen; Alex sollte ihn abholen und zum Treffpunkt bringen.

Alex verabredete sich mit Reinhold für halb drei vor dem Café de la Paix, um ihn von hier aus zu Unitchman zu begleiten. Er kam zehn Minuten zu früh mit dem Wagen, doch Reinhold wartete bereits. Diese offensichtliche Ungeduld, Unitchman kennenzulernen, konnte nur eines bedeuten: der britische Geheimdienst hatte Reinhold beauftragt, die Querverbindungen der Irgun in Europa zu durchleuchten. Als Alex die Tür öffnete, stieg Reinhold sofort ein und setzte sich neben ihn. An der nächsten Kreuzung standen zwei Männer, die in ein Gespräch vertieft waren.

»Da steht doch mein Bruder George!« sagte Alex und trat auf die Bremse. »Vielleicht will er in unsere Richtung, und wir können ihn irgendwo absetzen. Wir haben ja noch genug Zeit.«

»Setzen Sie ihn ab, wo immer Sie wollen«, antwortete Reinhold zerstreut. »Wenn wir nur nicht zu spät kommen.«

Alex hielt an und öffnete die hintere Tür des Wagens. George Gur-Arjeh und Motti Schweitzer nahmen auf dem Rücksitz Platz. Motti, mit einem Gummiknüppel und einem geladenen Revolver bewaffnet, versetzte Reinhold sofort einen Schlag über den Kopf, und George bemühte sich, ihn mit einem Taschentuch zu knebeln. Reinhold erkannte Motti sofort wieder. »Motti, du machst so etwas mit mir?« schrie er ihn an. »Was habt ihr vor? Das alles ist ein schrecklicher Irrtum!«

Mottis schrecklicher Irrtum bestand darin, daß er Jannaïs ungewöhnliche Körperkraft unterschätzt hatte. Er glaubte, daß ein Schlag auf den Kopf genügte, um ihn außer Gefecht zu setzen, und zwei Mann auf dem Rücksitz ausreichten, um ihn zu knebeln und festzuhalten. Da er sich an Jannaïs alte Kopfverletzung aus dem Krieg erinnerte, befürchtete er sogar ein Aufbrechen der alten Narben. Wenn Jannaï bewußtlos wurde, konnten sie von ihm nichts mehr über die Briten erfahren. Doch Motti irrte. Trotz seiner dreizehn Narben an Kopf, Stirn, Hals und Ohr setzte sich Jannaï heftig zur Wehr und verlor keineswegs das Bewußtsein. Im Gegenteil, er hatte genug Geistesgegenwart, Alex ins Steuer zu greifen und den Wagen herumzureissen, so daß er in einer Sackgasse landete. Inzwischen ertönten die ersten Trillerpfeifen von Polizisten, und ein Lastwagen versperrte Alex den Fluchtweg. Jannaï wurde in ein Krankenhaus gebracht, und die drei Entführer kamen ins Gefängnis. Motti wurde zu dreieinhalb Jahren, die Gebrüder Gur-Arjeh, die belgische Staatsbürger waren, zu zwei Jahren Zwangsarbeit verurteilt. Als Motti ins Gefängnis von Mons gebracht wurde, erfuhr er von seinem Verteidiger, Reinhold sei in einem Dienstwagen der britischen Botschaft vom Krankenhaus direkt zum Brüsseler Flughafen gebracht worden, wo eine britische Maschine auf ihn wartete. Offenbar wurde er nach London ausgeflogen. Von diesem Augenblick an fehlte jede Spur von ihm.

»Was wirst du tun, wenn du ihn zufällig triffst?« frage ich Joël.

»Gar nichts«, antwortete Joël, »ich werde ihn nur fragen: ›Jannaï, warum hast du das getan?‹«

Joël trat in die Sanitätsbaracke ein, um einen Anruf entgegenzunehmen. Kurz darauf rief er mir zu: »Du mußt sofort zurückkehren. Der wichtige Mann, auf den du wartest, trifft mit der nächsten Maschine ein.«

KAPITEL 5

Abie Driesel kam nicht allein: eine Schar hektischer Menschen lief geschäftig hin und her, wie emsige Bienen ihre Königin umschwärmen. Er selbst war nicht besonders rege, im Gegenteil, er schien in einem tranceähnlichen Zustand und in die Unendlichkeit des Wüstenhorizonts versunken zu sein. Er war groß, hager und blaß und hielt den Kopf ein wenig zur Seite geneigt. Sein Gesichtsausdruck – vielleicht waren es die Augen, die unschuldig und leidgeprüft nach oben blickten – erinnerte an die Märtyrer auf byzantinischen Ikonen, und in der Tat erklärte Lili Fiddleman (sie gehörte zu seinem Gefolge, doch blieb mir unklar, welche Funktion sie eigentlich hatte), sie betrachte ihn als »das Gewissen der modernen Welt – wenn nicht noch mehr!« Was, so fragte ich mich, könnte noch höher stehen als das Gewissen der modernen Welt? Die Antwort auf diese Frage kannten nur Gott und Lili Fiddleman. Die übrigen Begleiter waren ganz normale Fotografen mit ganz normalen Fotoapparaten um den Hals und Kameraleute mit gewaltigen Apparaten, die per Kabel an Übertragungswagen des Fernsehens und an Wochenschaubussen hingen, deren komplizierte Technik bei weitem mein Verständnis überstieg. Ein Filmregisseur rannte mit seinem Assistenten zwischen den Bunkern und Befestigungen von Balusa hin und her und suchte nach dem geeigneten Ort für den Auftritt von Abie Driesel. Während die beiden das Militärlager in eine Filmszenerie verwandelten, setzte sich Abie Driesel in Richtung Suezkanal und Stützpunkt »Budapest« zu in Bewegung. Lili Fiddleman folgte ihm auf Schritt und Tritt und schrieb jedes Wort, das er von sich gab, in ein großes schwarzes Notizbuch. Neben diesem großen Mann mit dem gequälten Ausdruck eines Märtyrers glich sie einem schwankenden Faß, das sich auf dünnen Stelzen fortbewegte. Hin und wieder ging ein Lächeln über ihr rundes, fülliges Gesicht. Es war ein gewinnendes Lächeln, aber es rief bei mir eine unangenehme Empfindung hervor, denn während sich ihr Gesicht erhellte und sie mit sanfter Stimme sprach, blieben ihre dunklen Augen hart und kalt. Dieser Gegensatz war mir sofort aufgefallen. Als ich hinter Abie Driesel herumlief, um mich als sein Verbindungsoffizier vorzustellen, hatte sich Lili umgedreht und mich mit dem besagten Lächeln gefragt, was ich eigentlich wolle. Ich stellte mich vor, worauf sie mir rücksichtslos klarmachte, man dürfe diesen großen Mann nicht ohne weiteres belästigen. Sie schrieb meinen Namen und einige weitere Einzelheiten meine Person betreffend in ein Notizbuch, das sie aus ihrer Schultertasche holte, und wies mich an, umzukehren und »mit den anderen Jungen« auf ihre weiteren Anweisungen zu warten.

Am liebsten hätte ich ihr geantwortet, daß ich auf die hohe Ehre verzichte, den großen Mann von Angesicht zu Angesicht zu sehen, und daß ich keinesfalls beleidigt, sondern ganz im Gegenteil erleichtert wäre, wenn sie mich von dieser Pflicht entbinden könne. Natürlich wollte ich zu Joël zurück und mehr über Reinhold erfahren, aber als guter Soldat nahm ich mich zusammen und kehrte ins Camp zurück, um »mit den anderen Jungen« zu warten. Diese hatten inzwischen eine Plane gespannt und neben aufeinandergetürmten Fotoausrüstungen und Kabelrollen einen langen Tisch mit zwei Bänken aufgestellt. Es war ihnen sogar gelungen, kühles Bier zu organisieren. Ohne ein Wort mit mir gewechselt zu haben, hatten sie verstanden, daß auch ich jetzt einer von »Abies Jungen« war. Sie forderten mich auf, mir eine Dose Bier zu nehmen, während sie weiter ihre Vorbereitungen für seinen Auftritt trafen.

Etwa eine halbe Stunde später erschien Lili Fiddleman und setzte sich neben mich. Aus ihrer Tasche holte sie einen Stoß Papiere und Briefe hervor, schob sie mir hin und sagte: »Tut mir leid, aber Abie Driesel wird mindestens für weitere zwei Stunden nicht für Sie zu sprechen sein. Ich wäre Ihnen dankbar, wenn Sie inzwischen diese Briefe durchsehen und den Inhalt kurz auf englisch zusammenfassen könnten.«

Alle Briefe ohne eine einzige Ausnahme enthielten Bitten um ein Zusammentreffen mit Abie Driesel. Unter den Briefschreibern befanden sich Schriftsteller, Künstler und Rabbiner, aber die meisten waren Berufspolitiker, Mitglieder der Knesseth, Gewerkschaftsführer, ja sogar Minister. Am erstaunlichsten fand ich die Briefe von Ministern, in denen von Fernsehauftritten mit Abie Driesel die Rede war – Interviews, die entweder bereits stattgefunden hatten oder geplant waren. Dem Datum eines dieser Briefe entnahm ich, daß einer der Minister mit Abie Driesel vor dem Waffenstillstand interviewt worden war. Wie konnte dieser Ressortchef damals die Zeit für einen Fernsehauftritt haben, während sein Volk einen Kampf auf Leben und Tod führte? Aber anscheinend war die Stellungnahme des Ministers und Abie Driesels wohl von entscheidender Bedeutung für die Soldaten an der Front und für die Moral des Volkes Israel.

Als Lili Fiddleman wiederkam – sie hatte sich umgezogen und trug jetzt Hosen, in denen sie wie ein Faß auf Stelzen wirkte –, gab ich meinem Erstaunen über die mir überlassenen Briefe Ausdruck. Höhnisch lächelnd sagte sie: »Die Leute sind doch nur ruhmsüchtig! In Wirklichkeit sind sie absolut unfähig, seine Größe zu erkennen.« Nach kurzem Zögern fügte sie hinzu, sie persönlich sei enttäuscht darüber, daß dieser große Mann in Israel praktisch unbekannt sei. Abgesehen von einigen wenigen Intellektuellen, die seinen Namen aus »Time« und »Newsweek« kannten, und von den Politikern und Vertretern des öffentlichen Lebens, die man rechtzeitig auf dem üblichen diplomatischen Wege informiert habe, sei sein Name vollkommen unbekannt. »Und das in einem Land, in dem die Überlebenden des Holocaust Zuflucht gefunden haben«, fügte sie in vorwurfsvollem Ton hinzu. »Ich erinnere mich nicht mehr an die genauen Zahlen, aber ich glaube, daß in Israel laut Statistik einer von fünf oder einer von zehn Einwohnern ein Überlebender des Holocaust ist.«

Es leuchtete mir nicht ein, daß die Überlebenden des Holocaust Abie Driesel eine besonders hohe Verehrung entgegenbringen sollten, aber ich erklärte ihr, daß ich mehr über ihn erfahren wollte, obwohl ich dem Holocaust entronnen war.

Sie lächelte und starrte mich mit ihren kalten Augen an. Ihrem Blick entnahm ich, daß sie mich noch nicht für würdig hielt, in die Geheimnisse des großen Mannes eingeweiht zu werden.

»Er ist so bescheiden und einfach, daß die Leute, die mit ihm auf der Straße oder im Lebensmittelgeschäft ins Gespräch kommen, nicht ahnen, mit wem sie es zu tun haben.«

Das erinnerte mich an die Geschichte der sechsunddreißig Gerechten, aber als ich sie darauf hinwies, daß diese immer die Öffentlichkeit gemieden hätten, warf sie mir einen vernichtenden Blick zu, begleitet von ihrem berühmten Lächeln. Ich hatte etwas Liebenswürdiges sagen wollen, aber die Vorstellung, es könne weitere fünfunddreißig Abie Driesel geben, war für sie unerträglich, und meine Worte waren für sie eine schwere Kränkung.

»Ich weiß nicht, wovon Sie sprechen«, sagte sie schroff. »Er hat nie einer Gruppe angehört, für einen gewöhnlichen Menschen ist es schwer, sich seiner Größe und Einzigartigkeit bewußt zu werden. Er leidet mit uns allen, mit den Erniedrigten, mit den Opfern... Er ist das Gewissen der Menschheit.«

»Das Gewissen der Menschheit« trat unter die Plane. Hastig erhob sich Lili Fiddleman, und auch ich stand auf.

»Das ist Ihr Verbindungsoffizier«, sagte sie. »Er spricht ein ausgezeichnetes Englisch.« Sie gönnte mir ein gnädiges Lächeln, wie man es bei übertriebenen Komplimenten aufsetzt, mit denen man geistig Minderbemittelten Mut machen will. Abie Driesel hielt mir mit versonnenem Blick seine magere Hand hin, aber bevor ich ihm die drei ausgestreckten Finger schütteln konnte, ließ er sie wieder sinken und setzte sich an den Tisch. Lili nahm neben ihm Platz und wies mir mit einer Kopfbewegung den Sitz ihm gegenüber an.

»So!« sagte sie in geschäftsmäßigem Ton. »Nun setzen Sie uns bitte über das Programm der israelischen Verteidigungskräfte an der Südfront ins Bild. Welche Orte sollen wir besuchen, und wo können wir mit Soldaten sprechen, die an den Kämpfen teilgenommen haben?«

Ich breitete eine Landkarte der Sinai-Halbinsel auf dem Tisch aus, deutete auf den Abschnitt zwischen dem Stützpunkt »Budapest« und El Kantara und erläuterte in großen Zügen den Überraschungsangriff am Jom-Kippur-Tag. Am ganzen Suezkanal stand damals nur ein Reservebataillon, das 68. aus Jerusalem, das einschließlich Köchen, Sanitätern, Elektrikern und Armeegeistlichen vierhundertsechsunddreißig Mann zählte. An der unmittelbaren Frontlinie waren drei Panzer und fünf Geschütze stationiert. Diese Front wurde von einer ägyptischen Streitmacht angegriffen, die aus fünf Infanteriedivisionen mit fünf Panzerbrigaden, zwei motorisierten Einheiten und zwei leichten Panzerbrigaden bestand –

kurzum, von eintausendsiebenhundert mittelschweren Panzern der insgesamt zweitausendzweihundert Panzer zählenden ägyptischen Armee, von zweitausend Artillerieeinheiten, ganz zu schweigen von Abertausenden von Infanteristen. Die gesamte in der Kanalzone verfügbare israelische Streitmacht – achtzig Panzer und dreißig Geschütze – wurde sofort zur Unterstützung der vierhundertsechsunddreißig Mann an die Front beordert. Jeder der insgesamt sechzehn Stützpunkte entlang des Kanals bekam bestenfalls vier oder fünf Panzer. Der Stützpunkt »Budapest« erhielt zwei Panzer zugeteilt.

»Und wo beginnen wir die Rundreise?« fragte Lili Fiddleman. »Mit welchen Soldaten und Offizieren, die beim Angriff dabei waren, werden wir uns unterhalten können?«

»Wir beginnen mit dem Stützpunkt ›Budapest‹«, antwortete ich. »Wenn Sie mit Soldaten reden wollen, können Sie gleich hier in Balusa beginnen. Den Sanitäter, der am ersten Kriegstag die Verwundeten versorgt hat, finden Sie auf der anderen Straßenseite. Der Bunker, den Sie dort sehen, ist ein Verbandplatz.«

»Was ist das?« erkundigte sich Lili Fiddleman.

»Eine Sammelstelle für verwundete Frontkämpfer«, erklärte ich. »Manchmal wird dort auch ein Feldlazarett eingerichtet...«

»Ein Feldlazarett«, unterbrach mich Abie Driesel. Zum erstenmal blickte er mich direkt an. Das Wort Feldlazarett hatte offenbar eine starke Empfindung in seinem Herzen ausgelöst. »Ich möchte diesem Feldlazarett ein Fernsehgerät stiften. Das beste, das auf dem Markt ist. Farbfernseher natürlich. Wir könnten sogar unsere Reportage mit diesem Geschenk an die Verwundeten beginnen...«

Lili Fiddleman bedachte mich mit einem Blick, der deutlicher als viele Worte sagte: »Da sehen Sie, was für ein Mann er ist!«

»Nach dieser Ankündigung verschleierte sich Driesels Blick wieder, er stand auf und ging. »Ich bin gleich wieder zurück und gebe Ihre Anweisungen weiter«, rief ihm Lili zu, während sie hinter ihm herging. Am Eingang drehte sie sich um und rief mir zu: »Gehen Sie, suchen Sie diesen Sanitäter, und bereiten Sie ihn vor. Dann warten Sie am Eingang auf uns!«

Außer dem diensthabenden Mädchen in Uniform am Empfang hielt sich niemand in dem Lazarett auf. Alle Betten waren leer. Von dem Mädchen erfuhr ich, daß die gesamte medizinische Belegschaft (einschließlich des Sanitäters, den ich suchte) in einem Hubschrauber unterwegs war, um Soldaten zu holen, die bei einem Granatwerferangriff verwundet worden waren. Trotz des vor drei Tagen verkündeten Waffenstillstands wurden unsere Truppen entlang der Waffenstillstandslinie von den Ägyptern immer noch mit Geschützen und Granaten unter Beschuß genommen. Ich setzte mich am Eingang der Sanitätsbaracke hin, um auf die Rückkehr des Hubschraubers zu warten. Dabei beobachtete ich, mit welch erstaunlicher Geschwindigkeit und Präzision Abie Driesels Gefolge die Aufnahmen vorbereitete. Dann kam Abie selbst auf mich zu, begleitet von Lili Fiddleman und einem Mann in weißem Kittel. Lili hielt einen Blumenstrauß in der Hand, und der Mann im weißen Kittel schob ein Wägelchen mit einem großen Farbfernsehgerät. Eingerahmt vom Lächeln der beiden Begleiter neigte Abie Driesel in übertriebener Demut das Haupt, während die Kamera auf den eben gelegten Schienen auf ihn zufuhr. Die erste Aufnahme schien den Regisseur nicht zufriedenzustellen. Er lief zu Abie und flüsterte ihm etwas ins Ohr. Von diesem Augenblick an legte Abie seine Bescheidenheit ab, wandte sein Gesicht direkt der Kamera zu und hob seine Augen zum Himmel wie in stillem Gebet.

Ich wollte gerade auf ihn zugehen, um ihm mitzuteilen, daß der Sanitäter nicht anwesend und die Sanitätsbaracke leer sei, als ich hinter mir den Kameramann brüllen hörte: »Wer ist denn dieser Idiot, der mir da ins Bild stolpert? Werf ihn hinaus!« Ein kräftiges Händepaar zerrte mich zurück. Ich drehte mich um und spürte den Atem des Regisseurs im Gesicht. Ich erklärte ihm, daß er voreilig mit den Aufnahmen begonnen hatte und nun wohl oder übel auf die übrigen Darsteller warten müsse: auf den Sanitäter, die Ärzte, Krankenschwestern und auf die Verwundeten. Es war ihm deutlich anzumerken, daß er mir am liebsten ins Gesicht gebrüllt hätte, ich solle mich gefälligst um meine eigenen Angelegenheiten kümmern. Dann riß er sich jedoch zusammen und sagte langsam und überdeutlich, jedes einzelne Wort betonend: »Sehen Sie da drüben das Mädchen in Uniform auf der Bank vor der Baracke? Gut. Gehen Sie zu ihr hin und setzen Sie sich ganz still neben sie, bis ich Sie rufe!«

Als ich seine Anweisungen befolgt hatte, läutete das Feldtelefon, und das Mädchen stand auf, um den Hörer abzunehmen. Es war der Arzt, der ihr erklärte, sie würden die Schwerverletzten direkt ins Krankenhaus von Beer Schewa bringen und frühestens in etwa drei Stunden zurück sein. Während seiner Abwesenheit seien eventuell eintreffende Verwundete in andere Feldlazarette des Frontabschnitts weiterzuleiten. Das Mädchen setzte sich sofort mit dem Verbandplatz in Refidim in Verbindung.

Voll Schadenfreude stellte ich mir vor, wie enttäuscht der Regisseur und der Kameramann sein würden, wenn sie den Bunker beträten und feststellten, daß niemand da war. Was würden sie dann von dem Idioten halten, der ihnen ins Bild gestolpert war? Aber entgegen meinen Erwartungen schienen sie nicht erschüttert zu sein, als sie den menschenleeren Raum betraten. Im Gegenteil, der Regisseur schien sogar erleichtert zu sein. »Ausgezeichnet!« rief er Lili zu. »Es ist viel einfacher, mit unseren eigenen Leuten zu arbeiten... Alles wirkt viel natürlicher und beeindruckender. Die allgemeinen Krankenhausszenen werden wir später in Tel Aviv drehen, wenn Abie die verschiedenen Stationen besucht.« Bevor ich begriff, was sie vorhatten, wurde ich von verschiedenen Händen angefaßt und hin und her gedreht, damit der Regisseur mich aus jedem Blickwinkel begutachten konnte. »Nein, für die Rolle des Arztes taugt er nicht, er spielt den Ambulanzfahrer.« Mir rief er vergnügt zu: »Achtzig Millionen Zuschauer in den Vereinigten Staaten werden Sie auf dem Bildschirm sehen!«

Ich hatte nichts weiter zu tun, als hinter dem Steuer des Krankenwagens zu sitzen, der vor dem Lazaretteingang hielt. Die Kamera erfaßte mich zwar nur für eine Sekunde – vielleicht waren es auch zwei –, aber trotzdem befahl mir der Regieassistent, mich nicht von der Stelle zu rühren. Auf diese Weise wollte er mich offenbar beruhigen und mich gleichzeitig aus dem Weg räumen, da ich ihn nicht nur bei der Arbeit störte, sondern auch Lili Fiddleman lästig war. Sie schien von dem Gedanken besessen zu sein, ich könnte mich ohne ihre ausdrückliche Erlaubnis Abie Driesel aufdrängen. Von meinem Platz am Rande der Szene konnte ich dennoch einen guten Teil des historischen Geschehens miterleben. Während jemand Abies Nase und Stirn puderte und seine Augenbrauen nachzog, wurden zwei junge Männer bandagiert und in die beiden Betten links und rechts vom Eingang gelegt. Leider konnte ich nicht verstehen, was Abie Driesel zu den verwundeten Kriegshelden sagte, doch die belebende Wirkung, die sein Erscheinen auf sie ausübte, war offenkundig. Als ich später Gelegenheit hatte, in den USA den ganzen Film zu sehen, erkannte ich, daß der Regisseur recht gehabt hatte. Die ausschließlich mit der eigenen Mannschaft gedrehten Einstellungen waren die natürlichsten, überzeugendsten, eindrucksvollsten – kurzum, die besten des ganzen Films. Es wurde deutlich, daß es gar nicht der geschenkte Fernseher war, so wichtig das auch sein mochte, der die armen Soldaten derart aufgemuntert hatte, sondern vielmehr die Tatsache, daß dieser ungewöhnliche Mann für kurze Zeit in ihrer Mitte weilte. Seine Gegenwart tröstete sie und verlieh ihren Leiden einen tieferen Sinn. Bei den anderen Einstellungen – beim Stützpunkt »Budapest«, bei der Überquerung des Kanals und bei den in Fajid spielenden Szenen –, in denen wirkliche Soldaten auftraten, kam die Größe von Abie Driesel nicht so richtig zur Geltung. So hatte beispielsweise bei den Aufnahmen im Stützpunkt »Budapest« der Maskenbildner offenbar vergessen, Abies Gesicht zu pudern. Seine Nase wirkte viel zu groß und glänzte in der Wüstensonne, und der Schweiß stand ihm in Perlen auf der Stirn. In hilfloser Wut kniff er die Augen zusammen und sah aus wie ein armer Teufel, den man gegen seinen Willen in diese Wüstenei verschleppt hatte und der nur von dem einen Wunsch beseelt war, so schnell wie möglich von einem rettenden Engel wieder in die Zivilisation zurückgeführt zu werden. Was Abie Driesel während der Kanalüberquerung auf der Pontonbrücke zustieß, läßt sich nicht mehr genau rekonstruieren. Vielleicht war er übermüdet oder die Soldatenkost nicht gewohnt, vielleicht lag es auch an den Granatwerfern, deren Geschosse in der Ferne jenseits der Stadt Suez einschlugen – jedenfalls drehte sich ihm der Magen um, und er begann sich zu übergeben. Die Kamera zeigte ihn, wie er von zwei Soldaten gestützt wurde, während ihm ein dritter aus seiner Feldflasche Wasser über Gesicht und Nacken schüttete. Zum Glück war der Regisseur vernünftig genug, diese Szene nach der privaten Probevorführung herauszuschneiden, denn sie war nicht für die breite Öffentlichkeit bestimmt.

Nachdem die Szene in der Sanitätsbaracke gedreht worden war, kam Lili Fiddleman auf mich zu und wies mich an, die Rückkehr des Arztes abzuwarten. Ich sollte ihn nach den Details des ersten Kriegstages befragen. »Und vergessen Sie nicht, alles niederzuschreiben!«

»Und Abie Driesel?« fragte ich. »Als sein Dolmetscher habe ich den Auftrag...«

»Er wird sich im Büro des Lagerkommandanten aufhalten. Dort erwartet ihn der Verbindungsmann Ihres Außenministeriums. Er ist etwa vor einer Stunde angekommen und muß heute abend wieder nach Jerusalem zurück.«

»Soll ich also den Arzt ins Büro des Lagerkommandanten führen?« erkundigte ich mich in dem unbestimmten Gefühl, daß ich mit jedem Wort noch mehr Unheil anrichtete. Lili warf mir einen wütenden Blick zu und fragte: »Aber wozu in aller Welt?«

»Damit Driesel ihn interviewen kann.«

»Warum belästigen Sie ihn eigentlich mit jeder Kleinigkeit? Sehen Sie denn nicht, wie die Leute über ihn herfallen und ihn nicht eine Minute in Ruhe lassen? Der arme Mann wird förmlich in Stücke gerissen! Er opfert sich auf und kann niemandem etwas abschlagen. Wenn ich ihn nicht ein wenig abschirmte, wer weiß, was aus ihm würde!« Sie zitterte am ganzen Körper, beherrschte sich aber und beschloß die Zurechtweisung in versöhnlichem Ton. »Hören Sie«, sagte sie, stellte sich auf die Zehenspitzen und beugte sich zum Fenster in den Krankenwagen herein. »Sie sind doch ein intelligenter junger Mann, sonst wären Sie nicht von der besten Armee der Welt als unser Begleiter abkommandiert worden. Stellen Sie dem Arzt alle nötigen Fragen, notieren Sie seine Antworten, und wenn Sie das alles niedergeschrieben haben, bringen Sie uns das Manuskript ins Büro. Und setzen Sie ihm nicht ständig mit solchen Nebensächlichkeiten zu!« Sie sprang erstaunlich flink vom Trittbrett und rannte Abies Gefolge nach. Nach einigen Schritten blieb sie stehen, drehte sich um und rief: »Natürlich können Sie aussteigen und in der Sanitätsbaracke warten.«

Ich hob die Hand zum Zeichen des Dankes und begab mich eilig in die Baracke. Das Team war abgezogen und die Ruhe wieder eingekehrt. Plötzlich begann das uniformierte Mädchen den Fußboden zu kehren und das Zimmer aufzuräumen, wobei ich ihr beim Verschieben der schweren Gegenstände half. Wir rückten die Betten wieder zurecht und den Fernsehapparat in eine Ecke neben der Tür, weil wir dafür keinen besseren Platz fanden. Das Mädchen setzte Wasser auf, aber ich kam nicht dazu, in Ruhe meinen Tee zu trinken. Lili Fiddlemans Rüge hatte nur den Auf-

takt zu einem unheilvollen Tag gebildet. Als das Mädchen gerade den Tee in mein Glas goß, erschien in der Tür das zornige Gesicht eines Zivilisten mit Krawatte. »Wo sind sie?« fragte er. Aus seinem selbstgefälligen Auftreten schloß ich, daß es sich nur um Abba Girgaschi vom Außenministerium handeln konnte.
»Sie sind auf dem Weg zu Ihnen«, antwortete ich.
»Was soll das heißen, auf dem Weg zu mir?«
»Vermutlich sind sie jetzt gerade dort angekommen, wo Sie sich mit ihm treffen sollten, im Büro des Lagerkommandanten.«
»Im Büro des Lagerkommandanten!« wiederholte er brüllend, indem er ein durchaus undiplomatisches Gebaren an den Tag legte. »Ich warte jetzt seit zwei Stunden im Büro des Divisionskommandeurs! Was zum Teufel wollen sie denn im Büro des Lagerkommandanten? Und Sie – wer sind Sie überhaupt? Was haben Sie hier zu suchen?«

Wenn ich still gewesen wäre, hätte ich mir überflüssigen Ärger erspart. Oder wenn ich wenigstens gesagt hätte, ich sei Sanitätswagenfahrer (die letzten zwei Stunden hatte das ja tatsächlich gestimmt). Aber wie um alles in der Welt kam ich überhaupt dazu, Abba Girgaschi vom Außenministerium Auskünfte zu geben? Sollte er doch seine eigenen Untergebenen anschreien; mir hatte er nichts zu befehlen. Doch da ich ihm nun einmal geantwortet hatte – sogar mit einigem Stolz –, brüllte er sofort, ich sei an allem schuld, und ich hätte das »Unternehmen Abie Driesel«, an dessen Vorbereitung das Außenministerium seit dem ersten Kriegstag arbeitete, platzen lassen. Im übrigen gehöre Abie Driesel zum Ressort des Außenministeriums und nicht zu dem des Verteidigungsministeriums. Nachdem er mit eigenen Augen den Mann gesehen habe, den »die Generäle« leichtfertig zum Verbindungsoffizier für Abie Driesel bestimmt hätten, sei ihm klar, daß es sich nicht bloß um eine Fahrlässigkeit handle – eine der vielen kleinen Pannen im großen Chaos des Jom-Kippur-Krieges –, sondern daß man diesmal das Außenministerium regelrecht sabotiert habe. Seiner Meinung nach hätten »die Generäle« mich wegen meiner bodenlosen Dummheit ausgewählt, damit ich Steine in den Weg des Außenministeriums legte.

Was ich hier wiedergebe, ist natürlich nur die Quintessenz dessen, was er sagte, worauf er hinaus wollte. Selbst im größten Zorn gebrauchte Abba Girgaschi nämlich gewählte Ausdrücke wie

»minderwertiges Menschenmaterial« und »Obstruktionsabsichten«. In seinen Worten schwang persönliche Kränkung mit. Es traf ihn bis ins Mark, daß das Verteidigungsministerium als seinen Gegenspieler ausgerechnet mich gewählt hatte, einen nichtswürdigen Mann ohne Rang und Namen, obgleich in den Vorgesprächen zwischen den beiden Ministerien eindeutig festgelegt worden sei, daß die Verbindungsoffiziere aus entsprechenden und vergleichbaren Rangstufen ausgewählt werden sollten. Ein dem Sprecher des Außenministeriums vergleichbarer Rang wäre offenbar der des ranghöchsten Offiziers des Nachrichtendienstes gewesen, notfalls ein Oberst. Abba Girgaschi wäre in dieser Stunde nationaler Bedrängnis sogar bereit gewesen, einen Oberst zu akzeptieren, wenn es sich dabei wenigstens um einen Mann gehandelt hätte, der Bescheid wußte, und nicht um irgendeinen... und an dieser Stelle warf er mir einen vernichtenden Blick zu. Nachdem sich seine Entrüstung gelegt hatte, fügte er höflich hinzu: »Ich bitte Sie zu verstehen, daß ich nicht Sie persönlich dafür verantwortlich mache, daß man Sie ernannt hat. Sie selbst trifft dabei keine Schuld.«

Was blieb mir anderes übrig, als mich mit einem Nicken zu bedanken und ihm als versöhnliche Geste mein Glas Tee anzubieten? Er trank gierig und wies das uniformierte Mädchen an, sich sofort mit dem Lagerkommandanten in Verbindung zu setzen und ihn über die Verwechslung des Treffpunkts zu informieren. Er werde sich sofort dorthin begeben. Aus dem Büro des Kommandanten erhielt er jedoch die Nachricht, Abie Driesel werde frühestens in einer Stunde eintreffen, er brauche sich also nicht zu beeilen. (Die Angaben von Lili Fiddleman waren ungenau. Zweifelsohne hatte sie allen Grund, den derzeitigen Aufenthaltsort von Driesel geheimzuhalten.)

»Frühestens in einer Stunde«, wiederholte Girgaschi und trank wieder einen Schluck von meinem Tee. Im ersten Augenblick hatte ich den Eindruck, er würde gehen und irgendwoanders auf Abie Driesel warten. Aber nachdem sich die Wogen des Zorn geglättet hatten, war er gar nicht abgeneigt, seinen Blick auf das Mädchen zu lenken, und er beschloß, an ihrer Seite zu warten. Sie hieß Tirza und war tatsächlich sehr attraktiv. Von Anfang an war ein Funke zu mir übergesprungen, aber die Beschimpfungen, die ich mir nacheinander vom Kameramann, vom Regisseur, von Lili

Fiddleman und nun auch von Girgaschi anhören mußte, brachten mich nicht gerade in die richtige Stimmung für einen Flirt. Als ich im Krankenwagen saß, hatten sich diese Gefühle jedesmal bemerkbar gemacht, wenn ich sie durch das Fenster oder im Rückspiegel sah – alte Sehnsüchte, Kindheitserinnerungen waren mit ihnen verbunden. Erst als das lärmende Kamerateam sich entfernt hatte und ich Tirza beim Bettenrücken half, war mir bewußt geworden, daß sie mich an Tamaras Auftauchen an unserem Hoftor erinnerte, als ich noch ein Kind war. In ihren Augen schimmerte der gleiche Glanz, von den Bewegungen ihres Körpers ging die gleiche beherrschte Kraft aus.»Jede Generation jat ihre Tamara«, sagte ich mir und rechnete aus, daß Tamara damals ungefähr genauso alt gewesen sein mußte wie Tirza – etwa fünfundzwanzig oder sechsundzwanzig. Tirza erzählte mir, sie sei gleich bei Kriegsausbruch zum Militär eingezogen und dem Truppenverbandplatz zugeteilt worden, vermutlich weil sie sich einmal zu einem Schwesternkurs gemeldet hatte, den sie aber nie abgeschlossen hatte. Vor dreißig Jahren hatte ich den Eindruck gehabt, Tamara sei eine reife Frau, während mir Tirza nun wie ein junges Mädchen vorkam. Tamara mußte inzwischen wohl fünfundfünfzig oder sechsundfünfzig Jahre alt sein, und wer weiß, ob ihre Augen immer noch Funken sprühten!

Als mir Tirza den Tee eingoß, hatte ich gerade zu ihr gesagt: »Wissen Sie, als vor dreißig Jahren im Zweiten Weltkrieg Rommel in Ägypten einmarschierte und alle fürchteten, die Deutschen könnten jeden Augenblick kommen und uns vernichten, da war ich noch ein Kind, aber ich hatte trotz all der Schauermärchen, die man uns erzählte, keine Angst. Es war sogar die schönste Zeit meines Lebens. Als ich eines Tages gerade im Hof saß und das Jaffa-Tor zeichnete...« Ich weiß auch nicht, was mich veranlaßte, ihr von meiner Kindheit zu erzählen. Es war wie ein unwiderstehlicher Drang, ihr den Tag zu beschreiben, an dem ich Tamara zum erstenmal erblickt hatte, aber als ich gerade mit meiner Schilderung beginnen wollte, erschien das Gesicht dieses eingebildeten Mannes vom Außenministerium in der Tür, und der ganze Zauber war dahin. Eines hatte er jedoch mit mir gemeinsam, obgleich für ihn bürokratische Formalitäten im Vordergrund standen und uns auch sonst Welten trennten. Er reagierte wie ich auf den sprühenden Funken, der von Tirza ausging, aber unsere Reaktionen unterschieden sich erheblich voneinander. Die Anwesenheit eines anderen entmutigte ihn keineswegs, sondern spornte ihn zu noch größerer Anstrengung an. Die als selbstverständlich vorausgesetzte Niederlage des Rivalen erhöhte den Spaß an der Eroberung, während ich mich sofort vom Kampfplatz zurückzog, und zwar keineswegs aus Schüchternheit oder Bescheidenheit, sondern aus einem gewissen Stolz heraus (der allerdings außer mir niemandem bewußt wurde, am allerwenigsten Tirza, die sich nicht einmal für eine Sekunde einbilden sollte, sie sei mir so wichtig, daß ich ihretwegen zu kämpfen begann). Als Abba Girgaschi, der Kampfhahn aus dem Außenministerium, sie zu Gesicht bekam, begann er herumzustolzieren, zu krähen und sich aufzuplustern. Nachdem er mich lächerlich gemacht und gedemütigt, mich in den Schmutz getreten und bewiesen hatte, daß ich bestenfalls imstande war, sein »Unternehmen« zu ruinieren (nicht mit Absicht oder aus Bosheit, sondern nur, weil ich so hoffnungslos dumm und beschränkt war), nachdem er mich also außer Gefecht gesetzt hatte, lehnte er sich zufrieden im Sessel des Arztes zurück, trank meinen Tee aus (bat sogar um ein zweites Glas, weil er ja eine ganze Stunde Zeit hatte) und begann, Tirza sein aufgeplustertes Gefieder vorzuführen. Wenn ich nicht gezwungen gewesen wäre, auf die Rückkehr des Arztes zu warten, hätte ich auf der Stelle den Raum verlassen. Ich trat hinaus ins Freie und wollte mich auf die Stufen vor dem Eingang setzen, aber Girgaschi rief mich wieder herein. »Sie brauchen nicht zu gehen. Sie stören uns überhaupt nicht.« Offenbar sollte auch ich ihm zuhören. Aber eines war doch äußerst merkwürdig: Was konnte ihm daran liegen, vor mir zu prahlen? Da er bereits einen strahlenden Sieg über mich errungen hatte, konnte er es sich leisten, mir gelegentlich einen verzeihenden oder nachsichtigen Blick zuzuwerfen oder sich gar mit einem versöhnlichen Lächeln an mich zu wenden, besonders dann, wenn er merkte, daß ich ihm zuhörte.

Nach seiner Darstellung war es seine Idee gewesen, den großen Abie Driesel nach Israel einzuladen, damit er sich über den Krieg und das, was mit uns geschah, eine Meinung bilden konnte. Er konnte dann seine Stimme für uns nicht nur in den Vereinigten Staaten, sondern in allen Ländern der freien Welt erheben, da er Redner, Journalist, Denker, Moralist, Gerechtigkeitsverfechter für das menschliche Gewissen war. Sein Einfluß war aber in den

Vereinigten Staaten besonders groß; dort betet nicht nur das Volk zu ihm, sondern sogar Henry Kissinger fragt ihn um Rat. Als Abba Girgaschi israelischer Konsul in New York war, hatte er sogar einen Vortrag von Abie Driesel gehört. Er hatte von Anfang an das Publikum – Intellektuelle, Wissenschaftler, Studenten – in seinen Bann geschlagen. Auf Abies Frage: »Wer bin ich?« folgte betretenes Schweigen. In dieser einfachen Frage war die Philosophie und Metaphysik ganzer Generationen enthalten. Dann fuhr er fort: »Einige nennen mich ›Dreizel‹, andere ›Drissel‹, wieder andere ›Drizel‹, aber wer verbirgt sich eigentlich hinter diesem Namen, was macht mein ureigenstes Wesen aus, was unterscheidet mich von den anderen?« Er bekam tosenden Beifall, die Studenten bahnten sich einen Weg durch die Menge, um ihn zu berühren, ihm die Hand zu geben, einen Hauch seines »ureigensten Wesens« aus der Nähe zu spüren. Die junge Generation sah in ihm nicht nur einen geistigen Führer, der großen Einfluß auf die Volksmassen auszuüben vermochte, sondern darüber hinaus auch den letzten der Gerechten und sogar – wenn der Vergleich nicht blasphemisch erscheint – den Messias, die Verkörperung des göttlichen Prinzips auf Erden.

Abba Girgaschi stellte sich als nüchtern denkender Mann der Tat die Frage: »Wie könnte man Abie Driesel für unsere Seite gewinnen? Ein geistiger Führer dieser Art ist teuer, und die Kasse des Außenministeriums ist leer. Für einen Vortrag verlangt Abie Driesel gewöhnlich dreitausend Dollar, wenn es sich um ein existentielles Thema handelt, steigt jedoch der Preis. Um diesen Mann in Kriegszeiten zu inkommodieren, hätte das Außenministerium eine unerschwingliche Summe zahlen müssen, und der Schatzmeister hatte sich sogar geweigert, den Betrag zur Diskussion zu stellen.

Kein anderer an seiner Stelle – vorausgesetzt, daß es überhaupt einem anderen eingefallen wäre, Abie Driesel zu holen, hätte es jemals zustande gebracht, diese Idee in die Praxis umzusetzen. Aber Abba Girgaschi war eben nicht der Mann, der vor Schwierigkeiten kapituliert. Er begann auf der Stelle in seinem Ministerium für seine Idee zu kämpfen und unterbreitete sie sogar dem Außenminister. Und er gab auch dann nicht auf, als sich der Minister weigerte, die nötigen Mittel bereitzustellen oder auch nur eine Beteiligung des Außenministeriums an dem Projekt zu billigen. Abba Girgaschi hatte plötzlich einen Einfall – ja beinahe eine Erleuchtung: Er würde sofort ein Telegramm an den Direktor der Orwell-Stiftung schicken. Während er seinen Dienst in den Vereinigten Staaten verrichtete, war ihm einmal die Ehre zuteil geworden, von dem bekannten Philantropen Joseph Orwell zum Abendessen eingeladen zu werden. Im Verlauf des Abends war es ihm gelungen, seinen Gastgeber für die Probleme Israels zu interessieren. Kurzum, seit jener denkwürdigen Einladung wurde Abba Girgaschi keine Bitte abgeschlagen, sei sie nun groß oder klein. Orwell hatte ihm diesmal sogar das Doppelte dessen gewährt, worum er gebeten hatte – in seinem Telegramm hatte Girgaschi die Stiftung um die Finanzierung eines einwöchigen Aufenthalts in Israel ersucht, und Orwell hatte Abie Driesel zwei Wochen bewilligt!

»Haben Sie das Telegramm direkt an Orwell oder an seine Sekretärin geschickt, an diese russische Fürstin... wie hieß sie doch gleich?« – »Paulina?« unterbrach ich ihn, und Abba Girgaschi war wie vom Donner gerührt. Sein Redefluß versiegte, und über seine Lippen kam nur noch eine Art Grunzen. Ich war nicht weniger betroffen darüber, den Namen des Millionärs aus Los Angeles hier auf der Sinai-Halbinsel innerhalb von zwei Tagen zum zweitenmal zu hören. Und ebenso erstaunt war ich über die Wenigkeit meines Geistes, derzufolge ich in der Lage war, sofort die richtige Querverbindung herzustellen.

Ich fuhr fort: »Soweit ich unterrichtet bin, bedurfte es aber keineswegs Ihrer Intervention, um Orwell für die Sache unseres Landes zu gewinnen. Schon vor fünfundzwanzig Jahren, beim Ausbruch des Unabhängigkeitskrieges, schickte er uns, ohne daß ihn jemand darum bitten mußte, zuerst Kampfflugzeuge und dann die »Fliegende Festung«, das Kampfflugzeug, mit dem damals Kairo bombardiert wurde. Es stimmt auch nicht, daß Sie ihm telegrafiert haben, sondern Joseph Orwell teilte Ihnen telegrafisch mit, daß er Abie Driesel nach Israel schicken würde...«

»Wer hat Ihnen denn solche Geschichten erzählt? Nennen Sie mir Ihre Informanten, bitte!« Damit packte der junge Diplomat seinen Aktenkoffer (ein sogenannter James-Bond-Koffer aus Metall), warf einen Blick auf seine Uhr, murmelte vor sich hin »ich komme zu spät zu meinem Termin« (obwohl er noch über eine halbe Stunde Zeit hatte) und stürzte hinaus, ohne seine zweite

Tasse Tee auszutrinken, geschweige denn meine Antwort abzuwarten.

»Militärische Informationen!« rief ich ihm nach. »Ein hoher Luftwaffenoffizier hat es mir erzählt.« Das alles war zwar eine spontane Erfindung meiner Phantasie, aber ich zweifelte nicht daran, daß meine Version mehr Wahrheit enthielt als die von Abba Girgaschi. Aber er wollte unbedingt das letzte Wort behalten. Bevor er hinter einem Sandhügel verschwand, drehte er sich um und schrie: »Ich werde mich über Sie beschweren. Ich bringe Sie vor Gericht...«

»Was hat er gegen Sie?« fragte Tirza. »Warum ist er so verärgert? Was hat er Ihnen überhaupt zu sagen?«

»Ich habe keine Angst vor ihm«, sagte ich und nahm genau wie sie an, daß er seine Drohungen nicht wahrmachen würde; aber es stellte sich heraus, daß wir uns täuschten. Lange Zeit nach Unterzeichnung der Friedensvereinbarungen und meiner Entlassung aus dem Militärdienst erhielt ich per Einschreiben Durchschläge eines Briefwechsels zwischen Abba Girgaschi und meinem ehemaligen Vorgesetzten. In seinem Brief beschwerte sich Abba Girgaschi anhand des beigefügten Programms, das damals vom Außenministerium und von der Presseabteilung der Armee festgelegt worden war, darüber, daß ich Befehle nicht befolgt, den planmäßigen Ablauf gestört und somit die Arbeit der von ihm geleiteten Abteilung des Ministeriums sabotiert hätte. Dem vorgesehenen Programm zufolge sollte Abba Girgaschi den Minister bei der Überreichung des Fernsehgeräts – des Geschenks Joseph Orwells an die Verwundeten – vertreten. Dieser feierliche Akt sollte am Schluß des Besuchs von Abie Driesel stattfinden. Abba Girgaschi sollte dafür sorgen, daß alle Zeitungen, die diplomatische Beziehungen zu Israel unterhielten, einen mit Fotos ausgestatteten Bericht über diese Feierlichkeit veröffentlichten. Da ich aber den planmäßigen Ablauf gestört hatte, war die Feier auf den Beginn der Reise vorverlegt worden. Abba Girgaschi, der nicht davon in Kenntnis gesetzt worden und frühzeitig abgereist war, hatte darum die entsprechenden Aufnahmen nicht veranlassen können. Folglich war der Bericht nicht erschienen! Girgaschi legte großen Wert darauf klarzustellen, daß es sich nicht um einen persönlichen Affront, sondern um die Sabotage unserer Nachrichten im Ausland handelte.

Zu meinem Erstaunen entnahm ich dem Antwortschreiben meines Vorgesetzten, daß er mich voll und ganz unterstützte und verteidigte. Er wies Girgaschi auf die getroffene Vereinbarung hin, derzufolge die Armee für die Belange nicht verantwortlich sei, die mit dem Programm, dem Zeitablauf und der Fotoreportage zu tun hatten. Man solle die Beschwerde dem dafür Verantwortlichen vorbringen, notfalls Abie Driesel. Während dieses Briefwechsels befanden wir uns – Abie Driesel und ich – in den Vereinigten Staaten. Aber nun Schluß mit den Ausschweifungen und zurück zur Sanitätsbaracke!

Kaum war Girgaschi hinter dem Sandhügel verschwunden, da landete auf dem nahegelegenen Flugplatz der Hubschrauber mit dem ärztlichen Personal. Die Stoppeln des Vierundzwanzig-Stunden-Barts stachen durch die dünne Staubschicht, die das Gesicht des Arztes bedeckte, und seine entzündeten Augen leuchteten rötlich aus der hellen Staubmaske. Als er über die Schwelle der Baracke trat, stieß er gegen das Fernsehgerät, das ins Schwanken geriet. Tirza und ich sprangen gleichzeitig auf und hielten es fest, damit es nicht umfiel und den Arzt mit sich riß.

»Was zum Teufel soll das hier?« brüllte der Arzt. »Welcher Idiot verrammelt den Eingang mit allem möglichen Gerümpel? Der Eingang muß Tag und Nacht für die Verwundeten frei bleiben, das ist Vorschrift! Wer hat hier während meiner Abwesenheit alles durcheinandergebracht?«

Ich bemühte mich, ihm so knapp und klar wie möglich zu erzählen, was sich während seiner Abwesenheit zugetragen hatte, und fügte hinzu, daß es sich nicht um ein gewöhnliches Fernsehgerät handle, sondern um das beste und teuerste.

»Farbfernseher«, murmelte der Arzt matt, sank in seinen Sessel und bat Tirza um ein Glas Wasser. »Aber unser Fernsehen sendet nicht in Farbe, sondern nur schwarz-weiß. Und hier draußen bekommt man Jerusalem nicht einmal in Schwarz-weiß, man bekommt nur Kairo... Und selbst wenn man mit diesem Kasten durch ein Wunder plötzlich Jerusalem empfangen könnte, welchen Sinn hätte das? Wenn unsere Verwundeten eintreffen, sind sie bewußtlos. Sind sie zufällig bei Bewußtsein, bekommen sie wegen der Schmerzen eine Spritze oder eine Narkose für die Operation... Werfen Sie dieses Gerät sofort hinaus. Vielleicht erfüllt es in einem Altersheim für ehemalige Soldaten seinen

Zweck... Wer zum Teufel ist für diese Anschaffung verantwortlich?«
»Abba Girgaschi vom Außenministerium«, antwortete ich. »Das ganze Unternehmen Abie Driesel steht unter der Schirmherrschaft des Außenministeriums.«
»Und wo ist er?«
»Im Büro des Lagerkommandanten.«
Dann begann der Arzt wild herumzutelefonieren und steigerte sich in immer größere Wut hinein. »Verdammt noch mal, mir ist es egal, um wen es sich handelt, Girgaschi oder Schmiergaschi, Driesel oder Smisel«, brüllte er in den Apparat, »wenn Sie bloß dieses Monstrum von hier entfernen! Wohin damit? Das geht mich doch nichts an. Meinetwegen in den Lagerschuppen, Hauptsache, es verschwindet von hier, aber schnell! Nein, ich habe weder Helfer noch Fahrer hier. Ich habe hier nichts weiter zur Verfügung als ein Team von Sanitätern, die vollkommen erschöpft sind, und die vor zwei Wochen versprochene Ablösung ist immer noch nicht eingetroffen. Was daraus geworden ist? Ich will es Ihnen sagen. Die hat man mir in Refidim kurzerhand weggenommen und zu Arik Scharons Division geschickt. Sie haben zusammen mit ihm den Kanal überquert. Wo die Leute jetzt sind, weiß ich nicht, vielleicht in Fajid... Nein, eine halbe Stunde reicht mir nicht. Der Eingang zu meiner Sanitätsbaracke soll sofort freigeräumt werden!«
Ich erklärte mich bereit, das Fernsehgerät in den Lagerschuppen zu bringen. Der Sanitäter half mir, es in den Ambulanzwagen zu heben, dann fuhren wir zum Lagerschuppen, der aber erst wieder in einer Stunde öffnen würde. Wir stellten das Gerät vor der Tür ab und teilten dem Quartiermeister auf einem Zettel mit, er solle sich nähere Instruktionen beim Lagerkommandanten holen. Dann kehrten wir zum Verbandplatz zurück.
Ich saß neben dem Sanitäter, einem gewissen Aldo Schemesch, auf der Schwelle der Sanitätsbaracke und notierte mir seine Aussage. Gleich die erste Geschichte war für mich ein schlagender Beweis dafür, daß der Arzt recht hatte, wenn er Hindernisse am Eingang nicht duldete. Bereits ein paar Stunden nach Kriegsbeginn waren etwa dreißig Verwundete eingetroffen. Die Baracke war so gerammelt voll, daß kein Verwundeter mehr aufgenommen werden konnte. Dies traf auch für alle anderen Verbandplät-

ze des ganzen Frontabschnitts zu. Aldo setzte sich mit der Leitzentrale in Verbindung und forderte einen Hubschrauber an, um die notdürftig versorgten Verwundeten auszufliegen, wobei man sich in erster Linie auf Notmaßnahmen wie künstliche Beatmung, Druckverbände und Bluttransfusionen beschränkte. Die ersten Verletzten, die eingeliefert wurden, gehörten zum 9. Bataillon, das auf der Achse Hasaw-Katia aus der Luft angegriffen worden war. Die Mannschaft des Verbandplatzes bestand aus einem Divisionsarzt, einem Chirurgen und dem üblichen Gefolge. Im Laufe der Nacht traf als Verstärkung eine Einheit hervorragender Chirurgen ein. Sie alle arbeiteten während der ersten sechs Kriegstage pausenlos Tag und Nacht.

Der Hubschrauber landete in der Regel eine halbe Stunde nach Aldos Anruf. Manchmal kam er, bevor alle Verwundeten notdürftig versorgt waren. Sämtliche Fahrzeuge, die aufzutreiben waren, wurden für den Transport der Verwundeten zum Hubschrauber eingesetzt.

Von der Zentrale erfuhr Aldo am dritten oder vierten Kriegstag, daß es eine große Anzahl Verwundeter auf dem Weg zum Stützpunkt »Budapest« gegeben habe, wo sich eine vorgeschobene ägyptische Stellung befand. Von morgens um 5.30 Uhr bis zum frühen Nachmittag waren dort einunddreißig Mann gefallen und etwa siebzig verwundet worden. Meistens handelte es sich um junge Rekruten, die man vom Ausbildungscamp direkt an die Front geschickt hatte, um den ägyptischen Widerstand zu brechen. Aldo wartete die Verladung der Verwundeten nach Balusa nicht ab, sondern machte sich mit allen verfügbaren Fahrzeugen auf den Weg, um sie abzuholen. Auf dem Flugplatz stand ein kleiner Hubschrauber, und Aldo bat den Piloten, auf der Straße zum Stützpunkt »Budapest« zu landen. »Ja, wenn ich die Genehmigung vom Oberkommando erhalte«, antwortete der Pilot. Die Genehmigung wurde ihm erteilt. Der Hubschrauber konnte jeweils nur einen Verwundeten mitnehmen, der neben dem Piloten sitzen mußte. So flog er unzählige Male hin und her. Die Schwerverwundeten wurden in Panzerfahrzeugen und Ambulanzen transportiert. Auch ein zweiter, größerer Hubschrauber, der zufällig vorbeiflog, wurde mit dem Transport der Verletzten betraut. Der Pilot landete, übernahm so viele Verwundete wie nur möglich und flog sie nach Refidim.

Als Aldo nach Balusa zurückkehrte, war die Baracke überfüllt. Dann trafen vier Schützenpanzer mit Verwundeten gleichzeitig ein und warteten in einer Reihe auf der Straße, bis sie abgefertigt wurden. Dr. Kenan ging hinaus, um die Verwundeten in den Fahrzeugen zu untersuchen. Diejenigen, die sofort versorgt werden mußten, wurden ausgeladen, die übrigen in das Feldlazarett weitergeschickt, das erst kürzlich in der Nähe des Flugplatzes eingerichtet worden war.

Die Verwundeten kamen in die Sanitätsbaracke, die Toten wurden auf den davorliegenden freien Platz gestapelt. Dort lagen sie zwei Tage lang, bis die für die Bestattung zuständige Einheit mitsamt dem Rabbiner eintraf. An diesen beiden Tagen konnte man wegen des abscheulichen Gestanks nicht an dem Lazarett vorbeigehen. Als die Soldaten, die die Bestattungen vornehmen sollten, schließlich kamen, stellte sich heraus, daß die Überführung von Leichen per Flugzeug nach jüdischem Recht verboten war: Sie durften nur in Lastwagen transportiert werden. Aber Lastwagen gab es nicht. Die Sanitätsoffiziere baten um neue Weisungen. Schließlich erhielten sie eine Sondergenehmigung, und die Leichen durften direkt zum Friedhof geflogen werden. Jede Leiche wurd in einen Nylonsack gesteckt, und die Ärzte halfen beim Verladen auf den einzigen verfügbaren Lastwagen. Der Lastwagen fuhr, mit Leichen vollgeladen, dauernd zwischen Lager und Flugplatz hin und her, wo die Leichen am Boden in Reihen nebeneinanderlagen, bis die Maschine kam, die sie nach Israel überführen sollte. Von diesem Augenblick an wurden die Leichen den Soldaten der religiösen Einheit überlassen.

Aldo war in Ägypten geboren und mit zweieinhalb Jahren nach Israel gekommen. Während er mir die Geschichte seines Krieges erzählte, sank die Sonne, und wir gingen hinein, damit ich bei Lampenlicht weiterschreiben konnte. Aldos Gesicht war grau und starr, gezeichnet von den Schrecknissen der vergangenen Tage. Er sprach monoton, ohne Höhen und Tiefen und ohne jegliche Regung, als kämen die Worte aus dem Mund einer steinernen Sphinx.

In der Verworrenheit dieser Tage und Nächte folgten kurz nacheinander die beiden schlimmsten Schicksalsschläge, wobei der zweite härter war als der erste: Die Ägypter hatten versucht, auch den Stützpunkt Balusa einzukesseln, und östlich vom Lager vorgeschobene Stellungen mit Panzerabwehrraketen errichtet. Eine Rakete traf einen Schützenpanzer vor dem Lazarett und riß ihm die rechte Flanke auf. Man hatte noch keine Zeit gehabt, die Verwundeten notdürftig zu versorgen; der am schwersten Verwundete lag nicht einmal auf einer Tragbahre. Das eine Bein hing, oberhalb des Knies nur noch von einem Hautfetzen gehalten, unnatürlich abgeknickt herunter. Das andere Bein war ausgerenkt, und sein Kopf lag halb begraben unter Brotbeuteln. Er war Reservist, ungefähr dreißig Jahre alt und bei vollem Bewußtsein. Aldo und zwei anderen Helfern gelang es nur mit größter Mühe, ihn aus dem Schützenpanzer zu heben und in die Sanitätsbaracke zu bringen. Der Mann stöhnte und blutete heftig. Dann kam die Nacht, in der Aldo der Sanitätseinheit zugeteilt wurde, die die Einheiten begleitete, die die ägyptischen Linien in der Nähe vom Stützpunkt »Budapest« durchbrechen sollten. Zuerst versorgten sie zwei Männer, die auf eine Mine getreten waren. Danach kletterte Aldo in einen der Schützenpanzer, um mit dem Offizier zu sprechen. Plötzlich erkannte er einen der jungen Soldaten im Schützenpanzer – es war ein ehemaliger Schulkamerad, der Aldo berichtete, daß ein anderer Klassenkamerad im Lager stationiert sei, zu dem Aldo unterwegs war. Aldo erreichte das Lager um Mitternacht und suchte unter den schlafenden Soldaten nach seinem Freund Abraham Cohen. Sie freuten sich sehr über das Wiedersehen und unterhielten sich etwa eine halbe Stunde. Als sich Aldo im Morgengrauen verabschiedete, bat ihn Cohen, seine Eltern anzurufen und ihnen mitzuteilen, daß es ihm gut gehe. Gleich nach seiner Rückkehr erledigte Aldo seinen Auftrag. Am nächsten Morgen wurde Cohen mit einer Verletzung an der Halswirbelsäule auf einer Tragbahre in die Baracke gebracht – vom Hals abwärts war er gelähmt. Nun lag er im Hadassa-Krankenhaus in Jerusalem. Schließlich traf ein Panzer ein, der mit der Leiche seines Kommandanten vom Yoram-Sektor aus zwanzig Kilometer zurückgelegt hatte. Zwei Soldaten waren unverletzt. Aldo schickte sie für eine halbe Stunde weg, um ihnen den Anblick zu ersparen, wie die verstümmelte Leiche aus dem Panzer gezerrt wurde. Als sie zurückkamen, hatte die religiöse Einheit den Panzer gesäubert.

*

Lili Fiddleman riet mir, »noch ein paar gute Geschichten« aufzuschreiben, bevor ich Abie Driesel kennenlernte. »Und außerdem ist es schon spät«, fügte sie hinzu. »Es wäre falsch, ihm jetzt mit der Geschichte des Sanitäters zu kommen, denn die Begegnung mit dem Mann – wie hieß er doch gleich? – vom Außenministerium hat ihn verärgert, und müde ist er auch. Morgen vormittag können Sie noch einige Soldaten interviewen, und morgen abend oder übermorgen setze ich mich wieder mit Ihnen in Verbindung und sage Ihnen, wann Sie kommen sollen.«

Ich bedankte mich und machte mich am folgenden Tag auf die Suche nach Soldaten aus den Einheiten, die die ägyptischen Linien durchbrochen hatten. Zwei dieser Einheiten hielten die Dünen südwestlich von Balusa, gegenüber der ersten ägyptischen Armee, besetzt. Ich erreichte sie mit einem Lastwagen, der mit Nachschub die Runde machte. Als ich einstieg, erblickte ich zu meiner Verwunderung zwischen Brotbeuteln, Feldflaschen und Decken Abie Driesels prächtiges Fernsehgerät. »Was ist denn das?« fragte ich den Quartiermeister, einen frommen jungen Mann mit einer Jarmulke auf dem Kopf. »Das ist eine der Plagen, die in der Bibel nicht erwähnt werden«, antwortete er. »Als ob ich nicht schon genug Kummer hätte, mußte mich der Lagerkommandant auch noch mit diesem Gerät belasten.« Mir war nicht ganz klar, was er meinte, aber es schien gewisse Vorschriften zu geben hinsichtlich der Behandlung von eigenem und erbeutetem Lagerbestand, aufgrund derer das Fernsehgerät an ein Zentrallager in Refidim überstellt werden mußte. »Sobald ich dieses Ärgernis los bin«, sagte er, »hole ich Sie hier an der Hauptstraße nach Hasasit an der Artillerierollbahn bei Maor wieder ab. Sie finden da bestimmt Leute, die die ägyptischen Linien durchbrochen haben. Gegen siebzehn Uhr bin ich wieder zurück.«

Er hielt Wort, obwohl er sich um zwei Stunden verspätete, da wegen der »in der Bibel nicht erwähnten Plage« unerwartete Komplikationen aufgetreten waren. Die Sonne war schon längst untergegangen. Je dunkler es wurde, desto mehr wuchs in mir die Angst, er könnte den Treffpunkt nicht mehr ausfindig machen. Doch trotz des Durcheinanders und der Finsternis, in der man nicht einmal die Wegweiser zu den einzelnen Einheiten erkennen konnte, wußte er genau, an welcher Sanddüne er von der Hauptstraße nach links abbiegen mußte um mich mitzunehmen.

Nachdem ich die Berichte von Nissan Bar Dayan, Amram Dinowitz und den anderen Männern gehört hatte, die die Vorpostenstellungen der Ägypter durchbrochen hatten, wollte ich mich auf die Suche nach dem jungen Panzerkommandanten machen, dem es gelungen war, mit zwei Panzern zum Stützpunkt »Budapest« durchzustoßen, bevor das ägyptische Kommando die Straße blockierte. Ihm war es letzten Endes zu verdanken, daß sich »Budapest» hatte halten können. Da wir mit dem Besuch des Stützpunkts beginnen wollten, nahm ich mir vor, den Panzerkommandanten am folgenden Tag in Abie Driesels Gegenwart zu interviewen. Aber es kam ganz anders. Als mich der Quartiermeister kurz vor Mitternacht an meiner Baracke absetzte, steckt ein Zettel unter meiner Tür. Lili Fiddleman teilte mir mit, Driesel könne zu ihrem Bedauern auch am folgenden Tag keine Zeit für mich erübrigen. Er müsse morgens mit der ersten Maschine nach Israel zurückfliegen, um »Regierungsleute« zu treffen. Natürlich hielt sie es nicht für nötig, im einzelnen anzugeben, wer damit gemeint sei, aber mir war es auch ziemlich gleichgültig. Diese erneute Verschiebung meines Zusammentreffens mit dem großen Mann enttäuschte mich nicht einmal. Im Gegenteil, meine Stimmung hob sich bei dem Gedanken, daß ich allein mit den Soldaten reden könnte. Ich stand früh auf, um mich nach einer Fahrgelegenheit zu erkundigen. Da erfuhr ich vom Verwaltungsoffizier, daß sich der fragliche Panzerkommandant gar nicht mehr im Stützpunkt »Budapest« aufhielt. Mit seinem Bataillon hatte er den Kanal überquert und lag jetzt irgendwo in »Afrika«, südlich von Ismaïlia. (So jedenfalls drückte er sich aus, denn für ihn befanden sich alle israelischen Soldaten, die den Kanal überschritten hatten, in »Afrika«. Später entdeckte ich, daß er nicht der einzige war, der diese Auffassung vertrat; aus irgendwelchen Gründen wollten die meisten lieber in Afrika als in Ägypten sein.)

Die Planken der Pontonbrücke quietschten unter dem endlosen Strom des dichten Verkehrs. Über eine zweite Pontonbrücke, ein Stück weiter nördlich, flutete der Verkehr nach »Asien« zurück; dahinter, zu beiden Seiten des Kanals, sah man die Vorbereitungen für den Bau einer festen Brücke. Der Fahrer erklärte mir, daß für diese Brücke tatsächlich bereits ein Plan existierte, doch waren unsere Ingenieure beim Bau der Pfeiler, die die Brücke tragen sollten, auf unerwartete Schwierigkeiten gestoßen.

Als wir am anderen Ufer des Kanals angekommen waren, fuhren wir erst an den Lagern von Fajid vorbei und dann an einem Bewässerungskanal entlang weiter nach Norden. Inmitten des Wüstensandes hatte dieses schmale Wasserband wahre Wunder gewirkt, den Dünen Leben eingehaucht und schmale, schnurgerade Uferstreifen an beiden Seiten mit üppigem Grün bedeckt. Ich stellte mir vor, wie herrlich es sein müßte, unter einer Palme zu rasten und sich an dem Grün sattzusehen. Nur allzu schnell lernte ich jedoch die andere Seite dieses scheinbar paradiesischen Lebens kennen. Es begann damit, daß ganze Schwärme von Fliegen und Insekten aller Größen, angefangen von winzigen Mücken bis zu dicken, metallisch glänzenden Brummern, genau in dem Augenblick über uns herfielen, als der Fahrer den Jeep anhielt. Und es endete mit dem Anblick einiger Hunde, die den Kadaver einer Kuh auffraßen. Der abscheuliche Kadavergestank und die Fliegen verursachten mir eine plötzliche Übelkeit. Wir rannten zurück zum Jeep und fuhren weiter; als ich mich während der Fahrt einmal umdrehte, glaubte ich in dem Bewässerungskanal auch Tote treiben zu sehen.

Der Jeep bog nach links ab, mitten hinein in die Dünen. Mit einem Gefühl der Befreiung atmete ich die reine Wüstenluft. Wir folgten einem Pfad, den Panzerraupen gebahnt hatten, und erreichten das Lager von Sauls Kompanie. Die Ordnung, die überall herrschte, berührte mich seltsam – die Panzer waren ordentlich in einem großen Geviert aufgestellt, weißgetünchte Steine markierten die Wege zwischen den Zelten. Hatte ich denn ein Chaos erwartet? Wahrscheinlich hatte ich mir vorgestellt, daß nach der übermenschlichen Anspannung jener Tage und Nächte, nach den unaufhörlichen Kämpfen von den ersten Abwehrschlachten bis hin zur Überquerung des Kanals und dem Durchbruch nach Westen, ein heilloses Durcheinander herrsche. Saul Moses, ein schlanker junger Mann mit einundzwanzig Jahren mit einem kleinen Schnurrbart und glattrasierten Wangen, betrachtete mich gelassen mit seinen braunen Augen. Sowohl in seinen Bewegungen als auch in seinen Worten zeigte sich eine gewisse Zurückhaltung – die Reserviertheit sorgsam im Zaum gehaltener Impulsivität. Seine Höflichkeit, die gemessene Ausdrucksweise, die tadellose Uniform, ja selbst die glattrasierten Wangen entsprangen nicht dem Bild, das ich mir von einem jungen, im Kibbuz aufgewachsenen Mann gemacht hatte, der erst vor zwei Wochen eine der grausamsten Schlachten des ganzen Krieges miterlebt hatte, noch immer in voller Alarmbereitschaft an der Front stand (im Norden konnten wir die Stadt Ismaïlia erkennen) und der davon überzeugt war, daß der Krieg längst noch nicht vorüber sei. Nachdem er mir seine Geschichte erzählt und mich zum Jeep zurückbegleitet hatte, fragte ich ihn nach seiner Einschätzung der Chancen für den Frieden. Er blieb stehen, überlegte eine Weile und antwortete: »Es ist noch nicht ausgestanden. Der Krieg könnte ebensogut wieder beginnen, während wir hier stehen und miteinander reden, oder auch erst in drei oder in sechs Jahren.«

Dann erzählte er mir vom Ausbruch des Krieges. Bis zu dem Augenblick, als ägyptische Kampfflugzeuge angegriffen und im Tiefflug Bomben abwarfen, hatte Saul einfach nicht daran geglaubt, daß ein Krieg ausbrechen könne. Damals war er im Lager Katia, südöstlich von Balusa, stationiert. Für die Kompanie war Gefechtsbereitschaft befohlen. Es hieß, die Ägypter sollten um 18 Uhr das Feuer eröffnen. In Wirklichkeit wurde aber schon um 13.45 Uhr geschossen. Im Einsatzbefehl, den Saul erhielt, stand, daß er dem Stützpunkt »Budapest« zugeteilt sei, aber er glaubte immer noch nicht, daß der Krieg entlang der ganzen Front ausbrechen werde. Seiner Meinung nach würde es höchstens zu örtlich beschränkten Scharmützeln kommen, und er bedauerte, zum Stützpunkt »Budapest« abgestellt worden zu sein. Er wäre lieber zum Stützpunkt »Orkal« zurückgekehrt, wo er zuvor gedient hatte. Die Panzer standen nicht in Kolonnen, sondern waren unter den Bäumen verteilt. Kurz vor 14 Uhr kam Fliegeralarm. Saul und die übrigen Panzerkommandanten befahlen die Panzer- und Flakbesatzungen an die Geschütze. Die Kommandanten selbst blieben noch draußen. Zehn Minuten später tauchten plötzlich zwei Flugzeuge auf. Sie flogen genau über die Befehlsstelle des Lagers hinweg in östlicher Richtung. Es war Befehl erteilt worden, Flugzeuge nur dann unter Beschuß zu nehmen, wenn sie Bomben abwarfen. Obwohl Saul keine Zeit hatte, die Flugzeuge zu identifizieren, stand es jedoch für ihn fest, daß es sich um feindliche Maschinen handelte. Eine Zehntelsekunde später sah er, daß sie Bomben abwarfen und daß die Bomben über dem Befehlsbunker explodierten.

Die Flugzeuge wendeten und flogen noch einmal über die

Kompanie hinweg. Saul war überzeugt, daß nun tatsächlich Krieg war. Er war sicher, daß in wenigen Minuten andere Maschinen aufsteigen und den Feind verfolgen würden, aber es erschien kein einziges Flugzeug mehr.

Ohne auf weitere Befehle zu warten, ordnete er seinen beiden Panzern an, loszufahren. Die übrigen Panzer folgten unmittelbar nach, jede Einheit in Richtung auf den Stützpunkt, dem sie zugeteilt war. Saul wartete darauf, daß der zweite Panzer für den Stützpunkt »Budapest« ihm folgte und forderte ihn über das Funksprechgerät dazu auf.

Die beiden Panzerkompanien fuhren in einer Reihe hintereinander durch die Sanddünen. Nur Saul, der zum Stützpunkt »Budapest« mußte, bog auf die Straße ein. Um 14.15 Uhr glaubte er immer noch nicht an einen Vernichtungsfeldzug, sondern höchstens an einen Zermürbungskrieg. Erst fuhr er neben der Straße entlang, doch dann wechselte er auf die Fahrbahn über und beschleunigte das Tempo.

Die beiden Panzer fuhren mit Höchstgeschwindigkeit nach Westen, auf den ägyptischen Kanonendonner zu. Sie erreichten das Gebiet von Balusa, und wieder sah Saul Flugzeuge am Himmel kreisen. Er befahl Flugabwehralarmbereitschaft. Was seine Männer - im Durchschnitt neunzehn Jahre alt und erst ein Jahr beim Militär - wirklich fürchteten, waren Sturzkampfbomber. Der Kanonier, der die feindlichen Maschinen ebenfalls gesichtet hatte, versteckte sich ganz hinten im Panzer.

Die um Balusa stationierten Soldaten winkten ihnen zu. Sie fuhren weiter entlang der Küstenachse von Mimika. Dann hörte Saul über Funk, daß in einem der Stützpunkte, in Lachsanit, die Verbindung zum Kompaniechef abgerissen war; jeder versuchte, zu ihm durchzukommen, doch er meldete sich nicht mehr. Saul bat um die Erlaubnis, Lachsanit Unterstützung zu gewähren, bekam aber keine Antwort. Endlich gelang es, die Verbindung wieder herzustellen; die Antwort lautete: »Nein. Befehl ausführen!« Und so fuhr er weiter.

Als er sich »Budapest« näherte, schaltete er auf den Kanal des Stützpunkts und erbat einen Lagebericht. Die Besatzung des Stützpunkts bestand aus dreiundzwanzig Reservisten aus Jerusalem und ihrem Kommandanten Motti Aschkenasi. Im Lagebericht hieß es: »Bei uns alles in Ordnung.« Als sich Saul »Budapest« bis auf sechs Kilometer genähert hatte, sah er, daß der Stützpunkt unter Artilleriebeschuß lag und von zwei Sturzkampffliegern bombardiert wurde. Die Gegend war in dichte Rauchwolken gehüllt, und bei jedem Bombeneinschlag flogen Steinbrocken von den Befestigungsanlagen und Wolken von Sand durch die Luft. Saul fragte beim Kommandanten an, ob er dort gebraucht werde, erhielt aber die Anweisung, auf weitere Befehle zu warten.

Inzwischen meldete sich jedoch der Kompaniechef der Panzereinheit über Funk mit dem Befehl: »Warten Sie nicht erst auf eine Einladung, fahren Sie los!«

Saul erreichte die Befestigungen, und zum erstenmal in seinem Leben sah er, wie rings um ihn Granaten einschlugen. Trotz der Anweisung, bei Beschuß alle Klappen zu schließen, ließ Saul seine Sichtklappe geöffnet und befahl dem zweiten Panzer, dasselbe zu tun. Es wäre unmöglich gewesen, zwischen den tiefen Löchern und Granattrichtern mit geschlossenen Klappen zu manövrieren. Die ganze Zeit bestand kein Funkkontakt zum Kommandanten von »Budapest«. Saul entdeckte bald, daß er die Lage weit besser beurteilen konnte als der Kommandant in seinem Beobachtungsstand.

Saul ging am nördlichen Rand des Stützpunkts »Budapest« in Stellung. Es gab zwar keinen großen Bewegungsspielraum, doch fanden sie schließlich einen Platz unmittelbar an der Küste, den ägyptischen Stellungen genau gegenüber. Auf dem Weg dorthin sahen sie ägyptische Panzer – es waren sowjetische T34 – auf sich zukommen. Saul blieb gar keine andere Wahl, als anzuhalten und auf die feindlichen Panzer zu feuern. Insgesamt traf er sechs Panzer.

Nun meldete der zweite Panzer, die elektrische Anlage sei defekt. Saul gab den Befehl, sich zurückzuziehen, und feuerte selbst weiter. Die Gefahr schien nun gebannt zu sein. Die übrigen Panzer blieben stehen, die Luken wurden geöffnet, und die Besatzung sprang heraus. Plötzlich schrie der Kanonier: »Er schießt auf uns!« Saul antwortete: »Gib's ihm!« Gemeinsam zielten und schossen sie weiter auf Schützenpanzerwagen und Panzer. In dieser ersten Kampfrunde gelang es Saul, zwei gepanzerte Truppentransporter, einen Schützenpanzer, drei oder vier Lastwagen und zwei Jeeps außer Gefecht zu setzen.

Um den Panzerangriff abzuwehren, hatte er die gesamte Munition verschossen. Saul befürchtete, daß noch weitere ägyptische Panzer unterwegs waren und zog sich darum aus der Kampflinie zurück, um neue Munition aufzunehmen. Als er zurückkam, sah er in etwa einem Kilometer Entfernung einen Lastwagen mit ägyptischen Soldaten am Strand entlangfahren. Saul befahl seinem Kanonier, auf den Lastwagen zu zielen und ihn sogleich zu treffen. »Ich werde es versuchen«, antwortete der Kanonier, und er traf ihn gleich mit dem ersten Schuß. Die Ägypter sprangen sofort herunter und warfen sich zu Boden. Die zweite Granate traf den Motor; der Wagen überschlug sich und ging in Flammen auf. Sie feuerten noch zwei Granaten ab und versuchten, die Ägypter mit dem Maschinengewehr zu treffen, doch ohne Erfolg. »Wir hätten sparsamer mit der Munition umgehen sollen für den Fall, daß wir in die Verteidigung gedrängt werden«, sagte Saul.

Saul fuhr nochmals zurück, um neue Munition zu holen. Auf dem Rückweg erblickte er in einer Entfernung von eineinhalb Kilometern einen unbeschädigten Panzer und beschloß, ihn außer Gefecht zu setzen. Die panzerbrechenden Granaten waren aufgebraucht, und für die ballistischen Geschosse war die Entfernung vermutlich zu groß. Saul feuerte Hohlladungsmunition, verfehlte jedoch das Ziel. Danach gab er auf.

Während des Panzerangriffs waren Sauls Panzer und der gesamte Stützpunkt unter schwerem, gut gezieltem Artilleriefeuer. Nachdem Saul den Panzer- und Infanterieangriff abgeschlagen hatte, wurde ihm bewußt, daß ringsum ununterbrochen die Geschosse der ägyptischen Artillerie detonierten, und erst dann zog er den Kopf in den Turm zurück. Und bei jedem explodierenden Artilleriegeschoß murmelte er: »Vielen Dank!«

Der Kommandant des Stützpunkts rief ihn wieder über Funk. Saul hatte bisher die Funkrufe nicht beantwortet, weil er genau wußte, was er zu tun hatte. Aber nun teilte ihm Motti Aschkenasi mit, er solle Verwundete zur Sanitätsbaracke fahren. Saul befand sich in einem Dilemma: Nur er war im Transport von Verwundeten ausgebildet, den Kommandanten des zweiten Panzers konnte man mit dieser Aufgabe nicht betrauen. Obwohl Saul wußte, wie dringend der Transport war, wurde ihm auch klar, daß der Stützpunkt ohne Panzerunterstützung blieb, wenn er den Auftrag ausführte, weil die Bordkanone des zweiten Panzers nicht mehr funktionierte. Also erklärte er dem Kommandanten seines Begleitpanzers in aller Eile, wie er mit den Verwundeten umgehen sollte, und schickte ihn los. Doch als der Panzer den Stützpunkt erreichte, wurde er nicht mehr gebraucht – der letzte Verwundete war gestorben. Er war zwei Stunden zuvor verwundet worden. Nun zählte man drei Tote.

Die Dämmerung brach herein, aber der Artilleriebeschuß ging weiter. Erst jetzt traf Saul mit Motti, dem Kommandanten des Stützpunkts, zusammen. Zusammen besprachen sie die Einteilung der Wachen und das Ausheben von Schützengräben. Über Funk forderten sie Munition und Treibstoff an. Als sie das Hauptquartier der 275. Brigade in Balusa endlich erreichten, erfuhren sie, daß Nachschub bereits unterwegs war.

Als zwei israelische Flugzeuge am Himmel erschienen, hatte Saul den ägyptischen Angriff bereits abgewehrt. Die Maschinen flogen nach Westen und griffen im Sturzflug Ziele zwischen den Frontlinien an, indem sie dem konzentrierten ägyptischen Flakfeuer geschickt auswichen.

Saul stand in Funkverbindung mit den Panzern seiner Einheit, die dem Stützpunkt »Orkal« zugewiesen worden waren. Er erfuhr, daß sich dort die Lage rasch verschlechterte, und gab über Funk Anweisungen an seine Einheit. Auch die Kanoniere von »Budapest« setzten sich für »Orkal« ein, solange ihre Geschütze feuern konnten. Dann kam die Nachricht, daß die Ägypter einen Teil des Stützpunkts »Orkal« eingenommen hatten und der Kommandant schwer verwundet sei. Kurz danach wurde sein Tod gemeldet.

Er erfuhr auch, daß ein Stoßtrupp die vorgeschobene ägyptische Stellung auf der Straße zwischen Balusa und »Budapest« durchbrechen sollte. Die Granaten fielen ununterbrochen. Seit vier Tagen beschoß die ägyptische Artillerie pausenlos den Stützpunkt, und täglich wurde per Funk durchgegeben, daß unser Gegenangriff in Kürze stattfinden werde, sobald Ablösung und Nachschub einträfen. Während das Trommelfeuer weiterging, wagte Saul Erkundungsfahrten in einem Umkreis bis zu drei Kilometern, aber nicht weiter, um nicht in Schußweite der ägyptischen Artillerie zu geraten. Einmal tauchten zwei feindliche Maschinen auf und bombardierten den Stützpunkt, bald darauf erschienen zwei weitere Flugzeuge. Saul sprach gerade mit Motti Aschkenasi, und im ersten Augenblick hielt er sie für israelische

Maschinen. Er wollte es einfach nicht wahrhaben, daß am dritten Kriegstag immer noch ägyptische Flugzeuge ungestört über der Front operieren konnten. Die Flugzeuge zogen einen Kreis, dann warf eines von ihnen Sprengbomben und Napalmbomben ab. Wider Erwarten traf Saul die Mannschaft des zweiten Panzers, der sich in dem bombardierten Bereich befand, unverletzt an. Die Männer löschten die Napalmbrände und liefen dann in den Bunker.

Der zweite, weitaus massivere ägyptische Angriff begann am zehnten Tag der Kämpfe zwischen drei und vier Uhr morgens mit schwerem Artilleriebeschuß. Die 240-Millimeter-Granaten waren hundertvierzig Kilo schwer und von gewaltiger Sprengkraft. Als das Trommelfeuer aufhörte, bemerkten die Panzerbesatzungen vor dem Eingang verdächtige Bewegungen. Die Männer gingen in Stellung, und Saul fuhr auf den Eingang zu. Zuerst sah er nichts, dann jedoch merkte er, daß Bazookas abgefeuert wurden. Sauls Panzer war es inzwischen gelungen, den Schaden an seiner Bordkanone zu beheben. Über Funk wurden sie darauf hingewiesen, daß sich von den ägyptischen Stützpunkten aus starke Streitkräfte im Vormarsch befanden. Durch die vorgeschobene ägyptische Stellung waren sie vom Nachschub abgeschnitten, und nun wurden sie von zwei Seiten gleichzeitig angegriffen – vom Land und von der See. Saul dirigierte den anderen Panzer in Richtung auf die ägyptischen Stellungen, während er selbst an dem der See zugewandten Eingang blieb.

Plötzlich wurde das Feuer wieder eröffnet. Saul riet dem Kommandanten, die Männer bis auf einen Beobachtungsposten in den Bunker zu schicken und ihm und seinen beiden Panzern die Ägypter zu überlassen.

Die ägyptische Infanterie griff entlang der Küste an. Da die Maschinengewehre der beiden Panzer nicht mehr funktionierten - eines war von einer Granate getroffen worden –, feuerten sie nun aus den Bordkanonen. Nach jedem Schuß kam der ägyptische Angriff zwar zum Stehen, aber die Infanteristen hatten viel zu große Angst, um einfach davonzulaufen. Die Munitionen gingen allmählich zur Neige, der Infanterieangriff war aber zu diesem Zeitpunkt bereits so gut wie abgeschlagen.

Über Funk kam die Meldung, daß unsere Truppen nun die vorderen Stellungen der Ägypter drückten und die ägyptischen

Kommandotrupps den Rückzug begannen. Nachdem die Gefahr eines ägyptischen Infanterieangriffs beseitigt war, befahl Saul seinem Begleitpanzer, den zurückweichenden Stoßtrupp unter Beschuß zu nehmen; da sein eigener Panzer keinen Schuß Munition mehr hatte, fuhr er zurück, um neue Munition zu laden.

Plötzlich teilte ihm der Stützpunktkommandant mit, daß ägyptische Panzer anrollten. Inzwischen war die Dämmerung hereingebrochen, und nach Sauls Schätzung würde es einige Zeit dauern, bis sie den Landstreifen zwischen dem ägyptischen und dem eigenen Stützpunkt durchquerten. Saul ordnete an, der zweite Panzer solle nach vorne und feuerbereit bleiben, bis Saul mit frischer Munition eintraf. Doch bevor der zweite Panzer seine neue Stellung eingenommen hatte, entdeckte Saul plötzlich drei gepanzerte Amphibienfahrzeuge, die genau ihm gegenüber vor der Küste lagen. Er schickte seine Panzerbesatzung wieder in den Panzer und rollte in schnellstem Tempo auf die Straße zu. Dabei traf er hintereinander zwei Amphibienfahrzeuge, das dritte wurde vom Begleitpanzer unter Beschuß genommen. In der Annahme, daß noch weitere Transporter unterwegs seien, rollte er über den Stacheldraht zum Ufer, vorbei an dem inzwischen ebenfalls getroffenen dritten Amphibienfahrzeug. Plötzlich sah er ein viertes gepanzertes Amphibienfahrzeug mit Höchstgeschwindigkeit auf das Ufer zusteuern. Er nahm auch dieses unter Beschuß. Es war ein großartiges Gefühl, gepanzerte Amphibienfahrzeuge abzuschießen!

Zu diesem Zeitpunkt erkundigte sich der Divisionskommandeur nach dem Lagebericht. Während Saul Meldung machte, beobachtete er, wie ägyptische Infanteristen aus den angeschossenen Fahrzeugen stürmten, das Ufer emporrannten und dicht vor dem Stacheldraht in Stellung gingen. Er teilte dem Divisionskommandeur seine Absicht mit, die feindlichen Soldaten zu überrollen, erhielt jedoch Befehl, im Bereich der Festung zu bleiben. Die Ägypter begannen, den Stacheldraht beiseite zu räumen. Über Funk rief Saul Motti Aschkenasi, rasch seine Männer herauskommen zu lassen, um die Ägypter zurückzudrängen. Die Männer traten zum Gegenangriff an, und er zog sich zurück, um Munition zu besorgen. Auch der zweite Panzer zog sich zurück, rutschte jedoch in einen Granattrichter. Saul kehrte um und leistete Hilfestellung. In der Zwischenzeit hatte die Besatzung des

Stützpunkts »Budapest« die ägyptischen Infanteristen zum Rückzug gezwungen. Saul war es gelungen, das beschädigte Maschinengewehr durch ein anderes zu ersetzen. Aus allen Rohren begannen sie, auf die Ägypter zu feuern, während die im Stützpunkt stationierten Soldaten den Feind gleichzeitig mit Flammenwerfern und Handgranaten angriffen. Die Ägypter waren wie gelähmt und wagten nicht einmal zu fliehen. Sie zogen sich an die Küste zurück und setzten sich ins Wasser. Die Israelis beschossen sie mit unverminderter Stärke, bis Stille eintrat. Der Infanterieangriff war zurückgeschlagen, aber der Artilleriebeschuß dauerte noch an. Als der Kampf fast vorbei war, erschienen zwei israelische Flugzeuge vom Typ Skyhawk und bombardierten die ägyptischen Stellungen. Die Besatzung von »Budapest« rannte ins Freie und jubelte. Danach trat der Waffenstillstand in Kraft.

*

Plötzlich gab es ein großes Durcheinander. Abie Driesel wollte am nächsten Morgen gleich bei Tagesanbruch die Front besichtigen – angefangen von »Budapest« bis zu den Brücken – und, wenn möglich, auch den Kanal überqueren und sich auf der anderen Seite ebenfalls »alles ansehen«. Unter der Bedingung, am Abend wieder in Balusa zu sein, war er willens, diese Strapaze auf sich zu nehmen, vorausgesetzt, die gesamte Ausrüstung wurde gepackt und alle waren bereit, mit der Sondermaschine zu starten, die ihn und sein Gefolge am nächsten Tag nach Tel Aviv zurückbringen sollte.

Lili Fiddleman suchte mich im Nachthemd im Barackenlager – es war bereits halb eins –, um mir mitzuteilen, daß ich mich um fünf Uhr in der Baracke von Abie Driesel »mit dem gesamten Material und meinen Notizen« einfinden sollte, um die Frontbesichtigung vorzunehmen. »Das heißt, in viereinhalb Stunden«, sagte sie, indem sie einen Blick auf ihre Armbanduhr warf. Abgesehen davon, daß sie mich geweckt hatte, warf sie mir vor, träge zu sein, denn ihres Erachtens entzog ich mich meinen Pflichten und verschwand gerade dann, wenn man mich am dringendsten brauchte. Meinetwegen mußte sie sich nun in der Dunkelheit einen Weg zwischen Stacheldrahtverhau und Sandlöchern bahnen, zu Boden stürzen und sich die Knie aufkratzen. Ich glaube, daß damals im ganzen Land absolute Verdunkelung angeordnet war.

»Wenn Sie, wie vorgesehen, in Abies Baracke geblieben wären, hätten Sie mir diese Umstände erspart«, sagte sie mir in spitzem Ton. Und zu meiner Bestürzung sah ich, daß ihre Augen gerötet waren, als hätte sie geweint.

»Aber Sie selbst haben mich doch weggeschickt!« antwortete ich ihr. In diesem Augenblick empfand ich fast Mitleid mit ihr, und zwar nicht wegen ihres Sturzes und ihrer Kratzer, sondern wegen dieser für sie demütigenden Situation.

Ich muß zugeben, alles war darauf zurückzuführen, daß ich von Abie Driesels Baracke weggegangen war. Zunächst hatte man mir einen Winkel in seinem Zimmer reserviert – ein Bett gegenüber dem seinen. Schließlich war ich ja sein Verbindungsoffizier, und der Lagerkommandant war davon überzeugt, daß eine Baracke für die ganze Gruppe ausreiche: Wir beide hätten in einem Raum und die anderen in den vier übrigen Räumen schlafen sollen. Das war kein Zeichen dafür, daß der Lagerkommandant Abie nicht hoch genug einschätzte. Seine Entscheidung war einfach von Platzmangel diktiert. Als ich entschlossen in Abies Zimmer eintrat und meinen Rucksack auf das freie Bett abstellte, hatte Lili den Lagerkommandanten kommen lassen. Sie hatte wirklich einen hysterischen Anfall erlitten. Mit zusammengekniffenen, tränenbenetzten Augen und mit rotem, angeschwollenem Hals hatte sie dem verlegenen Lagerkommandanten mit sich überschlagender Stimme erklärt, es sei ungehörig, Abie Driesel das Zimmer mit einem x-beliebigen Mann teilen zu lassen. Er habe Anrecht auf ein Einzelzimmer, weil er eben Abie Driesel sei, und sie habe ebenfalls Anspruch auf ein Einzelzimmer, weil sie die einzige Frau der Gruppe sei. Nicht nur könne man ihr nicht zumuten, in einem Raum mit Männern zu schlafen, sondern sie ertrage einfach nicht die Anwesenheit anderer Menschen in ihrem Schlafzimmer.

Die Soldaten wurden daraufhin im Barackenlager neben dem Zimmer von Lili Fiddleman untergebracht, und was mich betraf, so sagte ich ihm, ich würde allein zurechtkommen. Mißmutig nahm ich wieder meinen Rucksack und ging hinaus, um ein Nachtlager in einer anderen Baracke zu finden. Es gelang mir, ein freies Bett in der den Fahrern zugewiesenen Baracke zu finden. Die Fahrer hatten meistens nachts Dienst – die einen fuhren los, die anderen kehrten zurück –, und so kam es, daß ein Posten anstelle des Fahrers, der in der gegenüberliegenden Ecke schlief, irrtümlich mir auf die Schulter klopfte und ins Ohr flüsterte: »Es ist Viertel vor vier!« In der Baracke der Fahrer fand ich ein wenig Seelenruhe.

Das Übel hatte in der Waschanlage begonnen. Im Krieg waren alle sanitären Anlagen verstopft – Toilettenbecken, Waschbecken, Duschen –, die für die Soldatenmassen nicht eingerichtet waren. Man konnte nur die verschließbaren Bedürfnisanstalten der Offiziere und des weiblichen Personals benutzen, ohne sich vor dem Schmutz und dem Gestank zu ekeln. Die meisten Soldaten waren zu Beginn der Kämpfe evakuiert worden, aber in ihren Quartieren waren noch das weibliche Dienstpersonal, die Krankenschwestern und die Sekretärin des Regimentskommandeurs untergebracht, die die sanitären Anlagen der Offiziere benutzten, die Abie Driesel und seinem Gefolge zur Verfügung gestellt wurden.

Als Abie Driesel am Abend die besagten sanitären Anlagen aufsuchte, glaubte er, eine Vision zu haben. Hinter der Trennwand der Dusche stand, so nackt wie sie Gott geschaffen hatte, eine junge Frau. Er fing an, am ganzen Körper zu zittern, sein Herz klopfte zum Zerspringen. Die »göttliche Erscheinung« war nicht minder erstaunt.

»Abie Driesel!« rief sie. Während ihres Studienaufenthalts in den Vereinigten Staaten hatte sie sich am Schluß eines Vortrages ihm genähert. Sie hätte sich mit ihm unterhalten wollen, aber wegen des Gedränges war es ihr nicht einmal gelungen, ein Autogramm von ihm zu bekommen. Sie hieß Reisalé und gehörte einer ultraorthodoxen Familie von Mea Schearim an, die ihr den Besuch einer öffentlichen Mädchenschule untersagt hatte, weil diese ihres Erachtens in ihrer Einstellung nicht fromm genug war. Darum hatte Reisalé zu Hause von ihrer Mutter schreiben, lesen, rechnen, nähen, kochen, Brot backen, beten, die Sabbatandacht halten und all die Dinge gelernt, die sich für eine anständige fromme Frau ziemen. Mit fünfzehn Jahren nahm sie die erste beste Gelegenheit wahr, um davonzulaufen. Zunächst legte sie den Namen Reisalé ab und nannte sich fortan Anat, dann vertiefte sie sich mit Eifer in die sogenannten profanen Gebiete und Studien, die ihr zu Hause untersagt worden waren. Aber die Frage, die sich ihr seit ihrer Kindheit aufdrängte, beschäftigte sie immer noch: »Gibt es einen wie auch immer gearteten Zusammenhang zwischen Gott, dem Schöpfer des Himmels, der Erde und des Menschen und den Geboten der Religion?« Aus ihrer Kindheitserfahrung wußte sie, daß die Religion das Gottesgefühl in ihr getötet und sie mit Bitterkeit erfüllt hatte. Auf der hebräischen Universität hatte sie sich eingehend mit dem Werk Agnons befaßt und war zu dem Schluß gekommen, daß er nicht nur kein religiös gesinnter Schriftsteller war, sondern daß all seine Schriften nichts anderes als eine Anklage gegen die ultrafrommen Gemeinschaften darstellten. Seine These entsprach nicht dem Geschmack ihrer Professoren, darum hatte sie beschlossen, in den Vereinigten Staaten Religionsgeschichte zu studieren. Nach dem Vortrag an der Universität von Brandeis hätte sie sich gerne mit Abie Driesel über die Fragen unterhalten wollen, die sie seit langem beschäftigten. Nach Israel zurückgekehrt, schloß sie sich einem Team von Archeologen an, die Ausgrabungen im Gebiet des Djebel Moussa machten in der Hoffnung, etwas zu finden, das ihnen Aufschluß über den Berg gab, wo Gott sich Moses offenbart hatte (nebenbei bemerkt, Anat-Reisalé sah keinen Zusammenhang zwischen dem Gesetz Moses und dem Leben der orthodoxen Juden von Mea Schearim). Als sie sich auf dem Weg zum Kloster der heiligen Katharina befanden, war der Krieg ausgebrochen. Die Archeologen hatten umkehren müssen, aber ihr war es gelungen, im Sinai zu bleiben und sogar eine Aufgabe im Lagerbüro zu übernehmen. In Ermangelung einer göttlichen Erleuchtung auf dem Berge Sinai mußte sie damit vorliebnehmen, dem großen Mann von Angesicht zu Angesicht gegenüberzustehen.

Abie Driesel war am meisten darüber verwirrt, daß das Mädchen nicht einmal versuchte, sich zu bedecken. Weder versteckte sie sich bei seinem Anblick hinter einem der Wandschirme, noch wickelte sie sich hastig in ihr Handtuch. Im Gegenteil, sie ging freimütig auf ihn zu, um sich zu vergewissern, daß sie keiner optischen Täuschung erlag. Als sie davon überzeugt war, Abie Driesel leibhaftig gegenüberzustehen, bat sie ihn, ihr in Balusa den Wunsch zu erfüllen, den sie bereits in Boston gehegt hatte, all ihre Fragen aufrichtig zu beantworten und mit ihr in einer halben Stunde ein Treffen in seinem Zimmer zu vereinbaren.

In sein Zimmer zurückgekehrt, bereitete er sich sorgfältig auf ihren Besuch vor. Er entledigte sich aller Kleidungsstücke, zog einen Morgenmantel an, besprühte sich mit orientalischem Duftwasser, versteckte die schmutzige Wäsche in einem Schrank, bezog das Bett frisch, machte die Deckenbeleuchtung aus, ließ nur die Nachttischlampe an und trank einige Gläser Cognac, um sich im Hinblick auf die ihm bevorstehenden Aufregungen zu stärken. Da er aber befürchtete, daß seine Alkoholfahne mit den orientalischen Düften und der beinahe mystischen Atmosphäre, die er geschaffen hatte, nicht in Einklang zu bringen war, gurgelte er erneut. Plötzlich klopfte jemand an seiner Tür. Er warf einen Blick auf den Wecker und stellte fest, daß erst zehn Minuten vergangen waren. Entgegen seinem Plan beschloß er, sie liegend zu empfangen, und er rief: »Drücken Sie die Türklinke einfach herunter!« Die Tür öffnete sich und Lili Fiddleman trat ein!

Sie blieb einen Augenblick wie versteinert auf der Schwelle stehen, dann warf sie sich ihm an die entblößte Brust. Abie Driesel verstummte. In seiner freudigen Erregung hatte er vergessen, daß Lili Fiddleman mit ihm die Programmänderungen der Besichtigung der Südfront durchsprechen wollte. Er starrte sie entsetzt an, unfähig, eine Silbe über die Lippen zu bringen; erst als sie sich mit ihrem ganzen Körpergewicht auf ihn warf, schrie er: »Lili! Was fällt Ihnen ein? Sind Sie von Sinnen?«

Lili fühlte sich gedemütigt. Sie bedeckte ihr Gesicht mit beiden Händen, stand auf und ging schwankend auf den Stuhl zu. Dann setzte sie sich hin, versteckte weiterhin ihr Gesicht, stand plötzlich auf und rannte davon. Sie wollte in ihr Zimmer zurückkehren, ihm einen Entschuldigungsbrief schreiben, ihm die Entfesselung ihrer Gefühle bei seinem Anblick erklären und ihm ihre Herzensregungen offenbaren, aber plötzlich hörte sie Schritte auf der Straße. Sie versteckte sich hinter der Baracke und sah eine große, schlanke Frau auf den Eingang zugehen. Lili reckte sich, um zu beobachten, was in Abies Zimmer vorging, aber das Fenster war zu hoch. Sie entdeckte eine leere Kiste im Sand, schob sie ans Fenster und stellte sich darauf. So war es ihr möglich zu sehen, wie Abie Driesel die Frage des Göttlichen löste, die diese Frau seit der Kindheit belastete. Die Frau setzte sich auf den vom Bett am weitesten entfernten Stuhl; es war Abie, der sie aufforderte, sich zu nähern und sich auf sein Bett zu setzen, denn er brauchte ihre Nähe, um seine prophetische Aussage zu machen. Mit einem Märtyrerausdruck im Gesicht und fromm nach oben gerichtetem Blick erklärte er ihr, daß sie die Worte des lebenden Gottes, die aus seinem Munde kamen, erst vernehmen könnte, nachdem sie seinen Körper berührt und die Wärme seiner Haut gespürt hätte. In diesem Augenblick kehrte ich nach der Begegnung mit Saul zur Baracke zurück und wollte direkt auf Lilis Zimmer zugehen, als ich sie auf der Kiste stehend durch Abies Fenster spähen sah. Ich hüstelte, um sie auf mich aufmerksam zu machen und um zu vermeiden, daß sie plötzlich erschrak und zu Boden fiel. Aber schon mein Hüsteln erschreckte sie derart, daß sie das Gleichgewicht verlor und ich sie auffangen mußte.

Als sie sich bewußt wurde, wem sie in die Arme gefallen war, meisterte sie blendend die Situation, indem sie mir, ohne die geringste Verlegenheit zu zeigen, sagte: »Nehmen Sie Ihr Abendessen in der Küche ein und gehen Sie dann auf Ihr Zimmer, ich werde Sie aufsuchen, um das morgige Programm mit Ihnen abzusprechen. Geben Sie mir bitte Ihren Notizblock, ich werde ihn Ihnen morgen zurückgeben.« Sie entwand mir den Block und stürmte, ihn in die Luft schwingend, in Abies Zimmer. Ich wußte nicht, was sie vorhatte; ich hatte mir auf hebräisch Notizen gemacht, weder Abie noch sie beherrschten die Sprache. Nun nahm ich den Platz hinter dem Fenster ein und sah sie auf ihre Rivalin losgehen und sie in die Flucht schlagen. »Wir müssen noch arbeiten« - mit dem Notizblock wollte sie also Abie einschüchtern –, »und Sie verlassen sofort den Raum, sonst sehe ich mich gezwungen, die Militärpolizei zu benachrichtigen!«

Anat-Reisalé versuchte nicht einmal für ihr Recht zu kämpfen, die Haut des großen Mannes zu berühren, um dann Gottes Botschaft aus seinem Munde zu vernehmen. Bestürzt über Lilis Überfall, lächelte sie sanft vor sich hin – und dieses Lächeln barg große Traurigkeit in sich – und ging hinaus. Eine Enttäuschung mehr auf dem Weg, der zu Gott führt. Sie marschierte geradeaus und setzte sich auf die Sanddüne gegenüber der Sanitätsbaracke. Ich folgte ihr unauffällig, setzte mich dann an ihre Seite und bot ihr eine Zigarette an. Ich kannte sie aus der Zeit, als ich Spezialkurse hielt und ihr zum Abitur in biblischem Hebräisch Nachhilfeunterricht gegeben hatte. Sie war das jüngste Enkelkind des berühmten Amram Blothe, des Rabbiners, dem meine Mutter bei ihrem ersten Spaziergang durch die Straßen Jerusalems begegnet war. Auf der Sanddüne sitzend rauchten wir, ohne ein Wort zu wechseln, um uns die Stille der Wüste, über uns der Sternenhimmel. Als ich sie gegen Mitternacht zu ihrer Baracke begleitete, sagte sie mir: »Es wäre besser, darüber zu lachen, wenn es nicht so traurig für mich wäre. Er ist nicht einmal ein falscher Prophet. Abie Driesel ist nur ein Scharlatan, ein Propagandist.«

Um Mitternacht schlief ich ein, und eine halbe Stunde später weckte mich Lili Fiddleman, um mir mitzuteilen, ich solle mich um fünf Uhr morgens zur Frontbesichtigung bei Abie Driesel melden. Ich hatte meinen Kaffee noch nicht ausgetrunken, als Lili in die Küche kam und mich aufforderte, »mit den anderen Jungen« sofort in den Dienstwagen zu steigen. Abie tauchte als letzter auf, noch schlaftrunken und blinzelnd. Er stieg in den riesigen Plymouth hinter uns und schlief wieder ein, sobald wir die Straße erreicht hatten. Ich leitete die Fahrt vom Beifahrersitz des Kommandowagens aus. Zuerst fuhren wir nach Westen und dann nach Norden auf die schmale Landzunge zwischen dem Mittelmeer und A-Tina zu.

Mitten auf der Straße hielt ich den Konvoi gegenüber den weißen Salzsümpfen an, in denen die Ägypter ihre Stellungen bezogen hatten, weil ich den Amerikanern erzählen wollte, was sich hier abgespielt hatte. Am Ende der Straße ragte der Stützpunkt »Budapest« auf. Hier, wo ägyptische Kommandotrupps ihre Raketen vom Typ Sagger und RPG auf die ersten Schützenpanzer abgefeuert hatten, die versuchten, die ägyptischen Stellungen zu durchbrechen, war nicht das geringste Anzeichen eines Kampfes mehr zu sehen – nur weißes Salz und gelber Sand, obwohl bis zum Mittag des ersten Kampftags einunddreißig Tote und siebzig Verwundete von dieser Stelle nach Balusa gebracht worden waren. Die zerstörten Fahrzeuge waren abgeschleppt worden, man hatte die Straße ausgebessert, und die weite Wüste verriet nichts. Ich suchte nach der verdorrten schwarzen Hand, die bei meinem Eintreffen am Tag nach dem Waffenstillstand in einem Granattrichter aus dem Sand ragte, aber auch sie war verschwunden. Man hatte die toten Ägypter in den Gräben und Trichtern beigesetzt, und die anderen, die durch den Sumpf gewatet waren, um ihre eigenen Linien zu erreichen, waren vermutlich versunken.

Ich wollte gerade erklären, wie wir die ägyptischen Stellungen durchbrochen hatten, kam aber nicht dazu, den Mund zu öffnen. Der Regisseur, sein Assistent und Lili Fiddleman, die mit mir ausgestiegen waren, standen auf der Straße und sahen sich um. Als sie feststellten, daß es außer dem Himmel und der Wüste nichts Interessantes gab, entschieden sie, es habe keinen Sinn, Abie Driesel zu wecken und ihn mit Aufnahmen zu belästigen. »Er hat die ganze Nacht kein Auge zugetan«, erklärte Lili dem Regisseur. »Er hat das letzte Kapitel seines Buchs überarbeitet.«

Doch als wir »Budapest« erreichten, gab es wirklich etwas zu sehen, und folglich wurde Abie aus dem Schlaf gerissen, und er machte sich alsbald an die Arbeit. Er wurde aus jedem nur erdenklichen Blickwinkel gefilmt – mit den Wracks der vier Amphibienfahrzeuge als Hintergrund, vor dem Niemandsland mit den ausgebrannten Panzern, mit den umgestürzten Schützenpanzern und den zusammengeschossenen Jeeps. Am Horizont gegenüber Port Fuad sahen wir Schiffe – russische Kriegsschiffe, wie uns die Soldaten des Stützpunkts erklärten –, aber der Regisseur entschied, es sei sinnlos, sie aufzunehmen, da man auf diese Entfernung ja doch nicht ihre Herkunft erkennen könne. Auch hier fand ich keine Gelegenheit, zu Wort zu kommen. In mir stieg der Verdacht hoch, daß meine Mühe umsonst war und daß man mich nur als Fremdenführer brauchte, der den anderen »interessante Punkte« zeigen sollte. Erst am folgenden Tag sollte ich entdecken, daß meine Vermutung nicht stimmte. Wir fuhren über die Sinai-Halbinsel nach Süden, auf die Pontonbrücken zu. Abie schlief wieder in seinem Plymouth und wachte erst auf, als die Planken der Pontonbrücke unter ihm krachten. Unglücklicherweise war genau in diesem Augenblick ferner Kanonendonner zu hören. Wir mußten mitten in einem langen Konvoi von Lastwagen und Panzerfahrzeugen anhalten. Die Schießerei hatte mit dem Verkehrsstau nicht das mindeste zu tun; trotzdem war uns sehr unbehaglich zumute. Am meisten erschrak der jäh aus dem Schlaf gerissene Abie. Als sich der Konvoi wieder in Bewegung setzte, wurde ihm vom Rumpeln des Fahrzeugs und vom Schwanken der Bohlen schlecht. Erst eine Stunde später, als wir neben dem Flugplatz von Fajid anhielten, atmete er erleichtert auf.

Entlang der Linie Fajid – Abu sultan – Deir Swer war deutlich zu sehen, daß kurz zuvor Kämpfe stattgefunden hatten: Überall standen ausgebrannte und zerschossene ägyptische Panzer. Abie Driesel hatte vorsorglich aus Balusa eine Kampfuniform der Panzergrenadiere mitgenommen und posierte nun darin vor den Panzern des Bataillons, das wir in Deir Swer antrafen. Nach den Anweisungen des Regisseurs mußten einige Panzer vor- und zurückrollen, und durch die aufgewirbelten Staubwolken winkte Abie in die Kamera. Zwei junge Offiziere, die ihre Panzer den Filmleuten geliehen hatten, setzten sich neben mich in den Schatten unseres Wagens, und als ich Bruchstücke ihrer Unterhaltung auffing, begann mein Herz wild zu klopfen. Auf dem britischen Soldatenfriedhof in der Nähe von Fajid hatten sie zwischen den langen Reihen von Kreuzen auf den Gräbern der in der Arabischen Wüste Gefallenen auch zwei Davidsterne entdeckt: Zwei jüdische Soldaten aus »Erez Israel« hatten hier schon vor ihnen gekämpft und hatten den Tod gefunden.

»Sonderbares Gefühl«, sagte einer der Offiziere. »Sie sind hier gestorben, genau zehn Jahre, bevor ich geboren wurde.«

»Stell dir vor, was geschehen würde, wenn sie plötzlich von den Toten auferstehen und uns hier sehen könnten«, sagte der zweite und zeichnete mit einem Stöckchen den Davidstern in den Sand. »Hier in der Arabischen Wüste waren schon die Briten und die Deutschen, und jetzt sind wir hier. Glaubst du eigentlich an das Gerede von der Auferstehung und der Unsterblichkeit der Seele? Nehmen wir einmal an, deine Seele bleibt wirklich am Leben und schwebt herum, wenn du gefallen bist... Dann ist es doch ganz gleichgültig, wie lange das schon her ist, oder? Dann könnten doch auch die Kinder Israels, die Sklaven der ägyptischen Pharaonen waren, als Sklaven gestorben und unter den Ziegeln von Pithom und Ramses begraben sind, uns hier sehen...«

»Ich glaube das alles nicht«, antwortete der erste Offizier. »Wenn du tot bist, bleibt nichts mehr von dir am Leben. Jetzt bist du noch hier und dann – peng! – bist du weg. Was von dir bleibt, ist nur die Erinnerung. Die Menschen, die dich gern hatten, denken an dich, aber auch sie vergessen dich nach einer Weile. So haben wir schon in der Schule beim Prediger Salomo gelernt: ›Man gedenkt derer nicht, die früher gewesen sind, und derer, die hernach kommen, wird auch keiner derer gedenken, die noch später sein werden!‹ Keine Hoffnung auf ein Weiterleben nach dem Tod... Du hast nur das, was du aus deinem Leben machst.«

»Das wär's dann also«, sagte der zweite und wischte mit der Stiefelspitze den Davidstern aus. »Essen und huren bis zum Überdruß. Morgen bist du vielleicht schon tot.«

Ich sprang auf, wollte in den Wagen steigen, nach Fajid zurückfahren und die Kaserne suchen, in der Reinholds Kompanie vor langer Zeit stationiert war, das Lazarett, in das er nach seiner Verwundung eingeliefert wurde, bevor man ihn dann ins Augusta-Victoria-Krankenhaus in Jerusalem verlegt hatte. Hier in der Gegend mußte er verwundet worden sein – vielleicht genau da, wo ich jetzt stand, oder drüben, wo Abie Driesel in die Kamera winkte. Warum war ich nicht früher auf diesen Gedanken gekommen? Es war mir einfach nicht eingefallen, bis sich die beiden jungen Offiziere neben mich gesetzt hatten. Ich lief hinüber zu Abie, um ihm zu sagen, daß ich mit dem Wagen nach Fajid zurückfahren wollte. Sie brauchten mich ohnehin nicht und wollten nach Balusa zurückkehren, sobald die Panzerszene gedreht war. Sie wollten sofort losfahren, und ich wäre zwei Stunden später wieder zu ihnen gestoßen. Aber Abie ließ mich nicht gehen, und Lili war geradezu entrüstet. »Sie bleiben hier bei uns, und Sie werden auch mit uns wieder zurückfahren. Wir haben immer noch eine Menge zu tun. Die Arbeit hat noch gar nicht richtig begonnen. Bleiben Sie also in meiner Sichtweite, und bitte keine Abstecher auf eigene Faust!« Großartig! In den letzten Tagen hätte sie mich am liebsten zum Teufel geschickt, nur damit ich möglichst weit weg von Abie Driesel war. Und jetzt wollte sie mich plötzlich nicht mehr aus den Augen lassen!

»Die Ägypter können jeden Augenblick wieder zu schießen anfangen, und wie sollen wir den Rückweg ohne Sie finden?« Lauter fadenscheinige Argumente. Ich versuchte ihr in aller Ruhe klarzumachen, daß der vorangegangene Schußwechsel in einiger Entfernung stattgefunden hatte. Falls es aber den Ägyptern plötzlich einfallen sollte, ihre Ferngeschütze genau auf Abie Driesel und sein Gefolge zu richten, spielte es ohnehin keine Rolle, ob ich dann zur Stelle war oder nicht, denn auch beim allerbesten Willen konnte ich die Geschoßbahn nicht ändern. Was den Rückweg betraf, so kannten alle Fahrer die Strecke nach Balusa, und keiner von ihnen brauchte mich. In diesem Augenblick kam sie mir vor wie ein kleines Mädchen, das sich allein im Dunklen fürchtet und die Hand eines Erwachsenen umklammert. So ändern sich die Dinge – Lili Fiddleman wollte sich tatsächlich nicht einmal für eine Stunde von mir trennen! Anscheinend befürchtete sie, daß ich »mit der ganzen Dokumentation verschwinden könnte«. Sie sprach die reine Wahrheit, als sie mich anschrie: »Wir haben noch eine Menge Arbeit vor uns! Wir haben noch nicht einmal richtig angefangen...« Die tiefere Bedeutung ihrer Worte entging mir allerdings in diesem Augenblick, denn ich hatte keine Ahnung, wie umfassend Abies Pläne waren. Auf jeden Fall sah ich mich gezwungen, Reinhold und die mit ihm verbundenen Kindheitserinnerungen beiseite zu schieben, bis zum Ende der Aufnahmen nutzlos herumzustehen und dann zusammen mit dem übrigen Gefolge nach Balusa zurückzufahren.

Erst als Lili auf dem Rückweg nach Balusa ihre großartigen Pläne zu enthüllen begann, gewann ich einen Eindruck von der wahren Reichweite dieses Projekts. Der Film war nur ein Teil davon, aber als erstes sollte ich sofort alle für diesen Film geeigneten Aussagen von Soldaten für das Drehbuch ins Englische übertragen. Anschließend sollte ich alle Gespräche ins Englische übertragen und in einer Art Einleitung die Lage beim Ausbruch des Jom-Kippur-Kriegs skizzieren. Dieses Material brauchte Abie sowohl für eine Vortragsreise »von Küste zu Küste«, die er gleich nach seiner Rückkehr in die Vereinigten Staaten antreten wollte, als auch für das Buch, das er plante.

»Alles schön und gut«, sagte ich zu Lili. »Aber wann glauben Sie, daß ich das machen soll, wenn Sie schon morgen früh mit einer Sondermaschine nach Tel Aviv zurückfliegen wollen?«

Sie warf mir einen vernichtenden Blick zu. »Wollen Sie sich schon wieder drücken? Wissen Sie denn nicht, daß Sie uns überallhin begleiten sollen? So ist es mit der Armee abgesprochen. Sie stehen uns einundzwanzig Tage lang zur Verfügung, und zwar gleichgültig, ob es um militärische Dinge geht oder nicht. Und was Ihren Abstecher nach dem Ort Ihrer Kindheitserinnerungen betrifft, so können Sie den Ausflug meinetwegen machen, nachdem Ihr Auftrag bei uns erledigt ist.« Während sie redete, fiel mir wieder der chaotische Tag ein, an dem ich ins Hauptquartier gerufen worden war. Man hatte mich über meine Aufgaben als Verbindungsoffizier für eine amerikanische Persönlichkeit des öffentlichen Lebens unterrichtet. Der Kommandeur hatte auch etwas von Reisekosten und Spesen für die Zeit erwähnt, die ich nicht der Armee unterstand. »Und falls etwas schiefgeht oder die Leute ihren Verpflichtungen nicht nachkommen – was durchaus denkbar wäre –, können Sie sich direkt an mich wenden.«

»Was die Kosten betrifft...«, begann ich, aber Lili unterbrach mich mit einem geringschätzigen Lächeln: »Keine Sorge, das ist alles schon erledigt. Ihre Arbeitsbedingungen in Tel Aviv werden etwas komfortabler sein als hier. Sie werden es nicht bereuen, das verspreche ich Ihnen.«

Ihrem Lächeln entnahm ich, daß sie auf eines der Luxushotels anspielte – Hilton, Sheraton oder Dan. Und ich sagte mir, daß ich mich eigentlich auch dann nicht beklagen dürfte, wenn ich in einem weniger komfortablen Hotel untergebracht wurde. Zwei Wochen Urlaub in einem Luxushotel in Tel Aviv auf Kosten eines amerikanischen Millionärs, die mir auch noch als Reservedienst angerechnet wurden!

Aber das war nicht alles. Als Lili von Arbeitsbedingungen sprach, dachte sie nicht nur an Tel Aviv. Ich verbrachte nur vier Tage im Hotel Dan in Tel Aviv (während Abie die meiste Zeit unterwegs war, um sich mit wichtigen Leuten zu treffen). Dann reisten wir nach Los Angeles weiter. In einer Privatvilla erwartete mich dort eine noch größere Überraschung. Kaum hatte ich mein Zimmer betreten, da sprang mir aus einer amerikanischen Zeitschrift, die auf dem Tisch lag, ein Foto der Soldatengräber der Jüdischen Legion in die Augen, die ich nicht hatte besuchen dürfen. Es war einem langen Artikel über Arik Scharon und seine Verdienste zugeordnet, in dem geschildert wurde, wie er den Gegenangriff vorbereitet, einen Keil zwischen die Zweite und Dritte Ägyptische Armee getrieben, auf der anderen Seite des Suezkanals einen Brückenkopf gebildet und die Dritte Armee eingekesselt hatte. Bevor ich meinen Koffer öffnete oder duschte, setzte ich mich an den Tisch und las den Artikel.

Der Bericht selbst interessierte mich anfangs kaum. Ich versuchte, die Namen zu entziffern, die auf den Gräbern unter dem Davidstern eingemeißelt waren, und überflog hier und dort einen Satz. Aber als ich mit der Lektüre begonnen hatte, konnte ich nicht mehr aufhören. Mit steigendem Interesse las ich den Artikel bis zum Ende, dann begann ich wieder von vorn. Der Verfasser besaß nicht nur eine überaus genaue Kenntnis von der gegenwärtigen Lage, sondern er wußte auch alles über die Wüstenkämpfe der Briten gegen die Deutschen und Italiener, und seine flüchtigen Bemerkungen über die Jüdische Legion deuteten darauf hin, daß er mit diesem Thema vertraut war. Ich selbst wußte bis dahin beispielsweise nicht, daß am Anfang, als »Erez Israel« kaum mehr als eine halbe Million Seelen zählte, dreißigtausend Männer und Frauen sich freiwillig zur Britischen Armee gemeldet hatten. Trotz dieser Details und der militärischen Terminologie war der Stil leicht lesbar und verständlich. Was mich aber am meisten beeindruckte, war die Art, wie der Autor – ein gewisser Robert Jones, der als »unser Militärkorrespondent im Nahen Osten« bezeichnet wurde – die Atmosphäre in den Lagern erfaßt hatte und die Stimmung der Soldaten wiederzugeben vermochte. Dieser Robert Jones spürte und begriff all das, wofür Abie Driesel offenbar blind und taub war. Beim Lesen bedauerte ich, daß ich nicht das Glück gehabt hatte, diesem Mann als Verbindungsoffizier zugeteilt worden zu sein. Die Zusammenarbeit mit ihm wäre mir ein Vergnügen gewesen, sagte ich mir. Aber ein Mann wie Robert Jones brauchte keinen Verbindungsoffizier – von ihm hätte ich noch viel lernen können. Vielleicht wäre ich ihm an der Front und als Dolmetscher bei den Interviews mit den Soldaten von Nutzen gewesen, aber bestimmt hätte er meiner nicht bedurft, um Kampfszenen zu schildern, um einen Überblick über die Lage an der Südfront zu geben oder den Kriegsausbruch zu beschreiben. Und ganz bestimmt hätte er mich nicht nach Beverly Hills mitgenommen. Wenig später fand ich heraus, daß Robert Jones ein Pseudonym für Joseph Orwell war.

Natürlich hätte ich Abie Driesel dafür dankbar sein sollen, daß er mich hierhergebracht hatte, wo ich »Lebens- und Arbeitsbedingungen« vorfand, von denen ich sonst nur träumen konnte. Dennoch empfand ich ihm gegenüber keinen Funken Dankbarkeit, und nicht einmal aus Höflichkeit brachte ich es fertig, ihm zu sagen: »Vielen Dank, Abie, daß Sie mich mitgenommen haben!«

KAPITEL 6

Der Sultansturm erstrahlte im ersten Morgenlicht, ich sprang aus dem Bett und lief ans Fenster, um den neuen Tag zu begrüßen. Seit meiner Kindheit war ich nicht mehr mit solcher Freude aufgewacht. Mein Zimmer lag im Gästeflügel des Hauses unter dem Dach, und der Hauptbau erstreckte sich im rechten Winkel zum Fenster gegenüber meinem Bett. Das Gebäude war eine merkwürdige Mischung aus französisch-italienischem Renaissancestil mit Spitzbogen und Türmchen, die aus Tausendundeiner Nacht hätten stammen können. Diese orientalischen Bogen vermittelten mir das Gefühl, im Palast eines alten türkischen oder persischen Herrschers aufzuwachen. So hatte ich mir das Haus des Millionärs Joseph Orwell, der uns Abie Driesel mit seinem Gefolge geschickt hatte, nicht vorgestellt. Verse des Dichters Omar Chajjam fielen mir ein, aber seltsamerweise in der englischen Übersetzung von Edward Fitzgerald und nicht in der hebräischen Fassung, die mich seinerzeit nicht sonderlich angesprochen hatte.

»Awake! for Morning in the Bowl of Night
Has flung the Stone that puts the Stars to Flight
And Lo! The Hunter of the Earth has caught
The Sultan's Turret in a Noose of Light.«

Hinter dem Turm wogten die grünen Wipfel der Bäume, und unterhalb meines Fensters, zwischen den Hecken am Eingang zum Gästeflügel, saß ein Mann und las ein Buch, das er auf das Frühstückstablett gelegt hatte.

»Here with a Loaf of Bread beneath the Bough
A Flask of Wine, a Book of Verse – and Thou
Beside me singing in the Wilderness –
And Wilderness is Paradise enow.«

Ich läutete und bat darum, auch mir das Frühstück auf die Terrasse zu bringen. Ich bedauerte sehr, kein für diese Gelegenheit passendes Buch zur Hand zu haben. Ich war sicher, daß der Mann im Garten einen Gedichtband las oder zumindest Reflexionen über das Mysterium des Sonnenaufgangs, den Duft der Erde und die blühenden Bäume.

Der Mann mochte neunundzwanzig oder dreißig Jahre alt sein und war schon fast kahl. Seine Gesichtszüge wirkten aber weich und jung, seine Wangen waren rosig-frisch wie die eines wohlgenährten Babys. Er lächelte höflich, beinahe herzlich, als ich mich setzte, und war sofort bereit, mich in ein zwangloses Gespräch zu verstricken, aber er blieb doch irgendwie unnahbar und fremd für mich. Auf meine Bitte zeigte er mir sein Buch – es war voll von Zahlen, Kurven und mathematischen Gleichungen – und erklärte, es handle sich um Lebensversicherungsstatistiken. Ich erfuhr, daß er bei einer Versicherungsgesellschaft beschäftigt war und sich nun mit Schadensregelungen bei bestimmten Arten von Verletzungen und Todesfällen befaßte. Er beantwortete meine Fragen nicht nur äußerst höflich, sondern schien sogar froh darüber zu sein, daß er über sein Interessengebiet reden konnte. Leider konnte ich seinen Ausführungen kaum folgen, da Zahlen und Statistiken mich langweilen. Plötzlich wurde aber mein Interesse dadurch geweckt, daß er mir in seinem Buch eine Kurve zeigte, die seines Erachtens bewies, daß man ein Vermögen nach dem Tod erwerben konnte, wenn man es verstand, das Geld zum richtigen Zeitpunkt auf die richtige Art und Weise in einer Lebensversicherung anzulegen! Nichts war einfacher als das: Man brauchte bloß zu sterben, und man war mit einem Schlag Millionär! Ich vergewisserte mich nicht, ob er das wirklich gesagt hatte oder ob ich ihn falsch verstanden hatte, weil ich einen erneuten Schwall von Zahlen und Gleichungen befürchtete. Außerdem war ich enttäuscht darüber, daß er weder einen Gedichtband noch ein philosophisches Werk las. Ich sagte mir: »Wie kann man bloß in diesem herrlichen Park unter einem Baum sitzen und sich mit Statistiken und Dollars befassen, die mit dem Ableben zusammenhängen, anstatt diese paradiesische Landschaft zu genießen oder über den Sinn des Weltalls nachzudenken!«

Der Mann stand schließlich auf, gab mir die Hand und sagte, er würde sich freuen, mir später beim Abendessen das letzte Diagramm ausführlich zu erläutern, denn dazu reichte im Augenblick die Zeit leider nicht, er müsse zurück ins Büro. Ich dankte ihm mit einem Nicken und überlegte krampfhaft, wie ich weiteren Auslassungen über seine Graphiken entrinnen könnte. Einer Bemerkung entnahm ich, daß er ein Dauergast von Joseph Orwell war, und daß im Augenblick außer ihm nur Abie Driesel, Lili Fiddleman und ich den Gästeflügel bewohnten. Man bereitete gerade den Empfang einer Delegation von Knesseth-Mitgliedern vor, die erst gegen zweiundzwanzig Uhr eintreffen sollten. Es bestand also nich die Gefahr, daß wir uns aus den Augen verlieren würden. Notgedrungen würden wir beim Abendessen am selben Tisch sitzen. Er hatte einen klassischen russischen Namen, Emanuel Bolkonskij; seiner Sprache, seinem Auftreten und seiner Vorliebe für Zahlen und Statistiken nach war er aber ein typischer Amerikaner. Seine Eltern stammten aus Rußland, er selbst war jedoch in Amerika aufgewachsen.

Ausgerechnet Bolkonskij, dachte ich. Ich wurde das Gefühl nicht los, daß auf dieser Welt nichts an der richtigen Stelle war und daß niemand in das Leben hineingeboren wurde, für das er eigentlich bestimmt war.

Natürlich wußte ich, daß diese Gedanken und Gefühle nur durch den plötzlichen Standortwechsel von Balusa nach Los Angeles bzw. Beverly Hills bedingt waren. Weshalb sollte ein Mann, der unter einem Baum saß, ausgerechnet Gedichte lesen oder über die Geheimnisse von Sonnen-, Mond- und Sternenbahnen nachdenken! Und woher wollte ich eigentlich wissen, ob dieser Versicherungsagent nicht in Wirklichkeit ein Dichter war, ein moderner Omar Chajjam – nach außen hin Versicherungsagent, insgeheim ein Dichter! Das war natürlich höchst unwahrscheinlich, und als wir uns weiter unterhielten, merkte ich, daß dies mit der Natur von Emanuel Bolkonskij unvereinbar gewesen wäre. Er bat mich übrigens, ihn wie alle seine Freunde einfach Mani zu nennen. Als ich erwähnte, mir seien gerade ein paar Verse von Omar Chajjam eingefallen, sah er mich verständnislos an. Und als ich noch eine Bemerkung über diesen Dichter und Astronomen hinzufügte, unterbrach er mich mit der Beteuerung, Lyrik habe ihn noch nie interessiert. Daß auch Prosa keine Anziehungskraft auf ihn ausübte, stellte ich fest, als ich ihn scherzhaft nach irgendeiner Verbindung zwischen ihm und Tolstois Fürst Andreij Bolkonskij fragte. Aus den Erzählungen seiner Mutter wußte er zwar, daß Tolstoi Romane geschrieben hatte, aber ihm fehlte der Sinn für Romane und Gestalten der Phantasie. »Ein Mensch, der in der Realität unserer modernen Welt lebt«, erklärte er mit einem Anflug von Selbstgefälligkeit, »verschwendet am besten weder Zeit noch Kraft an Ammenmärchen... Das ist etwas für Kinder im Kindergarten oder höchstens in der ersten Volksschulklasse...« Er hielt einen Augenblick inne, weil er anscheinend fürchtete, meine Gefühle verletzt zu haben. Dann fügte er taktvoll hinzu: »Natürlich müssen sich zuweilen auch Erwachsene mit solchen Dingen befassen, wenn sie zufällig Lehrer sind.«

Der junge Soldat, der die ägyptische Stellung vor dem Stützpunkt »Budapest« angegriffen hatte und dabei in ein Schützenloch gefallen war, hatte über Tolstois Fürst Andreij Bolkonskij nachgedacht. Plötzlich wußte er wieder genau, wie dem Fürsten zumute war, als er verwundet rücklings vom Pferd stürzte. »Über ihm war nichts als der Himmel... der weite Himmel... unermeßlich weit... so still und friedlich... Wie kommt es, daß ich diesen weiten Himmel niemals zuvor gesehen habe? Und wie glücklich bin ich, weil ich ihn am Ende doch noch gefunden habe. Alles ist nichtig bis auf diesen unermeßlichen Himmel. Außer ihm gibt es nichts, gar nichts. Und selbst ihn gibt es nicht. Es gibt nur Friede und Stille. Gott sei gepriesen!« Ringsum herrschte schreckliche Verwirrung: Schützenpanzer einer anderen Einheit, die an die Front beordert worden war und nicht wußte, daß unsere Männer bereits in die ägyptischen Schützenlöcher eingedrungen waren, feuerten aus allen Rohren. Nachdem die ersten Schützenpanzer, die »Budapest« entlasten sollten, an den vorderen Stellungen der Ägypter zum Stehen gekommen waren und mit ihren Toten und Verwundeten nicht weiterkonnten, hatte der Brigadekommandeur sämtliche Einheiten des Sektors eingesetzt. Natürlich hätte er den ersten Schützenpanzern Rückzugsbefehl erteilen, Tote wie Verwundete mit allen noch verfügbaren Fahrzeugen herausbringen und anschließend die ägyptischen Stellungen mit Artilleriefeuer eindecken müssen. Statt dessen befahl er über Funk allen Schützenpanzern in der ganzen Umgebung, geradewegs auf die ägyptischen Stellungen loszufahren. »Fünfzehn oder zwanzig Araber blockieren die Straße – werft sie ins Meer!« Als uns dann schließlich der Durchbruch glückte, stellte sich heraus, daß es etwa hundertfünfzig Schützenlöcher gab – mit anderen Worten, mindestens hundertfünfzig ägyptische Soldaten. Etwa sechzig lagen tot in ihren Löchern, zwanzig oder dreißig weitere wurden gefangengenommen. Am Rand des Salzsumpfes und im Meer trieben Leichen, und einige Ägypter, denen die Flucht gelungen war, wateten in der Ferne durch die Salzsümpfe der untergehenden Sonne entgegen. Obwohl dem Brigadekommandeur während der ganzen etwa vierstündigen Schlacht ständig über die Lage Bericht erstattet worden war, sah er keinen Grund, andere Befehle zu geben. Die letzten Schützenpanzer erfuhren lediglich, es müßten nicht »fünfzehn oder zwanzig«, sondern »zwanzig oder dreißig« Araber ins Meer geworfen werden. Er hielt es nicht einmal für nötig, darauf hinzuweisen, daß sich zum Teil bereits die eigenen Soldaten in den ägyptischen Schützenlöchern befanden. Manche der Neuangekommenen wußten nicht einmal, in welche Richtung sie feuern sollten. Vom ersten Zug, der die Stellung stürmte, kamen nur zwei Mann lebend davon – und selbst das war ein Wunder. Einer von ihnen war der junge Mann, der über Andreij Bolkonskij nachgedacht hatte...

Nachdem Emanuel Bolkonskij seine Meinung über Ammenmärchen und Romantik kundgetan hatte, war es natürlich nicht mehr sinnvoll, ihm von dem Jungen zu erzählen, der sich Gedanken über Tolstois Fürst Andreij gemacht hatte.

Wie Emanuel Bolkonskij richtig vorausgesagt hatte, trafen wir uns beim Abendessen; entgegen meinen Erwartungen erschienen jedoch weder Abie noch Lili. So saßen wir uns an der langen Tafel in dem riesigen, leeren Saal gegenüber. Zu meiner Erleichterung brachte er das Buch mit den Statistiken nicht mit, so blieb mir wenigstens die Erläuterung der Lebenserwartungskurven erspart.

»Orwell hat die beiden zu einem Arbeitsessen eingeladen«, erklärte er, mehr dem Butler zugewandt als mir. »Er will einen ersten Bericht von ihnen hören. Wir können also beginnen – was gibt es als Vorspeise?« Bolkonskij benahm sich, als gehörte ihm das Haus, und der Butler behandelte ihn betont ehrerbietig. Mir schien er nur Verachtung entgegenzubringen. Ich war ohnehin schon verlegen, weil Mani seinen Smoking mit Fliege angezogen hatte und ich im Straßenanzug dasaß. Wenn schon hier im Gästeflügel so strenge Sitten herrschten, was sollte ich dann tun, wenn mich Joseph Orwell höchstpersönlich zum Essen ins Herrenhaus einlud? Diese Einladung hatte mir Lili in Aussicht gestellt, sobald ich das gesamte Material für Abie ausgearbeitet hätte. Den Anzug, den ich gerade trug, hatte ich kurz vor dem Abflug in Tel Aviv von Orwells Spesenkonto erstanden. Ich hatte vorgehabt, in Jerusalem die Uniform auszuziehen und meinen Koffer für die unerwartete Amerikareise zu packen, doch blieb mir zuletzt gerade noch so viel Zeit, rasch ein Kaufhaus in der Allenbystraße aufzusuchen und die schmutzige, zerknitterte Uniform in der Umkleidekabine liegenzulassen. Später stellten sich meine Befürchtungen als grundlos heraus, aber bei diesem ersten Abendessen war mir sehr unwohl. Hinzu kam noch, daß ich nicht eine einzige der Fragen beantworten konnte, die Mani mir zur Lage in Israel stellte.

»Welches Gehalt bekommt Golda Meir, Ihre Präsidentin?« Das war der erste Schuß. Den Löffel Suppe, den ich gerade zum Mund führte, verschüttete ich vor Schreck. Der Butler betrachtete mich angewidert und schien meine Verlegenheit zu genießen.

»Ich weiß es nicht.« Ich spürte Röte in mein Gesicht aufsteigen. »Keine Ahnung... Ich weiß auch nicht, was unsere Minister verdienen... Aber eigentlich ist Golda Meir gar nicht unsere Präsidentin... Sie...«

»Golda Meir ist nicht die Präsidentin von Israel?« Emanuel Bolkonskij schien seinen Ohren nicht zu trauen. Er nahm die Brille ab, hauchte sie an und putzte sie mit der Serviette, als könne er dann besser hören. »Wenn das so ist – warum reden dann alle dauernd von ihr und nicht von dem Präsidenten?«

»Weil sie die Politik bestimmt. So ist das nun einmal in Israel. Der Ministerpräsident...«

»Und Ihr Präsident läßt sich das gefallen? Kein Präsident in den Vereinigten Staaten würde so etwas zulassen und dulden!«

»Ich verstehe, aber in unserem Land...«, begann ich, nachdem ich mir die Suppenreste vom Kinn gewischt hatte. Mani ließ mich den Unterschied zwischen *seinem* und *meinem* Präsidenten nicht erklären.

»Wie heißt denn Ihr Präsident überhaupt?«

»Unser Präsident ist ein berühmter Wissenschaftler, ein sehr bescheidener Mensch. Sein Bruder...« Ich redete einfach drauflos, um Zeit zu gewinnen, denn ausgerechnet in diesem Augenblick fiel mir sein Name nicht ein.

»Natürlich ist er ein bescheidener Mensch«, sagte Mani mit wissendem Lächeln. »Wenn er sich durchsetzen könnte, hätte er sich nie von dieser Frau die Schau stehlen lassen. Vor den Frauen muß man sich in acht nehmen – insbesondere als Präsident. In unserem Land wäre es ausgeschlossen« - er lehnte sich behaglich in seinem Stuhl zurück –, »daß plötzlich eine Frau anstelle des Präsidenten im Fernsehen auftritt, Pressekonferenzen abhält und zur Nation spricht! Ganz abgesehen davon, daß bis heute keine Frau diesen Posten innehatte. Und ich hoffe, daß dies trotz der hysterischen Frauenemanzipation in den Vereinigten Staaten nie eintreten wird! Aber ich sehe, daß Sie sich für die Politik Ihres Landes gar nicht interessieren. Ihnen fällt ja – aus gutem Grund, wie mir scheint – nicht einmal der Name Ihres Präsidenten ein. Vermutlich interessieren Sie sich mehr für das, was in Ihrem Haus, in Ihrer Stadt vorgeht. Nun, ich verstehe es durchaus, wenn jemand die eigenen Interessen in den Vordergrund stellt. Übrigens, wie viele Parteien gibt es in Ihrem Land?«

»Einen Augenblick«, sagte ich und zählte trotz meiner zunehmenden Verwirrung rasch nach. »Sechs oder sieben... oder acht oder neun... vielleicht auch zehn...«

»Scranton!« rief Bolkonskij in Richtung Küche, wohin sich der griesgrämige Butler zu meiner Erleichterung vorübergehend zurückgezogen hatte. »Noch eine Portion davon!« Mani deutete auf den gebackenen Fisch. Geschickt hatte er mit seinen dicken Fingern das Rückgrat mit allen Gräten blitzschnell herausgelöst, während ich mich nicht besonders geschickt angestellt hatte. Diesmal kam ich mir um so ungeschickter vor, da ich bei der ersten Prüfung als Vertreter meines Landes im Ausland kläglich durchgefallen war: Ich hatte keine Ahnung, was der Ministerpräsident verdiente, und ich erinnerte mich nicht einmal an den Namen unseres Präsidenten! Während ich dazu überging, die politischen Parteien Israels an den Fingern abzuzählen, hatte sich der Fisch auf meinem Teller in einen unansehnlichen Brei voller kleiner Gräten verwandelt. Bolkonskij aß schon seine zweite Portion, die größer war und einen besseren Duft verströmte als die erste.

Wenn er mich jetzt gefragt hätte, wie hoch das Gehalt eines Knesseth-Mitglieds sei, wären mir sämtliche Gräten im Hals steckengeblieben.

Aber er hatte offenbar Mitleid mit mir, oder er verlor einfach das Interesse an unseren politischen Parteien. Er bat Scranton, nochmals Wein zu bringen – einen ausgezeichneten Weißwein – und gab sich ganz dem Vergnügen des Essens und Trinkens hin. Nicht nur seine Frage von vorhin hatte er vergessen; auch ich war für ihn plötzlich nicht mehr vorhanden. Beim Kauen begann er schmatzende Laute von sich zu geben und summte dabei eine Melodie. Dieser dicke, bebrillte Mann mit Smoking und Fliege verwandelte sich auf einmal förmlich in ein Baby, das nur ans Essen dachte, vor Vergnügen sang und mit den Fingern den Takt schlug. Vom Singen und Taktschlagen ging er zu einer Art Einmann-Diskussion über, murmelte zusammenhanglose Worte, fuchtelte ungehalten mit beiden Armen und knurrte zornig über Dinge, die ihm mißfielen. Beim Nachtisch besserte sich seine Laune, und er begann, leise in sich hineinzulachen. Auch ich fühlte mich erleichtert, weil es mir gelungen war, meinen Fisch aufzuessen, ohne an einer Gräte zu ersticken.

Plötzlich wandte er sich wieder an mich.

»Kennen Sie Jerusalem?« Er sah mich mit seinen blaßblauen Augen an, sein Blick war aber so ausdruckslos wie der eines Kalbes.

»Ich bin in Jerusalem geboren«, antwortete ich. »Ich bin ein echter Jerusalemit in der fünften Generation und kann Ihnen alles über die archäologischen Ausgrabungen an der Klagemauer erzählen. Die Arbeiten wurden zwar durch den Krieg unterbrochen, aber Teile der Stadt Davids konnten bereits freigelegt werden...« Meine archäologischen Ergüsse entsprangen dem Bedürfnis, ihn von kommunalpolitischen Fragen abzulenken. Das hätte gerade noch gefehlt, einen Jerusalemiten in der fünften Generation dabei zu ertappen, daß er nicht einmal Teddy Kolleks Bürgermeistergehalt kannte und nicht wußte, wie viele Stadträte es gab! Meine Ablenkungstaktik war über Erwarten erfolgreich. Mani lauschte so hingerissen meinen Ausführungen über die verschiedenen geologischen Schichten, daß er Scranton befahl: »Holen Sie die Akte aus dem Büro, die aus der untersten Schublade links.« Bisher wußte ich noch nicht, daß es hier ein Büro – wie in einem Hotel – gab. Mani erklärte mir daraufhin, er habe hier im dritten Stock eine Wohnung und im zweiten ein Büro. Der Ledermappe, die Scranton ihm brachte, entnahm er einen Stapel Millimeterpapier und forderte mich auf, die Mauern Jerusalems zu zeichnen und die Lage des Tempelberges sowie die neuesten Ausgrabungsorte anzukreuzen. Nun wußte ich, daß ich wieder Herr der Lage war.

»Sie sagen also, die Stadtmauer im Westen, die Klagemauer, sei der heiligste Ort?«

»Kein Zweifel«, antwortete ich.

»Für alle Juden auf der Welt?«

»Für jeden Juden.« Ich fuhr mit einer Beschreibung der Steine dieser Mauer fort und berichtete, daß Herodes sie einst hatte behauen lassen. Seine Augen leuchteten auf, und er nickte hingerissen.

»Und wieviel wiegt sie, diese Klagemauer?«

Das war ein unverhoffter Schlag! Mein ganzes Leben lang hatte ich mich mit der Geschichte Jerusalems beschäftigt, und dabei hatte ich nicht ein einziges Mal an das Gewicht der Klagemauer gedacht!

»Welche Rolle spielt das schon!« entfuhr es mir ein wenig zu laut, und Mani warf mir einen entsetzten Blick zu. »Welche Rolle spielt es, und was kann es Ihnen schon ausmachen, ob die Mauer nun hundert oder zwanzigtausend oder vierzigtausend Tonnen wiegt? Kann man Heiligkeit in Kilogramm ausdrücken oder zweitausend Jahre Sehnsucht in Tonnen?«

Ich merkte, daß ich zu weit gegangen war, aber nun konnte ich mich nicht länger beherrschen.

Im Gegensatz zu dem Butler nahm Emanuel Bolkonskij meinen Ausbruch sehr gelassen hin. Er verlor weder seinen Gleichmut noch zeigte er sich gar gekränkt – er war viel zu sehr mit einem Gedanken beschäftigt, der ihm gerade durch den Kopf gegangen war.

»Die Lösung ist ganz einfach«, sagte er ruhig. »Wenn den Juden auf der ganzen Welt nichts heiliger ist als die Klagemauer, kann man sie nach Miami Beach verlegen. Damit löst man sowohl das Nahostproblem als auch die Probleme der Juden überall auf der Welt... Die strapaziösen Reisen, die Zeit- und Geldvergeudung... all das hört mit einem Schlag auf!«

»Wenn man sie verlegen soll«, hörte ich mich schreien, »warum dann ausgerechnet nach Miami Beach? Warum nicht beispielsweise nach New York?«

»Erstens wegen des Wetters – das Klima Floridas ist dem Israels ähnlicher. Aber hauptsächlich ist es eine Frage der Wirtschaftlichkeit und der Freizeitgestaltung in einer modernen Welt. Juden verbringen ihren Urlaub entweder in Jerusalem oder in Miami Beach... Natürlich wäre ein Transport auf dem Luftweg denkbar, aber dafür müßte man wahrscheinlich eine Luftbrücke einrichten, und diese würde alles unnötig verteuern... Es ist nur eine Frage von Gewicht und Volumen... Einer, höchstens zwei Frachter sollten das schaffen können.«

Seine Augen glänzten verträumt hinter der Brille, und einen Augenblick lang dachte ich schon, er wolle sich auf meine Kosten einen Scherz erlauben, merkte jedoch rasch, daß er weit davon entfernt war. »Ich muß darüber eine Aktennotiz schreiben«, sagte er mehr zu sich selbst als zu mir. »Dadurch wird das ganze Projekt erst richtig abgerundet!«

»Soll das etwa auch auf Orwells Konto gehen? Es ist doch wohl ein Unterschied, ob man Abie Driesel aus den USA nach Jerusalem einfliegen läßt oder ob man die Klagemauer von Jerusalem nach Miami Beach transportiert! Er würde dabei bankrott gehen!«

Zum erstenmal verzogen sich Emanuel Bolkonskijs wulstige Lippen zu einem Lächeln, und er zwinkerte mir hinter seiner Brille zu – das betraf, wie sich herausstellte, nicht etwa den Inhalt oder den Witz dessen, was ich gesagt hatte, sondern meine bescheidene Vorstellung von Joseph Orwells finanziellen Möglichkeiten.

»Für ihn ist das eine Kleinigkeit«, sagte er. »Ein Taschengeld. Sie haben keine Ahnung, wieviele Kampfflugzeuge und Panzer er im Laufe der Jahre nach Israel geschickt hat. Auf seinem Schreibtisch stapeln sich die Dankesbriefe aller bisherigen Regierungen Israels. Und als dieser Krieg die Juden in Israel sozusagen mit heruntergelassenen Hosen überraschte und nicht genug Munition vorhanden war, um dem Angriff mit den Waffen aus der Sowjetunion standzuhalten, hat er direkt aus eigenen Lagerbeständen in eigenen Transportmaschinen Nachschub geschickt!«

Wie Bolkonskij mir erklärte, gehörten Orwell zwar riesige

Konzerne – eine Luftlinie und eine Reederei –, doch seine größten Gewinne stammten aus internationalen Waffengeschäften. Den Anfang als Waffenhändler und Vermittler für Munitionsfabriken hatte er gleich nach dem Zweiten Weltkrieg gemacht, als die Großmächte ihre Restbestände abstießen. Als noch jedermann von Kriegs- auf Friedensproduktion umstellte, stieg er bereits groß ins Waffengeschäft ein. Er fing ganz unten an, ohne einen Pfennig in der Tasche – als ein aus der Armee entlassener Soldat, der in Paris gestrandet war, nachdem er seinen Sold für eine Rundreise durch Europa ausgegeben hatte. In den Cafés von Paris wimmelte es damals von staatenlosen Flüchtlingen, Exilpolitikern, Widerstandskämpfern und Ideologen aller Schattierungen aus sämtlichen Winkeln Afrikas und Asiens, und sie alle versuchten, auf dem Schwarzmarkt an Waffen und Munition heranzukommen. Andererseits quollen die Lagerhäuser der Alliierten über von veralteten Ausrüstungsgegenständen und beschädigten Waffen, die man zum Schrottpreis und manchmal sogar umsonst bekommen konnte, sofern man bereit war, sie abzutransportieren. Für einen, der sich auskannte, war es kein Problem, die Waffen wieder gebrauchsfähig zu machen, und gegen eine kleine Bestechung oder eine Gewinnbeteiligung gab es genügend oft die Gelegenheit, unter der Hand ganze Kisten und oft sogar komplette Lager nagelneuer Waffen als beschädigt oder veraltet zu verschieben.

Orwell hatte zwar die Idee, aber nicht genug Geld, um auch nur die Lastwagen für den Abtransport der Waffen aus den Lagern zu mieten. Emanuel Bolkonskijs Vater, der damals in Paris studierte, sprang ein. Er glaubte zwar nicht an den Erfolg, den sich Orwell von dieser Investition erhoffte, und erwartete auch keinen Gewinn – er lieh ganz einfach Geld einem Freund, der in Verlegenheit war, ohne Hoffnung, es jemals zurückzuerhalten. Aber er bekam es mit hundertprozentigem Gewinn zurück. Bei seinem ersten Handel machte Orwell einen Gewinn von tausenddreihundert Prozent, indem er englische Karabiner und Maschinengewehre an einen Stammesfürsten verkaufte, der einen Aufstand gegen den Kaiser von Äthiopien plante. Einzelheiten des Planes sickerten durch, und die Revolte wurde im Keim erstickt, wobei sämtliche Waffenkäufer hingerichtet wurden, auch der Verräter, der auf diese Weise einen doppelten Gewinn herausschlagen wollte. Bolkonskijs Vater kam ebenfalls in Afrika ums Leben, aber erst viel später und ungeachtet der Tatsache, daß er zeit seines Lebens nie einem Menschen etwas angetan oder sich politisch betätigt hatte. Aus Prinzip war er gegen jegliche Gewalt – ein Pazifist, der nach Abschluß seines Medizinstudiums in Paris als Entwicklungshelfer in den Schwarzen Kontinent ging, um in Äquatorialafrika den Opfern einer dort gerade wütenden Epidemie beizustehen.

»Es kommt nicht nur in Afrika vor, daß Unschuldige entführt und getötet werden«, sagte Mani, wobei er sich behaglich in seinem Stuhl zurücklehnte. Sein Lächeln wirkte jetzt überlegen und voller Genugtuung, weil die Macht der Zahlen erstaunliche Wahrheiten zutage fördern kann. »Ganz im Gegenteil. Die neuesten Statistiken beweisen, daß überall auf der Welt, ganz besonders jedoch im Westen und in Südamerika, die große Mehrheit aller als Geiseln entführten und im Verlauf politischer Auseinandersetzungen getöteten Opfer – genau zweiundachtzigeinhalb Prozent – nichts mit der Sache zu tun haben.«

Plötzlich schoß mir ein Gedanke durch den Kopf: Sollte es eine Querverbindung geben zwischen Orwells Privatsekretärin, der russischen Fürstin Paulina, und diesem Mann, der mir gegenübersaß? Natürlich, er war Paulinas Sohn! Das erklärte auch seine besondere Stellung und die dienstbeflissene Haltung des Butlers!

Der Butler ging auf ihn zu und flüsterte ihm etwas ins Ohr, das anscheinend mit Madame Bolkonskij zu tun hatte. Das selbstgefällige Lächeln erlosch. »Nein, auf keinen Fall!« schrie Mani. »Es kommt nicht in Frage! Sagen Sie ihr, ich möchte niemanden sehen, ich habe zu tun. Nach dem Essen muß ich wieder ins Büro und die Daten auf den neuesten Stand bringen. Gerade jetzt ist ein ganz neues Element hinzugekommen, die Klagemauer...«

Scranton kehrte betreten zum Telefon zurück, das sich in der Ecke des Speisesaals befand. Mani wischte sich mit dem Taschentuch über das schweißüberströmte Gesicht.

»Sehen Sie – sie ist schon wieder dabei! Dauernd versucht meine Mutter, mich zu verheiraten! Habe ich Ihnen das nicht erzählt? Man muß Tag und Nacht vor den Frauen auf der Hut sein, sonst ist man verloren. Genau das ist in Israel passiert: Alle waren satt und selbstzufrieden, jeder Mann ein kleiner tapferer Zinnsoldat, und schon kam Mutter Golda Meir daher, hat alle kastriert, alle eingelullt, Hackfleisch aus allen gemacht, alle verschlungen!« Er atmete schwer und trank einen Schluck Wein. »Aber nicht mit mir! Nie und nimmer! Ich kenne ihre kleinen Tricks, ich bin Tag und Nacht auf der Hut. Als mir Orwell vorschlug, ich sollte Abie Driesel nach Israel begleiten, das sei eine wertvolle Erfahrung, eine Gelegenheit, Israel kennenzulernen, merkte ich sofort, was dahintersteckte, und ich sagte: ›Nein, mich schiebt ihr nicht Mutter Golda in den Rachen...‹«

»Verzeihung, wenn ich Sie unterbreche«, sagte ich. »Darf ich Ihnen eine persönliche Frage stellen? Ihre Mutter heißt Paulina, nicht wahr?«

Sein Lächeln verschwand, ein mißtrauischer Ausdruck kehrte in seine Augen zurück. »Warum fragen Sie? Wer hat Ihnen das erzählt?«

»Ein Pilot, dem ich ganz zufällig begegnet bin, der älteste jüdische Kampfflieger der Welt.«

»Ganz zufällig, äußerst interessant! Hier ist wohl alles reiner Zufall! Und was hat Ihnen dieser Kampfflieger, dem Sie rein zufällig begegnet sind, so nebenbei erzählt?« Manis Ton und Haltung waren jetzt die eines Untersuchungsrichters, der einen Angeklagten verhört, an dessen Schuld nicht der leiseste Zweifel besteht.

»Er erzählte mir, er hätte sich vor fünfundzwanzig Jahren, als er bei Orwell Transportmaschinen flog, in die Privatsekretärin des Chefs verliebt, eine russische Fürstin namens Paulina. Um dieser Liebe, die ihn verzehrte, Einhalt zu gebieten und um sich von ihr zu befreien, floh er nach Palästina.«

»Was hat Ihnen dieser Pilot noch erzählt?«

»Er erzählte mir, seine große Liebe sei fünfundzwanzig Jahre lang begraben gewesen, aber am Vorabend des Jom Kippur plötzlich wiedererwacht. Deshalb war er erneut eingerückt, um sich von ihr zu befreien.«

»Und er hat Sie hierhergeschickt, um mich auszuspionieren... Das habe ich bereits gespürt, als ich Sie das erstemal erblickte... Sie läßt mich keine Sekunde lang in Ruhe. Die ganze Nacht habe ich kein Auge zugetan, ich hörte die Geheimsignale in allen elektrischen Leitungen des Hauses... Scranton! Scranton!« Er schrie mit sich überschlagender Stimme. »Bringen Sie sofort Kaffee und Kognak in mein Büro – und auch die Dokumentenmappe. Hier bleibe ich keine Minute länger! Niemand darf mein Büro betreten! Und stellen Sie auch keine Anrufe durch. Unterbrechen Sie sämtliche Leitungen – sofort!« Er rannte aus dem Speisesaal, wobei er gegen den Tisch stieß, so daß Weinflaschen und Gläser umstürzten.

Scranton rannte ihm mit den Papieren nach, auf denen ich die Stadt Davids skizziert hatte. Beim Aufzug weigerte sich der Butler, Mani allein einsteigen zu lassen; wahrscheinlich wußte er aus Erfahrung, daß er in einer derartigen Stimmung nicht sich selbst überlassen werden durfte.

»Was würde Louis, der Pilot, wohl dazu sagen?« Dieser sonderbare Gedanke schoß mir durch den Kopf. »Was würde er wohl sagen, wenn er jetzt hier an meiner Stelle säße? Und wie mag Paulina nach fünfundzwanzig Jahren aussehen? Vielleicht ist sie heute wirklich so eine Art von... Ich muß sie kennenlernen!« Ich schmiedete einen Plan. »Wenn Scranton zurückkommt, um Kaffee und Kognak zu servieren, werde ich ihm sagen, ich hätte einen privaten Brief für Madame Bolkonskij – nein, keinen Brief, sondern eine dringende Nachricht ganz persönlicher Art. Und was sage ich ihr dann wirklich? Ich wiederhole einfach, was mir Louis erzählt hat. Einer solchen Geschichte kann keine Frau widerstehen. Da kommt er schon...«

Die Aufzugtür öffnete sich, aber anstelle von Scranton kam eine Schar männlicher und weiblicher Hausangestellter heraus. Zugleich entstand draußen Unruhe, Autos fuhren vor, Stimmen wurden laut, Türen zugeschlagen, Koffer auf den Boden geworfen. Delegationsmitglieder der Knesseth waren eingetroffen.

Die Bediensteten rannten mit Koffern hin und her und nahmen Mäntel in Empfang, während ich sitzen blieb, halb betäubt von dem Schwall hebräischer Worte. Die Besucher ahnten nicht, daß sich in ihrer Mitte ein Außenstehender befand, der ihre Sprache verstand. Dieses Benehmen war typisch: Ein Israeli im Ausland ist stets der Überzeugung, daß niemand seine Sprache versteht oder sich um das kümmert, was er sagt. Daher braucht er sich keine Zurückhaltung aufzuerlegen, weder was die Worte, noch was die Lautstärke betrifft.

Sie kamen gerade von einem offiziellen Empfang in Washington, und ihrer Nörgelei war zu entnehmen, daß dabei etwas schiefgegangen sein mußte. Offenbar hatte man das Protokoll nicht beachtet: Delegationsmitglieder hatten Leute getroffen, die vollkommen unwichtig für sie waren; anstelle der offiziellen Sprecher hatten diejenigen das Wort ergriffen, die eigentlich hätten schweigen sollen – und natürlich war das, was sie sagten, fehl am Platz gewesen. Ich war zu sehr mit meinem eigenen Vorhaben beschäftigt, Paulina kennenzulernen, als daß ich sonderlich auf ihre gegenseitigen Beschuldigungen geachtet hätte. Sie unterschieden sich ohnehin kaum von dem langweiligen Einerlei wechselseitiger Vorwürfe, die täglich die Zeitungen füllten.

Auf jeden Fall schienen sie entschlossen zu sein, ähnliche Pannen bei ihrer bevorstehenden Begegnung mit Orwell zu vermeiden. Deshalb legten sie im voraus fest, wer was zu tun hatte und in welcher Reihenfolge. Sie diskutierten, ob zuerst Worte des Dankes und Segens im Namen der beiden israelischen Oberrabbiner gesprochen, oder ob zuerst die Geschenke öffentlicher Institutionen überreicht werden sollten. Wem sollte dann die Ehre zuteil werden, das große staatliche Wohnungsbauprojekt zu erläutern? Zu dessen Fertigstellung wollte man Orwell um eine weitere Spende in noch nicht festgelegter Millionenhöhe angehen. Natürlich wurde jeder dieser Punkte nach guter parlamentarischer Sitte erregt besprochen, worauf man einstimmig beschloß, die Entscheidung erst nach dem Essen zu fällen. Alle waren müde und hungrig, und da das Treffen mit Orwell doch erst für den nächsten Vormittag um zehn Uhr anberaumt war, hatten sie die ganze Nacht Zeit, um zu streiten, zu handeln und Beschlüsse zu fassen.

»Still, er kommt!« rief plötzlich einer, und die gewählten Repräsentanten des Volkes Israel wandten den Kopf zur Tür und erstarrten. Orwell erschien zu einem kurzen inoffiziellen Besuch. Er wollte sich nur vergewissern, ob sie gut untergebracht waren und ihnen eine gute Nacht wünschen. Einen Augenblick lang herrschte Schweigen. Uneingedenk der Müdigkeit und des Hungers rannten sie dann los, um vorgestellt zu werden und ihm die Hand zu schütteln. Ein Parlamentarier, der geschickter war als seine Kollegen, zog Orwell beiseite, um ihm etwas unter vier Augen zu erklären.

Ich ging zum Aufzug, um mein Zimmer aufzusuchen, aber bevor ich auf den Knopf drücken konnte, öffnete sich die Tür, und Scranton erschien – bleich und aufgelöst. Er hielt einen Papierkorb in der Hand und hatte Kaffeeflecken auf seiner schneeweißen Hemdbrust. Im Papierkorb entdeckte ich zwischen anderem Abfall und einer zerbrochenen Kaffeetasse das zerknitterte Blatt mit meiner Zeichnung der Stadt Davids. Der betrübliche Anblick ließ die Art und Weise, in der Paulinas Sohn während des Essens umsorgt worden war, in völlig neuem Licht erscheinen. Nein, das war wirklich nicht der geeignete Zeitpunkt, um Paulina Bolkonskij eine persönliche Nachricht zukommen zu lassen.

Ich machte Scranton Platz, und er eilte in die Küche. Aus der Halle näherte sich Joseph Orwell mit raschen, energischen Schritten. Er war etwa sechzig Jahre alt, nicht sehr groß, aber stämmig, breitschultrig und von aufrechter Haltung. Bart und Schnurrbart waren silbergrau und sehr gepflegt. Sein rechtes Auge schien ständig zu blinzeln, weil eine tiefe Narbe von der Augenbraue zur Schläfe verlief und hinter dem Ohr verschwand. Er trat mit mir zugleich in den Aufzug, und die Tür schloß sich hinter uns.

Heinrich Reinhold!

Er sah genauso aus wie vor dreißig Jahren, daran konnten weder das graue Haar noch die Narbe, der Bart oder die Fältchen in den Augenwinkeln etwas ändern. Auch die Kraft, die von ihm ausging, war unverändert. Nur seine Größe hatte sich in auffälliger Weise gewandelt: Aus meiner Kindheit hatte ich ihn als hochgewachsen in Erinnerung, und nun war er etwas kleiner als ich. Ich zitterte am ganzen Körper und wagte nicht, den Mund zu öffnen. Aber es war ohnehin besser zu schweigen. Wahrscheinlich erinnerte er sich doch nicht mehr an den kleinen Jungen, der vor so vielen Jahren auf dem Hof vor seinem Zimmer herumgelaufen war, und außerdem hätte ich ihn in eine peinliche Lage bringen können, wenn er merkte, daß ich das Geheimnis seines spurlosen Verschwindens kannte. Die Narbe an der Schläfe war mit großer Wahrscheinlichkeit eine Erinnerung an die Schläge, die er von seinen vermeintlichen Entführern in Belgien bekommen hatte.

»Zeichnen Sie immer noch so gern?« fragte er mich plötzlich auf hebräisch (mit den Knesseth-Mitgliedern hatte er Englisch gesprochen), als hätten wir uns am Tag zuvor zum letztenmal gesehen.

Ich schüttelte den Kopf, unfähig zu sprechen.

»Schade«, sagte er. »Ich erinnere mich noch genau daran, wie Sie dasaßen und das Jaffa-Tor zeichneten. Als mir Lili aus Tel

Aviv Ihren Namen telegrafierte, konnte ich natürlich nicht wissen, ob Sie es wirklich waren oder nur einer, der zufällig den gleichen Namen hat. Aber ich hätte Sie auf jeden Fall wiedererkannt.«

Der Aufzug hielt im ersten Stock. Die Tür ging auf, und Reinhold trat auf den Flur hinaus. »Kommen Sie morgen abend um acht zum Essen zu mir, dann können wir uns in Ruhe über die alten Zeiten unterhalten.« Die Tür glitt wieder zu, und der Aufzug beförderte mich zum vierten Stock. Als ich in meinem Zimmer stand und die Tür hinter mir geschlossen hatte, füllten sich meine Augen mit Tränen. In dieser Nacht wurde ich von schrecklichen Alpträumen heimgesucht, ich schrie und weinte in einem fort. Als ich aufwachte, konnte ich mich nur noch an den Schluß des Traums erinnern: Meine Mutter saß in Reinholds Zimmer auf dem kleinen Korbstuhl und sagte zu mir: »Versteck dich, schnell, hier, hinter Dschamillas Spiegel. Er wird gleich hier sein – Joseph, Fürst von Pithom, kommt und erteilt mir Zeichenunterricht.« Die Tür ging auf, bevor ich mich verstecken konnte, und Emanuel Bolkonskij kam herein und begann, mir nachzujagen. »Du hast mich hierhergebracht!« schrie er mich an. »Du hast mich absichtlich in die Falle gelockt!« Meine Mutter schrie zurück: »Aber er war es doch gar nicht, ich habe dich hierhergebracht!« Mani beachtete sie nicht und fiel sofort über mich her. Ich mußte fortlaufen, aber es ging nicht, meine Knie gaben nach. Emanuel Bolkonskij stieß mich zu Boden und setzte sich mit seinem ganzen Körpergewicht auf mich. Ich bekam keine Luft mehr, wälzte mich schreiend hin und her, öffnete die Augen – und sah den Sultansturm, der im ersten Morgenlicht erstrahlte. »Ich muß ihm gegenüber vorsichtig sein«, sagte ich mir beim Aufwachen. »Wenn ich ihm beim Frühstück begegne, sage ich nur ›Guten Morgen‹. Ich lasse mich in kein Gespräch verwickeln.«

Aber es kam anders. Mani begrüßte mich liebenswürdig und freudestrahlend. Auch Scranton machte einen weniger verkrampften Eindruck als am vergangenen Abend und bedachte mich sogar mit einem Kopfnicken. Offensichtlich war inzwischen etwas geschehen.

»Sie kommt!« rief Mani hocherfreut. »Sie kann jeden Augenblick hier sein!«

Ich nickte, ohne ein Wort zu sagen, und biß in mein Honigbrötchen. Gestern abend hatte er einen Wutanfall gehabt, weil ihm mitgeteilt worden war, daß eine Frau ihm vorgestellt werden sollte – und jetzt war er hocherfreut darüber, daß in den nächsten Minuten diese Frau eintreffen sollte. Wo waren seine düsteren Warnungen vor den Frauen geblieben, wo seine Haßtiraden auf das weibliche Geschlecht?

»Wünschen Sie noch Kaffee?« fragte Scranton verblüffend zuvorkommend. Er schien nun ganz sicher zu sein, daß ihn niemand am sorgfältig gekämmten und mit Brillantine geglätteten Haar ziehen und ihm das weiße Hemd mit Kaffee beflecken würde.

»Nach dem letzten Krach war ich sicher, daß sie sich nicht mehr blicken lassen würde«, fuhr Mani fort. »Aber gegen Mitternacht kam Orwell zu mir und übergab mir ihr Telegramm.«

Emanuel Bolkonskij hatte also offenbar eine Frau, die ihm davongelaufen war, wahrscheinlich, um ihr Leben zu retten, und die es sich nun plötzlich anders überlegt hatte.

»Gute Nachrichten, freut mich zu hören«, sagte ich und schwieg wieder. Mir war klar, daß ich einen Abgang finden mußte, solange er noch guter Laune war und bevor die Frau eintraf. Für einen Fremden gehörte es sich einfach nicht, diesem emotionsgeladenen Wiedersehen beizuwohnen.

»Einen Augenblick!« rief er, als er merkte, daß ich gehen wollte. »Ich möchte, daß Sie mir eine neue Zeichnung von der Stadt Davids anfertigen. Das wird meinem Projekt den letzten Schliff geben. Meine Mutter wird sich sehr darüber freuen. Sie hat keine Ahnung, daß ich bis auf das Gewicht der Klagemauer schon damit fertig bin – einschließlich der statistischen Daten. Es wird eine herrliche Überraschung für sie sein...«

»Meine Mutter wird sich sehr darüber freuen... Eine herrliche Überraschung...«

Das Wort »Mutter« veränderte mit einem Schlag die Situation wie in einem Traum, wenn ein Mensch plötzlich zu einem anderen wird und der Träumer nicht einmal erstaunt darüber ist. Gerade eben war er für mich noch der Ehemann, der seine reumütige Frau erwartet, und nun hatte er sich in ein Kind verwandelt, das ein Geschenk für den Muttertag vorbereitete. Manis Naivität, der kindliche Ernst seiner Vorfreude hätte vielleicht mein Mitleid erregt, hätte ich mich nicht vor diesem Riesenbaby geekelt, das mindestens hundert Kilo wog.

»Meine Mutter« - das konnte nur Louis Damuelsons Paulina sein!« »Aber natürlich!« versprach ich enthusiastisch. »Ich fertige Ihnen gern eine neue Zeichnung an. Und ich freue mich, Ihre Mutter kennenzulernen und ihr jede gewünschte Auskunft zu geben!«

Scranton mußte sofort die Mappe mit dem Millimeterpapier holen, und ich zeichnete noch einmal den Tempelberg und den Berg Ophel, während sich Mani, in eine Wolke von Zigarettenrauch gehüllt, über meine Schulter beugte.

»Einen Augenblick!« Er erbleichte. »Sie darf nicht sehen, daß ich rauche!«

»Dann drücken Sie doch die Zigarette aus«, sagte ich.

»Sie wird es an meinem Atem, am Hemd, an meiner Kleidung riechen. Das fehlte mir gerade noch gleich beim Wiedersehen! Eigentlich hat sie recht – sämtliche Statistiken beweisen, daß Lungenkrebs... Ich werde mich umziehen und gurgeln... Scranton! Lassen Sie sie nicht hinauf in mein Zimmer, sagen Sie ihr, daß ich die ganze Zeit hier auf sie gewartet habe und daß ich mir nur rasch ein Buch hole. Ich komme gleich wieder.«

Mani verließ den Raum, um zu gurgeln. Aber seine Mutter hatte selbst eine lange, schmale, braune Zigarette in einer langen eleganten Zigarettenspitze.

Sie trat ein, als sich gerade die Aufzugtür hinter Manis Rücken schloß. Ich erkannte sie sofort wieder, obwohl ich mich nicht daran erinnern konnte, daß sie auch zu Reinholds Zeit geraucht hatte. Ich erkannte Tamara Koren, während sie mich offenbar nicht erkannte.

Tamara Koren, alias Fürstin Paulina Bolkonskij, kam auf ihren leicht klappernden hohen Absätzen herein und rief in Scrantons Richtung: »Wo ist Joseph?«

»Er empfängt gerade eine Parlamentsdelegation aus Isreal.«

»Ich habe ihm telegrafiert, er wußte, daß ich komme... Er hätte doch den Empfang verschieben oder eine halbe Stunde später hingehen können. Das wäre kein Grund für die Delegationsmitglieder gewesen, seinen Scheck nicht mehr anzunehmen! Es ist immer dasselbe: Diese Schnorrer auf Israel bedeuten ihm mehr... Bringen Sie mir bitte eine Tasse Kaffee... Und Sie, Lennox«, sagte sie, als sie meiner gewahr wurde, »warum sitzen Sie wie ein Statist herum? Gehen Sie schon, parken Sie meinen Wagen und tragen Sie meine Koffer hinauf!« Sie warf mir die Autoschlüssel zu.

Scranton wurde rot bis über die Ohren, flüsterte ihr ins Ohr, ich sei gar nicht Lennox, und nahm mir hastig die Schlüssel ab. »Verzeihen Sie«, entschuldigte er sich für sie. »Fürstin Bolkonskij hat Sie mit dem neuen Portier verwechselt, der gerade für Herrn Orwell eine Besorgung erledigt.«

Ehrlich gesagt wäre ich in diesem Augenblick lieber mit dem Portier Lennox als mit einem jener Schnorrer aus Israel verwechselt worden, die hier auf Orwells Kosten lebten. Woher sollte sie wissen, daß mich Abie Driesel gegen meinen Willen hierhergeschleppt hatte, damit ich den Bericht für ihn schrieb? Und dieser Filmregisseur hatte mit seinem scharfen Blick sofort erkannt, daß ich der geborene Ambulanzfahrer war... Interessant, daß ich in der Einschätzung dieser Leute nicht einfach ein Schnorrer aus Israel war, sondern ein Mann, den man wegen seiner Hände Arbeit brauchen konnte.

Scranton atmete erleichtert auf, als Lennox erschien, um die Schlüssel in Empfang zu nehmen. Scranton hatte plötzlich den Überblick verloren und wußte nicht, was er zuerst machen sollte – der Fürstin den Kaffee servieren oder das Gepäck nach oben tragen. Lennox' Anblick versetzte mich in ein noch größeres Erstaunen als das Erscheinen von Tamara Koren. Seitdem ich wußte, daß Joseph Orwell in Wirklichkeit Heinrich Reinhold war, hatte ich die Vorahnung gehabt, daß Tamara Koren nicht fern sein konnte. Aber welche Ähnlichkeit konnte sie zwischen Lennox und mir feststellen? Ich war glattrasiert, während er einen üppigen Schnurrbart und langes, lockiges Haar trug, dazu eine Uniform mit Schildmütze. Er war mindestens einsneunzig groß. Zudem war er bestimmt zwanzig Jahre jünger als ich, aber höchstens siebzehn oder achtzehn! Welche subtilen Ähnlichkeiten, die wohl nur das geschärfte Auge einer Künstlerin wahrnehmen konnte, mochte Tamara Koren zwischen uns beiden entdeckt haben?

Als Scranton den Kaffee brachte, wandte sie sich an ihn: »Sagen Sie Joseph, daß ich ihn in meinem Zimmer erwarte und ihn nach dem Empfang der Parlamentsabordnung gern sehen möchte, wenn es keine allzugroße Belastung für ihn ist. Aber stellen Sie keine Gespräche zu mir durch und lassen Sie niemanden zu mir vor. Ach ja – ich habe Mani ein kleines Geschenk mitgebracht. Wie Sie sehen, habe ich ihn nicht vergessen!« Sie holte aus ihrer Handtasche ein in buntes Papier eingeschlagenes, mit blauem Band verschnürtes Päckchen. »Geben Sie ihm das bitte, und sagen Sie ihm, daß ich müde war und gleich ins Bett gegangen bin. Wir sehen uns beim Abendessen. Teilen Sie ihm bitte auch mit, daß ich die Filmstars zum Essen eingeladen habe. Das wird ihn freuen – und mich auch! Was könnte schlimmer sein, als während des ganzen Essens herumzusitzen und mit einem Haufen engstirniger Politiker zu reden? Vergessen Sie nicht, heute abend noch einige Zimmer herzurichten; es könnte sein, daß einige Stars hier übernachten wollen.«

Joseph Orwell machte sich die Mühe, die Delegation bis an die Tür zum Gästeflügel zu begleiten. Alle strahlten – das Treffen schien gut verlaufen zu sein, vielleicht noch besser, als erhofft. Scranton beeilte sich, Orwell Fürstin Paulinas Nachricht zu überbringen. Orwell hörte ihm mit unbewegter Miene zu, dabei fiel sein Blick auf mich. Zu meiner Überraschung winkte er mich heran und lud mich zu einem Spaziergang durch den Park ein, anstatt sofort ins Zimmer der Fürstin zu eilen. Zu Scranton, der mit dem für Mani bestimmten bunten Päckchen in der Hand dastand, sagte Orwell nur: »Wenn Sie Mani das Geschenk seiner Mutter überreichen, dann sagen Sie ihm, daß ich mir sein Projekt gern ansehen werde, sobald es fertig ist.«

»Finden Sie, daß Lennox und ich uns ähnlich sehen?« Diese belanglose Frage war mir unwillkürlich herausgerutscht.

Reinhold brach in heftiges Lachen aus. »Es besteht nicht nur keinerlei Ähnlichkeit zwischen Ihnen und dem Portier«, sagte er, »sondern auch er und Lennox sehen sich nicht ähnlich. Er heißt nämlich Maxwell, aber sie nennt alle Portiers Lennox, weil der erste Portier so hieß.«

Wir gingen eine Allee entlang, die viel länger war, als ich mir vorgestellt hatte. Orwell erkundigte sich, wie ich mit meinem Bericht vorankam. Die Sache sei nicht eilig, ich solle mir ruhig Zeit lassen, die Genehmigung der Armee liege bereits vor. Er verlangte lediglich, daß ich den Bericht ihm persönlich und nicht Abie oder Lili geben sollte.

Schon wieder kam eine belanglose Frage über meine Lippen: »Wo und wann hat Tamara diesen russischen Fürsten Bolkonskij,

Emanuels Vater, eigentlich geheiratet. Wer ist er wirklich?«
»Ja, das ist die Frage«, sagte Reinhold. »Wer ist Emanuels Vater? Wenn ich mir diese Frage nicht schon damals in Jerusalem gestellt hätte, würden wir nicht jetzt in diesem Park miteinander reden. Das ist eine lange andere Geschichte.«

KAPITEL 7

Am Abend erzählte mir Reinhold, wie diese Frage zum erstenmal aufgetaucht war. Es war während des Banketts zu Ehren der Parlamentsabordnung, zu dem Tamara-Paulina auch bekannte Filmstars eingeladen hatte. Sie trafen in einem Konvoi teurer Limousinen ein; kaum hatten sie die Halle betreten, da herrschte auch schon ein wildes Durcheinander, es wurde gelacht und geplaudert, und die Damen brachen in Ausrufe gegenseitiger Bewunderung aus. Eine der Schönheiten bahnte sich einen Weg zu mir und sagte mit verführerischem Lächeln: »Wie wunderbar, dich mal wiederzusehen, Bill! Wo hast du all die Jahre gesteckt?« Ich merkte, daß ich vor Verlegenheit errötete, aber bevor ich den Irrtum aufklären konnte, hatte sie sich schon abgewandt und in die Arme eines Kollegen gestürzt. Ich wurde immer mehr an den Rand des Raums abgedrängt, bis ich schließlich an der Wand unter einem Bild stand. Es war ein großes Ölgemälde von Soutine, das einen mächtigen alten Baum zeigte, der mitten auf einem Dorfplatz wuchs. Im Hintergrund stand ein weißes Haus mit grünen Fensterläden. Von dem Bild ging mehr Wärme aus als von den hier versammelten oberflächlichen Menschen mit ihrer aufgesetzten Fröhlichkeit. Noch nie zuvor war ich mit so vielen berühmten Leuten in Berührung gekommen; Filmstars hatte ich bisher nur auf der Leinwand gesehen, aber trotz ihres überschwenglichen Gehabes kamen sie mir völlig unwirklich vor. Soutine hatte hingegen in seinem Bild, auf dem nur ein Baum und ein Haus zu sehen waren, die Wirklichkeit meisterhaft eingefangen. Dem Weiß des Hauses, den Pflastersteinen, dem Himmel, ja der Farbe selbst hatte er Leben eingehaucht und aus seinem Werk einen Spiegel gemacht, der die geistige Wahrheit wiedergab, die sich in der Körperlichkeit der Dinge verbarg.

Ich spürte, daß jemand hinter mir war, und ich drehte mich um. Reinhold stand da und sah erst mich, dann das Bild an. Er erzählte mir, wann und unter welchen Umständen er dieses Bild zum erstenmal gesehen hatte – es war am Ende des Zweiten Weltkriegs, kurz vor seiner Entlassung vom Militär und seiner Heimkehr. Sein Regiment war damals in Belgien stationiert, und er hatte mit seiner Einheit auf Urlaub nach Paris fahren können. Als sie durch eine um Place de la Concorde liegende Straße fuhren, schrie Reinhold plötzlich: »Halt! Halt!« und sprang aus dem Wagen. Im Schaufenster der Galerie de France in der Rue du Faubourg St. Honoré hatte er dieses Bild entdeckt.

Er kannte nicht den Namen des Malers. Erst nachdem er die Ankündigung einer Ausstellung mit Werken von Chaim Soutine gesehen hatte, fiel ihm wieder ein, daß er etwas über den Künstler gelesen hatte, als er selbst die Ambition hatte, Maler zu werden. Damals waren ihm die Memoiren einer gewissen Kiki in die Hände gefallen, die in den zwanziger Jahren vielen Malern des Montparnasse als Modell gedient hatte. In dem Buch erzählte Kiki von ihrer ersten Begegnung mit Soutine an einem kalten Winterabend. Als sie sein Zimmer betreten hatte, war er gerade im Begriff, alles, was ihm in die Finger geriet, in den Ofen zu schieben, um den Raum zu heizen. Daran hatte Reinhold auch denken müssen, als Tamara ihn in ihr Studio führte, aber damals hatte er noch keine Vorstellung von Soutines Talent gehabt, ja nicht einmal Reproduktionen seiner Werke gesehen. In Paris ging er nun von Bild zu Bild, ergriffen vom Gewirr der Farben und vom ekstatischen Pinselstrich des Meisters. Er verbrachte seinen dreitägigen Urlaub in der Galerie – es war Soutines erste große Ausstellung nach dem Krieg mit ungefähr vierzig Werken. Der Maler weilte aber schon nicht mehr unter den Lebenden, er war zwei Jahre zuvor in dem von den Nazis besetzten Paris an einem Magengeschwür gestorben. Reinhold las, immer stärker gefesselt, die biographischen Angaben, besonders über die letzten Jahre des Malers. Als Frankreich von den Deutschen eingenommen wurde, floh Soutine, von Schmerzen gepeinigt, von einem Versteck zum anderen in und außerhalb von Paris. Die Besatzungsmacht trieb alle Juden zusammen, um sie in die Vernichtungslager abzuschieben. Trotz Verfolgung und Schmerzen nutzte Soutine jeden Augenblick, der ihm vergönnt war, zum Malen. Einige der großartigsten Werke –

windgepeitschte Bäume in Grün, Blau und Weiß – entstanden während seiner letzten Lebenstage. Als Reinhold den letzten Abschnitt von Soutines Lebensgeschichte las, wurde in ihm die Erinnerung an eine gehetzte Gazelle in der Wüste von Judäa wach. Tamara fuhr damals den Wagen, und er saß neben ihr. Südlich von Bethlehem war sie plötzlich von der Hauptstraße abgebogen. »Halt! Halt!« hatte Reinhold beim plötzlichen Auftauchen einer Herde Gazellen gerufen. Sie waren vom Motorengeräusch aufgescheucht worden, und nun flohen sie – mit Ausnahme einer Gazelle, die sich nicht von der Stelle rührte. Sie brachte gerade ein Junges zur Welt. Wie diese Gazelle hatte auch der verfolgte Soutine auf der Flucht vor dem Tod innegehalten, um ein Kunstwerk zu gebären.

Das war Reinholds erste Begegnung mit Soutine. Etwa ein Jahr nach seinem Kurzurlaub in Paris und unter vollkommen anderen Begleitumständen wurde seine Erinnerung an Soutine und an die gebärende Gazelle aufgefrischt. Mit einigen Kriegskameraden verbrachte er die Nacht in einem verschlossenen Zimmer, um die Versenkung eines in der Bucht vor Anker gegangenen britischen Zerstörers vorzubereiten. Da die Männer erst bei Morgengrauen aufbrechen sollten, schliefen sie alle. Nur Reinhold lag wach. An die seinem Bett gegenüberliegende Wand hatte jemand eine Seite aus einer Kunstzeitschrift geheftet: eine Farbproduktion des Bildes, das er im Schaufenster der Galerie de France gesehen hatte. Obwohl den Farben die Lebendigkeit des Originals fehlte, war es Reinholds sehnlichster Wunsch, eine Leinwand auf die Staffelei zu stellen und mit frischen, lichten Farben darauf zu malen. Es drängte ihn förmlich danach, wie in seiner Kindheit am »Tag der Farbstifte« oder vor dem Eintritt in die Kunstakademie. Er stand auf und fand im Nebenzimmer eine Staffelei – die Wohnung gehörte einer Malerin, die sich damals gerade in Jerusalem aufhielt und ihre Räume der Irgun Zewai Leumi zur Verfügung gestellt hatte. »Ich werfe alles hin und fange wieder an zu malen«, sagte Reinhold, als handle es sich um einen unwiderruflichen Beschluß, der ihm ein Gefühl von Freiheit und Stärke vermittelte. Gleichzeitig aber ergriff ihn ein Schauder – als betrete er einen Zauberpalast. Alles erschien ihm in neuem Licht.

Einer der Anführer – Joël – saß bei Lampenlicht am Tisch und bereitete die Papiere vor, die für den Zutritt zur militärischen

Sperrzone des Hafengebietes notwendig waren. Reinhold betrachtete ihn und die Männer, die nebenan schliefen und sich hinter einer gläsernen Wand, in einer anderen Welt, zu befinden schienen, in der er zwar noch weiterlebte, der er aber nicht mehr wirklich angehörte. Nicht, daß er das Malen für die wichtigste Angelegenheit gehalten hätte – die Versenkung des Zerstörers war weitaus wichtiger, insbesondere für die Flüchtlinge aus den Konzentrationslagern, die wie Vieh zusammengepfercht in den Laderäumen alter Kähne ankamen und wegen des Zerstörers nicht in den Hafen konnten –, sondern aus einem inneren Drang heraus, dem er einfach nachgeben mußte. Er hatte das Gefühl, nach vielen Jahren wieder in eigene Gefilde heimzukehren.

Als er auf die Staffelei zuging, schnürte ihm eine bange Ahnung den Atem ab. Ihm wurde schwarz vor Augen, und er taumelte zur Balkontür, um frische Luft zu atmen. Dabei stieß er eine Dose Terpentin mit einigen Pinseln um. Er hielt sich am Balkongeländer fest, um nicht zu fallen, und während er die kühle Meeresluft einsog, merkte er, daß kalter Schweiß ihm über das Gesicht lief. Der Augenblick der Freude war vorbei, in allen Fenstern seines Traumpalasts erloschen die Lichter, das Leben verlor seinen Duft. Wut stieg in ihm auf. Nein, es genügte nicht, einen Zerstörer in die Luft zu jagen, das war gar nichts! Die ganze Welt mußte gesprengt werden! Wäre er gläubig gewesen, so hätte er jetzt wohl Gott um Hilfe angefleht.

»Sollten Sie nicht doch versuchen, ein wenig zu schlafen?« Plötzlich hörte er hinter sich Joëls Stimme. Joël nahm wohl an, seine Unruhe sei durch die bevorstehende Operation bedingt.

»Ich wollte, ich könnte schlafen«, antwortete Reinhold. »Aber es geht nicht. Ich bin allergisch gegen den Geruch von Ölfarben und wünsche mir schon die ganze Nacht nichts sehnlicher, als diesen Raum zu verlassen.«

Joëls besorgter Ton vermittelte ihm das Gefühl, in flagranti ertappt worden zu sein. Wenn Gott tatsächlich existierte, und wenn Gott es war, der Himmel und Erde erschaffen hatte, würde er dann Heinrich Reinhold erlauben, alles zu zerstören? Würde Gott die Gebete Reinholds erhören, der seine ganze Schöpfung vernichten wollte? »Und wenn die ganze Welt in die Luft fliegt, wird auch mein Sohn getötet.« Dieser seltsame Gedanke schoß Reinhold durch den Kopf, und wieder brach ihm der Schweiß aus. Er blickte hinüber zu den Geschützen des Zerstörers, die auf den Hafen gerichtet waren, und eine brennende Röte stieg ihm ins Gesicht bei der Erinnerung an die Ereignisse vor seiner Abreise nach Haifa. Als er gerade das Kaufhaus Schwartz an der Ecke der Ben-Yehuda-Straße betreten wollte, um sich eine Hose zu kaufen, war er unvermittelt in die Jaffa-Straße eingebogen, war ins Café Europa gegangen und hatte sich dort an einen Tisch hinter einer Säule gesetzt. Zu dieser plötzlichen Sinnesänderung hatte ihn die Stimme eines Mannes veranlaßt, der auf der Schwelle des Kaufhauses stand – die Stimme von Daniel Koren, die gerade sagte: »... und wenn du mit dem Einkaufen fertig bist, dann warte auf mich hier am Eingang. Ich bin in etwa einer halben Stunde zurück...«

Reinhold hatte Daniel Koren das letzte Mal am Tag vor seiner Verwundung gesehen – in der Kantine des Lagers von Fajid. Dreieinhalb Jahre waren seitdem vergangen. Seither befiel ihn jedesmal, wenn er an Daniel dachte, eine Art Schuldgefühl. Erst am Vorabend seiner Entlassung aus der Armee hatte Reinhold zufällig von zwei Soldaten einer anderen Einheit im Zug erfahren, daß Daniel Koren die Belagerung von Tobruk überlebt hatte und ebenfalls entlassen worden war. Fest entschlossen, Tamara niemals wiederzusehen, hatte er damals geglaubt, keine Veranlassung zu haben, jemals auch Daniel wiederzubegegnen. Und wenn er ihn zufällig auf der Straße oder in einem Café getroffen hätte, so wäre er auf eine banale Konversation ausgewichen. In diesem Fall hatte er sich vorgenommen, sich auf ein Geplauder über gemeinsame Erlebnisse zu beschränken. Er hatte sich jedoch nicht vorgestellt, daß schon ein so flüchtiges Zusammentreffen mit Daniel ihm peinlich sein könnte und daß er bei seinem Anblick sofort das Weite suchen würde.

»Warum ist es eigentlich so peinlich für mich?« fragte er sich, als er im Café Europa saß und sich die Schweißtropfen vom geröteten Gesicht wischte. »Ich war es ja nicht, der ihn betrogen hat, sondern seine Frau. Tamara sollte vor Scham vergehen, sich seinem Blick entziehen. Ja, Tamara...« Nachdem er vor ihr geflohen war, hatte sie ihm zum Geburtstag einen Brief voll sentimentalem Geschwätz und blumigen Phrasen geschrieben. Dieser Brief hatte ihn an der italienischen Front erreicht. Über Oberst Drake mußte sie wohl seine Adresse erhalten haben. Reinhold hatte ihr nicht geantwortet und somit einen Schlußstrich unter die Sache gezogen. Entweder war ihr klar geworden, was sein Schweigen bedeutete, oder sie hatte einen neuen Liebhaber an Reinholds Stelle gefunden.

Von seinem Platz hinter der Säule sah Reinhold durch das Fenster ein Mädchen, das sein Haar mit einem Band zu einem Pferdeschwanz zusammengebunden hatte und einen Strauß roter Nelken in der Hand hielt. Es stand auf dem Bürgersteig und sah sich unschlüssig um, als wisse es nicht recht, ob es das Café betreten solle oder nicht. Der Schatten der Markise legte einen orangefarbenen Strahlenkranz um das Mädchen, wodurch es ein gleichsam unirdisches Aussehen gewann. Und plötzlich fühlte auch Reinhold sich in eine andere Welt entrückt: Er dachte zurück an die Zeit vor der Wirtschaftskrise, bevor es zu den gräßlichen Auseinandersetzungen zu Hause kam. Sein Vater verdiente damals noch eine Menge Geld, und die Familie galt als wohlhabend. Eines Abends hatte ihn sein Vater auf einen Spaziergang mitgenommen, und sie waren auf Schritt und Tritt Bekannten begegnet. Der Spaziergang hatte wie üblich im Romanischen Café geendet, wo sein Vater für seinen Sohn Eis, für sich selbst ein Glas Bier und eine dicke Zigarre bestellt hatte. Dann war ein junges Mädchen hereingekommen, das Haar mit einem bunten Band zusammengebunden, am Arm einen Korb voller Blumen.

Als das Mädchen an ihren Tisch herangetreten war, hatte sein Vater lächelnd gesagt: »Sie kommen wie gerufen. Ich brauche eine rote Rose.« Dann war er aufgestanden, hatte sich galant verbeugt und ihr die Rose hingehalten, die er gerade gekauft hatte. »Erlauben Sie mir, Ihnen diese Rose zu schenken.« Anschließend hatte er für Reinholds Mutter einen Strauß roter Nelken gekauft.

»Ein Eis bitte«, sagte Reinhold zu dem Kellner. »Vanille mit Schlagsahne.« Das gleiche hatte er auch damals im Romanischen Café bestellt. Der Kellner versperrte ihm die Aussicht auf das Mädchen mit den Blumen, und als er sich endlich abwandte, war es fort. Reinhold ließ das Eis langsam im Mund zergehen, genau wie damals, aber der Zauber war bereits verflogen, und nur die Erinnerung blieb. Dennoch fühlte er sich verquickt, als sei er eben aus einem schönen Traum erwacht. Er konnte sogar erleichtert lächeln, als ihm einfiel, daß er sich – vom logischen Standpunkt aus – gegenüber Daniel gar nicht schuldig zu fühlen brauchte. Im

Gegenteil. Daniel sollte ihm eigentlich dankbar sein für alles, was er für Tamara getan hatte! Er war ihm schließlich in keiner Weise verpflichtet – weder war er mit ihm verwandt noch besonders eng befreundet. Er war schließlich nur ein guter Bekannter.

In seiner Kindheit hatte Reinhold ein engeres Verhältnis zu seinem Vater als zu seinen Freunden im Kindergarten oder in der Schule gehabt. Wegen seines stark ausgeprägten Stolzes und der Angst, zurückgewiesen zu werden, hatte er bei Freundschaften ohnehin niemals den ersten Schritt getan. Doch wenn jemand auf ihn zuging, nahm Reinhold diese Freundschaft stets freudig und voller Wärme an, bereit, alles für den Freund zu tun. Mit der Zeit war er zum Beschützer aller Außenseiter geworden – armer, unbekannter, einsamer Kinder. Nie hatte er mit Kindern, die unter jedem Gesichtspunkt als normal galten, Freundschaft geschlossen. Im Laufe der Zeit war ihm dann bewußt geworden, daß sich vor allem Verrückte aller Art an ihn klammerten. Reinhold konnte sicher sein: Wo immer er sich als Soldat oder Zivilist auch aufhalten mochte, in Jerusalem oder London, an einer Bushaltestelle oder in einem Café, ein Verrückter, der zufällig dort herumlungerte, würde ihn entdecken und nicht mehr von seiner Seite weichen.

Voll Selbstironie – in letzter Zeit kam er nicht mehr ohne einen gewissen Zynismus aus – dachte er: »Ich muß in mir einen starken Sender haben, der weltweit Irrsinn ausstrahlt und von allen möglichen skurrilen Typen empfangen wird, auf allen Wellenlängen des Exzentrischen und Abwegigen, auf allen Frequenzen der Geisteskrankheit. Und das, obwohl ich mich doch ganz normal benehme und so korrekt wie möglich auszusehen versuche.« Und das war das Verblüffende: Reinhold legte als Soldat wie als Zivilist stets größten Wert auf korrekte Kleidung. Er haßte es, die Aufmerksamkeit auf sich zu lenken, und bemühte sich sowohl in der Kleidung als auch in seinem Verhalten, sich jeweils der Gesellschaft anzupassen, in der er sich gerade bewegte, um zu sehen, ohne gesehen zu werden, um Ereignisse zu ergründen wie hinter einer Tarnkappe. Trotzdem tauchte, wo immer er war, unweigerlich irgendein Spinner auf, der sich ausgerechnet ihn aussuchte, um mit ihm ins Gespräch zu kommen. »Vielleicht sind es gar nicht die Verrückten, die meine Sendung empfangen, sondern es ist möglich, daß ich deren Wellenlänge habe!« überlegte er. Natürlich kam er nicht ausschließlich mit überspannten Menschen ins Gespräch, sondern immer wieder auch mit braven Bürgern, die nie aus der Reihe tanzten und völlig normal wirkten. Doch leider gelang es ihnen niemals, bei ihm auch nur einen Funken Sympathie zu wecken. Sie waren einfach so entsetzlich langweilig, daß Reinhold kurzerhand jedes Gespräch abbrach, um nicht im grauen Sumpf geistiger Trägheit zu versinken.

Daniel war natürlich nicht verrückt. Er hatte nie die geringste Abweichung von der Norm erkennen lassen, und er war nicht einmal exzentrisch. Kein Funke sprang von ihm über, Begriffe wie Humor und Ironie waren ihm fremd. Reinhold kümmerte sich um ihn hauptsächlich, weil er Mitleid mit ihm hatte und weil er wie ein kleiner Junge wirkte, der nicht in der Lage war, sich selbst zu verteidigen.

»Außerdem«, sagte sich Reinhold, während er sein Eis löffelte, »warum in aller Welt sollte er mir leid tun? Betrachten wir die Sache einmal ganz nüchtern: Wenn schon von Mitleid die Rede ist, so müßte Daniel eigentlich Mitleid mit mir haben und nicht umgekehrt! Er hat niemals erfahren, was es heißt, arm zu sein; er kann sich nicht vorstellen, welche Qualen Körper und Seele leiden, wenn man plötzlich kein Zuhause, keine Familie und keinen Pfennig in der Tasche hat! Ihm wurde immer alles auf einem silbernen Tablett präsentiert. Er weiß nicht, was es bedeutet, sich auf der Suche nach Arbeit demütigen zu lassen. Er hat Frau und Kind. Und er brauchte sich auch bei seiner Ehe auf keine Kompromisse einzulassen – ihm wurde das große Glück zuteil, die Frau seines Herzens zu besitzen, für die er alles zu opfern bereit war, Geld und Gut und alle seine Träume. Ja, diese Frau, Tamara – diese Tamara...«

Als er den letzten Rest Eis aus dem Becher kratzte, lächelte er wieder. »Tamara, für die Daniel bereit ist, sich selbst und alle seine Wünsche zu opfern. Eine großmütige, keine egoistische Liebe. Ein Ehemann, der seine Frau glücklich sehen möchte, der an sie und nicht an sich selbst denkt, sollte mir dafür dankbar sein, daß ich seine Frau glücklich machte, daß ich sie, wie sie selbst es ausdrückte, in den ›Himmel hob‹ und mit einem ›inneren Licht‹ erfüllte... Daniel sollte sich darüber freuen, daß Tamara einen Mann wie mich gefunden hat, der sie ›auf das königliche Zepter setzte‹ und ihr das Gefühl gab, als ›zerberste die Sonne in ihr‹! Er sollte mir herzlich danken und mich vielleicht sogar für meine Dienste bezahlen. Warum übrigens nicht?«

Der Kellner kam an den Tisch und begann abzuräumen. Plötzlich begann Reinholds Herz wild zu schlagen: Vor dem Fenster, wo zuvor das Mädchen mit den Blumen gestanden hatte, entdeckte er Daniel, mit Paketen beladen und begleitet von Charlotte, dem Hausmädchen. Er sagte etwas zu ihr und deutete auf den Eingang des Cafés. Charlotte war es also gewesen, der Daniel vorhin am Eingang zum Kaufhaus zugerufen hatte: »Warte hier auf mich am Eingang...«

Reinhold beschloß, unauffällig zu verschwinden. Aber Daniel hatte bereits mit Charlotte das Café betreten, bevor er zahlen konnte. Sie nahmen ausgerechnet hinter der Säule Platz, an der Reinholds Tischchen stand. Von seinem Stuhl aus konnte er nicht nur die Pakete sehen, die Daniel auf den freien Stuhl neben sich gelegt hatte, sondern auch seine Hand, die dem Kellner winkte. Jetzt hätte er sich davonstehlen können, aber nun blieb er mit pochendem Herzen und von Neugier geplagt sitzen: Er wollte jedes Wort hören, das sie wechselten. Die Unterhaltung zwischen ihnen war schließlich für ihn und seine Zukunft von ungewöhnlicher Bedeutung. Es fiel ihm besonders leicht zu verstehen, was Charlotte sagte, weil sie wie immer laut und mit monotoner Stimme sprach. Es stellte sich heraus, daß Daniel im Begriff war, für längere Zeit nach Haifa zu gehen – mindestens für drei bis vier Monate. Er mußte sich dort um die Eröffnung von zwei neuen Bankfilialen kümmern. Tamara sollte ihn begleiten. Sie wollte jedoch nur ein bis zwei Wochen in Haifa bleiben, um ihrem Mann eine provisorische Unterkunft einzurichten. In der Zwischenzeit sollte Charlotte die Kinder in Jerusalem hüten. Sie schien besonders besorgt darüber zu sein, Giddi morgens pünktlich in die Schule zu schicken.

Giddi ging also schon zur Schule – wahrscheinlich in die zweite oder dritte Klasse, mit einem Ranzen auf dem Rücken. Reinhold sah immer noch den kleinen Jungen vor sich, der an der Hand seiner Mutter in das Augusta-Victoria-Krankenhaus gekommen war, um den verwundeten »Onkel Henry« zu besuchen, und den er mit einem Stapel Comics ins Lesezimmer gesetzt hatte. Dann waren Tamara und er in den Garten des Krankenhauses gegangen, wo sie an einem verschwiegenen Fleckchen unter einem Feigenbaum ungestört ihrer Leidenschaft frönen konnten. Nun überkam Reinhold das Gefühl, den kleinen Jungen getäuscht und verraten zu haben. Aber hätte er ihm sagen sollen: »Setz dich schön brav hin, schau dir die Bilder an und warte, bis deine Mami und Onkel Henry ihrem Vergnügen nachgegangen sind!«

»Irgend etwas stimmt mit mir nicht«, dachte Reinhold. »Sonst hätte ich nicht solche Angst davor, Daniel zu begegnen und ihm ins Auge zu blicken. Ich habe nicht nur Angst, ich laufe regelrecht davon! Wenn schon die Erwähnung des Namens seines Sohnes mich nervös macht, dann muß ich seelisch gestört sein, schwer krank sogar. Ich bin möglicherweise einer jener ›psychologischen Fälle‹, über die in amerikanischen Zeitschriften so viel geschrieben wird.«

Reinhold fühlte plötzlich den Drang, zu Daniel hinüberzugehen, ihm wie früher die Hand zu geben und ein neues, unbelastetes Freundschaftsverhältnis mit ihm einzugehen. Doch es war nur eine vorübergehende Regung, und zurück blieb nur bleierne Müdigkeit und Gleichgültigkeit gegenüber allem, was Daniel denken, fühlen oder wissen mochte. Er beschloß, das Café durch den Ausgang zur Ben-Yejuda-Straße zu verlassen. Er wollte ja noch eine Hose kaufen, bevor die Geschäfte mittags schlossen. Reinhold wollte gerade aufstehen, als sich plötzlich die Ereignisse überstürzten.

Ein hübscher kleiner Junge mit roten Backen und leuchtenden blauen Augen stürzte ins Café. Der Junge, höchstens drei Jahre alt, rannte mit offenen Armen auf Reinholds Tisch zu und schrie: »Papa! Papa!« Hinter dem Kind, draußen auf dem Bürgersteig, sah er Tamara stehen. Instinktiv wollte er die Arme dem Kind entgegenstrecken, als der Kleine in letzter Sekunde seinen schrecklichen Irrtum erkannte und zum Nebentisch rannte. Reinhold sah gerade noch, wie Daniel das Kind emporhob und Charlotte sich nach den Paketen bückte. Tamara erblickte er zwar nicht mehr, aber ihm war klar, daß die ganze Familie den wartenden Wagen bestieg, der sie offensichtlich nach Haifa bringen sollte. Noch lange nachdem die Familie Koren entschwunden war, saß Reinhold vornübergebeut an seinem Tisch, den Kopf in beide Hände gestützt, und atmete schwer.

»Mir bleiben genau zwei Wochen zum Handeln!« Diese Erkenntnis war wie ein Befehl, dem er gehorchen mußte, aber er fühlte sich nicht bedrückt, sondern eher beruhigt, befreit. Zwei Wochen waren eine lange Zeit, und während dieser Frist drohten keine Gefahren, Hindernisse und unverhoffte Begegnungen: Daniel und Tamara würden sich in Haifa aufhalten, und Reinhold konnte die nötigen Erkundigungen einziehen und alles weitere planen. »Ja, ich brauche mich wirklich nicht zu beeilen, in den nächsten zwei Wochen wird sich alles klären.« Er fühlte, daß er sich langsam beruhigte.

Erst als er abends in sein Zimmer zurückkehrte und mit Dschamilla über vollkommen nebensächliche Dinge plauderte, wurde ihm schlagartig das Wichtigste seines Erlebnisses vom Nachmittag bewußt: das Kind, der kleine Junge, der mit leuchtenden Augen ins Café stürzte und »Papa! Papa!« geschrien hatte.

Dschamilla bot ihm wie üblich Kaffee an, aber anstatt ihn in Ruhe zu lassen, wie es sonst ihre Gewohnheit war, wenn sie merkte, daß er müde war, sah sie sich nach allen Seiten um und legte ihre Hand vertraulich auf seinen Arm. Sie war so erregt, daß er sie nicht einfach wegzuschicken traute, sondern sie fragte, was denn geschehen sei.

Nachdem Dschamilla ihm von den ungewöhnlichen Vorkommnissen nach Mitternacht erzählt hatte – vom äthiopischen Mönch, den sie mit eigenen Augen in sein Zimmer hatte gehen sehen, aus dem er aber nicht mehr herausgekommen war –, wurde Reinhold klar, daß er sofort eine ungewöhnliche Geschichte erfinden mußte, die der Alten dennoch glaubwürdig erschien. Er hatte wirklich nicht damit gerechnet, daß Dschamilla nach Mitternacht noch wach sein und ohne böse Absicht Geschichten erzählen konnte, die für ihn höchst gefährlich waren. In letzter Zeit hatte er vielfach im Sicherheitsbereich der britischen Armee recherchiert. Als Mönch oder Priester verkleidet, hatte er Waffen und Munition in die Gegend um die Altstadttore transportiert. Nachdem es ihm gelungen war, Dschamilla mit beruhigenden Worten loszuwerden, schloß er hastig die Tür ab und zog die Vorhänge vor. Er lief zum Spiegel, holte die verräterischen Verkleidungen hervor – das Mönchs- und das Priestergewand – und versteckte alles in dem Wandschrank. In seiner Hast stieß er gegen die halboffene Schublade des Spiegels. Als er sie zuschob, fiel sein Blick auf Tamaras Handschrift auf einem alten Briefumschlag: Es waren die Geburtstagsglückwünsche, die sie ihm nach Italien geschickt hatte.

Dann setzte er sich hin, um den drei Jahre alten Brief noch einmal zu lesen. Ein Ausdruck, der ihm damals nicht aufgefallen war und den er für eine ihrer blumigen Phrasen gehalten hatte, sprang ihm jetzt ins Auge: »... bis die Frucht unserer Liebe reift...« Nun wurde ihm klar, daß sie damit eine Schwangerschaft angedeutet hatte. Am Vormittag hatte er die »Frucht unserer Liebe« gesehen, als das Kind ins Café stürzte und »Papa! Papa!« schrie.

Er war jetzt sicher, daß der Kleine sein Sohn war. Er hatte den Brief von damals nie beantwortet; aber warum hatte sie aufgegeben, anstatt zu versuchen, wieder mit ihm in Verbindung zu treten? Tamara war gewiß keine Frau, die so leicht resignierte und vor einem Hindernis zurückschreckte. Ganz im Gegenteil!

Je länger er darüber nachdachte, desto verworrener wurde alles. Die Sache beunruhigte ihn so sehr, daß er trotz der späten Stunde beschloß, Charlotte sofort auszufragen, anstatt bis zum nächsten Morgen zu warten. Er würde Charlotte sagen, er sei gerade in Jerusalem eingetroffen, um seinen alten Freund David Koren zu besuchen, den er seit dreieinhalb Jahren nicht mehr gesehen hatte, und selbstverständlich auch Tamara, die sich so rührend zur Zeit seiner Verwundung um ihn gekümmert hatte. Er würde große Enttäuschung vorspielen, die beiden nicht zu Hause anzutreffen. Auf Umwegen hoffte er vom Dienstmädchen das zu erfahren, was er wissen wollte.

Um Viertel vor zehn läutete er an der Haustür. Er war ganz ruhig und zeigte keine Gefühlsregung. Er verfolgte beharrlich sein Ziel und kümmerte sich nicht um das, was ringsum geschah. Weder der Kanonendonner noch das Pfeifen der Kugeln noch der Ausgang des Kampfes, nicht einmal der mögliche Sieg interessierten ihn – denn er war in seinem Innern wie versteinert.

Er hörte, daß sich im Haus jemand auf leisen Sohlen bewegte, und er wußte, daß Charlotte durch den Türspion spähte. Dann machte sie die Tür weit auf und rief: »Henry! Was für eine Überraschung!« Er erinnerte sich noch an ihren argwöhnischen Blick, als er vor fast vier Jahren mit bandagiertem Kopf und in einem gestreiften Krankenhauspyjama erschienen war, und stellte erstaunt fest: »Sie freut sich wirklich, mich zu sehen!« Gleichzeitig entdeckte er, daß Charlotte viel hübscher und sogar jünger aussah als damals.

»Ich bin gerade in Jerusalem angekommen, und da dachte ich

mir...«, begann er, seinen späten Besuch entschuldigend, aber sie winkte ab und führte ihn ins Wohnzimmer.

»Wie geht es Daniel und Tamara? Wo stecken sie denn? Sind sie vielleicht ins Kino gegangen? Und wie alt ist denn inzwischen Giddi? Er muß doch schon sieben oder acht Jahre alt sein...«, tastete sich Reinhold achtsam vor.

»Wissen Sie das gar nicht? Er hat einen kleinen Bruder, der schon fast drei ist! Augenblick! Ich hole den Tee, dann erzähle ich Ihnen alles.« Reinhold brauchte nicht erst lange zu fragen. Charlotte berichtete munter darauf los. Ein oder zwei Tage nach Reinholds Abreise war Daniel damals auf Urlaub gekommen. »Ich glaube, es war sogar noch am selben Tag, jedenfalls kam er unangemeldet um ein oder zwei Uhr morgens an... Er wurde natürlich nicht erwartet, schon gar nicht zu so später Stunde. Daniel hatte ungewöhnliches Glück gehabt und Tobruk mit dem letzten Schiff verlassen, das Nachschub brachte. Am nächsten Tag wurde im Radio die Meldung durchgegeben, Tobruk habe vor Rommel kapituliert. Wenn er nicht mit diesem letzten Schiff gekommen wäre, weiß Gott, was ihm alles hätte zustoßen können! Um sich von den Strapazen der Belagerung Tobruks zu erholen, erhielt Daniel fast einen Monat Urlaub. Für Tamara und für ihn war es sozusagen eine Wiederholung der Flitterwochen. Eigentlich wollte Tamara kein zweites Kind mehr haben, aber Daniel bestand darauf. Er meinte, daß Giddi einen Bruder brauchte und nicht als Einzelkind aufwachsen sollte. Niemand wußte, was nach seinem Urlaub geschehen würde. Das Kind wurde einen Monat nach dem Tod von Daniels Vater geboren und wurde nach ihm benannt. Es hatte eine auffallende Ähnlichkeit mit dem Großvater, ja es war ihm sogar ähnlicher als dem eigenen Vater. Ein süßes Kind, der kleine Emanuel...«

In diesem Augenblick drangen aus dem tiefergelegenen einsamen Haus die Klänge des Konzerts für Oboe und Streicher von Vivaldi, als sei im ganzen Tal die Zeit an jenem Tag stehengeblieben, als Tamara Reinhold zum erstenmal ihr Atelier mit den Tonfiguren gezeigt hatte. Diesmal war aber die Schallplatte nicht zerkratzt, die Klänge waren rein und klar, und eine tiefe Wehmut erfaßte ihn. »Interessant, daß Charlotte so tut, als hätte sie nie etwas bemerkt«, überlegte Reinhold. Alles, was sich in Daniels Abwesenheit in diesem Haus abgespielt hatte, schien in ihren

Augen nur ein harmloses Spiel gewesen zu sein »Onkel Willy« und »Onkel Henry« und selbst ihr eigenes Bemühen, die Anwesenheit von »Onkel Willy« vor »Onkel Henry« zu verbergen, als dieser plötzlich mit bandagiertem Kopf vor der Tür stand. Daniels Familienleben hatte sich nach seiner Heimkehr aus Tobruk offenbar in eine Idylle verwandelt. Es war etwas geschehen, das die »eigenartige Hölle« (mit diesen Worten hatte Daniel selbst seine Ehe beschrieben) in ein »eigenartiges Paradies« verwandelt hatte, zumindest in neue Flitterwochen, in denen – wie Tamara es ausgedrückt hätte – die Frucht der Liebe gezeugt worden war. Charlotte hatte vielleicht wirklich nichts bemerkt!

Reinhold wurde ungeduldig, er wollte aufspringen und gehen, obwohl er seinen Tee noch nicht ausgetrunken hatte, doch er blieb sitzen, um Charlotte nicht zu verletzen. »Vielleicht gehört sie wirklich zu den Leuten, die einfach nicht merken, was sich hinter den Kulissen abspielt. Vielleicht ist aber auch genau das Gegenteil der Fall: Gerade weil sie weiß, was sich zwischen Tamara und mir abgespielt hat, weist sie mich jetzt ausdrücklich darauf hin, daß seit Daniels Rückkehr aus Tobruk eine glückliche Wendung in der Ehe eingetreten ist. Sie will wohl, daß ich daraus meine Schlüsse ziehe. Sie nimmt an, daß ich nur gekommen bin, um meine Beziehung zu Tamara wieder aufzunehmen. Sie ist vermutlich nie auf den Gedanken gekommen, daß *ich* diese Beziehung abgebrochen haben könnte und nicht Tamara...«

Als sich Reinhold schließlich erhob, um zu gehen, fragte Charlotte: »Was soll ich ausrichten? Warum hinterlassen Sie nicht eine Nachricht? Hier ist ein Zettel. Tamara hat angerufen, sie will in zehn Tagen zurück sein und wird morgen abend mit den Kindern telefonieren. Natürlich sage ich ihr, daß Sie wieder zurück sind – sie wird sich sehr darüber freuen! Sie haben doch sicher wieder Ihr altes Zimmer?«

»Nein, nein!« Es kam Reinhold darauf an, sie von der alten Adresse abzulenken. »Ich habe bis jetzt noch keinen festen Wohnsitz, und mein früheres Zimmer in der Mamilla-Straße ist inzwischen anderweitig vermietet. Zur Zeit wohne ich bei einem Freund. Aber ich habe ein Postfach – hier ist die Nummer. Natürlich braucht sie – brauchen Daniel und Tamara, meine ich – mir nicht zu schreiben. Ich melde mich wieder, wenn sie – alle beide – aus Haifa zurück sind...« Hastig kritzelte er die Nummer seines Postfachs auf das Blatt, das Charlotte ihm überreicht hatte. Dabei sagte er sich, daß es nun wirklich an der Zeit sei, ein anderes Zimmer zu beziehen. Er hatte das schon geplant, seitdem er zur Irgun gestoßen war, aber nach der Unterhaltung mit Dschamilla war ihm die Dringlichkeit bewußt geworden. Während er die Nummer aufschrieb, spürte er wieder ein leidenschaftliches Verlangen nach Tamara. Auf dem Blatt, das Charlotte ihm gegeben hatte, stand eine kurze Mitteilung von Drake an »meinen lieben Daniel und meine liebe Tamara«. Mehr konnte er nicht lesen, weil das Blatt zusammengefaltet war. Am oberen Rand entdeckte er noch den Vermerk »9 Uhr«. Der Oberst war also nur eine halbe Stunde vor ihm da gewesen, fast wie beim erstenmal, mit dem einzigen Unterschied, daß damals ein Taxi auf Reinhold gewartet hatte, um ihn ins Krankenhaus zurückzufahren. Während er damals gehofft hatte, Tamara zu treffen, war er diesmal gekommen, weil er wußte, daß er sie nicht antreffen würde.

»Soll ›Onkel Willy‹ doch zur Hölle fahren und Tamara mitnehmen!« dachte Reinhold. Eine Anwandlung von Eifersucht überkam ihn bei dem Gedanken, daß es »Onkel Willy« wohl blendend verstand, sich in die neue Familienidylle der Korens einzufügen. Daniels Gegenwart störte den Oberst nicht, sondern sie verlieh vielmehr den Freuden, die er mit Tamara genoß, die Würze. Schlagartig begriff Reinhold die pikante Anekdote, die Oberst Drake einmal auf einer Weihnachtsfeier im La-Régence-Grill im King-David-Hotel erzählt hatte. Die Geschichte amüsierte damals Major Morgan so sehr, daß er vom Stuhl fiel, unter den Tisch rollte, dort auf dem Rücken liegenblieb und mit den Beinen in der Luft strampelte wie ein Radfahrer. Zu diesem Zeitpunkt waren alle – mit Ausnahme von Reinhold, der fast nichts trank, weil er eine plötzliche Übelkeit verspürte, die auf seine Verwundung zurückzuführen war – sinnlos betrunken, und der Oberst schien die Geschichte ausschließlich Reinhold zu erzählen. Trotz des unmäßigen Alkoholgenusses hatte der Oberst sich noch in der Gewalt und hütete sich, Namen zu nennen. Nichts deutete darauf hin, daß er aus eigener Erfahrung sprach, er gab sich sogar besondere Mühe, den Eindruck zu erwecken, daß die Geschichte einem anderen widerfahren sei, vor vielen Jahren, irgendwo im Nahen Osten. Dieser »andere« erfreute sich der Gunst einer jungen Dame mit »leuchtenden Augen und einer wilden Phantasie«, die mit einem »hochanständigen und angesehenen Mann« verheiratet war. Es kam schließlich so weit, daß die Verliebten, von stürmischer Leidenschaft erfaßt, auch dann ihr Vergnügen suchten, wenn der Ehemann zu Hause war, in seinem Zimmer arbeitete oder im Kinderzimmer mit seinem Sohn spielte. Beim erstenmal vergingen sie noch fast vor Angst, aber im Lauf der Zeit wurde die Anwesenheit des Ehemannes zu einem mächtigen Anreiz: Je größer die Gefahr war, in flagranti ertappt zu werden, um so mehr fanden sie Vergnügen aneinander. Eines Abends liebten sie sich sogar während eines feierlichen Abendessens, zu dem der Vater des Ehemanns eingeladen war. In letzter Minute hatte sich das Dienstmädchen mit hohem Fieber ins Bett legen müssen, und der Dame des Hauses, die eine »wilde Phantasie« hatte, blieb nichts anderes übrig, als das Essen selbst zuzubereiten – als Hauptgang war Fisch vorgesehen, und er schmeckt bekanntlich am besten, wenn er frisch gebraten serviert wird.

Natürlich erbot sich ihr Geliebter, ihr behilflich zu sein, und der Ehemann – ein echter Gentleman – sprang ebenfalls von seinem Stuhl auf. Die Dame des Hauses hielt jedoch die Dienste des Hausfreundes für durchaus ausreichend. »Laß unseren Gast auch einmal etwas tun«, sagte sie zu ihrem Mann. »Sonst glaubt er noch, daß er in unserem Haus nur Rechte und keine Pflichten hat. Er kann schließlich nicht nur herkommen, um sich von uns bedienen zu lassen!« Der Schwiegervater klatschte in die Hände und rief: »Bravo! Bravo!« Er war entzückt von seiner Schwiegertochter, die so charmant, intelligent und außerdem rücksichtsvoll gegenüber ihrem Ehemann war. Der treue Hausfreund folgte also dienstfertig seiner Geliebten in die Küche.

Es war mit allem möglichen zu rechnen: Das Kind konnte aufwachen und die Mutter rufen, der Ehemann konnte auf der Suche nach einem Korkenzieher in die Küche kommen; der Schwiegervater konnte auf dem Weg zur Toilette an der Küche vorbeigehen, also war keine Zeit zu verlieren. Während die Dame des Hauses am Herd stand, näherte er sich ihr von hinten, hob ihren Rock und umfaßte mit einer Hand ihre Brust, während er mit der anderen zwischen ihre Schenkel fuhr und Besitz von ihr nahm. Um für alle Eventualitäten gerüstet zu sein – erzählte der Oberst –, hatte sie einen mit einem Schlitz versehenen Schlüpfer angezogen. Eine Frau in der Küche zu lieben, während der Fisch in der Pfanne brutzelte und Ehemann und Schwiegervater im Eßzimmer saßen und auf den nächsten Gang warteten, blieb dem Hausfreund ein unauslöschliches Erlebnis. Reinhold war nie auf den Gedanken gekommen, diese pikante Anekdote Tamara und Oberst Drake zuzuschreiben – auch dann nicht, als er ihre Liaison aufgedeckt hatte. Bisher hatte er den Oberst für einen alten Sadomasochisten gehalten, der nur dann Lust zu empfinden imstande war, wenn ihn eine Frau auspeitschte. Nun, da er nach so langer Zeit keine Ressentiments mehr hatte, war ihm beim Anblick des von Drake geschriebenen Zettels plötzlich klargeworden, daß der Oberst selbst der Held der amüsanten erotischen Episode in der Küche war, die nichts mit Sadomasochismus gemein hatte. Und außerdem war Drake noch keineswegs alt, sondern etwa fünfzig, also im besten Mannesalter.

»Sollen die beiden doch zur Hölle fahren – ›Onkel Willy‹ zusammen mit seiner Tamara!« fluchte Reinhold erneut vor sich hin. Er sehnte sich immer stärker nach Tamaras Körper, der Heimweg wurde ihm zur Qual. »Die Seele ihres Fleisches ruft mich«, dachte er, während lebendige Erinnerungen in ihm aufstiegen: die stralehnde Frische ihrer Haut, die edle Nackenlinie, ihre hohen Bakkenknochen, der zarte Schwung von Nase und Kinn, ihre leuchtenden Augen, der üppige Schwung ihrer Hüften, die nachgiebige Festigkeit ihrer Brüste, die Signale, die ihr Körper aussandte, die Lebhaftigkeit all ihrer Bewegungen, das Zurückwerfen des Kopfes, bis sich ihre hochgesteckte Frisur auflöste und ihr Haar sich wild über das Gesicht ergoß, so daß er nur noch ihre Nasenflügel sehen konnte. Aber er wußte genau, daß er wieder vor ihr fliehen würde. Als er sein Zimmer erreichte und in der Tasche nach dem großen, alten Schlüssel suchte – dem rostigen Eisenschlüssel aus der Türkenzeit –, beschloß er, nicht nur seine Adresse, sondern auch die Nummer seines Postfachs zu ändern.

*

Und dann kam alles ganz anders. Er erhielt Tamaras Telegramm aus Haifa genau an dem Tag, an dem er selbst dorthin fahren sollte, um den britischen Zerstörer in die Luft zu jagen. Vor der Abfahrt hatte er noch in seinem Postfach nachgesehen – er wartete auf die Fahnen eines Artikels über neue Tendenzen der Nachkriegskunst, den er für die *Palestine Post* geschrieben hatte – und das Telegramm gefunden. Er kam gar nicht auf die Idee, daß es von Tamara stammen könnte. Erst zwei Tage zuvor hatte er mit Charlotte gesprochen, Tamara sollte erst in zehn Tagen zurückkehren – und jetzt lag schon ein Telegramm von ihr da! Offenbar hatte sie Charlotte angerufen, um sich nach dem Wohlbefinden der Kinder zu erkundigen, und von seiner Rückkehr erfahren. Nun telegrafierte sie! »Kehre nach Jerusalem zurück. Treffen um 19 Uhr Halle King David. Lade dich zum Essen im Régence-Grill ein. Ewig dein, Tamara.«

»Sie wartet im King-David-Hotel auf mich, während ich ein Schiff in die Luft sprengen werde...« Da er noch nicht genau wußte, worum es bei der Operation in Haifa ging, wollte er Charlotte anrufen und sie bitten, Tamara mitzuteilen, daß er die Verabredung nicht einhalten könne. Er bedauerte, sich nicht nach Tamaras Telefonnummer erkundigt zu haben. Er hätte sie direkt verständigen können. Aber kaum hatte er den Hörer abgenommen, da ließ er die Hand wieder sinken. »Es ist besser, gar nicht darauf zu reagieren. Jeden Kontakt vermeiden! Gott sei Dank habe ich Charlotte erzählt, daß ich noch keine eigene Wohnung habe und bei einem Freund Unterschlupf gefunden habe. Ich muß alle Spuren verwischen. Der Vermieterin werde ich mitteilen, daß ich noch bis zum Monatsende in meinem Zimmer bleibe und dann die Stadt verlassen muß.«

Im Bus nach Haifa las Reinhold das Telegramm noch einmal. »Das ist Schicksal«, sagte er sich. »Sie kommt gerade dann von Haifa nach Jerusalem, wenn ich von Jerusalem nach Haifa fahre!« Aber die Vorstellung, daß sie dieselbe Strecke zurücklegten – allerdings in entgegengesetzter Richtung – wurde für ihn plötzlich unerträglich. Entgegen seinem ersten Impuls beschloß er, gleich nach seiner Ankunft in Haifa Tamara in Jerusalem anzurufen. Sie würde bestimmt zu Hause sein, und wenn nicht, konnte er immer noch über Charlotte ein neues Treffen mit ihr vereinbaren. Aber als der Bus in Haifa ankam, hatte Reinhold es plötzlich nicht mehr eilig, eine Telefonzelle aufzusuchen. Er stand unschlüssig da, zog das Telegramm aus der Tasche, las es noch einmal durch, zerriß es und warf es dann in einen Mülleimer.

In der gemieteten Wohnung drängten sich ungefähr fünfzehn Männer. Reinhold hörte den Instruktionen des Chefs aufmerksam zu und merkte sich jedes Wort. Ihm war eine Schlüsselrolle bei der Aufgabe zugeteilt worden; den Sprengstoff in die Sperrzone des Hafens zu schmuggeln. Dennoch schien ihn die Operation nicht besonderes zu interessieren. Zu vieles ging ihm durch den Kopf. An der Wand neben der Karte, auf der ihnen der Chef den Weg in den Hafen erläuterte, hing ein Druck von Soutines Gemälde, das Reinhold ein Jahr zuvor in der Pariser Galerie de France gesehen hatte. Nachdem er sich den Weg genau eingeprägt hatte, wandte er seinen Blick der Reproduktion zu. Die Erinnerung an Tamara war ausgelöscht, seine Sehnsucht nach ihr spurlos verschwunden. Ihn beseelte nur noch der Wunsch – zu malen – und zwar war dieser Wunsch ebenso stürmisch und intensiv wie in seiner Kindheit oder in den Tagen, als er sich auf die Aufnahmeprüfung für die Kunstakademie vorbereitete. Bei dem Gedanken, den Pinsel wieder in die Hand zu nehmen, hatte er die ganze Nacht nicht schlafen können. In den frühen Morgenstunden erlitt er sogar einen Allergieanfall, der Geruch von Ölfarbe und Terpentin benahm ihm fast den Atem - das strahlende Licht in seinem Innern war erloschen, das Leben hatte seine eben gewonnene Würze verloren. Entsetzliche Wut stieg in ihm hoch – nein, es genügte keineswegs, einen Zerstörer zu sprengen, die ganze Welt wollte er in die Luft jagen!

Aber nicht einmal der Zerstörer wurde gesprengt. Als das Floß mit dem Dynamit vom Quai ablegte, wurde auf dem Zerstörer plötzlich der Anker eingeholt, und das Schiff nahm Kurs auf die offene See. Danach mußten sie sich mit den unvorhergesehenen Komplikationen beschäftigen: Es galt, im Hafen ein Versteck für die Rohre, das Werkzeug und das Dynamit zu finden und nach einer Möglichkeit zu suchen, später alles wieder hervorzuholen.

Drei Tage lang pendelte er in der Uniform eines britischen Marineoffiziers zwischen dem Hafen und verschiedenen Lagern in der Stadt, bis alle Probleme gelöst waren. Am vierten Tag zog er wieder Zivilkleidung an und kaufte eine Buskarte nach Jerusalem. Bis zur Abfahrt blieben ihm noch etwa anderthalb Stunden Zeit. Er setzte sich auf die Terrasse eines Cafés mit Blick aufs Meer. Bevor er beim Kellner etwas zu trinken bestellen konnte, brach auf der Straße unvermittelt ein Tumult aus: Britische Polizisten errichteten an der Ecke eine Straßensperre und bezogen Stellung. Zwei postierten sich bei der Eingangstür des Cafés und begannen, die Ausweise aller Passanten zu kontrollieren. Vielleicht hatten sie etwas über die Aktion gegen den Zerstörer erfahren, vielleicht war es aber auch nur eine Routinekontrolle, um illegale Einwanderer aufzuspüren, denen es gelungen war, von der Küste her die Stadt zu erreichen. Obgleich Reinholds Papiere in Ordnung waren und er kein belastendes Material bei sich hatte, beschloß er, sich davonzustehlen, denn man konnte den Ausgang solcher Razzien nie vorausahnen. Um den Kellner keinen Verdacht schöpfen zu lassen, bestellte er eine Tasse Kaffee und beschloß, das Lokal durch den Seitenausgang zu verlassen, sobald er ausgetrunken hatte. Aber bevor ihm der Kaffee serviert wurde, betraten die beiden Polizisten das Café.

Drei Tische von Reinhold entfernt schlief ein etwa fünfzigjähriger Mann mit Mütze über einer auf dem Tisch ausgebreiteten fremdsprachigen Zeitung. Beim Klang der genagelten Stiefel wachte er auf und stürzte ans Geländer. Als er sah, daß sich auch unten auf der Straße Polizisten befanden, rannte er zum Nebenausgang, durch den auch Reinhold zu verschwinden plante. Vielleicht wäre der Mann entkommen, wenn er nicht gegen einen Tisch und dann gegen einen Stuhl gestoßen wäre. Die Mütze fiel ihm vom Kopf, er stolperte und stürzte aufs Gesicht. Die Polizisten hielten ihn sofort fest. In diesem Augenblick hätte Reinhold sogar unbeachtet durch den Haupteingang weggehen können. Aber statt die Gelegenheit wahrzunehmen, fiel er blindwütig über die beiden Polizisten her. Nachdem er den ersten mit einem Kinnhaken zu Boden gestreckt hatte, entriß er dem zweiten die Maschinenpistole und schlug ihm den Kolben ins Gesicht und in den Magen. »Los, rennen Sie«, rief er dem Mann zu. »Lassen Sie die Mütze liegen, verlieren Sie keine Zeit!« Er war selbst überrascht, nach so langer Zeit deutsch, seine Muttersprache, zu sprechen. »Vergeuden Sie nicht Ihre Zeit mit Danksagungen«, sagte er und schob den verwirrten Mann ins Freie nach rechts, während er selbst sich nach links wandte. Er sprang über eine Steinmauer und fand sich im Hinterhof eines alten Gebäudes mit zwei Rundbogeneingängen wieder. Er trat durch die erste Tür in einen langen dunklen Flur und blieb stehen, um Luft zu holen und zu überlegen, was er nun tun sollte.

Während Reinhold sich den Schweiß von der Stirn wischte und den Staub von seiner Kleidung klopfte, sagte er sich, daß er für sein verrücktes Benehmen eigentlich eine Strafe verdient hätte, und dennoch spürte er keine Reue. Im Gegenteil, er fühlte sich erleichtert, als habe er soeben eine Last von sich abgeschüttelt, die seit langem Teil seiner selbst geworden war. Nun erst konnte er wieder tief durchatmen. Der Flur machte eine Biegung und mündete in den Haupteingang des Hauses. In der Biegung stand eine Tür halb offen, aus der Stimmen und Musik drangen. Ein handgeschriebener Zettel an der Tür kündigte für diesen Tag von fünfzehn Uhr dreißig bis achtzehn Uhr dreißig Proben an. Reinhold warf einen Blick hinein und sah Stufen, die in einen Keller führten, der offenbar als Theater diente: Gegenüber einer Bühne, auf der einige junge Leute ein Stück probten, bei dem auch Marionetten auftraten, waren Stuhlreihen aufgestellt. Neben der Bühne bemerkte Reinhold eine zweite Tür; er sah sich vorsichtig um und stieg dann in das Kellertheater hinunter. An beiden Enden der Straße war eine Menschenansammlung zu sehen, aus der auch Polizeihelme herausragten. Auch diese Straße war offenbar abgesperrt, und ihm blieb jetzt nichts anderes übrig, als das Ende der Razzia abzuwarten. Im Notfall wollte er durch die zweite Tür entfliehen.

Reinhold nahm gegenüber dieser Tür am Ende einer Stuhlreihe, in der Marionetten saßen, neben einem Mädchen Platz, das wie eine sechzehn- oder siebzehnjährige Gymnasiastin aussah und ein Marionettenkostüm nähte.

»Ich möchte mir gern die Proben der Aufführung ansehen«, sagte er zu ihr. »Hoffentlich stört Sie meine Anwesenheit nicht.«

»Mich stören Sie nicht«, antwortete sie. »Und wenn sich jemand gestört fühlt, so wird er es Ihnen sagen. Aber die Probe hat noch nicht richtig begonnen. Wir üben nur und warten auf Dennis.«

»Wer ist Dennis?«

»Unser Direktor. Er ist außerdem der Autor des Stücks *Die Marionette Mona*. Er sollte schon seit einer halben Stunde hier sein. Sonst kommt er immer als erster. Das ist das erstemal, daß er sich verspätet.«

Reinholds Aufmerksamkeit war auf die Tür gerichtet, und er beschloß, keinen Fluchtversuch zu unternehmen für den Fall, daß Polizei kam, sondern einfach so zu tun, als gehöre er dazu. Er wollte versuchen, mit einigen jungen Schauspielern auf der Bühne zu reden und bei ihnen den Eindruck zu erwecken, er sei ein Theaterkritiker, der sich für junge Talente interessierte.

Alles, was diese jungen Leute da oben auf der Bühne taten, kam ihm fremdartig vor. Das Nebeneinander von Marionetten und Schauspielern schuf eine eigenartige Atmosphäre, die ihm nicht zusagte. Oder war es das gespannte Horchen auf das Geräusch genagelter Schuhe, das ihn irritierte? Die Protagonistin des Stücks war eine Marionette namens Mona, die steif den verliebten Helden anstarrte, einen jungen Mann namens Arturo, der sich vor ihr aufspielte, sie einmal an die Brust drückte und dann wieder zu Boden warf. Der Zuschauer sollte sich natürlich mit Arturo identifizieren und seinen Liebeskummer teilen, aber Reinhold stand gefühlsmäßig auf der Seite Monas, die aus eigener Kraft nicht einmal fähig war, einen Arm zu bewegen, den Gesichtsausdruck zu verändern, zu schreien, zu weinen oder vor Arturo davonzulaufen, wenn er sie auf den Boden warf. Sie würde auch dann noch lächeln, wenn jemand sie in Stücke riß.

Plötzlich öffnete sich die Nebentür, und Reinhold erstarrte auf seinem Platz: Daniel Koren stand so dicht vor ihm, daß er seinen Atem spüren und die Schweißtropfen auf seiner Stirn und auf dem Nasenrücken sehen konnte. Offensichtlich war er gerannt.

»Dennis!« rief das Mädchen, sprang auf und lief ihm mit der Marionette im Arm entgegen. »Wir dachten schon, du kommst nicht mehr. Was ist geschehen?« Die übrigen Schauspieler sprangen von der Bühne herunter und umringten ihn.

»Unterwegs waren Polizeikontrollen«, sagte Daniel, der hier offenbar Dennis Soie hieß. »Sie haben alle Straßen gesperrt. Es ging das Gerücht um, im Hafen sei eine Bombe gelegt worden, und sie suchen nach illegalen Einwanderern, die zwei britische Polizisten zusammengeschlagen haben. Einer der Polizisten wurde schwer verletzt.«

»Das muß der Mann sein, der von mir die Maschinenpistole ins Gesicht und in den Magen bekam«, dachte Reinhold, der schon während der Schlägerei gemerkt hatte, daß er den zweiten Polizisten übel zugerichtet hatte. Da sich die Schauspieler an der Tür scharten, hatte er Zeit, sich wieder zu fangen und Daniel zu beobachten. Sein Gesichtsausdruck hatte sich verändert, er sah ernster und nachdenklicher aus. Ja – der Schnurrbart! Er trug keinen

Schnurrbart mehr, und dadurch wirkte Daniel reifer. Am meisten war Reinhold jedoch über Daniels Blick bestürzt. »Er hat panische Angst vor mir. Er kann mich nicht einmal ansehen«, dachte er. »Als sei ich ein Geist, ein Nachtgespenst am hellichten Tag... Er muß alles wissen... Jemand muß es ihm erzählt haben... Wahrscheinlich hat einer der Patienten im Augusta-Victoria-Krankenhaus vom Fenster aus beobachtet, was Tamara und ich im Garten getrieben haben... Oder vielleicht war es Charlotte. Nein, nicht Charlotte – Tamara selbst! Tamara hat ihm alles erzählt! Ihr ist alles zuzutrauen... Jetzt ist der Augenblick der Wahrheit gekommen.« Reinhold beschloß, notfalls alles zu gestehen: »Ja, ich habe dein Vertrauen mißbraucht. Es war falsch von mir, und ich bitte dich nicht um Verzeihung oder Nachsicht – aber nicht, weil ich dich verachte oder deine Verzeihung nicht brauche, sondern weil du mir wichtig bist, weil ich dich schätze, weil ich dir alles nachfühlen kann. Ich weiß sehr gut, daß ich deine Vergebung nicht verdiene; mir ist klar, daß du mich strafen, dich an mir rächen solltest. Wäre es mir wie dir ergangen, so würde ich dich zusammenschlagen. Wenn du nicht genug Kraft in deinen Fäusten hast, dann nimm einen Revolver – schieß mir eine Kugel in den Kopf!« Aber da meldete sich ganz leise eine zweite Stimme in Reinholds Innerem und sagte: »Es ist für dich ein leichtes, so zu reden, da du sehr wohl weißt, daß er dir keine Kugel in den Kopf schießen wird. Er wäre nicht dazu fähig. Und was für ein Geständnis wäre das schon? Er weiß ja bereits alles! Du wirst kein Geständnis ablegen, sondern nur einen schwachen Mann quälen. Wenn du ihm wirklich wohlgesonnen bist und dir sein Seelenfriede wichtig ist, mußt du alles abstreiten und ihm sagen, daß das, was Tamara ihm erzählt hat, eine Lüge ist, mit der sie ihn quälen und eifersüchtig machen wollte...«

Reinhold erinnerte sich an das Gespräch mit Tamara im breiten Ehebett, über dem das Hochzeitsfoto hing. Sie hatte sich auf den Rücken gelegt und rekelte sich mit Behagen wie eine Katze, die sich in der Sonne ausstreckt, und streifte dabei mit der Hand das Bild, das aufs Bett herunterfiel. Sie hob es auf, betrachtete es lange Zeit, lächelte vor sich hin und sagte plötzlich: »Ich werde es ihm sagen. Ich werde ihm alles erzählen... Geschieht ihm recht...« Reinhold war entsetzt. »Aber warum in aller Welt willst du es ihm sagen? Um dich wie eine fromme Frau zu gebärden, die sich am Versöhnungsfest reumütig an die Brust schlägt in der Gewißheit, daß ihr von ihrem Mann verziehen wird. Bereitet es dir denn Vergnügen, ihn zu provozieren und zu quälen? Das wäre wirklich grausamer, als wenn du ihm mit einem Hammer einen Schlag auf den Kopf versetzen würdest!« – »Schon gut, schon gut – reg dich nicht so auf –, ich werde es ihm nicht sagen«, hatte Tamara erwidert, aber er merkte, daß es ihr nur darum gegangen war, ihn zum Schweigen zu bringen.

»Wer hat es dir erzählt?« fragte Daniel. Es waren die ersten Worte, die er an Reinhold richtete. Er hatte sich bei den jungen Schauspielern entschuldigt und ihnen gesagt, sie sollten ihn noch ein paar Minuten entschuldigen und in der Zwischenzeit die zweite Szene ohne ihn proben. Vorsichtshalber zog er Reinhold in eine Nische des Flurs, in der alte Kostüme, staubige Bühnenrequisiten, ein paar Stühle und eine Bank verstaut waren.

»Wer hat mir was erzählt?« fragte Reinhold.

»Daß ich... daß ich hier an meinem Stück arbeite... daß ich für das Theater etwas Neues ins Leben zu rufen versuche...«

»Niemand hat es mir gesagt«, antwortete Reinhold.

Woher hast du es dann gewußt? Was hat dich denn hierher verschlagen?«

»Reiner Zufall.« In seiner ungeheuren Erleichterung hätte Reinhold fast einem natürlichen Impuls nachgegeben und Daniel die volle Wahrheit über die Ereignisse erzählt, die ihn zum Kellertheater geführt hatten, aber er zog es vor, sich an die Regeln des Untergrunds zu halten. Er fügte nur hinzu: »Ich habe eine Frau gesucht, die früher hier wohnte, aber sie ist offenbar umgezogen. Als ich im Flur an der offenen Tür vorbeikam, hörte ich Stimmen, warf einen Blick hinein, und da mich die Proben interessierten, blieb ich. Ich hatte keine Ahnung, daß ich dich hier treffen würde oder daß du überhaupt etwas mit dem Stück zu tun hast. Sie sagten nur, daß sie auf einen gewissen Dennis Soie warteten. Ich hätte nicht vermutet, daß du mit ihm identisch bist.«

Die Angst wich aus Daniels Gesicht. Im Überschwang der Gefühle legte er seinen Arm um Reinholds Schultern.

»Jetzt atmet er erleichtert auf«, dachte Reinhold. Aber schon im nächsten Augenblick verschlug es ihm wieder den Atem.

»Ganz ehrlich«, sagte Daniel, »ich hatte dich schon im Verdacht.«

»Mich im Verdacht?« rief Reinhold unwillkürlich mit erhobener Stimme.

»Ja, ich hatte dich im Verdacht«, wiederholte Daniel ein wenig verlegen. »Als ich dich plötzlich da sitzen sah, wurde ich argwöhnisch.«

»Was argwöhntest du denn?«

»Daß du beauftragt seiest, mir nachzuspionieren.«

»Wer in aller Welt sollte ausgerechnet mich beauftragen, dir nachzuspionieren?«

»Was weiß ich?« antwortete Daniel. »Die Banken, die Konkursverwalter, all diejenigen, die mich ins Verderben stürzen wollen. Wenn es bekannt wird, daß ein Bankier mit Marionetten spielt, verliert er das Vertrauen seiner Kunden, denn man kann ihn nicht ernst nehmen. Das einzige, was auf der Welt ernst zu nehmen ist, ist doch nur das Geld! Die Unternehmer würden mit geschlossenen Augen ihr Geld in eine Puppen- oder Marionettenfabrik investieren, aber es nicht einem Mann anvertrauen, der mit Marionetten spielt!... Vielleicht sogar Tamara«, fügte er hinzu und sah dabei Reinhold auf eine merkwürdige Weise an.

»Tamara?« wiederholte Reinhold verwundert. »Warum sollte dir Tamara nachspionieren? Und warum sollte sie ausgerechnet mich dazu benutzen? Ich habe sie seit meiner Verwundung nicht mehr gesehen.«

Daniel schwieg eine Weile nachdenklich. Dann ging ein rätselhaftes Lächeln über sein Gesicht, und er sagte: »Weißt du, Henry, in unserem Leben passieren alle möglichen Dinge, die an und für sich unbedeutend, reine Zufälle sind. Aber wenn wir einmal darüber nachdenken, kommt uns manches äußerst bedeutsam vor, wie ein Zeichen einer verborgenen Wahrheit. Dieses Haus hier zum Beispiel... Du hast hier eine Frau gesucht, wie hieß sie?«

»Sylvia.« Reinhold nannte rasch den erstbesten Namen, der ihm einfiel. Er hatte Sylvia Brook seit seinem Urlaub in Alexandria nicht mehr gesehen, aber sie fiel ihm zuerst ein.

»Sylvia – ein hübscher Name«, sagte Daniel. »Tamara hat als Kind hier in diesem Haus gewohnt. Sie wohnte noch hier, als wir uns kennenlernten... bis zu unserer Heirat... Heute können wir uns schwer vorstellen, wie die Leute damals hier gelebt haben: Eine ganze Familie in zwei winzigen Zimmern, von denen eines auch noch als Küche diente – sechs Leute in anderthalb Zimmern unter dem Dach. Ich kam hierher und fragte nach ihr, nach Tamara Bolkonskij. Sie betrachtete ihren Familiennamen als ungewöhnlich und sehr aristokratisch, vielleicht wegen Tolstois Andreij Bolkonskij. In Wirklichkeit war ihr Vater nur Kassierer bei einer kleinen Wohltätigkeitsorganisation, und am Ende wurde der arme Mann krank und mußte sich ins Bett legen. Er konnte nicht einmal mehr »betteln« gehen, wie Tamara es ausdrückte. Diese Wohnung wird jetzt nicht mehr an Familien vermietet, sondern nur noch an Studenten der Technischen Hochschule, die ab und zu hier übernachten. Wahrscheinlich gehörte diese Sylvia auch dazu... Als ich an meinem Stück zu arbeiten begann und das Theaterensemble aufbaute, hatte ich keine Ahnung, daß ich in das Haus geraten würde, in dem früher Tamara gewohnt hatte. Ich selbst hatte wegen der Eröffnung von zwei neuen Filialen keine Zeit, mich nach geeigneten Räumlichkeiten umzusehen. Um es kurz zu machen: Ich habe mit einem Makler telefoniert und ihm genau erklärt, was ich suchte: einen geeigneten preisgünstigen Raum für Proben, der sich später in ein kleines Zimmertheater umwandeln ließe. Weißt du, ich bezahle alle Kosten aus eigener Tasche. Das Geld der Bank darf ich natürlich nicht anrühren. ›Gut‹, sagte der Makler, ›ich habe genau das, was Sie suchen.‹ Ich rief ihn von Jerusalem aus an – es war ein paar Monate, bevor ich zur Eröffnung der Filialen hierherkam. Als ich dann in Haifa das Maklerbüro aufsuchte, setzte mich der Makler in sein Auto, und ich achtete nicht darauf, wohin wir fuhren. Erst als er anhielt und ich ausstieg, merkte ich, daß ich vor dem Haus stand, in dem Tamara als junges Mädchen wohnte. Ich war auf der Suche nach einem Versteck, weit weg von zu Hause... und plötzlich geriet ich in Tamaras Haus! Du hast diese – wie hieß sie doch gleich? – Sylvia gesucht und mich gefunden. Unsere Suchaktionen haben uns beide zu Tamaras Haus geführt... Glaubst du, daß dieses Haus eine geheimnisvolle Bedeutung für unser Leben hat?«

»In unserem Leben?« wiederholte Reinhold und sank erschöpft auf einen der Stühle, der so staubig war, daß seine Finger bei der ersten Berührung klebrig-grau wurden. Daniel hingegen hatte plötzlich einen Einfall, sprang auf die Bühne, gab wenige Anweisungen, ließ die Schauspieler eine andere Stellung einnehmen, riß Mona aus den Armen Arturos, um den jungen Leuten seine Idee plastisch vor Augen zu führen. Dann sagte er plötzlich: »Es tut mir leid – ich kann heute nicht mehr weitermachen. Die nächste Probe findet wie üblich am Dienstag statt.«

»Meinetwegen brauchst du nicht aufzuhören!« rief Reinhold, verließ die Nische und kam auf ihn zu. »Wir können doch...«

»Es ist nicht deinetwegen«, unterbrach ihn Daniel. »Ich bringe heute einfach nichts Richtiges zustande, obwohl ich heute vormittag viele Einfälle hatte und es gar nicht erwarten konnte, ins Theater zu kommen. Als ich dann auf dem Weg hierher von dem illegalen Einwandererschiff hörte, das nach Zypern zurückkehren mußte, weil durchgesickert war, daß ein Bombenanschlag im Hafen verübt werden sollte, und ich in die Razzia geriet, sagte ich mir: ›Daniel, Daniel... gerade jetzt, wo deine Brüder, die die Verfolgung durch die Nazis überlebt haben, von der Küste Israels vertrieben werden, wenn alle um ihr Leben kämpfen, schließt du dich in deinen Elfenbeinturm ein, schreibst Theaterstücke, spielst wie ein Kind mit Marionetten und überläßt es anderen, gegen die britische Polizei zu kämpfen.‹ Ja, natürlich das ist alles nicht seriös...«

»Was ist nicht seriös?« fragte Reinhold verwirrt. Er empfand dieselbe hilflose Wut wie damals, als er sich Daniels Geständnis in der Kantine von Fajid angehört hatte.

»Alles«, antwortete Daniel und setzte sich, die Marionette Mona im Arm, als wollte er ihr ein Wiegenlied singen. »Das Theaterstück, die Schuldgefühle und die Ausreden, die ich mir zurechtlege, um nicht gegen die britische Polizei zu kämpfen. Ich sage mir: ›Sollen doch die anderen kämpfen! Ich habe mein Teil getan – viereinhalb Jahre in der Armee, und noch dazu als Freiwilliger! Jetzt bin ich nach Hause gekommen und habe Anspruch darauf, einmal das zu tun, was ich möchte. Und wenn in diesem Land der Krieg kein Ende nehmen will, dann sind jetzt die anderen an der Reihe zu kämpfen: die nächste Generation oder diejenigen, die bis jetzt noch nichts getan haben oder die gerne kämpfen und Soldaten auf Lebenszeit sein möchten. Ich habe nun ein Recht darauf, mich in meinen Elfenbeinturm einzuschließen, Puppenspiele vorzubereiten oder das zu tun, was mir Spaß macht – das ist mein Leben, und ich kann damit machen, was ich will. Und dennoch quält mich das schlechte Gewissen! Manchmal wache ich nachts mit Herzklopfen auf und sage mir: ›Du Verrückter, warum setzt du dein Leben aufs Spiel? Du weißt doch, daß dich das Theaterspiel ruinieren kann! Du vernachlässigst wichtige Dinge wie deine Arbeit, dein Haus, Tamara, die Kinder... und wofür? Für ein Theaterstück, für Kostüme, Marionetten!‹... Nein, das ist nicht seriös... alles dafür aufzugeben. Verstehst du mich?«

»Nein«, antwortete Reinhold gereizt und erhob sich. Auch Daniel sprang auf. »Nun verstehe ich überhaupt nichts mehr!« Wider empfand er die gleiche Wut wie damals in der Kantine von Fajid. »Ich verstehe nicht, warum es dir verboten sein sollte, das zu tun, wovon du immer geträumt hast, warum du dich hinter einem Künstlernamen versteckst, wogegen du dich vergehst, wenn du Stücke schreibst, was du aufs Spiel setzt und warum du alles verlieren solltest...« In all den Jahren hatte sich also für Daniel Koren nichts geändert! »Tamara«, sagte Daniel und setzte Mona, die er immer noch im Arm hielt, behutsam auf die Bühne. »Wenn Tamara erfährt, was ich hier mache, ist alles aus... Sie jagt mich aus dem Haus... Ich verliere sie für immer.«

Reinhold starrte ihn stumm und reglos an. Am liebsten hätte er ihn an der Gurgel gepackt und ihm ins Gesicht geschrien: »Hör doch endlich auf, dich wie ein Narr oder ein verängstigtes Kind zu benehmen! Das Haus gehört dir, und alles darin ist dein Eigentum, und wegen Tamara brauchst du keine Angst zu haben. Sie sollte vielmehr Angst davor haben, dich zu verlieren, oder sich davor fürchten, daß du sie aus dem Haus wirfst, wenn sie nicht endlich aufhört, mit ihrer Töpferei einen künstlerischen Anspruch zu erheben und Verhältnisse mit deinen besten Freunden – mit mir und Willy Drake, und wer weiß mit wem noch – zu haben. Du wirst sie nicht verlieren, weil du sie nie besessen hast – sie hat dir nie gehört, hörst du? Tamara hat dir nie gehört, und man kann nicht etwas verlieren, das einem nicht gehört! Benimm dich endlich wie ein Mann, vielleicht wird sie dich eines Tages lieben und dir gehören und sogar Angst haben, dich zu verlieren!« In dem Bemühen, seine Wut zu unterdrücken, umklammerte Reinhold mit der rechten Hand die Stuhllehne so fest, daß sie unter seinem Griff zerbrach. »Es tut mir leid«, sagte er daraufhin, »ich hätte mich nicht so fest darauf stützen sollen!«

»Es ist nicht schlimm«, erwiderte Daniel. »Alle Stühle hier sind alt und wacklig. Wir brauchen dringend neue.«

»Ich muß mich beeilen«, meinte plötzlich Reinhold und warf

einen Blick auf die Uhr. »Ich habe eine Fahrkarte für den Bus nach Jerusalem.« Er wandte sich zur Tür, kehrte aber noch einmal um und setzte zu einer längeren Rede an: »Hör mal, ich habe das Gefühl, daß ich dir einen Rat geben muß, weil ich dich mag. Du mußt begreifen, daß Tamara nicht dein Eigentum ist und es nie war. Wenn du sie aber für dich haben willst, dann nimm die Marionette Mona und kehr sofort nach Jerusalem zurück, fahr nach Hause und wirf alles aus ihrem Atelier raus, alle Tongegenstände, die Skulpturen, die Bilder und Brennöfen - und arbeite dort an deinem Stück weiter. In deinem eigenen Haus hast du viel mehr Platz als hier. Wenn sich Tamara Mühe gibt, dich nicht zu stören, dann laß sie meinetwegen in einer Ecke des Ateliers hinter einem Wandschirm mit ihrem Ton spielen! Wenn ich an deiner Stelle wäre, Daniel, wenn ich tun könnte, wonach ich mich mein Leben lang gesehnt habe... ein Theaterstück oder eine Erzählung zu schreiben oder ein Bild zu malen, wenn ich mich irgendwo einschließen und ein Bild malen könnte, dann wäre ich der glücklichste Mensch auf Erden. Ich würde die Politik und die Prügeleien mit britischen Polizisten und sogar Tamara aus meinem Gedächtnis streichen – sämtliche Tamaras der ganzen Welt.«

Zu seinem Erstaunen schien Daniel weder erschüttert noch gekränkt zu sein. Im Gegenteil, zum erstenmal lächelte er mit einem gewissen Selbstvertrauen, lief, die Hände hinter dem Rücken verschränkt, hin und her und setzte sich dann auf den Stuhl mit der zerbrochenen Rückenlehne.

»Weißt du, Henry«, sagte er langsam, »du redest wie jemand, der nicht weiß, was Liebe ist, und du kennst auch Tamara nicht. Du weißt nicht, wer und was sie ist. Gut, sie hat dich besucht, als du verwundet warst, und vielleicht warst du sogar von ihrer erotischen Ausstrahlung fasziniert. Ihr wart schließlich eine geraume Zeit zusammen – es muß eine schlimme Zeit für dich gewesen sein; du warst benommen, hattest Schmerzen, es gab Gedächtnislücken, du bist immer wieder ohnmächtig geworden – Tamara hat mir alles erzählt, aber du hattest nie Gelegenheit, ihr wahres Inneres zu entdecken, du hast keine Ahnung, wie empfindsam und verwundbar, wie sehr sie in ihrer eigenen Welt, ihren Phantasien, Visionen und Träumen gefangen ist. Ich bin der einzige Halt für sie, ich biete ihr Schutz, Sicherheit und die Verbindung zur Realität. Sie ist ja so zerbrechlich. Wenn sie spürt, daß auch ich... daß sie sich auch an mir nicht mehr festhalten kann, dann ist sie verloren, dann zerbricht sie. Und du rätst mir, ihre Tonfiguren wegzuwerfen! Ein einziges unfreundliches Wort von mir würde sie zerstören. Bei einem Streit hat sie tatsächlich versucht, sich umzubringen, aus dem Fenster zu springen. Ich hatte gedroht, mich von ihr scheiden zu lassen beziehungsweise daß es so nicht mehr weitergehen konnte. Es versteht sich von selbst, daß ich mich im Grunde gar nicht scheiden lassen wollte. Mir ging es nur darum, unsere Bande zu festigen – ich meine die physischen Bande, die sie so unwichtig und manchmal sogar abstoßend findet. Aber kaum hatte ich das Wort Scheidung ausgesprochen, da stand sie schon auf der Fensterbank... Mein Herz stand still. Wenn ich sie nicht rechtzeitig zurückgehalten hätte, wäre ich ihr in den Tod gefolgt... Auch als sie einmal ohne mein Wissen das Türschloß auswechseln ließ, hatte ich das Gefühl, daß alles vorbei sei. Dir kommt es vielleicht unerträglich vor, eine Frau zu haben, die sich aus dem Fenster stürzen will, wenn sie das Wort Scheidung hört. Für einen, der nicht weiß, was Liebe ist, kann das eine furchtbare Belastung sein, aber für einen, der die Liebe kennt, gibt es kein größeres Glück! Ich will ganz ehrlich sein, Henry, ich weiß, du warst immer ein Einzelgänger und hast deine ›innere Freiheit‹ immer sorgsam gehütet. Wenn ich nun diesen harten Ausdruck in deinen Augen sehe – gerade jetzt, während ich mit dir sprach, hast du einen ausgesprochen grausamen Blick gehabt –, tust du mir leid, weil du nicht weißt, was Liebe bedeutet. Du lebst in der Wüste, in der Einsamkeit. Weißt du, was Tamara ist? Sie ist eine Oase in der Wüste. Manchmal wache ich morgens auf und sage mir: ›Daniel, auf der Welt gibt es so viele Leute, die größer, besser und wichtiger sind als du. Wie kann es möglich sein, daß Tamara ausgerechnet dir gehört? Und Tamara gehört dir – du mußt sie nicht wie eine Märchenprinzessin in einem Turm einsperren. Sie ist völlig von dir abhängig. Du bist der sichere Boden, auf dem sie steht, und sie könnte keinen Tag ohne dich existieren.‹ Ja, Henry, dein Rat taugt nichts. Es ist der gleiche Rat, den mein Vater mir gegeben hat. Es ist wirklich erstaunlich, wie sehr ihr euch in eurer Haltung gegenüber Tamara und der Liebe gleicht, auch wenn ihr sonst noch so verschieden seid. Tamara wollte sich ja aus dem Fenster stürzen, weil ich seinen Rat befolgt habe... Aber du hast es eilig. Du wirst deinen Bus verpassen...«

»Macht nichts«, sagte Reinhold. »Ich komme jetzt ohnehin nicht mehr rechtzeitig zum Busbahnhof. Ich fahre nach Tel Aviv und steige dort in den Bus nach Jerusalem um... Ich finde deine Ausführungen interessant. Wann war das – nach deiner Heimkehr aus Tobruk?«

»Nein, nein«, antwortete Daniel. »Nach Tobruk war für mich, für uns – alles in bester Ordnung. Wir erlebten die schönsten Tage unserer Ehe. Der Selbstmordversuch liegt lange zurück, das war noch vor meiner Militärzeit, an unserem dritten Hochzeitstag. Zur Feier des Tages lud damals Tamara meinen Vater zum Essen ein, und ihm zu Ehren sollte es gebackenen Fisch, sein Leibgericht, geben. Auf dem Tisch standen zwei silberne Kerzenleuchter und am Fenster der Chanukka-Leuchter. Wir haben zu Chanukka geheiratet – dem Lichtfest. Auch auf dem Weihnachtsbaum brannten Kerzen – in diesem Jahr fiel Chanukka auf den Weihnachtstag, und ich hatte für Oberst Drake einen Christbaum aufgestellt, damit er sich in der Freude nicht zu einsam fühlte. Unser Haus war das einzige, das ihm offenstand, er kannte noch niemanden, weil er erst seit wenigen Monaten in Jerusalem war. Ich war – ich bin – sein bester Freund, trotz seiner abseitigen Neigung – es ist allgemein bekannt, daß er homosexuell ist. Er hatte mich von vornherein ins Bild gesetzt. Ich lernte ihn kennen, als das britische Hauptquartier mit unserer Bank zu arbeiten begann. Offen gesagt, ich war bestürzt, als er dieses Geständnis im Büro vor meinem Vater ablegte, und überrascht von der Reaktion des alten Koren. Es war einer seiner großen Augenblicke, ich habe ihn wirklich bewundert. Er war nicht einmal peinlich berührt, sondern lachte laut und sagte: ›Da ich schon zu alt bin, besteht kaum die Gefahr, daß Sie mich verführen!‹ Wir mußten alle lachen. – Also, die Kerzen brannten, und Tamara ging hinaus in die Küche, um den Fisch vorzubereiten. Ausgerechnet an diesem Tag war Charlotte krank geworden, und Tamara mußte alles selbst machen. Wir waren bester Laune, insbesondere mein Vater. Er verehrte Tamara. Als sie hinausging und Willy ihr galant wie immer nachlief, blieben wir zwei allein zurück. Voller Stolz sagte mein Vater, daß ich zumindest bei der Wahl meiner Frau richtig gehandelt hätte. Ich weiß nicht, was plötzlich in mich fuhr – vielleicht waren es die Kerzen, die festliche Stimmung, die Vertrautheit, der Rauch seiner Zigarre. Ich begann ihm ganz offen von unserer Ehe zu erzählen. Ich beklagte mich nicht, im Gegenteil, ich zählte alle positiven Seiten auf, betonte, daß wir viele glückliche Stunden verlebt hätten. Beiläufig erwähnte ich unser Problem, das heißt, ihr Problem, daß nämlich körperliche Liebe ihr sehr wenig bedeutete und daß sie in ihrer Großzügigkeit und ihrer Liebe sogar bereit war, mich mit anderen Frauen zu teilen. Ich hätte nie gedacht, daß diese nebensächliche Bemerkung meinen Vater so erschüttern würde. Erst erblaßte er so, daß ich schon fürchtete, er würde in Ohnmacht fallen; dann wurde er feuerrot wie vor einem Wutausbruch. Ich betete nur, daß Tamara und Willy ihn in der Küche nicht hörten. Und weißt du, was er sagte? Genau das gleiche, was du gerade gesagt hast, nur unverblümter: Ich sollte ihr mit Scheidung drohen und sie ohne einen Pfennig Geld auf die Straße setzen – für ihn war Geld eben das Wichtigste. Ich war wie benommen. Erst das Leuchten in Tamaras Augen, als sie strahlend aus der Küche zurückkam, die Fröhlichkeit, mit der sie den Fisch servierte und dann die Chanukka-Lieder sang – sie versuchte Willy ›So mächtig ist mein Fels des Heils‹ beizubringen –, löste die Spannung und beruhigte meinen Vater. Das Furchtbare geschah später in unserem Schlafzimmer. Das Kerzenlicht, Tamaras Lebensfreude, die ganze festliche Erregung und die Lieder ließen in mir das Verlangen nach ihrem Körper wach werden. Ich war sicher, daß sie diesmal mit mir schlafen würde, aber sie war müde. Ich hatte vergessen, daß Tamara den ganzen Tag in der Küche gearbeitet hatte. Ich versuchte, sie zu überreden, und erwähnte die Möglichkeit einer Scheidung nicht ernsthaft, sondern mehr als Scherz – wenn sie sich mir verweigern würde, da dies, wie mein Vater mir erläutert hatte, ein hinreichender Scheidungsgrund sei. Sie gähnte, die Augen fielen ihr schon zu, und sie wollte gerade die Decke hochziehen und mir den Rücken zuwenden. Ich wußte nicht einmal, ob sie mir zugehört hatte. Aber in dem Augenblick, als ich das Wort Scheidung aussprach, sprang sie plötzlich aus dem Bett und stand barfuß auf dem Teppich, mit weit aufgerissenen, wild funkelnden Augen. Sie schrie: ›Du bist mein ganzes Leben, und du willst mich verlassen?‹ – ›Nein, nein‹ rief ich, ›ich habe es nicht ernst gemeint.‹ Aber sie hörte nicht mehr zu. Sie war wild erregt, und ich wußte nicht, ob sie nun anfangen würde zu singen und zu tanzen oder ob sie mir einen Gegenstand an den Kopf werfen würde. ›Ja, ja –

ich sehe es in deinen Augen, daß du mich verlassen willst – daß du mich unbedingt loswerden möchtest!« Mit einem Satz sprang sie auf die Fensterbank und stieß das Fenster weit auf. Ich hatte gerade noch Zeit, sie festzuhalten. Nachdem ich sie zurückgerissen und gewaltsam auf einen Stuhl gesetzt hatte, sagte sie: »Glaub mir, Daniel, sollte ich je wieder das Gefühl haben, daß du dich scheiden lassen und von mir weggehen willst, werde ich mich umbringen, und zwar wenn du nicht zu Hause bist, so daß du mich auch nicht davon abhalten kannst.« Ich kniete vor ihr nieder, schlug die Stirn auf den Boden, küßte ihr die Füße und versprach ihr, nie wieder – auch nicht im Scherz – meine Drohung zu wiederholen. Erst da wurde mir bewußt, wie wichtig ich für sie und wie empfindsam und verwundbar sie war. Aber das war noch nicht alles. Als ich etwa acht oder zehn Tage später vom Büro nach Hause kam, paßte mein Schlüssel nicht ins Schlüsselloch unserer Haustür. Es war ein schreckliches Gefühl: Da stand ich vor der Tür meines eigenen Hauses und konnte sie nicht öffnen! Plötzlich fiel mir ein, daß sie gedroht hatte, sich in meiner Abwesenheit umzubringen. Mein Herz stockte. Ja, sie hatte das Schloß auswechseln lassen. Ich begann zu läuten, an die Tür zu klopfen und wie ein Irrer zu schreien: ›Tamara! Tamara!‹ Dann hörte ich hinter der Tür ihr vergnügtes Lachen – das war einer der glücklichsten Augenblicke meines Lebens – Tamara lebte! Erschöpft sank ich auf die Schwelle, und Tränen der Freude stiegen mir in die Augen. Ich hörte auch eine Männerstimme – Willys Stimme –, und nun war ich wieder vollkommen beruhigt. Wenn Willy da war, mußte alles in Ordnung sein. Er verstand, sie aufzuheitern und zu beruhigen. Weißt du – das klingt vielleicht egoistisch und gemein, aber es ist so –, in diesem Augenblick war ich froh darüber, daß der Oberst homosexuell ist. Vom Standpunkt des Ehemanns gesehen, gibt es keinen zuverlässigeren Hausfreund. Stell dir vor, wie es mir zumute gewesen wäre, wenn ich mein Türschloß ausgewechselt vorgefunden hätte, während meine Frau drinnen mit einem Mann – einem richtigen Mann – lachte! Wieder einmal hatte sich mein Vater in meine Ehe eingemischt. Mit dem Türschloß hatte sich Tamara nur für einen seiner Scherze gerächt, oder vielleicht war es nicht einmal ein Scherz ... Sie verabredete sich jedenfalls in der Bank mit dem Leiter der Darlehensabteilung, da wir eine bestimmte Summe für Renovierungen des Hauses brauchten. Als sie ankam, wurde ihr gesagt, Emanuel Koren wünsche sie zu sprechen. Sie ahnte nichts Böses und betrat sein Büro, fröhlich lächelnd wie immer, aber er empfing sie mit einer Schimpfkanonade. Später erzählte sie mir, sie habe ihm nicht bis zum Schluß zugehört, sie sei plötzlich hinausgelaufen und eine Stunde herumgeirrt, ohne zu wissen, wo sie war, was sie tat und was sie wollte. Das Haus hatten wir von meinem Vater als Hochzeitsgeschenk bekommen, aber es war noch nicht auf uns überschrieben, jedenfalls hatte ihr mein Vater allen Ernstes erklärt, es sei immer noch sein Haus, und er begreife nicht, wie sie es wagen könne, ein Darlehen für Änderungen an einem Objekt zu verlangen, das ihr gar nicht gehöre, ohne vorher den Eigentümer zu fragen! Sie sei einer Ohnmacht nahe gewesen, und bevor sie sich von dem Schock erholen konnte, habe er beiläufig hinzugefügt: ›Was Oberst William Drake betrifft, so bitte ich dich, dafür zu sorgen, daß er nicht anwesend ist, wenn du mich wieder zum Essen einlädst. Ich habe natürlich kein Recht, mich in dein Privatleben einzumischen, aber ich bin nicht bereit, ihm im Hause meines Sohnes zu begegnen.‹

Nun, sie ließ das Türschloß auswechseln und lud Willy nach diesem schrecklichen Zusammenstoß ein, und jetzt, drei Jahre nach dem Tod meines Vaters, gibst du mir den Rat, unter dessen Folgen ich damals so gelitten habe. Das ist, als verfolge er mich noch über seinen Tod hinaus, als hätte er aus dem Grab dich als seinen Boten geschickt, ausgerechnet hierher, wo Tamara früher wohnte! Ich sage dir, Henry, wenn du nur einen Augenblick über all die Zufälle in unserem Leben nachdenkst, kommst du zu der Überzeugung, daß du nicht anders bist als die Marionette Mona, die an unsichtbaren Fäden gezogen wird. Ich merke, daß ich ins Philosophieren gerate. Allmählich knurrt mir der Magen. Wenn du es jetzt nicht mehr eilig hast, geh doch mit mir essen! Ich kenne in der Nähe ein gutes Restaurant.«

»Danke, Daniel«, sagte Reinhold. »Ich muß heute noch nach Jerusalem zurück. Wenn ich wieder nach Haifa komme oder wenn du einmal in Jerusalem bist, können wir zusammen essen gehen.«

Als Reinhold an diesem Abend nach Hause kam, fand er seinen Zimmerschlüssel nicht. Der große alte Schlüssel aus rostigem Eisen war nicht an seinem gewohnten Platz in der rechten Hosentasche. Er leerte alle Taschen, aber ohne Erfolg. Er mußte wohl den Schlüssel während der Schlägerei mit dem britischen Polizisten oder als er über die Hofmauer des ehemaligen Hauses von Tamara sprang, verloren haben. Am liebsten hätte er die Zimmertür aufgebrochen. Da es aber bereits Viertel nach zehn war, sah er davon ab, mit einem Schulterstoß das Schloß aus dem Türrahmen zu reißen, um Dschamilla und die Nachbarn nicht aufzuwecken. Er ging zum Fenster und öffnete den Riegel mit Hilfe einer Eisenstange, die er von der Wasserpumpe neben der Zisterne in der Ecke des Hofs abmontierte.

Das Fenster schwang weit auf, und aus dem Dunkel wehte ihm zarter Nelkenduft entgegen. Er sprang über den Fenstersims und schaltete das Licht ein. Auf dem Tisch stand eine Vase aus Murano-Glas mit einem Strauß roter Nelken. Er vergrub sein Gesicht in die duftenden Blüten, und genau wie damals im Krankenhaus rannen ihm Tränen über die Wangen. Das war das letzte, woran er sich erinnerte. Als er am nächsten Morgen um Viertel nach acht die Augen aufschlug, stellte er fest, daß er sich angezogen aufs Bett gelegt und zehn Stunden geschlafen hatte. Tamara war also während seiner Abwesenheit mindestens zweimal am Tag hier gewesen und hatte jedesmal eine Botschaft hinterlassen. Ja, natürlich – sie hatte die Tür mit dem Schlüssel geöffnet, den sie aus alten Zeiten noch besaß. Nachdem sie erfahren hatte, daß er nach Jerusalem zurückgekehrt war, hatte sie ihn hier aufgesucht, obgleich ihr Charlotte zweifellos von seinem Wohnungswechsel berichtet hatte. Da er nun seinen Schlüssel verloren hatte, war sie die einzige, die seine Tür aufschließen konnte. Bevor er einen Zweitschlüssel anfertigen oder das Türschloß auswechseln ließ, mußte er durch das Fenster ein- und aussteigen.

Sie hatte ihre Botschaften auf einen Block aus Willys Büro geschrieben und abwechselnd mit »Martha«, »Maria« oder »Mary« unterzeichnet, offenbar aus Angst, die Zettel könnten in die Hände einer eifersüchtigen Frau geraten. Die Rache eifersüchtiger Frauen war das, wovor sich Tamara am meisten fürchtete. Da sie nicht wußte, wo Reinhold sich aufhielt, was er gerade machte oder wann er in sein Zimmer zurückkehren würde, teilte sie ihm mit, sie würde jeden Tag zwischen zwölf und eins im Café des King-David-Hotels sein, das den Zivilisten vorbehalten war, um dort auf Charlotte und das Kind zu warten. Charlotte holte den kleinen Emanuel jeden Tag um zwölf aus dem Kindergarten ab, anschließend saßen sie mit Tamara bis zum Mittagessen im Café oder auf der Terrasse. Aus ihren Botschaften ging nicht hervor, ob sie zu Hause oder im Hotel zu Mittag aßen, aber das interessierte Reinhold nicht sonderlich. Einen Schock bekam er jedoch, als er George Orwells Buch *Down and Out in Paris and London* in die Hand nahm. Er hatte es vor seiner Abreise nach Haifa gelesen und als Lesezeichen einen in Belgien abgestempelten Briefumschlag mit zwei Fotos eingelegt. Die Fotos hatte Jacqueline geschickt, eine Frau, mit der er während seiner Stationierung in Brüssel befreundet war. Ein Bild zeigte Jacqueline im Badeanzug, das andere ihn und Jacqueline Arm in Arm am Strand. Tamara hatte sich zwar die Mühe gemacht, den Tisch aufzuräumen, den er bei seinem überstürzten Aufbruch nach Haifa in großer Unordnung zurückgelassen hatte, und von zu Hause sogar eine Tischdecke und eine Vase mitgebracht, jedoch Orwells Buch mit dem Briefumschlag als Lesezeichen zwischen den Seiten wieder hingelegt. Als Reinhold mechanisch nach dem Buch griff, traute er seinen Augen nicht: Das war nicht der Briefumschlag, den er vor seiner Abreise aus Belgien bekommen hatte! Der Umschlag, alt und schon ein bißchen verblaßt, trug in Tamaras Handschrift seine Feldpostadresse während seiner Stationierung in Europa. Sie hatte ihn mit Jacquelines Brief vertauscht. Tamaras Brief war wohl frankiert, aber nicht abgesandt worden – die Briefmarken waren ungestempelt. Sie hatte es sich offenbar im letzten Augenblick anders überlegt. Diesen Brief, der ihn nie erreichte, mußte sie die ganze Zeit aufbewahrt haben, ohne ihm etwas über den Inhalt mitzuteilen. Er schnitt den Umschlag sorgsam mit einem Küchenmesser auf. Ein Foto fiel heraus. Auf der Rückseite stand: »Ich bin zwei Jahre alt, wie gefalle ich dir?« Reinhold drehte das Bild um – ein kleines Kind im Kinderwagen. Im Hintergrund waren das Edison Theater und riesige Plakate zu sehen, die die Premiere des »Dibbuk« ankündigten. Auch ein Brief lag dabei, der mit folgenden Worten begann: »Heute, am 13. Oktober, ist mein zweiter Geburtstag. Ich heiße Emanuel Benjamin nach Daniels Vater. Zu Ehren meines Geburtstags fuhr meine Mutter mit mir zum Edison-Theater, wo Ihr beide am Vorabend Deiner Abfahrt an die Italienfront das Stück ›Der Dibbuk‹ gesehen habt...« Was nun folgte, waren Details ihres letzten gemeinsamen Abends, für

Tamara wohl der schönste ihres Lebens, geschrieben in dem ihr eigenen überschwenglichen Stil. Über fünf engbeschriebene Seiten verlieh sie ihrer verzehrenden Sehnsucht Ausdruck; sie schloß den Brief mit dem Wunsch, er möge gesund zurückkommen, um mit eigenen Augen »die Frucht unserer Liebe« zu sehen.

»Die Frucht unserer Liebe«, wiederholte Reinhold mit lauter Stimme. Beim drittenmal brülle er aus Leibeskräften. »Ein Glück, daß du nicht hier bist, Tamara!« schrie er. »Ich würde dich in Stücke reißen!« Der Grund für diesen Ausbruch war nicht die Mitteilung selbst; daß das Kind sein Sohn sei, hatte ihm bereits die Stimme seines Herzens gesagt, als der Kleine mit strahlenden Augen und ausgestreckten Ärmchen im Café auf ihn zugelaufen war und gerufen hatte: »Papa! Papa!« Sein Ausbruch bezog sich vielmehr auf das idyllische Bild vom Leben der glücklichen Familie Koren, das Charlotte ihm vorgespiegelt hatte. Aber dann wurde er plötzlich nüchtern: Was blieb Tamara übrig? Am Tag, nachdem Reinhold alle Verbindungen zu ihr abgebrochen und nicht einmal auf ihren Geburtstagsglückwunsch reagiert hatte, war Daniel wieder aufgetaucht. Und nach der schweren Zeit der Belagerung und in dem Bewußtsein, wahrscheinlich bald wieder an die Front zu müssen, war Daniel zu einem zweiten Kind entschlossen, damit Giddi wenigstens nicht als Einzelkind aufwuchs, wenn vielleicht auch als Kriegswaise... Dabei war dieses Baby schon gezeugt worden. Tamara hatte keine andere Wahl, als die Rolle der liebenden Ehefrau zu übernehmen – und wie immer hatte sie ihre Rolle überzeugend gespielt. Nein, es war nicht die Nachricht an sich, die ihn so wütend gemacht hatte – es war die Art, wie Tamara das Geheimnis lüftete, den überspannten Ausdruck »der Frucht unserer Liebe« benutzte, dieses Hin und Her, das vollkommen verwirrte, weil sie die Dinge nie beim Namen nannte. Anstatt zu sagen: »Du bist der Vater« oder »Es ist dein Kind«, schrieb sie im Namen des Kindes und kam sich dabei äußerst diplomatisch vor. Ein zweijähriges Kind schreibt seinem Vater einen Brief voller Anspielungen und Rätsel: »Ich bin nach Daniels Vater genannt worden...« Mit anderen Worten: nicht nach meinem Großvater. Und wenn ich nicht Emanuel Korens Enkel bin, dann bin ich auch nicht Daniels Sohn.« Das war also die Schlußfolgerung, die Reinhold aus der schriftlichen Mitteilung ziehen konnte. »Und zu meinem Geburtstag hat meine Mutter mich dorthin geführt, wo sie ihren letzten Abend mit dir verbracht hat. Und wenn du klug bist, wirst du entdecken, daß du mein Vater bist – obgleich das alles natürlich nicht klar mit Worten ausgedrückt wurde...« Der Brief war etwa ein Jahr zuvor geschrieben worden, der Junge war damals zwei Jahre alt... Der Gedanke an seinen Sohn erfüllte Reinhold plötzlich mit Sehnsucht. Mit dem Kleinen an der Hand sah er sich über die Wiesen von Sanhedria, durch den Rosengarten, die Altstadt, das Kidron-Tal spazierengehen. Jetzt konnte er noch nicht zeichnen, nur kritzeln, aber später würden sie gemeinsam hinausziehen und malen. Reinhold sprang auf und lief hinüber zu der Wandnische, um seine Farbstifte und den Zeichenblock hervorzuholen, die er gleich nach seiner Entlassung aus dem Heer gekauft hatte. Er hatte vorgehabt, wieder zu malen – wenigstens mit Farbstiften – aber er hatte sich doch nicht getraut und das Päckchen ungeöffnet in der Wandnische verstaut. Jetzt holte er es hervor und wischte den Staub ab. Zeichenblock und Farbstifte waren wie ein Geschenk in Buntpapier eingewickelt und mit einem blauen Bändchen verschnürt, und er beschloß, sofort nach dem Frühstück das Päckchen für seinen Sohn bei Charlotte abzugeben. Er konnte davon ausgehen, Tamara nicht zu Hause anzutreffen, da sie am Vormittag im Ausschuß für Truppenbetreuung beschäftigt war. »Das ist ein Geschenk von Onkel Henry«, so sollte Charlotte dem Jungen sagen. Wenn Tamara früher diesen Ausdruck gebraucht hatte, hatte er sich empört, jetzt aber war er fast zu Tränen gerührt, wie gestern abend, als er den Nelkenduft in seinem Zimmer wahrnahm. »Ich werde ja noch sentimental wie eine alte Jungfer«, dachte er, entschlossen, in Zukunft diese Schwäche zu überwinden. Eigentlich sollte er Tamara so schnell wie möglich sprechen. Er würde zum Büro des Ausschusses für Truppenbetreuung gehen und sie rufen lassen, auch wenn sie gerade mitten in einer Besprechung mit allen Honoratioren des Landes war. Die Sache mußte an Ort und Stelle geklärt werden. Er würde zu ihr sagen: »Der Junge ist fast drei Jahre alt, und wir haben schon genug Zeit verloren. Einen weiteren Aufschub können wir uns nicht leisten.« Auch wenn er noch nicht wußte, wie er »die Angelegenheit regeln» sollte, war er fest davon überzeugt, daß er nichts mehr aufschieben durfte. Ohne die zweite Tasse Kaffee auszutrinken, stand er auf, nahm das Päckchen und wollte schon gehen, als ihm einfiel, daß er die Tür nicht aufschließen konnte. »Auch aus diesem Grund muß ich Tamara sofort sehen« sagte er sich auf dem Weg zum Fenster. Daniels Worte: »Glaubst du, daß Tamara Bolkonskijs Haus eine geheimnisvolle Bedeutung für unser Leben hat?« klangen ihm in den Ohren, als er daran dachte, daß er den Schlüssel wahrscheinlich beim Sprung über die Mauer verloren hatte, um sich in diesem Haus zu verstecken.

Als er durchs Fenster klettern wollte, klopfte es an der Tür. Es war sein Verbindungsmann, der ihn zu einem »großen Einsatz« abholte. Alle Einzelheiten sollte er später am Treffpunkt erfahren.

Mit seinem Päckchen stieg Reinhold in den Wagen und bat, bei Tamaras Haus kurz anzuhalten. »Ich muß einem Freund einige Unterlagen aushändigen«, erklärte er und fragte sich, ob es ihm wohl je vergönnt sein würde, offen und stolz zu sagen: »Ich möchte meinem Sohn ein Geschenk überreichen.« Wie vermutet, war Tamara nicht zu Hause. Er hinterließ Charlotte auch eine schriftliche Nachricht für Tamara: »Ich muß wieder für längere Zeit verreisen. Ich melde mich, sobald ich zurückkomme. Wir müssen die Angelegenheit regeln. Küß das Kind von mir, Henry.«

Er war ganz sicher, daß es sich auch diesmal um einen Einsatz außerhalb von Jerusalem handelte. An diesen Gedanken klammerte er sich auch noch, als der Operationschef Amichai Paglin, alias Gideon, mit seinen Erläuterungen begonnen hatte. Zunächst war Reinhold vollkommen verwirrt. Erst kurz vor Aufbruch wurde ihm bewußt, daß er zum stellvertretenden Chef des bisher größten und gewagtesten Unternehmens – der Vernichtung des britischen Hauptquartiers – ernannt worden war. Der gesamte rechte Flügel des King-David-Hotels, wo die Zivil- und Militärverwaltung der Mandatsregierung ihr Hauptquartier aufgeschlagen hatte, sollte mittags um halb eins gesprengt werden, genau zu der Stunde, da der Junge mit Tamara und Charlotte in dem Teil der Hotelhalle zu sitzen pflegte, der den Zivilisten vorbehalten war.

Obwohl durch ein ausgeklügeltes Vorwarnsystem – Telefonanrufe und Feuerwerkskörper, die vor der Explosion gezündet werden sollten – sichergestellt war, daß das Hotel von Zivilisten wie Militärs evakuiert sein würde, beschloß Reinhold, Charlotte anzurufen und ihr zu sagen, sie solle den Jungen an diesem Tag nicht ins Hotel bringen, sondern mit ihm vom Kindergarten direkt nach Hause fahren und darauf bestehen, daß Tamara auch sofort nach Hause komme. Die Frage war nur, wie zuverlässig Charlotte seine Anweisungen befolgen würde. Er war wütend über Tamara, die ihre Kinder Fremden überließ, anstatt sich selbst um sie zu kümmern. Aber ihr schien alles andere wichtiger zu sein – ihr soziales Getue, die »künstlerische« Betätigung, die idiotischen Tonfiguren. Mit Giddi hatte sie nie viel Geduld gehabt, und sie zitterte vor Erregung, wenn er beachtet werden wollte. Sie hatte ihn auch nie spontan in die Arme genommen und geküßt. Höchst selten hatte sie ihn damals für seinen Gehorsam mit einem flüchtigen Kuß belohnt. Vielleicht verhielt sie sich nur deshalb so, weil Giddi Daniels Sohn war. Sah sie in ihm die Verkörperung all dessen, was sie an seinem Vater abstieß? Vielleicht behandelte sie Emanuel ganz anders, weil er Reinholds Sohn war. Vielleicht liebte sie ihn sogar. Es stand jedoch fest, daß Tamara sich nicht die Mühe machte, das Kind selbst in den Kindergarten zu bringen oder dort abzuholen. Andere Dinge waren ihr wichtiger oder gewährten ihr größere Befriedigung.

Es war für Reinhold selbstverständlich, Charlotte zu warnen, daß er seinen Ohren nicht traute, als Avinoam, der Chef des Bezirks, ihm ausdrücklich verbot, das Telefon zu benutzen und den Raum zu verlassen. Reinhold sagte zu sich selbst: »Er begreift einfach nicht, daß ich anrufen muß, weil sonst mein Sohn – Gott möge ihn schützen! – durch die Bombe sterben könnte, die ich mit eigenen Händen lege!« Die innere Spannung vor einer militärischen Operation war diesmal noch größer als sonst. Die auf dreißig Minuten eingestellten Zeitzünder ließen ihm vor der Explosion ausreichend Zeit, nicht nur in der Hotelhalle für Zivilisten, sondern auch im Büro Oberst Drakes nachzusehen. Tamara konnte durchaus auf die Idee kommen, mit dem Jungen »Onkel Willy« ausgerechnet in dem Augenblick im Büro aufzusuchen, da das Gebäude in die Luft flog. Im Büro von Oberst Drake würde er auf jeden Fall noch einmal nachsehen, auch wenn nach den telefonischen Warnungen und dem Zünden der Feuerwerkskörper kein Zweifel mehr bestand, daß der Südflügel des Gebäudes evakuiert war. Nur so konnte er sein Gewissen beruhigen. »Auch wenn mich die Briten dabei erwischen und mich zum Tod durch den Strang verurteilen...« Er hätte sich am liebsten sofort auf den

Weg gemacht: Wenn der Junge in Sicherheit war, würde er es schon schaffen, sich dem Zugriff der Briten zu entziehen. Die Hauptsache war nun, das Kind in Sicherheit zu bringen.

Die erste Panne konnte ihn keineswegs entmutigen. Sie schärfte im Gegenteil seine Sinne und setzte ungeahnte Kräfte in ihm frei – allerdings kam ihm alles völlig unwirklich vor. Die Männer, die als arabisches Dienstpersonal verkleidet gegenüber dem Eingang auf Reinhold und den Chef warten sollten, erschienen nicht, und die beiden mußten nun allein die schweren Milchkannen den ganzen Flur entlangschleppen. Bevor die Sprengzünder angebracht wurden, verspürte Reinhold das dringende Bedürfnis, noch einmal die Halle zu inspizieren. Er sagte zum Operationschef: »Ich gehe nur einen Augenblick nach oben, um mich zu vergewissern, daß nicht gerade Soldaten vom hinteren Lager kommen.« Der Chef schloß daraus, daß Reinhold in Panik geraten war und verschwinden wollte. Er befahl ihm, nach Plan weiterzumachen. Nachdem die Bomben scharf gemacht worden waren, rannten Reinhold und der Chef zur Allee, die zum YMCA-Gebäude führt, und gaben den dort wartenden Verbindungsleuten ein Zeichen, mit den telefonischen Warnungen zu beginnen. Anstatt jedoch, wie geplant, sofort den Rückzug anzutreten, rannte Reinhold zurück ins King-David-Hotel.

Die Halle für Zivilisten stand leer. Diejenigen, die durch den Kommandotrupp in die Küche gedrängt worden waren, hatten bereits die Flucht ergriffen, und alle übrigen waren hinterhergelaufen. Im Hauptquartier wimmelte es jedoch von Menschen: Die telefonischen Warnungen und die Feuerwerkskörper ließen keine Wirkung erkennen, im Gegenteil, aus dem benachbarten Lager hatten sich zusätzlich zahlreiche Soldaten eingefunden, die nun mit schußbereiten Maschinenpistolen von einem Raum in den anderen liefen.

Reinhold rannte den Flur entlang; niemand machte sich die Mühe, ihn anzuhalten und nach seinem Passierschein zu fragen. Er stand schon im Aufzug, als ihm einer der Soldaten zurief: »He du, Schwarzer, was machst du denn hier?« Ein anderer antwortete: »Das ist einer unserer sudanesischen Kellner!« In der Eile hatte Reinhold vergessen, daß er immer noch einen weißen Kaftan und den roten Fez trug. Vom Aufzug lief er geradewegs ins Büro von Oberst Drake. Der Junge war nicht dort. Noch nie zuvor hatte er sich so erleichtert gefühlt. Vor Freude hätte er schreien wollen. Auch der Oberst war nicht in seinem Büro. Auf seinem Sessel saß vielmehr Major Morgan, weit zurückgelehnt, mit herabhängenden Armen, offenbar sinnlos betrunken. Von den ehemaligen Kriegsteilnehmern dieses Bezirks waren Morgan und Drake, beide Berufssoldaten, als einzige zurückgeblieben. Die Uhr, die Morgan gegenüber auf dem Schreibtisch stand, zeigte, daß in achtzehneinhalb Minuten das Gebäude in die Luft gehen würde.

»Jede Menge Zeit!« Dieser merkwürdige Gedanke schoß Reinhold durch den Kopf, als er auf einem Stuhl vor Morgan Platz nahm. Hinter dem baumelnden Kopf des Majors sah er durch die offene Tür im Nebenraum ein riesiges Bett mit einem blauen Bettüberwurf. Es war ihm bisher nicht bekannt gewesen, daß Drake gleich neben seinem Büro wohnte. Bisher hatte er nicht einmal den Vorraum seines Büros betreten. Die Vision, die er bei seiner ersten Begegnung mit Sperling gehabt hatte, stieg erneut vor ihm auf: ›Tamara tritt in ihrem weißen Hochzeitskleid ein, auf seinen Arm gestützt, alle Blicke sind auf sie gerichtet. Die Angestellten nehmen erst dann die Arbeit wieder auf, wenn ihre Silhouette am Ende des rechten Ganges verschwunden ist, der zum Brautgemach führt. Plötzlich vernimmt man ein dumpfes Geräusch: Anstatt sich nach links zu wenden, wo der Zivilflügel liegt, schlägt sie den Weg nach rechts zum Militärflügel ein, als würde sich ihr Brautgemach im Empfangszimmer des Generalstabschefs befinden.‹ Dieses Bild hatte ihn bedrängt, lange bevor er Tamara verdächtigte, ein Verhältnis mit dem Oberst zu haben. Zu jenem Zeitpunkt wußte er auch noch nicht, daß er ihm seine Stellung als Geheimagent verdankte.

»Raus, du schwarzer Teufel! Weiche von mir, Satan!« schrie Morgan, öffnete das linke Auge und schloß es sofort wieder, als wollte er einen bösen Traum abschütteln.

»Ich bin Henry Reinhold, Sergeant Reinhold. Stehen Sie auf und laufen Sie um Ihr Leben! Wie können Sie noch hier sitzen und schlafen? In achtzehn Minuten fliegt alles in die Luft!«

»Großer Gott – Sergeant Reinhold!« rief Morgan und öffnete nun beide Augen. Reinhold stand auf, beugte sich weit vor, nahm Morgans schlaffe Hand und fuhr damit über sein eigenes Gesicht. »Fühlen Sie selbst – nur Schuhcreme!«

»Schuhcreme! Wirklich eine tolle Verkleidung! So ein Spaß - wie Karneval! Wissen Sie, Sergeant Reinhold, ich wollte schon immer Karneval feiern, hatte aber nie Gelegenheit! Zu Willy sage ich dauernd, wir sollten ein Kostümfest organisieren, tanzen, uns amüsieren...«

»Wo ist Willy?«

»Er stattet König Abdallah einen Besuch ab. Er wurde von allen möglichen hochgestellten Persönlichkeiten eingeladen. Die Dame hat er mitgenommen.«

»Welche Dame?«

»Hören Sie, Sergeant Reinhold, Sie wissen genausogut wie ich, um welche Dame es sich handelt – die Dame vom Ausschuß. Vor einer halben Stunde kam sie wie immer mit dem kleinen Jungen herein, um sich nach seinem Wohlbefinden zu erkundigen, und da sagte er zu ihr: ›Komm mit, wir sind zu einer Party eingeladen. Es gibt auch eine Fantasia – Beduinen, Pferde, Kamele, Knallerei! Ein richtiges großes Fest!‹ Ich war natürlich nicht eingeladen und muß hier die Stellung halten...«

»Und was ist mit dem Kind?«

»Welches Kind?« fragte Morgan. »Von welchem Kind reden Sie?«

»Von Tamara Korens Kind!« Reinhold packte den betrunkenen Morgan bei den Schultern und schüttelte ihn.

»Sie kennen die Dame also doch? Warum schwindeln Sie dann? Das Kind... ja, das Kind. Der Junge ist wie gewöhnlich mit dem Kindermädchen nach Hause gegangen...«

»Die Explosion – hat Ihnen niemand wegen der Explosion Bescheid gesagt?«

»Ach ja, die Explosion, der Karneval... Ja, das hat man mir schon gesagt, aber der hohe Chef wollte mir den Spaß nicht gönnen... Natürlich hat man mich hier auf dem Stuhl des Obersts sitzengelassen... Nein, für mich gibt es keine Explosion, keine Feuerwerkskörper, kein Feuerwerk.«

»Hören Sie mir zu, Major Morgan«, schrie Reinhold und schüttelte ihn wieder. »In genau fünfzehn Minuten fliegt das ganze Gebäude in die Luft!«

»Das wird ein Heidenspaß! Soll es doch in die Luft fliegen, es wird höchste Zeit. Ich sag' das schon seit Jahren – wir müssen die ganze Welt in die Luft jagen!«

»Das ist kein Witz, Morgan, ich sage Ihnen die Wahrheit! Ich selbst habe die Bombe gelegt!«

Eine Sekunde lang hatte Reinhold den Eindruck, daß Morgan einen lichten Augenblick hatte. Plötzlich fiel er Reinhold um den Hals, hielt ihn umklammert und drückte ihm auf jede Wange einen feuchten Kuß. »Sie sind noch ein richtiger Mann, Sergeant Reinhold«, rief er mit Tränen in den Augen. »Sie hatten den Mut, mit dieser Hölle auf Erden Schluß zu machen. Hören Sie mich – Hölle! Ich sterbe vor Sehnsucht, mit einer Frau zu schlafen, denke Tag und Nacht nur an das eine, aber es klappt einfach nicht; im entscheidenden Augenblick bin ich impotent! Dabei war ich schon bei so vielen Ärzten, habe Medikamente geschluckt, mir alle möglichen psychologischen Erklärungen angehört und eine Analyse gemacht – nichts hat geholfen! Nur ihr – der Dame vom Ausschuß – ist es gelungen, mein Glied steif werden zu lassen, und das macht die Hölle nur noch schlimmer. Sie kommt hereingerauscht, um mit Willy zu vögeln. Dann schließt sie die Tür ab und glaubt, niemand wüßte, was dahinter vorgeht. Aber ihr Lustgeschrei! Es hallt durchs ganze Haus. Und siehe da, schon bei den ersten Seufzern – sie fängt immer mit Seufzen und Stöhnen an – reckt sich mein kleiner Gentleman und wird im Nu steif. Dann schließe ich die Tür meines Büros, drücke mein Ohr an Willys Schlüsselloch, höre das Gestöhne und masturbiere. Einmal hat er vor lauter Aufregung vergessen, die Tür abzuschließen, da schaute ich hinein und sah...«

»Jetzt ist es genug!« brüllte Reinhold und hielt Morgan den Mund zu. »Sie kommen sofort mit mir. Wir verlassen gemeinsam diese Hölle – wir gehen zum Karneval!«

»Ja, lassen Sie uns zum Karneval gehen!« sagte Morgan und stützte sich auf Reinholds Arm. Reinhold schob ihn von sich und sagte: »Nein, Sie gehen voraus! Major Morgan darf doch nicht Arm in Arm mit einem sudanesischen Kellner gesehen werden! Gehen Sie voraus, ich halte mich direkt hinter Ihnen.« Er lenkte ihn zum Lieferanteneingang gegenüber dem französischen Konsulat. Bevor sie die Tür des Konsulats erreichten, wurden sie durch die Gewalt der Detonation an die Wand geschleudert. »Dennoch vielen Dank«, meinte Morgan. »Bedanken Sie sich nicht bei mir«, antwortete Reinhold. »Sie sollten Ihrer Mutter danken!«

KAPITEL 8

Nach dem Anschlag auf das King-David-Hotel kehrte Reinhold nicht mehr in sein Zimmer zurück. Infolge des Belagerungszustands und der Durchsuchungen blieb er länger als vorgesehen in Tel Aviv (wo er aufgrund der Suche nach dem Kind und des Gesprächs mit Morgan mit einigen Stunden Verspätung eingetroffen war). Als er nach Jerusalem zurückfuhr, mietete er ein Zimmer im Schottischen Hospiz St. Andrew in der Nähe des Bahnhofs. Da das Hospiz der Schottischen Kirche gehörte und erfahrungsgemäß nie durchsucht wurde, hielt er es für das sicherste Versteck. Es war eine übliche Vorsichtsmaßnahme, aus der bisherigen Wohnung zu verschwinden, nach der Begegnung mit Morgan war es zwingend notwendig geworden. Er wußte, daß Morgan ihn niemals mit Absicht verraten würde – weder aus Dienstbeflissenheit noch aus Karrieresucht hätte er einen gefährlichen Terroristen angezeigt. Aber es war möglich, daß er im betrunkenen Zustand eine Bemerkung machte oder vielleicht sogar nüchtern Drake ganz einfach sein merkwürdiges Erlebnis unmittelbar vor der Explosion erzählte. Drake hätte sich bestimmt seine eigenen Gedanken darüber gemacht und die Polizei auf Reinhold gehetzt.

Von Tel Aviv aus war es Reinhold gelungen, Tamara anzurufen und sich nach dem Jungen zu erkundigen. Er erzählte ihr, er habe für eine Reportage Jerusalem verlassen und verschiedene Landesteile besuchen müssen. Sofort nach seiner Rückkehr wollte er sich bei ihr melden. Er konnte jedoch sein Versprechen nicht einhalten, denn als er zurückkam, hatte sich wieder einmal alles völlig geändert. Er wurde zum Leiter des nächsten Kommandounternehmens bestimmt – zum erstenmal in vollkommen eigener Verantwortung –, so daß er gleich mit den Vorbereitungen beginnen und das Bahnhofsgebäude auskundschaften mußte, auf das der nächste Anschlag verübt werden sollte. Er konnte auf keinen Fall das Risiko eingehen, bei Tamara mit Oberst Drake zusammenzutreffen. Bei der ersten Gelegenheit, die sich ihm bot, rief er Tamara an und bat sie eindringlich, niemand zu sagen, daß er in Jerusalem sei. Da er in bestimmten Kreisen der Unterwelt unter falschem Namen recherchierte, konnte schon die kleinste Indiskretion nicht nur seine Ermittlungen unmöglich machen und ihm schaden, sondern auch sie selbst in Schwierigkeiten bringen, da diese Kriminellen vor nichts zurückschreckten – weder vor Erpressung noch Entführung oder Geiselnahme.

»Unter welchem falschen Namen? Was in aller Welt redest du da? Bitte, Henry, sei vernünftig und bring dich nicht in Gefahr! Meinetwegen oder – zumindest des Kindes wegen ...« Ihre Stimme bebte vor Angst. Diese Besorgnis hatte er schon früher oft in ihrer Stimme gehört – bei jedem Anruf aus Tel Aviv –, und sie hatte ihn immer zutiefst berührt.

Er verabredete sich mit ihr im Schottischen Hospiz, bevor er zu seiner letzten Erkundung unmittelbar vor dem Einsatz aufbrach. Er sagte ihr, sie solle nach Joseph Orwell fragen. Als er das Zimmer von Tel Aviv aus telefonisch reserviert hatte, wollte er sich eigentlich aus einer Laune heraus George Orwell nennen – der Name hatte für ihn eine ganz besondere Bedeutung, seitdem er das Foto seines Kindes zwischen den Seiten des Buches gefunden hatte. Im letzten Augenblick entschloß er sich aber für den Vornamen Joseph, da der Name eines bekannten Autors unter Umständen Verdacht erregen konnte. Erst nach seiner Ankunft im Hospiz merkte er, wie grundlos diese Befürchtung gewesen war. Mit Sicherheit hatte keiner der Gäste und Angestellten je etwas von George Orwell gehört. Diese Leute lebten geradezu in einer anderen Welt.

Joseph Orwell bekam Zimmer 5 gleich über dem Eingang, sein Fenster blickte nach Osten zur Altstadtmauer, zum Turm Davids und zum Jaffa-Tor. Als der Zeitpunkt des Treffens näherrückte – Tamara sollte um halb sechs kommen –, trat er auf den Balkon hinaus und setzte sich in den Korbstuhl. Die Sonne ging gerade unter und tauchte die Steine der Altstadtmauer in ein sanftes Licht, das ständig die Farben wechselte und innerhalb kürzester Zeit von Azurblau über Rosa in goldenes Orange überging. Vor etwa vier Jahren hatte er sich auf einem Balkon des King-David-Hotels ebenfalls in einen Korbstuhl sinken lassen, das Gesicht nach Osten gewandt, wie er sich erinnerte. Damals hatte er allerdings den Sonnenaufgang betrachtet. Er war gerade im Begriff gewesen, zu fliehen, Tamara zu verlassen und an die Italienfront zu gehen. Nun wünschte er sich dagegen nichts sehnlicher, als sie in seine Arme zu schließen. Plötzlich erinnerte er sich daran, daß er auch als Kind oft mit dem Gesicht nach Osten gewandt auf einem Korbstuhl saß. Beim Anblick seiner Mutter, die mit einem breitrandigen Hut, langen weißen Handschuhen, Schuhen mit hohen Absätzen und einer Handtasche am Arm, geheimnisvoll lächelnd aus ihrem Zimmer trat und mit gelöster Heiterkeit sagte: »Komm, Kleiner, wir gehen nun spazieren ...«, schlug ihm jedesmal das Herz höher.

»Ja, ja – herein!« rief er laut, sprang vom Stuhl hoch und eilte erwartungsvoll zur Tür. Vier Männer in Zivil stürmten mit schußbereiten Pistolen herein. »Schon gut, schon gut, verhaftet mich, durchsucht mich! Ich leiste keinen Widerstand!« schrie er und hob die Arme über den Kopf. Sie durchsuchten seine Taschen und betasteten von oben bis unten seinen Körper. Nachdem sie sich davon überzeugt hatten, daß er keine Waffe bei sich trug, erlaubten sie ihm, die Arme wieder zu senken. Zu seiner Verwunderung fesselten sie ihn nicht mit Handschellen, sondern befahlen ihm nur, vor ihnen die Treppe hinunterzugehen. Der Mann hinter ihm drückte ihm die Pistole zwischen die Rippen, die anderen verbargen ihre Waffen unter der Jacke. Draußen sah Reinhold, daß das ganze Gebäude mit Soldaten umstellt war: Sogar in den Ecken des Hofs waren Maschinengewehre aufgestellt. »Und das alles mir zu Ehren!« bemerkte Reinhold zu dem Mann zu seiner Rechten, aber dieser besaß offenbar keinen Sinn für Humor. Mit einem finsteren Blick knurrte er: »Los, weiter!« Reinhold ging, scharf bewacht, den Weg entlang, bis sie die Hebron-Straße erreichten. Hier bogen sie nach links ab in Richtung Bahnhof. Am Eingang warteten in einer Reihe drei Zivilfahrzeuge des britischen Geheimdienstes – er kannte sie alle. Der Mann mit der Pistole befahl ihm, in den mittleren Wagen einzusteigen, dann schlug er die Tür hinter ihm zu. Als Reinhold auf dem Rücksitz Platz genommen hatte, stellte er fest, daß neben ihm Major Morgan saß.

Er war nicht sonderlich überrascht, aber zweifellos rührte Morgans unbewegte, fast feindselige Miene von seiner abgrundtiefen Verlegenheit her. Kaum war die Tür hinter Reinhold zugefallen, da setzte sich der Konvoi der drei Fahrzeuge in Bewegung, und Reinhold merkte bald, daß sie in Richtung Tel Aviv fuhren. Der Mann auf dem Beifahrersitz blies duftenden Zigarettenrauch in die Luft, und Reinhold sehnte sich nach einer Zigarette. Vergeblich suchte er das Zigarettenetui in seinen Taschen. Dann fiel ihm ein, daß Zigaretten und Feuerzeug auf dem Fußboden der Veranda neben dem Stuhl lagen, auf dem er kurz vor seiner Verhaftung gesessen hatte. Beinahe hätte er Morgan oder den Mann, der vor ihm saß, um eine Zigarette gebeten, doch das feindselige Schweigen – seit der Abfahrt hatte niemand ein Wort gesprochen – erweckte in ihm das Gefühl, daß es unter seiner Würde sei, diese Leute um irgend etwas zu bitten. Er ballte die Fäuste und beherrschte sich. Dann überfiel ihn plötzlich eine bleierne Müdigkeit, die Augen fielen ihm zu und er sank unvermittelt in einen tiefen Schlaf. Er erwachte erst, als der Wagen hielt, und er wußte zunächst nicht, wo er war. Morgan deutete ihm mit einer Kopfbewegung an, ihm zu folgen, und führte ihn in einen Schuppen, der nach Schmieröl und Benzin roch. Die anderen blieben draußen in den Autos.

»Sie wissen ...«, begann Morgan.

»Ja«, sagte Reinhold. »Tod durch den Strang.«

Zum erstenmal, seitdem Reinhold ihn kannte, wirkte Morgan völlig nüchtern. »Das wäre auch Ihr Schicksal gewesen, wenn der Chef nicht Mitleid mit Ihnen gehabt hätte. Hören Sie, Sie werden jetzt in ein Flugzeug gesetzt, und damit ist die Sache erledigt. Alles andere erfahren Sie nach der Landung von der Person, die Sie abholen wird.«

Erst jetzt bemerkte Reinhold, daß er sich auf dem Flugplatz Lydda befand. Durch das Rückfenster des Schuppens sah er das riesige militärische Transportflugzeug, das ihn in ein unbekanntes Exil bringen sollte. Bei dem Gedanken, daß Tamara ihn jetzt gerade im Schottischen Hospiz suchte, krampfte sich sein Herz zusammen. Weiß Gott, was sie anstellen würde, wenn sie ihn nicht fand! »Hören Sie, Morgan«, sagte er schnell. »Ich habe nur eine einzige Bitte an Sie. Erlauben Sie mir, ein Telegramm an ... meine Frau zu schicken, an die Mutter meines Sohnes, oder sie anzurufen, damit sie sich keine unnötigen Sorgen macht.« Zugleich wurde ihm bewußt, daß er, wenn es irgendwie möglich war, seinen Kommandanten warnen mußte. Der Anschlag auf den Bahnhof mußte dringend abgesagt werden. Er zweifelte nicht daran, daß die im Hospiz und in der Umgebung postierten Geheimdienstleute jeden verfolgen würden, der nach ihm fragte oder auch nur eine Nachricht für ihn hinterließ.

»Tut mir leid«, sagte Morgan, »das verstößt gegen die Vorschriften.«

»Dann also nicht«, erwiderte Reinhold.

Plötzlich ging Morgan zur Tür und vergewisserte sich, daß die übrigen Männer noch in ihren Wagen saßen. Dann trat er dicht an Reinhold heran und flüsterte ihm ins Ohr: »Ich schwöre Ihnen, Henry, daß ich Sie nicht ausgeliefert habe. Ich war vollkommen bestürzt, als ich den Befehl erhielt.«

»Ja«, antwortete Reinhold. »Ich weiß, daß Sie es nicht absichtlich getan haben.«

»Ich trage Ihnen nichts nach«, sagte Reinhold. »Es war einzig und allein mein Fehler. Ich habe den Mund nicht gehalten und mich selbst verraten. Ihnen bin ich wirklich dankbar dafür, daß Sie mir das Todesurteil erspart haben.« Ein Mann in Gummistiefeln und Overall schleppte ein langes Rohr in den Schuppen, und Morgan verstummte. Als er Reinhold zum Abschied die Hand schüttelte, hatte er gerötete Augen. Ein Trupp Soldaten marschierte die Gangway hinauf. Reinhold und sein Begleiter schlossen sich ihnen an. Im letzten Augenblick zog Morgan Reinhold beiseite und flüsterte ihm zu: »Falls Sie Hilfe brauchen, reden Sie mit dem Mann, der Sie vom Flugplatz abholt. Er heißt Henry Rose und ist ein guter Freund von mir.«

*

Henry Rose war von dem Augenblick an, da Reinhold seinen Fuß auf belgischen Boden setzte, wirklich eine große Hilfe. Reinhold hatte angenommen, daß man ihn in eines der afrikanischen Straflager in Eritrea oder Äthiopien schicken würde. In seiner Vermutung wurde er dadurch bestärkt, daß die britischen Soldaten bei einer Zwischenlandung von Bord gingen und durch Schwarze ersetzt wurden. Aber als die Maschine in Brüssel landete, merkte er, daß niemand beabsichtigte, ihn in ein Straflager einzuweisen. Auch dafür schien Morgan gesorgt zu haben. Er wurde in einem guten Hotel – im Hotel Royal – untergebracht, wo er auf Kosten Seiner Majestät wohnte, aß und trank. Man verlangte von ihm lediglich, daß er sich dreimal am Tag im Hauptquartier der britischen Streitkräfte im Büro von Henry Rose meldete. Nach kurzem brauchte er sich nur noch einmal am Tag zu melden, und zwar nicht mehr im Hauptquartier, sondern in einem Café. Schon auf der Fahrt zum Hotel hatte Reinhold festgestellt, daß Rose ihm wohlgesonnen war. Am Flughafen sagte Reinhold – in der Annahme, daß er in ein Straflager eingewiesen werde – als erstes zu ihm: »Hören Sie, es ist mir vollkommen gleichgültig, wohin Sie mich bringen, lassen Sie mich aber bitte vorher ein Telegramm abschicken.«

»Aber natürlich, gern. Wir fahren sofort zur Hauptpost!« antwortete Rose bereitwillig. Und Reinhold teilte Tamara mit: »Keine Sorge, bin in Belgien. Brief folgt.« Den Brief, den er etwas später schrieb, adressierte er vorsichtshalber an Charlotte. Bei seinem vergeblichen Versuch, in Belgien mit der Irgun in Verbindung zu treten, wurde er schwer verwundet. Rose besorgte ihm daraufhin einen britischen Paß, auf den Namen Joseph Orwell ausgestellt, eine Fahrkarte nach Paris und gab ihm einige Hinweise, um ihm das Leben in einer fremden Stadt zu erleichtern. Rose nannte Reinhold die Cafés, in denen Exilpolitiker und Revolutionäre verkehrten, die Waffen kaufen wollten, und er nannte ihm die Armeelager, in denen sich diese Waffen beschaffen ließen. Da Rose Berufssoldat war, durfte er sich natürlich an solchen Geschäften nicht beteiligen. Seine Ratschläge hatten ihren Wert, denn nach jedem erfolgreichen Abschluß dachte er an ihn, was sich auch in ganz konkreten Summen niederschlug. Am meisten verpflichtet fühlte er sich diesem Mann wegen eines Telegramms, das Rose von sich aus an Tamara geschickt hatte, als Reinhold verletzt ins Krankenhaus eingeliefert wurde. Die Adresse mußte Rose wohl einem Brief in Reinholds Tasche entnommen haben.

Von seiner zweiten Kopfverletzung hätte sich Reinhold eigentlich viel rascher erholen müssen als von der ersten. Die zweite Wunde rührte ja von Schlägen und nicht von einem Granatsplitter her, außerdem bekämpfte man inzwischen Infektionen mit Penizillin, während Dr. Kramer seinerzeit nur ein altes Hausmittel gegen die Wundinfektion – heiße Umschläge – hatte anwenden können. Tag und Nacht hatten die Schwestern die fast kochend heißen Umschläge gewechselt, bis Entzündung und Fieber endlich zurückgingen. Doch diesmal besserte sich Reinholds Zustand trotz des Penizillins und der verhältnismäßig harmlosen Natur seiner Verletzungen nicht. Das Fieber sank zwar, verschwand aber nicht völlig, die Wunden heilten schlecht, und ... er brauchte Morphiumspritzen. Im Augusta-Victoria-Krankenhaus hatte er damals nicht nur Spritzen, sondern auch jegliche Schmerzmittel abgelehnt, weil er es vorzog, die Schmerzen zu ertragen und auf die Selbstheilungskräfte seines Körpers zu vertrauen. Aber hier in Brüssel öffnete er kaum die Augen, um sich umzusehen, da bat er die Schwester auch schon um Morphium. Nicht nur die Schmerzen fand er unerträglich, sondern auch alles andere: den Krankenhausgeruch, den Anblick der anderen Patienten, ihre Stimmen, ihr dummes Gerede, die düsteren Mienen der Ärzte, das leere Lächeln der Krankenschwestern, die schleppende Behandlung insgesamt. Während er im Auto zusammengeschlagen wurde und um sein Leben kämpfte, hatte er einen Augenblick lang unbändige Kräfte in sich gespürt und fest daran geglaubt, daß er die Oberhand haben würde. Aber als ihm nach und nach zu Bewußtsein kam, was ihm widerfahren war, schwanden seine Kräfte immer mehr. Die Schmerzen wurden unerträglich. Wenn Tod nichts anderes als traumloser Schlaf und völlige Bewußtlosigkeit war, dann wollte er gern sterben. Er verstand nicht, warum die Menschen vor diesem Zustand höchster und ewiger Seligkeit solche Angst hatten.

Als er einmal die Augen öffnete, sah er Tamara mit seinem Sohn. Er schloß die Augen sofort wieder und verlangte Morphium. Ihr Anblick hatte ihm aber kein Gefühl der Wärme und Geborgenheit vermittelt. Sie waren ebenfalls nur ein Teil dieser fremden, abstoßenden, schmerzerfüllten Welt, der er so gerne entrinnen wollte. Erst beim dritten oder vierten neuerlichen Erwachen – die beiden waren nun nicht mehr da – sprang er plötzlich unerwartet mit wild pochendem Herzen aus dem Bett, bis ins Innerste erschrocken. Das Kind und seine Mutter brauchten ihn – und er blieb einfach liegen und schlief! Wenn er nur noch eine Minute weiterschlief, waren sie bereits verloren, dessen war er sich sicher. Sofort nach Erhalt des Telegramms war Tamara mit

Mani nach Brüssel geflogen. Nun wohnte sie mit dem Kind in unmittelbarer Nähe des Krankenhauses. Sie hatte nicht einmal genug Geld, um das billige Hotelzimmer zu bezahlen. Sie mußte Henry Rose bitten, ihr von seinem bescheidenen Gehalt etwas zu leihen. Einer ihrer Brüder lebte in Paris, er studierte Medizin und stand kurz vor dem Examen; auch er versuchte, ihr zu helfen – aber was konnte sie von einem armen Studenten erwarten? Dennoch schickte er ihr ein wenig Geld – er war eben ein gutherziger Junge.

Reinhold lernte ihn später kennen, als er das erste Jahr zusammen mit Tamara und Mani in Paris lebte, bevor er sein Waffengeschäft ausweitete und nach Kalifornien übersiedelte. Er hieß Nathan Bolkonskij und sah seiner Schwester sehr ähnlich. Er hatte die gleichen schräggeschnittenen Augen und hohen Backenknochen. Doch fehlte ihm die Intensität, mit der sie lebte, ihr Charme, ihre Lebenslust. Während Tamara von einer unersättlichen Lebensgier besessen war, hatte ihr Bruder das Bedürfnis, allen Unterdrückten und Benachteiligten dieser Erde zu helfen. Er war immer für die anderen da, und Reinhold wunderte sich, daß er dennoch sein Medizinstudium abgeschlossen hatte. Nathan Bolkonskij hatte etwas an sich, das Reinhold an Schwester Mildred vom Augusta-Victoria-Krankenhaus erinnerte – eine Unschuld, die ihm trotz eines klaren und nüchternen Blicks für die Realität durch nichts genommen werden konnte. Das Gift unserer Welt konnte Nathans Seele nichts anhaben, aber als er später nach Afrika ging, um dort bei der Bekämpfung einer Epidemie zu helfen, wurde er von einem Giftpfeil tödlich getroffen.

Am Vorabend seiner Abreise nach Kalifornien hatte Reinhold sich mit Nathan Bolkonskij unterhalten, und das Gespräch hatte gewisse Zweifel aus seiner Seele vertrieben. Nach seinem ersten großen Waffengeschäft mit den äthiopischen Rebellen hatte Reinhold diese Zweifel bekommen. Es war Weihnachten, und Mani hatte Ferien. Reinhold ging mit ihm in den Tuilerien spazieren; der Junge rannte voraus, um ein Spielzeugschiff – ein Weihnachtsgeschenk – auf dem großen, runden Teich in der Mitte des Parks schwimmen zu lassen. Plötzlich sah Reinhold einen kleinen Daniel Koren vor sich. Es waren nicht die Gesichtszüge, sondern die Körperhaltung, die Art, wie der Junge den Kopf bewegte, sein Gang, sogar sein Lächeln. Reinhold brach in schallendes Gelächter aus, so daß die Leute, die in der Nähe auf den Bänken saßen, ihn anstarrten. Auch das Kind drehte den Kopf um und lächelte.

An diesem Abend ging Reinhold mit Tamara und Nathan ins »Tour d'Argent« essen, um offiziell das Weihnachtsfest und ganz privat das große Waffengeschäft zu feiern. Alle drei waren allerbester Laune, insbesondere Reinhold. Eine merkwürdige Fröhlichkeit ergriff ihn und veranlaßte ihn, während des Essens allerlei Späße zu machen: Er spielte mit einem Teelöffel auf den Weinflaschen Melodien, nahm eine Rose aus der Vase auf dem Tisch und überreichte sie einer alten Dame am Nebentisch, küßte sie auf die Wange und ahmte dabei Winston Churchill nach: »Ich kann Ihnen nichts anderes versprechen als Blut, Schweiß und Tränen.« Als sich das doppelte Fest nach Mitternacht dem Ende zuneigte, verließen sie singend das Lokal. Draußen wehte ein schneidender Wind. Gegenüber dem Eingang des teuren Restaurants wurde unter einer Brücke eine Christmette für die Armen von Paris gehalten. Ein Wohlfahrtsverband hatte elektrische Lampen aufgehängt und Bänke aufgestellt. Nach der Mette wurden Geschenke an die Armen verteilt: Brot, Käse und eine Flasche Wein. Mit ihrem Weihnachtspäckchen in der Hand stiegen die armseligen Gestalten die Stufen zur Straße hinauf, und der vertraute Gestank der Clochards verbreitete sich um sie: eine Mischung aus altem Schweiß, schimmeligem Geruch dreckiger Lumpen und schalem Weindunst. Eine runzelige Frau tauchte direkt vor Reinhold auf, und er wünschte ihr ein frohes Weihnachtsfest. Da sie ordentlich gekleidet war, konnte er auf den ersten Blick nicht unterscheiden, ob sie zu den Verteilern oder den Empfängern von Almosen gehörte. Darum verzichtete er darauf, ihr ein paar Silbermünzen zu schenken. Die alte Frau freute sich über seinen Glückwunsch; sie brannte vor Ungeduld, ihm zu erzählen, was sich unter der Brücke ereignet hatte. Erst als sie sagte: »Wenn Sie gestatten, mein Herr, daß ich mich an Sie wende ...«, begriff er, daß sie trotz ihres anständigen Aussehens und ihres gepflegten Französisch zur Gemeinschaft der Clochards zählte. Ihr unterwürfiges Verhalten rührte Reinholds Herz. Ihrer Erzählung entnahm er, daß sich etwa achthundert der Ärmsten schon am frühen Abend unter der Brücke versammelt und versucht hatten, sich Plätze in der Nähe des Schuppens zu sichern, in dem die Geschenke aufbewahrt wurden. Zwei Männer, die am Flußufer saßen, gerieten in Streit. Einer der beiden war betrunken, stürzte plötzlich in den Fluß und verschwand in den Fluten. Polizei und Feuerwehr wurden alarmiert, fanden ihn aber nicht – der Mann mußte wie Blei untergegangen sein. Der Zwischenfall hatte sich gegen neunzehn Uhr ereignet. Nun standen zwar zwei Streifenwagen am Flußufer, aber von einer Suche nach dem Ertrunkenen war nichts mehr zu merken. Vielleicht würden die Polizisten am nächsten Morgen wiederkommen und die Suche bei Tageslicht fortsetzen. Hätte es sich nicht um einen Clochard, sondern um einen ehrenwerten Bürger gehandelt, wäre die Suchaktion vermutlich bei Scheinwerferlicht fortgesetzt worden.

Reinhold hob die Hand und winkte ein vorbeifahrendes Taxi heran. Tamara und Nathan stiegen als erste ein, gefolgt von Reinhold, der die Tür hinter sich schloß. Plötzlich wendete er sich mit der Frage an Nathan, ob die Mediziner eine Vaterschaft biologisch einwandfrei nachzuweisen vermochten. »Nein«, antwortete Nathan, »bisher haben wir noch keine Möglichkeit, einen einwandfreien Vaterschaftsnachweis zu liefern. Es gibt jedoch Blutgruppenuntersuchungen, mit denen sich feststellen läßt, daß ein Mann nicht der Vater eines ihm untergeschobenen Kindes sein kann.«

Der Taxifahrer war ein dicker Russe, ein vor der Revolution nach Paris geflohener Weißrusse, und Tamara unterhielt sich mit ihm fließend in ihrer Muttersprache. Sie wies ihn an, zunächst in der Rue Monsieur-le-Prince anzuhalten, am Hotel von »Fürst Timofeij Bolkonskij« – so nannte sie ihren Bruder, während sie selbst natürlich Fürstin Tamara Paulina Bolkonskaija war. Reinhold hatte sich inzwischen an ihre Auftritte gewöhnt. Tamara spielte ihre Rolle nicht nur in der Öffentlichkeit, sondern manchmal auch privat. Wenn sie dann plötzlich mit einem eigentümlichen Glanz in den Augen von ihrer Kindheit, den Sommerferien in der Datscha des Großfürsten Alexander oder von einem Ball im Zarenpalast zu erzählen begann, wurde Reinhold ganz sonderbar zumute. Er war also weder von »Prinz Timofeij« noch von »Fürstin Paulina« besonders überrascht, aber er begriff nicht, weshalb Tränen Tamaras Augen verschleierten, nachdem besagter Prinz Timofeij ausgestiegen war und sie zum Boulevard Saint-Germain weiterfuhren. »Eine Blutuntersuchung ist vollkommen überflüssig«, sagte sie, als das Taxi hielt. »Du weißt sehr wohl,

Henry, daß Mani nicht dein Sohn ist. Mani ist einzig und allein der Sohn von Paulina Bolkonskaija!«

»Ja, ich weiß«, sagte Reinhold und hätte beinahe hinzugefügt, daß diese Enthüllung seiner Liebe zu dem Kind keinen Abbruch tat, aber sie fiel ihm ins Wort. »Du kannst uns ja beide in die Seine werfen!« Der Aufschrei schien aus tiefster Seele zu kommen. »Ich brauche gar nicht darauf zu warten, daß du es tust – ich werde es selbst tun – ich nehme meinen Sohn und springe mit ihm in die Seine, genau wie dieser Clochard, mitten in der Nacht! Keine Sorge – sie werden sich keine große Mühe geben, um uns zu suchen, genauso wie sie sich auch nicht überanstrengt haben, um den armen Kerl zu finden! Was kümmert es dich, Henry? Er ist nicht dein Sohn! Er ist der Sohn eines anderen Mannes. Ich tue dir damit noch einen großen Gefallen. Du wirst uns beide auf einmal los, du kannst ohne Sorgen nach Kalifornien fliegen – frei wie ein Vogel! Warum bist du so blaß? Keine Angst, auch wenn wir nicht sofort in die Seine springen, werden wir dir nie mehr zur Last fallen. Du brauchst nie mehr Waffengeschäfte mit sämtlichen Gaunern und Mördern dieser Welt zu machen, um mich und das Kind zu ernähren! Dafür gibt es eine ganze Reihe von Gründen.« Mit einer wilden Bewegung zerriß sie ihr Kleid über der Brust, beugte sich hinüber zu dem Fahrer, umarmte ihn und schrie: »Sehen Sie mal, fühlen Sie! Ich kann es immer noch mit den besten Huren der Champs-Elysées aufnehmen! Wieviel würden Sie für mich bezahlen? Sagen Sie es mir, seien Sie nicht schüchtern!«

Der Taxifahrer, zwar auch ein selbsternannter Angehöriger der Emigranten-Aristokratie von Paris, war an solche Ausbrüche offenbar nicht gewöhnt. Verlegen stotterte er: »Fürstin, regen Sie sich bitte nicht auf ... Wie können Sie nur so schreckliche Dinge aussprechen? Der Herr würde Ihnen sicherlich kein Haar krümmen ...« Bevor er sich die Mütze wieder zurechtrücken konnte, stürzte Tamara auf die Fahrbahn hinaus, und Reinhold sprang ihr nach. Er faßte sie mit beiden Händen und trug sie ins Haus, während sie sich heftig mit Händen und Füßen wehrte und an seinen Haaren zerrte. »Bravo, bravo!« schrie ein Passant und klatschte in die Hände. Dabei war nicht klar, ob der Applaus dem Mann oder der Frau galt. »Still, Tamara, mach hier keine Szene. Mani wacht sonst auf und erschrickt...«

KAPITEL 9

Manis Gesichtsausdruck verriet eine heftige Erregung, als er den Raum betrat, sich entschuldigte, daß er uns bei der Betrachtung von Soutines Gemälde störte, und Orwell etwas ins Ohr flüsterte. Damit Mani in Ruhe seine Sorgen bei Orwell abladen konnte, vertiefte ich mich in den Anblick des Bildes. Aus Bruchstücken ihrer Unterhaltung entnahm ich, daß Mani Gefahr lief, beim Abendessen neben einer gewissen Dame sitzen zu müssen, die von seiner Mutter »ausdrücklich« für ihn eingeladen worden war.
»Keine Angst, Mani«, sagte Orwell. »Ich sorge dafür, daß du neben mir sitzt.« Mani atmete erleichtert auf und wischte sich die Schweißtropfen von der Stirn. Nun konnte auch er sich dem Bild zuwenden. »Als ich das letzte Mal in London war«, sagte er, »habe ich bei Sotheby festgestellt, daß bei Versteigerungen die Preise für Soutine um fünfundzwanzig Prozent gestiegen sind. So merkwürdig uns das auch erscheinen mag, der Ankauf von Bildern ist eine der besten und sichersten Geldanlagen. Neuere Statistiken zeigen ...«
Da Mani mit Zahlen, Prozentsätzen und Standardabweichungen zu operieren begann, verstand ich nichts mehr. Eines wurde mir trotzdem so klar: Es war am günstigsten, sein Geld in Kunst anzulegen, wenn ein Künstler im Sterben lag. Man konnte davon ausgehen, im wahrsten Sinne des Wortes einen todsicheren Gewinn zu machen. Wir setzten uns an den Ehrentisch, der am Kopfende aller anderen Tische stand. Als Fürstin Paulina mit einer langen Zigarettenspitze zwischen den Lippen erschien und ihren Sohn zur Rechten von Joseph Orwell sitzen sah, bedachte sie ihn mit einem wütenden Blick und flüsterte ihm drohend zu: »Was hast du hier zu suchen?«

»Das ist schon in Ordnung!« antwortete Orwell ruhig. »Ich habe ihn gebeten, neben mir Platz zu nehmen, damit er unserem Gast David Shahar, dem Abgesandten Israels, alle Einzelheiten seines Projekts erklärt. Du weißt doch, daß Mani eine glänzende Idee hatte, das Problem des ewigen Juden und zugleich das des Nahostkonflikts, der Welt-Energiekrise und der uns bedrohenden Kriegsgefahr zu lösen. Man braucht einfach nur die Klagemauer nach Miami Beach zu transportieren! Die einzige noch offene Frage ist: Wieviel wiegt sie?«

Mani strahlte, und auch Orwell begann in bester Laune amüsante Geschichten über seine ersten Geschäfte als Waffenhändler in Europa zu erzählen. Fürstin Paulina stocherte mißgelaunt im Essen herum, denn Orwells Erzählungen gefielen ihr offenbar nicht. Er berichtete über eine alte Dame in Paris, die von ihm Waffen kaufen wollte. Damals führte er seine Geschäfte noch im Café »Paris« am oberen Ende der Champs-Elysées, nicht weit vom Arc de Triomphe entfernt. Das Lokal, von einem silberhaarigen Mann mit traurigen Augen geführt, war mit seinen bequemen alten Sesseln und der intimen Atmosphäre ganz nach seinem Geschmack. Als er eines Tages sich gerade von drei ungehobelten Männern verabschiedet hatte, die nach seinem Dafürhalten englisch mit slawischem Akzent sprachen, obwohl sie beteuerten, daß sie die Waffen zur Rettung ihrer Brüder in Sizilien brauchten, kam eine alte Dame herein. Sie sah sich nach allen Seiten um, näherte sich ihm mit trippelnden Schritten und nahm ihm gegenüber Platz. Orwell war wegen des Geschäfts, das er gerade mit den drei zwielichtigen Gestalten abgeschlossen hatte, bester Laune. Er hatte zwar keinen Vertrag aufgesetzt, da bei solchen Transaktionen nur Handschlag und Ehrenwort galten, aber er war sicher, daß die Abmachung perfekt war. Kurz entschlossen lud er die alte Dame zum Abendessen ein. Er war überzeugt, daß sie ihn mit einem anderen verwechselt hatte und ihren Fehler bald bemerken würde. Dennoch wollte er sich nicht das Vergnügen versagen, die Gesellschaft einer so reizenden alten Dame zu genießen.

»Ich brauche einundzwanzig Jatagane«, sagte die alte Dame ohne Umschweife. Orwell war wie vom Donner gerührt. Der Zufall wollte es, daß er erst vor wenigen Tagen geschäftlich in Antwerpen gewesen war, wo Henry Rose – ein begeisterter Waffensammler – ihm einen türkischen Säbel, einen sogenannten Jatagan, gezeigt hatte. Seither kannte er auch den Unterschied zwischen diesem Krummsäbel und einem Damaszenerdegen. Wäre die alte Dame eine Woche früher gekommen, hätte er nicht einmal gewußt, wie ein Jatagan aussah. Aber jetzt traute er seinen Ohren nicht. Um sich zu vergewissern, daß er sich nicht verhört hatte, fragte er: »Madame, sagten Sie einundzwanzig Jatagane, oder haben Sie Maschinenpistolen gemeint?« Die drei Kunden vor ihr hatten Maschinenpistolen gekauft.

»Natürlich Jatagane!« wiederholte die alte Dame mit freundlichem Lächeln. Erstaunt stellte Orwell dabei fest, daß sie noch keine falschen Zähne hatte.

»Und wozu brauchen Sie einundzwanzig Jatagane?« fragte Orwell und verstieß damit gegen das erste und wichtigste Gesetz der Branchenmoral. Aber er konnte seine Neugier einfach nicht zügeln.

»Für die Palastwachen«, sagte sie. »Eigentlich brauche ich vierundzwanzig, aber drei habe ich schon bekommen.«

»Und warum ausgerechnet Jatagane?« fuhr Reinhold fort, ungeachtet aller Regeln.

»Um Recht und Gerechtigkeit walten zu lassen«, erklärte die alte Dame mit leuchtenden Augen.

»Und wie setzt man mit einem Jatagan Recht und Gerechtigkeit durch?« erkundigte sich Orwell – alias Reinhold – und beugte sich voll Ungeduld nach vorn, um noch mehr zu erfahren.

»Wie es der königliche Erlaß gebietet. Man schlägt den Rebellen damit den Kopf ab. So ...« Sie machte mit der Gabel in der Hand eine bezeichnende Bewegung und fügte hinzu: »Und so trennt man die Hand eines Diebes ab ... Und so die Nase einer ehebrecherischen Frau ...«

»Und wenn die ehebrecherische Frau eine zu lange Nase hat? In diesem Fall würde der Jatagan Recht und Gerechtigkeit ins Gegenteil verkehren und sie nicht für ihre Sünden bestrafen, sondern mit einer hübscheren Nase belohnen!« Zum erstenmal verschwand das Lächeln aus ihrem Gesicht. Sie selbst besaß eine sehr hübsche und zarte Nase, und in ihrer plötzlichen Besorgnis wirkte sie noch zerbrechlicher als zuvor.

»Ich bin Ihnen sehr dankbar dafür, daß Sie mich auf diesen ernsten Mangel im Gesetz aufmerksam machen. Ich werde den

Großwesir sofort darauf hinweisen – ehebrecherischen Frauen müssen die Nase und beide Ohren abgeschlagen werden ...«

Angesichts dieser Erweiterung des Gesetzes beschloß Orwell, für die Säbel den Preis in die Höhe zu treiben. Zu Beginn der Verhandlungen hatte er noch gezögert, bei dieser alten Dame an Profit zu denken, und sich zunächst am üblichen Preis für Dolche oder Bajonette orientiert, aber nachdem das Gesetz in Zukunft nun auch das Abschlagen von Ohren vorsehen sollte, entschloß er sich, das Siebenfache des Preises zu verlangen, den er ursprünglich ins Auge gefaßt hatte. Sie zeigte sich jedoch nicht im geringsten erschüttert, holte ein dickes Bündel Banknoten aus ihrer Handtasche hervor und bezahlte im voraus die volle Summe für einundzwanzig Jatagane, die er innerhalb von zehn Tagen zu besorgen hatte. »Das ist nicht nötig, Madame«, sagte er, »in unserer Branche bezahlt man die Hälfte beim Abschluß eines Geschäftes, den Rest bei Lieferung ...« Doch sie bestand großzügig darauf, den vollen Preis im voraus zu zahlen und verließ mit trippelnden Schritten das Lokal.

Zehn Tage später lieferte Reinhold die Jatagane. Er hatte ganz Paris danach durchsucht und sich wesentlich mehr anstrengen müssen als später bei seinen größten Flugzeuggeschäften. Schließlich rief er Henry Rose an und erfuhr, daß dieser Artikel längst aus der Kategorie »Waffen« in die Kategorie »Antiquitäten« übergewechselt sei. Nun rannte Orwell von einem Antiquitätenhändler zum anderen, bis er schließlich in der Rue Bonaparte einen Händler entdeckte, der auf alte Waffen spezialisiert war. Der Ladenbesitzer war aufs äußerste erstaunt über den merkwürdigen Zufall: Seit langem bestand keine Nachfrage mehr nach Jataganen, aber gerade vor drei Tagen hatte er den letzten Säbel an eine alte Dame verkauft, die vierundzwanzig suchte. Es war ihm sogar gelungen, von einem Kollegen weitere zwei zu besorgen, aber soweit er wußte, gab es nun keine mehr auf dem Markt. Er war jedoch bereit, sie aus London zu bestellen. »Nein, nein, es ist nicht nötig, eine Sonderbestellung aufzugeben«, sagte Orwell rasch, weil ihm einfiel, daß es vermutlich besser war, sie über Rose per Luftfracht zu bestellen. Obwohl Rose nur eine sehr bescheidene Provision verlangte und Orwell den Großhandelspreis berechnete, büßte er am Ende bei den von der charmanten alten Dame bestellten Jataganen alles ein, was er zuvor an den Maschinenpistolen für die sizilianischen Ganoven verdient hatte. Dennoch war es ihm eine Genugtuung, daß er in der Lage war, die Jatagane zum versprochenen Termin zu liefern. Er verlor kein Wort über die Mühen und Verluste, die er dafür in Kauf genommen hatte. Im Gegenteil, er bedankte sich bei ihr für den ehrenvollen Auftrag und legte als Bonus drei russische Säbel dazu.

»Säbel!« Fürstin Paulina lebte plötzlich auf und warf Orwell einen wilden Blick zu. »Jetzt erinnere ich mich! Wie konnte ich nur vergessen, dir zu erzählen, was mir auf dem Weg vom Flugplatz hierher zugestoßen ist! Der Taxifahrer bremste plötzlich scharf, so daß ich nach vorn geschleudert wurde. Da war irgendeine Prozession – du weißt schon, so eine moderne fernöstliche Sekte, junge Leute in langen blauen, weißen und gelben Gewändern mit Trommeln und Gesang, die Säbel schwenkten – es war wohl eine Art Schwertertanz. Ihr Anführer, ein Derwisch mit weißem Bart – ich hielt ihn zuerst für einen Inder oder Perser –, war in einem Trancezustand. Er drehte sich um sich selbst mit ausgestrecktem Säbel, dann brach er plötzlich zusammen und fiel unter die Räder des Taxis. Der Fahrer sprang heraus, ich gleich hinter ihm her. Der Mann war in seinen Säbel gestürzt ... wie König Saul in sein Schwert. Er hatte sofort seinen Geist ausgehaucht, die Reifen des Autos hatten ihn nicht einmal gestreift. Ich fiel in Ohnmacht: Es war Morgan – erinnerst du dich an Morgan, Willys Stabsoffizier? ... Ich wurde im Krankenhaus wieder wach. Man hatte uns beide dorthin gebracht ... Der Arzt sagte mir, der Mann sei wahrscheinlich an einem Herzanfall gestorben, bevor der Säbel ihn durchbohrte. Seine religiöse Begeisterung war so groß, daß er einen Herzanfall erlitten hatte. Der Arzt sagte: ›Es ist besser, singend und tanzend zu sterben, als lange mit dem Tode zu ringen.‹ Natürlich hatte er recht. Morgan war schon immer...«

Orwell erblaßte. Er trank einen Schluck Wasser und sagte: »Wenn ich gewußt hätte, daß er hier war, hätte ich alles getan, um ihm zu helfen. Es ist schrecklich. Du weißt, daß er derjenige war, der mich ausweisen ließ, um mich vor dem Tod durch den Strang zu bewahren.«

Der schwarze Diener hinter uns entfernte mit der linken Hand die leeren Teller und servierte mit der rechten den Nachtisch, Ananas mit Kirsch.

Fürstin Paulina schlug wütend mit der Faust auf den Tisch und schrie auf hebräisch: »Was redest du denn da, Henry? Du weißt doch, daß Willy dich gerettet hat und nicht dieser impotente Säufer! Morgan hatte keine Ahnung davon! Er wußte überhaupt nicht, was los war! Er hat einfach Befehle ausgeführt ... Und wir – Willy und ich – sind die ganze Strecke bis Lydda hinter euch hergefahren, um uns zu vergewissern, daß er seinen Auftrag ausführte. Er hatte Befehl, einen gewissen Joseph Orwell zu verhaften, der im Schottischen Hospiz wohnte, und ihn zum Flugzeug zu bringen – das war alles! Er wußte nicht einmal, daß du Joseph Orwell warst! Bevor du ins Schottische Hospiz kamst – von dem Augenblick an, als mich Charlotte in Haifa anrief und mir sagte, daß du wieder in Jerusalem warst, hatte ich die Sache in die Hand genommen. Als ich in dein Zimmer kam und die Broschüren der Irgun im Schrank und die Pistolen in der Schublade deines schrecklichen Spiegels fand, wußte ich sofort, daß ich dich aus der Gefahr retten mußte. Aber du weigerst dich einzusehen, daß ich es war, die dich gerettet hat! Du willst mir keinen Dank schulden! Es ist dir lieber, in der Schuld eines impotenten Säufers zu stehen! Es war der schlimmste Augenblick meines Lebens, als ich all die Waffen in der Schublade des Spiegels fand, den du der alten Dschamilla abgekauft hast. Was für ein schrecklicher Spiegel! Jedesmal, wenn ich die Tür öffnete, zerschnitt er mein Gesicht in zwei Teile.«

Der Spiegel, vor dem Sergeant Reinhold sich immer gerade aufrichtete, die Brust herausstreckte, den Bauch einzog und das linke Auge unter dem glatt zurückgekämmten blonden Haar zukniff, dieser Spiegel, der einst dem türkischen Pascha, dem Statthalter von Jerusalem, gehörte, hatte einen schmalen Sprung, der sich von rechts oben nach links unten zog. Der Sprung war aus der Nähe kaum zu sehen, doch aus einer Entfernung von vier oder fünf Schritten zeigte der Spiegel die Welt doppelt. Viele Jahre, nachdem Sergeant Reinhold aus unserer alten Waschküche verschwunden war, als ich gerade Luftaufnahmen archäologischer Ausgrabungen betrachtete, mußte ich plötzlich wieder an den alten Spiegel denken. Die Umrisse alter Gebäude, Mauern und Befestigungen, tief in dem Hügel verborgen, unsichtbar für alle, die darauf traten und ihn aus der Nähe betrachteten, wurden aus einer in tausend Meter Höhe fliegenden Maschine plötzlich klar erkennbar. Auf dem Rückflug nach Israel fiel mir plötzlich ein, daß ich Reinhold noch den Spiegel und die beiden Sovereigns zurückgeben mußte. Das hatte mir meine Mutter mit den Worten aufgetragen: »Diese Sovereigns gehören Reinhold. Ich habe sie mit dem Geld gekauft, das er mir für die Miete im voraus gegeben hat. Papiergeld verliert zu schnell an Wert. Wenn du ihn wiedertriffst, mußt du ihm aber den vollen Betrag zurückerstatten ... Du wirst ihm seinen Spiegel und die Sovereigns geben.«